ଯୁଗର ଅବଦାନ

# ବାସନ୍ତୀ

ସବୁଜ ସାହିତ୍ୟ ସମିତିର ଦ୍ୱିତୀୟ ଗ୍ରନ୍ଥ

# ବାସନ୍ତୀ

ଲେଖକଗଣ :

କାଳିନ୍ଦୀ ଚରଣ ପାଣିଗ୍ରାହୀ

ଶରତ ଚନ୍ଦ୍ର ମୁଖାର୍ଜୀ

ହରିହର ମହାପାତ୍ର

ଅନ୍ନଦା ଶଙ୍କର ରାୟ

ସରଳା ଦେବୀ

ସୁପ୍ରଭା ଦେବୀ

ମୁରଲୀଧର ମହାନ୍ତି

ପ୍ରତିଭା ଦେବୀ

ବୈଷ୍ଣବ ଚରଣ ଦାସ

ସମ୍ପାଦକ

ଭିକାରୀ ଚରଣ ଦାଶ

ପ୍ରାଚୀନ ତଥା ଦୁର୍ଲ୍ଲଭ କଥାଗ୍ରନ୍ଥର ସମ୍ପ୍ରସାରଣ ନିମନ୍ତେ ପୁନଃମୁଦ୍ରଣ ଓ ପ୍ରକାଶନ:

ସମ୍ପାଦନା:

ଡକ୍ଟର ଶରତ ଚନ୍ଦ୍ର ମହାନ୍ତି | ଡକ୍ଟର ଶାନ୍ତନୁ କୁମାର ନାୟକ

ବ୍ଲାକ୍ ଈଗଲ୍ ବୁକ୍ସ

ଭୁବନେଶ୍ୱର, ଓଡ଼ିଶା

BLACK EAGLE BOOKS

Dublin, USA

BLACK EAGLE BOOKS

USA address:
7464 Wisdom Lane
Dublin, OH 43016

India address:
E/312, Trident Galaxy, Kalinga Nagar,
Bhubaneswar-751003, Odisha, India

E-mail: info@blackeaglebooks.org
Website: www.blackeaglebooks.org

First Edition published by New Students Store, Binodbihari, Cuttack in 1931
Second Edition: 1968
Third Edition 1983

First International Edition Published by
BLACK EAGLE BOOKS, 2023

**BASANTI**
by **Kalindi Charan Panigrahi, Sarat Chandra Mukharjee, Harihar Mohapatra, Annada Shankar Ray, Sarala Devi, Suprabha Devi, Muralidhar Mohanty, Pratibha Devi and Baishnab Charan Das**

**Editor: Bhikari Charan Dash**

Copyright © **Black Eagle Books**

Cover & Interior Design: Ezy's Publication

ISBN- 978-1-64560-257-6 (Paperback)

Printed in the United States of America

# 'ବାସନ୍ତୀ'ର ସଂକଳ୍ପ, ସଂରଚନା ଓ ସମ୍ଭାବନା

'ବାସନ୍ତୀ' ଆଧୁନିକ ଓଡ଼ିଆ ସାହିତ୍ୟର ତଥାକଥିତ ସବୁଜ ଯୁଗର ଏକ ଚର୍ଚ୍ଚିତ ଓ କ୍ରାନ୍ତିକାରୀ ଉପନ୍ୟାସ। ବଙ୍ଗଳାର 'ବାରୋୟାରୀ' ଉପନ୍ୟାସ ଢାଞ୍ଚାରେ ଏହାର ସଂରଚନା-ସଂକଳ୍ପ ହୋଇଥିଲେ ହେଁ, ଓଡ଼ିଶାର ସମକାଳୀନ ସମାଜର ପୁଙ୍ଖାନୁପୁଙ୍ଖ ଚିତ୍ର ଏଥିରେ ସଜୀବ ଓ ଖୁବ୍ ପ୍ରଭାବଶାଳୀ ଭଙ୍ଗୀରେ ରୂପାୟିତ। କଟକର ରେଭେନ୍ସା କଲେଜ, ପେଟିନ୍ ସାହିରୁ ଏହାର ଅୟମାରମ୍ଭ ହୋଇ ବାଲେଶ୍ୱରର ଶିମିଳିପୁର ଏବଂ କଲିକତାର 'ଉତ୍କଳ ନିବାସ', ବର୍ଦ୍ଧମାନ ଜିଲ୍ଲାର ବଡ଼ ଡାକ୍ତରଖାନା ପର୍ଯ୍ୟନ୍ତ ଏହା ବିସ୍ତୃତି ଲାଭ କରିଛି। ଏଥିରେ ସାଧାରଣ ମଣିଷ ମୁହଁର ଭାଷା, ମନର ଭାବନା ଏବଂ ଚଳଣି ଓ ବିଚାର ବିଶେଷ ସ୍ଥାନ ଦଖଲ କରିଅଛି। ମଣିଷର କୈଶୋର, ଯୌବନ ଏବଂ ପୌଗଣ୍ଡର ଅବସ୍ଥାଗତ ଭାବନା କିଛି ଚରିତ୍ରଙ୍କ ଦ୍ୱାରା ମଧ୍ୟ ଗୁରୁତ୍ୱଲାଭ କରିଛି। ହୃଦୟାବେଗକୁ ସାଇତି 'ବାସନ୍ତୀ' ସଂପ୍ରସାରିତ ଜୀବନ ବିଶ୍ୱାସର ବିଶେଷ ଗମ୍ଭୀର ଆହ୍ୱାନଟିଏ ପାଲଟିଯାଇଛି। ଦାମ୍ପତ୍ୟର ଅସମର୍ଥତା, ଅହଙ୍କାର ଏବଂ ଅଭିମାନର ଏକ ତ୍ରିବେଣୀ ତୁଠ ସାଜିଛି ଏ ଉପନ୍ୟାସ। ଆନ୍ତରିକତା ଏବଂ ଅନୁତାପର ସ୍ନିଗ୍ଧ ମଧୁର ଆଟୋପ ବେଶ୍ ଅନୁଭବିହୁଏ ଏଥିରୁ। ସମକାଳୀନ ଜୀନଚର୍ଯ୍ୟାର ଏକ ବ୍ୟଥା-ବିଧୂର ସ୍ପର୍ଶ ଯୋଗାଇବାରେ ଏହା ସମର୍ଥ। ଓଡ଼ିଆ ସାହିତ୍ୟର ଇତିହାସରେ ଏବଂ ଓଡ଼ିଆ ଉପନ୍ୟାସ ସାହିତ୍ୟର ଗତିଧାରାରେ ଏହାର ସ୍ଥାନ ଏଣୁ ଅତି ଉଚ୍ଚରେ।

ଏପରି ଏକ ଉପନ୍ୟାସ ଦୀର୍ଘଦିନ ଧରି ଆମ ନବ୍ୟ ଶିକ୍ଷାର୍ଥୀ ଏବଂ ଉତ୍ତରପିଢ଼ିର ପାଠକଙ୍କ ଅଧ୍ୟୟନ ସକାଶେ ଦୁର୍ଲ୍ଲଭ ଓ ଦୁଷ୍ପ୍ରାପ୍ୟ ହୋଇଉଠିଥିଲା। ଯଦିଓ 'ଇ-ବିଭବ' ନାମକ ୱେବ୍-ସାଇଟ୍‌ରେ ଉକ୍ତ ଉପନ୍ୟାସଟିର ନକଲ ସଂଗ୍ରହ ଓ ଅଧ୍ୟୟନ ସକାଶେ ଉପଲବ୍ଧ, ତଥାପି ତାହା ସର୍ବଜନ ସାଧନ ହେଲାଭଳି ନୁହେଁ। ବାସନ୍ତୀ ଉପନ୍ୟାସକୁ

ଏଣୁ ପୁଣିଥରେ ସାଧାରଣ ପାଠକଙ୍କ ପାଖରେ ପହଞ୍ଚାଇବା ସକାଶେ ଏହାର ପୁନର୍ମୁଦ୍ରଣ ଓ ନବ୍ୟରୂପ ପ୍ରଦାନର ପରିକଳ୍ପନା। ଏହାକୁ ସର୍ବତୋଭାବରେ ସାକାର କରିଛନ୍ତି ଭୁବନେଶ୍ୱରର ଉତ୍ସାହୀ ପ୍ରକାଶନ ସଂସ୍ଥା- 'ବ୍ଲାକ୍ ଈଗଲ୍ ବୁକ୍ସ'ର ସତ୍ତ୍ୱାଧିକାରୀ ବିଶିଷ୍ଟ ସାହିତ୍ୟିକ ଶ୍ରୀ ସତ୍ୟ ପଟ୍ଟନାୟକ। ଶ୍ରମ ଓ ସ୍ୱପ୍ନ ଯୋଗାଇଛନ୍ତି ଶ୍ରଦ୍ଧେୟ ଅଧ୍ୟାପକ ଡକ୍ଟର ଶାନ୍ତନୁ କୁମାର ନାୟକ। ମୁଁ ଏ ଉପନ୍ୟାସକୁ ବାରମ୍ବାର ପଢ଼ିଛି ଓ ଯାହା ବୁଝିଛି, ତାକୁ ଆପଣମାନଙ୍କ ପାଖରେ ପହଞ୍ଚାଇବାର ପ୍ରଯତ୍ନ କରିଛି ପରିଶିଷ୍ଟ ରୂପରେ -'ନାରୀ ସ୍ୱାଧୀନତାର ନୀରବ ସାଧିକା- ବାସନ୍ତୀର ସର୍ଜନ, ମନନ ଓ ବିଶ୍ଳେଷଣ' ନାମରେ ନିବନ୍ଧଟିଏ ଯୋଡ଼ି। ଏହାର ଅକ୍ଷର ସଜ୍ଜାରେ ସହାୟତା କରିଛନ୍ତି 'ସ୍ୱର୍ଣ୍ଣଲିପି', ସୋରର ଶ୍ରଦ୍ଧେୟ ତଥା ବିଜ୍ଞମନ୍ୟ ବ୍ୟକ୍ତି ଅମରେନ୍ଦ୍ର ନନ୍ଦ। 'ବାସନ୍ତୀ' ପୁଣିଥରେ ସ୍ୱକୀୟ ଆଶା ଓ ଉଦ୍‌ବେଗରେ ମହକ ଭରି ବାସିଉଠୁ, ମୂଳ ସ୍ରଷ୍ଟାମଣିଷଙ୍କ ହୃଦୟର ସୁବାସିତ ସବୁଜ ଭାବନାରେ, ବଉଳି ଉଠୁ ଫଗୁଣର ମୁଗ୍ଧ ଛନ୍ଦ ଓ ନାନ୍ଦନିକତାରେ। ଆମ ମାଟି ଓ ମଣିଷଙ୍କ ସାର୍ବକାଳିକ ଦୀପ୍ତିରେ, ଓଡ଼ିଆତ୍ୱର ସ୍ୱାଭିମାନ ଏବଂ ଜୀବନବୋଧର ସ୍ୱର୍ଗୀୟ ଶାଶ୍ୱତ ସୁଷମାରେ।

**ଡକ୍ଟର ଶରତ ଚନ୍ଦ୍ର ମହାନ୍ତି**
**ସରସ୍ୱତୀ ପୂଜା-୨୦୨୩**

'ଉତ୍କଳ ସାହିତ୍ୟ'ର ପ୍ରବୀଣ ସମ୍ପାଦକ
ଶ୍ରୀଯୁକ୍ତ ବିଶ୍ୱନାଥ କର
କରକମଳେଷୁ

# ପଦେ କଥା

'ବାସନ୍ତୀ' ଉପନ୍ୟାସ ଧାରାବାହିକ ରୂପେ 'ଉତ୍କଳ ସାହିତ୍ୟ' ମାସିକ ପତ୍ରିକାରେ ୧୯୨୬-୨୭ ସାଲରେ ପ୍ରଥମେ ପ୍ରକାଶ ପାଇଥିଲା। ଏହାପରେ ୧୯୩୧ ମସିହାରେ ଶ୍ରୀ ଶରତ ଚନ୍ଦ୍ର ମୁଖାର୍ଜୀଙ୍କ ସମ୍ପାଦନାରେ ଏହି ଉପନ୍ୟାସର ପ୍ରଥମ ସଂସ୍କରଣ ହେଲା। ପ୍ରଥମ ସଂସ୍କରଣରେ ମୂଳ ପାଠର ସାମାନ୍ୟ କିଛି ପରିବର୍ତ୍ତନ କରାଯାଇଥିବା ଏବଂ କେତେକ ଲେଖିକାଙ୍କ ନାମ ବାଦ ଦେଇଥିବା ଆମେ ଦେଖିପାରିଲୁ। ପାଠର କେତେକ ପରିବର୍ତ୍ତନ ହେବା ଦ୍ୱାରା ବିଷୟବସ୍ତୁର କ୍ରମ ବିକାଶ ଖାପଛଡ଼ା ବୋଧ ହେଉଥିଲା। ପୁଣି ସେହି ସମୟର କେତେକ ଶବ୍ଦ ପ୍ରୟୋଗର ମଧ୍ୟ ପରିବର୍ତ୍ତନ କରାଯାଇଥିଲା। କିନ୍ତୁ ଏହି ସଂସ୍କରଣରେ ମୂଳପାଠକୁ ଅନୁସରଣ କରିବା ସଙ୍ଗେ ସଙ୍ଗେ ପ୍ରଥମ ସଂସ୍କରଣର ଲେଖକ ଲେଖିକାଙ୍କ ତାଲିକାକୁ ଗ୍ରହଣ କରିଛୁ।

**ଭିକାରୀ ଚରଣ ଦାଶ**

**ସମ୍ପାଦକ**

# ପ୍ରାରମ୍ଭିକ

ଚାଳିଶ ବର୍ଷ ତଳର କଥା। ବନ୍ଧୁ ଅନ୍ନଦାଶଙ୍କର ଓ ମୁଁ ଗ୍ରୀଷ୍ମ ଛୁଟିରେ ଥାଉଁ ପୁରୀରେ। ପ୍ରତି ସନ୍ଧ୍ୟାରେ ସମୁଦ୍ରକୂଳରେ ଭେଟ। ଆଉ ସେ ଭେଟର ଆରମ୍ଭ ସନ୍ଧ୍ୟା ପୂର୍ବରୁ ହୋଇ ଅନେକ ରାତି ଯାକେ ରହିବାଟା ଥିଲା ସାଧାରଣ ଘଟଣା। କଥାବାର୍ତ୍ତା ଭିତରେ ଜୀବନର ଭବିଷ୍ୟତ କାର୍ଯ୍ୟପନ୍ଥା ଓ ସାହିତ୍ୟ ଆଲୋଚନା ଥିଲା ପ୍ରଧାନ ବିଷୟ।

ଯୋଜନା ପ୍ରସ୍ତୁତ କରିବାରେ ଅନ୍ନଦା ସବୁବେଳେ ଅଗ୍ରଣୀ। ସାହିତ୍ୟ ସୃଷ୍ଟିରେ ବ୍ୟକ୍ତିଗତ ଉଦ୍ୟମ ଭଳି ମିଳିତ ପ୍ରଚେଷ୍ଟାର ପରିସର ଯେ ପ୍ରଶସ୍ତ, ସେ ଦିଗରେ ତାଙ୍କର ଉତ୍ସାହ ଥାଏ ଅପରିସୀମ। ଓଡ଼ିଆରେ କେତେକ ଲେଖକଙ୍କ ମିଳିତ ଉଦ୍ୟମରେ ଗୋଟିଏ ଉପନ୍ୟାସ ଲେଖିବା ପ୍ରସ୍ତାବ ଅନ୍ନଦା ପ୍ରଥମେ ହିଁ କରନ୍ତି। ତାହା କିଭଳି ସମ୍ଭବପର ହୋଇପାରେ, ସେ ସମ୍ପର୍କରେ ଆମ ଦୁହିଁଙ୍କ ଭିତରେ ବହୁ ଆଲୋଚନା କରାଗଲା। ସେତେବେଳେ ମାସିକ 'ଉତ୍କଳ ସାହିତ୍ୟ' ଥାଏ ଓଡ଼ିଆ ସାହିତ୍ୟର ମୁଖପତ୍ର। ତାହାରି ପୃଷ୍ଠାରେ ହିଁ ପରିକଳ୍ପିତ ଉପନ୍ୟାସଟିକୁ ଧାରାବାହିକ ପ୍ରକାଶ କରିବାକୁ ଆମେ ସ୍ଥିର କଲୁ ଓ ଗଳ୍ପଟିର ମେରୁଦଣ୍ଡ କିପରି ହେବ, ତା'ରି ରୂପରେଖ ଆଲୋଚନା କରି ଆଙ୍କିଲୁ।

ସୁଭାଗ୍ୟକୁ ଉତ୍କଳ ସାହିତ୍ୟର ପ୍ରଖ୍ୟାତ ସମ୍ପାଦକ ସ୍ୱର୍ଗୀୟ ବିଶ୍ୱନାଥ କର ସେହି ସମୟରେ ସପରିବାର ଆସି ରହୁଥାନ୍ତି ପୁରୀ ସମୁଦ୍ର କୂଳରେ। ଦୁଇ ବନ୍ଧୁଙ୍କ ମଧ୍ୟରେ ସ୍ଥିର ହେଲା- ବିଶ୍ୱନାଥ ବାବୁଙ୍କୁ ଭେଟି ଏହି ପ୍ରସ୍ତାବଟି ପକାଇବା।

ଦୁହେଁ ଗଲୁ ବିଶ୍ୱନାଥ ବାବୁଙ୍କ ପାଖକୁ। ସମୁଦ୍ର କୂଳ ଗୀର୍ଜା ପଛପଟ ଗୋଟିଏ ବଡ଼ ଘରେ ସେ ରହୁଥାନ୍ତି। ତାହାର ସୁଉଚ୍ଚ ପ୍ରଶସ୍ତ ବାରଣ୍ଡାରେ ଗୋଟିଏ ଆରାମ ଚୌକିରେ ବିଶ୍ୱନାଥ ବାବୁ ବସିଥାନ୍ତି। ତେଜୀୟାନ୍ ମୁଖ ମଣ୍ଡଳରେ ଶୁଭ୍ର ଶ୍ମଶ୍ରୁ ଦେଖି ଦୂରରୁ ଚିହ୍ନିଲୁ। ପଶ୍ଚିମ ଦିଗ୍‌ବଳୟର ରକ୍ତିମ ରଶ୍ମି ପଡ଼ି ତାହା ଅଧିକ ଉଜ୍ଜ୍ୱଳ

ଦେଖାଯାଉଥାଏ। ପାଖରେ ତାଙ୍କର ଦୁଇକନ୍ୟା, କୁମାରୀ ସୁପ୍ରଭା ଓ ପ୍ରତିଭା। ସମ୍ମୁଖରେ ସୁନୀଳ ମହାସାଗର ଈଷତ୍ ଶୁଭ୍ର ବାଲୁକାବେଳାକୁ ଫେନିଳ ଲହରୀର ବାହୁ ପ୍ରସାରି ଆଲିଙ୍ଗନ କରୁଥାଏ। ପୁଣି ଘନ ଝାଉଁ ବନରେ ବାୟୁର ହିଲ୍ଲୋଳ ସୃଷ୍ଟି କରିଥାଏ ଅଖଣ୍ଡ ଶାସ୍ତ୍ରୀୟ ସଙ୍ଗୀତର ସ୍ୱର ଝଙ୍କାର। ଅଦୂରରେ ଆମେ ଦୁହେଁ ଝାଉଁବନ ଉହାଡ଼ରେ ରହି ଅପେକ୍ଷା କଲୁଁ।

ସେତେବେଳକୁ 'ଉତ୍କଳ ସାହିତ୍ୟ'ର ଧାରାବାହିକ ଲେଖକ ଭାବରେ ଆମେ ବିଶ୍ୱନାଥ ବାବୁଙ୍କ ପାଖରେ ସୁପରିଚିତ। ମାତ୍ର ସମ୍ଭ୍ରମ ଓ ସଙ୍କୋଚ ଦ୍ୱାରା ଆକ୍ରାନ୍ତ ହୋଇ ତାଙ୍କ ପାଖକୁ ଅଗ୍ରସର ହେବାପାଇଁ ଦୁଇ ବନ୍ଧୁ ଠେଲାଠେଲି ହେଲୁ। ଶେଷରେ ସାହସ ବାନ୍ଧି ତାଙ୍କ ଆଗରେ ଏକତ୍ରରେ ପହଞ୍ଚିଲୁ।

ପ୍ରସ୍ତାବଟି ଶୁଣି ସେ ଆଗ୍ରହୀ ଥିବାର ଜଣାପଡ଼ିଲା। ତାଙ୍କର ଗୋଟିଏ ସର୍ତ୍ତ ହେଲା, ଉପନ୍ୟାସଟି କୌଣସି ପ୍ରକାରେ ସମ୍ପୂର୍ଣ୍ଣ କରିବାକୁ ହେବ ଓ କୌଣସି ସଂଖ୍ୟାରେ ତାହା ଯେପରି ବାଦ୍ ପଡ଼ିନଯାଏ। ସେଥିଲାଗି ଆମେ ତାଙ୍କୁ ନିର୍ଭର ଜବାବ ଦେଲୁଁ। ସେହି ଅନୁସାରେ 'ଉତ୍କଳ ସାହିତ୍ୟ'ର ପରବର୍ତ୍ତୀ ସଂଖ୍ୟାରେ ମୁଁ ନିମ୍ନୋକ୍ତ ପ୍ରକାରେ ଲେଖିଲି 'ନିବେଦନ' ଓ ଅନ୍ନଦା ଲେଖିଲେ ଗଳ୍ପାଂଶ-

## ବାସନ୍ତୀ

### ନିବେଦନ

ଉତ୍କଳର କେତେଜଣ ତରୁଣ ଲେଖକ ମିଳିମିଶି ଖଣ୍ଡିଏ ଉପନ୍ୟାସ ଲେଖିବାକୁ ସ୍ଥିର କରିଛନ୍ତି। ବଙ୍ଗଳାର 'ବାରୋୟାରୀ' ଉପନ୍ୟାସ ଯେପରି ବାରଜଣ ସାହିତ୍ୟିକଙ୍କ ଦ୍ୱାରା ରଚିତ, ଏ ଉପନ୍ୟାସଟି ସେହିପରି ଉତ୍କଳର କେତେଜଣ ପୁରାତନ ଓ ନୂତନ ସାହିତ୍ୟିକଙ୍କ ଦ୍ୱାରା ରଚିତ ହୋଇ ପ୍ରକାଶିତ ହେବ। ପ୍ରତ୍ୟେକେ ଗୋଟିଏ ଯୋଡ଼ିଏ ପରିଚ୍ଛେଦ ଲେଖିବେ। ସୁତରାଂ ପରିଶ୍ରମ ଆନନ୍ଦ ତୁଳନାରେ ଅଳ୍ପ ପଡ଼ିବ।

ଏହି ଉପନ୍ୟାସଟି ଲେଖିବାପାଇଁ ଆପାତତଃ ଚାରିଜଣ ପ୍ରସ୍ତୁତ ଅଛନ୍ତି। ଆହୁରି ସାତ ଆଠଜଣ କିମ୍ବା ଚାରି ପାଞ୍ଚଜଣ ଲେଖକ ଲୋଡ଼ା। ଏହି ଯଜ୍ଞର ହୋତୃପଦ ପାଇଁ ଓଡ଼ିଶାରେ ଲୋକର ଅଭାବ ହେବନାହିଁ ବୋଲି ମନେହୁଏ। ଶ୍ରୀଯୁକ୍ତ ନନ୍ଦ କିଶୋର ବଳ ମହାଶୟ ଏକ ସମୟରେ "କନକଲତା" ନାମରେ ଗୋଟିଏ ଉପନ୍ୟାସ ଲେଖୁଥିଲେ। ସମାପ୍ତ ହୋଇଥିଲେ ଏ ଖଣ୍ଡିକ ଓଡ଼ିଶାରେ ଶ୍ରେଷ୍ଠ ଉପନ୍ୟାସମାନଙ୍କ ମଧ୍ୟରେ ସ୍ଥାନ ପାଇଥାନ୍ତା ବୋଲି କେହି କେହି ବିଶ୍ୱାସ କରନ୍ତି। ଶ୍ରୀଯୁକ୍ତ ବାଙ୍କନିଧି ପଟ୍ଟନାୟକ ଓ ଦିବ୍ୟସିଂହ ପାଣିଗ୍ରାହୀଙ୍କର କ୍ଷୁଦ୍ରଗଳ୍ପ ଲେଖିବାର ଶକ୍ତି ଏବଂ ସୁଖ୍ୟାତି

ଅଛି। ଶ୍ରୀମତୀ କୁନ୍ତଳାକୁମାରୀ ସାବତଙ୍କ "ଭ୍ରାନ୍ତି" ଉତ୍କୃଷ୍ଟ ଗଳ୍ପ। ଶ୍ରୀମତୀ ସୁପ୍ରଭା କର ଗୋଟିଏ ଚମତ୍କାର ଗଳ୍ପ ଲେଖିଥିଲେ। ଶ୍ରୀମତୀ କୋକିଳ ଦେଈଙ୍କର କେତେଗୋଟି ସୁନ୍ଦର ଗଳ୍ପ ଉତ୍କଳ ସାହିତ୍ୟରେ ପ୍ରକାଶିତ ହୋଇଥିଲା। ଶ୍ରୀମତୀ ସରଳା ଦେଈଙ୍କର ଲେଖିବାର ହାତ ଅଛି, ଯଦିଚ ଏପର୍ଯ୍ୟନ୍ତ କୌଣସି ଗଳ୍ପ ଦେଖାଯାଇନାହିଁ। ଶ୍ରୀଯୁକ୍ତ ଦୟାନିଧି ମିଶ୍ର ଏକ ସମୟରେ ଐତିହାସିକ ଗଳ୍ପ ଲେଖୁଥିଲେ। ଶ୍ରୀଯୁକ୍ତ ଉପେନ୍ଦ୍ର ପ୍ରସାଦ ମହାନ୍ତିଙ୍କର ସାମାଜିକ ଚିତ୍ରଗୁଡ଼ିକ ଉପାଦେୟ ହୋଇଥାଏ। ଏହା ବ୍ୟତୀତ କେତେକ ନୀରବ ସାଧକ ମଧ୍ୟ ଉତ୍କଳରେ ଅଛନ୍ତି। ଏମାନେ ଇଚ୍ଛାକଲେ ଓଡ଼ିଶାର କଥାସାହିତ୍ୟକୁ ସମୃଦ୍ଧ କରନ୍ତେ।

କିଏ କିଏ ଏହି ଉପନ୍ୟାସଟିକୁ ଲେଖିବାକୁ ଇଚ୍ଛୁକ ଅଛନ୍ତି, ତାହା ଶୀଘ୍ର ଜାଣିପାରିଲେ ଅନୁଷ୍ଠାତାମାନେ ବିଶେଷ ଉପକୃତ ହେବେ। ସେମାନେ କାଳିନ୍ଦୀ ଚରଣ ପାଣିଗ୍ରାହୀଙ୍କ ଉପରେ ଉପନ୍ୟାସଟିର ସୂତ୍ରପାତ କରିବାର ଭାର ଦେଇଅଛନ୍ତି। ତାଙ୍କ ପରେ ଆଉ ଦୁଇଜଣ ଲେଖିବାର ସ୍ଥିର ହୋଇଅଛି। କିନ୍ତୁ ସେମାନଙ୍କ ପରେ କିଏ କିଏ ଲେଖିବେ, ସ୍ଥିର ହୋଇନାହିଁ। ଏହି ନିବେଦନ ପାଠ କରି ଯେଉଁମାନେ ଲେଖିବାକୁ ଇଚ୍ଛୁକ, ସେମାନେ ନାମ ପଠାଇବେ ବୋଲି ଆଶା କରାଯାଏ। ସେମାନଙ୍କ ଅଭିପ୍ରାୟ ଅନୁସାରେ କର୍ତ୍ତବ୍ୟ ବିଭାଗ କରାଯିବ; ଅର୍ଥାତ୍ କିଏ କେଉଁ ଅଂଶ ଲେଖିବେ ତାହା ନିର୍ଦ୍ଧାରିତ ହେବ।

ଯେଉଁମାନେ ଲେଖିବେ, ସେମାନଙ୍କୁ କେତେଗୁଡ଼ିଏ ନିୟମ ମାନିବାକୁ ହେବ। ୧- ସେମାନେ ଏଥିସଂଲଗ୍ନ ପ୍ଲଟ୍‌କୁ ଅବଲମ୍ବନ କରି ଗୋଟିଏ ଯୋଡ଼ିଏ ଲେଖାଏଁ ପରିଚ୍ଛେଦ ଲେଖିବେ। ୨- ପୂର୍ବ ପ୍ରକାଶିତ ଅଂଶ ସହିତ ଅସଂଗତି ନରହିବା ପ୍ରତି ଲକ୍ଷ୍ୟ କରିବାକୁ ହେବ। ୩- ମୁଖ୍ୟ ଚରିତ୍ରମାନଙ୍କର ଯେତିକି ବିକାଶ ଆବଶ୍ୟକ,ସେତିକିରୁ ବେଶୀ ହେବନାହିଁ। ଅର୍ଥାତ୍ ଅବାନ୍ତର ଅଂଶର କୌଣସି ସ୍ଥାନ ରହିବନାହିଁ। ୪- ପ୍ଲଟ୍‌ରେ ଯେଉଁସବୁ ଚରିତ୍ରର ଉଲ୍ଲେଖ ରହିବ, ସେସବୁକୁ ଛାଡ଼ି ନୂତନ ଚରିତ୍ର ସୃଷ୍ଟିକରାଯାଇପାରେ; କିନ୍ତୁ ଏସବୁ ଚରିତ୍ରକୁ ଅପ୍ରଧାନ କରିବାକୁ ହେବ ଏବଂ ମୁଖ୍ୟ ଚରିତ୍ରମାନଙ୍କର ବିକାଶ ପାଇଁ ଯେ ଏମାନଙ୍କର ଅବତାରଣା, ଏକଥା ସବୁବେଳେ ମନେରଖିବାକୁ ହେବ। ୫- ନିର୍ଦ୍ଦିଷ୍ଟ ସମୟ ମଧ୍ୟରେ ରଚିତ ଅଂଶ ନିମ୍ନ ଠିକଣାକୁ ପଠାଇବାକୁ ହେବ। ପ୍ରେରିତ ରଚନା ଗୁଡ଼ିକରେ ଅସଂଗତି ବା ଅବାନ୍ତର ଅଂଶ ଅଛି କି ନାହିଁ ବିବେଚନା କରିବାର ଭାର ଶ୍ରୀଯୁକ୍ତ ଅନ୍ନଦା ଶଙ୍କର ରାୟଙ୍କ ଉପରେ ନ୍ୟସ୍ତ ଅଛି। ସେ ଆବଶ୍ୟକ ହେଲେ ଲେଖକଙ୍କର ପରାମର୍ଶ ନେଇ କିଛି କିଛି ପରିବର୍ତ୍ତନ କରିପାରିବେ। ୬- କିଏ କେଉଁ ଅଂଶ ଲେଖିବେ, ଲେଖକମାନଙ୍କ

ନାମ ପାଇବା ପରେ ସେମାନଙ୍କୁ ତାହା ଜଣାଇ ଦିଆଯିବ। ଦୈବକ୍ରମେ କୌଣସି ଲେଖକ ଲେଖିବାକୁ ଅକ୍ଷମ ହେଲେ, ଅନୁଗ୍ରହ କରି ପୂର୍ବରୁ ଜଣାଇବେ। ତାଙ୍କ ଅଂଶ ଅନ୍ୟକେହି ଲେଖିବେ।

ଲେଖାର ରୀତି( Style ) ଏବଂ ଭାଷାର ତାରତମ୍ୟ ଉପନ୍ୟାସଟିରେ ରହିବା ସ୍ୱାଭାବିକ। ସୁତରାଂ ଏହାକୁ କେହି କେହି ଖେଚଡ଼ି କହି ଉପହାସ କରିପାରନ୍ତି। କିନ୍ତୁ ଠିକ୍ ଭାଗ ମାପରେ ତିଆରି ହେଲେ ଖେଚୁଡ଼ିଟା ଭାତଠାରୁ ଉତ୍କୃଷ୍ଟତର ଖାଦ୍ୟ, ଏହା ସମସ୍ତେ ଜାଣନ୍ତି। ସୁନ୍ଦର ହେଲେ ଆମ୍ଭମାନଙ୍କର ଖେଚଡ଼ି ଉପନ୍ୟାସଟିକୁ ଉପହାସ କରି କେହି ଉପବାସ ରହିବାକୁ ମଙ୍ଗିବେନାହିଁ। ବିଶେଷତଃ ଏକାଧିକ ଲେଖକଙ୍କର ସମାବେଶରେ ଏହା ଗୋଟିଏ ଗ୍ରୁପ୍ ଫଟୋ ପରି ମନୋହର ଓ ସୁଦୃଶ୍ୟ ହେବ।

ପ୍ରକାଶ ଥାଉକି, 'ଉତ୍କଳ ସାହିତ୍ୟ'ର ସୁପରିଚିତ ସମ୍ପାଦକ ଶ୍ରୀଯୁକ୍ତ ବିଶ୍ୱନାଥ କର ଏ ଉଦ୍ୟମରେ ଉତ୍ସାହ ଓ ସାହାଯ୍ୟ ଦେବାକୁ ଅଙ୍ଗୀକାର କରିଅଛନ୍ତି।

**କାଳିନ୍ଦୀ ଚରଣ ପାଣଗ୍ରାହୀ**

## ଗଳ୍ପାଂଶ (Plot)

କଟକର ଡିପୋଟି ବଳରାମ ବାବୁଙ୍କର ଅଳ୍ପ ବୟସରେ ମୃତ୍ୟୁଘଟେ। ତାଙ୍କର ବିଧବା ପତ୍ନୀ ଓ ଏକମାତ୍ର ସନ୍ତାନ ବାସନ୍ତୀ ଅନାଥ ହୋଇପଡ଼ିଲେ। ବିଷୟବୃଦ୍ଧି ଅଭାବରୁ ଶେଷରେ ଏମାନଙ୍କର ଅବସ୍ଥା ଏତେ ଶୋଚନୀୟ ହୋଇପଡ଼ିଲା ଯେ,ବିଧବାଙ୍କ ମୃତ୍ୟୁ କାଳରେ ଦେବବ୍ରତ ନାମକ ଜଣେ କଲେଜ ଛାତ୍ର ପୂର୍ବରୁ ଏମାନଙ୍କ ସଙ୍ଗେ ପରିଚିତ ନଥିଲେ ଚିକିତ୍ସା ପ୍ରଭୃତିର ସମ୍ଭାବନା ନଥିଲା। ବିଧବା ମୃତ୍ୟୁ ପୂର୍ବରୁ ଦେବବ୍ରତକୁ ସ୍ୱଜାତୀୟ ଜାଣି କନ୍ୟା ସମର୍ପଣ କରିଥିଲେ। ଦେବବ୍ରତ ପିତୃହୀନ ନାବାଳକ ଜମିଦାର, ଉଚ୍ଛୃଙ୍ଖଳ ହେଲେ ମଧ୍ୟ ଉଦାର ହୃଦୟ- ସବୁବେଳେ Romance ଖୋଜିବୁଲେ। ମାତାଙ୍କ ଅନୁମତି ବିନା ବାସନ୍ତୀ ସହିତ ତାର କୌଳିକ ରୀତିରେ ବିବାହ । ମାତାଙ୍କର ଅସନ୍ତୋଷ। ପୁତ୍ରର ଅପରାଧର ଦଣ୍ଡ ବଧୂ ଉପରେ ପଡ଼ିଲା। ବାସନ୍ତୀ କଟକର Girl's School ରେ କିଛିଦିନ ପଢ଼ିଥିଲା। ଘରେ ମଧ୍ୟ ତାର ବେଶ୍ ଶିକ୍ଷା ଥିଲା। ଏକ କଥାରେ ସେ ନୂତନ ଯୁଗର ବାର୍ତ୍ତା ବେଶ୍ ବୁଝିଥିଲା ଏବଂ ନାରୀ ସ୍ୱାତନ୍ତ୍ର୍ୟର ପୂର୍ଣ୍ଣ ପକ୍ଷପାତୀ ଥିଲା। ସେ କାଳର ବୁଢ଼ୀଙ୍କୁ ଏହା କାହିଁ ଭଲ ଲାଗିବ ? ଦେବବ୍ରତର ଶିକ୍ଷା ଲୋକ ମନ୍ଦ ନୁହେଁ। ସେ ନାରୀ ସ୍ୱାତନ୍ତ୍ର୍ୟର ପକ୍ଷପାତୀ ହେଲେ ହେଁ, ପୂର୍ଣ୍ଣ ସ୍ୱାଧୀନତା ଦେବାର ବିରୋଧୀ। ତାହାର ଏକ ଧାରଣା ଯେ, ଏହି ପୂର୍ଣ୍ଣ ସ୍ୱାତନ୍ତ୍ର୍ୟ ଦ୍ୱାରା ଦାମ୍ପତ୍ୟପ୍ରେମ ଶିଥିଳ ହୋଇଆସେ ଏବଂ ନାରୀ ତାହାର ଲଜ୍ଜା ପ୍ରଭୃତି ପ୍ରକୃତିଗତ ଭୂଷଣ ହରାଇଦିଏ। ପ୍ରଥମେ ସେ ମାତାଙ୍କ ଅତ୍ୟାଚାରରେ ଅତିଷ୍ଠ ହୋଇ ପଡ଼ିଥିଲା। କିନ୍ତୁ କ୍ରମେ ଯେବେ ପତ୍ନୀର ସ୍ୱାଧୀନ ଭାବ ବୁଝିଲା,ସେତେବେଳେ ମାତାଙ୍କର ପକ୍ଷ ନେଲା। ପଡ଼ୋଶୀ ପରିବାର ସମସ୍ତଙ୍କର ବାସନ୍ତୀ ଉପରେ ଆକ୍ରୋଶ। ଅଶାନ୍ତିରେ ତାହାର କାଳ କଟିବାକୁ ଲାଗିଲା।

ଦିନେ ଦେବବ୍ରତ ଖଣ୍ଡେ ଛିନ୍ନ ପତ୍ରାଂଶ ପାଇ ଏତେ ଉତ୍ତେଜିତ ହେଲା

ଯେ, ସେ ସଙ୍ଗେ ସଙ୍ଗେ ପତ୍ନୀକୁ ନିରକ୍ଷ ଭାବରେ ଖଣ୍ଡିଏ ଗାଡ଼ି କରି ଷ୍ଟେସନ ପଠାଇଦେଲା। ସେହି ପତ୍ରାଂଶରେ ଉତ୍ପୀଡ଼ିତା ବାସନ୍ତୀ କୌଣସି ଅଜ୍ଞାତନାମା ବ୍ୟକ୍ତି ନିକଟକୁ ଚାଲିଯିବାପାଇଁ ଇଚ୍ଛା ପ୍ରକାଶ କରିଥିଲା। ଦେବବ୍ରତ ଜାଣେନାହିଁ ସେ ବ୍ୟକ୍ତି ବାସନ୍ତୀର ଏକମାତ୍ର ଆତ୍ମୀୟ, କୌଣସି ସମ୍ପର୍କରେ ଭାଇ। ବିଶେଷତଃ ସ୍ୱାମୀଙ୍କ ବ୍ୟବହାରରେ ବାସନ୍ତୀ ଉତ୍ତ୍ୟକ୍ତ ହୋଇ ଯେ କିଛିଦିନ ଲାଗି ସେ ସ୍ଥାନକୁ ଯିବାକୁ ଇଚ୍ଛା କରିଥିଲା, ତାହା ମଧ୍ୟ ଦେବବ୍ରତ ଜାଣେନାହିଁ। ବାସନ୍ତୀ ନିଜେ ଟିକେଟ୍ କିଣି ଟ୍ରେନ୍ ଚଢ଼ି ସେହିମାନଙ୍କ ପାଖକୁ ଚାଲିଗଲା ଓ ପରମ ଆଦର ପାଇ ସେଠାରେ ରହିଲା।

କିଛିଦିନ ପରେ ଦେବବ୍ରତ ପତ୍ରର ଅନ୍ୟ ଅଂଶଟି ଆବିଷ୍କାର କଲା, ବାସନ୍ତୀର ଲିଖିତ ଡାଏରୀ ଓ ପତ୍ରାଦି ପାଠ କରି। ବାସନ୍ତୀର ନାରୀତ୍ୱକୁ ଯେ ସେ ଦିନେ ଅପମାନ କରିଥିଲା, ସେଥିଲାଗି ତାହାର ଘୋର ଅନୁତାପ ଆସିଲା। ବାସନ୍ତୀର ଆସନ ଖୁବ୍ ଉଚ୍ଚ ହୋଇ ଦିଶିଲା। ବାସନ୍ତୀର ଅନୁସନ୍ଧାନ କରାଗଲା। କିନ୍ତୁ କୌଣସି ସମ୍ବାଦ ମିଳିଲା ନାହିଁ। ଦେବବ୍ରତର ମାତା ପୁନର୍ବିବାହର ପ୍ରସ୍ତାବ କଲେ, କିନ୍ତୁ ସେ ଘରଛାଡ଼ି ନିଜେ ବାସନ୍ତୀର ଅନୁସନ୍ଧାନରେ ବାହାରିଲା। ବାଟରେ ଅସୁସ୍ଥ ହୋଇ ଜଣେ ଚିକିତ୍ସକଙ୍କ ଅଧୀନରେ ରହିଲା। ସେହି ବିନୋଦ ବିହାରୀ ବାସନ୍ତୀର ସମ୍ପର୍କୀୟ ଭାଇ। ବିନୋଦଙ୍କ ସ୍ତ୍ରୀର କୌଶଳରେ ବାସନ୍ତୀ ସହିତ ଦେବବ୍ରତର ମିଳନ। ସ୍ଥୁଳତଃ, ଏହିଟି ହେଲା ପ୍ଲଟ୍। ଏହାକୁ ଯଥେଷ୍ଟ ଦୀର୍ଘ କରାଯାଇପାରେ। କିନ୍ତୁ ମୂଳକଥା ବା ମୁଖ୍ୟ ପାତ୍ର ପାତ୍ରୀଙ୍କ ଚରିତ୍ରରେ ଘୋର ପରିବର୍ତ୍ତନ ସାଧନ ଚଳିବନାହିଁ।

ଇଚ୍ଛୁକ ଲେଖକମାନେ ନିଜ ନିଜର ନାମ ନିମ୍ନ ସ୍ୱାକ୍ଷରକାରୀଙ୍କୁ ଜଣାଇବେ। କାହାରି କିଛି ପଚାରିବାର ଥିଲେ, ଏହି ଠିକଣାକୁ ପତ୍ର ଦେବେ।

**ଅ.ରାୟ**

C/O – "ଉତ୍କଳ ସାହିତ୍ୟ"

ଚାନ୍ଦିନୀ ଚୌକ, କଟକ।

"ଉତ୍କଳ ସାହିତ୍ୟ" ୨୮ଶ ଭାଗ ଦ୍ୱିତୀୟ ସଂଖ୍ୟାର (ଜ୍ୟେଷ୍ଠ ୧୩୩୧) ୬୧ ପୃଷ୍ଠାରେ ଏହି ନିବେଦନ ଓ ଗଳ୍ପାଂଶ ପ୍ରକାଶିତ ହୁଏ। ବାସନ୍ତୀର ପ୍ରଥମ ଓ ଦ୍ୱିତୀୟ ପରିଚ୍ଛେଦର ମଧ୍ୟ ଆରମ୍ଭ ହୁଏ ଠିକ୍ ଏହାରି ପରେ। ପରବର୍ତ୍ତୀ ସଂଖ୍ୟାରେ ଧାରାବାହିକ ଭାବରେ ଆଉ ଯୋଡ଼ିଏ ପରିଚ୍ଛେଦ ଲେଖିଲେ ଶ୍ରୀ ଶରତ ଚନ୍ଦ୍ର ମୁଖୋପାଧ୍ୟାୟ। ତହୁଁ ୪ର୍ଥ ସଂଖ୍ୟା ଶେଷରେ ଏହି ରୂପେ "ବାସନ୍ତୀ ସମ୍ବନ୍ଧରେ ଗୋଟିଏ ସର୍ତ୍ତ" ପ୍ରକାଶିତ ହୁଏ–

"ବାସନ୍ତୀର ଉଦ୍‌ଯୋକ୍ତାମାନେ ପୂର୍ବ ସଂଖ୍ୟାରେ 'ବାସନ୍ତୀ' ସମ୍ବନ୍ଧୀୟ ଗୋଟିଏ ସର୍ତ୍ତ ଉଲ୍ଲେଖ କରିବାକୁ ଭୁଲିଯାଇଥିଲେ। ସର୍ତ୍ତଟି ଏହି 'ବାସନ୍ତୀ'ର କୌଣସି ଲେଖକଙ୍କର ଅଂଶଟି ସେମାନଙ୍କର ମନୋନୀତ ନହେଲେ ପ୍ରକାଶ ନକରି ପ୍ରତ୍ୟର୍ପଣ କରିବା ଅଧିକାର ସେମାନଙ୍କର ଅଛି।"

"ଇତି ମଧ୍ୟରେ ଅନେକ ଲେଖକ 'ବାସନ୍ତୀ'ରେ ଲେଖିବାର ଇଚ୍ଛା ପ୍ରକାଶ କରି ସେମାନଙ୍କୁ ବିଶେଷ ଉତ୍ସାହିତ କରିଛନ୍ତି। ବ୍ୟକ୍ତିଗତ ଭାବରେ ପ୍ରତ୍ୟେକ ହିତୈଷୀଙ୍କୁ କୃତଜ୍ଞତା ଜ୍ଞାପନ କରିବାର ସାଧ ନଥିବାରୁ ସେମାନେ "ସାହିତ୍ୟ"ର ସାହାଯ୍ୟ ଗ୍ରହଣ କରୁଅଛନ୍ତି।

ଅ.ରାୟ।"

ସାହିତ୍ୟ ବୋଇଲେ 'ଉତ୍କଳ ସାହତ୍ୟ'କୁ ହିଁ ଲକ୍ଷ୍ୟ କରାଯାଇଛି।

# ଗୋଟିଏ ସର୍ତ୍ତ

ରେଭେନ୍‌ସା କଲେଜରେ ଛାତ୍ର ଥିବା ସମୟରୁ  ସାହିତ୍ୟ ମଞ୍ଚରେ ଆମ୍ଭମାନଙ୍କର ପ୍ରଥମ ସମାବେଶ ଘଟେ।  ତାହା ପୂର୍ବରୁ ବିଭିନ୍ନ ସ୍କୁଲ୍‌ରେ  ମଧ୍ୟ କାହାରି କାହାରି ମଧ୍ୟରେ ପରିଚୟ ହୋଇଥିଲା। ପ୍ରଥମେ ଛାତ୍ରାବସ୍ଥାର ସାହିତ୍ୟ ସାଧନା "ଉତ୍କଳ ସାହିତ୍ୟ" ପତ୍ରିକାରେ ହିଁ ଆବଦ୍ଧ ହୋଇ ରହେ। ପୁସ୍ତକ ଆକାରରେ ଆମର ମିଳିତ ଉଦ୍ୟମର ଅନ୍ୟତମ ପ୍ରମାଣ ହେଲା, "ସବୁଜ କବିତା"। ଏହି କବିତା ସଂକଳନର ସମ୍ପାଦନା ଦାୟିତ୍ୱ ମଧ୍ୟ ମୋତେ ଗ୍ରହଣ କରିବାକୁ ପଡ଼ିଥିଲା। ଅନ୍ନଦା ଶଙ୍କର, ଶରତ ଚନ୍ଦ୍ର, ହରିହର, ବୈକୁଣ୍ଠନାଥ ଓ ମୋର କେତେଗୋଟି କବିତା ସଂଗ୍ରହ କରି ପ୍ରତ୍ୟେକଙ୍କର ବ୍ୟକ୍ତିଗତ ଚାନ୍ଦା ଦ୍ୱାରା "ସବୁଜ କବିତା"ର ମୁଦ୍ରଣ ସମ୍ଭବପର ହୋଇଥିଲା।

କର୍ମକ୍ଷେତ୍ରରେ ପ୍ରବେଶ କରିବା ପରେ ଆମ୍ଭେମାନେ ଅଂଶ ମୂଳଧନ ସୂତ୍ରରେ "ସବୁଜ ସାହିତ୍ୟ ସମିତି" ଗଠନ କଲୁଁ ଓ ତାହାର ପ୍ରଥମ ପ୍ରକାଶନ  ହେଲା "ବାସନ୍ତୀ" ଉପନ୍ୟାସ।  ଶ୍ରୀ ଶରତ ଚନ୍ଦ୍ର ମୁଖାର୍ଜୀ ପୁସ୍ତକାକାରରେ "ବାସନ୍ତୀ"ର ସମ୍ପାଦନା ଦାୟିତ୍ୱ ଗ୍ରହଣ କଲେ ଓ ସେଥି ସହିତ ସବୁଜ ସାହିତ୍ୟ ସମିତି ସଂଗଠନର ସମସ୍ତ ଦାୟିତ୍ୱ ମଧ୍ୟ। ଏହି ସମୟରେ ହିଁ ଯୁଗବୀଣା ମାସିକପତ୍ର ଶ୍ରୀ ହରିହର ମହାପାତ୍ରଙ୍କ ସମ୍ପାଦନାରେ ପ୍ରକାଶିତ ହୁଏ। ଉଦ୍ୟୋକ୍ତାମାନଙ୍କ ମଧ୍ୟରୁ କେହି କେହି ନାନା ସ୍ଥାନରେ କର୍ମକ୍ଷେତ୍ରରେ ପ୍ରବେଶ କରି ବିକ୍ଷିପ୍ତ ହୋଇପଡ଼ିବା କାରଣରୁ "ଯୁଗବୀଣା" ମାସିକ ପତ୍ର ବନ୍ଦ ହେବା ସଙ୍ଗେ ସବୁଜ ସାହିତ୍ୟ ସମିତିର କାର୍ଯ୍ୟ ମଧ୍ୟ କ୍ରମେ ଶିଥିଳ ହୋଇ ଶେଷରେ ବନ୍ଦ ହୋଇଯାଏ।

ବହୁବର୍ଷପରେ ଏବେ ନିଉ ଷ୍ଟୁଡେଣ୍ଟସ୍ ଷ୍ଟୋର୍‌ର ପ୍ରକାଶକ ଶ୍ରୀ ଭିକାରି ଚରଣ ଦାସ ବାସନ୍ତୀ ଓ ସବୁଜ କବିତାର ପୁନର୍ମୁଦ୍ରଣ ଲାଗି ଉତ୍ସାହିତ ହୋଇଛନ୍ତି। କିନ୍ତୁ

ପ୍ରାରମ୍ଭରୁ ଆମ୍ଭମାନଙ୍କର ଯେଉଁ ନୀତି ଓ ସର୍ତ୍ତ ରହିଥିଲା, ତାହାରି ସମ୍ମାନାର୍ଥେ ଏ ଦୁଇଟି ପୁସ୍ତକର ରୟାଲ୍‌ଟି କୌଣସି ବ୍ୟକ୍ତି ବିଶେଷ, ଲେଖକଙ୍କର ପ୍ରାପ୍ୟ ହେବନାହିଁ। ତାହା ଆଧୁନିକ ଓଡ଼ିଆ ସାହିତ୍ୟର ଉନ୍ନତି କଳ୍ପେ ବ୍ୟୟିତ ହେବ। ସବୁଜ ସାହିତ୍ୟ ସଂସ୍ଥାର ପ୍ରତିଷ୍ଠାତା ସଦସ୍ୟ ଶ୍ରୀ ଅନ୍ନଦା ଶଙ୍କର ରାୟ, ଶ୍ରୀ ଶରତ ଚନ୍ଦ୍ର ମୁଖାର୍ଜୀ, ଶ୍ରୀ ହରିହର ମହାପାତ୍ର, ଶ୍ରୀ ବୈକୁଣ୍ଠନାଥ ପଟ୍ଟନାୟକ ଓ ନିମ୍ନ ସ୍ୱାକ୍ଷରକାରୀ ଏହି ପାଣ୍ଠିର ତତ୍ତ୍ୱାବଧାରକ ରୂପେ କାର୍ଯ୍ୟ କରିବେ। ସୁଖର କଥା, କେତେକ ଲେଖକ ଓ ପାଠକ ଏଥି ମଧ୍ୟରେ ଏହି ପାଣ୍ଠିକୁ ନିଜ ରଚିତ ପୁସ୍ତକର ସ୍ୱତ୍ୱ ଓ ଅର୍ଥ ସାହାଯ୍ୟ କରିବାପାଇଁ ଇଚ୍ଛା ପ୍ରକାଶ କରିଛନ୍ତି। ତତ୍ତ୍ୱାବଧାରକ ମାନଙ୍କ ନିଷ୍ପତ୍ତି ଅନୁଯାୟୀ ତାହା କାର୍ଯ୍ୟରେ ପରିଣତ ହେବ। ପାଣ୍ଠିର ଆୟ ବ୍ୟୟ ହିସାବ ମଧ୍ୟ ପ୍ରକାଶିତ ହେବ।

**କଟକ** **କାଳିନ୍ଦୀ ଚରଣ ପାଣିଗ୍ରାହୀ**

**ଅକ୍ଟୋବର ୧, ୧୯୬୮**

**ଦଶହରା**

## - ଏକ -

ଶରତର ପ୍ରଭାତ ।

ଏହି ପ୍ରଭାତ ପରି ସେ ନିର୍ମଳ, ଏହି ସତେଜ ଆକାଶ, ଏହି ଶୁଭ୍ର ଗଙ୍ଗଶିଉଳୀ ପରି ତାହାର ସଦ୍ୟ ଫୁଟନ୍ତ ଯୌବନ! ଏହି ଶୀତଳ ସମୀରଣ ପରି ସେ ତାହାର ଜାଗ୍ରତ ଯୌବନ ଘେନି ଜୀବନ୍ତ ଧରଣୀର ପୁଲକପୂର୍ଣ୍ଣ ଶ୍ୟାମଳ ବକ୍ଷ ଉପରେ ଛୁଟି ଚାଲିଥିଲା ।

ବାସନ୍ତୀ- ରୂପର ଅନୁରୂପ ନାମଟି- ବସନ୍ତର ଗୋଟିଏ ପ୍ରତିଛବି । ସେହି ଫୁଲ ଗନ୍ଧର ମଦିରାରେ ତା ଅନ୍ତର ଯେପରି ଚିରଦିନ ସୁରଭିତ । ସେହି କୋକିଳ ଧ୍ୱନି ପ୍ରତିଧ୍ୱନିତ ହେବାର ତାହାର କଣ୍ଠ ଏକା ଉପଯୁକ୍ତ ସ୍ଥଳ । ପରମ ବିଭବଶାଳୀ ବସନ୍ତଋତୁର ଅପ୍ସରା ସେ,ଶରତର ଶୁଭ୍ର ସମ୍ଭାରରେ ଅଧିକତର ରମଣୀୟ ତାହାର ରୂପକାନ୍ତି । କିନ୍ତୁ ଆଜି ଏହି ସୁପ୍ରଭାତରେ ଖଣ୍ଡେ ବିଷାଦ-ବଉଦ ଉଠି ତାହାର ଶରତ ନିର୍ମଳ ମୁଖମଣ୍ଡଳଟିକି ମଳିନ କରିରଖିଛି, ତୁଷାରପୀଡ଼ିତା ନୀଳ ଅପରାଜିତା ପରି ଅଶ୍ରୁସିକ୍ତ ତାହାର ନୟନଯୁଗଳ । କାହିଁକି ? କେଉଁ ବ୍ୟଥାରେ ଏ ସତେଜ କୁସୁମଟି ମ୍ରିୟମାଣ ? ଏହାକୁ ସ୍ପର୍ଶ କରିବାକୁ ବ୍ୟଥାର ତ ବ୍ୟଥା ଉପୁଜିବା କଥା । ହାୟ, ନିୟତିର ଯଦି ଟିକିଏ କବିତ୍ୱ ଥାନ୍ତା, ଟିକିଏ ସୌନ୍ଦର୍ଯ୍ୟବୋଧ ଥାନ୍ତା !

ବାସନ୍ତୀର କି ଦୁଃଖ ? ବିରହ ? ସେ ଯେ ଅବିବାହିତା । ଦାରିଦ୍ର୍ୟ ? ତାହାର ରୀତିନୀତିରୁ ଅବସ୍ଥା ଯେ ବେଶ୍ ସ୍ୱଚ୍ଛଳ ବୋଲି ମନେହୁଏ । ତେବେ ଆଉ କଣ ? ଆଉ କ'ଣ, ପିତୃବିୟୋଗର ଅଳ୍ପକାଳ ପରେ ମାତା ରୋଗଶଯ୍ୟାରେ - ସେହି ଜନନୀ, ଯାହାର କୋଳ ଲାଭ କରି ପିତୃବିୟୋଗକୁ ସେ ଭୁଲି ଯାଇଛି, ସେହି ଜନନୀ ଯେ ତାହାର ସଂସାର ସାହାରାରେ ଏକମାତ୍ର ଆଶ୍ରୟ-ତରୁ !

ବାସନ୍ତୀର ପିତା ବଳରାମ ବାବୁ କଟକରେ ଡିପୋଟି ଥିଲେ । କନ୍ୟା ବାସନ୍ତୀ

ଓ ପତ୍ନୀ ବିନା ତାଙ୍କ ସଂସାରରେ ଅନ୍ୟ କେହି ନଥିଲେ । ତାଙ୍କର ଅକାଳ ବିୟୋଗ ପରେ ଏ ଦୁହିଁଙ୍କୁ ସମସ୍ତ ସଂସାରର ଭାର ନେବାକୁ ହୋଇଥିଲା । ବଳରାମ ବାବୁ ଖର୍ଚ୍ଚରୁ ଉଦବୃତ୍ତ କିଛି ଅର୍ଥ ପ୍ରଭିଡେଣ୍ଟ ଫଣ୍ଡରେ ଜମା ରଖିଥିଲେ, ସେହି ଅର୍ଥ ସାହାଯ୍ୟରେ ଏ ଦୁହେଁ ସଂସାର ଚଳାଇ ନିଅନ୍ତି । ଜନନୀ ସର୍ବଦା ତତ୍ପର ଥାଆନ୍ତି, ବାସନ୍ତୀ ଯେପରି ସେମାନଙ୍କ ସମୟହୀନତାର କୌଣସି  ସୂଚନା ନପାଉ ।  ବାସନ୍ତୀ ମଧ୍ୟ ପିତୃହୀନା ହୋଇ ମାତାଙ୍କ ପ୍ରତି ଅଧିକ ଆକୃଷ୍ଟ ହୋଇପଡ଼ିଥିଲା । ସେ ଆବାଲ୍ୟ ପରମ ସ୍ନେହରେ ଲାଳିତା ମାତା ପିତାଙ୍କର ଏକମାତ୍ର ନିଧି । ଅଭାବ ଦୁଃଖର ଛାୟା ତାକୁ ପ୍ରାୟ ସ୍ପର୍ଶ କରିନଥିଲା । କିନ୍ତୁ ଯେଉଁଦିନ ମୃତ୍ୟୁ ତାର କଳା ପର୍ଦ୍ଦାର ଅନ୍ତରାଳରେ ପିତାଙ୍କୁ ଅନ୍ତର୍ହିତ କଲା, ଯେଉଁଦିନୁ ସଂସାର ନିର୍ମମ ପ୍ରକୃତିର ସେ ପ୍ରଥମ ପରିଚୟ ପାଇଲା, ସେହିଦିନୁ ସେ ତାହାର ସୁଦୃଢ଼ ସ୍ନେହ ବନ୍ଧନରେ  ମାତାଙ୍କୁ ଆବଦ୍ଧ କରି ମୃତ୍ୟୁ କବଳରୁ ରକ୍ଷା କରିବାଲାଗି ସତର୍କ ରହିଲା । କିନ୍ତୁ ହାୟ, ସେହି କୋମଳ କରଟିକୁ ଏଡ଼ି ଦେଇ ମୃତ୍ୟୁ-ଦୂତ କଠିନ ପ୍ରାଣରେ ତାହାର ସ୍ନେହମୟୀ ଜନନୀଙ୍କୁ ଧରିବସିଛି ।

ଶଯ୍ୟା ଉପରେ ବସି ସେ ରୁଗ୍ଣା ଜନନୀଙ୍କ ସେବାରେ ରତ । ମାତାଙ୍କୁ ଛାଡ଼ି ସେ ଏକାକିନୀ  ରହିବ, ଏଡ଼େବଡ଼ ନିର୍ମମ ଘଟଣା ଭାବିବା ତାହା ପକ୍ଷରେ ଅସମ୍ଭବ । ଅତି ଆଦରରେ ଲାଳିତା ହୋଇ ସେ ଏ ସଂସାରର କଣ୍ଟକମୟ ପଥର ସମ୍ବାଦ ରଖିବାକୁ ଦିନେହେଲେ ଫୁରସତ୍ ପାଇନାହିଁ । ଏହାକୁ ମିଶାଇ ସେ ଚଉଦଟି ଶରତ ଉପଭୋଗ କରିଛି । କିନ୍ତୁ ଏହାମଧ୍ୟରେ  ମୁହୂର୍ତ୍ତକ ପାଇଁ ତାହାର ସ୍ୱୀୟ ଭବିଷ୍ୟତ ଚିନ୍ତା ମନରେ ଉଦିତ ହୋଇନାହିଁ, ଅତୀତ ପ୍ରତି ମଧ୍ୟ ସେ କେବେହେଲେ ଦୃଷ୍ଟି ଫେରାଇନାହିଁ । କେବଳ ପିତାଙ୍କ ଯତ୍ନରେ କଟକ ବାଳିକା ବିଦ୍ୟାଳୟରେ କେତେକ ବର୍ଷ ପଢ଼ି ଏବଂ ପ୍ରତିଦିନ ସମ୍ବାଦପତ୍ରାଦି ପାଠ କରି ନାରୀ ଜାତିର ସ୍ୱାତନ୍ତ୍ର୍ୟପାଇଁ ତାହାର ଯଥାସାଧ୍ୟ କିଛି କରିବାର ଇଚ୍ଛା । ତାହା ନହେଲେ ଖଣ୍ଡେ ଶୁଷ୍କପତ୍ର ପରି  ସେ ପବନ ବେଗରେ ଭାସି ବୁଲୁଥିଲା । କେଉଁଠାରୁ ଆସିଲା ତାହାର ଚିନ୍ତା ନାହିଁ, କେଉଁ ଆଡ଼େ ପୁଣି ଭାସିଯିବ ତାହାର ଭାବନା ନାହିଁ ।

ଏକାକୀ ଗୃହରେ ମାତାଙ୍କ ନିକଟରେ ବସି ସେ ସେବାରେ ଲାଗିଥାଏ । ଏକାଦିକ୍ରମେ ତିନିଦିନ ହେଲା ଜ୍ୱର, ଆଦୌ ଉପଶମ ନାହିଁ । ବାସନ୍ତୀ ଥର୍ମମିଟର ବ୍ୟବହାର କରିଜାଣେ । ସମାନ୍ୟ ଚିକିତ୍ସା  କରିପାରିବାର ଶିକ୍ଷା  ମଧ୍ୟ ତାହାର ଅଛି । ନିଜ ହୋମିଓପ୍ୟାଥିକ୍ ବାକ୍ସଟିର ସାହାଯ୍ୟରେ ସେ ଜନନୀଙ୍କର ଚିକିତ୍ସା କରୁଥାଏ । ଯଦିବା ନିଜ ସମ୍ପର୍କୀୟ ଦୁଃଖ ଦୁର୍ଦ୍ଦିନ ପାଇଁ ସେ କଦାପି ପ୍ରସ୍ତୁତ ନଥିଲା, ତଥାପି

ଆମ୍ଭମାନଙ୍କ ନାରୀସମାଜ ତୁଳନାରେ ତାହାର ଶିକ୍ଷା ଓ ସ୍ୱାଧୀନତା ଅନେକ ଉଚ୍ଚରେ। ନିଜ ବିପଦାଶଙ୍କାରେ ସେ କାତରା; କିନ୍ତୁ ଅପର ଦୁଃସ୍ଥ ବ୍ୟକ୍ତିର ସାହଯ୍ୟରେ ତାହାର ସାହସ ଓ ବଳ ଅତୁଳନୀୟ। ପଡ଼ୋଶୀ ବୃଦ୍ଧ ରାମ ତିହାଡ଼ୀଙ୍କର ବହୁଦିନର ବେମାରି ସେ ତାହାର ହୋମିଓପ୍ୟାଥିକ୍ ଚିକିତ୍ସାରେ ଆରୋଗ୍ୟ କରିଦେଇଥିଲା। ପଡ଼ାର ପାଖ ଆଖ ଲୋକେ ଏହିସବୁ ଧରଣ ଦେଖି କଟାକ୍ଷ କରୁଥିଲେ। କିନ୍ତୁ ବଳରାମ ବାବୁ କିମ୍ବା ତାଙ୍କ ସ୍ତ୍ରୀଙ୍କ ସପକ୍ଷରେ କେହି କିଛି ଭରସି କହିପାରୁନଥିଲେ। ବାସନ୍ତୀ ମଧ୍ୟ ଏସବୁ ଜାଣିବାର ସୁବିଧା ପାଇନାହିଁ। ତାହାର ଚରିତ୍ର ଓ ଶିକ୍ଷା ଉପରେ ପିତାମାତାଙ୍କର ତୀକ୍ଷ୍ଣ ଦୃଷ୍ଟିଥିଲା ଏବଂ ସେହି ଶିକ୍ଷା ଅନୁପାତରେ ସେମାନେ ତାକୁ ବେଶ୍ ସ୍ୱାଧୀନତା ଦେଇଥିଲେ।

ଏକାକୀ ଯାଇ ଡାକ୍ତର ଡାକି ଆଣି ମାତାଙ୍କର ଚିକିତ୍ସା କରାଇବାର ସାହସ ତାହାର ଥିଲା; କିନ୍ତୁ ବାସନ୍ତୀ ଡାକ୍ତର କଥା ପକାଇଲେ ମାତା ଅତ୍ୟନ୍ତ ଅନିଚ୍ଛା ସହ କହନ୍ତି- "ନାହିଁ ମା, ତୋର ଏତେ ଚିନ୍ତା କାହିଁକି ? ତୁ ତ ମୋର ଡାକ୍ତର ଠୁଁ ଭଲ ଜାଣୁ। ତୋର ଚିକିତ୍ସାରେ ମୁଁ ଭଲ ହୋଇଯିବି ଯେ। ତୁ ଖୁସି ହ, ଖେଳ, ବୁଲ୍। ଡାକ୍ତର କଥା ତୁ କାହିଁକି ଭାବୁଛୁ ?" ବାସନ୍ତୀ ଜନନୀଙ୍କ ଇଚ୍ଛା ବିରୁଦ୍ଧରେ କିଛି କରେନାହିଁ। ବାସନ୍ତୀ ଜାଣେ, ସେ ତାଙ୍କ କଥା ବେଶି ଭାବୁଥିବାର ଜନନୀ ଯଦି ବୁଝି ପାରନ୍ତି, ତେବେ ଅତ୍ୟନ୍ତ ବ୍ୟଥିତ ହେବେ ଏବଂ ସେହି ଦୁଃଖରେ ରୋଗ ମଧ୍ୟ ବୃଦ୍ଧି ଲଭିପାରେ। ସୁତରାଂ, ସେ ଜନନୀଙ୍କ ମନରେ କୌଣସି ପ୍ରକାର କଷ୍ଟ ନଦେବା ବିଷୟରେ ସଦା ସତର୍କ ଥିଲା। ଜନନୀ ନିର୍ମଳା ଦେବୀ ତାକୁ ସବୁବେଳେ ନିକଟରେ ବସି ରହିବାକୁ ମନା କରନ୍ତି, ସହାଧ୍ୟାୟୀମାନଙ୍କ ସହ ଖେଳିବାକୁ ବୁଲିବାକୁ କହି ବଡ଼ ଜିଦ୍ କରନ୍ତି; କିନ୍ତୁ ସେ ତାଙ୍କୁ ଛାଡ଼ି ଯାଇପାରେ ନାହିଁ। ସେ ଯଦି ଖେଳେ ତାଙ୍କରି ଶଯ୍ୟା ନିକଟରେ ବସି ସହାଧ୍ୟାୟୀମାନଙ୍କୁ ଡାକିଆଣି ଖେଳେ; କିନ୍ତୁ ସେ ଖେଳ କେବଳ ଜନନୀଙ୍କ ଆନନ୍ଦ ଲାଗି, ତାହାର ଆନନ୍ଦ ସେଥିରେ ତିଳେ ହେଲେ ନଥାଏ।

ବାସନ୍ତୀର ବନ୍ଧୁ ସୁନୀତି ଖ୍ରୀଷ୍ଟାନ୍। ସୁନୀତି ଦ୍ୱାରା ମାତାଙ୍କୁ ପ୍ରବର୍ତ୍ତାଇ ଡାକ୍ତର ଡାକିବାକୁ ସେ ଚେଷ୍ଟା କରିଛି। କିନ୍ତୁ ସବୁଥର ମା ଉତ୍ତର ଦେଇଛନ୍ତି, "ନାହିଁ ମା, ତୁମେମାନେ କାହିଁକି ଏତେ ବ୍ୟସ୍ତ ହେଉଛ ? ମୁଁ ତ ସେପରି କିଛି ଆବଶ୍ୟକ ବର୍ତ୍ତମାନ ଦେଖୁନାହିଁ। ଆବଶ୍ୟକ ହେଲେ ମୁଁ ତ ନିଜେ କହିବି।" ସୁନୀତି ଟିକିଏ ବଳାଇ ବଳାଇ କହେ- "ମାଉସି, ଡାକ୍ତର ଦେଖିଲେ ଜରଟା କାହିଁକି ଛାଡୁନାହିଁ ବୁଝାଯାନ୍ତା।" ବାସନ୍ତୀର ମା ଏକଥାରେ କାନ ନଦେଇ କହନ୍ତି, ନାହିଁ ମା, ଥାଉ। ତୁମେମାନେ

ଭାବୁଛ, ମୁଁ କଣ ମୋ କଥା ଭାବୁନାହିଁ? ମୁଁ କଣ ଜାଣେ ନାହିଁ, ମୁଁ ମରିଗଲେ ମୋ ବାସନ୍ତୀର କେଡ଼େ କଷ୍ଟ ହେବ? ଜାଣି ଜାଣି ମୁଁ ତାକୁ ଏଡ଼େ କଷ୍ଟ ଦେବାକୁ ଯାନ୍ତି?" ହାୟରେ ଜନନୀର ପ୍ରାଣ, ଜାଣି ଜାଣି ସେ ଏହା କରିବାକୁ ଯିବ କାହିଁକି? କିନ୍ତୁ ଏହା ପୂର୍ବରୁ କେତେଥର ତ ଜ୍ୱର ଆସିଛି। ସେ ମାତୃ ହୃଦୟ ଯେବେ ଭବିଷ୍ୟତ କଥା ଏତେ ବିଚାରକରି ଚଳେ, ତେବେ ବାସନ୍ତୀ ଏ ସମ୍ବାଦ ପୂର୍ବରୁ ଜାଣିପାରେନାହିଁ କାହିଁକି? ଯେତେବେଳେ ଜ୍ୱର ପୀଡ଼ାରେ ମାତା ଚଳିବାକୁ କ୍ଷମ, ସେତେବେଳେ ଯାଇ କନ୍ୟା ତାଙ୍କ ରୋଗ କଥା ଜାଣିପାରେ।

ମାତାଙ୍କୁ ରାଜି କରି ଡାକ୍ତର ଡାକି ଉପଯୁକ୍ତ ଚିକିତ୍ସା କରାଇବା ଭଳି ଜଣେ ମାତ୍ର ଲୋକକୁ ବାସନ୍ତୀ ଜାଣେ। ସେ ଦେବ ଭାଇ! କିନ୍ତୁ ଏ କେତେଦିନ ତାଙ୍କର ତ କୌଣସି ସମ୍ବାଦ ନାହିଁ , ଚିଠି ଖଣ୍ଡେ ମଧ୍ୟ ମିଳିନାହିଁ। ସେ କଣ ଏଡ଼େ ନିର୍ମମ ହୋଇ ପାରନ୍ତି? ଯାହା କହନ୍ତି,ବିପଦ କାଳରେ କେହି ବନ୍ଧୁ ନୁହନ୍ତି, ସେ କଥାଟା କଣ ଏଡ଼େ କଠୋର ସତ୍ୟ? ଦେବଭାଇ ପରି ଲୋକ ଏଡ଼େ ନିଷ୍ଠୁର ହୋଇପାରେ? କାହା ଲାଗି କେଜାଣି, ଅଭିମାନରେ ବିଦ୍ଧହୋଇ ଗର୍ବିତା ବାସନ୍ତୀର ଚକ୍ଷୁ ଛଳ ଛଳ ହୋଇ ଆସିଲା।

ଠିକ୍ ସେହି ସମୟରେ ଦାଣ୍ଡ ଦ୍ୱାରରେ ସାଇକେଲ ଘଣ୍ଟା ଶୁଭିଲା ଏବଂ ସଙ୍ଗେ ସଙ୍ଗେ ଦେବବ୍ରତ ଘରେ ଆସି ପହଞ୍ଚିଗଲେ।

## - ଦୁଇ -

କଟକ ରେଭେନ୍ସା କଲେଜ ସେ ସମୟକୁ ଚଉଳିଆଗଞ୍ଜକୁ ଅନ୍ତରିତ ହୋଇ ନଥିଲା। ସେହି ପୁରାତନ ଗୃହ ଗୁଡ଼ିକରେ ମଧ୍ୟ ନୂତନ ଆଲୋକ, ନବଯୁଗର ବାର୍ତ୍ତା ପ୍ରବେଶ କରିପାରିଥିଲା। ସେହି କ୍ଷୁଦ୍ର ବେଷ୍ଟନୀ ଭିତରେ ମଧ୍ୟ ସମାଜସେବା, ଦେଶ ସେବା, ସାହିତ୍ୟ ସେବାର ବିସ୍ତୃତ କ୍ଷେତ୍ର ପ୍ରସ୍ତୁତ କରାଯାଇଥିଲା। ସେହି ଯୁବକମାନେ କଲେଜରୁ ବାହାରି ଦେଶରେ ଆଜି କି କି କାର୍ଯ୍ୟ କରିଅଛନ୍ତି, ତାହାର ହିସାବ ଆମ୍ଭେମାନେ ରଖିନାହୁଁ। କିନ୍ତୁ ସେକାଳର ଯୁବକ ଛାତ୍ରମାନଙ୍କର ଉଦ୍ୟମ, ଉତ୍ସାହ ଯେ ବେଶ୍ ପ୍ରବଳ ଥିଲା, ସକଳ କ୍ଷେତ୍ରରେ ଛାତ୍ରମାନେ ଯେ ଦେଶବାସୀଙ୍କୁ ଯଥେଷ୍ଟ ଆଶା ଭରସା ଦେଉଥିଲେ, ଏହାର ପ୍ରମାଣ ବର୍ତ୍ତମାନ ଦୁର୍ଲ୍ଲଭ ନୁହେଁ।

ସେହି ସମୟରେ କଲେଜର ତୃତୀୟ ବାର୍ଷିକ ଶ୍ରେଣୀରେ ଗୋଟିଏ ଛାତ୍ର ପଢୁଥିଲା -ନାମ ଦେବବ୍ରତ। ଏଯୁବକଟିର ନାମ ଉଲ୍ଲେଖ କରିବାର ବିଶେଷ କାରଣ ଅଛି। ଦେବବ୍ରତ ବାଲେଶ୍ୱରର ଜଣେ ଜମିଦାରଙ୍କ ପୁତ୍ର। ଗୃହରେ ତାହାର କେବଳ ବୃଦ୍ଧା ମାତା ଥାଆନ୍ତି ଏବଂ ଜଣେ ସମ୍ପର୍କୀୟ ଖୁଡ଼ୁତା ଜମିଦାରୀ ବୁଝନ୍ତି। ଛାତ୍ର ହିସାବରେ ଦେଖିଲେ ଦେବବ୍ରତକୁ ମନଯୋଗୀ କରିବାର ଜୁ ନାହିଁ; କାରଣ କ୍ଲାସରେ ଅଧ୍ୟାପନା ପ୍ରତି ତାହାର ଯେତେ ମନଯୋଗ, ତା'ଠାରୁ ବେଶୀ ମନଯୋଗ ଅଧ୍ୟାପକଙ୍କ ବେଶ ଭୂଷା ପ୍ରତି, ତାଙ୍କର ଚାଲି ଚଳନ ଓ କଥାବାର୍ତ୍ତା ପ୍ରତି। କ୍ଲାସ ଗୃହରେ ତାହାର ଚକ୍ଷୁ ଅଳ୍ପ ସମୟ ମଧ୍ୟରେ କ୍ଳାନ୍ତ ହୋଇପଡ଼େ। ଘଣ୍ଟାକରୁ ପ୍ରାୟ ଚାଳିଶ ମିନିଟ୍ କଟିଯାଏ ବାହାରକୁ ଚାହିଁ। ଗାଡ଼ିଟାଏ, ଘୋଡ଼ାଟାଏ ଓ ପଥିକଟାର ଗତିବିଧି ନିରୀକ୍ଷଣ କରିବାରେ ତାହାର ବେଶୀ ସମୟ ଯାଏ। ଘରକୁ ଗଲେ ଖେଳ, ସଙ୍ଗୀତ ଚର୍ଚ୍ଚା, ହାସ୍ୟାମୋଦ, ତର୍କ ଇତ୍ୟାଦି।

ଅନ୍ୟ ଦିଗରୁ ଦେଖିଲେ ସେ ଜଣେ ନେତା। ସଭା ସମିତି ହେଲେ ତାହାର

ଆହ୍ୱାନ- ବକ୍ତୃତା ଦେବାକୁ ହେବ, ସଙ୍ଗୀତ ଗାଇବାକୁ ହେବ। ଫୁଟବଲ୍, ଟେନିସ୍, କ୍ରିକେଟ୍, ହକି ପ୍ରଭୃତିରେ ସେ ସୁନିପୁଣ। ଛାତ୍ରାବାସରେ କେହି ରୋଗାକ୍ରାନ୍ତ ହେଲେ, ଡାକ୍ତର ଓ ସୁପରିଣ୍ଟେଣ୍ଡେଣ୍ଟ ଜାଣିବା ପୂର୍ବରୁ ଦେବବ୍ରତ ଜାଣିଥିବ ଓ ଯାଇ ହାଜର ହୋଇଥିବ। ବନ୍ଧୁ ମେଳରେ କିଛି ଆଶଙ୍କା ହେଲେ,ଦେବବ୍ରତ ଆଗ ପଦାକୁ ବାହାରି ପଡ଼େ। ସରସ୍ୱତୀ ପୂଜା କିମ୍ୱା ଗଣେଶ ପୂଜାରେ ଦେବବ୍ରତର ମୁହୂର୍ତ୍ତେ ଅବସର ନଥାଏ। ଆଜି ଯେବେ ଗୋଟିଏ କଥାରେ ମନ ଲାଗିଛି, ଯଥା- ଅସ୍ପୃଶ୍ୟ ତ୍ୟାଗ କରିବାକୁ ହେବ, ଦେବବ୍ରତ ବନ୍ଧୁମାନଙ୍କ ସମକ୍ଷରେ ନିମ୍ନ ଶ୍ରେଣୀର ଲୋକଙ୍କୁ ପାଖରେ ବସାଇ ଆହାର କରିବ। କିନ୍ତୁ ଏସବୁ ସେ ଲଘୁ ଭାବରେ କରୁନଥିଲା। ତାହାର ନିଷ୍ଠା ଥିଲା, ତାହାର ଅଦମ୍ୟ ଶକ୍ତି ମଧଥିଲା, ପ୍ରାଣରେ ସେ ଅହରହ ଏହି ଶକ୍ତି ଅନୁଭବ କରୁଥିଲା। ଏଥିପାଇଁ ଅକ୍ଲାନ୍ତ ପରିଶ୍ରମରେ ମଧ ତାହାର ଶାନ୍ତି ନ ଥିଲା କିମ୍ୱା ବିଶ୍ରାମର ପ୍ରୟୋଜନବୋଧ ନ ଥିଲା। ଏହିସବୁ କାରଣରୁ ତାହାର ସହଧ୍ୟାୟୀମାନେ ତାକୁ ଶ୍ରଦ୍ଧା କରନ୍ତି, ଅଧ୍ୟାପକମାନେ ତାକୁ ଖାତିର କରନ୍ତି।

ଦେବବ୍ରତ ପ୍ରଥମେ ଜଣେ ଶିକ୍ଷକଙ୍କ ଅଭିଭାବକତ୍ୱରେ ରହି କଟକ ଭିକ୍ଟୋରିଆ ସ୍କୁଲ୍‌ରେ ଅଧ୍ୟୟନ କରେ। ଖର୍ଚ୍ଚ ପାଇଁ ଜମିଦାରୀରୁ ଯେ ଟଙ୍କା ଆସେ, ସେଥିରୁ ବେଶି ଭାଗଟା ଥିଏଟର୍, ସର୍କସ ଦେଖା ଓ ସଙ୍ଗୀତ ଯନ୍ତ୍ର କ୍ରୟରେ ନିଃଶେଷ ହୋଇଯାଏ। ଗୃହଶିକ୍ଷକ ହରିଗୋପାଳ ବାବୁ ତାକୁ ଏସବୁରେ ବାଧା ଦିଅନ୍ତିନାହିଁ। ଯେଉଁଠାରେ ତାଙ୍କର ଚେଷ୍ଟା ବ୍ୟର୍ଥ ହେବ ବୋଲି ବୁଝନ୍ତି, ସେଠାରେ ପରିଣାମଦର୍ଶୀ ହୋଇ ଚୁପ୍ କରି ରହିଯାନ୍ତି। ଆଉ ମଧ୍ୟ ଏ ସକଳ ଫୂର୍ତ୍ତି ସତ୍ତ୍ୱେ ଦେବବ୍ରତର ଫେଲ୍ ଖବର କେବେ ଶୁଣାଯାଇନାହିଁ। କେହି ଏ କଥା ଉତ୍‌ଥାପନ କଲେ କହେ, "ପାଶ୍ କରିବାକୁ କଣ ପାଠପଢ଼ାର ବେଶୀ କିଛି ଦରକାର? ବେଶୀ ପାଠପଢ଼ା ବିଶ୍ୱବିଦ୍ୟାଳୟରେ ନାମ କରିବା ଲାଗି।" ଶିକ୍ଷକମାନେ ଭଲ ପିଲାଟା 'ନଷ୍ଟ' ହୋଇଯାଉଛି ବୋଲି ବହୁବାର ଆକ୍ଷେପ କରିଥା'ନ୍ତି। କିନ୍ତୁ ଦେବବ୍ରତ ଏଡ଼େବଡ଼ ବୋକା ନୁହେଁ ଯେ ଶିକ୍ଷକମାନଙ୍କ କଥାରେ ଭୁଲିଯିବ। ସେ ସିଧା ସିଧା ସେମାନଙ୍କ କଥାର ଉତ୍ତର ଦିଏ, "ଆପଣଙ୍କ ଭଲ ପିଲାଗୁଡ଼ାକ ନିପଟ ଗଧ।"

ଏହିଠାରେ ବାସନ୍ତୀଙ୍କ ସଙ୍ଗରେ ଦେବବ୍ରତ ପରିଚୟ ହେବାର କିଞ୍ଚିତ ବିବରଣ ଦେବା ଆବଶ୍ୟକ। ଦେବବ୍ରତ ଯେତେବେଳେ ହରିଗୋପାଳବାବୁ ଶିକ୍ଷକଙ୍କ ଅଭିଭାବକତ୍ୱରେ ଥିଲା, ସେତେବେଳେ ସେମାନଙ୍କ ବସା ବଳରାମ ବାବୁଙ୍କ ଘରକୁ ଲାଗିଥିଲା। ବଳରାମ ବାବୁଙ୍କ ଦୃଷ୍ଟି ବଡ଼ ତୀକ୍ଷ୍ଣ। ସେହିଦୃଷ୍ଟିତଳେ ବାସନ୍ତୀ ସ୍ୱାଧୀନତା ଲାଭ କରିଥିଲା ଏବଂ ସେହି ଦୃଷ୍ଟି ବଳରେ ସେ ଦେବବ୍ରତକୁ ତନ୍ନ ତନ୍ନ କରି

ଦେଖିନେଇଥିଲେ। ଯୁବକର ତେଜ, ବୀର୍ଯ୍ୟ ସଙ୍ଗେ ତାହାର ଚରିତ୍ରର ସାରବତ୍ତା ଟିକ ସେ ବେଶ୍ ବୁଝିପାରିଥିଲେ। ଏହି କାରଣରୁ ତାଙ୍କ ଗୃହକୁ ଦେବବ୍ରତର ନିର୍ବାଧ ଗତି ଥିଲା। ବଳରାମ ବାବୁ ଓ ତାଙ୍କର ସ୍ତ୍ରୀ ଦେବବ୍ରତକୁ ପିତା ମାତାର ସ୍ନେହ ଦୃଷ୍ଟିରେ ଦେଖୁଥିଲେ। ଦେବବ୍ରତ ମଧ୍ୟ ସେମାନଙ୍କୁ ପ୍ରଗାଢ଼ ଶ୍ରଦ୍ଧା ଓ ଭକ୍ତି କରୁଥିଲା। ସେହି ସମୟରୁ ବାସନ୍ତୀ ତାକୁ ଦେବଭାଇ ବୋଲି ଡାକେ। ବଳରାମ ବାବୁଙ୍କର ଦେବବ୍ରତକୁ ଜାମାତା କରିବାର ସମ୍ପୂର୍ଣ୍ଣ ଇଚ୍ଛା ଥିଲେ ମଧ୍ୟ ପ୍ରକାଶ୍ୟ ଭାବରେ ତାକୁ ଏହା ଶୁଣାଇ ନଥିଲେ। ସ୍ତ୍ରୀଙ୍କ ପାଖରେ ମଧ୍ୟ ଏ ବିଷୟରେ କିଛି ପ୍ରକାଶ ନକରି ନୀରବରେ କନ୍ୟା ଓ ଦେବବ୍ରତଙ୍କ ଗତିବିଧି ନିରୀକ୍ଷଣ କରିବା ଲାଗି ତାଙ୍କୁ ସାବଧାନ କରି ଦେଇଥିଲେ।

ଦେବବ୍ରତ ଯେତେବେଳେ ମ୍ୟାଟ୍ରିକ୍ ପାଶ୍ କରି କଲେଜରେ ପଢ଼ିବାକୁ ଗଲା, ବଳରାମ ବାବୁଙ୍କର ଇଚ୍ଛା ଥିଲା, ତାଙ୍କ ଘରେ ଦେବବ୍ରତକୁ କୌଣସି ମତେ ରଖାଇଥାନ୍ତେ; କିନ୍ତୁ ଦେବବ୍ରତ ସେ ପ୍ରସ୍ତାବରେ ନାମଙ୍ଗ ହୋଇ କଲେଜ ବୋର୍ଡିଂରେ ରହିଲା ଏବଂ ପ୍ରତିଦିନ ସେମାନଙ୍କ ଘରେ ଜଳଯୋଗଟା କରିବାକୁ ଅଙ୍ଗୀକାର କଲା। ଅଙ୍ଗୀକାର କଲା ସତ୍ୟ, କିନ୍ତୁ ଅଧିକାଂଶ ଦିନ 'ସମାଜ ସେବାସଂଘ', 'ସାହିତ୍ୟ ସମ୍ମେଳନ' ପ୍ରଭୃତିରେ ଯୋଗଦେଇ ତାକୁ ଅବସର ମିଳୁନଥିଲା।

ବାସନ୍ତୀର ପିତାମାତାଙ୍କର ସମସ୍ତ ସାବଧାନତା ସତ୍ତ୍ୱେ ବାସନ୍ତୀ ଓ ଦେବବ୍ରତ ଅଜ୍ଞାତ ଭାବରେ ପରସ୍ପର ପ୍ରତି ଆକୃଷ୍ଟ ହୋଇପଡ଼ିଥିଲେ। ବାସନ୍ତୀର କଥାଟି, ହସଟି, ଅଭିମାନଟି ଦେବବ୍ରତର ପ୍ରାଣକୁ ଗାଢ଼ରୂପେ ସ୍ପର୍ଶ କରୁଥିଲା। ଏବେ ସେହି ଚିତ୍ରଗୁଡ଼ିକ ଅନେକ ସମୟରେ ତାହାର କଳ୍ପନାର ବସ। ବାସନ୍ତୀ ମଧ୍ୟ ଦେବବ୍ରତର ଉଦାର ମାନବିକତା, ସାହସ ଓ ଧୈର୍ଯ୍ୟ ଯୋଗୁଁ ତାକୁ କିପରି ଏକ ଶ୍ରଦ୍ଧା ବିନମ୍ର ଭାବରେ ଦେଖିବାକୁ ଶିଖିଥିଲା। ବିଶେଷତଃ ବଳାରାମ ବାବୁଙ୍କ ମୃତ୍ୟୁ ସମୟରେ ସେ ଯେପରି ଧୈର୍ଯ୍ୟ ଓ ସାହସର ସହିତ ସାହାଯ୍ୟ କରିଥିଲା, ତାହା ଯେ ଦେଖିଛି, ସେ ପ୍ରଶଂସା କରିବାକୁ ବାଧ୍ୟ ହୋଇଅଛି। ଦୁହିଙ୍କ ମଧ୍ୟରେ ଏହି ପ୍ରଣୟାଙ୍କୁର ଦିନକୁଦିନ ବୃଦ୍ଧି ଲଭୁଥିଲା। ସଭାସମିତି ପ୍ରଭୃତିରେ ଦିନ ଦୁଇଟା ଅଟକିଗଲେ, ଦେବବ୍ରତର ମନ ଚଞ୍ଚଳ ହୁଏ, ଭାବେ, ଯାଇ ବାସନ୍ତୀକି ଥରେ ଦେଖି ଆସିବ। ବାସନ୍ତୀ ମଧ୍ୟ ତାକୁ କିଛିଦିନ ନଦେଖିଲେ, ଘନ ଘନ ଚିଠି ଲେଖିବାକୁ ଆରମ୍ଭ କରେ। ଲୋକଚକ୍ଷୁର ଅନ୍ତରାଳରେ ଏହି ଦିଓଟି ତରୁଣ ପ୍ରଣୟୀଙ୍କର ମନୋଭାବର ଯେ ଆଦାନ ପ୍ରଦାନ ଚାଲିଥିଲା, ତାହା ଏକା ବାସନ୍ତୀର ଜନନୀଙ୍କ ବ୍ୟତୀତ ଦ୍ୱିତୀୟ କେହି ଜାଣନ୍ତିନାହିଁ।

କିନ୍ତୁ ଏହା ବେଶିଦିନ ଗୋପନ ରହିପାରିଲାନାହିଁ। ପୂର୍ବରୁ ଆମ୍ଭେମାନେ କହିଅଛୁଁ, ଛାତ୍ର ସମାଜରେ ଦେବବ୍ରତର କେତେଦୂର ପ୍ରତିପତ୍ତି ଥିଲା। ଦେବବ୍ରତ ଯଦି

କହେ, "ଷ୍ଟ୍ରାଇକ୍"- ସେ ଆଜ୍ଞା ବିଦ୍ୟୁତ୍ ବେଗରେ ଛାତ୍ର ସମାଜରେ ପ୍ରଚାରିତ ହୋଇଯିବ ଏବଂ ଅବିଳମ୍ବେ କାର୍ଯ୍ୟରେ ପରିଣତ ହେବ। ଛାତ୍ରମାନଙ୍କର କିଛି ଆପତ୍ତି ଅଧ୍ୟାପକଙ୍କୁ ଶୁଣାଇବାକୁ ହେଲେ, ଦେବବ୍ରତହିଁ ଆଗଭର। ଏପରି ଅବସ୍ଥାରେ ଯାହା ସାଧାରଣତଃ ହୋଇଥାଏ, ତାହାହିଁ ହେଲା। ଯେଉଁ ଛାତ୍ରମାନେ ଦେବବ୍ରତର ପ୍ରତିପତ୍ତିରେ ଈର୍ଷାନ୍ୱିତ, ସେମାନେ ତାହାର ଛିଦ୍ରାନ୍ୱେଷଣ କରିବୁଲିଲେ। ଦେବବ୍ରତ କେତେବେଳେ କେଉଁ ସ୍ଥାନକୁ ଯାଏ, କାହା କାହା ନିକଟକୁ ପତ୍ର ଲେଖେ ଏବଂ କେଉଁଠାରୁ ପତ୍ର ପାଏ- ଇତ୍ୟାଦି ବିଷୟ ଆବିଷ୍କାର କରିବାକୁ ଡେରି ହେଲାନାହିଁ। ସେମାନେ ନାନା ଭାବରେ ଦେବବ୍ରତର ଚରିତ୍ର ଉପରେ କଳଙ୍କ ଆରୋପ କରି ଗୋଟିଏ ଦଳ ଗଠନ କରିନେଲେ ଏବଂ କାପୁରୁଷ ପରି ବାଟରେ ଘାଟରେ ଅତି ଅକଥ୍ୟ ଭାଷାରେ ତାକୁ ଆଘାତ କରିବାକୁ ଆରମ୍ଭ କଲେ। ଦେବବ୍ରତ ବହୁ ପୂର୍ବରୁ ଛାତ୍ର ସମାଜରେ ଅନେକଙ୍କ ହୀନତା ଓ ଅଭଦ୍ରତାର ପରିଚୟ ପାଇଥିଲା। ଏହି ଦୂଷିତ ସ୍ୱଭାବ ଯୁବକମାନଙ୍କଠାରେ ଶିକ୍ଷାର ଉଦ୍ଦେଶ୍ୟ ଯେ ମାଟି ହୋଇଯାଇଛି, ତାହା ସେ ବେଶ୍ ବୁଝି ପାରିଥିଲା। ସେମାନଙ୍କୁ ଭୟ କରି ଦୂରରେ ରହିବା ଅପେକ୍ଷା ଅନ୍ୟ ଉପାୟ ତାହାର ନଥିଲା। ତଥାପି ସେମାନଙ୍କର କ୍ରୁର ଦୃଷ୍ଟି ତା ଉପରୁ ଫେରିଲା ନାହିଁ ଏବଂ ଭଲରୂପେ ପ୍ରତିହିଂସା ନେବାକୁ ସେମାନେ ଗୋଟାଏ ସୁଯୋଗ ଖୋଜି ବୁଲୁଥିଲେ।

ସେଦିନ ଶନିବାର- "ସମାଜ ସେବାସଂଘ"ର ଚତୁର୍ଥ ଅଧିବେଶନ। ଆଲୋଚ୍ୟ ବିଷୟଟି 'ନାରୀ ଜାତିର ସ୍ୱାତନ୍ତ୍ର୍ୟ ବିଷୟରେ ଛାତ୍ର ସମାଜର କର୍ତ୍ତବ୍ୟ'। ସଭାପତି ନିଜେ ଦେବବ୍ରତ। ତାହାର ବିପକ୍ଷ ଦଳ ଏହିଟାକୁ ସୁବର୍ଣ୍ଣ ସୁଯୋଗ ମନେକଲେ। ଯେଉଁମାନଙ୍କର କେବେ ସଭାଗୃହରେ ପାଦ ପଡ଼େନାହିଁ, ସେମାନେ ମଧ୍ୟ ଆଜି ଆସି ହାଜର। ଦେବବ୍ରତ ପୂର୍ବରୁ କିଛି ମାତ୍ର ଆଶଙ୍କା କରିନାହିଁ। ସେ ତାହାର ସ୍ୱାଭାବିକ ନିର୍ଭୀକତା ସହିତ ସଭାର କାର୍ଯ୍ୟ ପରିଚାଳନା ଆରମ୍ଭ କଲା। ପ୍ରବନ୍ଧ ପାଠ ପରେ ଜଣେ ବକ୍ତା ଦଣ୍ଡାୟମାନ ହୋଇ କହିଲେ, "ମୁଁ ନାରୀ ସ୍ୱାତନ୍ତ୍ର୍ୟ ସମ୍ବନ୍ଧରେ କିଛି କହିବା ପୂର୍ବରୁ ଆମ୍ଭମାନଙ୍କର- ବିଶେଷତଃ ଆମ୍ଭମାନଙ୍କ ମଧ୍ୟରେ ଯେଉଁମାନେ ମୁଖପାତ୍ର, ସେମାନଙ୍କ ସମ୍ବନ୍ଧରେ କିଛି କହିବାକୁ ଚାହେଁ। ଏହି କଠିନ କାର୍ଯ୍ୟର ପରିଚାଳନା ଲାଗି ଆମ୍ଭେମାନେ କେତେଦୂର ପ୍ରସ୍ତୁତ ହୋଇଅଛୁ, ଆମ୍ଭମାନଙ୍କ ମଧ୍ୟରେ କେତେଜଣଙ୍କର ସେ ନୈତିକତା ଅଛି, ଏହି ପ୍ରଶ୍ନ ମୁଁ ଆଜି ଆପଣମାନଙ୍କୁ ପଚାରିବାକୁ ଚାହେଁ। ଆପଣମାନେ ନିଜନିଜ ହସ୍ତରେ - ନା, ନା- ନିଜ ନିଜ ବକ୍ଷରେ ହସ୍ତ ସ୍ଥାପନ କରି କହନ୍ତୁ ଦେଖି; କେତେ ଜଣ ଏ କାର୍ଯ୍ୟ ଲାଗି ପ୍ରସ୍ତୁତ? ମୁଁ ଆଜି ଜୋର୍ କରି କହିପାରେ, ଜଣେ କେହି ନାହିଁ। ମୁଁ ଏ ସଭାଗୃହରେ ଥିବା ପ୍ରତ୍ୟେକ

ଛାତ୍ରକୁ ତନ୍ନ ତନ୍ନ କରି ଦେଖିଛି। ବର୍ତ୍ତମାନ ମଧ୍ୟ ପ୍ରତି ଛାତ୍ରକୁ ତାହାର ଗୁଣଗ୍ରାମ କହି ଆପଣମାନଙ୍କୁ ଚିହ୍ନାଇଦେଇପାରେ।"

ସଭାପତି ଦଣ୍ଡାୟମାନ ହୋଇ କହିଲେ- "ଏପରି ବ୍ୟକ୍ତିଗତ ଆଲୋଚନାରୁ ବିରତ ହେବାପାଇଁ ମୁଁ ଆପଣଙ୍କୁ ଅନୁରୋଧ କରୁଛି।"

ଅପର ଜଣେ ବକ୍ତା ଦଣ୍ଡାୟମାନ ହୋଇ କହିଉଠିଲେ, "ସଭାପତି ମହୋଦୟ, ଏଠାରେ ଆତ୍ମଗୋପନ କଲେ ଚଳିବନାହିଁ। ଆ- ଆ- ଆପଣଙ୍କୁ ନେଇ ଏସବୁ ଆଲୋଚନା। ଆପଣଙ୍କ ପ୍ରତାରଣା ଧରାପଡ଼ିଯାଇଛି। ଆଉ ନେତା ହୋଇ ଛଳନା କଲେ ଚଳିବନାହିଁ।" ଦେବବ୍ରତ ମୁଖ ଲାଲ୍ ହୋଇଗଲା। ତତ୍ପରେ ଅପର ଜଣେ ସଭାପତିଙ୍କ କଥାକୁ ଅପେକ୍ଷା ନକରି କହିବାକୁ ଲାଗିଲେ, "ଆପଣଙ୍କ ଗୁପ୍ତ-ପ୍ରଣୟପତ୍ରର ଆଦାନ ପ୍ରଦାନ ସବୁ ଜଣା ପଡ଼ି ଯାଇଛି। ଏହି ସେହି ପତ୍ର ମଧ୍ୟରୁ ଖଣ୍ଡିଏ। ସେହି ପ୍ରଣୟିନୀଙ୍କ ନିକଟକୁ ବୋଧହୁଏ ଆପଣଙ୍କର ଗତିବିଧି ଅଛି। ସମସ୍ତ ସଭା ଗୃହରେ ଗଣ୍ଡଗୋଳ ଆରମ୍ଭ ହେଲା। କେତେ ଥଟ୍ଟା ତାମସା, ବିକଟ ହାସ୍ୟ, ସେମ୍ ସେମ୍ ଧ୍ୱନି। ଦେବବ୍ରତ ସପକ୍ଷରେ ଯେଉଁ କେତେଜଣ କହିବାକୁ ଠିଆ ହେଲେ- ସେମାନଙ୍କୁ ନାନା କୁବାକ୍ୟ ଦ୍ୱାରା ଚୁପ୍ କରାହେଲା। ସଭାପତି ଅଗତ୍ୟା ଗୃହ ପରିତ୍ୟାଗ କଲେ ଏବଂ ସଭାଭଙ୍ଗ ହେଲା।

ଦେବବ୍ରତ ପକ୍ଷରେ ସେ ଆଘାତ ବଡ଼ ଗୁରୁ। ସେ ଆଘାତ ଯେ ତାହାର ସେହି ଗର୍ବିତ ମନୁଷ୍ୟତ୍ୱ ଉପରେ! ସହସ୍ର ଲୋକଙ୍କ ମଧ୍ୟରେ ଗୋଟାଏ ପ୍ରତିବାଦ କରି ନିଜ ମତର ଅକାଟ୍ୟତା ଦେଖାଇବାର ଅଦମ୍ୟ ଉତ୍ସାହ ଓ ଦୁରନ୍ତ ସାହସ ତାହାର ଅଛି। କିନ୍ତୁ ଅନ୍ତରର ଅନ୍ତରତମ ପ୍ରଦେଶରେ ସେ ଯେଉଁ ଦେବତାଙ୍କୁ ପୂଜା କରେ, ତାହାର ଲୋକଙ୍କ ମୁଖରେ ସେହି ଦେବତାର ଅପମାନ ତାହା ପକ୍ଷରେ ଅସହ୍ୟ। ଅନ୍ୟ କିଛି କହିବାକୁ ଆରମ୍ଭ କଲେ, ତାହା ପ୍ରାଣର ସେହି ନିଭୃତ ଦେବତାଙ୍କୁ ନେଇ ଯଦି ଗଣ୍ଡଗୋଳ ଆରମ୍ଭ ହୁଏ, ଏହି ଭୟରେ ସେ ନୀରବରେ ସଭାଗୃହ ପରିତ୍ୟାଗ କଲା।

ଦେବବ୍ରତ ସଭା ଛାଡ଼ି ଚାଲିଆସିଲା ସତ, କିନ୍ତୁ ସେଥି ସଙ୍ଗେ ସଙ୍ଗେ ସେହି ଆଘାତର ଉପଶମ ହେଲାନାହିଁ। ବାସନ୍ତୀ ସହିତ ସମ୍ପର୍କ ରଖିବାଟା କେତେଦୂର ନ୍ୟାୟ ସଙ୍ଗତ, ଏହି କଥା ପୂର୍ବରୁ ସେ କେତେଥର ଭାବିଥିଲେ ହେଁ, ବର୍ତ୍ତମାନ ଛାତ୍ରମାନଙ୍କର କଟାକ୍ଷରେ ତାହାର ମନରେ ପ୍ରଶ୍ନ ଉଠିଲା, ପ୍ରକୃତରେ ସେ କିଛି ଅନ୍ୟାୟ କରିଛି କି ? ଏକଥା ଭଲରୂପେ ଭାବି ଠିକ୍ କରିବା ତାହାର ଉଚିତ ଏବଂ ଏହା ଭାବିବାକୁ ଯେତେଦିନ ଲାଗିବ, ସେତେଦିନ ବାସନ୍ତୀ ସହିତ କୌଣସି ସମ୍ପର୍କ ନରଖିବାଟା ସେ ଉଚିତ୍ ମନେକଲା। କାର୍ଯ୍ୟରେ ଏହା ପରିଣତ କରିବାକୁ ହେଲେ, ଅବଶ୍ୟ ତାହାର

କଷ୍ଟ ହେବାର କଥା । କିନ୍ତୁ ସେ କଷ୍ଟକୁ ସେ ସହ୍ୟ କରିବାଭଳି ଶକ୍ତିର ଅଭାବ ତାହାଠାରେ ନାହିଁ । ସେ ସେହିଦିନୁ ବାସନ୍ତୀର ଗୃହକୁ ଯାତାୟତ ବନ୍ଦ କରିଦେଲା ଏବଂ ତାହାର କୌଣସି ପତ୍ରର ଉତ୍ତର ମଧ୍ୟ ଦେଲା ନାହିଁ ।

ବାସନ୍ତୀ ପତ୍ର ଲେଖି ଲେଖି ନିରସ୍ତ ହେଲା । ପ୍ରାୟ ଦୁଇ ସପ୍ତାହ ଏହିପରି ବିତିଗଲା । ଦେବବ୍ରତ ଏହି ଅବସରରେ ଭାବି ଠିକ୍ କରିଥିଲା, ଛାତ୍ରମାନଙ୍କର ଆକ୍ଷେପ ସମ୍ପୂର୍ଣ୍ଣ ଈର୍ଷାପ୍ରଣୋଦିତ ଓ ଅନ୍ୟାୟମୂଳକ- ବାସନ୍ତୀ ସହିତ ତାହାର ସମ୍ପର୍କ ଅତି ପବିତ୍ର । ସୁତରାଂ ବାସନ୍ତୀ ଜନନୀଙ୍କର ପୀଡ଼ା ସମ୍ବାଦ ଶୁଣିବା ମାତ୍ରକେ ସାଇକେଲ ଧରି ସେ ବାହାରିଲା ।

ବାସନ୍ତୀ ବଡ଼ ଅଭିମାନ କରି ସ୍ଥିର କରିଥିଲା, ଦେବଭାଇ ସଙ୍ଗରେ ଦେଖାହେଲେ ସେ ତାକୁ କଥା କହିବନାହିଁ । କିନ୍ତୁ ସେ ଗୃହରେ ପ୍ରବେଶ କରିବା ମାତ୍ରକେ ବାସନ୍ତୀ ସବୁକଥା ଭୁଲିଯାଇ ସବୁକଥା କହିପକାଇଲା, "ବୋଉ, ଦେବଭାଇ ଆସିଲେଣି ।" ନିର୍ମଳା ଦେବୀ ହାତଠାରି ଦେବବ୍ରତକୁ ନିକଟରେ ବସାଇଲେ । ବାସନ୍ତୀ ତାକୁ କରୁଣ ଦୃଷ୍ଟିରେ ଚାହିଁ ପଚାରିଲା- 'ଦେବଭାଇ, ଏତେ ଦିନେ ଆମେମାନେ ମନେ ପଡ଼ିଲୁଁ ପରା ! ବୋଉଙ୍କର ତିନିଦିନ ହେଲା ଜ୍ୱର'- ବାସନ୍ତୀ କଣ୍ଠ ରୁଦ୍ଧ ହୋଇଆସିଲା । ଦେବବ୍ରତ ଉତ୍ତର କଲା, "ମାଫ୍ କର ବାସନ୍ତୀ, ଗୋଟାଏ ପରୀକ୍ଷାରେ ବ୍ୟସ୍ତ ଥିଲି ।" ବାସନ୍ତୀ ଭଲ ରୂପେ ଜାଣେ, ପରୀକ୍ଷା ଲାଗି ବ୍ୟସ୍ତ ହେବା ପିଲା ଦେବବ୍ରତ ନୁହେଁ । ଦେବବ୍ରତର ବିନମ୍ର କଥାରେ ସେ ଖୁସି ହୋଇଯାଇଥିଲା । ସେଥିଲାଗି ମାତାଙ୍କ ରୋଗ କଥା ଭୁଲିଯାଇ ପରିହାସ ଭାଷାରେ କହିଲା- 'କେଉଁ ଦିନୁ ଏତେବଡ଼ ସୁବୋଧ ଛାତ୍ରଟିଏ ହେଲ, ଦେବଭାଇ ? ବୋଉ, ଦେବଭାଇ ପାଠପଢ଼ାରେ ବ୍ୟସ୍ତ ଥିଲେ । ନିର୍ମଳା ଦେବୀ ଟିକିଏ ସ୍ମିତ ମୁଖରେ କହିଲେ, "ହଁ, ପରୀକ୍ଷା ଥିବ, ବେସ୍ତ ହେବାର କଥା ।" ବାସନ୍ତୀ ଦେବବ୍ରତକୁ ଗୋଟାଏ ବଡ଼ ସମ୍ପଦ କରି ଜାଣେ । ଦେବଭାଇ ଆସିଛନ୍ତି, ଜନନୀଙ୍କ ରୋଗ ବିଷୟରେ ତାହାର ଆଉ ଭାବନା କଣ ? ସେ ହସି ହସି କହିଲା, "ଦେବଭାଇ, ତୁମର ତ ଏଥର ଆଶାତୀତ ପରିବର୍ତ୍ତନ ।" ଦେବବ୍ରତ ଟିକିଏ ଗାମ୍ଭୀର୍ଯ୍ୟ ଛଳନା କରି କହିଲା, "ସବୁବେଳେ କଣ ସବୁ ଥାଏ ବାସନ୍ତୀ ? ଏଣିକି ଭଲ ରକମ ପଢ଼ାପଢ଼ି ନକଲେ ଚାକିରି ବାକିରି ଯୁଟିବ କାହୁଁ ?" ବାସନ୍ତୀ ସେହିପରି ପରିହାସ ଭାଷାରେ କହିଲା, "ହଁ, ଦେବଭାଇ, ତୁମର ଚାକିରି ନକଲେ ପେଟ ପୋଷା ହେବ କିପରି ? ବୁଢ଼ୀ ମାଆ ତ ଜମିଦାରି ବୁଝିବେ ।" ଦେବବ୍ରତ ବାଧା ଦେଇ କହିଲା, "ନା ବାସନ୍ତୀ, ପରିହାସ ନୁହେଁ ପରିହାସ ନୁହେଁ, ଏଣିକି ମୁଣ୍ଡଟା ଆଉ

ସେତେ ହାଲୁକା ନାହିଁ।" ବାସନ୍ତୀ ଛାଡ଼ିବାର ପାତ୍ରୀ ନୁହେଁ। 'ହାଲୁକା ରହିବେ କିପରି ? ଧୋତି ପଞ୍ଜାବୀ ସଙ୍ଗରେ ମୁଣ୍ଡ ଉପରେ ତେଲୁଣୀ ପରି ଏ ଯେ ହ୍ୟାଟ୍‌ଟା ଚାପୁଛ, ଏଥିରେ ବୋଝିଆଙ୍କ ମୁଣ୍ଡତ ଭାରି ହୋଇ" ବୋଉଙ୍କ ରୋଗ କଥା ପଡ଼ିବାରୁ ବାସନ୍ତୀର ମନଟା କିପରି ହୋଇଗଲା। ସେ ଉତ୍ତର କଲା, "ତିନିଦିନ ହେଲା ଜ୍ୱରର ରେମିଶନ୍ ନାହିଁ। ଡାକ୍ତର ଡାକିବାକୁ ବୋଉ ବରାବର ମନା କରୁଛନ୍ତି।" ଦେବବ୍ରତ ଆଉ ବାକ୍ୟବ୍ୟୟ ନକରି ଡାକ୍ତର ଡାକିବାକୁ ବାହାରିଲା। ଜନନୀ କନ୍ୟାକୁ ଇଙ୍ଗିତ କଲେ କିଛି ଜଳଯୋଗର ବ୍ୟବସ୍ଥା କରିବା ଲାଗି; କିନ୍ତୁ ଦେବବ୍ରତ 'ମୁଁ ଆଗ ଯାଏ' କହି ସାଇକେଲ ଚଢ଼ି ବହାରିଲା।

ଦେବବ୍ରତ ଓ ବାସନ୍ତୀ ଏକ ଅନ୍ୟର ଅଜ୍ଞାତରେ ଏହିପରି ପରସ୍ପର ପ୍ରତି ଆକୃଷ୍ଟ ହୋଇପଡ଼ିଥିଲେ;କିନ୍ତୁ କେବେହେଲେ ଏକ ଅପରର ଭାବଭଙ୍ଗୀ ଅଥବା କଥାବାର୍ତ୍ତାରୁ ଏହି ଗୋପନ ପ୍ରଣୟାଙ୍କୁରର ସୂଚନା ପାଇନଥିଲେ। ବୀଣା ତାରରେ ଆବଦ୍ଧ ସହସ୍ର ନୀରବ ସ୍ୱରର ମୂର୍ଚ୍ଛନା ପରି ସେମାନେ ଅପେକ୍ଷା କରିରହିଥିଲେ ସେହିଦିନକୁ, ଯେଉଁଦିନ ଏହା ନାନା ପଥରେ ବିଚ୍ଛୁରିତ ଓ ଝଙ୍କୃତ ହୋଇଉଠିବ। ଉଭୟେ ଯୌବନ ନଦୀର ଉଜାଣି ସ୍ରୋତରେ ପାଲ ମେଲିଦେଇ ଚାଲିଥିଲେ। ଉଭୟ ଅନ୍ତରର ପ୍ରଣୟ ଭାବରେ ଭାରାକ୍ରାନ୍ତ ହୋଇପଡ଼ିଥିଲା; କିନ୍ତୁ ଏହା ଯେ ଦିନେ ସାର୍ଥକ ହେବ, ଏହି ବିଶ୍ୱାସରେ ଉଭୟେ ଧୈର୍ଯ୍ୟଧରି ରହିଥିଲେ।

ଏହାପରେ ସେମାନଙ୍କ ଜୀବନର ସୁଖ ଦୁଃଖର ଏକ ପରିଚ୍ଛେଦ ଆରମ୍ଭ ହେଲା। ଡାକ୍ତର ଆସି କହିଲେ, ନିର୍ମଳା ଦେବୀଙ୍କର ଡବଲ ନିମୋନିଆ। ସ୍ୱାମୀଙ୍କ ମୃତ୍ୟୁପରେ ବହୁବାର ସେ ଜ୍ୱରାକ୍ରାନ୍ତ ହୋଇଅଛନ୍ତି, କିନ୍ତୁ ବାସନ୍ତୀ ଅଧୀରା ହେବ, ଏହି ଭୟରେ ସେ ତାହାଠାରୁ ରୋଗ ଗୋପନ ରଖି ସକଳ କାର୍ଯ୍ୟ କରିଅଛନ୍ତି। ହାୟ ବାତ୍ସଲ୍ୟ, ସେ ଯଦି ଜାଣିଥାଆନ୍ତେ ଅବହେଳା କଲେ ମୃତ୍ୟୁ ଦୂତର ଏହି ତଲବ ଶେଷରେ ଏପରି ଅଲଂଘନୀୟ ହୋଇପଡ଼ିବ, ତାହେଲେ ସାମାନ୍ୟ ଦୁଃଖରୁ ବଞ୍ଚାଇବାକୁ ଯାଇ ବାସନ୍ତୀକୁ ସେ ଏ ଗଭୀର ଦୁଃଖରେ ଭସାଇବାକୁ ଚାହିଁଥାଆନ୍ତେ କି ? କିନ୍ତୁ ଏହା କିଏ ଜାଣେ, କିଏ ବୁଝେ ? ମାନବର ସମସ୍ତ ଜାଣିବା ଯେ ଏହି କେତେଟା କଥାରେ ହାରିଯାଏ, ସକଳ ଜ୍ଞାନ ଗର୍ବିତ ମସ୍ତକ ଏହି କେତେଟା କଥାରେ ନଇଁ ଆସେ।

ଦୁଇଦିନ ଅହୋରାତ୍ର ସେବା କରି କି ବାସନ୍ତୀ କି ଦେବବ୍ରତ କେହି ନିର୍ମଳାଙ୍କୁ ରଖିପାରିଲେ ନାହିଁ। ମୃତ୍ୟୁ ପୂର୍ବରୁ ଦେବବ୍ରତର ହସ୍ତ ଉପରେ ବାସନ୍ତୀର ହସ୍ତ ସ୍ଥାପନ କରି ସେ କହିଗଲେ, "ତୁମ ଦୁହିଁଙ୍କୁ ଏକ ସଙ୍ଗରେ ଦେଖିଯିବାକୁ ତାଙ୍କର ବଡ଼ ଇଚ୍ଛା ଥିଲା; ମାତ୍ର ତାହା ସେ ଦେଖିପାରିଲେ ନାହିଁ।" ମୋତେ ମଧ୍ୟ ଆଜି ସେହି ଡାକରା

ଆସିଛି । କିନ୍ତୁ ମୁଁ ଆଜି ଏହି ମୃତ୍ୟୁ ରାଜ୍ୟର ଦ୍ୱାର ଦେଶରେ ତୁମ ଦୁହିଙ୍କ ମିଳନର ପୁରୋହିତ ହୋଇ ବଡ଼ ଆନନ୍ଦ ପାଇଲି । ଏହି ଯେ ଦିଓଟି ହସ୍ତ ଆଜି ଏକ କରିଦେଲି, ଏହା ଯେପରି ଚିରଦିନ ପାଇଁ ଏହିପରି ରହେ ।" ନିର୍ମଳା ଦେବୀଙ୍କୁ ସେ ଆହ୍ୱାନ ମାନିବାକୁ ହେଲା । କିନ୍ତୁ ବାସନ୍ତୀ ତାଙ୍କୁ ଦୋଷ ଦେଇନପାରେ । ତାଙ୍କ କଥା ସେ ରକ୍ଷା କରିଅଛନ୍ତି– ସେ ଜାଣି ଶୁଣି ଏହା କରିନାହାନ୍ତିତ !

## - ତିନି -

"ବାସ, ଏଠି ଏକୁଟିଆ କାହିଁକି ରହିବୁ? ଆ ଆମ ଘରକୁ। ମଆଟି ପରା, ଆ"- କହୁକହୁ କଲ୍ୟାଣୀ ବାସନ୍ତୀର ଆଖି କୋଣରୁ ଲୋତକ ପୋଛି ଦେଲେ; କିନ୍ତୁ ମାତୃଶୋକ ସେ କ୍ଷଣିକ ଅବରୋଧ ନ ମାନି ଲୋତକ ବିନ୍ଦୁ ରୂପେ ପୁଣି ନେତ୍ରକୋଣରେ ଦେଖାଦେଲା।

ବାଷ୍ପରଦ୍ଧ କଣ୍ଠରେ ବାସନ୍ତୀ କହିଲା- "ମୋତେ କ୍ଷମା କର ମାଉସି! ମୁଁ ଏ ଘର ଛାଡ଼ି ଯାଇପାରିବି ନାହିଁ।"

"ମା ମୋର, ଏ ଘରେ ଆଜି ତୋର ଏକା ରହିବା ଉଚିତ ନୁହେଁ। ଚାଲ-"

"ଏକା କାହିଁକି ମାଉସି ! ଧନିଆ ତ ଅଛି।" ଧନିଆ ବାସନ୍ତୀର ଚାକର ଟୋକା। ବୟସ ବାର। "ସେ ପିଲାଟା କଣ କରିବ? ତୋତେ ମୋ ରାଣ। ଚାଲ"- କଲ୍ୟାଣୀ ବାସନ୍ତୀର ହାତ ଦିଓଟି ଧରି ଧୀରେ ଧୀରେ ଟାଣିବାକୁ ଲାଗିଲେ। ହଠାତ୍ ବାସନ୍ତୀ କଲ୍ୟାଣୀଙ୍କ ଗୋଡ଼ ଧରିନେଇ କାନ୍ଦ କାନ୍ଦ ହୋଇ କହିଲା- ରାଣ ଦିଅନା ମାଉସି। ତୁମ କଥାଟି ରଖି ନପାରି ଭାରି କଷ୍ଟ ହେଉଛି। ମୁଁ ତୁମ ଗୋଡ଼ ଧରୁଛି, ରାଣ ଦିଅନା।"

କଲ୍ୟାଣୀ ନିଜ ଗୋଡ଼ରୁ ବାସନ୍ତୀର ହାତ କାଢ଼ି ଦେଇ ବାସନ୍ତୀକୁ କୋଳକୁ ଟାଣି ନେଲେ। ବାସନ୍ତୀ କହିଲା- "ମାଉସି, ମାଉସି ମୋର ଆଉ ଅପରାଧ ବଢ଼ାଅନା। ତୁମ କଥା ନ ରଖିବା ଯେ ମୋ ପକ୍ଷରେ ଘୋର ଅପରାଧ ମାଉସି, ମା ଚାଲିଗଲେ" ବାସନ୍ତୀ ଆଉ କହିପାରିଲା ନାହିଁ। ମାତୃରୂପିଣୀ କଲ୍ୟାଣୀଙ୍କ ସ୍ନେହମୟ କୋଳରେ ଆଶ୍ରୟ ଲଭି ସେ ଉଚ୍ଛ୍ୱସିତ କଣ୍ଠରେ କାନ୍ଦିବାକୁ ଲାଗିଲା।

"କାନ୍ଦନା, ମା ବାସ, କାନ୍ଦନା। ଆମ ଘରକୁ ନ ଗଲେ ନାହିଁ। ଏଇଠି ଥା। ସୁନା ବି ତୋ ପାଖରେ ଥାଉ। କାନ୍ଦ ନା"- କହୁ କହୁ କଲ୍ୟାଣୀଙ୍କ ଚକ୍ଷୁ ମଧ୍ୟ ଆର୍ଦ୍ର

ହୋଇଆସିଲା । ଦୁହେଁଯାକ ନୀରବରେ ଅଶ୍ରୁମୋଚନ କରିବାକୁ ଲାଗିଲେ । ଅଦୂରରେ ଦଣ୍ଡାୟମାନ ସୁନୀତିର ଛଳଛଳ ଚକ୍ଷୁରୁ ବଡ଼ବଡ଼ ଅଶ୍ରୁ ବିନ୍ଦୁ ଗଡ଼ି ପଡ଼ିଲା । ସେ ବସ୍ତ୍ରାଞ୍ଚଳରେ ମୁଖ ଆବୃତ କରି ମୃତ୍ୟୁର ଅଜ୍ଞାତ ଦେବତାଙ୍କ ଉଦ୍ଦେଶ୍ୟରେ ଅଭିଶାପ ବର୍ଷଣ କରିବାକୁ ଲାଗିଲେ ।

ଶୋକାତୁରା ବାଳିକାକୁ କୋଳରେ ଘେନି କ୍ରନ୍ଦନରତା ଏ ମାତୃମୂର୍ତ୍ତି କଲ୍ୟାଣୀ କିଏ ? କଲ୍ୟାଣୀ ସୁନୀତିର ଜନନୀ ଓ ନିର୍ମଳାଦେବୀଙ୍କର ପ୍ରାଣପ୍ରିୟା ସଖୀ । କଲ୍ୟାଣୀ ବାସ୍ତବରେ କଲ୍ୟାଣମୟୀ- ନାମର ମାଧୁରୀ ଜୀବନର ସମସ୍ତ କାର୍ଯ୍ୟ କଳାପରେ ପ୍ରକଟିତ । ଆଜିଠାରୁ କୋଡ଼ିଏ ବର୍ଷ ପୂର୍ବେ ଯେତେବେଳେ ବଳରାମ ବାବୁ କିଛିଦିନ ଡିପୋଟି ହେଲାପରେ କଟକ ପେଟିନ୍ ସାହିରେ ଖଣ୍ଡିଏ କୋଠା କଲେ, ଏବଂ ଗ୍ରାମରୁ ନବୋଢ଼ା ପତ୍ନୀ ନିର୍ମଳାଙ୍କୁ କଟକ ଘେନି ଆସିଲେ, ସେତେବେଳେ ମଫସଲ କଥା ଦୂରେ ଥାଉ, କଟକର ପୌର ଜୀବନରେ ମଧ୍ୟ ନାରୀ ଶିକ୍ଷାର ସ୍ଥାନ ନ ଥିଲା । କେବଳ କେତେଗୁଡ଼ିଏ ଇଉରୋପୀୟ ଖ୍ରୀଷ୍ଟାନ୍ ମିଶନାରୀମାନଙ୍କ ଚେଷ୍ଟାରେ ନାରୀ ଶିକ୍ଷାର କ୍ଷୁଦ୍ର ପ୍ରଦୀପଟି ଧୀରେ ଧୀରେ ଜଳି ଆସୁଥିଲା । ଏହି କ୍ଷୁଦ୍ର ପ୍ରଦୀପର କ୍ଷୀଣ ଆଲୋକରେ ଯେଉଁ କେତୋଟି ଓଡ଼ିଆ ଖ୍ରୀଷ୍ଟାନ୍ ନାରୀ ଅଜ୍ଞାନ-ତାମସ-ଗର୍ଭରେ ବହୁ ଦିନରୁ ଲୁପ୍ତ ନିଜର ନାରୀତ୍ୱ-ରତ୍ନର ଉଜ୍ଜ୍ୱଳ ମହିମା ଦେଖି ପାରିଥିଲେ, କଲ୍ୟାଣୀ ସେମାନଙ୍କ ମଧ୍ୟରୁ ଜଣେ ।

ଗ୍ରାମ୍ୟ ସମାଜପତିମାନଙ୍କ ବିରାଗ ଓ ବିଦ୍ରୂପ ପ୍ରତି ସମାନ ଉପେକ୍ଷା ପ୍ରଦର୍ଶନ କରି ବଳରାମ ବାବୁ ନିର୍ମଳାଙ୍କୁ ଗ୍ରାମରୁ ଘେନି ଆସିଲେ ସତ; କିନ୍ତୁ ଅଳ୍ପଦିନ ମଧ୍ୟରେ ନିର୍ମଳା ପିଞ୍ଜରାବଦ୍ଧ ପକ୍ଷୀ ସଦୃଶ ଅଶାନ୍ତି ଅନୁଭବ କରିବାକୁ ଲାଗିଲେ । ଗ୍ରାମରେ ସେ ଯେ ଅବରୋଧ- ଅଭ୍ୟସ୍ତା ନଥିଲେ, ତାହା ନୁହେଁ; କିନ୍ତୁ ସଙ୍ଗିନୀମାନଙ୍କ ସହିତ ନଦୀରେ ସ୍ନାନ, ଦେବଦର୍ଶନ ପ୍ରଭୃତି ଗ୍ରାମର କ୍ଷୁଦ୍ର ସ୍ୱାଧୀନତାଗୁଡ଼ିକ ତାଙ୍କର ଗ୍ରାମ୍ୟ ଜୀବନରେ ଅନ୍ତତଃ କ୍ଷଣିକ ମଧୁରତା ଆଣୁଥିଲା । ସହରର ଅବରୋଧ ଗ୍ରାମର ଅବରୋଧକୁ ବଳିପଡ଼ିଲା । ତାଙ୍କ ପରି ଭଦ୍ର ପରିବାରର ବଧୂ ପକ୍ଷରେ କଟକରେ ଥାଇ ନଦୀରେ ସ୍ନାନ କରିବା ଅସମ୍ଭବ, ଏକା ବାହାରକୁ ଯିବା କଷ୍ଟକର । ବଳରାମ ବାବୁ ଏ ସବୁର ବିପକ୍ଷରେ ନଥିଲେ ମଧ୍ୟ ନିର୍ମଳା ତାଙ୍କର ଅଭ୍ୟସ୍ତ ଅବରୋଧକୁ ବଜାୟ ରଖିବାକୁ ଯଥେଷ୍ଟ ଚେଷ୍ଟା କରୁଥିଲେ; କିନ୍ତୁ ଏହା ବେଶିଦିନ ସ୍ଥାୟୀ ହେଲାନାହିଁ । ଗୋଟିଏ ପକ୍ଷୀ ଜାଲବଦ୍ଧ ହେଲେ ତାହାର ସଙ୍ଗୀ ପକ୍ଷୀ ଯେପରି ସ୍ୱେଚ୍ଛା ପ୍ରବର୍ତ୍ତିତ ହୋଇ ଉକ୍ତ ଜାଲରେ ଧରାଦିଏ ଏବଂ କ୍ରମେ କୌଶଳରେ ଜାଲ ଛିନ୍ନ କରି ନିଜର ସଙ୍ଗୀକୁ ଉଡ଼ାଇ ନେଇ ଚାଲିଯାଏ, ନିର୍ମଳାଙ୍କୁ

ଅବରୋଧ ଜାଲରୁ ମୁକ୍ତ କରିବାପାଇଁ ସେହିପରି ଏକ ସଙ୍ଗିନୀର ଆବିର୍ଭାବ ହେଲା। ସେ କଲ୍ୟାଣୀ।

ନିର୍ମଳାଙ୍କ ସହିତ କଲ୍ୟାଣୀଙ୍କର ପ୍ରଥମ ପରିଚୟ ଭାରି କୌତୁକମୟ। କଲ୍ୟାଣୀଙ୍କ ଘର ପାଖରେ ବଳରାମ ବାବୁଙ୍କ ଘର। ତାଙ୍କର ସ୍ୱାମୀ ସରୋଜ ବାବୁ ସୌଖୀନ୍ ଲୋକ। ଉଦ୍ୟାନ ରଚନା ତାଙ୍କ ଜୀବନର ଗୋଟିଏ ଅତ୍ୟନ୍ତ ପ୍ରିୟ କାର୍ଯ୍ୟ। ସେ ସ୍ତ୍ରୀଙ୍କ ସହିତ ମିଳିମିଶି ଘରର ସମ୍ମୁଖରେ ଖଣ୍ଡିଏ କ୍ଷୁଦ୍ର ଜମିରେ ନାନା ରକମର ଫୁଲ ଗଛ ଲଗାଇଥିଲେ। ତନ୍ମଧ୍ୟରେ ଦୁଇ ତିନୋଟି ହୃଷ୍ଟପୁଷ୍ଟ ଗୋଲାପ ଗଛ ପ୍ରସ୍ଫୁଟିତ ପୁଷ୍ପ ସମ୍ଭାରରେ ଉଦ୍ୟାନଟିକୁ ଉଜ୍ଜ୍ୱଳ କରି ରଖିଥିଲା। ସେହି କ୍ଷୁଦ୍ର ଉଦ୍ୟାନରେ ସ୍ୱାମୀଙ୍କ ସହିତ ଭ୍ରମଣ କରୁକରୁ ଦିନେ କଲ୍ୟାଣୀ ଦେଖିଥିଲେ ଯେ, ବଳରାମ ବାବୁଙ୍କ ଗୃହ ବାତାୟନରୁ ଗୋଟିଏ ସୁନ୍ଦର ମୁଖ ଗୋଟିଏ ପୁଷ୍ପିତ ଗୋଲାପ ଗଛ ପ୍ରତି ସତୃଷ୍ଣ ଦୃଷ୍ଟି ନିକ୍ଷେପ କରୁଅଛି। କଲ୍ୟାଣୀ ଆଗରୁ ଜାଣିଥିଲେ ବଳରାମ ବାବୁଙ୍କ ସ୍ତ୍ରୀ ଆସିବେ। ସେହି ସୁନ୍ଦର ଆନନଯେ ବଳାରାମ ବାବୁଙ୍କ ପତ୍ନୀଙ୍କର, ତାହା ବୁଝିବାକୁ ଆଉ ବିଳମ୍ବ ହେଲାନାହିଁ। କଲ୍ୟାଣୀଙ୍କର ଇଚ୍ଛା ହେଲା...ଯାଇ ତାଙ୍କ ସହିତ ଆଳାପ କରିଆସିବେ। କିନ୍ତୁ ସରୋଜବାବୁ ଅଭିଜ୍ଞ ଲୋକ, କହିଲେ "ଦେଖ, ତୁମେ ବର୍ତ୍ତମାନ ଯାଅନା। ନୈଷ୍ଠିକ ହିନ୍ଦୁ ପରିବାରର ବୋହୂ କ'ଣ ମନେ କରିବେ। ମୁଁ ଆଗେ ବଳରାମ ବାବୁଙ୍କୁ କହି ଦେଖେ"। କିନ୍ତୁ ସରୋଜ ବାବୁ ବଳରାମ ବାବୁଙ୍କୁ କହିବା ପୂର୍ବରୁ କଲ୍ୟାଣୀ ନିର୍ମଳାଙ୍କ ସହିତ ହଠାତ୍ ପରିଚିତା ହେଲେ।

ଦିନେ ଖରାବେଳେ କଲ୍ୟାଣୀ ବାରନ୍ଦାରେ ଛିଡ଼ା ହୋଇ ଖରାରେ ଝାଉଁଳି ପଡ଼ିଥିବା ମାଧବୀ ଲତା ଦେହରେ ହାତ ବୁଲାଉଛନ୍ତି, ଏପରି ସମୟରେ ଶୁଣିଲେ, ବଳରାମବାବୁଙ୍କ ଘରେ ନାରୀ କଣ୍ଠରେ କିଏ କହୁଛି, "ଯା' ମ, ଚମ୍ପା; ବାବୁଙ୍କ ଘରୁ ଫୁଲ ଆଣିବୁ ଯା'। ମାଗିଲେ ସେ ଦେବେ ଯେ- ସନ୍ଧ୍ୟାବେଳେ ସତ୍ୟନାରାୟଣ ପୂଜା। ଯା... ଆମେ ତ ଆଉ ନିଜେ ପିନ୍ଧୁନାହୁଁ। ଠାକୁରଙ୍କ ପାଇଁ ମାଗୁଛୁ। ଯା', ପୁଣି ବେଳଗଲେ ବାବୁମାନେ କଚିରୀରୁ ଆସିଯିବେ। ଆଉ ଯାଇପାରିବୁନାହିଁ"। କଥୟିତ୍ରୀଙ୍କ କଣ୍ଠସ୍ୱର ଏପରି ମଧୁର ଯେ କଲ୍ୟାଣୀ ଲତାଟିକୁ ଛାଡ଼ିଦେଇ ତାହା ଶୁଣିବାକୁ ଲାଗିଲେ। କିନ୍ତୁ ପରକ୍ଷଣରେ ଝଙ୍କାର ଉଠିଲା, "କେଉଁ ବାବୁ ଘରୁ ଗୋ... ? ଏ କୀରସ୍ତାନ୍ ଘରୁ ଠାକୁରଙ୍କ ପାଇଁ ଫୁଲ ଆଣିବି ! ମଲା ମୋର, ଫୁଲ ନ ହେଲେ। ସତ୍ୟନାରାୟଣ ପୂଜା ଫୁଲ ଆଣିବି କୀରସ୍ତାନ୍ ଘରୁ।" ? ବଳରାମବାବୁଙ୍କ ସ୍ତ୍ରୀ ଯେ ତାଙ୍କ ଚାକରାଣୀ ଚମ୍ପାକୁ ତାଙ୍କରି ଘରୁ ଫୁଲ ନେବାକୁ କହୁଛନ୍ତି, ସେ ବିଷୟରେ କଲ୍ୟାଣୀର ସନ୍ଦେହ ରହିଲାନାହିଁ; କିନ୍ତୁ ଚମ୍ପାର ତର୍ଜନର ଉତ୍ତରରେ ବଳରାମ ବାବୁଙ୍କ ସ୍ତ୍ରୀ କଣ କହିବେ,

ତାହା ଶୁଣିବାକୁ ତାଙ୍କର ଆଗ୍ରହ ହେଲା। କାନ ଡେରି ସେ ଶୁଣିଲେ, ନିର୍ମଳା କହୁଛନ୍ତି, "ଛି, ପୁଣି ଛି ଛି, ତୋର ସେହିସବୁ କଥା ଗଲାନାହିଁ। ତାଙ୍କ ବଗିଚାରୁ ଫୁଲ ଆଣିବୁ, ସେ କୀରସ୍ତାନ୍ ହେଲେ, କି ପଠାଣ ହେଲେ, ଆମର ସେଥିରେ କଣ ଗଲା ? ଫୁଲ କଣ ଛୁଆଁ ହୁଏ ? ଠାକୁରଙ୍କ ପାଖରେ କଣ ଜାତି ବିଚାର ଅଛି ? ଠାକୁର କଣ ଆମରି ମା ବାପ, ତାଙ୍କର କେହି ନୁହନ୍ତି ? ...ହଉ, ହଉ ଫୁଲ ନଆଣିଲେ ନାହିଁ, ତୁ 'କୀରସ୍ତାନ୍' 'କୀରସ୍ତାନ୍' ବୋଲି ସେମିତି ପାଟି କରନା। ସେମାନେ ଶୁଣିଲେ କଣ ମନେ କରିବେ ?"

କଲ୍ୟାଣୀ କଥା ଗୁଡ଼ାକ ଶୁଣି ମୁଗ୍ଧ ହୋଇଗଲେ। ସେ ସ୍ୱଜାତୀୟ କେତେ ଲୋକଙ୍କଠାରୁ ଶୁଣି ଅଛନ୍ତିଯେ, ମଫସଲର ହିନ୍ଦୁ ନାରୀମାନେ କୁସଂସ୍କାରରେ ବୁଡ଼ି ରହିଅଛନ୍ତି। ଖ୍ରୀଷ୍ଟାନ୍ ମାନଙ୍କ ନାମ ଶୁଣିଲେ ସେମାନେ କାନରେ ହାତ ଦିଅନ୍ତି। ଶିକ୍ଷାଦୀକ୍ଷା ତ ସେମାନଙ୍କର ଏକାବେଳକେ ନାହିଁ; ବରଂ ସେମାନଙ୍କର ଆଚାର ବ୍ୟବହାର ଓ ବେଶଭୂଷା ନିତାନ୍ତ କୁରୁଚି ସମ୍ପନ୍ନ ଓ ଅସଭ୍ୟ ଧରଣର; କିନ୍ତୁ ଏକ ରହସ୍ୟ ! ଏପରି କଥାବାର୍ତ୍ତା ଓ ମନୋଭାବ ତ କୁସଂସ୍କାରଗ୍ରସ୍ତ ଅସଭ୍ୟ ଗ୍ରାମ୍ୟ ସ୍ତ୍ରୀ ଲୋକଙ୍କର ନୁହେଁ। "ଠାକୁରଙ୍କ ପାଖରେ କଣ ଜାତି ବିଚାର ଅଛି ଯେ, କୀରସ୍ତାନ୍ ବଗିଚାରେ ଫୁଲ ଫୁଟିଲେ ତାକୁ ପିନ୍ଧିବେ ନାହିଁ ? ଠାକୁରେ କ'ଣ ଖାଲି ଆମରି ମା' ବାପ, ତାଙ୍କର କେହି ନୁହନ୍ତି ?...." ଗ୍ରାମ୍ୟ ସମାଜର ଆବିଳ ସଂକୀର୍ଣ୍ଣତା ମଧ୍ୟରେ ଲାଳିତା ପାଳିତା ଯେଉଁ ନାରୀ ଏପରି କଥା କହିପାରେ, ତାହାର ସ୍ୱଭାବ ଯେ କେଡ଼େ ଉଦାର, କଲ୍ୟାଣୀ କ୍ଷଣକ ମଧ୍ୟରେ ତାହା ବୁଝିନେଲେ। ଉତ୍କଳର ଗ୍ରାମ୍ୟ ସମାଜ ସମ୍ବନ୍ଧରେ ତାଙ୍କର ଜ୍ଞାନ କମ୍ ନଥିଲା। ସେ ଜାଣିଥିଲେ, ଦେବତାଙ୍କ ଆରାଧନାର ଫୁଲ ଯେ ଛୁଆଁ ହୁଏନାହିଁ, ଏକଥା ସ୍ୱୀକାର କରିବା ଭଳି ଉଦାରତା ଉତ୍କଳର ତଦାନୀନ୍ତନ ଗ୍ରାମ୍ୟ ସମାଜର ବିଦ୍ୱନ୍ମାନ୍ୟ ସମାଜପତି ମାନଙ୍କ ମଧ୍ୟରେ ଜଣକର ମଧ୍ୟ ନାହିଁ। ସରଳ ମନରେ ପରର ଗୁଣ ଗ୍ରହଣ କରିବାରେ ଗୋଟିଏ ସ୍ୱର୍ଗୀୟ ଆନନ୍ଦଅଛି।

– ନିର୍ମଳାଙ୍କ କଥା ଗୁଡ଼ିକ ଶୁଣି କଲ୍ୟାଣୀଙ୍କ ମନରେ ଗୋଟିଏ ଅପୂର୍ବ ଆନନ୍ଦର ଉଦ୍ରେକ ହେଲା ଏବଂ ସେ ତତ୍‌କ୍ଷଣାତ୍ ଗୋଟିଏ କ୍ଷୁଦ୍ର ଚାଙ୍ଗୁଡ଼ିରେ କେତେଗୁଡ଼ିଏ ସୁନ୍ଦର ସୁନ୍ଦର ଗୋଲାପ ଫୁଲ ତୋଳି ନେଇ ନିର୍ମଳାଙ୍କ ସହିତ ଆଳାପ କରିଆସିଲେ।

କୋଡ଼ିଏ ବର୍ଷ ପୂର୍ବର ସେଇ ଆଳାପ କାଳକ୍ରମେ ଘନିଷ୍ଠ ବନ୍ଧୁତାରେ ପରିଣତ ହୋଇଥିଲା। ନିର୍ମଳା ବିବାହ ପୂର୍ବରୁ ନିଜର ଅଜାଙ୍କ ପାଖରେ 'ଲାବଣ୍ୟବତୀ', 'ବୈଦେହୀଶ ବିଳାସ', 'ବିଦଗ୍ଧ ଚିନ୍ତାମଣି' ପ୍ରଭୃତି ଉତ୍ତମ ରୂପେ ପାଠ କରିଥିଲେ। କଲ୍ୟାଣୀ ନିର୍ମଳାଙ୍କ ପାଖରୁ ସେହିସବୁ କାବ୍ୟ ଭଣ୍ଡାରର ରସସ୍ୱାଦନ କରି ନିର୍ମଳାଙ୍କ

ଏକାନ୍ତ ଅନୁରକ୍ତା ହୋଇପଡ଼ିଲେ ଏବଂ ଅବସର ସମୟରେ ତାଙ୍କ ପାଖରୁ ସେ ସମସ୍ତ ଶିଖିବାକୁ ଲାଗିଲେ। ନିର୍ମଳା ମଧ୍ୟ କଲ୍ୟାଣୀଙ୍କ ଉଚ୍ଚଶିକ୍ଷା ଓ ମହତ୍ ହୃଦୟର ପରିଚୟ ପାଇ ତାଙ୍କୁ ନିଜର ଶିକ୍ଷୟିତ୍ରୀ ରୂପେ ଗ୍ରହଣ କଲେ ଏବଂ ତାଙ୍କଠାରୁ ଉତ୍କଳ ଏବଂ ବଙ୍ଗର ସାହିତ୍ୟ ସାଧନାରେ ଦୀକ୍ଷା ଗ୍ରହଣ କଲେ ଓ ସମୟ ସମୟରେ ସୁଚିକର୍ମ,ଚିତ୍ରାଙ୍କନ ପ୍ରଭୃତି ଲଳିତକଳା ମଧ୍ୟ ଶିକ୍ଷା କରିବାକୁ ଲାଗିଲେ। ସମବୟସ, ଐକାନ୍ତିକତା ଓ ମନର ଉଦାରତା ହେତୁରୁ ଉଭୟଙ୍କ ମଧ୍ୟରେ ଗଭୀର ସୌହାର୍ଦ୍ଦ୍ୟ ଜାତ ହୋଇଥିଲା। ବାସ୍ତବରେ ନିର୍ମଳାଙ୍କ ଜ୍ଞାନ ଓ କର୍ମନୈପୁଣ୍ୟ ଅନେକାଂଶରେ କଲ୍ୟାଣୀଙ୍କ ସହିତ ସୌହାର୍ଦ୍ଦ୍ୟର ଫଳ।

ସେହି ଆଳାପ ପରେ କାଳକ୍ରମେ କେତେ ଘଟଣା ଘଟିଯାଇଅଛି। ଯୌବନର ନାନାବିଧ ଆମୋଦ ପ୍ରମୋଦ ଠାରୁ ବିଦାୟ ନେଇ ଉଭୟେ ଗୃହିଣୀର ଦାୟିତ୍ୱ ଗ୍ରହଣ କରିଅଛନ୍ତି। ତତ୍ପରେ ଏକାଦିନରେ ବାସନ୍ତୀ ଓ ସୁନୀତିର ଜନ୍ମ; କାଳକ୍ରମେ ସେମାନେ ମଧ୍ୟ ପରସ୍ପର ମଧ୍ୟରେ ବନ୍ଧୁତା ସ୍ଥାପନ କରିଅଛନ୍ତି। ଦିଓଟି ମାଳତୀ ଲତା ଏକ ସମୟରେ ବଜ୍ରାହତ ହେଲାପରି ନିର୍ମଳା ଓ କଲ୍ୟାଣୀ ଉଭୟେ ପ୍ରାୟ ଏକ ସମୟରେ ବୈଧବ୍ୟର ବଜ୍ରାଘାତ ସହ୍ୟ କରିଅଛନ୍ତି; କିନ୍ତୁ ଏହିସବୁ ଘଟଣା ବିପର୍ଯ୍ୟୟ ମଧ୍ୟରେ କେବେ ହେଲେ ଉଭୟଙ୍କର ପ୍ରୀତି ବନ୍ଧନ ଶିଥିଳ ହୋଇନାହିଁ।

ନିର୍ମଳା ଯେତେବେଳେ ହଠାତ୍ ରୋଗାକ୍ରାନ୍ତ ହେଲେ, ସେତେବେଳେ କଲ୍ୟାଣୀ ଟାଙ୍ଗିରେ। ସେଠାରେ ତାଙ୍କର ତିରିଶ ଚାଳିଶ ମାଣ ଧାନ ଜମି ଥିଲା। ଚାଷୀମାନଙ୍କ ନିକଟରୁ ସେହିସବୁ ଜମିର ଧାନ ଆଦାୟ କରିବାପାଇଁ ହପ୍ତାଏ ହେବ ସେ ଟାଙ୍ଗି ଯାଇଥିଲେ। ଆଜି ଦିନଗାଡ଼ିରେ ଫେରିଆସି କଲ୍ୟାଣୀ ଶୁଣିଲେ- କେବଳ ଦୁଇ ତିନିଦିନ ଜ୍ୱର ଭୋଗ କଲାପରେ ତାଙ୍କର ପ୍ରାଣପ୍ରିୟା ସଖୀ ଇହଧାମରୁ ବିଦାୟ ଗ୍ରହଣ କରିଅଛନ୍ତି। ମିତ୍ର ଶୋକ ତୀକ୍ଷ୍ଣ ଶର ପରି ତାଙ୍କ ହୃଦୟକୁ ବିଦ୍ଧ କରିବାକୁ ଲାଗିଲା, କିନ୍ତୁ ସେ କାନ୍ଦିଲେ ନାହିଁ। ସେ ଭାବିଲେ, ସେ ଯଦି ଅଧୀର ହୋଇ କାନ୍ଦନ୍ତି, ତାହାହେଲେ ଅସହାୟା ବାସନ୍ତୀର ମାତୃଶୋକ ବଢ଼ିଯିବ। ସେ ପିଲା ଲୋକ, ଅଧୀର ଭାବରେ କନ୍ଦାକଟା ଆରମ୍ଭ କଲେ, ତାକୁ ସାନ୍ତ୍ୱନା ଦେବା ମୁସ୍କିଲ୍ ହେବ। ସେ ହୃଦୟକୁ ଦୃଢ଼ କରି ବାସନ୍ତୀ ନିକଟକୁ ଗଲେ। ତାଙ୍କର ମନେହେଲା- ତାଙ୍କର ପ୍ରଥମ କର୍ତ୍ତବ୍ୟ ବାସନ୍ତୀକୁ ସାନ୍ତ୍ୱନା ଦେବା ଓ ଆଦର ଯତ୍ନ ଦ୍ୱାରା ତାହା ମନରେ ବିଶ୍ୱାସ ଜନ୍ମାଇବା ଯେ ନିଜର ଜନ୍ମଦାତ୍ରୀକୁ ହରାଇଥିଲେ ମଧ୍ୟ ସେ ମାତୃହୀନା ନୁହେଁ।

କଲ୍ୟାଣୀଙ୍କର ବାସନ୍ତୀ ନିକଟକୁ ଏତେ ଶୀଘ୍ର ଯିବାର ଆହୁରି ଗୋଟିଏ କାରଣ ମଧ୍ୟ ଥିଲା। କଲ୍ୟାଣୀ ସୁଶିକ୍ଷିତା। ଖ୍ରୀଷ୍ଟିଆନ୍ ମହିଳା ହୋଇ ସୁଦ୍ଧା ପ୍ରେତର ଅସ୍ତିତ୍ୱରେ

ବିଶ୍ୱାସ କରୁଥିଲେ । ସେ ନିଜେ କେବେ ପ୍ରେତ ଦେଖିନଥିଲେ; କିନ୍ତୁ କୌଣସି ଲୋକର ମୃତ୍ୟୁ ଦିବସରେ ଓ ତାହାର କିଛି ଦିନ ପରେ ପ୍ରେତ ଯେ ନାନା ଉତ୍ପାତ ଘଟାଏ, ଏହା ସେ ବହୁବାର ଶୁଣିଥିଲେ ଏବଂ ନିଜ ସ୍ୱାମୀଙ୍କ ମୃତ୍ୟୁ ରାତ୍ରରେ ଗୃହ ପଶ୍ଚାତ୍‌ରୁ ନାନାବିଧ ଅଶ୍ରୁତପୂର୍ବ ଶବ୍ଦ ଶୁଣି ତାଙ୍କର ଉକ୍ତ କିମ୍ବଦନ୍ତୀରେ ବିଶ୍ୱାସ ଦୃଢ଼ ହୋଇଥିଲା । ଏପରି ଅବସ୍ଥାରେ ମାତୃହୀନା ବାସନ୍ତୀକୁ ଏକାକିନୀ ତାଙ୍କ ଘରେ ରଖିବାକୁ କଲ୍ୟାଣୀଙ୍କର ସାହସ ହେଲାନାହିଁ । ଧନିଆ ପିଲା- ସେ ଥିବା ନଥିବା ସମାନ । କଲ୍ୟାଣୀ ମନେକଲେ, ଯଦି କୌଣସିମତେ ସେ ବୁଝାଇ ବାସନ୍ତୀକୁ ନିଜ ଘରକୁ ଘେନି ଆସନ୍ତି, ତାହାହେଲେ ଖୁବ୍ ଭଲ ହେବ । ମନୁଷ୍ୟ ଯାହା ମନେକରେ, ତାହା ସବୁବେଳେ ସଫଳ ହୁଏନାହିଁ । କଲ୍ୟାଣୀ ଯେତେ ବୁଝାଇଲେ ସୁଦ୍ଧା ବାସନ୍ତୀ ସ୍ୱ-ଗୃହ ତ୍ୟାଗ କରିବାକୁ ସମ୍ମତ ହେଲାନାହିଁ ।

ବାସନ୍ତୀ ନିକଟରେ କାନ୍ଦିବେନାହିଁ ବୋଲି ସ୍ଥିର କରି କଲ୍ୟାଣୀ ସେଠାକୁ ଯାଇଥିଲେ । କିନ୍ତୁ ବହୁକାଳର ସଙ୍ଗିନୀର ଗୃହକୁ ସଙ୍ଗିନୀଶୂନ୍ୟ ଓ ମାତୃହୀନା ବାସନ୍ତୀର ଶୋକାକୁଳ ଭାବ ଦେଖି ତାଙ୍କର ପ୍ରତିଜ୍ଞାର ଦୃଢତା ଉଭେଇଗଲା । ସେ ବାସନ୍ତୀର କରୁଣ ପ୍ରତ୍ୟାଖ୍ୟାନ ଶୁଣି ତାକୁ କୋଳକୁ ଟାଣିନେଲେ ଏବଂ ନୀରବରେ ଅଶ୍ରୁ ତ୍ୟାଗ କରିବାକୁ ଲାଗିଲେ ।

ବାସନ୍ତୀ ବୁଝୁଛି ସେ ଅସହାୟା । ଏତେବଡ଼ ଘରେ ଅଳ୍ପ ବୟସର ଧନିଆକୁ ସାଙ୍ଗରେ ଘେନି ଏକା ରହିବା ତାହା ପକ୍ଷରେ ଖୁବ୍ କଷ୍ଟକର । ତେବେ ସେ କଲ୍ୟାଣୀଙ୍କ ଘରକୁ ଯିବାକୁ ଅସମ୍ମତ ହେଲା କାହିଁକି ? ବାସନ୍ତୀ ତୀକ୍ଷ୍ଣବୁଦ୍ଧି ସମ୍ପନ୍ନା । ସୁଶିକ୍ଷା ଫଳରେ ତାହାର ବୟସ ଅନୁପାତରେ ବୁଦ୍ଧି ଢେର୍ ବେଶୀ । ସ୍ନେହମୟୀ କଲ୍ୟାଣୀ ଯେଉଁସବୁ ଆଶଙ୍କା ହୃଦୟରେ ପୋଷଣ କରି ତାକୁ ନିଜ ଘରକୁ ଘେନିଯିବାକୁ ଚାହୁଁଥିଲେ, ବାସନ୍ତୀ କ୍ଷଣକ ମଧ୍ୟରେ ସେ ସମସ୍ତ ବୁଝିନେଲା । କଲ୍ୟାଣୀଙ୍କର ପ୍ରଥମ ଆଶଙ୍କା, ନିଜ ଘରେ ରହିଲେ ଜନନୀର ବ୍ୟବହୃତ ଗୃହ ସାମଗ୍ରୀ ଦେଖି କାଳେ ବାସନ୍ତୀ ବେଶୀ ଶୋକାତୁରା ହେବ ! ବାସନ୍ତୀ ବୁଝିଲା, କଲ୍ୟାଣୀଙ୍କର ଏ ଧାରଣା ଅଯଥାର୍ଥ ନୁହେଁ; କିନ୍ତୁ ସେ କଣ ଏପରି ସ୍ୱାର୍ଥପର ଯେ, ଶୋକ ଓ ତଜ୍ଜନିତ ସ୍ୱାର୍ଥ ହାନି ହାତରୁ ରକ୍ଷା ପାଇବା ପାଇଁ ମାତାଙ୍କର ଆଯୌବନ ବ୍ୟବହୃତ ପ୍ରିୟ ଗୃହ ତ୍ୟାଗ କରି ଅପର ସ୍ଥାନକୁ ଚାଲିଯିବ ? ତାହାର ପିତାଙ୍କ ମୃତ୍ୟୁପରେ ଅନେକ ଲୋକ ଗ୍ରାମରେ ଯାଇ ରହିବାକୁ ତାହାର ମାତାଙ୍କୁ ପରାମର୍ଶ ଦେଇଥିଲେ; କିନ୍ତୁ ନିର୍ମଳା ତ ଥରେ ହେଲେ ଗ୍ରାମକୁ ଯାଇନଥିଲେ । ସହରରେ ଏକାକିନୀ ରହିବାର ସମସ୍ତ ଅସୁବିଧା ସହ୍ୟକରି ସେ ଏହିଠାରେ ପଡ଼ିରହିଥିଲେ ଏବଂ ସବୁବେଳେ କହୁଥିଲେ, "ନା, ନା,

ମୁଁ ଅନ୍ୟ କେଉଁଠାକୁ ଯିବାକୁ ଚାହୁଁନାହିଁ। ତାଙ୍କର ଯେଉଁଠାରେ ଶେଷ ଅବସ୍ଥାନ, ସେହି ସ୍ଥାନ ମୋର ତୀର୍ଥକ୍ଷେତ୍ର, ମୋର ପୁଣ୍ୟ ଭୂମି, ମୋର ସବୁ।" ସେ କଣ ମାତାଙ୍କର ଏ ଆଚରଣ ଦେଖିନାହିଁ? କେଉଁଠାରେ ମାତାଙ୍କର ବାକ୍ସ ଥୁଆ ହୋଇଛି, କେଉଁଠାରେ ମାତାଙ୍କର ବ୍ୟବହୃତ ଦର୍ପଣ ଆଜି ସୁଦ୍ଧା ଜକ୍‌ଜକ୍ ଦିଶୁଛି, କେଉଁଠାରେ ମାତାଙ୍କର ପୋଷିତ ଶୁକ ଶାବକ ତାହା ଆଡ଼କୁ ସହାନୁଭୂତି ପୂର୍ଣ୍ଣ ଦୃଷ୍ଟି ନିକ୍ଷେପ କରୁଛି- ମାଆ ଚାଲିଗଲେ ବୋଲି କଣ ଏସବୁର  କିଛି ମୂଲ୍ୟ ନାହିଁ? ଏ ଗୃହର ସର୍ବାଂଶରେ ଯେ ମାତାଙ୍କର ସୁନିପୁଣ ହସ୍ତର ଚିହ୍ନ ସୁସ୍ପଷ୍ଟ ବିଦ୍ୟମାନ। ପିତାଙ୍କ ମୃତ୍ୟୁପରେ ଅସ୍ୱଚ୍ଛଳ ଅବସ୍ଥା ହେତୁରୁ ଚାକରାଣୀକୁ ବାହାର କରିଦେଇ ତାହାର ଜନନୀ ଗୃହର ସମସ୍ତ କାର୍ଯ୍ୟ ସ୍ୱହସ୍ତରେ କରୁଥିଲେ। କିଏ ଜାଣେ ଯେ ସେହି କଠିନ ପରିଶ୍ରମ ତାଙ୍କର ଅକାଳ ବିୟୋଗର ହେତୁ ନୁହେଁ? ଯେଉଁ ସ୍ଥାନରେ ମାତାଙ୍କର ଈଦୃଶ ସ୍ୱାର୍ଥ ତ୍ୟାଗର ଚିହ୍ନ ସୁସ୍ପଷ୍ଟ, ନିଜର କ୍ଷୁଦ୍ର ସ୍ୱାର୍ଥ ଲାଗି କେଉଁ ହୃଦୟରେ ସେ ସ୍ଥାନ ଛାଡ଼ି ବାସନ୍ତୀ ଚାଲିଯିବ? ନା, ନା, ତାହା ଅସମ୍ଭବ।

କଲ୍ୟାଣୀ ଯେତେବେଳେ କହିଲେ- ତୋର ଏଠାରେ ଏକା ରହିବା ଉଚିତ ନୁହେଁ, ବାସନ୍ତୀ ବୁଝି ପାରିଲା ଯେ, କଲ୍ୟାଣୀ ପ୍ରେତର ଆଶଙ୍କା କରୁଅଛନ୍ତି; କିନ୍ତୁ ବାସନ୍ତୀର ମନେଥିଲା, ଯେଉଁ ଜନନୀ ଜୀବିତାବସ୍ଥାରେ ପ୍ରାଣପଣେ ନିଜର ସ୍ନେହାଞ୍ଚଳ ଘୋଡ଼ାଇ ତାକୁ ଶତ ଦୁର୍ଦ୍ଦୈବ ହସ୍ତରୁ ରକ୍ଷା କରିଅଛନ୍ତି, ସେ କଣ ଆଜି ପ୍ରେତ ହୋଇ ତା'ର ଅମଙ୍ଗଳ କରିବେ? ପ୍ରେତ ହେଉନ୍ତୁ, ପିଶାଚ ହେଉନ୍ତୁ, ସେ ଯେ ତାହାର ମା! ମା ଯଦି ତାକୁ ଅନ୍ତତଃ ପ୍ରେତ ରୂପେ ଦେଖା ଦିଅନ୍ତି ତାହାହେଲେ ସେ ତାଙ୍କୁ ଆଲିଙ୍ଗନ କରି ଧନ୍ୟ ହେବ। ସେ ଯେ ପ୍ରେତଭୂମିରେ ମଧ୍ୟ ମାତାର କ୍ରୋଡ଼ରେ ଆଶ୍ରୟ ଲଭିବାକୁ ଚାହେଁ!

ବାସନ୍ତୀର ପୂର୍ଣ୍ଣ ବିଶ୍ୱାସ, ତାହାର ମାତା ଯେପରି ସାଧୁ ସ୍ୱଭାବା ଓ ପରର ଉପକାର ପାଇଁ ସର୍ବଦା ଯତ୍ନ ପରାୟଣା ଥିଲେ, ସେଥିରେ ନିଶ୍ଚୟ ତାଙ୍କର ସ୍ୱର୍ଗଲାଭ ହୋଇଅଛି। ସେ ଆଜି ତ୍ରିଦିବର ଅମରୀ ମାନଙ୍କ ମଧ୍ୟରୁ ଜଣେ। ସେ ଯେତେବେଳେ ଜାଣିବେ, ତାଙ୍କର ଆଦରଣୀୟା କନ୍ୟା ସେ ଇହଧାମ ତ୍ୟାଗ କରିଅଛନ୍ତି ବୋଲି ତାଙ୍କରି ଠାରୁ ଅମଙ୍ଗଳ ଆଶଙ୍କା କରି ତାଙ୍କର ପ୍ରିୟ ବାସଭୂମି ତ୍ୟାଗ କରିବାକୁ ବ୍ୟସ୍ତ, ସେତେବେଳେ ତାଙ୍କ ମନ କିପରି ବ୍ୟଥିତ ହେବ ! ନା, ନା, ବାସନ୍ତୀ ତାହା କରିପାରିନାହିଁ।  ସେ ତାହାର ସ୍ୱର୍ଗବାସିନୀ ସ୍ନେହମୟୀ ମାଆଙ୍କ ମନରେ କଷ୍ଟ ଦେଇପାରିବନାହିଁ। କଲ୍ୟାଣୀ ଅଗତ୍ୟା ନିରାଶ ହେଲେ। ସେ ସୁନୀତିକୁ କହିଲେ, "ସୁନା, ତୁ ଯଦି ରାତିରେ ଘରେ ରହନ୍ତୁ, ତାହାହେଲେ ମୁଁ ଏଇଠି ରହନ୍ତି।" କଲ୍ୟାଣୀ

ବାସନ୍ତୀକୁ ପ୍ରବୋଧ ଦେବାବେଳେ କହିଥିଲେ, "ସୁନା ବି ତୋ ପାଖରେ ଥାଉ"। କିନ୍ତୁ ସେଥିରେ ନିଜର ମନ ମାନିଲା ନାହିଁ। ସେ ନିଜେ ବାସନ୍ତୀ ନିକଟରେ ରହିବାକୁ ଚାହିଁଲେ। ସୁନୀତି ଶୋକାତୁରା ସଙ୍ଗିନୀକୁ ନିଜର ମାଆ ନିକଟରେ ଛାଡ଼ିଯିବାକୁ ମଧ୍ୟ ସମ୍ମତ ହେଲାନାହିଁ। ସେ କହିଲା, "ନା, ମାଆ, ମୁଁ ବଉଳ ପାଖରେ ରହିବି"।

"ହଉ ତେବେ। ଘରେ କୋଲପ ଦେଇଆ। ଦୁହେଁ ଯାକ ତୋର ବଉଳ ପାଖରେ ରହିବା"।

ପିଲାଦିନୁ ବାସନ୍ତୀ ସୁନୀତିର ବଉଳ।

## - ଚାରି -

ସେତେବେଳେ ରେଭେନ୍‌ସା କଲେଜରେ ଗୋଟିଏ ମାତ୍ର ହଷ୍ଟେଲ୍‌। ହଷ୍ଟେଲଟି ସୈନ୍ୟ ନିବାସ ଭଳି ଲମ୍ବା ଓ ଏକ ମହଲା। ରବିବାର ସକାଳ ସାତଟା। ରେଭେନ୍‌ସା କଲେଜ ହଷ୍ଟେଲର ଛାତ୍ରମାନେ ଦନ୍ତଧାବନ ପ୍ରଭୃତି ନିତ୍ୟକର୍ମ ସାରି ଅନ୍ୟବିଧ ନିତ୍ୟକର୍ମ ଚ'ପାନରେ ବ୍ୟସ୍ତ। ଖୁବ୍ ଗଳ୍ପ ଓ ହାସ୍ୟଧ୍ୱନିରେ କଲେଜ ହଷ୍ଟେଲ ଉଚ୍ଛୁଳି ପଡୁଛି। ହଷ୍ଟେଲର ଗୋଟିଏ ଘର ଏତେବେଳେ ଯାଏ ଖୋଲା ହୋଇନାହିଁ। ବୋଧହୁଏ ଗୃହାଧିକାରୀ ନିଦ୍ରିତ। ସେହି ଘରର ଦ୍ୱାରର ଲୁହାକଡ଼ାକୁ ଜୋରରେ ହଲାଉ ହଲାଉ ଗୋଟିଏ ଦଶ ବାର ବର୍ଷ ବୟସର ବାଳକ ଡାକୁଛି, "ଦେବ ବାବୁ, ଦେବ ବାବୁ! ହୋ ଦେବ ବାବୁ।"

ପାଠକ ଏ ବାଳକକୁ ଚିହ୍ନନ୍ତି। ସେ ବାସନ୍ତୀର ଚାକର ଧନିଆ। ଧନିଆ କି ଜାତି, ତାହାର ଘର କେଉଁଠାରେ, ତାହାର ମାଆ ବାପା କିଏ, ଏସବୁ କଥା କାହାରିକୁ ଜଣା ନାହିଁ। ସାତ ଆଠ ବର୍ଷପୂର୍ବେ କଟକ ଜିଲ୍ଲାରେ ଭୀଷଣ ଦୁର୍ଭିକ୍ଷ ପଡ଼ିଥିଲା। ସେହି ସମୟରେ ଥରେ ନିର୍ମଳା ଓ କଲ୍ୟାଣୀ ମହାନଦୀ ଆଡ଼କୁ ବୁଲିଯାଇ ଦେଖିଲେ ଯେ, ସୁବିସ୍ତୃତ କିଲ୍ଲାପଡ଼ିଆର କୋଣରେ ଗଛ ମୂଳରେ ଛିଡ଼ା ହୋଇ ଗୋଟିଏ ଉଲଗ୍ନ ଶିଶୁ କରୁଣ ସ୍ୱରରେ କାନ୍ଦୁଛି, "ମାଲୋ ! ମା, କୁଆଡ଼େ ଗଲୁଲୋ!" ବାଳକର କାତର କ୍ରନ୍ଦନ ଶୁଣି ଉଭୟଙ୍କର ଦୟା ହେଲା। ପାଖକୁ ଯାଇ ନାନା କଥା ପଚାରିଲେ; କିନ୍ତୁ ବାଳକ ନିତାନ୍ତ ଅଳ୍ପ ବୟସ୍କ- ସେମାନଙ୍କର କୌଣସି ପ୍ରଶ୍ନର ଉତ୍ତର ଦେଇ ନପାରି କେବଳ କାନ୍ଦିବାକୁ ଲାଗିଲା। ବାଳକର ମାତା ହୁଏତ କୁଆଡ଼େ ଯାଇଛି, ନିଜର ହୃଦୟ ରତ୍ନକୁ ହୃଦୟରେ ଧାରଣ କରିବାକୁ ପୁଣି ଶୀଘ୍ର ଫେରି ଆସିବ.. ଏହି ଆଶାରେ ସେମାନେ ସେଠାରେ କିଛି କ୍ଷଣ ଅପେକ୍ଷା କଲେ। କ୍ରମେ ସନ୍ଧ୍ୟା ହେଲା, କିଲ୍ଲା ପଡ଼ିଆର ଚାରିଆଡ଼େ ମ୍ୟୁନିସପାଲିଟିର ଆଲୁଅ ଜଳି ଉଠିଲା; କିନ୍ତୁ କାହାରିତ ଦେଖା ନାହିଁ। କେବଳ ବାଳକ ପୂର୍ବପରି କାନ୍ଦୁଛି; "ମାଲୋ! ମା, କୁଆଡ଼େ ଗଲୁଲୋ!"

ବାଳକର ଶୀର୍ଣ୍ଣ ଓ କଙ୍କାଳସାର ଦେହ ଦେଖି ଉଭୟେ ବୁଝି ପାରିଲେ ଯେ,ସେ କୌଣସି ଦୁର୍ଭିକ୍ଷ ପ୍ରପୀଡ଼ିତାର ସନ୍ତାନ। ବୋଧହୁଏ ହତଭାଗିନୀ ପୁତ୍ରର ଖାଦ୍ୟ ସଂସ୍ଥାନ କରି ନପାରି ତାକୁ କେଉଁ ଅଦୃଶ୍ୟ ଦେବତାଙ୍କ ହାତରେ ଗଛମୂଳେ ସମର୍ପଣ କରି ପଳାୟନ କରିଅଛି। ନିର୍ମଳା ବାଳକଟିକୁ କୋଳକୁ ଉଠାଇ ନେଇ କହିଲେ, "କଲ୍ୟାଣୀ, ଏ ଆଜିଠାରୁ ମୋର।" କଲ୍ୟାଣୀ କହିଲେ, "ନା, ନା, ଏକା ତୁମର ନୁହେଁ, ଆମ ଦୁଇଜଣଙ୍କର।" କିନ୍ତୁ ଶେଷରେ ବାଳକଟି ନିର୍ମଳାଙ୍କର ହେଲା। ସେ ପୁତ୍ର ନିର୍ବିଶେଷରେ ତାକୁ ପାଳନ କରିବାକୁ ଲାଗିଲେ। ଶିଶୁର ଅଜ୍ଞାତ କୁଳଶୀଳତା ସମ୍ବନ୍ଧରେ କେବେ କେହି ଉଚ୍ଚବାଚ୍ୟ କରିନାହିଁ। କେବଳ ନିର୍ମଳାଙ୍କର ତାହା ପ୍ରତି ଅତ୍ୟଧିକ ସ୍ନେହ ଦେଖି ଚମ୍ପା ଥରେ ଥରେ କହୁଥିଲା, "ମଲା ମୋର ଛତରଖିଆ ପିଲାଟା- ବାପା ମାର ଠିକ୍ ନାହିଁ। ତାର ପୁଣି ଏତେ ଆଦର। ପେଟର ହେଲେ ଆଉ କଣ ନହୁଅନ୍ତା ? ବୋଲେ ତୁଛାକୁ ଏତେ, ମୁଦି ନାହିଁ ଗୋଡ଼ କଣ୍ଢେଉ କେତେ" କିନ୍ତୁ ନିର୍ମଳାଙ୍କର ତର୍ଜନରେ ଚମ୍ପାର ଗର୍ଜନ ବେଶିଦିନ ସ୍ଥାୟୀ ହୋଇନାହିଁ। ବରଂ ଶିଶୁଟିର ଶାନ୍ତ ସ୍ୱଭାବ ଦେଖି ସେ ମଧ୍ୟ କିଛିଦିନ ପରେ ତାକୁ ଭଲପାଇବାକୁ ଆରମ୍ଭ କରିଥିଲା। ସେହି ଶିଶୁ ଆଜିକାର ଏହି ଧନିଆ। ଦୁର୍ଭିକ୍ଷ କୃପାରୁ ଓଡ଼ିଶାରେ ଧନିଆର ସଂଖ୍ୟା କମ୍ ନୁହେଁ ।

ଧନିଆ ନିର୍ମଳାଙ୍କୁ ମା ବୋଲି ଡାକୁଥିଲା। ନିର୍ମଳାଙ୍କ ମୃତ୍ୟୁରେ କେବଳ ବାସନ୍ତୀର ମାତୃବିୟୋଗ ନୁହେଁ, ତାହାର ମଧ୍ୟ ମାତୃ ବିୟୋଗ। ସେ ନିର୍ମଳାଙ୍କ ମୃତ୍ୟୁଦିନ ଖୁବ୍ କାନ୍ଦିଲା ; କିନ୍ତୁ ଅଳ୍ପ ସମୟରେ ଆପେ ଆପେ ସାନ୍ତ୍ୱନା ଲାଭ କରି ବାସନ୍ତୀର ଯତ୍ନ ନେବାରେ ଲାଗିଲା। ସେ କ୍ଷୁଦ୍ର ବାଳକ; ତଥାପି ବାସନ୍ତୀର ପାଖେ ପାଖେ ଥାଇ ବାସନ୍ତୀ ଯଦ୍ୱାରା ସନ୍ତୁଷ୍ଟ ହେବ,ସେହିପରି ଭାବରେ ପାଣି ଆଣିବା, ଘର ପହଁରିବା ପ୍ରଭୃତି ସାନ ସାନ କାମରେ ନିଜକୁ ନିଯୁକ୍ତ କରିଦେଲା।

ଆଜି ନିର୍ମଳାଙ୍କ ମୃତ୍ୟୁର ତୃତୀୟ ଦିବସ। ସକାଳେ ଉଠି ଧନିଆ ଦେଖିଲା, ବାସନ୍ତୀ ସୁନୀତିର କୋଳରେ ମସ୍ତକ ସ୍ଥାପନ କରି କାନ୍ଦୁଅଛି। ସୁନୀତିର ସାନ୍ତ୍ୱନାରେ ସେ ଆଦୌ ତୁନୀ ହେଉନାହିଁ। ଧନିଆ ମନେକଲା, ଦୌଡ଼ିଯାଇ ଦେବବାବୁଙ୍କୁ ଡାକି ଆଣିବ। ଦେବବାବୁ ସାନ୍ତ୍ୱନା ଦେଲେ ଅବା ବାସନ୍ତୀ ଚୁପ୍ ହୋଇପାରେ। ଦେବବ୍ରତର ଉପସ୍ଥିତିରେ ବାସନ୍ତୀର ଆନନ୍ଦ ଓ ଦେବବ୍ରତର କଥାପ୍ରତି ବାସନ୍ତୀର ବାଧ୍ୟତା ବାଳକ ଧନିଆ ମଧ୍ୟ ଭଲରୂପେ ଲକ୍ଷ୍ୟ କରିଥିଲା।

ନିର୍ମଳାଙ୍କ ଜୀବିତାବସ୍ଥାରେ ଧନିଆ କେତେଥର କଲେଜ ହଷ୍ଟେଲକୁ ଆସିଛି। ଦେବବ୍ରତର ଘରଟା ସହିତ ତାର ପରିଚୟ ଊଣା ନୁହେଁ। କାଳ ବିଳମ୍ବ ନକରି ସେ

ହଷ୍ଟେଲକୁ ଚାଲିଲା। ସେ ଦେବବ୍ରତର ଦ୍ୱାରରେ "ଦେବବାବୁ" "ଦେବବାବୁ" ବୋଲି ଡାକିବାର ପାଠକ ଶୁଣି ଅଛନ୍ତି। ଦେବବ୍ରତ ଯେ ବାସ୍ତବରେ ଗଭୀର ନିଦ୍ରାରେ ଅଭିଭୂତ ଥିଲା, ତାହା ନୁହେଁ। ନାନା ଦୁର୍ଭାବନା ଓ ପରିଶ୍ରମ ହେତୁରୁ ସେ ଅତ୍ୟନ୍ତ କ୍ଲାନ୍ତ ହୋଇ ଅର୍ଦ୍ଧସୁପ୍ତ ଅର୍ଦ୍ଧଜାଗ୍ରତ ଭାବରେ ବିଛଣାରେ ପଡ଼ିଥିଲା। ସେହିପରି ଅବସ୍ଥାରେ ସେ ଧନିଆର ଡାକ ଶୁଣିଛି; କିନ୍ତୁ ତାହାର ମନେହେଲା, ବାସ୍ତବରେ ଯେପରି କେହି ତାକୁ ଡାକୁନାହିଁ,ସେ ସ୍ୱପ୍ନ ଦେଖୁଛି ମାତ୍ର।

ହଠାତ୍ ଦେବବ୍ରତ ଶୁଣିଲା, ଖୁବ୍ ଉଚ୍ଚ ସ୍ୱରରେ କିଏ ଡାକୁଛି, "ହୋ ଦେବବାବୁ!" ଦେବବ୍ରତର ତନ୍ଦ୍ରା ଭାଙ୍ଗିଗଲା। ସେ ହଠାତ୍ ବିଛଣାରୁ ଉଠି ବସିଲା। ପୁଣି ସେହି କଣ୍ଠ, "କିହୋ, ତୁମ ଶ୍ୱଶୁର ଘରୁ ମଣିଷ ଆସି ଦୁଆରେ ଡାକୁଛି। ତୁମେ ନିଦରେ ଗଁ ଗଁ ହେଉଛ।" ଦେବବ୍ରତ ବୁଝିଲା, ଏ କଣ୍ଠସ୍ୱର ବିକୃତ। ଭୀଷଣ କ୍ରୋଧରେ ସେ ଦ୍ୱାର ନିକଟକୁ ଦୌଡ଼ି ଆସିଲା ; କିନ୍ତୁ କବାଟ ଖୋଲିବା ପୂର୍ବରୁ ବାରଣ୍ଡାରେ ଖୁବ୍ ଦ୍ରୁତ ପଦ ଶବ୍ଦ ଶୁଣି ବୁଝିଲା ଯେ ବକ୍ତା ପଳାୟନ କରିଅଛି।

ବିସ୍ମିତ ଧନିଆକୁ ସମ୍ମୁଖରେ ଦେଖି ଦେବବ୍ରତ ପଚାରିଲା, "କିରେ ଧନିଆ, ତୁ କୁଆଡ଼େ?" ଧନିଆ କାନ୍ଦ କାନ୍ଦ ହୋଇ କହିଲା, "ଦେବବାବୁ, ସକାଳୁ ଉଠି ବାସ ଅପା ଭୋ ଭୋ ଡକା ପାରୁଛନ୍ତି। ସୁନା ଅପା ଯେତେ କହିଲେ ତୁନୀ ହେଉନାହାନ୍ତି। ତମେ ଚାଲ ତାଙ୍କୁ ତୁନୀ କରିବ।"

ଦେବବ୍ରତ କିଛି କ୍ଷଣ ଚୁପ୍ ହୋଇ ରହି ଧନିଆକୁ କହିଲା, "ତୁ ଯା, ମୁଁ ଯିବି।" ଧନିଆ ଛାଡ଼ିବାର ପାତ୍ର ନୁହେଁ। ସେ ଜାଣେ ଦେବବ୍ରତ ଅନେକଥର ଏହିପରି କହିଛି, ଅଥଚ ନିଜର କଥା ଅନୁସାରେ କାର୍ଯ୍ୟକରିନାହିଁ।

"ନାହିଁ, ତୁମେ ମୋ ସାଙ୍ଗରେ ଚାଲ।"

"ଆରେ ତୁ ଯା, ମୁଁ ତୋ ପଛେ ପଛେ ଯାଉଛି।"

"ମୋ ରାଣ ପକାଇଲ, ନିଶ୍ଚେ ଯିବ?"

"ତୋ ରାଣ, ନିଶ୍ଚେ ଯିବି ଯା।" ଧନିଆ ସନ୍ତୁଷ୍ଟ ହୋଇ ଚାଲି ଯାଉଥିଲା। ଦେବବ୍ରତ ତାକୁ ପଛରୁ ଡାକି ପଚାରିଲା," ଆରେ ଧନିଆ, ଏଠି ମୋତେ ଆଉ କିଏ ଡାକୁଥିଲା କି?"

"ହଁ ବାବୁ, ଜଣେ ତୁମରି ଭଳିଆ ବାବୁ ଆପଣା ଗଳା ଚିପି ଧରି କଣ ଶ୍ୱଶୁର ଘର କଥା କହୁଥିଲେ। ତୁମେ ଯେମିତି କବାଟ ଫିଟେଇଛ, ସେମିତି ଦୌଡ଼ି ପଳେଇଲେ।" ଦେବବ୍ରତ ବୁଝିଲା, ଏହା ତାହାର କୌଣସି କାପୁରୁଷ ସହପାଠୀର କାର୍ଯ୍ୟ।

କିଛିଦିନ ହେଲା ଦେବବ୍ରତକୁ କଲେଜ ପିଲାମାନେ ବିରକ୍ତ କରିବା ଲାଗି ବଳରାମ ବାବୁଙ୍କ ଘରକୁ ଦେବବ୍ରତର ଶ୍ୱଶୁର ଘର ବୋଲି କହୁଥିଲେ। ଦେବବ୍ରତ ସେମାନଙ୍କର ଏପରି ଆଚରଣରେ ଆଦୌ ସୁଖୀ ହୋଇନାହିଁ। ଆଜି ପୁଣି ସେମାନଙ୍କ ମଧ୍ୟରୁ ଜଣକର ଏପରି ନୀଚତା ଦେଖି ତାହାର ମୁଖ ଘୃଣା ଓ କ୍ରୋଧରେ ଲାଲ ହୋଇଗଲା। ଗତ ଦୁଇଦିନର ଘଟନାରେ ତାହାର ମନ ଅବସନ୍ନ ହୋଇପଡ଼ିଥିଲା। ସେହି ହେତୁରୁ ସେ ଗତରାତ୍ରି ଏକପ୍ରକାର ବିନିଦ୍ର ଭାବରେ କଟାଇଅଛି। ନିଦ୍ରାଳସ ଦେହକୁ ପୁନର୍ବାର ଶଯ୍ୟାରେ ସ୍ଥାପନ କରି ସେ ପୂର୍ବର ଘଟଣାମାନ ମନେ ମନେ ଆଲୋଚନା କରିବାକୁ ଲାଗିଲା।

ଆଜିଠାରୁ ମାତ୍ର ଦୁଇଦିନ ପୂର୍ବର କଥା। ଯେତେବେଳେ ଦେବବ୍ରତର ହସ୍ତ ମଧ୍ୟରେ ବାସନ୍ତୀର ହସ୍ତଟି ସ୍ଥାପନ କରି ବାସନ୍ତୀର ମାତା ଇହଧାମରୁ ଚିର ବିଦାୟ ଗ୍ରହଣ କଲେ, ସେତେବେଳେ ଚଉରିଆଡ଼ରୁ ସନ୍ଧ୍ୟାରତିର ଶଙ୍ଖଘଣ୍ଟା ଧ୍ୱନି ଭାସି ଆସୁଥିଲା। ଦେବବ୍ରତର ମନେହୋଇଥିଲା, ପ୍ରକୃତିର ସୂର୍ଯ୍ୟାସ୍ତ ପରି ବାସନ୍ତୀ ମାତାର ଜୀବନାସ୍ତ ମଧ୍ୟ ତାହା ପକ୍ଷରେ ରମଣୀୟ, କାରଣ, ସୂର୍ଯ୍ୟ ଅସ୍ତ ଯିବା ପୂର୍ବରୁ ଯେପରି ଧରିତ୍ରୀ ସୁନ୍ଦରୀକୁ ଗୋଧୂଳି ଅଞ୍ଚଳରେ ଆବୃତ କରେ, ବାସନ୍ତୀର ମାତା ତାହାର ଜୀବନକୁ ସେହିପରି ବାସନ୍ତୀ ଅଞ୍ଚଳକୁ ଆବୃତ କରି ତାକୁ କେତେ ସାନ ବଡ଼ ଦୁର୍ଦ୍ଦୈବ ହସ୍ତରୁ ରକ୍ଷା କରିଅଛନ୍ତି। ବାସନ୍ତୀ ପରି ରୂପ ଗୁଣ ସମ୍ପନ୍ନା ଶିକ୍ଷିତା ରମଣୀକୁ ଜୀବନର ସଙ୍ଗିନୀ ରୂପେ ଲାଭ କରିବା ଯେ ତାହା ପକ୍ଷରେ କେତବଡ଼ ସୌଭାଗ୍ୟ, ସେ ତାହା ଭାବି ଟିକିଏ ଉତଫୁଲ୍ଲ ମଧ୍ୟ ହୋଇଥିଲା; କିନ୍ତୁ ବାସନ୍ତୀର କାତର କ୍ରନ୍ଦନରେ ତାହାର ସମସ୍ତ ସୁଖ ସ୍ୱପ୍ନ ଉଭେଇ ଯାଇଥିଲା। ସେ କ୍ଷଣକ ମଧ୍ୟରେ ବୁଝିପାରିଥିଲା, ସଂସାରର ଅନନ୍ତ ପଥରେ ସେ ଆଜିଠୁଁ ଯାତ୍ରୀ- ସେ ସଂସାର ଅନଭିଜ୍ଞ ବିଷୟ ବୁଦ୍ଧିହୀନ ନବୀନ ଯୁବା, ଆଉ ତାହାର ସାଥୀ ଅସହାୟା ମାତୃ-ବିୟୋଗକାତରା ବାଳିକା ବାସନ୍ତୀ।

ନିର୍ମଳାଙ୍କ ପ୍ରାଣବାୟୁ ବାହାରି ଗଲାର କିୟତ୍‌କ୍ଷଣପରେ ସୁନୀତି ଶୋକାକୁଳା ବାସନ୍ତୀକୁ ଆପଣାର ବକ୍ଷରେ ଚାପିଧରି କହିଥିଲା, "ଦେବବାବୁ, ଚୁପ୍ ହୋଇ ଛିଡ଼ା ହେଲେ କଅଣ ହେବ? ରାତି ହେଉଛି ଯେ! ଯାଅ, ଶୀଘ୍ର ଶୀଘ୍ର ଆୟୋଜନ କର।" ବାସନ୍ତୀର ଯତ୍ନ ନେବାକୁ ସୁନୀତିକୁ କହି ଓ ଧନିଆକୁ ସବୁବେଳେ ବାସନ୍ତୀର ନିକଟରେ ରହିବାକୁ ଆଦେଶ ଦେଇ ଦେବବ୍ରତ ଶବବାହକମାନଙ୍କ ଉଦ୍ଦେଶ୍ୟରେ ବାହାରି ପଡ଼ିଥିଲା।

ଅନ୍ଧାର ରାତ୍ରି। ଦେବବ୍ରତ ଚାଲି ଚାଲି ହଷ୍ଟେଲକୁ ଆସିଥିଲା ଓ ସେଠାରେ କରଣ ଛାତ୍ରମାନଙ୍କୁ ଅନୁରୋଧ କରିଥିଲା। ଅନ୍ୟଶ୍ରେଣୀର ଛାତ୍ରମାନଙ୍କ ଦ୍ୱାରା ଶବ

ଉତ୍ତୋଳନ କରାଇବାରେ ଦେବବ୍ରତର ବ୍ୟକ୍ତିଗତ ଆପତ୍ତିନଥିଲା; କିନ୍ତୁ ତଦ୍ଦ୍ୱାରା କାଳେ ବାସନ୍ତୀର  ମନରେ କଷ୍ଟ ହେବ,ଏହା ଭାବି ସେ କେବଳ କରଣ ଛାତ୍ରମାନଙ୍କୁ ଅନୁରୋଧ କରିଥିଲା; କିନ୍ତୁ ଜଣେ ଛଡ଼ା ଆଉ କେହି ଅନ୍ଧକାର ରାତ୍ରିରେ କାଠଯୋଡ଼ି କୂଳର ଶ୍ମଶାନରେ ଶିଶିରାଘାତ ସହିବାକୁ ରାଜି ହୋଇନଥିଲେ।

ହଷ୍ଟେଲ ନିକଟରେ ଜଣେ ମଧ୍ୟ ବୟସ୍କ କରଣ ଅଧ୍ୟାପକଙ୍କ ବସା। ଦେବବ୍ରତ ତାଙ୍କ ନିକଟକୁ ଗଲା। ସବୁ ଶୁଣି ସେ କହିଲେ, "ହେଉ ଚାଲ। ତୁମ୍ଭେ ଯେତେବେଳେ କହୁଛ ବାଳିକାଟା ଏକା, ପୁଣି ବିପଦରେ ପଡ଼ିଛି, ସେତେବେଳେ କେଉଁ ହୃଦୟବାନ୍ ବ୍ୟକ୍ତି ନ ଯାଇ ରହିପାରିବ? କଷ୍ଟ, କଷ୍ଟତ ଟିକିଏ ନିଶ୍ଚୟ ହେବ; କିନ୍ତୁ ଏପରି ସାମାଜିକ କାର୍ଯ୍ୟରେ କଷ୍ଟ ସହ୍ୟ କରିବାତ ଯଥାର୍ଥ ମନୁଷ୍ୟତ୍ୱ। ଚାଲ।" ଦେବବ୍ରତ ଟିକିଏ ଆଶ୍ୱସ୍ତ ହେଲା। କବାଟ ଉଢ଼ାଳରୁ କିଏ ଜଣେ ସେମାନଙ୍କ କଥାବାର୍ତ୍ତା ଶୁଣୁଥିଲା। ଅଧ୍ୟାପକ ଘରକୁ ଯିବା ମାତ୍ରକେ ଫୁସ୍ ଫୁସ୍ ଅଥଚ ବିରକ୍ତ ସ୍ୱରରେ ବୃଦ୍ଧା ସ୍ତ୍ରୀ କଣ୍ଠର କଥା ଶୁଣାଗଲା। ଦେବବ୍ରତ କିଛି ବୁଝିପାରିଲେ ନାହିଁ। କିଛିକ୍ଷଣ ଉତ୍ତାରୁ ଅଧ୍ୟାପକ ଫେରିଆସି ଇଂରାଜୀରେ ଦେବବ୍ରତକୁ କହିଲେ, "ମୋତେ କ୍ଷମା କର, ମା କହୁଛନ୍ତି, କୌଣସି ପାରିବାରିକ କାରଣରୁ ମୋ ପକ୍ଷରେ କିଛିଦିନ ଶବ ଉତ୍ତୋଳନ କରିବା ଉଚିତ୍ ହେବନାହିଁ।"

ଦେବବ୍ରତର ବିରକ୍ତିର ସୀମା ରହିଲା ନାହିଁ। କୌଣସି ଉତ୍ତର ନଦେଇ ସେ ସେଠାରୁ ଦ୍ରୁତ ପଦରେ ଚାଲି ଆସିଥିଲା। ଅଧ୍ୟାପକଙ୍କର ଜନୈକ ପ୍ରତିବେଶୀ ତାହାକୁ ପଛରୁ ଡାକି କହିଥିଲେ,ମୁଁ ମଧ୍ୟ କରଣ। ଏପରି ଅବସ୍ଥାରେ ମୋର ଯିବା ଉଚିତ୍ ବୋଲି ମୁଁ ମନେକରେ।  "ମୁଁ ଯାଇପାରେ କି?" ଭଦ୍ରଲୋକ ଅଦାଲତରେ କିରାନୀ। ନିଜ ଦୁଆରେ ଛିଡ଼ା ହୋଇ ଉଭୟଙ୍କର କଥାବାର୍ତ୍ତା ଶୁଣିଥିଲେ ଓ ତାହାର ପରବର୍ତ୍ତୀ ଘଟଣା ମଧ୍ୟ ଦେଖିଥିଲେ। ଦେବବ୍ରତ ଅତ୍ୟନ୍ତ କୃତଜ୍ଞ ଭାବରେ ତାଙ୍କ ହାତ ଧରି ପକାଇଲା।

ପେଟିନ୍ ସାହିରୁ ଖାନ୍‌ନଗରକୁ ଶବ ବୋହି ନେବାତ ତିନିଜଣଙ୍କର କାର୍ଯ୍ୟ ନୁହେଁ । ଦେବବ୍ରତ ଟିକିଏ ଚିନ୍ତିତ ହୋଇପଡ଼ିଥିଲା। କିରାନୀ ବାବୁ କହୁଥିଲେ, "ଆପଣ ଚିନ୍ତିତ ହେଉଛନ୍ତି କାହିଁକି? ଚାଲନ୍ତୁ, ଅନ୍ୟ କୌଣସିଠାରେ ଅନୁସନ୍ଧାନ କରିବା। କଟକରେ ତ କରଣଙ୍କ ସଂଖ୍ୟା ଊଣା ନୁହେଁ, ଆଉ ସମସ୍ତେ ମଧ୍ୟ ଆପଣଙ୍କ ପ୍ରଫେସରଙ୍କ ଭଳି ନୁହନ୍ତି।" ଦୁଇଜଣଯାକ ତେଲେଙ୍ଗା ବଜାର ଆଡ଼େ ଚାଲିଲେ। ବାଟରେ ଯାଉ ଯାଉ କିରାନୀ ବାବୁ ହଠାତ୍ ପଚାରିଲେ, "ଆପଣଙ୍କ  ପ୍ରଫେସରଙ୍କ କଥା ଭାବୁଛନ୍ତି ପରା!" ଦେବବ୍ରତ ମୃଦୁ ହାସ୍ୟ କଲା।  କିରାନୀ ବାବୁ କହିଥିଲେ,

"ତାଙ୍କ କଥା ଭାବିବା ଅନାବଶ୍ୟକ। ଦେଖିଲେ ତ, ତାଙ୍କ ମାଙ୍କର ସାମାନ୍ୟ ନିଷେଧ ଏଡ଼ି ନପାରି ସେ ଆପଣଙ୍କୁ କହି ସୁଦ୍ଧା ଆସିଲେନାହିଁ। ତାଙ୍କ ମା କାହିଁକି ମନାକଲେ, ତାହା ଜାଣିବାକୁ ବୋଧହୁଏ ଆପଣଙ୍କର କୌତୁହଳ ହେଉଛି ? ତାଙ୍କ ସ୍ତ୍ରୀ ଅନ୍ତଃସତ୍ତ୍ୱା ବୋଲି।" ସେପରି ଅବସ୍ଥାରେ ମଧ୍ୟ ଦେବବ୍ରତ ହାସ୍ୟ ସମ୍ବରଣ କରିପାରିଲା ନାହିଁ। ସାମାନ୍ୟ କୁସଂସ୍କାରର ବଶବର୍ତ୍ତୀ ହୋଇ ଯେଉଁ ଅଧ୍ୟାପକ ତାକୁ ଏପରି କାର୍ଯ୍ୟରେ ସାହାଯ୍ୟ କଲେନାହିଁ,ସେହି ହୃଦୟବାନ୍ ବ୍ୟକ୍ତିଟିକୁ ଏହି ସାମାନ୍ୟ କିରାନୀ ସହିତ ତୁଳନା କରିବାକୁ ତାହାର ମନ ବ୍ୟଗ୍ର ହୋଇଉଠିଥିଲା।

ତେଲେଙ୍ଗା ବଜାରରେ କେତେଜଣ କରଣ ବସା କରିଥିଲେ। ତାଙ୍କ ମଧ୍ୟରୁ କିଏ ଓକିଲ, ମୋହରୀର, କିଏ ନବସିନ୍ଦା, କିଏ ଟରଣି, କିଏ ମାମଲତକାର ! ଦେବବ୍ରତ ଓ କିରାନୀ ବାବୁ  ଉଭୟଙ୍କର ନାନା ଅନୁରୋଧ ଉପରୋଧରେ ସେମାନଙ୍କ ମଧ୍ୟରୁ ଦୁଇଜଣ ରାଜି ହୋଇଥିଲେ। ଶବ ସଂସ୍କାରର ସମସ୍ତ ଉପାଦାନ ସଂଗ୍ରହ କରି ରାତ୍ରିର ଶେଷ ଭାଗରେ ଶବକୁ ଶ୍ମଶାନକୁ ନିଆଯାଇଥିଲା ; କିନ୍ତୁ ସେତିକିରେ ଦେବବ୍ରତର କଷ୍ଟର ଅବସାନ ହେଲାନାହିଁ। ପ୍ରଭାତ ସଙ୍ଗେ ସଙ୍ଗେ ଭୀଷଣ ଝଡ଼ ଓ ବୃଷ୍ଟିପାତ ହେବାକୁ ଲାଗିଲା। ଶବବାହକମାନେ ନିରୁପାୟଭାବରେ ଶବକୁ ଶ୍ମଶାନର ବିଶ୍ରାମ ଗୃହରେ ରଖିଦେଇ ବସିରହିଲେ; କିନ୍ତୁ ସେଦିନ ମଧ୍ୟାହ୍ନ ଯାଏ ବୃଷ୍ଟିପାତ ବନ୍ଦ ହେଲାନାହିଁ। ତେଲେଙ୍ଗା ବଜାରର କରଣ ଦୁଇଜଣ ବିନା କାରଣରେ ଦେବବ୍ରତ ଉପରେ ବିରକ୍ତ ହେବାକୁ ଲାଗିଲେ ଏବଂ ସେମାନଙ୍କ ପାଇଁ ଜଳଖିଆ, ତମାଖୁ  ପ୍ରଭୃତି ଆଣିବାପାଇଁ ଦେବବ୍ରତକୁ ବାରମ୍ବାର ବ୍ୟତିବ୍ୟସ୍ତ କଲେ। ଦେବବ୍ରତ ଅନ୍ୟକୌଣସି ଉପାୟ ନ ଦେଖି ବର୍ଷାଜଳରେ ତିନ୍ତି ତିନ୍ତି ବଜାରରୁ ସେମାନଙ୍କ ପାଇଁ ତମାଖୁ ଓ ଜଳଖିଆ ନେଇ ଯାଇଥିଲା।

ପ୍ରାୟ ତିନିଟା ବେଳକୁ ବର୍ଷା ଛାଡ଼ିଗଲା। ଶବବାହକମାନେ ଯେତେବେଳେ କାର୍ଯ୍ୟ ଶେଷ କରି ଫେରି ଆସିଲେ, ସେତେବେଳେ ପ୍ରାୟ ରାତି ନଅଟା। ଅବସାଦରେ ଦେବବ୍ରତର ଶରୀର ଭାଙ୍ଗିପଡୁଥାଏ। ତେଲେଙ୍ଗା ବଜାରର କରଣ ଦୁଇଜଣ ଧରି ବସିଲେ, "କିହୋ ବାବୁ, ଶୁଣିଛୁ ତ ୟାଙ୍କର ଗୋଟିଏ ଝିଅ ଛଡ଼ା ଆଉ କେହି ଉଆରସ ନାହିଁ। ଶ୍ରାଦ୍ଧଦିନ ଆମ୍ଭମାନଙ୍କର ଖାଇବା ପିଇବାର ବନ୍ଦୋବସ୍ତ ହେବ ତ ?" ଦେବବ୍ରତ ଏ ଲୋକ ଦୁଇଟାଙ୍କର ଛୋଟଲୋକି ଦେଖି ଅବାକ୍ ହୋଇଯାଇଥିଲା। ସେ କିଛି ଉତ୍ତର ନ ଦେବାର ଦେଖି କିରାନୀ ବାବୁ କହିଥିଲେ, "ଶ୍ରାଦ୍ଧ ଦିନ ଆପଣମାନଙ୍କର ଖାଇବା କଣ ଏକାନ୍ତ ଦରକାର ?"

"ଆରେ ବାଃ, ଦରକାର ନୁହେଁ? ଶ୍ରାଦ୍ଧରେ ଭୋଜନ ନକଲେ ଆମ କାନ୍ଧରୁ ପ୍ରେତ ଓହ୍ଲେଇବ କିପରି ?"

ଦେବବ୍ରତ ଏମାନଙ୍କ କଥା ଶୁଣି ବିସ୍ମୟ ଓ ଘୃଣାରେ ନିର୍ବାକ୍ ହୋଇଗଲା। କିରାନୀ ବାବୁ ସେମାନଙ୍କୁ ବୁଝାଇଦେଇଥିଲେ ଯେ ସେମାନଙ୍କର ଭୟନାହିଁ। ଭୋଜନର ବ୍ୟବସ୍ଥା ଦ୍ୱାରା ସେ ସେମାନଙ୍କ କାନ୍ଧରୁ ପ୍ରେତ ଓହ୍ଲାଇବାର ବନ୍ଦୋବସ୍ତ କରିଦେବେ !

ଦେବବ୍ରତ ସହଜରେ ଶ୍ରାନ୍ତ ହେବାର ଲୋକ ନୁହେଁ। କିନ୍ତୁ ଦୁଇଦିନରେ ଏପରି ପରିଶ୍ରମ ଓ ବର୍ଷାମାଡ଼ରେ ଶ୍ରାନ୍ତ ନହେବ, ଏପରି ଲୋକ ପୃଥିବୀରେ କିଏ ଅଛି ? ଦେବବ୍ରତର ଅବସନ୍ନ ପାଦଦ୍ୱୟ ଆଉ ଚଳୁନଥିଲା। ସେ ଧୀରେ ଧୀରେ ଯାଇ ହଷ୍ଟେଲରେ ନିଜ ଘରର ଦ୍ୱାର ଖୋଲିଥିଲା। ସାବୁନ୍‌ରେ ହାତ ଗୋଡ଼ ପରିଷ୍କାର କରି ଧୋଇ ସେ ରୋଷେଇ ଘରକୁ ଯାଇଥିଲା। ସେମାନଙ୍କ ମେସ୍‌ରେ ସେଦିନ ଶନିବାର ରାତ୍ରିର ଭୁରି ଭୋଜନର ବ୍ୟବସ୍ଥା। ରୋଷେଇଘର ଓ ଭୋଜନଶାଳା ଉତ୍‌ଫୁଲ୍ଲ ଛାତ୍ରମାନଙ୍କ କୋଳାହଳରେ ମୁଖରିତ। ଜଣେ ରସିକ ଛାତ୍ର ଅନ୍ୟ ଗୋଟିଏ ଛାତ୍ର ନିକଟରେ ମୁଖଭଙ୍ଗୀ କରି ଗାଉଛି, "ରାଧେ, ତୋହଲାଗି ଶ୍ୟାମ ନ ବଞ୍ଚଇ ଗୋ ଜେମା ଦେଇ।" ଦେବବ୍ରତର ମନର ଭାବ ଏ ଆମୋଦରେ ଯୋଗ ଦେବାର ଅନୁକୂଳ ନଥିଲା। କଲେଜ ହଷ୍ଟେଲରେ ରହିଲା ଦିନୁ ସେ ତାହାର ଅଧିକାଂଶ ସମୟ ସଙ୍ଗୀମାନଙ୍କ ସହିତ ବୃଥାଳାପ ଓ ସଙ୍ଗୀତାଳାପରେ କଟାଇଅଛି; କିନ୍ତୁ ଏହି ଦିନକ ମଧ୍ୟରେ କି ଘୋର ପରିବର୍ତ୍ତନ ! ତାହାର ମନ ଏସବୁ ପ୍ରତି ଏକାବେଳକେ ବିଦ୍ରୋହୀ।

ସେ ଘରର ଗୋଟାଏ କଣରେ ବସି ଆହାର କରିବାକୁ ଲାଗିଲା। ଗୃହର ଅନ୍ୟ କୋଣରୁ ଦେବବ୍ରତର ବିପକ୍ଷ ଦଳର ଜଣେ ଛାତ୍ରକୁ କହିଲା, "ହଇହେ ମଧୁ, ଶୁଣିଛ ?"

"କଣ ହେ ?"

"ଆରେ ଯା, ଯା,- ଶୁଣି ନା ! ଆହେ ଏଥର ରାସ୍ତା ଏକଦମ୍ ସାଫ୍।"

ଆଉ ଜଣେ ଛାତ୍ର ପଚାରିଲା, "ଆରେ, କେଉଁ ରାସ୍ତା ?"

"ମ, ମ, ତୁବି ଜାଣୁନା ? ଆରେ, ବାସନ୍ତୀ ପ୍ୟାଣ୍ଡେଲକୁ ଯିବାର ରାସ୍ତା !"

ସମସ୍ତ ଛାତ୍ର ହୋ ହୋ କରି ହସି ଉଠିଲେ। ଏ କୁତ୍ସିତ ବିଦ୍ରୂପ ଯେ କାହା ପ୍ରତି ଲକ୍ଷ୍ୟ କରା ହୋଇଅଛି, ଦେବବ୍ରତ ତାହା ବୁଝି ପାରିଲା। ଲଜ୍ଜାରେ ତାହାର କାନ ମୂଳ ଲାଲ ହୋଇଗଲା। ସାମାନ୍ୟ ଆହାର କରି ସେ ନିଜର କୋଠରୀକୁ ଚାଲିଗଲା। ସେ ଏହି ନିଷ୍ଠୁର-ହୃଦୟ ସହପାଠୀମାନଙ୍କଠାରୁ ଦୂରେଇ ରହିବାକୁ ଚାହେଁ।

ଏ ସବୁତ ଦେବବ୍ରତର ବିରକ୍ତିର କାରଣ; କିନ୍ତୁ ତାହାର ଦୁର୍ଭାବନା କାହିଁକି ? ସେ କଲେଜ ଶିକ୍ଷା ପ୍ରାପ୍ତ ତରୁଣ ଯୁବା- ବିଶ୍ୱବିଦ୍ୟାଳୟର ପରୀକ୍ଷାଗାରରୁ କେବେହେଁ ନିରାଶ ହୋଇ ଫେରିନାହିଁ। ତତ୍ପରେ ପୁଣି ଯଥେଷ୍ଟ ସମ୍ପତ୍ତିର ମାଲିକ। ଘରେ ମା ଅଛନ୍ତି ସତ୍ୟ; କିନ୍ତୁ ମା ତ ଆଉ କିଛି ବୁଝା ସୁଝା କରନ୍ତିନାହିଁ। ଦୂର ସମ୍ପର୍କୀୟ ଯେଉଁ ବେବର୍ତ୍ତା ଜମିଦାରୀ ବୁଝନ୍ତି, ସେ ତାହାର ବେତନଭୋଗୀ କର୍ମଚାରୀ ମାତ୍ର। ବାସ୍ତବରେ ସମ୍ପତ୍ତି ସମ୍ବନ୍ଧରେ ସେ ସର୍ବେସର୍ବା। ଏପରି ଅବସ୍ଥାରେ ତାହାର ଚିନ୍ତିତ ହେବାର କାରଣ କଣ ?

ବର୍ତ୍ତମାନ ତାହାର ସମସ୍ତ ଚିନ୍ତା ଓ ଭାବନାର ହେତୁ ବାସନ୍ତୀ। ନିର୍ମଳା ଦେବୀ ବାସନ୍ତୀକୁ ତାହା ହାତରେ ସମର୍ପଣ କରିଦେଇଥିଲେ, ତଦ୍ଦ୍ୱାରା ସେ ସ୍ୱର୍ଗର ଚନ୍ଦ ହାତ ବଢ଼ାଇ ପାଇଲାପରି ବାସନ୍ତୀକୁ ପାଇ ନିଜକୁ ଧନ୍ୟ ମନେକରିଥିଲା; କିନ୍ତୁ ବର୍ତ୍ତମାନ ବାସନ୍ତୀର କି ଉପାୟ କରିବ, ଠିକ୍ କରିବାକୁ ଯାଇ ସେ ଗତ ରାତ୍ରି ବିନିଦ୍ର ଭାବରେ କଟାଇ ଅଛି। ଦେବବ୍ରତର ଇଚ୍ଛା- ବାସନ୍ତୀ ସହିତ ତାହାର ଯେତେ ଶୀଘ୍ର ବିବାହ ହୁଏ, ତାହା ପକ୍ଷରେ ତେତେ ଭଲ; କିନ୍ତୁ ଏ ବିବାହ ସମ୍ବନ୍ଧରେ କେତେଗୁଡ଼ିଏ ବାଧା ଥିଲା। ସେ ବାଧାଗୁଡ଼ିକ ଦେବବ୍ରତ ଅତିକ୍ରମ କରିବ କିପରି ?

ପ୍ରଥମ ବାଧା- ମା ସୁଭଦ୍ରା ଦେଈ।

ନିର୍ମଳା ଦେବୀଙ୍କ ଜୀବିତାବସ୍ଥାରେ ଦେବବ୍ରତ ସହିତ ବାସନ୍ତୀର ବିବାହ ପ୍ରସ୍ତାବ ହୋଇଥିଲା। ଦେବବ୍ରତର ଅନୁରୋଧ ଅନୁସାରେ ତାହାର ଜନନୀ ସୁଭଦ୍ରା ଭାବୀ ବଧୂ ଦର୍ଶନ ନିମନ୍ତେ ଗ୍ରାମରୁ କଟକ ଆସିଥିଲେ। ନିର୍ମଳାଙ୍କ ଘରେ ଦୁଇ ଚାରିଦିନ ରହି ସେ ବାସନ୍ତୀର ଆଚାର ବ୍ୟବହାର ଓ କାର୍ଯ୍ୟକଳାପ ସମସ୍ତ ପର୍ଯ୍ୟବେକ୍ଷଣ କରିଥିଲେ। ତଦ୍ଦ୍ୱାରା ବାସନ୍ତୀକୁ ନିଜର ବଧୂ କରିବା ଉଚିତ ନୁହେଁ- ଏହି ଧାରଣା ତାଙ୍କ ମନରେ ଦୃଢ଼ୀଭୂତ ହୋଇଥିଲା। ସୁଭଦ୍ରା ବାସନ୍ତୀର ରୂପ ଗୁଣର ନିନ୍ଦା କରିନାହାନ୍ତି; କିନ୍ତୁ ତାଙ୍କର ଅସମ୍ମତିର ପ୍ରଧାନ କାରଣ କୌଣସି ସୁଶିକ୍ଷିତା କନ୍ୟାକୁ ତାଙ୍କର ବୋହୂ କରିବେନାହିଁ। ସୁଭଦ୍ରାଙ୍କର ବିଶ୍ୱାସ, ଏପରି ବୋହୂ ତାଙ୍କ ପୁଅକୁ ସର୍ବଦା ବଶରେ ରଖିବ, ବିବାହ ପରେ ପୁତ୍ର ଆଉ ତାଙ୍କର ଅଧୀନତା ସ୍ୱୀକାର କରିବନାହିଁ। ସୁତରାଂ ତାଙ୍କର ମର୍ଯ୍ୟାଦାହାନି ସୁନିଶ୍ଚିତ। ହଁ, ବୋହୂ ମାନଙ୍କ ପକ୍ଷରେ ପାଠଶାଠ ପଢ଼ିଥିବା ଭଲ। ସେମାନେ ଭାଗବତ ବୋଲି ପାରିବେ, 'କେଶବ କୋଇଲି' ବା 'ଜେମାଦେଇ କାନ୍ଦ' ପଢ଼ି ପଢ଼ି ଶାଶୁମାନଙ୍କୁ ଶୁଣାଇବେ; କିନ୍ତୁ ଏ କଣରେ ବାବା ! ଇଂରାଜୀ ପଢ଼ା,ବଙ୍ଗଳା ପଢ଼ା, ଖବର କାଗଜ ପଢ଼ା, ଗୀତ ଗାଇବା- ଏସବୁ କଣ ? ତାଙ୍କୁ ସବୁଠାରୁ ଖରାପ ଲାଗିଥିଲା ଯେ ଏତେବଡ଼ ଝିଅଟାର ଟିକିଏ ଲାଜ ସରମ ନାହିଁ। ତାଙ୍କ ସଙ୍ଗରେ କଥା

କହିଲାବେଳେ କାହିଁ ହାତେ ଓଢ଼ଣା ଟାଣି 'ଚୁ, ଚୁ' କହିବ ନା ମୁଣ୍ଡରେ ଲୁଗା ନାହିଁ, ଏକାବେଳକେ ସାଫ୍ ସାଫ୍ କଥା। ସେ ପୁଣି ଦିନେ ଦେଖିଲେ ଯେ, ବାସନ୍ତୀ ସୁନୀତି ସହିତ ପ୍ରାତଃ ଭ୍ରମଣ କରିବାକୁ ଯାଇଛି, ଦୁହିଙ୍କ ଗୋଡ଼ରେ ଦୁଇଯୋଡ଼ା ଜୋତା ! ସର୍ବନାଶ। ତାଙ୍କ ବୋହୂ ଜୋତା ପିନ୍ଧିବ ? ... ନା, ନା, ଏପରି ବୋହୂ ତାଙ୍କର ଲୋଡ଼ାନାହିଁ।

ସେ ଗ୍ରାମକୁ ଫେରିଗଲାବେଳେ ଦେବବ୍ରତକୁ କହିଗଲେ ଯେ ଧରଧରାପୁରରେ ସେ ତାହାପାଇଁ ଗୋଟେ ପାତ୍ରୀ ଯୋଗାଡ଼ କରିଛନ୍ତି; ପାତ୍ରୀଟି ଭାଗବତ ବୋଲିପାରେ, ଚିତା ଦେଇପାରେ, ଫୁଲତୋଡ଼ା ପରି ଲୁଗା କୁଞ୍ଚେଇ ପାରେ ଇତ୍ୟାଦି। ତାର ଦୁଃଖିତ ହେବାର କୌଣସି କାରଣ ନାହିଁ। ସେ ଗାଁକୁ ଯାଇ ଅତିଶୀଘ୍ର ବିବାହର ଆୟୋଜନ କରିବେ। ବସାରୁ ରେଳ ଷ୍ଟେସନ ଯାଏ ସେ ଦେବବ୍ରତକୁ ବାରମ୍ବାର ଉପଦେଶ ଦେଇ କହିବାକୁ ଲାଗିଲେ, ସେ ଯେପରି ନିର୍ମଳାଙ୍କ ଘରକୁ ଆଉ ନଯାଏ। ଯେତେହେଲେ ସୁଭଦ୍ରା ନାରୀ। ସେ ବୁଝିଥିଲେ, ଚୁମ୍ବକର ତୀବ୍ର ଆକର୍ଷଣରେ ଲୁହା ଥରେ ଚୁମ୍ବକରେ ଲାଗିଲେ ତାକୁ ଚୁମ୍ବକରୁ ଛଡ଼ାଇବା ମୁସ୍କିଲ୍ ହେବ। ଏ ଘଟନା ବେଶିଦିନର ନୁହେଁ। ଦେବବ୍ରତ ମାତାଙ୍କର ମତ ପରିବର୍ତ୍ତନ କରାଇବା ସକାଶେ କେତେ ଚେଷ୍ଟା କରିଛି, କିନ୍ତୁ ସୁଭଦ୍ରାଙ୍କର ସେଇ ଏକା ଜିଦ୍, ବାସନ୍ତୀ ଭଳି କୀରସ୍ତାନ୍ କନ୍ୟାକୁ ସେ ନିଜର କୁଳବଧୂ କରିବେନାହିଁ। ଏପରି ଅବସ୍ଥାରେ ମାଆଙ୍କର ବିନାନୁମତିରେ ବାସନ୍ତୀକୁ ବିବାହ କରିବା ତାଙ୍କର ବିରୁଦ୍ଧାଚରଣ ହେବ। ବାସନ୍ତୀ ପରି ଦେବବ୍ରତ ମଧ୍ୟ ଅଳ୍ପ ବୟସରେ ପିତାଙ୍କୁ ହରାଇ ମାତାଙ୍କ ପ୍ରତି ଅତ୍ୟନ୍ତ ଅନୁରକ୍ତ ହୋଇପଡ଼ିଥିଲା। ସେ ମାତାଙ୍କ ସହିତ ବିଦ୍ରୋହାଚରଣ କରିବାକୁ ସହସା ସାହସୀ ହେଲାନାହିଁ।

ତାହାର ବିବାହ ପଥରେ ଦ୍ୱିତୀୟ ବାଧା- ସମାଜ।

ସଂସାରରେ ମନ୍ଦ ଲୋକର ଅଭାବ ନାହିଁ। ପରର ନିନ୍ଦା ଓ ଅପବାଦରେ ଯେତେଲୋକ ସନ୍ତୁଷ୍ଟ ହୁଅନ୍ତି, ସେମାନଙ୍କ ସଂଖ୍ୟା କମ୍ ନୁହେଁ। କୌଣସି ରକମର ହୀନ କାର୍ଯ୍ୟ ଏ ନିନ୍ଦୁକ ମାନଙ୍କର ସାଧ୍ୟାତୀତ ନୁହେଁ। ନିର୍ମଳା ଦେବୀ ନିଷ୍କଳଙ୍କ ଚରିତ୍ରା। କିନ୍ତୁ ସ୍ୱାମୀଙ୍କ ମୃତ୍ୟୁପରେ ଭଦ୍ର ନାମଧାରୀ କେତେକ ପାଷାଣ୍ଡ ନିନ୍ଦୁକଙ୍କ କୃପାରୁ ତାଙ୍କ ନାମରେ ମଧ୍ୟ କୁତ୍ସିତ ଧରଣର ଅପବାଦ ରଟନା କରାହୋଇଥିଲା। ନିର୍ମଳା ଏସବୁ ଶୁଣିଥିଲେ; କିନ୍ତୁ ବିଧବା, ଏକାକିନୀ ଓ ଅସହାୟା। ଏପରି ଅବସ୍ଥାରେ ସେ ବା କଣ କରିବେ ? ଦେଶର ଗଣ୍ୟମାନ୍ୟ ଲୋକେ ମଧ୍ୟ ଏହିସବୁ ଅପବାଦକୁ

ବିନା ବିଚାରରେ ସତ୍ୟବୋଲି ଗ୍ରହଣ କରିନେଇଥିଲେ। ସେହିହେତୁରୁ ନିର୍ମଳାଙ୍କ ଜୀବିତାବସ୍ଥାରୁ ବଳରାମ ବାବୁଙ୍କର ଘର ଅଜାତି।

କୌଣସି ସାମାଜିକ ଅନୁଷ୍ଠାନରେ ସେମାନଙ୍କର ନିମନ୍ତ୍ରଣ ହେଉନଥିଲା। ଥରେ ନିର୍ମଳା ସ୍ୱତଃପ୍ରବୃତ୍ତ ହୋଇ କୌଣସି ଉଚ୍ଚଶିକ୍ଷିତ ଭଦ୍ରଲୋକଙ୍କ କନ୍ୟାର ବିବାହରେ ଯୋଗଦେଇଥିଲେ; କିନ୍ତୁ କନ୍ୟାପିତାଙ୍କର ଅମନଯୋଗ ଦେଖି ଓ କନ୍ୟାମାତାଙ୍କର ବକ୍ରୋକ୍ତି ଶୁଣି ସେ ପ୍ରତିଜ୍ଞା କରିଥିଲେ ଯେ ବିନା ନିମନ୍ତ୍ରଣରେ ଆଉ କୌଣସି ସାମାଜିକ ଅନୁଷ୍ଠାନରେ ଯୋଗଦେବେନାହିଁ। ନିମନ୍ତ୍ରଣ ତ କେହି କରୁନଥିଲେ। ଫଳରେ ନିର୍ମଳା ସେହିଦିନୁ ସମାଜର ବାହାରେ। ଆମ ଦେଶର ବିଚିତ୍ର ସମାଜରେ ପିତାମାତାଙ୍କ ଅପରାଧ ସତ୍ୟ ହେଉ, ମିଥ୍ୟା ହେଉ, ତାହାର ଫଳ ସନ୍ତାନକୁ ଭୋଗ କରିବାକୁ ପଡ଼େ। ଫଳତଃ ସମାଜର କୋପଦୃଷ୍ଟି ବର୍ତ୍ତମାନ ବାସନ୍ତୀ ଉପରେ। ନିର୍ମଳାଙ୍କ ଶବ ଉଠାଇବାକୁ ସେ କଟକର କରଣ ନେତାମାନଙ୍କର କଲେଜ ପାଠୁଆ ପୁଅମାନେ ରାଜି ହେଲେନାହିଁ। ଏହାହିଁ ତାହାର ପ୍ରଧାନ କାରଣ। ଅତଏବ ବାସନ୍ତୀକୁ ବିବାହ କଲେ ଦେବବ୍ରତକୁ ମଧ୍ୟ ସମାଜର କୋପଦୃଷ୍ଟିରେ ପଡ଼ିବାକୁ ହେବ। ଦେବବ୍ରତ କଦାପି ସମାଜର ଖାମଖେୟାଲିକୁ ଭୟ କରେନାହିଁ; କିନ୍ତୁ ଏଣେ ମାତା ବିପକ୍ଷରେ। ମାତାଙ୍କ ଇଚ୍ଛା ବିରୋଧରେ ବାସନ୍ତୀକୁ ବିବାହ କଲେ ସୁଦ୍ଧା କେତେଜଣ ସାମାଜିକ ମାନଙ୍କର ତ ସାହାଯ୍ୟ ଲୋଡ଼ା !

ଦେବବ୍ରତର ସବୁଠାରୁ ବେଶି ଦୁର୍ଭାବନାର ବିଷୟ ହେଲା- ବାସନ୍ତୀ ବର୍ତ୍ତମାନ ରହିବ କେଉଁଠାରେ ? ନିଜ ଘରେ ଏକା ରହିବା ତାହା ପକ୍ଷରେ ନିରାପଦ ନୁହେଁ। ସେ କଲ୍ୟାଣୀଙ୍କ ଘରେ ରହିପାରେ; ତଦ୍ଦ୍ୱାରା ସମାଜର ବିରୋଧ ବରଂ ବଢ଼ିଯିବ।

ଏହିପରି ନାନା ସମସ୍ୟାରେ ପଡ଼ି ଦେବବ୍ରତ ନିତାନ୍ତ ବିବ୍ରତ ହୋଇପଡ଼ିଥିଲା। କିନ୍ତୁ ସମସ୍ୟାର କୌଣସି ସମାଧାନ କରିପାରିନଥିଲା। ରାତ୍ରି ଶେଷରେ ଶୀତଳ ବାୟୁରେ ତାହାର ନିଦ୍ରାକାତର ଚକ୍ଷୁ ଦିଓଟି ବୁଜି ହୋଇଆସିଥିଲା। ସେ ଚିନ୍ତା କରୁକରୁ କେତେବେଳେ ଶୋଇପଡ଼ିଥିଲା। ଏହି ହେତୁ ଶଯ୍ୟା ତ୍ୟାଗ କରିବାକୁ ଆଜି ତାହାର ଏତେ ବିଳମ୍ବ ଓ ଧନିଆର ଏତେ କଣ୍ଠନାଦ।

ଧନିଆ ଚାଲିଗଲା ପରେ ଦେବବ୍ରତ ଖଟରେ ଶୋଇପଡ଼ି ପୁଣି ନିଦ୍ରାଭିଭୂତ ହେଲା ; କିନ୍ତୁ ଅଳ୍ପକ୍ଷଣ ପରେ କାହାର ହସ୍ତର ସୁଖ ସ୍ପର୍ଶରେ ଜାଗିଉଠି ଦେଖିଲା, ତାହାର ଅନ୍ତରଙ୍ଗ ବନ୍ଧୁ ସହକର୍ମୀ ରମେଶ ମହାପାତ୍ର ତାହା ପାଖରେ ଛିଡ଼ା ହୋଇ ତାହା ଦେହରେ ଆସ୍ତେ ଆସ୍ତେ କରାଘାତ କରୁଛି। ଦେବବ୍ରତ ଚକ୍ଷୁ ଖୋଲିବା ମାତ୍ରକେ ରମେଶ କହିଲା, "ଦେବବ୍ରତ, କଣ ହୋଇଛି ଶୁଣିଲଣି ?"

ରମେଶ ପ୍ରଶ୍ନଟା ଏପରି ଭାବରେ କଲା ଯେ ତଦ୍ଦ୍ୱାରା ଦେବବ୍ରତ ବାସ୍ତବିକ୍ ଚମକି ପଡ଼ିଲା । ଏତେ ଦୁଃଶ୍ଚିନ୍ତା, ଦୁର୍ଭାବନା- ତାହା ଉପରେ ପୁଣି ଆହୁରି କଣ ହୋଇଛି । ସେ ହଠାତ୍ ଉଠିବସି ପଚାରିଲା, "କଣ ହୋଇଛି ?"

"ବିଡ଼ାନାଶୀର କୁମ୍ଭାର ସାହି ପୋଡ଼ି ଛାରଖାର ହୋଇଯାଇଛି" ।

"କେବେ ଏମିତି ହେଲା ?"

"କାଲି ରାତିରେ" ।

ଦେବବ୍ରତ ନିରୁପାୟ ଭାବରେ ବସି ଭାବିବାକୁ ଲାଗିଲା । ବିଧାତାଙ୍କର ଏ ନିଷ୍ଠୁରତା କାହିଁକି ? ନିର୍ଦ୍ଧନ ନିରନ୍ନ ଲୋକ ଗୁଡ଼ିକଙ୍କର କୁଡ଼ିଆ ଖଣ୍ଡିମାନ ଧ୍ୱଂସ କରିନଥିଲେ ସୃଷ୍ଟିକର୍ତ୍ତାଙ୍କର ସୃଷ୍ଟି କଣ ଚଳନ୍ତାନାହିଁ ?

ରମେଶ କହିଲା, "ବସି ବସି ଭାବିଲେ କଣ ହେବ ? ଲୋକଗୁଡ଼ିକ ଏକାବେଳକେ ନିରାଶ୍ରୟ ହୋଇପଡ଼ିଅଛନ୍ତି । କିଛି ଉପାୟ ନକଲେ ସେମାନଙ୍କର କଷ୍ଟର ସୀମା ରହିବନାହିଁ" ।

ଅନ୍ୟଦିନ ହୋଇଥିଲେ ଦେବବ୍ରତର ମସ୍ତିଷ୍କରୁ ପ୍ରଥମ ଉପାୟ ବାହାରି ଥାଆନ୍ତା, କିନ୍ତୁ ଆଜି ସେ କିଂକର୍ତ୍ତବ୍ୟବିମୂଢ଼ ଭାବରେ ପଚାରିଲା, "କି ଉପାୟ କରିବା ?"

"ଚାଲ ଆଗେ ଘଟଣା କଣ ଦେଖି ଆସିବା । ତାହାପରେ ଯାହାହେବ ଉପାୟ କରିବା ।"

ଏ ପ୍ରସ୍ତାବରେ ଦେବବ୍ରତର ମନଃପୂତ ହେଲା । ସେ ଶୀଘ୍ର ସମସ୍ତ କାର୍ଯ୍ୟ ଶେଷ କରି ରମେଶ ସହିତ ସାଇକେଲରେ ବାହାରି ପଡ଼ିଲା । ଯିବା ପୂର୍ବରୁ ଧନିଆ କଥା ତାହାର ମନେ ପଡ଼ିଲା । ସେ ପରା କ୍ରନ୍ଦନରତା ବାସନ୍ତୀକୁ ସାନ୍ତ୍ୱନା ଦେବାକୁ ଯିବ ? ଦେବବ୍ରତ ଟିକିଏ ଇତଃସ୍ତତଃ ହେଲା । ସେ ମନେ ମନେ କହିଲା, ସେତ ସାଇକେଲରେ ଯାଉଛି, ଖୁବ୍ ଅଳ୍ପ ସମୟ ମଧ୍ୟରେ ଫେରି ଆସି ପାରିବ । ବିଡ଼ାନାସୀରୁ ସେ ଫେରିଆସିଲେ ବାସନ୍ତୀ ନିକଟକୁ ଯିବ । ଏହି ଅଳ୍ପ ସମୟ ମଧ୍ୟରେ କଣ ବା କ୍ଷତି ହେବ ?

ଦ୍ୱାରର ତାଲା ବନ୍ଦ କରି ଦେବବ୍ରତ ରମେଶ ସହିତ ବିଡ଼ାନାସୀ ଗଲା । ଦ୍ୱାର ବନ୍ଦ କରିବା ପୂର୍ବରୁ ସେ ହାତ ଯୋଡ଼ି ପ୍ରାଚୀର ଗାତ୍ରରେ ଲମ୍ବମାନ ଖଣ୍ଡିଏ ପ୍ରତିକୃତିକୁ ଭକ୍ତି ଭରେ ପ୍ରଣାମ କଲା । କାଠଯୋଡ଼ି ସଞ୍ଚାରୀ ମୃଦୁ ବାୟୁରେ ପ୍ରତିକୃତିର ମସ୍ତକ ଭାଗରେ ସ୍ଥାପିତ ପୁଷ୍ପଗୁଚ୍ଛଟି ଧୀରେ ଧୀରେ କମ୍ପିତ ହେବାକୁ ଲାଗିଲା ।

ଏ ପ୍ରତିକୃତିର ଦେବବ୍ରତର ଆଦର୍ଶ ପିତା ନିମାଇଁ ବାବୁଙ୍କର ଯେ ବୁଢ଼ା ବଳଙ୍ଗର ଖରସ୍ରୋତରେ ମଜ୍ଜମାନା ଗୋଟିଏ ଚଣ୍ଡାଳୁଣୀ ବାଳିକାର ପ୍ରାଣ ରକ୍ଷା କରିବାକୁ ଯାଇ ଆପଣାର ଅମୂଲ୍ୟପ୍ରାଣ ଅକାତରରେ ବିସର୍ଜନ କରିଥିଲେ ।

## - ପାଞ୍ଚ -

"ଆମର ବୋଧହୁଏ ବିଳମ୍ବ ହେଲା। ଘରେତ ଆଉ ତିଳେ ଥାନ ଥିଲା ପରି ଦିଶୁନାହିଁ। କାର୍ଯ୍ୟ କଣ ଆରମ୍ଭ ହେଲାଣିକି ?"

"ମୁଁ କଣ କରିବି ? ଅବଶ୍ୟ ମୋ ଯୋଗୁଁ ବିଳମ୍ବ ହୋଇଛି; କିନ୍ତୁ ପେଟିନ୍ ସାହି ବାଟେ ନ ଆସିଲେତ ନ ଚଳେ। କାଲି ସେଆଡ଼େ ଆଦୌ ଯାଇପାରିନଥିଲି।"

ଏହିପରି କଥାବାର୍ତ୍ତା ହେଉ ହେଉ ଦେବବ୍ରତ ଓ ରମେଶ କଟକ ଟାଉନ ହଲ୍ ଆଗରେ ଆସି ସାଇକେଲରୁ ଓହ୍ଲାଇଲେ। ଗାଡ଼ି ଦିଓଟିରେ ତାଲା ବନ୍ଦ କରି ପାଦ ଚିପି ଆସ୍ତେ ଆସ୍ତେ ପଛ ଦ୍ୱାର ବାଟେ ହଲ୍ ମଧ୍ୟରେ ପ୍ରବେଶ କଲେ। ସେତେବେଳକୁ ଟାଉନହଲ୍ ଲୋକାରଣ୍ୟ। ଚୌକି ଖାଲିଥିବା ଦୂରେ ଥାଉ, କେତେଲୋକ ଦୁଇଦୁଇଟା ଚୌକି ଯୋଡ଼ିଦେଇ ତିନିଜଣ ଲେଖାଁ ବସିଛନ୍ତି। ବେଞ୍ଚ ସବୁ ପୂର୍ଣ୍ଣ। ବାହାର ବାରଣ୍ଡାରେ ସ୍କୁଲ୍ ଛାତ୍ର ପ୍ରଭୃତି ପ୍ରାୟ ଚାଳିଶ ପଚାଶ ଜଣ ଠିଆ। ରମେଶ ଦେଖିଲା, ଘର ମଧ୍ୟରେ ସ୍ଥାନ ପାଇବାକୁ ଆଶା କରିବା ବୃଥା। ଠିକ୍ ଏହି ସମୟରେ ତାହାର ଜଣେ ସହପାଠୀ ସଙ୍କେତ ଦ୍ୱାରା ଡାକିବାରୁ ରମେଶ ଦେବବ୍ରତର ହାତ ଧରି ଟାଣିନେଲେ। ଦୁହେଁ ଗୋଟିଏ ବେଞ୍ଚରେ ବହୁ କଷ୍ଟରେ ବସିଲେ। ସେତେବେଳକୁ ସଭାପତି ତାଙ୍କର ଗୁରୁ ଗମ୍ଭୀର ଭାବରେ ବକ୍ତୃତାର ଢେଉ ମେଲି ଦେଇଅଛନ୍ତି। ସେ ସାହିତ୍ୟ ସଙ୍ଗେ ଜାତୀୟ ଜୀବନର ସମ୍ବନ୍ଧ ନେଇ ଆଲୋଚନା କରୁଥାଆନ୍ତି। ପିଲାଦିନୁ ଦେବବ୍ରତର ସାହିତ୍ୟ ଦିଗରେ ମନ। ଉତ୍କଳ ସାହିତ୍ୟର ସେବା କରିବାପାଇଁ ତାହାର ପ୍ରାଣରେ ବଡ଼ ଅଭିଳାଷ। ତେଣୁ ସେ ତନ୍ମୟ ହୋଇ ବକ୍ତୃତା ଶୁଣୁଥାଏ।

ଆଜି ଉତ୍କଳ ସାହିତ୍ୟସମାଜର ବାର୍ଷିକ ଅଧିବେଶନ। ସଭାପତି ଶ୍ରୀଯୁକ୍ତ ବିଶ୍ୱନାଥ ଦାସ- ଯେପରି ପଣ୍ଡିତ, ସେହିପରି ସୁଲେଖକ। ଦାସଙ୍କ ନାମ ଓଡ଼ିଶାର ଶିକ୍ଷିତ ମହଲରେ ବିଶେଷ ଭାବରେ ଜଣା। ତାଙ୍କ ରଚନା ଯୁବକମାନଙ୍କୁ, ବିଶେଷତଃ

ଭାବପ୍ରବଣ ଯୁବକମାନଙ୍କୁ ଭଲଲାଗେ। ବିଶ୍ୱନାଥ ବାବୁଙ୍କ ଲେଖନୀ ପ୍ରସୂତ ମୌଳିକ ପ୍ରବନ୍ଧ ଯେକୌଣସି ସାହିତ୍ୟ ପକ୍ଷରେ  ଗୌରବର କଥା। ଦାସଙ୍କର ବୟସ ସମ୍ଭବତଃ ବେଶୀ ନୁହେଁ, ଅନୁମାନ ଏଠାରେ କିନ୍ତୁ ପରାସ୍ତ ହୋଇଅଛି; କାରଣ ଚେହେରା ଦେଖିଲେ ମନେହୁଏ- ତିରିଶ ଚାଳିଶ ମଧ୍ୟରେ। କିନ୍ତୁ ଆମ୍ଭେମାନେ ବିଶ୍ୱସ୍ତ ସୂତ୍ରରେ ଦାସଙ୍କ ଆତ୍ମୀୟ ଗୋବିନ୍ଦଠାରୁ ବୁଝିଅଛୁ ଯେ, ବାବୁଙ୍କୁ ପଚାଶ ପୂରି ଏକାବନ ଚାଲୁଅଛି। ମୁଣ୍ଡବାଳ ସେତେ ଧଳା ହୋଇନାହିଁ କିମ୍ବା ଦାନ୍ତ ପଡ଼ିଯାଇ କଣ୍ଠସ୍ୱର କୌଣସି ପ୍ରକାର ବିକୃତ ହୋଇନାହିଁ। ସେ ବେଶ୍ ଓଜସ୍ୱିନୀ ଭାଷାରେ କହିପାରୁଛନ୍ତି।

ପ୍ରାୟ ଦୁଇଘଣ୍ଟାବ୍ୟାପୀ ଦୀର୍ଘ ଓ ସୁଚିନ୍ତିତ ବକ୍ତୃତା ପରେ ସଭାପତି ଘନ ଘନ କରତାଳି ମଧ୍ୟରେ ଆସନ ଗ୍ରହଣ କଲେ। ସେତେବେଳକୁ ଟାଉନ ହଲ୍ ଘଣ୍ଟାରେ ସାଢ଼େ ଚାରିଟା। ଚିରନ୍ତନ ପ୍ରଥାନୁଯାୟୀ ସଭାସମିତି ସାଧାରଣତଃ ଛଅଟା ସାଢ଼େଛଅଟା ସମୟରେ ଆରମ୍ଭ ହୋଇଥାଏ। ମାତ୍ର ଏହି କେତେଦିନ ହେଲା କଟକରେ ପ୍ରାୟ ସବୁଦିନ ସନ୍ଧ୍ୟାବେଳେ ବର୍ଷା ହେଉଅଛି। ତେଣୁ, ସାହିତ୍ୟ ସମାଜର ଉଦ୍ୟୋକ୍ତାମାନେ ରବିବାର ଦିବା ଦୁଇ ଘଟିକା ସମୟରେ ବାର୍ଷିକ ଅଧିବେଶନ କରିବାକୁ ସ୍ଥିର କରି ଆଗରୁ ବିଜ୍ଞାପନ ଦେଇଥିଲେ।

ସଭାପତିଙ୍କ ଅବିଭାଷଣ ପରେ ପୁରସ୍କାର ପ୍ରଦାନ। ପ୍ରତିବର୍ଷ ସାହିତ୍ୟ ସମାଜ ପକ୍ଷରୁ କେତେଗୁଡ଼ିଏ ପ୍ରବନ୍ଧର ବିଷୟ ଓ ତନ୍ନିମନ୍ତେ  ଉତ୍କୃଷ୍ଟ ପୁରସ୍କାରର ମୂଲ୍ୟ ସମ୍ବାଦପତ୍ର ସାହାଯ୍ୟରେ ପ୍ରକାଶ କରାଯାଏ। ଏବର୍ଷ ମଧ୍ୟ ସେହିପରି ହୋଇଥିଲା। ତାହାରି ଫଳରେ ସମ୍ପାଦକ କେତେଆଡୁ କେତେ ଲେଖା ପାଇଥିଲେ। ନିର୍ଦ୍ଦିଷ୍ଟ ପ୍ରବନ୍ଧ ମଧ୍ୟରୁ "ପ୍ରେମ ଓ ସାହିତ୍ୟ" ବିଷୟରେ ଆମ୍ଭମାନଙ୍କ ଦେବବ୍ରତ ଗୋଟିଏ ରଚନା ଲେଖିଥିଲା। ସେ ଅବଶ୍ୟ ତିନି ଚାରିମାସ ତଳର କଥା। ସେତେବେଳକୁ ନିର୍ମଳା ଦେବୀ ଜୀବିତା। ଦେବବ୍ରତ ତାଙ୍କ ଘରକୁ ନିଃସଙ୍କୋଚ ଭାବରେ ଯିବା ଆସିବା କରୁଥାଏ। କଲେଜ ଘଣ୍ଟା ଶେଷ ହେବା ମାତ୍ରକେ ସେ ନିଜ କୋଠରୀରେ ବହି ଦି'ଖଣ୍ଡ ଫୋପାଡ଼ି ଦେଇ ସାଇକେଲ ଧରି ବୋର୍ଡିଂରୁ ବାହାରିପଡ଼େ ଏକାବେଳକେ ପେଟିନ୍ ସାହି। ନିର୍ମଳାଙ୍କ ଘରେ ଜଳଯୋଗ, ବାସନ୍ତୀ ସଙ୍ଗେ ହାସ୍ୟ କୌତୁକ ଓ ମିଷ୍ଟାଳାପ, କ୍ରୀଡ଼ାଗାରରେ କିଞ୍ଚିତ ବ୍ୟାୟାମ ଓ ନଦୀ ତୀରରେ ଭ୍ରମଣ ପରେ ସେ ହଷ୍ଟେଲକୁ ଫେରିଆସେ। ଦେବବ୍ରତର ଗୋଟାଏ ଝୁଙ୍କ୍ ସେ ସନ୍ଧ୍ୟାବେଳେ କିଛି ସମୟ କବିତା ପଢ଼ିବ, ତାପରେ ଅନ୍ୟକାମ। ସେଲି, କୀଟସ୍, ବାଇରନ୍ ତାହାର ଆଦରର ବସ୍ତୁ; ବ୍ରାଉନିଂ, ଉଆର୍ଡସ୍‌ୱାର୍ଥ, କାଳିଦାସ ତାହାର ନମସ୍ୟ। ବାସନ୍ତୀ ପ୍ରତି ହୃଦୟ ଅଧିକ ଆକୃଷ୍ଟ ହେବା ସଙ୍ଗେ ସଙ୍ଗେ କବିତାର ଉନ୍ମାଦନା ଆସ୍ତେ ଆସ୍ତେ ବଢୁଥାଏ।

ଏହି ପରି ଏକଦିଗରେ ସାହିତ୍ୟ ଓ ଅପରଦିଗରେ ବାସନ୍ତୀ ସଙ୍ଗେ ପ୍ରେମ ସହିତ ଦେବବ୍ରତର ସମ୍ପର୍କ ଦିନକୁଦିନ ଘନିଷ୍ଠତର ହେବାକୁ ଲାଗିଲା । ଏହି ସମୟରେ "ଉତ୍କଳ ଦୀପିକା' ବଡ଼ ବଡ଼ ଅକ୍ଷରରେ କ୍ରମାଗତ ଦୁଇଥର ସାହିତ୍ୟ ସମାଜର ପୁରସ୍କାର ଓ ପ୍ରବନ୍ଧ ଘୋଷଣା କଲା । ଦେବବ୍ରତର ପ୍ରେମ ଓ ସାହିତ୍ୟରେ ଉଦବୁଦ୍ଧ ପ୍ରାଣ "ପ୍ରେମ ଓ ସାହିତ୍ୟ' ବିଷୟ ମନୋନୀତ କଲା । ସେ କୌଣସିଠାରେ ଢକ୍କା ନବଜାଇ ପ୍ରବନ୍ଧ ଟିଏ ଲେଖି ସମ୍ପାଦକଙ୍କ ନିକଟକୁ ପ୍ରେରଣ କରିଥିଲା ।  ଅର୍ଥ ବା ପୁରସ୍କାର ପାଇଁ ନୁହେଁ,  ସ୍ୱତଃ ଇଚ୍ଛା ଓ ଆନନ୍ଦ ହେତୁରୁ ଦେବବ୍ରତର ଏ ପ୍ରୟାସ; କିନ୍ତୁ ମନୁଷ୍ୟର ମନ ବଡ଼ ଅଥୟ । ନିଜ ଚେଷ୍ଟା ଓ କର୍ମର ଫଳାଫଳ ପ୍ରତି ନିଜର ଅଜ୍ଞାତସାରରେ ଦୃଷ୍ଟି ରହିଥାଏ । ଅଥଚ ପ୍ରବନ୍ଧ ପଠାଇବା ପରେ ଦେବବ୍ରତ ପ୍ରାୟ ଏକପ୍ରକାର ସେକଥା ଭୁଲିଯାଇଥିଲା । ନିର୍ମଳାଙ୍କ ମୃତ୍ୟୁ ପରେ ଦେବବ୍ରତ ନାନା ଦିଗରେ ବିବ୍ରତ ହୋଇ ଚିନ୍ତା ଓ ଉତ୍କଣ୍ଠାରେ ଦିନାତିପାତ କରୁଥିବା କଥା ପାଠକମାନଙ୍କୁ ଅବିଦିତ ନାହିଁ । ତା' ହୃଦୟରେ ସ୍ୱାଭାବିକ ସରସତା ମ୍ଳାନ ହୋଇଯାଇଅଛି । ଗ୍ରୀଷ୍ମଋତୁରେ ଖରସ୍ରୋତା କାଠଯୋଡ଼ିର କ୍ଷୀଣ ଧାର ସଦୃଶ ପ୍ରେମ-ମନ୍ଦାକିନୀ ତାହାର ଚିନ୍ତା ରଶ୍ମିରେ ପ୍ରାୟ ଶୁଷ୍କ । କିନ୍ତୁ ତାହା ଗ୍ରୀଷ୍ମାନ୍ତେ ଘନ ପ୍ରାବୃଟର ବାରିଧାରାରେ ଅସମ୍ଭାଳ ରୂପ ସ୍ଫୀତ ହେବାର ଏଯେ ପୂର୍ବ ଲକ୍ଷଣ ! ନିର୍ମଳା ଦେବୀଙ୍କ ମୃତ୍ୟୁର ତୃତୀୟ ଦିବସରେ ବିଡ଼ାନାସୀରେ ଯେଉଁ ଆକସ୍ମିକ ଅଗ୍ନିକାଣ୍ଡ ଘଟିଯାଇଛି, ସେଥିରେ ଦେବବ୍ରତ ଅଧିକ ବିବ୍ରତ ହୋଇପଡ଼ିଅଛି । ସତେ ଯେପରି ମାତୃବିୟୋଗ ସଙ୍ଗେ ସଙ୍ଗେ ସେ ଗୃହଶୂନ୍ୟ ହୋଇଯାଇଅଛି । ଏସବୁ ସତ୍ତ୍ୱେ ଆଜି ସକାଳେ  ବିଡ଼ାନାସୀରୁ ଫେରିବାବେଳେ ରମେଶ ସାହିତ୍ୟ ସମାଜର ବାର୍ଷିକ ଉତ୍ସବ ପ୍ରସଙ୍ଗ ଉଠାଇବାରୁ ଦେବବ୍ରତ କହିଲା; "ଗଲେ ମନ୍ଦ ହୁଅନ୍ତାନାହିଁ- କିନ୍ତୁ ଘରିଆଡ଼େ ଯେ ବିପଦ ଘେରି ରହିଅଛି, ସେଥିରେ ଆଉ ଉତ୍ସବ ଭଲ ଲାଗୁନାହିଁ । ତୁମେ ଯାଅ, ମୁଁ ଯିବିନାହିଁ ।" ରମେଶ କୌଶଳକ୍ରମେ ବିଶ୍ୱନାଥ ବାବୁଙ୍କ ପରି ପଣ୍ଡିତ ସଭାପତି, ସାହିତ୍ୟ ପ୍ରତି କର୍ତ୍ତବ୍ୟ ଇତ୍ୟାଦି କଥା କହି ଦେବବ୍ରତକୁ ଯିବାପାଇଁ ମଙ୍ଗାଇ ନେଲା । ଚଉଧୁରୀ ବଜାର ଛକରୁ ଦୁଇଜଣ ଦୁଇ ଦିଗରେ ଗଲେ । ରମେଶ ବସାରେ ସ୍ନାନାହାର ଶେଷ କରି ପ୍ରାୟ ଗୋଟାଏ ବେଳକୁ କଲେଜ ହଷ୍ଟେଲରେ ଉପସ୍ଥିତ । ଦେବବ୍ରତର "ରୁମ୍" କିନ୍ତୁ ତଥାପି ବନ୍ଦ ଥାଏ । ସେ ଆଉ ଗୋଟାଏ ଘରେ ବସି ଦେବବ୍ରତର ବିପକ୍ଷବାଦୀ କେତେଜଣଙ୍କ ସଙ୍ଗେ କଥାବାର୍ତ୍ତା ହେଉଥାଏ । ନିଜ ସଙ୍ଗୀର ମହତ୍ତ୍ୱ ସେମାନଙ୍କୁ ଦେଖାଇବାକୁ ସେ ପ୍ରୟାସ କରୁଥିଲା । ଏହି ସମୟରେ ଦେବବ୍ରତର ଘର ଖୋଲିବାର ଶବ୍ଦ ଶୁଣି  ହଠାତ୍ ଉଠି ଆସିଲା । ସେତେବେଳେକୁ ଦୁଇଟା ।

ଧନିଆକୁ ଦେଇଥିବା କଥା ରଖିବା ଉଦ୍ଦେଶ୍ୟରେ ଓ ନିଜ ମନର ଶାନ୍ତି ପାଇଁ ଦେବବ୍ରତ ରମେଶଠାରୁ ବିଦାୟ ନେଇ ବାସନ୍ତୀ ନିକଟକୁ ଯାଇଥିଲା। ଦୁଇତିନିଘଣ୍ଟା ପରେ ବର୍ତ୍ତମାନ ଫେରୁଛି। ପାଠକ ବେଶ୍ ବୁଝି ପାରୁଛନ୍ତି, ଦେବବ୍ରତ ଏପର୍ଯ୍ୟନ୍ତ ସ୍ନାନାହାର କରିନାହିଁ। ସାଇକେଲ ରଖିଦେବା ପରେ ଦୁଇ ବାଲ୍ତି ପାଣି ମୁଣ୍ଡରେ ଢାଳି ଦେଇ ସେ ଲମ୍ଫେ ଲମ୍ଫେ ରୋଷାଇ ଘରକୁ ଗଲା। ଦୁଇମିନିଟ୍‌ରେ ଖିଆ ପିଆ ଶେଷ ହେଲା। ରମେଶ ଓ ତାହାର ସଙ୍ଗୀ ଟାଉନ ହଲ୍ ଉଦ୍ଦେଶ୍ୟରେ ବାହାରିଲେ। ଦେବବ୍ରତ ଯେ ସାହିତ୍ୟ ସମାଜକୁ ପ୍ରବନ୍ଧ ଦେଇଛି, ସେକଥା ରମେଶ ଘୁଣାକ୍ଷରରେ ସୁଦ୍ଧା ଜାଣିନଥିଲା। ହଠାତ୍ ନିଜ ଅଭିଭାଷଣ ପରେ ସଭାପତି ପୁରସ୍କାର ପ୍ରାପ୍ତ ଲେଖକମାନଙ୍କ ମଧ୍ୟରେ "ଦେବବ୍ରତ ମହାନ୍ତି, ରେଭେନ୍‌ସା କଲେଜ" ନାମ ପଢ଼ିବାର ଶୁଣି ରମେଶ ଏକାବେଳକେ ଚମକି ପଡ଼ିଲା। ତତକ୍ଷଣାତ୍ କହୁଣୀରେ ଦେବବ୍ରତକୁ ଠେଲିବା ସଙ୍ଗେ ସଙ୍ଗେ ତା' ମୁହଁରୁ ବାହାରି ପଡ଼ିଲା "ତୁମେ ! ଏଁ-" ଦେବବ୍ରତ ମଧ୍ୟ ଅବାକ୍। ସେ କେବଳ ସ୍ମିତହାସ୍ୟ ଦ୍ୱାରା ରମେଶକୁ ଉତ୍ତର ପ୍ରଦାନ କରି ଆସ୍ତେ ଆସ୍ତେ ସଭାପତିଙ୍କ ମଞ୍ଚ ନିକଟକୁ ଗଲା। ଦାସ ମହାଶୟ ଅର୍ଦ୍ଧଶତ ମୁଦ୍ରା ପୂର୍ଣ୍ଣ ଗୋଟିଏ ଧଳା ରେଶମୀ ଥଳି ବଢ଼ାଇ ଦେବାପରେ ଦେବବ୍ରତ ଫେରି ଆସୁଥିଲା ; କିନ୍ତୁ ସଭାପତିଙ୍କ ଇଙ୍ଗିତରେ ଆଉ କିଛିକ୍ଷଣ ସେଠାରେ ତାର ଠିଆ ହେବା ଆବଶ୍ୟକ ହେଲା।

ସଭାପତି କହିଲେ, "ଦେବବ୍ରତ ବାବୁ ପ୍ରେମ ଓ ସାହିତ୍ୟ ସମ୍ବନ୍ଧରେ ଗୋଟିଏ ଅତି ଉତ୍କୃଷ୍ଟ ପ୍ରବନ୍ଧ ଲେଖିଅଛନ୍ତି। ପ୍ରବନ୍ଧଟିରେ ଯଥେଷ୍ଟ ମୌଳିକତା ରହିଅଛି। ସାହିତ୍ୟ ସମାଜର ଜନୈକ ସଭ୍ୟ ସେହି ପ୍ରବନ୍ଧ ପାଠ କରି ଅତ୍ୟନ୍ତ ସନ୍ତୁଷ୍ଟ ହୋଇ ଷାଠିଏ ଟଙ୍କାର ଏହି ଥଳିଟି ଦେବବ୍ରତ ବାବୁଙ୍କୁ ଅଧିକା ପୁରସ୍କାର ସ୍ୱରୂପ ମୋତେ ଦେବାକୁ ଅନୁରୋଧ କରିଅଛନ୍ତି। ଦେବବ୍ରତ ବାବୁ, ମୁଁ ଗଭୀର ଆନନ୍ଦର ସହ ଏହା ଆପଣଙ୍କୁ ଅର୍ପଣ କରୁଅଛି"। ଏହାକହି ସଭାପତି ଆଉ ଗୋଟିଏ ନାଲିଆ ଥଳି ଦେବବ୍ରତ ହାତକୁ ବଢ଼ାଇଦେଲେ।

ସେ ତାହା ଗ୍ରହଣ କରି ନିଜ ସ୍ଥାନକୁ ଫେରି ଆସିଲା। ସଙ୍ଗେ ସଙ୍ଗେ ଘନ ଘନ କରତାଳି। ସେ ଆୱାଜରେ ଦେବବ୍ରତର ମୁଖ ନିଃସୃତ "କଦାପି ଆଶା କରିନଥିଲି" କଥାଟି ରମେଶର କର୍ଣ୍ଣରେ ପ୍ରବେଶ କରିବାର ସୁଯୋଗ ପାଇପାରିଲା ନାହିଁ।

କୌଣସି କୌଣସି ସଭ୍ୟଙ୍କ ମନ୍ତବ୍ୟ ଓ ଅବଶେଷରେ ସଭାପତିଙ୍କ ଧନ୍ୟବାଦ ଅର୍ପଣ ପରେ ଅଧିବେଶନ କାର୍ଯ୍ୟ ପ୍ରାୟ ସାଢ଼େପାଞ୍ଚଟା ବେଳକୁ ସମାପ୍ତ ହେଲା। ବାରନ୍ଦାକୁ ଆସିବା ସଙ୍ଗେ ସଙ୍ଗେ ଦେବବ୍ରତର ସହପାଠୀ, ପରିଚିତ ବନ୍ଧୁ କେତେଜଣ

ତାକୁ ଘେରିଯାଇ କେହି ଭୋଜି ପାଇଁ ଦାବୀ କେହି ଆନନ୍ଦରେ କର ମର୍ଦ୍ଦନ, କେହି ସ୍ନେହାଧିକ୍ୟ ବଶତଃ ମୁଷ୍ଟାଘାତ ଦ୍ୱାରା ତାହା ପ୍ରତି ନିଜ ନିଜର କର୍ତ୍ତବ୍ୟ ସମ୍ପାଦନ କଲେ। ଏ ସୋହାଗ ସମ୍ଭାଷଣ ଭିତରେ ଦେବବ୍ରତର ରମେଶଠାରୁ ବିଦାୟ ନେଇ ଆସ୍ତେ ଆସ୍ତେ ପୁଣି ପେଟିନ୍ ସାହି ଆଡ଼େ ଯାତ୍ରା କଲା। ଗଲା ପୂର୍ବରୁ ରମେଶ ହାତକୁ ଟଙ୍କା ଥଳି ଦୁଇଟା ବଢ଼ାଇଦେଇ କହିଲା- ୟା'କୁ ବିଡ଼ାନାସୀର ଲୋକଙ୍କ ସେବାରେ ଲଗାଅ। ଭଗବାନ୍ ତାଙ୍କରି ପାଇଁ ଅକସ୍ମାତ୍ ଏହା ଦାନ କରିଅଛନ୍ତି।

ସେତେବେଳେ ଦେବବ୍ରତ ମନରେ ନାନା ପ୍ରକାର ଭାବ ଖେଳୁଛି। ଆଶାତୀତ ସମ୍ମାନ ଓ ପୁରସ୍କାର ଲାଭ କଲେ ହୃଦୟରେ ଗର୍ବମିଶ୍ରିତ ଆନନ୍ଦ ଜାତ ହେବାର କଥା। ମାତ୍ର ଦେବବ୍ରତର କଣ ହୋଇଥିଲା, ଆମ୍ଭେମାନେ କହିପାରିବୁନାହିଁ। ମନବିଜ୍ଞାନବିତ୍ ନିକଟରେ ଥିଲେ ସେ ଅବା ମୀମାଂସା କରିଥାଆନ୍ତେ। ଆଜିକାଲି ସେ ସବୁବେଳେ ଅନ୍ୟମନସ୍କ। ଗୋଟାଏ ବଡ଼ ଭାବନାରେ ତାହାର ମୁଣ୍ଡ ଘୂରୁଛି। ବାସନ୍ତୀ ପ୍ରତି ତାହାର କର୍ତ୍ତବ୍ୟ କ'ଣ ? ସେ ବାସନ୍ତୀ ବିଷୟରେ ଯାହାକୁ ଲୋକ ଚକ୍ଷୁର ଅନ୍ତରାଳରେ ନିଜର କରିସାରିଛି, କ'ଣ କରିବ ସ୍ଥିର କରିପାରୁନାହିଁ। ସମସ୍ତ ଦୁଃଶ୍ଚିନ୍ତା ପଛକୁ ପକାଇ ନିର୍ମଳାଙ୍କ ମୃତ୍ୟୁପରେ ପ୍ରତିଦିନ ପ୍ରାୟ ଦୁଇତିନିଥର ବାସନ୍ତୀ ନିକଟକୁ ଯାଇ ଧନିଆ ଓ ସୁନୀତିଠାରୁ ସୁବିଧା ଅସୁବିଧା କଥା ବୁଝି ଆସୁଥାଏ- ଘରେ କ'ଣ ଅଛି, କ'ଣ ନାହିଁ ଖବର ନେଉଥାଏ; କିନ୍ତୁ କଲ୍ୟାଣୀଙ୍କ ଅକୃତ୍ରିମ ସ୍ନେହ ଓ ଚେଷ୍ଟା ଯୋଗୁଁ ଦେବବ୍ରତକୁ ସେ ସମ୍ବନ୍ଧରେ ସେପରି ଜଞ୍ଜାଳ ଭୋଗ କରିବାକୁ ପଡୁନଥିଲା। କଲ୍ୟାଣୀଙ୍କ ସଙ୍ଗରେ ତାଙ୍କର ସାକ୍ଷାତ ହୁଏ। ଦୁହେଁ ଦୁହିଙ୍କି ଉଦ୍ଦେଶ୍ୟପୂର୍ଣ୍ଣ ଦୃଷ୍ଟିରେ ଅନାଇ କେତେଟା କଥାବାର୍ତ୍ତା ହୋଇ ବିଦାୟ ନିଅନ୍ତି। କଲ୍ୟାଣୀଙ୍କର ମଧ୍ୟ ଚିନ୍ତା, ବାସନ୍ତୀର କ'ଣ ହେବ। ପୂର୍ବ ଘଟଣାବଳୀ ଯେପରି ହୋଇଯାଇଛି, ସେଥିରେ ବାସନ୍ତୀ ଏକ ପ୍ରକାର ଅଜାତି। କିନ୍ତୁ କଲ୍ୟାଣୀଙ୍କର ଗୋଟାଏ ଭରସା ଅଛି। ନହେଲାବେଳକୁ ଖ୍ରୀଷ୍ଟାନ୍ ବା ବ୍ରାହ୍ମ ସମାଜ ତ ସମସ୍ତଙ୍କ ପାଇଁ ଉନ୍ମୁକ୍ତ ରହିଛି। ବାସନ୍ତୀ ରୂପ- ଗୁଣ- ସମ୍ପନ୍ନା। ଯେକୌଣସି ଗୃହ ପକ୍ଷରେ ସେ କଲ୍ୟାଣମୟୀ ଲକ୍ଷ୍ମୀ ହେବ। ସ୍ୱଜାତି ଘୃଣା କଲେ ବାସନ୍ତୀ ଅନାଥା ହେବାର ସେତେ ଆଶଙ୍କାନାହିଁ। ଏହା କଲ୍ୟାଣୀଙ୍କର ବଡ଼ ଭରସା। ସେ ଦମ୍ଭ ଧରିଥା'ନ୍ତି।

ଦେବବ୍ରତ କଲ୍ୟାଣୀଙ୍କ ନିକଟରେ ଏକ ପ୍ରହେଳିକା। ସେ ତାକୁ ବୁଝି ପାରନ୍ତିନାହିଁ। ଅନେକଥର କଥା ଛଳରେ ଦେବବ୍ରତର ମନୋଭାବ ବୁଝିବା ପାଇଁ ପ୍ରୟାସ କରି ବିଫଳ ହୋଇଅଛନ୍ତି। ଭାବନ୍ତି, ତାହାର ଇଚ୍ଛାଥିଲେ ସେ ପ୍ରତ୍ୟକ୍ଷ ନହେଲେ ପରୋକ୍ଷ ଭାବରେ ତ ଇଙ୍ଗିତ ଦେଇସାରନ୍ତାଣି; କିନ୍ତୁ ସେ ବିଷୟ ନେଇ

ସେ ଏଇ କେତେଦିନ ହେଲା ଦେବବ୍ରତର ମନରେ ଯେ କି ଆନ୍ଦୋଳନ ଚାଲିଛି, ତାହାର ଇସାରା କଲ୍ୟାଣୀ କାହୁଁ ପାଇବେ ? ଦେବବ୍ରତ ଭାବି ଦେଖିଲାଣି ଯେ ବାସନ୍ତୀକୁ ଗ୍ରହଣ ବା ତ୍ୟାଗ କରିବା ଛଡ଼ା ମଧ୍ୟମ ଉପାୟ ନାହିଁ। ଗ୍ରହଣ କରିବାରେ ଢେର୍ ବାଧା- ସମାଜର ନିର୍ଯାତନା ଅବଶ୍ୟମ୍ଭାବୀ। ତ୍ୟାଗ କରିବା କାପୁରୁଷତା। ସେ ଯାହାହେଉ, ଆପାତତଃ ବାସନ୍ତୀ ସମ୍ବନ୍ଧରେ କି ବ୍ୟବସ୍ଥା କରିବା ଉଚିତ, ତାହାହିଁ ବର୍ତ୍ତମାନ ତାହାର ପ୍ରଧାନ ଚିନ୍ତାର ବିଷୟ ହୋଇଉଠିଛି। ବାସନ୍ତୀ ରହିବ କେଉଁଠାରେ ? ନିଜ ଘର ନିରାପଦ ନୁହେଁ- କଲ୍ୟାଣୀଙ୍କ ଘର ସୁବିଧାଜନକ ନୁହେଁ। ଏହି ପରି ନାନା ଚିନ୍ତା କରୁ କରୁ ସାଇକେଲ ପେଟିନ୍ ସାହିର ଗୋଟିଏ ଫାଟକ ପାଖରେ ଆସି ଉପସ୍ଥିତ ହେଲା। ଦେବବ୍ରତ ଅଗଣା ଭିତରକୁ ଯାଇ ଦେଖିଲା ଚମ୍ପା ଖମ୍ବକୁ ହାତ ଦେଇ ଠିଆ ହୋଇଛି।

"ତୁମେ କେତେବେଳେ ?"

"ମା'ଙ୍କ କଥା ଶୁଣି ଅଭିକା ଆସୁଛି। କାଲି ଦି'ପହରେ ଜାଣିଲି। ଆହା ! ବାସ ଅପାଙ୍କୁ ଯାହା ଏ ଯୋଗ ଥିଲା ! ଧନ୍ୟରେ ଦଇବ !"

"ତୁମକୁ ଗୋଟିଏ କଥା କହେ। ଆଜିକାଲି କେଉଁଠି ଅଛ ! ମନ୍ମଥ ବାବୁଙ୍କ ଘରେ ? ତାଙ୍କର ତ ଆଉ ଚାକର ବାକର ଥିବେ। ଏଠା ଅବସ୍ଥାତ ଦେଖୁଛ। କେହି ନାହାନ୍ତି। ତୁମେ ଏ ଘରେ ଚଳିଛ। ଯଦି ରହନ୍ତ, ତେବେ ତୁମ ବାସଅପାଙ୍କର ଟିକିଏ ସୁବିଧା ହୁଅନ୍ତା। କ'ଣ କହୁଛ ?"

କହିବି ଆଉ କଣ ? "ମା ସାଆନ୍ତାଣୀ ଥିଲାବେଳେ......." ଚମ୍ପା କାନ୍ଦିବାକୁ ଆରମ୍ଭ କଲା।

"ଛାଡ଼ ସେ କଥା ! ଯାହା ତ ହେବାର ହେଲାଣି। ଏବ କଥା ପଡ଼ିଛି। ତୁମେ ରହ।"

"ମୁଁ କାଲିଠୁଁ ଆସି ରହିବି- ପିଲାଦିନୁ ବାସଅପାକୁ ବଢ଼ାଇ ଆଣିଛି..."। ପୁଣି ଚମ୍ପା କାନ୍ଦିବାକୁ ଲାଗିଲା। ନିର୍ମଳାଙ୍କ ନାରୀ ହୃଦୟ ସମସ୍ତଙ୍କୁ ବଶ କରିଥିଲା। ତାଙ୍କ ସ୍ନେହ, ଦୟାରେ ବନ୍ଧୁ ବାନ୍ଧବ, ଚାକର ପୂଝାରୀ ସମସ୍ତେ କିଣା ହୋଇଥିଲେ। ଆଜି ଚମ୍ପାର ପୂର୍ବ ସ୍ମୃତି ସବୁ ମନେପଡ଼ିଯାଉଛି। ବାସନ୍ତୀକୁ ଚାହିଁଲେ ମା ସାନ୍ତାଣୀଙ୍କ ମୁହଁ ଦିଶିଯାଏ। ସ୍ନେହର କଣ ମୂଲ୍ୟ ନାହିଁ ? ମମତାର ବନ୍ଧନ କଣ ଏତେ ଶିଥିଳ ? ନିର୍ମଳାଙ୍କ ଅସ୍ୱଚ୍ଛଳ ଅବସ୍ଥା ଯୋଗୁଁ ଚମ୍ପା ସେଠାରୁ ବିଦାୟ ନେଇ ମନ୍ମଥବାବୁ ସବଜଜ୍ଙ୍କ ଘରେ ଥିଲା। ସେଠା କାମଦାମ ସାରି ଖରାବେଳେ ମଝିରେ ମଝିରେ ନିର୍ମଳାଙ୍କ ଘରଆଡ଼େ ଆସୁଥାଏ। ପୂର୍ବର ପରିଚିତ ଘର ଦ୍ୱାର, ଗଛଲତା ପୁଣି ନିମନ୍ତ୍ରଣ କରୁଛି। ଚମ୍ପା ଗଉଡୁଣୀ

ହେଉପଛେ, ସେ ନାରୀ। ଯୌବନାବସ୍ଥାରୁ ବିଧବା। ଘର ନାହିଁ କି ପିଲାପିଲି ନାହାନ୍ତି। ନିଜ ପେଟ ଗ୍ରଖଣ୍ଡକ ପୂରିଲେ ହେଲା। ସବ୍ ଜଜ୍‌ଙ୍କ ଘର ଧନ ସମ୍ପତ୍ତି, ସାଜ ସଜ୍ଜା ତାହାର ଲୋଡ଼ା କଣ? ପୁଣି ଆସି ବାସ ଅପାଙ୍କ ପାଖରେ ରହିବା ପାଇଁ ତାହାର ଆପତ୍ତି କାହିଁକି ହେବ? ବରଂ ନିର୍ମଳା ଦେବୀଙ୍କ ସ୍ନେହ ବନ୍ଧନ ଟାଣୁଛି।

ଚମ୍ପାଠାରୁ ସମ୍ମତି ପାଇ ଦେବବ୍ରତ ଘର ଭିତରକୁ ଯାଇ ଦେଖିଲା, ବାସନ୍ତୀ ନିର୍ମଳା ଦେବୀଙ୍କ ପ୍ରତିକୃତି ନିକଟରେ ଦୀପଟିଏ ରଖି ହାତଯୋଡ଼ି ଠିଆ ହୋଇ ରହିଛି। ଅଶ୍ରୁଧାରାରେ ଛାତି ଉପରେ ଲୁଗା ତିନ୍ତିଗଲାଣି। କିଛିକ୍ଷଣ ପରେ ଗୋଟିଏ ଦୀର୍ଘନିଶ୍ୱାସ ଦ୍ୱାର ଦେଶରେ ଦଣ୍ଡାୟମାନ ଦେବବ୍ରତର ହୃଦୟର ଅନ୍ତରତମ ପ୍ରଦେଶରେ ଆଘାତ କରି ବହିର୍ଦ୍ଦେଶର ବାୟୁ ସଙ୍ଗେ ଲୀନ ହୋଇଗଲା।

ଠିକ୍ ସମୟରେ "କିଲୋ ଚମ୍ପା, କେତେବେଳେ? ବଉଳ କାହିଁ?" କହି ସୁନୀତି ଘର ଭିତରକୁ କ୍ଷିପ୍ରଗତିରେ ଆସିଲାବେଳକୁ ଦ୍ୱାରପାର୍ଶ୍ୱରେ "ଦେବବାବୁ, ବସୁନାହଁ" କହି ଠିଆ ହୋଇଗଲା। ବାସନ୍ତୀର ଧ୍ୟାନଭଙ୍ଗ କରିବାକୁ ଏହି ଗୋଳମାଳ ଯଥେଷ୍ଟ। କ୍ଷୀଣ ସ୍ୱରରେ ମାଙ୍କ ଉଦ୍ଦେଶ୍ୟରେ କଣ କହି ସେ ଆଖି ପୋଛି ପୋଛି ବାରନ୍ଦାକୁ ବାହାରିପଡ଼ିଲା। ସୁନୀତି ଧନିଆଠାରୁ ଲଣ୍ଠନଟା ଆଣିବା ଅବସର ମଧ୍ୟରେ ଦେବବ୍ରତ ଓ ବାସନ୍ତୀ ଅଗଣାରେ ଯୁଇ ବୁଦା ପଥର ପିଣ୍ଡି ଉପରେ ଯାଇ ବସିଲେ। ଆକାଶ ନିର୍ମଳ। ଶାରଦୀୟ ଚନ୍ଦ୍ର ଶୀତଳ କୋମଳ ଅସ୍ତ୍ର ପ୍ରୟୋଗ ଦ୍ୱାରା ବାଦଲ ସୈନ୍ୟ ପରାଜିତ ହୋଇ ପୃଷ୍ଠଭଙ୍ଗ ଦେଇଅଛନ୍ତି- କମନୀୟ ଶୁଭ୍ର ଆଲୋକରେ ଧରାବକ୍ଷର ମଳିନତା ଘୁଞ୍ଚିଯାଇଅଛି ; କିନ୍ତୁ ଏ ସମସ୍ତ ଆକର୍ଷଣ ଶକ୍ତି ଦିଓଟି ନବୀନ ହୃଦୟ ପକ୍ଷରେ ପ୍ରଭାବଶୂନ୍ୟ। ଆକାଶରୁ ମେଘ ଭୟରେ ଆସି ଦେବବ୍ରତ ଓ ବାସନ୍ତୀର ମୁଖ ମଣ୍ଡଳରେ ଶରଣ ପଶିଛି , ଚନ୍ଦ୍ର ସେଠାରେ ପରାସ୍ତ। ତାହାର ସାଧନ ନାହିଁ ସେ ବାଦଲ ଫଟାଇବାକୁ। ଦୁହେଁ ନୀରବ ହୋଇ ବସିଛନ୍ତି। ମନ ଚିନ୍ତାମଗ୍ନ। ବାସନ୍ତୀ ଦେବବ୍ରତ ପ୍ରତି ଦୃଷ୍ଟି ନିକ୍ଷେପ କରି ବସିଥିଲେ ସୁଦ୍ଧା ତାର ମନ ଅନ୍ୟତ୍ର। କୌଣସି ଗୋଟିଏ ମୀମାଂସା ପାଇବ ବୋଲି ଆଶାକରି ଦେବବ୍ରତ ଛାତ ଆଡ଼କୁ ଅନାଇ ରହିଥାଏ। ବାସନ୍ତୀ ଏକାବେଳକେ ଦୁଃଖରେ ଅଭିଭୂତା। କୌଣସି ଗୋଟିଏ ବିଷୟରେ ଚିନ୍ତା କରିବା ଅବସ୍ଥାଠାରୁ ସେ ବହୁଦୂରରେ। ବର୍ତ୍ତମାନ ଘଟଣାଚକ୍ରରେ ସେ କେଉଁଠାରେ, ତାହା ଭାବି ସ୍ଥିର କରିବାପାଇଁ ସେ ଅକ୍ଷମ। ଦେବବ୍ରତ ମଧ୍ୟ ସେହି ଘୂର୍ଣ୍ଣିବାୟୁରେ ପଡ଼ିଛି। ସେ ଅବସ୍ଥା ବୁଝି ବାସନ୍ତୀକୁ ରକ୍ଷାକରିବାର ଉପାୟ ଖୋଜିବାରେ ବ୍ୟସ୍ତ। ହାୟ, ଇଚ୍ଛାମାତ୍ରକେ ଯଦି ମନୁଷ୍ୟର ଫଳଲାଭ ହେଉଥାନ୍ତା!

ସୁନୀତିର ଉପସ୍ଥିତିରେ ଦୁହିଁଙ୍କର ଚିନ୍ତାଭଗ୍ନ ହେଲା। ଅଳ୍ପ ସମୟରେ କଲ୍ୟାଣୀ

ଗୋଟିଏ ଥାଳି ହାତରେ ଧରି ଆସି ପହଞ୍ଚିଲେ।  ବାସନ୍ତୀ ପାଇଁ କିଛି ଜଳଖିଆ ଆଣିଥାନ୍ତି। ଅନ୍ୟଦୁଇଜଣ ମଧ୍ୟ ସେଥିରେ ଅଂଶୀଦାର ହେଲେ। ଅନେକ ସମୟରେ ଇଚ୍ଛା ବା ସ୍ପୃହା ନଥିଲେ ସୁଦ୍ଧା, ଘଟଣାଚକ୍ରରେ ପଡ଼ି ମନୁଷ୍ୟକୁ କେତେ କଥା କହିବାକୁ ହୁଏ। "ସାହିତ୍ୟ ସମାଜ" ପୁରୀ ଜିଲ୍ଲାରେ ଫସଲହାନି ଯୋଗୁଁ ଦୁର୍ଭିକ୍ଷର ଆଶଙ୍କା, ବିଡ଼ାନାସୀର ଘରପୋଡ଼ି ଇତ୍ୟାଦି କଥା ଗୋଟିକ ପରେ ଗୋଟିଏ ହୋଇଉଠିଲା। ବାସନ୍ତୀ ନିମନ୍ତେ  ସମସ୍ତେ ଦୁଃଖଭାର ହୃଦୟ କନ୍ଦରରେ ଲୁଚାଇ ରଖି ହାଲୁକା କଥା କହୁଥାନ୍ତି। ଦେବବ୍ରତର ଐନ୍ଦ୍ରଜାଲିକ ପ୍ରଭାବରୁ ବାସନ୍ତୀ ସାଂସାରିକ କଠୋର ବାସ୍ତବତାର ଉପରକୁ ଉଠିଯାଏ ; କିନ୍ତୁ ବେଳେ ବେଳେ ତାହାର ଆଶ୍ୱାସନା  କୋମଳ ବ୍ୟବହାର, ସ୍ନେହମୟ କଥାରେ ଦୁଃଖର ଉଜାଣି ସ୍ରୋତ ଅଭିମାନିନୀ ବାସନ୍ତୀର ହୃଦୟକୁ କ୍ଷୁବ୍‌ଧ କରିପକାଏ। ଅଶ୍ରୁପାତ ଦ୍ୱାରା ସେ ଅସମ୍ଭାଳ ଶୋକ କିଞ୍ଚିତ ଶାନ୍ତ କରେ ମାତ୍ର।

ନିଜର ତୁଚ୍ଛ ପୁରସ୍କାର ଲାଭର କଥା କହି ଚତୁଃର୍ପାର୍ଶ୍ୱର କରୁଣତା ଭଙ୍ଗ କରିବାକୁ ଦେବବ୍ରତର ଇଚ୍ଛା ହେଲାନାହିଁ। ସେ କିଛିକ୍ଷଣ ପରେ ସମସ୍ତଙ୍କଠୁଁ ବିଦାୟ ନେଇ ହଷ୍ଟେଲକୁ ଫେରିଲା।

- ଛଅ -

ପରଦିନ କଲେଜରୁ ଆସି ଦେବବ୍ରତ ପେସ୍କାର ନବଘନ ବାବୁଙ୍କ ନିକଟକୁ ଗଲା। ଉଦ୍ଦେଶ୍ୟ ଦଶାହ ଶ୍ରାଦ୍ଧର ଆୟୋଜନ ବିଷୟରେ ପରାମର୍ଶ କରିବା। ଆଡ଼ମ୍ବର ବିହୀନ ସାମାନ୍ୟ ଆୟୋଜନ ନିମନ୍ତେ ତାଲିକା ପ୍ରସ୍ତୁତ କରିବାକୁ ବେଶି ସମୟ ଲାଗିଲାନାହିଁ। ବଳରାମ ବାବୁ ଡେପୁଟୀ ଥିବା ସମୟରେ ନବଘନ ଦାସ ତାଙ୍କର ପେସ୍କାର ଥିଲେ। ବାବୁଙ୍କ ବ୍ୟବହାରରେ ମୁଗ୍ଧ ଥାଇ ସେ ଦକ୍ଷତାର ସହ କାର୍ଯ୍ୟ ଚଳାଇଥିଲେ। ସେଥିପାଇଁ ବଳରାମ ବାବୁ ମଧ୍ୟ ତାଙ୍କ ଉପରେ ଖୁବ୍ ପ୍ରୀତ ଥିଲେ। କେତେଥର ଦାସଙ୍କର ଡେପୁଟୀ ବାବୁଙ୍କ ଘରେ ଆହାରର ବ୍ୟବସ୍ଥା ହୋଇଅଛି। ସେ ଯୋଗୁ ବଳରାମ ବାବୁଙ୍କ ପରିବାରରେ ଦାସେ ଅପରିଚିତ ନୁହନ୍ତି। ପ୍ରତିବର୍ଷ ମହରମ୍ ଓ ବାଲିଯାତ୍ରା ଦିନ କେତେ ସୁନ୍ଦର ସୁନ୍ଦର ମାଟି ଜିନିଷ ଆଣି ବାସନ୍ତୀକୁ ଦାସେ ଉପହାର ଦେବାର ଆମ୍ଭେମାନେ ଜାଣୁ। ଡେପୁଟୀ ବାବୁଙ୍କ ମୃତ୍ୟୁପରେ ନବଘନ ବାବୁ ନିର୍ମଳାଙ୍କ ଘରକୁ ପ୍ରାୟ ଆସୁଥିଲେ। ଭଲମନ୍ଦ ଟିକିଏ ବୁଝାସୁଝା କରିବାକୁ ସେ କୁଣ୍ଠିତ ହେଉନଥିଲେ। ବଳରାମ ବାବୁଙ୍କ ଅନୁଗ୍ରହରେ ଦାସଙ୍କର ଦରମା ବଢ଼ିଥିବା ଯୋଗୁଁ ସେ ତାଙ୍କର ଏକାନ୍ତ ଅନୁରକ୍ତ ଥିଲେ। ନିର୍ମଳାଙ୍କର କୌଣସି ପ୍ରକାର ସାହାଯ୍ୟ କରିବାର ସୁବିଧା ସେ ଖୋଜି ବୁଲୁଥିଲେ। ଆଜି ଏ ଶୋକ ଦିନରେ ବାସନ୍ତୀ ପ୍ରତି ତାଙ୍କର କର୍ତ୍ତବ୍ୟ ସେ ଭୁଲି ନାହାନ୍ତି। ଦେବବ୍ରତ ସଙ୍ଗେ ତାଲିକା ପ୍ରସ୍ତୁତ କରିବାରେ ସେ ଲାଗିଗଲେ। ଠିକ୍ ହେଲା, ଆଗାମୀ ଶନିବାର ଓ ସୋମବାର ନବଘନ ବାବୁ ଛୁଟି ନେବେ। ଛୁଟି ମଧ୍ୟ ମିଳିଲା। ଶନିବାରଠାରୁ ଦାସେ ପ୍ରାୟ ବାସନ୍ତୀଙ୍କ ଘରେ। କଲ୍ୟାଣୀଙ୍କ ପରାମର୍ଶରେ କାର୍ଯ୍ୟ କରୁଥାନ୍ତି। ବାସନ୍ତୀକୁ ସାନ୍ତ୍ୱନା ଦେବାପାଇଁ ତାଙ୍କର ଯତ୍ପରୋନାସ୍ତି ଚେଷ୍ଟା। ଦେବବ୍ରତ ରବିବାର ଦିନ ଆଠଟାବେଳେ ବଜାରରୁ ଜିନିଷପତ୍ର ସମସ୍ତ ଗାଡ଼ିରେ ନେଇ ଉପସ୍ଥିତ ହେଲା। କଲ୍ୟାଣୀ ବିସ୍ମିତ ହେଲେ। ଦାସେ ମଧ୍ୟ ତଦ୍ରୂପ। ବାସନ୍ତୀ

ତାହାର ଦେବଭାଇକୁ ଅନାଇ, ମୂକ ପରି  ଠିଆହୋଇ ରହିଛି । ଧନିଆ ଗାଡ଼ିବାଲାକୁ ସାହାଯ୍ୟ କଲା ଓ ଚମ୍ପା ଜିନିଷପତ୍ର ଯଥାସ୍ଥାନରେ ରଖିବାରେ ଲାଗିପଡ଼ିଲା । କଲ୍ୟାଣୀ ବିଚାରୁଥାନ୍ତି; ଦେବବ୍ରତ ଟଙ୍କା ପାଇଲେ କେଉଁଠୁ ? ଜମିଦାର ପିଲା, ଘରୁ ଅବା ଆଣିଥିବେ; କିନ୍ତୁ ତାଙ୍କ ମା ଯେ ଯା'ଙ୍କ ଘର ଉପରେ ଚିଡ଼ନ୍ତି ।  ବାସନ୍ତୀ ଅବା ଦେଇଥିବ । ତାହାଲେତ ସେ କଣ ଜାଣିପାରିନଥାନ୍ତେ ? ଏହିପରି ପ୍ରଶ୍ନୋତ୍ତର ତାଙ୍କ ମନରେ ଉଦିତ ହେଉଥାଏ । ନବଘନ ବାବୁଙ୍କୁ ପାଖରେ ଦେଖି ପଚାରିଲେ, "ଆପଣ ଦେବବ୍ରତଙ୍କୁ ଟଙ୍କା ଦେଇଥିଲେ କି ?"

"ନା ତ , ମତେ ସେ ବିଷୟ କିଛି କହିଲେ ନାହିଁ!" ଏଥିରେ ଉଭୟଙ୍କର କୌତୁହଳ ବଢ଼ିଗଲା; କିନ୍ତୁ ବାସନ୍ତୀ ଦେବଭାଇଙ୍କୁ ଏତେ ନିକଟକୁ ନେଇଅଛି ଯେ, ଶୁଷ୍କ ଲୋକାଚାର ବା ତୁମର ମୋର ପାର୍ଥକ୍ୟ ସେଠାରୁ ବିଦାୟ ଘେନିଅଛି । ସେଥିପାଇଁ ଗୋଟାଏ ଲିମନ ଜୁସ୍ ବାସନ୍ତୀକୁ ଦେବାପାଇଁ ଦେବବ୍ରତ ଅପ୍ରତିଭ ବୋଧ କରେନାହିଁ କିମ୍ବା ପାଚିଲା ପିଜୁଳି ବାସନ୍ତୀ ଯାଚିଲେ ସେ କୁଣ୍ଠିତ ନହୋଇ କ୍ଷିପ୍ରଗତିରେ ସେ ଖଣ୍ଡ ଗଳାଧଃକରଣ କରେ । ଆଜି ଦେବଭାଇଙ୍କୁ ଏତେ ଜିନିଷ ଆଣିବାର ଦେଖି ବାସନ୍ତୀ ମନରେ ଟଙ୍କାର ପ୍ରଶ୍ନ ଆଦୌ ଉଠିନଥିଲା ।

ଦଶାହକ୍ରିୟା ଯଥାବିଧି ସମ୍ପନ୍ନ ହେବାରେ କେହି ତ୍ରୁଟି କରିନାହାନ୍ତି । ଶ୍ରାଦ୍ଧରେ କେତେକ ଭିନ୍ନ ଜାତୀୟ ଭଦ୍ରବ୍ୟକ୍ତି ଓ ମହିଳା ଆମନ୍ତ୍ରିତ ହୋଇ ଯୋଗଦେଇଥିଲେ । ଆମ୍ଭମାନଙ୍କର ପରିଚିତ କିରାନୀ ବାବୁ ନିର୍ମଳା ଶବ ସତ୍କାର ଦିନର ପ୍ରତିଶ୍ରୁତି ମନେ ରଖି ତେଲେଙ୍ଗା ବଜାରର କରଣ ଭଦ୍ରଲୋକ ଦୁହିଁଙ୍କ ପାଇଁ ଭୁରି ଭୋଜନର ବ୍ୟବସ୍ଥା କରିବାକୁ ଭୁଲିନଥିଲେ ।

ବର୍ତ୍ତମାନ ଗୋଳମାଳ କମି ଆସିଲାଣି । ମା' ଯିବାର ପନ୍ଦର ଷୋଳଦିନ ହେଲାଣି । ନିଜ ଅବସ୍ଥାର ପ୍ରକୃତ ଚିତ୍ର ବାସନ୍ତୀ ଦେଖିପାରିଛି । ସୁନୀତି ପ୍ରାୟ ସବୁବେଳେ ବଉଳ ପାଖରେ ଥାଏ, କଲ୍ୟାଣୀ ବାରମ୍ବାର ଆସୁଥାନ୍ତି । ଦେବବ୍ରତ ଆଜିକାଲି ନିୟମ କଲାପରି ପ୍ରତିଦିନ ଅନ୍ତତଃ ଥରେ ଲେଖାଏଁ ଆସେ ।  ଏସବୁ ସତ୍ତ୍ୱେ ବାସନ୍ତୀକୁ ସମୟ ଖାଇ ଗୋଡ଼ାଉଛି, ଗୋଟାଏ ଅଭାବ ସେ ସବୁବେଳେ ଅନୁଭବ କରୁଛି । ସୁନ୍ଦର ଆବରଣ ମଧ୍ୟରେ କୌଣସି କଠୋରତାର ତୀବ୍ର ଗନ୍ଧ ପାଇ ସେ ଅଶାନ୍ତିବୋଧ କରୁଥାଏ । ଭାବେ, ଦେବଭାଇଙ୍କୁ ଗୋଟାଏ ଦୁଇଟା କଥା ସାଫ୍ ସାଫ୍ ପଚାରିବ; କିନ୍ତୁ ତାହା ଘଟି ଉଠେନାହିଁ । କଣ କରିବ ସେ ବିଷୟରେ  ପରାମର୍ଶ ସ୍ପଷ୍ଟ ଭାବରେ ଲୋଡ଼ିବାପାଇଁ ମଧ୍ୟ ସେ ସଙ୍କୋଚବୋଧ କରେ । ଦେବବ୍ରତ ଏ ସମସ୍ତ ବୁଝିପାରିଲାଣି । କୌଣସି ପ୍ରକାର ବାସନ୍ତୀକୁ ସ୍ଥାନାନ୍ତର କରିବା ଆବଶ୍ୟକ ବୋଲି ସେ ଠିକ୍ କରିଛି । ବାସନ୍ତୀ

ମଧ୍ୟ ପିଲା ନୁହେଁ। ଶିକ୍ଷା ଓ ଅନୁଶୀଳନରେ ତାହାର ବୁଦ୍ଧି ପରିମାର୍ଜିତ। ଆଜି ଯୌବନର ଦୋଳାରେ ଦୋଦୁଲ୍ୟମାନା ବାସନ୍ତୀ ମାତୃବିୟୋଗରେ ବ୍ୟଥିତ ହେବା ସଙ୍ଗେସଙ୍ଗେ ଅନ୍ୟ ଏକ ଆକାଙ୍‌କ୍ଷା ହୃଦୟ ମଧ୍ୟରେ ଲୁଚାଇରଖିଅଛି। ଦେବବ୍ରତର ମାତାଙ୍କ କଥା ସେ ଜାଣେ ଓ ଅନ୍ୟାନ୍ୟ କେତେକ କଥା ତାକୁ ଅବିଦିତ ନାହିଁ। ଯାହାହେଉ, ଏସବୁରେ ସେ ଏକାବେଳକେ ହତାଶ ନୁହେଁ। ମାତୃଦୁଃଖରେ କାତରା ବାସନ୍ତୀ ଆସ୍ତେ ଆସ୍ତେ ଅବସ୍ଥାର ଉପଯୋଗୀ ହେବା ନିମନ୍ତେ ପ୍ରୟାସ କରୁଅଛି। ପିଲାଟିଦିନୁ ନାରୀ ସ୍ୱାତନ୍ତ୍ର୍ୟ ପାଇଁ ତାହାର ଚେଷ୍ଟା, ନିଜକୁ ଆଧୁନିକ ଯୁଗ ସକାଶେ ପ୍ରସ୍ତୁତ କରିବାର ବାସନା ତାହାର ରହିଅଛି। ସେହି ହେତୁରୁ ମା ଓ କଲ୍ୟାଣୀ ସାହାଯ୍ୟରେ ସେ ମନ ଦେଇ ପଢ଼ାଶୁଣା କରୁଥିଲା। ଦେବଭାଇ କଥାବାର୍ତ୍ତାରେ, ଚିଠିପତ୍ର ଦ୍ୱାରା ତାକୁ ଦିନକୁଦିନ ନୂତନ ଆଲୋକପଥରେ ଅଗ୍ରସର କରାଉଥିଲେ। କେତେଥର ସାଇକେଲ ଆଗରେ ନୂଆ ନୂଆ ବହି ବାନ୍ଧି ଘରି ପାଞ୍ଚଟା ବେଳେ ବଜାର ମଧ୍ୟରେ ଯାଉଥିବାର ଆମ୍ଭେମାନେ ଦେବବ୍ରତକୁ ଦେଖିଅଛୁ। ଭାବିଥିଲୁ- ପାଠ୍ୟପୁସ୍ତକ ହେବ; ମାତ୍ର ଠିକ୍ ସେହି ରଙ୍ଗ ଢଙ୍ଗର ବହି ବାସନ୍ତୀର ଆଲମାରୀରେ ଦେଖି ଆମର କୌତୂହଳ ଉଦ୍ଦୀପ୍ତ ହୋଇଥିଲା। ଗୁପ୍ତ ଭାବରେ ଅନୁସନ୍ଧାନ କରି ବୁଝିଲୁଁଯେ, ସେ ସମସ୍ତ ଦେବଭାଇଙ୍କର 'ବାସ'କୁ ଉପହାର ଦିଆହୋଇଅଛି। ଆଜି ବାସନ୍ତୀ ଖରାବେଳେ ସେଥିରୁ ଖଣ୍ଡେ ବହି କାଢ଼ି ଶୋଇ ଶୋଇ ଓଲଟାଉଥିଲା। ଏହି ସମୟରେ ସାଇକେଲ ଶବ୍ଦ ଶୁଣି କାନ ଡେରିଲାବେଳକୁ ଦେବବ୍ରତ ଦୁଆରମୁହଁରେ। ବାସନ୍ତୀ ବହି ପକାଇ ଦେଇ ଉଠି ଠିଆହେଲା। ଦୁହେଁ ଦୁଇଟି ଚୌକିରେ ବସିଲେ। ଏଆଡୁ ସେଆଡୁ କେତେ କଥା ପଡ଼ିଲା। ପରେ ପ୍ରସଙ୍ଗକ୍ରମେ ଦେବବ୍ରତ କହିଲା, "ସେତ ଠିକ୍ କଥା। ତୁମକୁ କଣ କିଏ ମନାକଲା କି ? ଘରେ ବସିରହିବା ଅପେକ୍ଷା ସ୍କୁଲ୍‌କୁ ଗଲେ ତ ଆହୁରି ସୁବିଧା। ତୁମେ ଯିବ ?"

"ସ୍କୁଲ୍ କୁ ? ଭଲ ହୁଅନ୍ତା ସତ; କିନ୍ତୁ ଦେବଭାଇ, ତୁମେ କଣ ବୁଝିପାରୁନାହଁ ଅସୁବିଧା କେତେ ?"

ବନ୍‌ସୀରେ ଲାଗିଲେ ଯେଡ଼େ ମାଛ ହେଉପଛକେ କେଉଟ ତାକୁ କୂଳକୁ ବଙ୍କାଇ ବଙ୍କାଇ ଆଣିବାର ଚେଷ୍ଟା କରେ। ସେ ଚେଷ୍ଟା ଅନେକ ସମୟରେ ସଫଳ ହୁଏ ମଧ୍ୟ। ଦେବବ୍ରତ ସୁବିଧା ପାଇ ବାସନ୍ତୀକୁ କୌଶଳରେ ବୁଝାଇବାକୁ ଲାଗିଲା। ସରଳ ଭାବରେ ପାରିପାର୍ଶ୍ୱିକ ଅବସ୍ଥାର କିଞ୍ଚିତ ଆଭାସ ତାକୁ ଦେବାର ଏହା ଉପଯୁକ୍ତ ଅବସର। ଦେବବ୍ରତର ଚେଷ୍ଟା ବିଫଳ ହେଲାନାହିଁ। ଶିକ୍ଷାଭିଳାଷିଣୀ ବାସନ୍ତୀ ତାହାର ପୂର୍ବ ପରିଚିତ ସ୍କୁଲ୍‌କୁ ପୁଣି ଯିବାପାଇଁ ଅବଶେଷରେ ସ୍ୱୀକୃତି ଦେଲା। ଦେବବ୍ରତର

ଇଚ୍ଛା ପୂର୍ଣ୍ଣ, ଆନନ୍ଦ ଉଲ୍ଲାସ ତାହାର ମୁଖମଣ୍ଡଳରେ ଖେଳିଯିବା ସ୍ୱାଭାବିକ। କଲ୍ୟାଣୀ ଏ ପ୍ରସ୍ତାବରେ ଖୁବ୍ ଖୁସି ହୋଇ ସୁନୀତି ସଙ୍ଗେ ବାସନ୍ତୀର ସ୍କୁଲ୍‌କୁ ଯିବାର ସ୍ଥିର କଲେ।

ସୁନୀତି ବାଳିକା ସ୍କୁଲ୍‌କୁ ଯାଉଥାଏ; କିନ୍ତୁ ବାସନ୍ତୀ ପ୍ରାୟ ଦୁଇବର୍ଷ ହେଲା ସ୍କୁଲ୍ ଛାଡ଼ିଥିଲା। କାରଣ ଅନୁମାନ କରିବା କଷ୍ଟକର ହେବନାହିଁ। ନିଜର ସ୍ୱାଧୀନ ମତିରେ ଚଳିବାକୁ ବଳରାମ ବାବୁ ଖୁବ୍ ପସନ୍ଦ କରିଥିଲେ। ପତି ଅନୁରକ୍ତା ନିର୍ମଳା ମଧ୍ୟ ସେହିପରି ଭାବରେ ନିଜକୁ ଗଢ଼ିଥିଲେ; ମାତ୍ର ସମାଜକୁ ଏକାବେଳକେ ଉପେକ୍ଷା କରିବା ସହଜ କଥା ନୁହେଁ। ବିଶେଷତଃ ବାସନ୍ତୀର ବିବାହ ବ୍ୟବସ୍ଥା କରିବାକୁ ହେବ। ଯେତେହେଲେ କରଣ ଝିଅ କରଣ ଘରକୁତ ଯିବା ଦରକାର। ସେତେବେଳେ ସମାଜରେ ସ୍ତ୍ରୀଶିକ୍ଷାର ଆରମ୍ଭ ମାତ୍ର। ଅନେକ ଲୋକ ଏହାର ବିରୋଧୀ। ଏହିପରି ନାନା ଚିନ୍ତାରେ ପ୍ରାପ୍ତ ବୟସ୍କା ବାସନ୍ତୀକୁ ବଳରାମ ବାବୁ ଘରେ ଶିକ୍ଷା ଦେବାକୁ ଆରମ୍ଭ କଲେ। ସେହିଦିନୁ ସେ ଆଉ ସ୍କୁଲ୍‌କୁ ଯାଇନାହିଁ। ଦେବବ୍ରତର ନୈତିକ ସାହସ ଯଥେଷ୍ଟ ଅଛି। ନ୍ୟାୟପଥରେ ଯିବା ତାହାର ଧର୍ମ। ସମାଜ ନିନ୍ଦା ଭୟରେ କୌଣସି ସାଧୁ ଉଦ୍ଦେଶ୍ୟ ତ୍ୟାଗ କରିବା ତାହାର ସ୍ୱଭାବବିରୁଦ୍ଧ। ତେଣୁ ବାସନ୍ତୀକୁ ସ୍କୁଲକୁ ପଠାଇବା ପାଇଁ ଆଜି ସେ ଆଗଭର। ତାହାର ଅଟଳ ମନ ନିକଟରେ ବାସନ୍ତୀର ଇତଃସ୍ତତଃ ଭାବ ପରାଜିତ ହେଲା।

ସ୍କୁଲ ଯିବା ସ୍ଥିର ହେଲା; କିନ୍ତୁ ଦେବବ୍ରତ ସେଥିରେ ସମ୍ପୂର୍ଣ୍ଣ ସନ୍ତୁଷ୍ଟ ନୁହେଁ। ବହୁ ଚିନ୍ତାପରେ ସେ ସ୍ଥିର କରି ରଖିଛିଯେ, ବାସନ୍ତୀ ସ୍କୁଲ୍ ବୋର୍ଡ଼ିଂରେ ରହିବାର ବ୍ୟବସ୍ଥା ହୋଇପାରିଲେ ସବୁଆଡୁ ଭଲ ହେବ। ସେଥିରେ ଅବଶ୍ୟ ରକ୍ଷଣଶୀଳ ହିନ୍ଦୁ ନେତାମାନେ ଚମକିପଡ଼ି ପାରନ୍ତି,କିନ୍ତୁ ବର୍ତ୍ତମାନ ଅବସ୍ଥାରେ ଅମସ୍ତଙ୍କୁ ସନ୍ତୁଷ୍ଟ କରିବାର ଆଶା ବିଡ଼ମ୍ବନା। ସ୍କୁଲ୍ ହଷ୍ଟେଲରେ ରହିବା ବାସନ୍ତୀ ପକ୍ଷରେ ସୁବିଧାଜନକ ଓ ନିରାପଦ। ସେଥିରେ ଦେବବ୍ରତ ମଧ୍ୟ ଆଂଶିକ ଭାବରେ ନିଶ୍ଚିତ ହୋଇପାରିବା ସମ୍ଭବ। ତେଣୁ ଆପାତତଃ ଏହି ଆୟୋଜନ କରିବା ତାହାର ଇଚ୍ଛା। ଆଜି ଏ କଥା ଉତ୍‌ଥାପନ ଉଦ୍ଦେଶ୍ୟରେ ଦେବବ୍ରତ ବାସନ୍ତୀ ସଙ୍ଗେ କଥାବାର୍ତ୍ତା ଆରମ୍ଭ କରିଥିଲା। ଫଳରେ ଯାହାହେଲା, ପାଠକେ ଜାଣନ୍ତି। ହଷ୍ଟେଲରେ ରହିବା କଥାଛଳରେ କହି ଦେବବ୍ରତ ବୁଝିପାରିଲା ଯେ ବାସନ୍ତୀ ତହିଁରେ ସେତେ ଅସ୍ୱୀକୃତା ହେବ ନାହିଁ। କିନ୍ତୁ କଲ୍ୟାଣୀଙ୍କର ସେଭଳି ଉଚ୍ଛା ନଥିବା ସେ ଅନୁମାନ କଲା। ତେଣୁ ଆଂଶିକ ଭାବରେ ସଫଳ-ମନୋରଥ ହୋଇଥିଲେ ମଧ୍ୟ କ୍ଷୁର୍ଣ୍ଣମନରେ ଦେବବ୍ରତ ସେଦିନ ସନ୍ଧ୍ୟାରେ ପେଟିନ୍ ସାହିରୁ ଫେରିଲା।

ସେ ବାଟରେ ସ୍ଥିର କଲା ଯେ ତାହାର ମାସିକ ଖର୍ଚ୍ଚ ପଚିଶ ଟଙ୍କାରୁ ଅନ୍ତତଃ କୋଡ଼ିଏ ଟଙ୍କା  କମାଇ ବାସନ୍ତୀର ପଢ଼ା ଖର୍ଚ୍ଚ ପାଇଁ ଦେବ। ନାନା ପ୍ରକାର ଚାନ୍ଦା ଓ ମାସିକ ପତ୍ରର ଦେୟ ପାଇଁ ମିତବ୍ୟୟୀ ଦେବବ୍ରତ  ପ୍ରତିମାସରେ ଖର୍ଚ୍ଚ ଟଙ୍କାରୁ କିଛି କିଛି ପୋଷ୍ଟ ଅଫିସ୍ ସେଭିଂସ ବ୍ୟାଙ୍କରେ ଗଚ୍ଛିତ ରଖୁଥାଏ। କୋଡ଼ିଏ ଟଙ୍କା ସରିକି ବାସନ୍ତୀକୁ ଦେଇ ଅଣ୍ଟ ନିଅଣ୍ଟ ବେଳକୁ  ଗଚ୍ଛିତ ଅର୍ଥର ସାହାଯ୍ୟ ନେବା ତାହାକୁ ଯୁକ୍ତିଯୁକ୍ତ ବୋଧହେଲା; କିନ୍ତୁ ଏହା ବାସନ୍ତୀ ନିକଟରେ ଲୁଚାଇରଖିବା  ତାହାର ଉଦ୍ଦେଶ୍ୟ। ସେଥିପାଇଁ ପଢ଼ାପଢ଼ିରେ ଅସୁବିଧା କଥା ଉଠିଲାବେଳେ ବାସନ୍ତୀକୁ ସେ ଅନିଚ୍ଛା ସତ୍ତ୍ୱେ ଗୋଟିଏ ଖାଣ୍ଟି ମିଛକଥା କହିଲା। ଯେତେବେଳେ ବଳରାମ ବାବୁଙ୍କ ପ୍ରଭିଡେଣ୍ଟ ଫଣ୍ଡରୁ  ସମସ୍ତ ପ୍ରାପ୍ୟ ମିଳିଲା, ସେତେବେଳେ ନିର୍ମଳା ଦେବୀ ବାସନ୍ତୀର ଭବିଷ୍ୟତ ପାଇଁ  ବ୍ୟାଙ୍କରେ ଏକହଜାର ଟଙ୍କା ଦେବବ୍ରତ ନାମରେ ରଖି ଅଛନ୍ତି ବୋଲି ଦେବବ୍ରତ ନିକଟରୁ ଶୁଣି ବାସନ୍ତୀ ଅବିଶ୍ୱାସ କଲାନାହିଁ। ଅବିଶ୍ୱାସ କରିବ ବା କାହିଁକି ?  ମା ଦେବଭାଇ ନାମରେ  ଟଙ୍କା ରଖିବା ଆଶ୍ଚର୍ଯ୍ୟ ନୁହେଁ। ଘରପାଖ ଜମିବାଡ଼ିର ଆୟ ଯଥେଷ୍ଟ ନଥିବାରୁ ନିର୍ମଳା ସ୍ୱାମୀଙ୍କ ମୃତ୍ୟୁପରେ ଟିକିଏ ବିଶେଷ ଭାବରେ ମିତବ୍ୟୟୀ ହୋଇ ଚଳୁଥିଲେ। ଏପରିକି ନିଅଣ୍ଟ ହେବାରୁ ଚାକରାଣୀକୁ ମଧ୍ୟ ବିଦାୟ ଦେଇ ଘରକାମ ନିଜେ ଆରମ୍ଭ କରିଥିଲେ। ଏତେ ଅସୁବିଧା ସ୍ଥଳରେ କନ୍ୟା ପାଇଁ ଟଙ୍କା ଅଲଗା ରଖିଥିବାର ଶୁଣି ବାସନ୍ତୀ ଆଉ ସମ୍ଭାଳି ପାରିଲାନାହିଁ, ଗଦ୍ ଗଦ୍ ହୋଇ କାନ୍ଦି ଉଠିଲା ! ଏ ଅମୂଲ୍ୟ ମାତୃସ୍ନେହରୁ ବଞ୍ଚିତ ହୋଇ କିଏ ବା ସ୍ଥିର ହେବ ? ବାସନ୍ତୀତ ପିଲା ମାତ୍ର।

ଦେବବ୍ରତ ହଷ୍ଟେଲରେ ପହଞ୍ଚିଲାରୁ ରମେଶ ସାଙ୍ଗରେ ସାକ୍ଷାତ ହେଲା। ଦୁଇ ସଙ୍ଗୀ ଘରପୋଡ଼ି ବିଷୟରେ ଆଲୋଚନାରେ ବ୍ୟାପୃତ ହେଲେ। ଦେବବ୍ରତର ବିଶେଷତ୍ୱ ସେ ସହଜରେ କ୍ଳାନ୍ତିବୋଧ କରେନାହିଁ। ମନର ଜୋର ଯେପରି, ଶରୀରର ଶକ୍ତି ମଧ୍ୟ ସେହିପରି।

ବିଡ଼ାନାସୀ ଘରପୋଡ଼ି ଯୋଗୁଁ କଟକରେ ଚହଳ ପଡ଼ିଛି। ସାହାଯ୍ୟ ପାଇଁ ଆବେଦନ ନିବେଦନ  ସମ୍ବାଦପତ୍ର ମହଲରେ ବାହାରିଲାଣି। କାରଣ ଅନୁସନ୍ଧିତ୍ସୁମାନେ କହନ୍ତି ଯେ, ଦାମା କୁମ୍ଭାରଭାଟି ନିଆଁ ଚାଳରୁ ଓହଳିଥିବା ଦଉଡ଼ି ଖଣ୍ଡକରେ ଲାଗି ଏ କାଣ୍ଡ ଘଟିଅଛି। ପ୍ରାୟ ପଚିଶ ବଖରା ହେବ ଘର ଏକାବେଳକେ ଭସ୍ମୀଭୂତ। ରାତିଅଧରେ ନିଆଁ ଲାଗିବାରୁ ଲୋକେ ଜୀବନ ବିକଳରେ ପଦାକୁ ବାହାରି ଆସିଥିଲେ। ଜିନିଷ ବାହାର କରିବାର ସମୟ ନଥିଲା। କେତେ ମିନିଟ ମଧ୍ୟରେ ସମସ୍ତ କୁମ୍ଭାର ସାହିଟି ଅଗ୍ନିସାତ୍। ଦୁଇଜଣ ସ୍ତ୍ରୀ ଲୋକ ଓ କୋଡ଼ିଏ ବାଇଶିଟି ଗାଈ ବଳଦଙ୍କ ଆହୁତିରେ

ସେ ଯଜ୍ଞ ସମାପ୍ତ ହୋଇଛି। ପ୍ରାୟ ତିନିଶତ ପ୍ରାଣୀ ଆଜି ଗଛ ମୂଳରେ ଆଶ୍ରୟ ନେଇଅଛନ୍ତି। ଖାଇବାକୁ ଅନ୍ନ ନାହିଁ କିମ୍ବା ପିନ୍ଧିବାକୁ ବସ୍ତ୍ର ନାହିଁ। କେତେ ଶିଶୁ କ୍ଷୁଧାରେ ମ୍ରିୟମାଣ ହୋଇଗଲେଣି। ଏହା ଉପରେ ପୁଣି ଅସରାଏ ଅସରାଏ ବୃଷ୍ଟି।

ଦୟାପ୍ରବଣ ଦେବବ୍ରତର ହୃଦୟ ଏଥିରେ ନିଶ୍ଚଳ ରହିବା ଅସମ୍ଭବ। ବାସନ୍ତୀର ଭାର ତାକୁ ପୀଡ଼ିତ କଲେ ମଧ୍ୟ ଏ ଦିଗରେ ଯେ କର୍ତ୍ତବ୍ୟ ରହିଅଛି, ସେଥିପ୍ରତି ସେ ଏକାବେଳକେ ଉଦାସୀନ ନୁହେଁ।

ରମେଶ ତାହା ସାଥି- ବି.ଏ.ପ୍ରଥମ ବାର୍ଷିକ ଶ୍ରେଣୀରେ ପଢ଼େ। ଜନସେବା ତାହାର ବ୍ରତ। ଅନେକ ଦୁଃଖ ଲାଞ୍ଛନା ପାଇଥିଲେ ମଧ୍ୟ ସେ ଏହା ଛାଡ଼ିନାହିଁ। ତାହାର ବଡ଼ ଝୁଙ୍କ; ପତିତ ଜାତିର ଲୋକଙ୍କୁ ଉଦ୍‌ବୁଦ୍ଧ କରିବ। କଲେଜକୁ ଆସି ପ୍ରଥମରୁ ହଷ୍ଟେଲରେ ରହିଥିଲା; ମାତ୍ର ସେବାକାର୍ଯ୍ୟ ଯୋଗୁଁ ଅନେକ ସମୟରେ ହଷ୍ଟେଲ ବାହାରେ ରହିବାରୁ କର୍ତ୍ତାମାନେ ସଦା ବିରକ୍ତ ହେଲେ। ଡାକ୍ତରଖାନାରେ ଉତ୍କଟ ରୋଗୀ ପଡ଼ିଛି, ପାଣ ସାହିରେ କଲେରା ଲାଗିଛି, ହାଡ଼ି ସାହିରେ ବସନ୍ତ- ସେବାର ପ୍ରୟୋଜନ- ରମେଶ ଯିବ। ଏସବୁ ହଷ୍ଟେଲର କର୍ତ୍ତାମାନେ କାହୁଁ ସହ୍ୟ କରିପାରିବେ? ରମେଶ ଉପରେ ଧମକ ଚମକର ସୀମା ରହିଲା ନାହିଁ। ସେ ଏସବୁରେ ବିରକ୍ତ ହୋଇ ହଷ୍ଟେଲ ତ୍ୟାଗ କଲା। ଗଡ଼ଜାତର ଆଉ କେତେଜଣ ଛାତ୍ରଙ୍କ ସହିତ ନିମଚଉଡ଼ିରେ ଗୋଟିଏ ମେସ୍ ଖୋଲିଅଛି। ଦେବବ୍ରତର ଶକ୍ତି ବହୁମୁଖୀ। ତାହାର ଚରିତ୍ରର ବିକାଶ ସବୁ ଦିଗରେ - ସାହିତ୍ୟ ସେବାଠାରୁ ପଶୁସେବା ପର୍ଯ୍ୟନ୍ତ ତାହାର ସୀମା। ଗୁଣର ଆଦର ସେ କରି ଜାଣେ। ଦେବବ୍ରତର ଚକ୍ଷୁରୁ ରମେଶର ମହତ୍ତ୍ୱ ବେଶିଦିନ ଛପି ରହିପାରିଲା ନାହିଁ। ଏକ ପଥର ପଥିକ ଦୁଇଜଣ; କେତେ କାଳ ବା ଅପରିଚିତ ରହିବେ? ଆଇ.ଏ. ପରୀକ୍ଷା ପରେ ପୁରୀ ଦୁର୍ଭିକ୍ଷ ସାହାଯ୍ୟ କାର୍ଯ୍ୟକୁ ରମେଶ ସ୍ୱେଚ୍ଛାସେବକ ହୋଇ ଯାଇଥାଏ। ଦେବବ୍ରତ ସ୍ୱାସ୍ଥ୍ୟଭଙ୍ଗ ଯୋଗୁଁ ଦାର୍ଜିଲିଙ୍ଗ୍‌ରେ ଏକମାସ ଅବସ୍ଥାନ କରି ଘରକୁ ଫେରିବା ସଙ୍ଗେ ସଙ୍ଗେ ପୁରୀ ଜିଲ୍ଲାକୁ ସ୍ୱେଚ୍ଛାସେବକ ହୋଇଗଲା। କର୍ମୋପଲକ୍ଷରେ ଦେବବ୍ରତକୁ ରମେଶ ସଙ୍ଗରେ କୋଣାର୍କ ନିକଟରେ ରହିବାକୁ ହେଲା। ସେହିଦିନୁ ଦୁଇଜଣ ଘନିଷ୍ଠ ବନ୍ଧୁତ୍ୱ ସୂତ୍ରରେ ଆବଦ୍ଧ। ସେହିଦିନୁ ଭବିଷ୍ୟତ ପାଇଁ କଳ୍ପନା କରି ଦୁହେଁ ପରସ୍ପର ସହିତ ପରାମର୍ଶ କରି ଚାଲୁଥାନ୍ତି। ପ୍ରୟୋଜନ ବେଳେ ଦୁଇବନ୍ଧୁ ଅଣ୍ଟାଭିଡ଼ି ବାହାରି ପଡ଼ନ୍ତି। ପରସ୍ପର ସାହାଯ୍ୟରେ ଉତ୍ସାହ ଦ୍ୱିଗୁଣିତ ହୁଏ। ନିର୍ମଳା ଦେବୀଙ୍କ ଶବ ସତ୍କାର ଦିନ ସମସ୍ତ ରାତ୍ରି ସେ ଝଡ଼ି ବର୍ଷାରେ ଦେବବ୍ରତ କେତେଥର ଭାବିଛି, ରମେଶ ସଙ୍ଗରେ ଥାଆନ୍ତା କି! ରମେଶ ସେତେବେଳେ ଯାଜପୁରରେ ବୈତରଣୀ ସ୍ନାନାର୍ଥୀ ଯାତ୍ରୀଙ୍କ ସେବାରେ ନିଯୁକ୍ତ। ବ୍ରାହ୍ମଣ

ଘରେ ଜନ୍ମ ହୋଇ ମଧ୍ୟ ସେ ଜାତିପ୍ରଥାର ନିଗଡ଼ ବନ୍ଧନ ମାନେ ନାହିଁ। ଆବ୍ରାହ୍ମଣ ଚଣ୍ଡାଳ ସମସ୍ତେ ତାହାର ଆପଣାର। ଦେବବ୍ରତକୁ ସେ ସ୍ନେହ କରେ, ଭକ୍ତି ମଧ୍ୟ କରେ। ବିଡ଼ାନାସୀରେ ଘର ପୋଡ଼ିଯିବା ଶୁଣି ସେ ଦେବବ୍ରତକୁ ଡାକି ନେଇଥିବା ପାଠକେ ଜାଣନ୍ତି। ସେଠାର ଶତାଧିକ ବାସହୀନ ଦୁଃଖୀଲୋକଙ୍କ ଦୁଃଖ ଦୂର କରିବା ଉଦ୍ଦେଶ୍ୟରେ ଦୁଇବନ୍ଧୁ ଆଜି ଗଭୀର ଆଲୋଚନାରେ ବସିଛନ୍ତି। ଆଲୋଚନା ପରେ ଉତ୍ସାହୀ ଅଧ୍ୟାପକଙ୍କ ସଭାପତିତ୍ୱରେ ଗୋଟିଏ କମିଟି ଗଢ଼ି ଚାନ୍ଦା ଉଠାଇବା ସ୍ଥିର ହେଲା। ସେଥିରୁ ଗୃହଶୂନ୍ୟ ଦୁଃଖୀ ଲୋକଙ୍କୁ ସାହାଯ୍ୟ ଦିଆଯିବ। ଅନ୍ୟଦିଗରେ କେତେକ ଅସୁବିଧା ଥିବାରୁ ଦେବବ୍ରତ ରମେଶକୁ ସମ୍ପାଦକର ଭାର ନେବାକୁ କହିଲା।

ଏସବୁ ଠିକ୍ କରି ରମେଶ ଫେରିଯିବା ପରେ ଦେବବ୍ରତ ଖଣ୍ଡିଏ ଚିଠି ଲେଖିବାକୁ ଯାଇ ଟେବୁଲ୍ ପାଖରେ ବସିଲା। ତାହାର ମୁହଁ ଦେଖିଲେ ଜଣା ପଡୁଥାଏ ଯେପରି ଗୋଟାଏ ଗୁରୁ ଚିନ୍ତାରେ ତାହାର ଚିତ୍ତ ପୂର୍ଣ୍ଣ। ମସ୍ତକରେ ହାତ ଦେଇ ବାହାରକୁ କିଛି ସମୟ ଜଳଜଳ କରି ଅନାଇବା ପରେ ଗୋଟାଏ ଦୀର୍ଘ ନିଶ୍ୱାସରେ ତାହାର ଚୈତନ୍ୟର ପୁନରୁଦୟ ହେଲା। କାହା ନିକଟକୁ ବା କି ବିଷୟ ଦେବବ୍ରତ ଲେଖୁଛି, ତାହା ଜାଣିବାର ଉପାୟ ନାହିଁ। ଦରଜା ବନ୍ଦ। ଆଲୁଅଟି ଟେବୁଲ୍ ଉପରେ। ଦେବବ୍ରତ ଚୌକି ଉପରେ ଆସୀନ। ମନ୍ଥର ଗତିରେ ଫାଉଣ୍ଟେନ୍ ପେନ୍ କାଗଜ କର୍ଷଣ କରିଚାଲିଛି। କେତେ ସମୟ ପରେ କବାଟ ଫିଟାଇ ଦେଖେ ଯେ ଅଧିକାଂଶ ଛାତ୍ର ଆହାର ସମାପନ କରି ଶାରଦୀୟ ରଜନୀ ବିହାର ସୁଖରେ ମୁଗ୍ଧ। ଦେବବ୍ରତ ଭୋଜନ ଶାଳାରୁ ଫେରି ନିଦ୍ରାଦେବୀଙ୍କ ଅନୁଗ୍ରହପ୍ରାର୍ଥୀ ହେଲା; ମାତ୍ର ଦେବୀ ଯେ ସହଜରେ ପ୍ରସନ୍ନା ହୁଅନ୍ତିନାହିଁ। କେତେ ମନ୍ତ୍ର ତନ୍ତ୍ର ଜପତପ, ପୂଜାପୂଜି ପରେ ବଳିପାତ ହେଲେ ଦେବୀଙ୍କର ପ୍ରସାଦ ମିଳେ। ଦେବବ୍ରତ ଏପରି ଦୁର୍ଲ୍ଲଭ ବସ୍ତୁକୁ ଅକ୍ଳେଶରେ ଲାଭ କରିବାକୁ ଆଶା କରିବା ବାତୁଳତା ମାତ୍ର। ସେ କୃପାଲାଭ ନିମନ୍ତେ ମନର ଦୁଶ୍ଚିନ୍ତା ସମସ୍ତ ବଳିଦେବା ଆବଶ୍ୟକ। ତାହା ନହେବା ପର୍ଯ୍ୟନ୍ତ ଏହିପରି ଅନିଦ୍ରା ଭାବରେ ବା ତନ୍ଦ୍ରାବସ୍ଥାରେ ରାତ୍ରି ଯାପନ କରିବା ଦେବବ୍ରତର ଭାଗ୍ୟରେ ଅଛି। ଦିନ ଆସୁଛି, ନିଦ୍ରାଦେବୀଙ୍କର ଶାନ୍ତିମୟ ବାହୁଲତାର ସୁକୋମଳ ଆଲିଙ୍ଗନରେ ଦେବବ୍ରତର ବିକ୍ଷୁବ୍ଧ ପ୍ରାଣ ଶୀତଳ ହେବ; କିନ୍ତୁ ଏହା ପୂର୍ବରୁ ସାଧକର ପୂର୍ଣ୍ଣ ହେବା ଆବଶ୍ୟକ- ବିପଦ କୁଜ୍ଝଟିକା ମଧ୍ୟରେ ବାସନ୍ତୀକୁ ନିରାପଦ ସ୍ଥାନରେ ପହଞ୍ଚାଇ ଦେବା ଆବଶ୍ୟକ।

ଗୁପ୍ତ ପତ୍ର ଗୋପନୀୟ ଭାବରେ କଲ୍ୟାଣୀଙ୍କର ହସ୍ତଗତ ହେଲା। କଲ୍ୟାଣୀ ଲଫାଫା ଖୋଲି ଦେଖନ୍ତି, ଦେବବ୍ରତର ଚିଠି! ବିସ୍ମୟ ଜାତ ହେବା ସ୍ୱାଭାବିକ। ଦେବବ୍ରତ ସଙ୍ଗେ ତ ଏଓଳି ସେଓଳି ଦେଖା- ଏଥିରେ ପୁଣି ଚିଠିର କି ପ୍ରୟୋଜନ

ଥାଇପାରେ ? ଗୋଟିଏ କିଛି ବିଶେଷ କାରଣ ଅବଶ୍ୟ ଥିବ। ସତେ କଣ ଦେବବ୍ରତ ବାସନ୍ତୀ ସମ୍ବନ୍ଧରେ କିଛି ଲେଖିଛି ! ତାକୁ କି ବାହା... ? ନା ବିପରୀତ ? ଆଶା ଓ ଆଶଙ୍କା ଦୁଇଭଗିନୀ। ପରସ୍ପର ମଧ୍ୟରେ ଅଖଣ୍ଡ ପ୍ରୀତି। ସେଥିରେ ବିଚ୍ଛେଦ ନାହିଁ କି ବିରହ ନାହିଁ। ଯେଉଁଠାରେ ଆଶା ସେହିଠାରେ ଆଶଙ୍କା। ସେଥିପାଇଁ ଆଜି କଲ୍ୟାଣୀଙ୍କ ମନରେ ଯୁଗପତ୍ ଆଶା ଓ ଆଶଙ୍କା ଜାଗ୍ରତ ହେଉଅଛି। ସେ ପତ୍ର ପାଠ କଲେ। ଦେବବ୍ରତ ଲେଖିଛି-

ସବିନୟ ନିବେଦନ,

ଆପଣଙ୍କ ନିକଟକୁ ଏହା ମୋର ପ୍ରଥମ ପତ୍ର। ଭକ୍ତି ଓ ଶ୍ରଦ୍ଧାରେ ମୁଁ ଆପଣଙ୍କୁ ମା ପରି ଜ୍ଞାନ କରେ। ସେହି ସାହସରେ ଆଜି ଏହି ପତ୍ର ଲେଖୁଛି। ସରଳ ଭାବରେ କେତୋଟି କଥା ଲେଖିବି। ସାକ୍ଷାତରେ କହିବାକୁ ମନସ୍ଥ କରି ଅନେକ ଥର ଯାଇଛି; ମାତ୍ର, ସଙ୍କୋଚ ବୋଧ କରି କହିପାରିନାହିଁ। ମନକଥା ମନରେ ରହେ। ଏ ପତ୍ର ପାଇ ଆପଣ ବିରକ୍ତ ହେବେନାହିଁ। ମୋର ବକ୍ତବ୍ୟ ସରଳ ଭାବରେ ଗ୍ରହଣ କରିବେ, ଆଶା କରେ।

ମୃତ୍ୟୁର ଅବ୍ୟବହିତ ପୂର୍ବରୁ ଶ୍ରୀଯୁକ୍ତା ନିର୍ମଳା ଦେବୀ ବାସନ୍ତୀର ତତ୍ତ୍ୱାବଧାନରେ ମୋତେ ରଖିଯାଇଅଛନ୍ତି। ସେ ଆଦେଶ ପାଳନ କରିବାକୁ ମୁଁ ଧର୍ମତଃ ବାଧ୍ୟ। ଅତି କୋମଳ ବୟସରେ ମାତୃବିୟୋଗ ଦୁଃଖ ବାସନ୍ତୀକୁ ଅଭିଭୂତ କରିପକାଇଅଛି। ଆପଣଙ୍କ ପରି ସ୍ନେହଶୀଳ କଲ୍ୟାଣମୟ ମାତୃହୃଦୟ ତାକୁ ଏ ବିପଦ ମଧ୍ୟରେ ବେଷ୍ଟନ କରି ରହିଥିବାରୁ ସେ ନିଶ୍ଚିନ୍ତବୋଧ କରିପାରେ; ମାତ୍ର ମୋର ଆଶଙ୍କା ହୁଏ,ଆପଣ ଏକାବେଳକେ ସ୍ନେହାନ୍ଧ ହୋଇପଡ଼ିଅଛନ୍ତି। ଅବସ୍ଥାଟା ଯଥାର୍ଥ ଉପଲବ୍ଧି କରିବାର ଅବସର ଆପଣଙ୍କର ନାହିଁ। ଏହା ମଧ୍ୟ ସ୍ୱାଭାବିକ। ଆପଣଙ୍କର ଉଦ୍ଦେଶ୍ୟଯେ ସାଧୁ, ସେଥିରେ ଅଣୁମାତ୍ର ସନ୍ଦେହ ନାହିଁ; କିନ୍ତୁ ସମାଜର ଏ ଦୁରବସ୍ଥାରେ ତାହା ଭୁଲ୍ ବୁଝିବାକୁ ଲୋକ ବିରଳ ହେବେନାହିଁ । ଶ୍ରୀଯୁକ୍ତା ନିର୍ମଳା ଦେବୀଙ୍କ ପରେ ଆପଣ ବାସନ୍ତୀର ମା। ନିର୍ମମ ସମାଜ ତାହା ସହ୍ୟ କରିବ କାହୁଁ ?

କାଲି ବାସନ୍ତୀ ସ୍କୁଲକୁ ପୁନର୍ବାର ଯିବା କଥା ଆପଣ ସ୍ଥିର କରିଅଛନ୍ତି। ସୁଖର କଥା; କିନ୍ତୁ ସେ ରହିବ କେଉଁଠାରେ ? ଘରେ ରହିବା ତାହା ପକ୍ଷରେ ନିରାପଦ ନୁହେଁ। ମାତୃବିୟୋଗରେ କିଏ ବା କାତର ନହେବ- ବିଶେଷତଃ ଶ୍ରୀଯୁକ୍ତା ନିର୍ମଳା ଦେବୀଙ୍କ ପରି ସନ୍ତାନପ୍ରାଣା ମାତାଙ୍କୁ ହରାଇ ? ବାସନ୍ତୀ ତ ପିଲା। ସଂସାରର କଠୋର ବାସ୍ତବତାଠାରୁ ସେ ଆଜିଯାଏ ସ୍ନେହମୟୀ ଜନନୀଙ୍କ ଅଞ୍ଚଳରେ ଲୁକ୍କାୟିତ ଥିଲା। ଅତୀତ ବା ଭବିଷ୍ୟତ ଭାବିବାର ଅବସର ସେ ପାଇନାହିଁ। ସେ

ଆରାମରେ ଦିନ କାଟିଅଛି। ଆଜି ଏକାକୀ ଗୋଟିଏ ଘରେ ରହିବା ତା ପକ୍ଷରେ ଉଚିତ ନୁହେଁ। ବିପଦର ଆଶଙ୍କା ନ ଥାଇପାରେ; କାରଣ, ଆପଣ ନିକଟରେ ଅଛନ୍ତି; କିନ୍ତୁ ସେ ଘରେ ଯେ ଶ୍ରୀଯୁକ୍ତା ନିର୍ମଳା ଦେବୀଙ୍କର ସ୍ମୃତି ପ୍ରତ୍ୟେକ ସ୍ଥାନରେ ଜଡ଼ିତ ରହିଅଛି। ସବୁବେଳେ ବାସନ୍ତୀ ଆଖିରେ ମା ଦିଶିଯାଉଥିବେ। ତାଙ୍କର ବ୍ୟବହୃତ ପଦାର୍ଥକୁ ଲକ୍ଷ୍ୟ କରି ସେ କିପରି ଶୋକାତୁରା ହୋଇଉଠେ, ଆପଣ ଦେଖିଥିବେ। ଏପରି ହେବା ସ୍ୱାଭାବିକ। ଅସହାୟା ବାଳିକାର କୋମଳ ପ୍ରାଣ ପକ୍ଷରେ ଏସବୁ ଅସହ୍ୟ। ସେଦିନତ ଆପଣ ଥିଲେ, ବାସନ୍ତୀ ଯେତେବେଳେ କହିଲା, "ମା'ଙ୍କ ଆରଶିଟା ଦେଖିଲେ ସେଥିରେ ମା ଦିଶନ୍ତି।" ଏସବୁ କାରଣରୁ ମୋର ମନେହୁଏ, ତାହାର ସ୍ଥାନାନ୍ତରିତ ହେବା ବାଞ୍ଛନୀୟ। ମାତ୍ର ତାକୁ ଏଥିରେ ସମ୍ମତ କରାଇବା କଷ୍ଟକର। ଆପଣଙ୍କ ଘରେ ରହିଲେ ତାର ସୁବିଧା ହୋଇପାରେ; ମାତ୍ର ସେ ମଙ୍ଗିବନାହିଁ। ଯଦିବା ମଙ୍ଗେ, ତଦ୍ୱାରା ଯୁକ୍ତି ସଙ୍ଗତ କାରଣ ନଥିଲେ ସୁଦ୍ଧା ତାହାର ଭବିଷ୍ୟତ ପାଇଁ ବାଧାବିଘ୍ନ ବୃଦ୍ଧିପ୍ରାପ୍ତ ହେବାର ଆଶଙ୍କା ରହିଅଛି। ଆପଣଙ୍କ ଘରେ ରହିଲେ ଶ୍ରୀଯୁକ୍ତା ନିର୍ମଳା ଦେବୀଙ୍କ ସ୍ମୃତିପୁର୍ଣ୍ଣ ଗୃହ ବାସନ୍ତୀଠାରୁ ଦୂରରେ ରହିବନାହିଁ। ବାସନ୍ତୀ ମାତୃପ୍ରାଣା। ସେ ଏକାବେଳକେ କାତର ହୋଇପଡ଼ୁଛି। ନିକଟରେ ରହିଲେ ତାହାର ପ୍ରାଣରେ  କୋହ ଉପୁଜିବ; କିନ୍ତୁ ଦୂରରେ ଟିକିଏ ରହିଲେ ବେଷ୍ଟନୀର ପ୍ରଭାବରୁ ସେ ଶୋକାନଳ କିଞ୍ଚିତ ଶାନ୍ତ ହେବାର ଆଶା। ବାଳିକା ସ୍କୁଲ୍ ହଷ୍ଟେଲ୍‌ରେ ରହିଲେ ବୋଧହୁଏ ଭଲହୁଅନ୍ତା।  ମନ ଭୁଲାଇବା ପାଇଁ ସେଠାରେ ସୁବିଧା ଯଥେଷ୍ଟ ଅଛି। ସେଥିରେ ତାହାର ବିଶେଷ ଆପତ୍ତି ମଧ୍ୟ ଥାଇନପାରେ।  ଆପଣ ବୁଝାଇ କହିଲେ ସେ ମଙ୍ଗିଯିବ।  ଆପାତତଃ  ହଷ୍ଟେଲରେ ରହିବା ତାହା ପକ୍ଷରେ  ନିରାପଦ ବୋଲି ମୋର ଧାରଣା। ଧନିଆ ଓ ଚମ୍ପା ଘର ଜଗି ପାରନ୍ତି। ବାସନ୍ତୀର ହଷ୍ଟେଲ ଖର୍ଚ୍ଚ ନିମନ୍ତେ ଅର୍ଥାଭାବର ଆଶଙ୍କାନାହିଁ ଜାଣିବେ। ଆପଣଙ୍କ ମତାମତ ଅପେକ୍ଷାରେ ରହିଲି। ଇତି।

ସ୍ନେହର

**ଦେବବ୍ରତ**

କଲ୍ୟାଣୀ ଆଦ୍ୟପ୍ରାନ୍ତ ପତ୍ରଖଣ୍ଡ ଦୁଇ ତିନିଥର ପଢ଼ିଲେ। ଭାବିଲେ; "ଦେବବ୍ରତ ବାସନ୍ତୀ ପାଇଁ ଏଡ଼େ ଚିନ୍ତିତ; କିନ୍ତୁ ମୁଁ ଯାହା ଭାବିଥିଲି ସେ କଥାତ କିଛି ଲେଖିଲେନାହିଁ। ଏପରି ହୃଦୟର ସହିତ ପରପିଲାର ଯତ୍ନ ନେବା ମଧ୍ୟ ବିରଳ।" ହାୟ କଲ୍ୟାଣୀ, ତୁମର ନାରୀ ହୃଦୟ କଣ ଏପର୍ଯ୍ୟନ୍ତ ବୁଝିପାରିଲା ନାହିଁ ଯେ, ବାସନ୍ତୀ ଦେବବ୍ରତର 'ପର' ନୁହେଁ , ନିକଟତମ। ସ୍ୱର୍ଗୀୟ ଆକର୍ଷଣରେ ବଂଶଗତ ପାର୍ଥକ୍ୟ ଦୂରୀଭୂତ

ହୋଇଅଛି । ବାସନ୍ତୀ ନିରାପଦ ହୋଇ ନ ରହିବାଯାଏ ଦେବବ୍ରତର ଆକୁଳ ପ୍ରାଣ ନିଶ୍ଚିନ୍ତ ହୋଇପାରିବନାହିଁ।  ସେଥିପାଇଁ ତୁମ ନିକଟକୁ ଏ ପତ୍ର।

ଦେବବ୍ରତ ଚତୁର୍ଦ୍ଦିଗରୁ ଭାବି ସ୍ଥିର କରିଛି ବାସନ୍ତୀର ହଷ୍ଟେଲରେ ରହିବା ସବୁଠୁ ସୁବିଧାଜନକ। କଲ୍ୟାଣୀଙ୍କୁ ଏ ପ୍ରସ୍ତାବ ଭଲ ଲାଗୁନଥିଲା। ମାତ୍ର, ଦେବବ୍ରତର ପତ୍ର ପାଠକରି ସବୁ ବୁଝିପାରିଲେ। ତାଙ୍କର ଆଉ କିଛି ଆପତ୍ତି ରହିଲାନାହିଁ। ନୀରବରେ ଚକ୍ଷୁ କୋଣରୁ ଦିଓଟି କ୍ଷୀଣ ଲୋତକଧାର ବକ୍ଷସ୍ଥଳକୁ ଗଡ଼ି ଆସିଲା। ବାସନ୍ତୀକୁ ଦୂରରେ ରଖି ସେ ରହିବେ। ନିର୍ମଳା ଏକଥା ଜାଣିପାରିଲେ କଣ ଭାବିବେ? ସେ ହେଲେ ଖ୍ରୀଷ୍ଟାନ୍ ନହୋଇ ହିନ୍ଦୁ ହୋଇଥାନ୍ତେ; କିନ୍ତୁ ଘରା କଣ? ନିଷ୍ଠୁର ସମାଜ! ଶତଶତ ନିର୍ଦ୍ଦୋଷ ପ୍ରାଣର ଦାରୁଣ ଅଭିଶାପରେ ଆଉ କେତେଦିନ ତିଷ୍ଠିପାରିବୁ? ତୋର କଠୋର ବନ୍ଧନରେ କେତେ କଲୁଷହୀନ କୋମଳ ପ୍ରାଣ ନଷ୍ଟ ହୋଇଯାଇଛି। ଏ ନିର୍ଯାତନାର ଫଳ ଅତି ବିଷମୟ। ସେଥିରେ ତୋର ଧ୍ୱଂସ ଅବଶ୍ୟମ୍ଭାବୀ। ବର୍ତ୍ତମାନ ସମୟ ଅତୀତ ହୋଇନାହିଁ। ନିଜକୁ ବଞ୍ଚାଇ ରଖିବାର ବାସନା ଥିଲେ ଚକ୍ଷୁ ଉନ୍ମୀଳିତ କରି ଦେଖ। ସଂକୀର୍ଣ୍ଣତା ଦୂର କର। ପୁରାତନରେ ନୂତନତ୍ୱ ସଂଯୁକ୍ତ କର।

ବର୍ତ୍ତମାନ ଅବସ୍ଥା ବିବେଚନାରେ ବାସନ୍ତୀ ହଷ୍ଟେଲରେ ରହିବା କଲ୍ୟାଣୀଙ୍କ ମନକୁ ପାଇଲା। ତାକୁ ବହୁତ ବୁଝାଇବା ପରେ ମଧ୍ୟ ଆଉ ଆପତ୍ତି କଲା ନାହିଁ। ସନ୍ଧ୍ୟାବେଳେ ଦେବବ୍ରତ ଆସି ଶୁଣେ ଯେ ବାସନ୍ତୀ କାଲି ସ୍କୁଲ୍‌ରେ ନାମ ଲେଖାଇ ହଷ୍ଟେଲରେ ରହିବ।

## - ସାତ -

ଦୁଇବର୍ଷପରେ - ଦୀର୍ଘ ଦୁଇବର୍ଷ ପରେ- ବାସନ୍ତୀ ବସିଥିଲା, ତାର ନିଭୃତ କକ୍ଷଟିରେ ଛାତ୍ରୀ ନିବାସର ଏକ ପ୍ରାନ୍ତରେ, ବାତାୟନ ପଥରେ ସାନ୍ଧ୍ୟଆକାଶକୁ ଚାହିଁ। ସେହି ସନ୍ଧ୍ୟା ତାରାଟି ପରି ଶୁଭ୍ର ସେ, ସେହି ବିକଚ ଶେଫାଳିର ନିର୍ଯାସରେ ଗଠିତ ତାର ସୁକୁମାର ଅଙ୍ଗଟି।

ଗତ ଦୁଇବର୍ଷର ସ୍ମୃତି ଆଲୋଡ଼ନ କରି ବାସନ୍ତୀ ଭାବୁଥାଏ, ଏହି ଦିଓଟି ବର୍ଷ ଜଗତ ଉପରେ ସାମାନ୍ୟ ପ୍ରଭାବ ରଖିଯାଇନାହିଁ। କେତେ ଲୋକଙ୍କୁ ଦୁଃଖ ଦେଇଛି, କେତେ ଲୋକଙ୍କୁ ସୁଖ; କିନ୍ତୁ ବାସନ୍ତୀକୁ ଦେଇଯାଇଛି ସ୍ୱପ୍ନ.....

ତାର ଏହି କ୍ଷୁଦ୍ର ଜୀବନଟି ଉପରେ କେତେ ବାତ୍ୟା ବହିଗଲା ! ଆଜିତ ସେ ସବୁ ମନେହେଉଛି ସ୍ୱପ୍ନ। ତାର ଏହି କ୍ଷୁଦ୍ର ହୃଦୟଟିକୁ ଅଧିକାର କରି ରହିଛି ତାର "ଦେବଭାଇ"ର ଅସୀମ ପ୍ରେମ ଓ ଅକପଟ ଦୟା। ସେ ବି ତ ସ୍ୱପ୍ନ। କେତେ ବାନ୍ଧବୀ ତାକୁ ପ୍ରୀତି ଦେଇ ଧନ୍ୟ କରିଅଛନ୍ତି, କେତେ ଶିକ୍ଷୟିତ୍ରୀ ଦେଇଛନ୍ତି ଆଦର ଓ ସ୍ନେହ। କଲ୍ୟାଣୀ ଦେବୀ ତାକୁ ମାତୃଶୋକ ଭୁଲାଇ ଦେଇଛନ୍ତି। ବାସନ୍ତୀ ଭାବିଲା, ତାର କ୍ଷୁଦ୍ର ଜଗତଟିରେ ବାସ୍ତବତା ନିଷ୍ଠୁର ସ୍ପର୍ଶ ରଖିଯାଇନାହିଁ, ତାର ସ୍ୱପ୍ନ ଅନ୍ତର ବାହାର ଆବେଗମୟ କରିଦେଇଛି।

ସହସା ପଛଆଡୁ କିଏ ତା ଆଖି ଚିପି ଧରିଲା, କାହାର କୋମଳ କର ପଲ୍ଲବ ଦିଓଟି ତାର ସ୍କନ୍ଧଲଗ୍ନ ହୋଇ ରହିଲା, କାହାର ମୁକ୍ତ କୁନ୍ତଳ ତାର ବକ୍ଷରେ ଆସି ପଡ଼ିଲା। ବାସନ୍ତୀ ଅନୁମାନ କରି କହିଲା, "ସୁଷମା" ! ଅଜ୍ଞାତା ତରୁଣୀଟି ହସିଦେଇ ଉତ୍ତର ଦେଲା, "ନା"। ତାର କଣ୍ଠ ସ୍ୱର ଈଷତ୍ ବିକୃତ।

"ଅସିତା !"

"ନା।"

"ଛାୟା !"

"ନା।"

ବାସନ୍ତୀ ଟିକିଏ ଅସହିଷ୍ଣୁ ହୋଇ କହିଲା- "ଛିଃ, ଛାଡ଼ି ଦେ ନା, ଭାଇ, ଲୀଳା।"

ହାସ୍ୟମୟୀ ତରୁଣୀଟିର ହାସ୍ୟ କେବଳ ଉଚ୍ଚରୁ ଉଚ୍ଚତର ହେବାକୁ ଲାଗିଲା। ବାସନ୍ତୀ ଟିକିଏ ବିରକ୍ତ ହେଇ କହିଲା- "ମୁଁ ପାରିବିନାହିଁ କହି ?"

ଅଜ୍ଞାତା ହାତ ଛାଡ଼ିଦେଲା। ବାସନ୍ତୀର ଗାଲ ଦିଓଟିକୁ ଟିପି ଦେଇ କାନେକାନେ କହିଲା, "ବଉଳ ମୋର, ସାନ୍ଧ୍ୟ ଆକାଶକୁ ଚାହିଁ ଉଦାସ ହୋଇ ଏତେ ଭାବୁଛି କଣ ? ଦେବଭାଇଙ୍କ କଥା ?"

ସୁନୀତି କୋଳକୁ ଟାଣି ଆଣି ଲଜ୍ଜା ବିନମ୍ର ସ୍ୱରରେ ବାସନ୍ତୀ କହିଲା- "ଆଚ୍ଛା, ବଉଳ, ତୁ ଏପରି ସମୟରେ ଆସିବୁ ବୋଲି କିଏ ଜାଣିଥିଲା ?"

ଝରକା ପାଖରେ ଆଉ ଖଣ୍ଡିଏ ଚଉକି ପକାଇ ସୁନୀତି ଦୁଇ ମିନିଟ୍ ବାହାରକୁ ଅନାଇ ନୀରବ ହୋଇ ବସିଲା। ତା'ପରେ ଗମ୍ଭୀର ହୋଇ କହିଲା, "ଦେବ ଭାଇ ଆଜି ଆସିଥିଲେ ?"

ଚିର ହାସ୍ୟମୟୀ ସୁନୀତିର ମୁଖରେ ଏହି ଗାମ୍ଭୀର୍ଯ୍ୟ ଟିକ ବଡ଼ ଅସ୍ୱାଭାବିକ ଦିଶୁଥାଏ। ବାସନ୍ତୀ ଟିକିଏ ତ୍ରସ୍ତ ହୋଇ ପଚାରିଲା- "ତାପରେ !"

"ତାଙ୍କ ମା ତାଙ୍କୁ ଚିଠି ଲେଖିଛନ୍ତି, ଆସନ୍ତା ବୈଶାଖରେ ଧରଧରାପୁର ଚୌଧୁରୀଙ୍କ ଘରେ ବାହା ନହେଲେ ତାଙ୍କ ମୁହଁ ଚାହିଁବେନାହିଁ।"

"ଦେବ ଭାଇ କଣ ଠିକ୍ କରିଛନ୍ତି ?"

"ସେଇ କଥାତ ସେ ପଚାରୁଥିଲେ । ମୋ ମା କହିଲେ- "ମା ମନଟି ସବୁବେଳେ ପୁଅର ହିତ ଚିନ୍ତେ। ସେ ଜାଣି ଶୁଣି ଯଦି ମୋ ବାସନ୍ତୀକୁ ନ ନେବେ, ତେବେ ମୁଁ ଆଉ କହିବି କଣ ? ମୋର କହିବାର ଅବା କେଉଁ ଅଧିକାର ଅଛି ?"

"ସେଇଠୁ !"

ସେଇଠୁ ଦେବଭାଇ କହିଲେ- ମାଆଙ୍କ ମନରେ ସୁଖ ଦେବାକୁ ଯାଇ ମୁଁ ନିଜେ ଦୁଃଖ ସହିବାକୁ ରାଜି ଅଛି; କିନ୍ତୁ ଗୋଟିଏ ପ୍ରାଣୀ ଲାଗି ଦିଓଟି ପ୍ରାଣୀଙ୍କ ସୁଖ ନାଶ କରିବାକୁ ମୋ ବିବେକ ମୋତେ କହୁନାହିଁ। ମୋ ଜୀବନ ବ୍ୟର୍ଥ ହୋଇଯାଉ, ଦୁଃଖ ନାହିଁ; କିନ୍ତୁ ତା ସଙ୍ଗେ ଆଉ ଗୋଟିଏ ଜୀବନ ଯେ ବ୍ୟର୍ଥ ହୋଇଯିବ, ଏଚିନ୍ତା ମୋତେ ବିବ୍ରତ କରିପକାଉଛି। ମୁହୂର୍ତ୍ତେ ତୁନୀ ହୋଇ ଦେବଭାଇ ପୁଣି କହିଲେ- 'ତା' ଛଡ଼ା ଆଉ ଗୋଟିଏ କଥା। ନିର୍ମଳା ଦେବୀଙ୍କୁ ମୁଁ ପ୍ରତିଶ୍ରୁତି ଦେଇଛି, ଏ

ପ୍ରତିଶ୍ରୁତି ପାଇନଥିଲେ ତାଙ୍କ ମୃତ୍ୟୁ ଶାନ୍ତିମୟ ହୋଇନଥାନ୍ତା। ତାଙ୍କର ସ୍ୱର୍ଗତ ଆତ୍ମାକୁ ପ୍ରତାରଣା କରିବି କିପରି ?

ବାସନ୍ତୀ ତାର ଦେବଭାଇର ଏ ନିର୍ବନ୍ଧ ଶୁଣି ମୁଗ୍ଧ ଓ ଚକିତ ହୋଇଗଲା। ଲୋତକ ଅସରାଟିଏ ତାର ଶୁଭ୍ର କପାଳଟିକୁ ଶିଶିରସ୍ନାତ କୁନ୍ଦ କୁସୁମ ପରି ମନୋରମ କରିଦେଲା। ବାସନ୍ତୀ କହିଲା, "ତୁ ଏସବୁ ପ୍ରହେଳିକା ରଖ ବଉଳ! ମୋତେ ଖାଲି ସମାଧାନଟା କହି ଦେ! କ'ଣ ଠିକ୍ ହେଲା ଶେଷରେ?"

"ଠିକ୍ କିଛି ହୋଇନାହିଁ। ଦେବଭାଇ ଚିନ୍ତିତ ହୋଇ ପଡ଼ିଛନ୍ତି। ତାଙ୍କ ମୁହଁରେ ଆଉ ସେ ହସଟିକ ଲାଗି ରହିନାହିଁ। ତାଙ୍କ ପରୀକ୍ଷା ରହିଲା ଆଉ ମାସେ; କିନ୍ତୁ ପଢ଼ାଶୁଣା ଛାଡ଼ି ସେ ଖାଲି ଏଇ ଚିନ୍ତାରେ ବିବ୍ରତ।"

ବାସନ୍ତୀ ହାତ ଉପରେ ମୁଣ୍ଡ ରଖି ଅନେକକ୍ଷଣ ଭାବିଲା। ଶେଷରେ ଅଶ୍ରୁ ଭାରାକ୍ରାନ୍ତ ନେତ୍ରରେ ସୁନୀତି ଆଡ଼କୁ ଅନାଇ କହିଲା, "ତାଙ୍କୁ କହ, ବଉଳ, ସେ ତାଙ୍କ ମାଆଙ୍କ କଥା ହେଳା କରନ୍ତୁନାହିଁ। ଏହି ଅଳ୍ପ କେତୋଟି କଥାରେ ଯେ କେତେ ବେଦନା, କେତେ କ୍ରନ୍ଦନ ନିହିତ ଥିଲା, ସୁନୀତି ତାହା ବୁଝିଲା।

ବାସନ୍ତୀର ହୃଦୟ ଭିତରୁ ଗୋଟିଏ କୋହ ଉଠୁଥାଏ। ଚିନ୍ତା-କୀଟହୀନ ଫୁଲ କୁସୁମଟିଏ ସେ- କେତେ ଭାବୀ ସୁଖ କଳ୍ପନା ତାର ମନଟାକୁ ଘେରି ରହିଥିଲା, ସଜଫୁଲଟିକୁ ଘେରି ଉଦୟାରୁଣର ସ୍ନିଗ୍ଧ ରଙ୍ଗୀନ୍ କିରଣ ଗୁଡ଼ିକ ପରି। ଗୋଟାଏ ମହତ୍ ଆତ୍ମତ୍ୟାଗର ପରିକଳ୍ପନା ଦ୍ୱାରା ନିଜକୁ ଯେତେ ସାନ୍ତ୍ୱନା ଦେବାକୁ ସେ ଚେଷ୍ଟା କରୁଥାଏ, ସେତେ ତାର ଅସମ୍ଭାଳ ହେଉଥାଏ, ଗୋଟାଏ ଅଜଣା ଦୁଃଖର ନିଗୂଢ଼ତା ମଥିତ କରିଦଉଥାଏ ତାର ସୁକୁମାର ଅନ୍ତଃକରଣଟିକୁ। ହଠାତ୍ ହସିଉଠି ବାସନ୍ତୀ କହିଲା, "ମୁଁ ଏଇକ୍ଷଣି କଣ ଭାବୁଥିଲି ବୁଝିଲୁ, ବଉଳ? ଭାବୁଥିଲି, ଏ ଜୀବନଟା ଯାକ ଗୋଟାଏ ସୁଦୀର୍ଘ ସ୍ୱପ୍ନ। ଦୁଃଖବି ନୁହେଁ, ସୁଖବି ନୁହେଁ, କେବଳ ଗୋଟାଏ ଅନୁପମ ଅନୁଭୂତି।"

ତାର ସ୍ନିଗଧ ସୁଧୀର ଚହାଣିଟିରେ ଗଭୀର ବ୍ୟଥା ଭରିଦେଇ ବାସନ୍ତୀ କହିଲା- "ସ୍ୱପ୍ନ ରାଇଜରୁ ତ ମୋଠାରୁ ତାଙ୍କୁ କେହି କାଢ଼ିନେବ ନାହିଁ। ତେବେ ଆଉ ଦୁଃଖ କଣ?

ସୁନୀତି ଦୀର୍ଘ ନିଶ୍ୱାସଟିଏ ପକାଇ କହିଲା, "ମାନବ ହୃଦୟତ ତୁ ପାଇନାହୁଁ ବଉଳ ! ତୋ ହୃଦୟଟି ସିନା ଫୁଲର ହୃଦୟ- ସୌରଭର ସ୍ୱପ୍ନରେ ପୂରି ରହିଛି! ତୁ ଯଦି ସ୍ୱର୍ଗରୁ ଓହ୍ଲେଇ ଆସି ମର୍ତ୍ତ୍ୟରେ ମୋ'ରି ପରି ନାରୀ ହୃଦୟଟିଏ ପାଇଥା'ନ୍ତୁ, ତେବେ କି ତୁ ଏତେ ବଡ଼ ତ୍ୟାଗ କରିବାକୁ ମନ ବଳାନ୍ତୁ ଭଉଣୀ!

ପୁଣି ତିନିମାସ ପରେ ଦେବବ୍ରତ ଓ ବାସନ୍ତୀର ପରୀକ୍ଷାଫଳ ବାହାରିଲା। ଉଭୟେ ପାଶ୍ କରିଛନ୍ତି ବେଶ୍ କୃତିତ୍ୱ ସହକାରେ। ଦେବବ୍ରତ ବି.ଏ. ଏବଂ ବାସନ୍ତୀ ମ୍ୟାଟ୍ରିକୁଲେସନ୍। ଦେବବ୍ରତର ଇଚ୍ଛାଥିଲା- ବିଲାତ ଯାଇ ଆଇ.ସି.ଏସ୍. ହୋଇ ଆସିବ କିମ୍ବା ନିତାନ୍ତ ପକ୍ଷରେ କଲିକତା ଯାଇ ଏମ୍.ଏ. ପଢ଼ିବ; କିନ୍ତୁ ତାର ଅନୁପସ୍ଥିତିରେ ବାସନ୍ତୀ କଣ କରିବ, ତାହା ଭାବି ଭାବି ଦେବବ୍ରତ କୌଣସି କୂଳ କିନାରା ପାଇଲା ନାହିଁ। ଦିନକୁଦିନ ମାଆଙ୍କ ମନ ନରଖିବା ଅସମ୍ଭବ ହୋଇପଡୁଛି। ଚିଠି ଉତ୍ତାରେ ଚିଠି ଆସୁଛି, ତାଙ୍କର ଅନୁରୋଧ ଉପରୋଧ କ୍ରମେ ଆତ୍ମହତ୍ୟାର ଭୟ ପ୍ରଦର୍ଶନରେ ପରିଣତ ହେଲାଣି।

ଅନେକ ଭାବିଚିନ୍ତି, ଦେବବ୍ରତ ସ୍ଥିରକଲା, ଧରଧରାପୁରରେ ଧରା ହେବନାହିଁ, ମାଆଙ୍କ ମନରେ କଷ୍ଟ ଦେଇ ବାସନ୍ତୀକୁ ହିଁ ବିବାହ କରିବ। ତାର ପଢ଼ା ଶୁଣା ପଛକେ ନହେଲା, ଉଚ୍ଚ ଅଭିଳାଷ ଗାଧୋଇ ଗଲା, ମାଆଙ୍କ କଥା ରଖି ସେ ବାସନ୍ତୀକୁ ଅକୂଳ ଦରିଆରେ ଭସାଇ ଦେବନାହିଁ। ଦେବବ୍ରତ ଭୀଷ୍ମଙ୍କ ପରି ଅଟଳପ୍ରତିଜ୍ଞ। ଯାହା ସ୍ଥିର କଲା, ତାହା କାର୍ଯ୍ୟରେ ପରିଣତ କରିବାକୁ ବିଳମ୍ବ କଲାନାହିଁ। ଏହି ଦୁଇ ବର୍ଷ ସେ ବଡ଼ ଅଶାନ୍ତିରେ କଟାଉଛି। ମନ ଭିତରେ ବାସନ୍ତୀ ପାଇଁ ଚିନ୍ତା। ବାହାରେ ସହପାଠୀମାନଙ୍କର ଈର୍ଷା, ବିଦ୍ରୂପ ଓ ଇତରୋଚିତ ବ୍ୟବହାର। ଘରୁ ବାରମ୍ବାର ବିବାହ ବିଷୟକ ତାଗିଦ୍। ନାନା ଦିଗରୁ ବିବ୍ରତ ହୋଇ ଦେବବ୍ରତ ସ୍ଥିର କଲା- ଭଲ ହେଉ, ମନ୍ଦ ହେଉ ଗୋଟିଏ କିଛି କରିପକାଇବ।

କିନ୍ତୁ ଆଶ୍ଚର୍ଯ୍ୟ କଥା, ଏସବୁ ବିଷୟରେ ସେ ବାସନ୍ତୀର ପରାମର୍ଶ ଲୋଡ଼ିଲା ନାହିଁ। ସେ ଧରିନେଲା ଯେ, ବାସନ୍ତୀର ଏ ବିବାହରେ କୌଣସି ଆପତ୍ତି ଥାଇନପାରେ, ତା ମନରେ କୌଣସି ପରିବର୍ତ୍ତନ ହୋଇନାହିଁ। ବାସ୍ତବିକ୍ ଠିକ୍ ସେହି ବାସନ୍ତୀ ହିଁ ଥିଲା; ହୃଦୟରେ ତା' ଦେବଭାଇ ପ୍ରତି ଅପାର ପ୍ରେମ ; ବିବାହରେ ତାର ସୁଖର ମାତ୍ରା ପୂର୍ଣ୍ଣ ହେବାର କଥା। ତଥାପି ତାର ନିଜସ୍ୱ ମତଟାଏତ ଅଛି, ଏ ମତକୁ ଅବହେଳା କରିବା ଦେବବ୍ରତର କଣ ଉଚିତ୍ ହେଉଛି ? ଦେବବ୍ରତ ଅଧିକାଂଶ ପୁରୁଷଙ୍କ ପରି ଏକଦେଶଦର୍ଶୀ, ବଡ଼ ସାଧୁ ଉଦ୍ଦେଶ୍ୟ ତାର; କିନ୍ତୁ ଏହି ସାଧୁ ଉଦ୍ଦେଶ୍ୟ ସଙ୍ଗେ କଳ୍ପନାପ୍ରବଣତା ସଂଯୁକ୍ତ ହୋଇନାହିଁ, ନାରୀର ଦିଗଟିକୁ ସହାନୁଭୂତି ଦେଇ ଅନୁଭବ କରିବାର କଳ୍ପନା କେବେହେଁ ତା' ମନରେ ଉଦିତ ହୋଇନାହିଁ। ଏହିଟି ତା' ଚରିତ୍ରରେ ଗୋଟାଏ ଅକ୍ଷମଣୀୟ ତ୍ରୁଟି। ଏହି ତ୍ରୁଟି ଯୋଗୁ ଭବିଷ୍ୟତରେ ସେ ପୂର୍ଣ୍ଣ ଦାମ୍ପତ୍ୟପ୍ରେମରୁ ବଞ୍ଚିତ ହୋଇପାରେ।

ହଠାତ୍ ଦିନେ କଲ୍ୟାଣୀ ଦେବୀଙ୍କ ଘରକୁ ଯାଇ ଦେବବ୍ରତ କହିଲା। "ମାଉସୀ, ମୋ ବାହାଘର ଏଇମାସ ପଚିଶ ତାରିଖରେ ହେଉଛି। ତୁମ୍ଭମାନଙ୍କୁ ନମିନ୍ତ୍ରଣ ରହିଲା। "କଲ୍ୟାଣୀ ଦେବୀ ବିସ୍ମିତ ହୋଇ କହିଲେ, "ସେ କଣରେ ଦେବ ! ସେଇ ଧରଧରାପୁର ସମ୍ବନ୍ଧ କଣ ତେବେ ପକ୍କା ହେଲା ?"

"ନାହିଁ ମାଉସୀ, ଧରଧରାପୁର ଯାଏ ତୁମକୁ ଯିବାକୁ ପଡ଼ିବ ନାହିଁ। ଏହି ପେଟିନ୍ ସାହିରେ ବସି ବସି ତୁମେ କ୍ଷୀରି ପିଠା ଖାଇବ।"

କଲ୍ୟାଣୀ ଦେବୀ ସବୁକଥା ବୁଝିପାରି ଚମତ୍କୃତ ହୋଇଗଲେ। ମନେ ମନେ ଦେବବ୍ରତର ଭୂୟସୀ ପ୍ରଶଂସା କରି ପଚାରିଲେ, "ବାହାଘରକୁ ତେବେ କିଏ କିଏ ଆସୁଛନ୍ତି ?"

"ମାଆ ଆସିବେ ନାହିଁ। ସେ ତ ସ୍ୱତଃସିଦ୍ଧ। ଆଉ କିଏ ଆସନ୍ତେ ? ବାସନ୍ତୀ ପକ୍ଷରୁ ତୁମେ ଆଉ ସୁନୀତି- ମୋ ପକ୍ଷରୁ ରମେଶ ଆଉ ସର୍ବେଶ୍ୱର ବାବୁ।"

"ସର୍ବେଶ୍ୱର ବାବୁଟି କିଏ ?"

"ଚମତ୍କାର ଲୋକ। ମୟୂରଭଞ୍ଜରେ ଚାକିରି କରନ୍ତି। ମୋର ସମ୍ପର୍କୀୟ ଦାଦା ଅଥାତ୍ ଖୁଡୁତା। ଆମ ପରିବାର ମଧ୍ୟରେ ଏ ବିବାହରେ ଏକା ତାଙ୍କର ସମ୍ମତି ଅଛି ଏବଂ ସେ ସମ୍ମତିଟାକୁ କାର୍ଯ୍ୟରେ ସମର୍ଥନ କରିବାର ସାହସ ମଧ୍ୟ ଅଛି।"

"କିନ୍ତୁ ତୁମ ମା ଆସୁନାହାନ୍ତି, ଏଇଟା ମୋ ମନରେ ବଡ଼ କଷ୍ଟ ଦେଉଛି ଦେବ ! ତାଙ୍କୁ ନେଇ ବାସନ୍ତୀ ଘର କରିବ କେମିତି, ଯଦି ମୂଳରୁ ଗୋଟାଏ ମନୋବିବାଦ ଲାଗିଥାଏ ?"

ଦେବବ୍ରତ ପଛକୁ ମୁହଁ କରି ଅଶ୍ରୁଗୋପନ କରିବାକୁ ଚେଷ୍ଟା କଲା। କ୍ରନ୍ଦନ ଜଡ଼ିତ କଣ୍ଠରେ କହିଲା- "ଆଉ ସେ କଥା ପକାଅନା ମାଉସି ! ଯାହା ହେବାର ଥିବ ତା ହେବ। ଆମ ଦୁହିଙ୍କ ଅଦୃଷ୍ଟ ଆଉ ମାଆଙ୍କ ଅଭିରୁଚି !"

ଦେବବ୍ରତ ବିଦାୟ ନେବା ପୂର୍ବରୁ କହିଗଲା- "ସବୁ ତୁମକୁ ଲାଗିଲା ମାଉସି, ମା ତ ମୋତେ ଛାଡ଼ିଲେ, ତମେ ଛାଡ଼ିବନାହିଁ, ଏଇ ପ୍ରାର୍ଥନା।" କଲ୍ୟାଣୀ ଦେବୀ ତା ମସ୍ତକରେ କର ଚାଳନ କରୁ କରୁ କହିଲେ, ସେ କି କଥାରେ ଦେବ ! ମୁଁ କଣ ତୋର ପର ?"

ଏହି ପ୍ରିୟଦର୍ଶନ, ସୁଚରିତ୍ର ହିନ୍ଦୁ ଯୁବକଟିକୁ ସେ ଏକାନ୍ତ ଆପଣାର କରି ପକାଇଥିଲେ ତାଙ୍କର ଉଦାର ହୃଦୟର ଉଚ୍ଛ୍ୱସିତ ସ୍ନେହ ମମତା ଦ୍ୱାରା।

ବାହାଘର ନିକଟ ହୋଇ ଆସିଲା। ବାସନ୍ତୀର ମନ ଭିତରେ ଗୋଟାଏ ବିପ୍ଳବ ଚାଲିଥାଏ। ଆଉ କେତୋଟି ଦିନରେ ତା ଜୀବନରେ ଏକ ମହାପରିବର୍ତ୍ତନ ଘଟିଯିବ।

ଯାହାକୁ ସେ ସ୍ୱପ୍ନରେ କେବଳ ପାଇଆସିଛି, ତାକୁ ସେ ବାସ୍ତବରେ ପାଇବ- କିନ୍ତୁ ନିଦାରୁଣ ଏ ବାସ୍ତବତା ! ଏହି ମିଳନଟି ଯୋଗୁଁ ଗୋଟାଏ ପରିବାରରେ ଅଶାନ୍ତିର ଅଗ୍ନି ଜଳିଉଠିବ- ସେହି ଅଗ୍ନିରେ ପୋଡ଼ି ଭସ୍ମୀଭୂତ ହୋଇଯିବ ବାସନ୍ତୀ ଜୀବନର କେତେ ସମୁଚ୍ଚ ଅଭିଳାଷ। ସେ ବ୍ୟାକୁଳ ହୋଇ ତାର ଭଗବାନଙ୍କୁ ପଚାରିଲା- ଦିଓଟି ହୃଦୟ ଯେତେବେଳେ ଏକାନ୍ତ ନିକଟ ହୋଇଆସି ମିଳନ ମଧ୍ୟରେ ପ୍ରେମର ପରିପୂର୍ଣ୍ଣତା ଲୋଡ଼େ, ଜଗତ ସେମାନଙ୍କୁ ନିର୍ମମ ଆଘାତ ଦେଇ ନିଷ୍ଠୁର ବାଧା ବେଦନା ବ୍ୟାହତ କରେ କାହିଁକି ?

ବିବାହ ଦିନ ଯେତେ ନିକଟବର୍ତ୍ତୀ ହେଉଥାଏ, ମିଳନର ଆନନ୍ଦ ସଙ୍ଗେ ସଙ୍ଗେ ଆନୁସଙ୍ଗିକ ମର୍ମପୀଡ଼ା ବାସନ୍ତୀର ଚିତ୍ତକୁ ସେତେ ବିକ୍ଷୁବ୍ଧ କରି ଦେଉଥାଏ।

ବାହାରକୁ ଆସିଲେ ସର୍ବେଶ୍ୱର ବାବୁ। ବରକର୍ତ୍ତା; ଆଉ ରମେଶ ଚନ୍ଦ୍ର ମହାପାତ୍ର- ପୁରୋହିତ। ରମେଶର ପରିଚୟ ପାଠକେ ପାଇଅଛନ୍ତି। ସେ ଦେବବ୍ରତର - "ସଚିବଃ ସଖା ମିଥଃ ପ୍ରିୟଶିଷ୍ୟଃ ଲଳିତେ କଳାବିଧୌ" ରମେଶ ଜାଣିଥିଲା, ଏହି ହତଭାଗ୍ୟ ସମାଜର ଦେବବ୍ରତ ବାସନ୍ତୀକୁ ବିବାହ ଦେବାକୁ କୌଣସି ପେଶାଦାର ପୁରୋହିତ ମଙ୍ଗିବେ ନାହିଁ- ମଙ୍ଗିଲେ ଅର୍ଥଲୋଭରେ ମଙ୍ଗିବେ। ବିବାହ ଭଳି ପବିତ୍ର ଅନୁଷ୍ଠାନରେ ଏହି ନୀଚ ଲୋକ ଗୁଡ଼ାଙ୍କ ସାହାଯ୍ୟ ନେବା ଯେକୌଣସି ଶିକ୍ଷିତ ଲୋକ ପକ୍ଷରେ ଗ୍ଲାନିକର। ଏହି ହେତୁରୁ ସେ ସ୍ୱତଃପ୍ରବୃତ୍ତ ହୋଇ ତାର ପ୍ରାଣର ବନ୍ଧୁର ବିପଦଟିକୁ ଆପଣା ଉପରକୁ ଟାଣି ନେଇଥିଲା।

ସର୍ବେଶ୍ୱର ବାବୁ ବଡ଼ ଖିଆଲୀ ଲୋକ। ଯାହା ଠିକ୍ ମଣିବେ, ବେପରୁଆ ହୋଇ ତାହା କରିବେ। ଝୁଙ୍କ୍ ଉପରେ ସେ କାମ କରନ୍ତି; କିନ୍ତୁ ସୁଖର ବିଷୟ, ତାଙ୍କର ଝୁଙ୍କ୍ ଗୁଡ଼ାକ ମନ୍ଦ ଆଡ଼କୁ ଯାଏନାହିଁ। ତାଙ୍କର ଆଧୁନିକତମ ଖିଆଲ ହେଲା, ଦେବବ୍ରତର ବାହାଘରଟାକୁ ନୂତନ ଧରଣରେ ସମ୍ପନ୍ନ କରିବା। ବାହାଘର ଦିନ ସକାଳୁ ଉଠି ସର୍ବେଶ୍ୱରବାବୁ କହିଲେ- "ବୁଝିଲୁ, ବାପ ଦେବ, ଗୋଟାଏ ନୂତନ କିଛି କର। ଆମ ମରହଟିମାନଙ୍କର ଦିହକ ଗଲା ସେହି ସବାରୀ ପାଲିଙ୍କିରେ ଚଢ଼ି। ତୁ ବାପା ମୋଟରରେ ବାହା ହେବାକୁ ଚାଲ।"

କଥାଟା କହିଦେଇ କେଜାଣି କାହିଁକି ଠୋ ଠୋ କରି ଖୁବ୍ ଗୁଡ଼ାଏ ହସିଲେ- ବୋଧହୁଏ ନିଜ କଥାଟା ନିଜ ମନକୁ ପାଇଲା। କ୍ଷଣକ ପରେ ପୁଣି କହିଲେ, ହଁ ବାପା ଦେବ, ତୋ ବାହାଘର ପାଇଁ ରୋସନୀ କଣ ହେବ ? ବାଜାର ଅବା ଦରକାର କଣ ? ଆମ ମୋଟରର ଲ୍ୟାମ୍ପ ତ ଆତସବାଜି, ଆମ ମୋଟର ହର୍ଣ୍ଣ ତ ମହୁରୀ ପେଁକାଳି ! ହୋଃ ହୋଃ ହୋଃ ହୋଃ...

ଲୋକଟି ଖିଆଲବାଜ-ବଡ଼ ସରଳ। ଆପଣା ମନକୁ ହସିହସି ଗଢ଼ିଯାଇ ଅନେକ କଷ୍ଟରେ ଥୟ ହେଲେ।

ଶେଷରେ ସେଇଆ ହେଲା। ଦେବବ୍ରତ ସାହିତ୍ୟିକ ବନ୍ଧୁ ବିଶ୍ୱନାଥ ଦାସଙ୍କ ମୋଟର ଗାଡ଼ିରେ ଚଢ଼ି କନ୍ୟା ଘରକୁ ଗଲା। କନ୍ୟାକର୍ତ୍ତା ହୋଇଥିଲେ ସ୍ୱୟଂ ବିଶ୍ୱନାଥ ଦାସେ। ଲୋକଟି କେବଳ ସାହିତ୍ୟ ରସିକ ନୁହନ୍ତି, ସମାଜ ସଂସ୍କାରକ ଏବଂ ଦୈବକ୍ରମେ ବଳରାମ ବାବୁଙ୍କର ପରମବନ୍ଧୁ ଓ ସଂସ୍କାରକ, କରଣ ଦଳରେ ଜଣେ ନେତା। ମୋର ଯେଉଁ ପାଠକପାଠିକାମାନେ ବାହାଘରର ଗୋଟାଏ କୌତୁହଳପ୍ରଦ ବିବରଣ ଶୁଣିବେ ବୋଲି ଆଶା ବାନ୍ଧିଅଛନ୍ତି, ସେମାନେ ହୁଏତ ଶୁଣି ଦୁଃଖିତ ହେବେଯେ, ଏହି ବାହାଘରଟିରେ ବରଯାତ୍ରୀମାନେ ଖିରିପିଠା ଅବା ଲୁଚି ପାନ୍ତୁଆର ସଦ୍‌ବ୍ୟବହାର କରିପାରି ନଥିଲେ। କାରଣ, ରମେଶଚନ୍ଦ୍ରଙ୍କର ଅଜୀର୍ଣ୍ଣ ରୋଗ ଆଉ ସର୍ବେଶ୍ୱର ବାବୁ ପରା ବରକର୍ତ୍ତା। ଆମ୍ଭେମାନେ ବିଶ୍ୱସ୍ତ ସୂତ୍ରରେ ଅବଗତ ହେଲୁଁଯେ, ଧନିଆ ଠାକର ଏକାକୀ ଏହି ବିରାଟ ଆୟୋଜନଟାକୁ ଉଦରସ୍ଥ କରି କିଛିଦିନଯାଏ ଡାକ୍ତରଖାନାକୁ ଦଉଡ଼ା ଦଉଡ଼ି କରିଥିଲା।

ବାହାଘରଟା "ଯେନତେନ ପ୍ରକାରେଣ" ଖେଚେଡ଼ି ପଦ୍ଧତି ଅନୁସାରେ ହୋଇଗଲା। ବାସନ୍ତୀକୁ ବିଦାୟ ଦେଲାବେଳେ ସୁନୀତି ଓ କଲ୍ୟାଣୀ ସତକୁସତ କାନ୍ଦି ପକାଇଲେ ଏବଂ ବାସନ୍ତୀ କଲ୍ୟାଣୀଙ୍କ ଅଞ୍ଚଳରେ ମୁହଁ ଘୋଡ଼ାଇ ଲୋତକ ବର୍ଷଣ କଲା। ବାହୁନୀ ଭାକୁନି ନକାନ୍ଦି ଜାତୀୟ ଭାବକୁ ଅବହେଳା କରି ବାସନ୍ତୀ ଏହିଯେ ଅନାର୍ଯ୍ୟୋଚିତ କାର୍ଯ୍ୟଟି କଲା, ଏହାକୁ ସମର୍ଥନ କରି ନପାରି ଚମ୍ପା ଠାକରାଣୀ ପୂରା ଘଣ୍ଟାଏ କାଳ ତାଟକା ହୋଇ ଠିଆ ହୋଇଥିଲା ଏବଂ ତିନିଦିନ ଯାଏ ସାଇ ପଡ଼ିଶାଙ୍କ ଆଗରେ ଏକାଳ ଟୋକୀ ଗୁଡ଼ାଙ୍କ ମତି ଗତି ସମ୍ବନ୍ଧରେ ଦଣ୍ଡୀ-ଫୁଲଗୁଣା ହଲାଇ ପ୍ରବଳ ଆପତ୍ତି ଜଣାଇଥିଲା।

ବିବାହ ପରେ ଦେବବ୍ରତ ଭାବିଲା, ଥରେ ଘରକୁ ଯାଇ ମାଆଙ୍କ ମନ ବିଡ଼ିବ। ମାତୃସ୍ନେହ ବୋଲି ବାସ୍ତବରେ ଯଦି କିଛି ଥାଏ, ତେବେ ମା ତାର ଏକମାତ୍ର ପୁତ୍ରକୁ ପର କରିଦେବେନାହିଁ। ଯଦି ପର କରିଦିଅନ୍ତି, ତେବେ ମାତୃସ୍ନେହ ସମ୍ବନ୍ଧରେ ତାର ସବୁ ଭ୍ରାନ୍ତବିଶ୍ୱାସ ଦୂର ହୋଇଯିବ; ସେ ଜାଣିବ ଯେ ମା ସାଙ୍ଗରେ ତାର କେବଳ ଦେ'ଣାପାଉଣାର ସମ୍ପର୍କ। ସେ ଭକ୍ତି ଦେଲେ, ବାଧ୍ୟତା ଦେଲେ, ମା ସ୍ନେହ ଦେବେ, ଆହାର ଦେବେ, ନଦେଲେ ଦେବେନାହିଁ। ଏକଥା ଭାବି ଭାବି ତା ମନଟା ବିଦ୍ରୋହୀ ହୋଇଉଠିଲା। ଅବଶେଷରେ ସେ ଦିନେ ମାଙ୍କ ନିକଟକୁ ତାର କରିଦେଲା- "ବାସନ୍ତୀକୁ ନେଇ କାଲି ଘରକୁ ଯାଉଛି।"

## - ଆଠ -

ନିର୍ଦ୍ଦିଷ୍ଟ ସମୟରେ ବାଲେଶ୍ୱର ଷ୍ଟେସନରେ ଦେବବ୍ରତ ଓ ବାସନ୍ତୀ ଓହ୍ଲାଇଲେ। ସେମାନଙ୍କୁ ପାଛୋଟି ନେବାକୁ ଗାଁରୁ ଆସିଛନ୍ତି- ବେବର୍ତ୍ତା, ସନିଆ ମା ଚାକରାଣୀ ଆଉ ଗାଡ଼ିବାଲା, ସୁଆରୀ ବେହେରାମାନେ। ଶିମିଳିପୁର ଗାଁ ବାଲେଶ୍ୱର ସହରଠାରୁ ଅଢ଼େଇମାଇଲ। ଟ୍ରେନ୍‌ରୁ ଓହ୍ଲାଇଲେ ସରାସର ଚାଲିବାକୁ ପକ୍କା ସଡ଼କ ପଡ଼ିଛି। ଧନିଆକୁ ବେବର୍ତ୍ତା ଜିମା ଦେଇ, ଜିନିଷପତ୍ର ଗାଡ଼ିରେ ବୋଝେଇ କରି ବାସନ୍ତୀକୁ ସୁଆରୀରେ ଚଢ଼େଇ ଦେବବ୍ରତ ବାଇସାଇକେଲ ଯୋଗେ ଗ୍ରାମ ଅଭିମୁଖରେ ଯାତ୍ରା କରିବା ସ୍ଥିର କଲା।

ସନିଆ ମା ବୋହୂ ସାଆନ୍ତାଣୀଙ୍କୁ ନେଇଯିବାପାଇଁ ସୁଆରୀ ସାଙ୍ଗରେ ଆସିଥିଲା। ଦେବବ୍ରତଙ୍କୁ ଦେଖି କହିଲା, "ବାବୁ, ତୁମେ ତ କଟକରେ ବାହା ହେଲ- ଆମ ଭୋଜି ବୁଡ଼ାଇଲ; ସେକଥା ଗଲାଣିତ ଗଲାଣି- ଆଉ ଆମକୁ ବରାବରି ନିରାଶ କରିବନାହିଁ।"

ଦେବବ୍ରତ ହସି ହସି କହିଲା, "ଆଲୋ! ପାଉଣାଟା ତୁମର ମୁଲତୁବୀ ରଖନା ଟିକିଏ- ମୁହଁରୁ କଥା ବାହାରୁ ବାହାରୁ କ'ଣ ତୁମ ପାଉଣା ମେଣ୍ଟିବ ?"

ବାସନ୍ତୀକୁ ଦେବବ୍ରତ କହିଲା, "ମୁଁ ଜିନିଷପତ୍ର ବେବର୍ତ୍ତାଙ୍କ ଜିମାଦେଇ ପଛରେ ସାଇକେଲରେ ଯାଉଛି। ଶଗଡ଼ରେ ଧନିଆ ଯିବ ଜିନିଷପତ୍ର ନେଇ" ବାସନ୍ତୀ କହିଲା- "ହଉ"।

ସନିଆ ମାର ମୁରବିୟାନା ହାଙ୍କ ଶୁଣି ବେହେରାମାନେ ସୁଆରୀ ଘେନି ଦଉଡ଼ିଲେ। ସନିଆ ମା ସାଙ୍ଗେ ସାଙ୍ଗେ ଚାଲିଲା।

ସନିଆ ମା ତାଙ୍କ ସାଆନ୍ତାଣୀଙ୍କଠୁଁ ଯେପରି ଶୁଣିଥିଲା, ମିଳେଇ ଦେଖିଲା, ସତକୁ ସତ ଠିକ୍ ତ। ସଂସାରର ବୋହୂପଣିଆ ପରି ଏ ନୂଆବୋହୂର ଢଙ୍ଗତ ଜମା କାହିଁ ଦିଶୁନାହିଁ। ରେଳଟାରୁ ଛିଡ଼ାଛିଡ଼ା ଆସିଲା, ପୁଣି ସମସ୍ତେ ଥାଇ ଦେବବାବୁଙ୍କ

ସଙ୍ଗରେ କଥା କହୁଛି ! ଦେବବାବୁତ ମରଦପୁଅ- ତାଙ୍କର ଗୋଟାଏ ନାକ ସରମ କଣ ? ସ୍ତ୍ରୀଲୋକଙ୍କର ସିନା ନାକ ସୁନ୍ଦର । ଏ ବୋହୂଠେଇଁତ ତାର ତିଳେ ଚିହ୍ନ ନାହିଁ ! ପୁଣି ନାକରେ ନୋଥ, ନାଟ ମୟୂର, ଦଣ୍ଡୀ, କପାଳରେ ଅଳକାପନ୍ତି, ଗୋଡ଼ରେ ପାହୁଡ଼, ପଞ୍ଚମ କିଛି ନାହିଁ; ଉପରେ ଅନୁକୂଳ ଖଣ୍ଡୁଆ ଖଣ୍ଡେବି ପଡ଼ିନାହିଁ- ଖାଲି କଣନା, ଗୋଡ଼ରେ ମଲ ଘରିପଟ, ନାକରେ ମୋତି ନୋଲକଟାଏ, ନାକଛବି ଦିଟା, ବେକରେ ଚିକଟାଏ, ଲମ୍ବା ହୋଇ ଧଣ୍ଡା ପରି ହାରଟାଏ ! ଯେମିତି ବଙ୍ଗାଳୀ ଲଳିତବାବୁ ସ୍ତ୍ରୀ ନଗାଇଥାଏ; ତାରି ପରି ମୁଣ୍ଡରେ ସୁଁଆ ନପାରି ବାଳ ଗୁଡ଼ାକ କପାଳ ଉପରେ ଘୋଡ଼େଇ ହୋଇ ବଣ ପରି ଦିଶୁଛି; ଆଉ ତା ଉପରେ ପ୍ରଜାପତି ଫୁଲମରା ହାର ପରି ଗୋଟାଏ କ'ଣ ବନ୍ଧା ହୋଇଛି, ଆଉ ମୁକୁତା ଝୁମ୍ପା ଝୁଲୁଛି; ଅଣ୍ଟାରେ ଚନ୍ଦରହାର ନାହିଁ । ସୁନାର ଗୋଟାଏ ଆଙ୍ଗୁଳିଏ ସରୁ ଗୋଠ; ହାତରେ ଚୁଡ଼ି ଖଡୁ ନାହିଁ, ହାତରେ ଦଶଟା ମୁଦି ନାହିଁ, ଦି'ଟା ଜମାରୁ ! ମାଲୋ, ଏଇଥିପାଇଁ ଦେବବାବୁ ଏମିତି ମନ ମନେଇ ବାହା ହେଉଥିଲେ । ଇଏ କଣଲୋ ! ଏତେ ଏତେ ମାହାନ୍ତି ଘର ବୋହୂ ଦେଖିଲିଣି । ଏଭଳି ଉପରମୁହିଁ ବୋହୂ ଦେଖିନଥିଲି । ସତେ ଯେମିତି କେଉଁଦିନୁ ଆସିଥିଲା ପରି ଟଙ୍ଗଟଙ୍ଗ ହୋଇ ସୁଆରୀରେ ଯାଇ ବସିଗଲା । ମା ଏତେ ସାର କରି ପୁଅ କରିଥିଲା । ବନ୍ଧୁଘରଟିଏ କରିଥାନ୍ତା, ନେଇଥାନ୍ତା, ଦେଇଥାନ୍ତା- କେତେ ଧନ ଆଣିଥାନ୍ତା, ଆଶା କରିଥିଲା- ଏଇନାଗେ ଏ ରୂପ ଦେଖି କରି ମନବୋଧହବ ନାହିଁଯେ ! ଗୁଣବନ୍ତ ପୁଅ ନହେଲେ କିରେ ! ବାପ ମାଙ୍କ ନାଁ ରଖିଲା । ମନେ ମନେ ଏଇସବୁ ପ୍ରସଙ୍ଗ ଆଲୋଚନା କରି ଯାଉ ଯାଉ ଦେବବ୍ରତଙ୍କ ଘର ଦିଶିଲା ।

କେତେ ସ୍ତ୍ରୀ ଲୋକ ଦଉଡ଼ି ଆସିଲେ ସୁଆରୀ ପାଖକୁ ସନିଆ ମା ତାର ସଙ୍ଗିନୀ ମାନେ ମହା କୌତୁହଳରେ ଘେରିଯାଇ ପଚାରିଲେ, "କେମିତି ମ ସବୁ - କେମିତି କିଲୋ ?" "ମଲା ମୋର ତୁଣ୍ଡରେ ବେଙ୍ଗ ପଶିଚି ନା କଣ ମ ପାଟି ଫିଟଉନୁ କିଆଁ ମ ?" ଉପୁରି ଉପୁରି ପ୍ରଶ୍ନରେ ସେ ବିରକ୍ତ ହୋଇ କହିଲା, "ଏଗୁରା ଏମିତି କାଉ ପରି ଖାଇଯାଉଛି କାହିଁକି ମ ! ବଳେ ତ ଏଇନାଗେ ଦେଖିବ । ଏବେ ହାତ ଶଙ୍ଖାକୁ ଦରପଣ ଲୋଡ଼ା- ମତେ କାହିଁକି ପଚରୁଚ ? ସଂସାରରେ ଯେମିତି ଏ ସେମିତି- ଆଉ ସଂସାରରୁ କଣ ବାହାର ? ମୁଁ ଏତେ ବଜର ବଜର ହୋଇ ପାରିବିନାହିଁ ଲୋ !" କହି ସମସ୍ତଙ୍କୁ ଠେଲି ଦେଇ ସନିଆ ମା ଆଗ ପଳାଇଲା ।

ସନିଆ ମା ସୁଆରୀ ଦରଜା ବନ୍ଦ କରିଦେଇଥିଲା । କୌତୁହଳୀ ସ୍ତ୍ରୀ ମାନେ ସୁଆରୀ ଆସ୍ତେ ଆସ୍ତେ ଖୋଲି ମୁହଁ ଗଳେଇ ଦେଖୁଁ ଦେଖୁଁ ବୈଠକ ଖାନା ସଦର ଦରଜାରେ ଆସି ସୁଆରୀ ପହଞ୍ଚିଲା ।

ଦେବବ୍ରତ ସାଇକେଲରେ ଆସି ଆଗରୁ ଘରେ ପହଞ୍ଚିଥିଲା; ଘରଭିତରକୁ ବୋଉଙ୍କ ପାଖକୁ ଯିବା ପାଇଁ ତା ଗୋଡ଼ ଉଠି ଉଠୁନଥାଏ, ପଡ଼ି ପଡୁନଥାଏ। କୁଣ୍ଠିତ ପାଦ ଯୋଡ଼ାକୁ ଟାଣି ନେଇ ଯେତେବେଳେ ସେ ଅପରାଧୀ ପରି ତା ବୋଉ ପାଖରେ ଠିଆ ହେଲା, ସେତେବେଳକୁ ବୋଉ ବିଛଣାରୁ ଉଠି ଆସି ବାରଣ୍ଡାରେ ବସିଛନ୍ତି। ଦେବବ୍ରତ ପ୍ରଣାମ କଲା, ବୋଉ କିଛି କହିଲେ ନାହିଁ। ବର୍ଷଣୋନ୍ମୁଖ ଆଷାଢ଼ର ଘନଘଟା ସହସା ସେ ମୁହଁକୁ ଢାଙ୍କି ପକାଇଲା, ଆଖି ଦିଓଟି ସଜଳ ହୋଇଉଠିଲା। ଅବସ୍ଥା ଦେଖି ଦେବବ୍ରତ ବିଚଳିତ ହେଲା। ମୂକ ହୋଇଯାଇଥିବା ତାର ତୁଣ୍ଡକୁ ଗୋଟିଏ ଅଜ୍ଞାତ ଶକ୍ତି ଧକ୍କା ଦେଇ ଫିଟାଇଦେଲା। ସେ କହିଲା, "ବୋଉ, ତୋ ବିଚାରରେ ଅବଶ୍ୟ ମୋର ଦୋଷ ହୋଇଛି, ତା ମୁଁ ବୁଝିଛି; କିନ୍ତୁ ହେଲେ ସୁଦ୍ଧା ମୁଁ ଯେତେବେଳେ କର୍ତ୍ତବ୍ୟ ବୋଲି ଭାବିଲି, ସେଇଟା ନକରନ୍ତି କିମିତି ? ବୋଉ, ତୁ ଯେବେ ସେ ଅନାଥା ବାଳିକାକୁ ଗ୍ରହଣ ନକରିବୁ, ତାର ଅବସ୍ଥା କ'ଣ ହେବ ଭାବିଲୁ ?"

ସୁଭଦ୍ରା ଦେଈ କହିଲେ- "ପୁଅ ଯେତେବେଳେ ବୋହୂ ବୋଲି ଘରକୁ ଆଣିଲାଣି, ତେତେବେଳେ ମୋର ଘରକୁ ନନେବାର ବେସାଦ କାହିଁ ଯେ ମୁଁ ଘରକୁ ନ ନେବି ? ମୁଁ କିଏ ?" ଏମିତି କହି ସୁଭଦ୍ରା ଦେଈ ଭୋ ଭୋ ହୋଇ କାନ୍ଦି ଉଠିଲେ। ଦେବବ୍ରତ ଅତି କଷ୍ଟରେ ବୋଉଙ୍କୁ ତୁନି କରାଇଲା। ବୋଉଙ୍କ କାନ୍ଦଣାର ବେଗ କମିଗଲା। ସେ କହିଲେ, "ଦେବ ! ଯା ତୁ ଗାଧୋଇ ଯା... କ'ଣ ଖାଇବୁ କରିବୁ।" ଦେବବ୍ରତ କହିଲା, "ହଁ ବୋଉ ଯାଉଛି।"

ଦେବବ୍ରତ ଆସି ଦାଣ୍ଡ ଚଉକିରେ ବସିଛି- ମନ ତାର ବିଷଣ୍ଣ। ତା ଭିତରେ ଦିଓଟି ଭାବ ପରସ୍ପର ସହିତ ଯୁଦ୍ଧ କରୁଥିଲେ। ଗୋଟିଏ ତାର ଶିକ୍ଷା ଦୀକ୍ଷା ମାର୍ଜିତ ବିବେକ; ଆଉ ଗୋଟିଏ ତାର ସାମାଜିକ ଆଜନ୍ମ ସଂସାର। ପ୍ରଥମ ପକ୍ଷ କହୁଥାଏ- ଠିକ୍ କଣ କରିଛୁ, ଯାହା କରିଛି, ଖୁବ୍ ଠିକ୍ କରିଛି। ଦ୍ୱିତୀୟ ପକ୍ଷ କହୁଥାଏ- କଣ ଠିକ୍ କରିଛୁ, ଯେଉଁ ମା'ର ଶୁଭଇଚ୍ଛା - ଯାହାର କଲ୍ୟାଣ ହସ୍ତର ସେବା ତାର ପ୍ରତି ରକ୍ତବିନ୍ଦୁକୁ ବଢ଼ାଇ ଆଣିଛି, ତାକୁ କନ୍ଦାଇ ଲୋକ ହସା ହୋଇ ଠିକ୍ କରିନୁ ତ ଆଉ ଠିକ୍ କରନ୍ତୁ କେମିତି ? ଦେଖିଲୁ, ତୋର ଠିକ୍ କରାଟାରେ କେତେ ପ୍ରାଣୀ ଆହତ ହେଲେ ! ପ୍ରଥମ ପକ୍ଷ କହିଲା- ମୁଁ ଏଯୁକ୍ତିର ପ୍ରତିବାଦ କରୁଛି, ମୁଁ ଯେଉଁଟା ମୋର କର୍ତ୍ତବ୍ୟ ବୋଲି ଜାଣିଲି- କଲି। ସେଥିପାଇଁ ମୁଁ ତ କୌଣସି କ୍ଷତି ସହିବାକୁ କୁଣ୍ଠିତ ନୁହେଁ। ଯୁଗପତ୍ ଏହି ସଂଗ୍ରାମରେ ଲିପ୍ତ ହୋଇ ଦେବବ୍ରତ ଶୂନ୍ୟ ଭାବରେ ବସିଥିଲା- ମୁହଁ ତାର ଅତି ବିଷଣ୍ଣ। ଏ ବିଷଣ୍ଣତା ତାର ଚପଳ ଚାରୁ ଭଙ୍ଗିମାମୟ

ମୁହଁଟିରେ ବଡ଼ ବେଖାପ ଦିଶୁଥିଲା। ଅସ୍ୱାଭାବିକ ରକମର। ତା ମୁଣ୍ଡ ଯେମିତି ସ୍ୱତଃ ନଇଁ ଯାଉଥିଲା- ଘରର ବାହାରର ଏତେଗୁଡ଼ାକ ସ୍ତ୍ରୀପୁରୁଷଙ୍କୁ ଦେଖି ସେ ଚହିଁ ପାରୁନଥିଲା ତାର ସ୍ୱାଭାବିକ ସରଳ, ଚହାଣୀରେ। ସମସ୍ତଙ୍କର ସକୌତୁକ ଦୃଷ୍ଟି ତା ଉପରେ କେନ୍ଦ୍ରୀଭୂତ ହୋଇଥିଲା। ସେ ଅପରାଧୀ ପରି ଅତି ନିଃସହାୟ ହୋଇ ନଇଁ ଯାଉଥିଲା ସେମାନଙ୍କ ଦୃଷ୍ଟିକୁ ତା ଉପରେ ବକ୍ରମୟ ଭ୍ରୂକୁଟି ମଣି। ତା ଦେହଟା ସଂକୋଚରେ କଣ୍ଟା ମାରି ଉଠୁଥିଲା, କିନ୍ତୁ ବାହାରେ ସେ ନିଜକୁ ଖୁବ୍ ସହଜ, ଖୁବ୍ ସ୍ୱାଭାବିକ ଓ ପ୍ରଫୁଲ୍ଲ ବୋଲି ଦେଖାଇବାକୁ ଚେଷ୍ଟା କରୁଥିଲା। ମାତ୍ର ସେ ଅନୁମାନ କରିପାରୁଥିଲା ତାର ଅସ୍ୱାଭାବିକ ଭଙ୍ଗୀଟା ଯେମିତି ବାହାରର ଲୋକେ ସଫା ବୁଝିପାରୁଛନ୍ତି- ଆଉ ସେମାନଙ୍କର ଘୃଣା ଜନିତ କଟାକ୍ଷଯାକ ତାକୁ କେନ୍ଦ୍ର କରି ହାଣୁଛନ୍ତି। ସେଥିପାଇଁ ସେ ଏତେ ଚେଷ୍ଟା କରୁଥିଲା- ଯେପରି ତା' ଭିତରେ ଏହି ପ୍ରତିକ୍ରିୟାଟିକ କେହି ଲକ୍ଷ୍ୟ କରି ନ ପାରନ୍ତି। ସେଥିପାଇଁ ତାର ଆକୁଳ ସନ୍ତର୍ପଣତା।

ସୁଆରୀ ରହିଲା। ବାସନ୍ତୀର ଛାତି ଥରି ଉଠିଲା। ସେ ତୀକ୍ଷ୍ଣ ବୁଦ୍ଧିମତୀ, ପଲ୍ଲୀର କରଣ ସମାଜରେ ତାର ସ୍ଥାନ କେଉଁଠି- ସେ ସମସ୍ତଙ୍କଠୁଁ ଭଲ କରି ଅନୁମାନ କରିପାରିଥିଲା। ଦେବବ୍ରତଙ୍କ ବୋଉଙ୍କର ଉପେକ୍ଷା ଜନିତ ବ୍ୟବହାର ଥରେ ଯେତେବେଳେ ପୂର୍ବେ ସେ ଜୀବନରେ ଭୋଗିଥିଲା, ସେତେବେଳେ ସେ ସ୍ପଷ୍ଟ ରୂପେ ବୁଝିପାରିଥିଲା- ଏ ସଂସାରକୁ ତାର ଏ ଆକସ୍ମିକ ଆଗମନ ଫଳରେ ତା' କପାଳରେ ଯାହା ଲେଖା ଅଛି। ଅତୀତରେ ଦିନେ ସୁଭଦ୍ରାଙ୍କୁ ବାହାରୁ ସେ ଯାହା ଚିହ୍ନିଥିଲା, ସେଇ ଚିହ୍ନିବାର ଅଭିଜ୍ଞତାଟା ବର୍ତ୍ତମାନ ତାକୁ ସ୍ପଷ୍ଟ ଭାବରେ ବୁଝାଇ ଦେଲା, ସେ ତା' ଶାଶୁଙ୍କର କିପରି ନୟନାନନ୍ଦବର୍ଦ୍ଧିନୀ ହେବ। ଗୋଟାଏ ତୀବ୍ର ସଂକୋଚ ତା ପାଦ ଯୋଡ଼ିକୁ ପଥର କରିଦେଲା, ସେତେବେଳେ ତାର ଖୁଡ଼ୀଶାଶୁ ଜଣେ ଆସି ସୁଆରୀ ଖୋଲିଦେଲେ। ଖୁଡ଼ୀ ଶାଶୁ ହାତଧରି "ଆଲୋ ମା" କହି ଧୀର ଭାବରେ ଉଠାଇ ଆଣିଲେ। ବାସନ୍ତୀ ମୁହୂର୍ତ୍ତକ ପାଇଁ ତାଙ୍କ ସଙ୍କୋଚଟାକୁ ସମ୍ବରଣ କରି ତାର ରେଶମୀ ଜରିଦିଆ ଓଢ଼ଣୀଟି ବେଶି କରି ମୁହଁ ଉପରେ ଟାଣି ଦେଇ ମୁହଁ ତଳକୁ ପୋତି ମୃଦୁ ପାଦରେ ଚଲିଆସିଲା।

ତା ପାଇଁ ଯେଉଁ ଘରଟା ସଜିଲ ହୋଇଥିଲା, ବାସନ୍ତୀ ସେ ଘରକୁ ଯାଇ କବାଟ ଉଢ଼ାଳରେ ଠିଆ ହେଲା। ଉପସ୍ଥିତ ବୁଦ୍ଧିମତେ ଶାଶୁଙ୍କୁ ଓ ଖୁଡ଼ୀ ଶାଶୁ ପ୍ରଭୃତି ସମାଗତା ମାନ୍ୟାମାନଙ୍କୁ ପ୍ରଣାମ କରି ଟିକିଏ ଘୁଞ୍ଚି ବସିଲା।

ଏଯେ ଖୁଡ଼ୀ ଶାଶୁ, ସେ ବାସନ୍ତୀ କୁଟୁମ୍ବ ସମ୍ପର୍କୀୟା, ସର୍ବେଶ୍ୱର ବାବୁଙ୍କ ସ୍ତ୍ରୀ।

ତାଙ୍କ ଝିଅ ନିଶାମଣିକୁ ଡାକି ସୁଭଦ୍ରା କହିଲେ, "ଆଲୋ ନିଶା, ସମସ୍ତଙ୍କୁ ବୋହୂ ମୁହଁ ଦେଖାଇ ଦେବୁଟି।"

କଥା ଅନୁସାରେ ନିଶା ବାସନ୍ତୀର ଓଢଣା ଟେକି ମୁହଁଟି ଦେଖାଇଦେଲା। ବାସନ୍ତୀର ସୌନ୍ଦର୍ଯ୍ୟ ଏ ଅନୁପମ ମାଧୁରୀ ଦେଖି ସମାଗତାଗଣ ଆଶ୍ଚର୍ଯ୍ୟ ହୋଇଗଲେ- ଏଡ଼େ ସୁନ୍ଦର ରୂପତ କାହିଁ ସେମାନେ ସଚରାଚର ଦେଖିନାହାନ୍ତି! ଏଡ଼େ ସୁନ୍ଦର ଯିଏ, ତାକୁ ଦେବବ୍ରତ ପକ୍ଷରେ ବିଭା ହେବାରେ ବିଚତ୍ର କ'ଣ? ସମସ୍ତଙ୍କ ମନରେ ଗୋଟିଏ ଭାବ ବିଦ୍ୟୁତ୍ ପରି ଖେଳିଯାଇଥିଲା।

ସମସ୍ତଙ୍କର ବିସ୍ମୟବ୍ୟଞ୍ଜକ ଦୃଷ୍ଟି ଦେଖି ଓ ଅସ୍ଫୁଟ ସ୍ୱରରେ ପ୍ରଶଂସାବାଦ ଶୁଣି ସୁଭଦ୍ରା ଦେଈଙ୍କ ବଙ୍କେଇଥିବା ମନ ଅତିରିକ୍ତ ମାତ୍ରାରେ ବଙ୍କେଇ ଉଠିଲା। ଷ୍ଟେସନଠାରେ ଛିଡ଼ା ହୋଇ  ସୁଆରୀକୁ ଯିବାର, ଶାଶୁଘର ଲୋକଙ୍କ ଆଗରେ ଦେବବ୍ରତ ସଙ୍ଗେ କଥା କହିବାର, ପୁଣି ଗହଣାପତ୍ରର ଏତେ ବିରଳତା କଥା, ସେ ସନିଆମାଠୁ ସବୁ ଶୁଣିଥିଲେ। ଘରେ କେହି ନକହୁଣୁ ବୋହୂ ଠିଆ ଠିଆ ହୋଇ ଚାଲିଯିବାର ଦେଖି ମନ ଚିଡ଼ି ଉଠିଥିଲା; କିନ୍ତୁ ଏତେ ସାଇଭାଇର ଲୋକରେ ସେ ଯଦି ଖୁଣି ଦେବେ, ତେବେ ଓଲଟି ତାଙ୍କୁ ନିନ୍ଦା। ତେଣୁ ସେ ସଂଯତ ଥିଲେ; କିନ୍ତୁ ସମସ୍ତଙ୍କର ଏ ସାଗ୍ରହ ଦୃଷ୍ଟି  ଓ ସୌନ୍ଦର୍ଯ୍ୟର ଅଜସ୍ର ଯଶୋଗାନ ଶୁଣି ଅସହାୟ ହୋଇ କହିଲେ, "ଆଗୋ! ରୂପ ଥିଲେ କଅଣ ହେବ, ଗୁଣ ଥିଲେ ସବୁ- ରୂପ ମଶାଣିକି, ଗୁଣ ସଂସାରକୁ। ଭଲ ହେଲେ ଭଲ ଶୁଣିବେ- ମନ୍ଦ ହେଲେ ମନ୍ଦ ଶୁଣିବେ। କଥାରେ ନାହିଁ- ଗୁଣକୁ ପୂଜା, ଅବିଗୁଣ ଥିଲେ କତିକି ନଯା।" ତାଙ୍କର କୁଟୁମ୍ବ ଜାଆ ଜଣେ କହିଲେ, "ହଁ ଦେବବୋଉ! ଏକଥାଠୁଁ ବଳି କଥା ଅଛି? ଭଲଗୁଣ କାଢିଲେ ଶାଶୁଘର ନାଁ, ବାପଘର ନାଁ ପଡ଼ିବ, କହିଲା, 'ଦୁହିତା, ଦୁଇ କୁଳକୁ ହିତା;- ଦୁଇ କୁଳକୁ ପିତା" ନିଶାବୋଉ କହିଲେ, "ଅପା ତମ କଥା ସରିବ ନା ବୋହୂ ଖବର ବୁଝିବ ମ?" ସମାଗତ ମହିଳାମାନଙ୍କ ଆଡ଼କୁ ଚାହିଁ କହିଲେ, "ତମେମାନେ ତ ଦେଖି ସାରିଲ, ବୋହୂ ଘରକୁ ତ ଆସିଲା, ତମ ଜୀବନକୁ ତା ଜୀବନ ଏଇଠି କଟିବ, ବେଳ ଉଛୁର ହେଲାଣି- ଘରକୁ ସବୁ ଯାଉ ନା କାହିଁକି? ବୋହୂ ଗାଧୋଇ ପାଧୋଇ ଖାଇପିଇ ସୁସ୍ଥ ହୋଇ ବସୁ, ପଛକୁ ଆସିବ ପୁଣି, କିଏ ଗାଁ ଭୂଇଁ ଛାଡ଼ି ଯାଉଛି କି?"

ସମସ୍ତେ କ୍ରମେ ଘରକୁ ଗଲେ।

ନିଶାବୋଉ କହିଲେ,- "ଅପା ! ମୁଁ ତେବେ ଯାଉଛି, ପଛକୁ ଆସିବି।"

ସୁଭଦ୍ରା କହିଲେ, "ନାହିଁ ସାନ ବୋଉ, ତୁ ଗଲେ ଚଳିବ କେମିତି? ବୋହୂଟାକୁ ଖୋଇପେଇ ଯିବୁନା !

ନିଶାବୋଉ କହିଲେ, "ନିଶା ତାହେଲେ ଥାଉ। ଘରେ କେତେ କାମ ଅଛି ନାହିଁ ତ ମୁଁ ରହନ୍ତି ନାହିଁ? ବୋହୂ କଣ ତମର, ମୋର ନୁହେଁ ଯେ ମତେ ଏତେ ବଳଉଛ? ମୁଁ ପଛକୁ ଆସିବି।"

ସୁଭଦ୍ରା ନିଶାକୁ କହିଲେ, "ଆଲୋ ନିଶା! ତୁ ତୋର ଭାଉଜ ବୋହୂ ପାଖରେ ଥା, ନୂଆ ଲୋକ, ତୁ ନଥିଲେ ତାକୁ ଖୋଇବ ପେଇବ କିଏ? ସିଏତ ନୂଆ ଭୁଆ, ମଣ ହେବାକୁ ଏଇନାଗେ କେତେଦିନ ଯିବ। ତୁ ଏଠି ଦଶ ପନ୍ଦର ଦିନ ରହ; ନିତି ବୋଉ କତିକି ତୋର ଯାଉଥିବୁ।"

ନିଶା କହିଲା, "ଏତେଦିନ? ଉଁ- ହୁଁ !"

ସୁଭଦ୍ରା ଦେଇ କହିଲେ , "କିଲୋ ଝିଅ, ଦିନ କେଇଟା ପାଇଁ ଏମିତି ହଉଚୁ, କ'ଣ ତୋ ବୋଉକୁ କିଏ ନେଇ ଯାଉଚି କି? ପୁଣି ଶାଶୁଘରେ ରହିବୁ କେମିତି?

ନିଶା ଲଜ୍ଜାରେ ତଳକୁ ମୁହଁ କରି ସେଠୁ ପଳାଇଲା ବାସନ୍ତୀ ପାଖକୁ। ସେଠି ବସି ପାଟି କରି କହିଲା, "ବଡ଼ମା, ମୁଁ ରହିବି, ରହିବି।" ସୁଭଦ୍ରା କହିଲେ, "ହଉ।"

ନିଶା ବୋଉ କହିଲେ, "ସେ ସାଇ ବୁଲିଯାଇ ଫେରି ମତେ ଯେବେ ଘରେ ନଦେଖିବ, ତେବେ ବଣା ହୋଇଯିବ। କେମିତି କଣ ମନ ହୋଇଗଲା କେଜାଣି!" ସୁଭଦ୍ରା କହିଲେ, "ପିଲା ଲୋକ; ସଂସାରରେ ଝିଅବୋହୂମାନେ ତ ସାଙ୍ଗ ହୁଅନ୍ତି। ସାଙ୍ଗ ମେଳରେ ରହିବ ବୋଲି ମନ ମାନିଗଲା।"

ନିଶା ବୋଉ ଚାଲିଗଲେ।

ସୁଭଦ୍ରା କହିଲେ, "ନିଶା, ସନିଆ ମା ଗାଧୁଆ ଘରେ ପାଣି ଅଜାଡ଼ି ବସିଛି- ଭାଉଜ ବୋହୂକୁ ନେଇଯା।"

ବାସନ୍ତୀ ହାତ ଧରି ନିଶା ତାକୁ ଗାଧୁଆ ଘରକୁ ନେଇଗଲା। ବାସନ୍ତୀ ଶାଶୁ ହଳଦୀ ବାଟି ବୋହୂକୁ ଲଗେଇ ଗାଧୋଇ ଦେବାକୁ ସନିଆମାକୁ କହିଥିଲେ। ସନିଆ ମା କହିଲା, "ବୋହୂ ସାଆନ୍ତାଣିଏ! ହଳଦୀ ନଗେଇ ଗାଧୋଇବାକୁ ତମ ଶାଶୁ କହିଛନ୍ତି- ଦିହଟା ଧୋବ ସରସର ହୋଇ ନୁଖୁରା ଦିଶୁଛି। ଦିହକୁ ତେଲ ହଳଦୀ ସିନା ସୁନ୍ଦର।"

ବାସନ୍ତୀ ଜୀବନରେ ଏ ନୂଆ କଥା! କଟକରେ ରଜ, କୁଆଁର ପୁନେଇଁ, ଖୁଦୁରୁକୁଣୀ ଓଷାରେ ବୋଉ ହଳଦୀ ଲଗାଇବାକୁ କହେ ବୋଲି କେତେ ଝାଙ୍କ ଛିଣ୍ଡେଇ ସେ ଯାଇ ଲଗାଏ, ନହେଲେ ଖାଲି ଦିନେ ଲଗାଇବାର କେବେ ତା' ମନେ ପଡୁନାହିଁ। ସେଠାରେ ସହରିଆ ସମାଜରେ ପିଲାଦିନୁ ସେ ବଢ଼ି ଆସିଛି। ତେଣୁ ମଫସଲରେ

ବୋହୂପଣିଆ  କିମିତି ସବୁ କରନ୍ତି, ଏ ବିଷୟରେ ଗପ ଶୁଣିବାଛଡ଼ା ନିଜେ କେବେ ଦେଖିନଥିଲା। ସେଥିପାଇଁ ଆସିବାବେଲୁ ଅଚିହ୍ନାମାନଙ୍କର ନାନା ରକମର ଇଙ୍ଗିତ ଦେଖି, ମନ୍ତବ୍ୟ ଓ ଆନୁସଙ୍ଗିକ ଚୁପ୍ ଚାପ୍ କଥା ଶୁଣି ସେ ଭାବୁଥିଲା, ଯେତେବେଳେ ଏପରି ଜୀବନରେ ସହସା ଅଭ୍ୟସ୍ତ ହେବା  ତା ପକ୍ଷରେ ଏକାନ୍ତ ଅସମ୍ଭବ, ସେତେବେଳେ ପ୍ରତିପଦରେ ସେ ତାର ବୋହୂପଣିଆ  ନାମକ ରୀତିର ଅପରିହାର୍ଯ୍ୟ ତ୍ରୁଟିହିଁ ଦେଖାଇବ। ତାଛଡ଼ା ଏତ୍ରୁଟିକୁ ଘୋଡ଼ାଇ ନେବାର ଆଉ ଗତି ନାହିଁ। ତାର ବର୍ତ୍ତମାନ ଅବସ୍ଥାରେ ସେ ସବୁ କଥାରେ 'ହଁ' ମାରି ସବୁକଥା ବିନା ପ୍ରତିବାଦରେ ମାନିନେବାକୁ ମନସ୍ଥ କଲା। ତେଣୁ ସେ ଉପସ୍ଥିତ କର୍ତ୍ତବ୍ୟ ମତେ ଧୀର ଭାବରେ କହିଲା, "ହଉ!" ସାବୁନ୍ ଛଡ଼ା ତେଲ ଲଗାଇବାର ଅଭ୍ୟାସ ସୁଦ୍ଧା ଯାହାର ନଥିଲା, ତା' ପକ୍ଷରେ ଏ ଯୋଡିକ ଅକ୍ଷର 'ହଉ' କହିବା ଭିତରେ ଯେ କେତେ ଦୁଃଖ, କେତେ ବିରକ୍ତି ଆତ୍ମଗୋପନ କରିଥିଲା, ସେକଥା ତାଛଡ଼ା ଆଉ କାହାରି ଜାଣିବାର ବାଟ ନଥିଲା। ଏ ସଂସାରରେ ଜାଣିବାର ଆଉ ଗୋଟିଏ ଯେଉଁ ବ୍ୟକ୍ତିଥିଲା, ସେ ହେଉଛି ତାର ସ୍ୱାମୀ; କିନ୍ତୁ ସେ ତାର ଅବସ୍ଥା ସହିତ  ତୁଳନା କରି ସ୍ୱମୀର ମାନସିକ ଅବସ୍ଥାର ମୋଟାମୋଟି ଗୋଟିଏ ଧାରଣା କରିପାରିଥିଲା ଯେ, ଉପସ୍ଥିତ କ୍ଷେତ୍ରରେ ତା ଅପେକ୍ଷା ତା ସ୍ୱାମୀ ମନର ଅବସ୍ଥା, ଆଉ ଘର ସଙ୍ଗେ ତାର ସମ୍ବନ୍ଧ ତାଠୁଁ କୌଣସିମତେ ଭଲନୁହେଁ। ହଠାତ୍ ଏହିସବୁ କଥା ଭାବି ଦେବବ୍ରତ ପ୍ରତି ତା ମନଟା ସହାନୁଭୂତିରେ ପୂରିଗଲା।

ଗାଧୋଇ ସାରିଲାରୁ ନିଶା ତା ଭାଉଜ ବୋହୂର ହାତ ଧରି ଉପରକୁ ତା ପାଇଁ ନିର୍ଦ୍ଦିଷ୍ଟ ଘରକୁ ନେଇଗଲା।

କିଛିକ୍ଷଣ ପରେ କୋଠା ଉପରୁ ନିଶା ଡାକିଲା, "ବଡ଼ ମା, ଭାଉଜବୋହୂ ଗାଧୋଇ ସାରିଲେଣି, ତୋ ଗୋଡ଼ ଧୋଇଦେବେ ବୋଲି ଠିଆ ହୋଇଛନ୍ତି। ଜଳଖିଆ ତୁ ରଖିଯାଇଥିଲୁ କହୁଚନ୍ତି, ତୁ ଗୋଡ଼ ଧୋଇବାକୁ ଆସିଲେ ଯାଇ ସେ ଖାଇବେ।"

ସୁଭଦ୍ରା କହିଲେ, "ଗୋଡ଼ଧୂଆ ଦିନ କଣ କୁଆଡ଼େ ଯାଉଛି ! ତୋ ଭାଉଜ ବୋହୂକୁ ଖୁଆ। ମୁଁ ତ ଗାଧୋଇନାହିଁ, କାଲି ଧୋଇଦବ।"

ନିଶା କହିଲା, "ଭାଉଜ ବୋହୂ ତମେ ଆସ, ଖାଇ ବସ। କାଲି ଗୋଡ଼ ଧୋଇ ଦବ, ଆଉ ଗାଁ ଆଡ଼େ ଯାହାକୁ ଯେପରି ଦେଇ ପଠାଇବାର ପାନ ଭାଙ୍ଗି ଚନ୍ଦନ କମ କରି ଆଉ ଲୁଗା କୁଞ୍ଚ କରି ପଠାଇବ। କାଲି ଏ ସବୁ ମୁଁ କରିଦେବି, ସନିଆ ମା ହାତରେ ସମସ୍ତଙ୍କ ଘରକୁ ପଠାଇଦେବା। ଆଜି ଚନ୍ଦନ ପେଡ଼ି ଆଉ ଲୁଗା ମଗେଇ ରଖିଥିବା। ରାତିରେ ପେଡ଼ି କମ କରିଦେଲେ କି ଲୁଗା କୁଞ୍ଚାଇଦେଲେ ସକାଳକୁ ଖାଲି ପାନଭଙ୍ଗାଟା ବାକିଥିବ। ତମକୁ ଭିଡ଼ ପଡ଼ିବନାହିଁ।

ଏ ସବୁ ଅଶ୍ରୁତପୂର୍ବ କଥା ବାସନ୍ତୀ କାନରେ ନୂଆ ନୂଆ ଲାଗୁଥିଲା। ସେ କେବେ ଭାବିନଥିଲା ଯେ ତାକୁ ଏ ଅଟେଇ ଭିତରେ ମୁହଁ ବୁଜି ହୋଇ ରହି ଏସବୁ କଥା ଶୁଣିବାକୁ ହେବ, ପୁଣି କରିବାକୁ ହେବ। ଏସବୁ କେବଳ ସେ ଅପରଠୁଁ ଗଳ୍ପ ଛଳରେ କଟକରେ କେବେ ଶୁଣିଥିବ ମାତ୍ର। ବାସନ୍ତୀ ବୋହୂପଣିଆ ଶିଖିନଥିଲା; ମୂଳରୁ ନିଶା ସାଙ୍ଗରେ ପଦେ ଦି'ପଦ କଥା ହେଲା ପରେ ସେ କହିଲା, "ନିଶାମଣି, ମୁଁ ତ ସହରରେ ଏକାଏକା ବଢ଼ିଛି, ମଫସଲ ଦେଖିନାହିଁ, ନା ବୋହୂକାମ ସବୁ ଶିଖିବା ଯୋଗ ପଡ଼ିନାହିଁ। କଣ କରିବାକୁ ହୁଏ ମତେ ଟିକିଏ ବତେଇ ଦବଟି ?

ନିଶା ଆଗରୁ ସବୁ ଶୁଣିଥିଲା। ସେଥିପାଇଁ ସେ ଅତି ସହଜ ଭାବରେ କହିଲା, "ହଁ,ବଡ଼ ଭାଉଜବୋହୂ ହେରିକା ଯେମିତି କରୁଥିଲେ, ସେମିତି ତ କରିବ, ଆଉ କଣ ? ଏହି ପାନ ଭଙ୍ଗା, ଗୋଡ଼ଧୂଆ, ଠା ଭଙ୍ଗା, ଘଷିଦେବା, ଚନ୍ଦନକାମ, ଲୁଗାକୁଞ୍ଚା, ରନ୍ଧା, ଏଇତ- ଏମିତି ସବୁ କରିବାକୁ ହୁଏ। ଏଇକ୍ଷଣି ଗାଧୋଇ ସାରିଲେ ବଡ଼ମା ଗୋଡ଼ ଧୋଇଦବା ପାଇଁ ପାଣି ଢାଳେ ଧରି ଠିଆ ହେବ, ନିତି ପାଣି ନପାଇଲେ ଖାଇବ ନାହିଁ।" ବାସନ୍ତୀ କହିଲା, "କେବଳ ରାନ୍ଧିବା, ଲୁଗାକୁଞ୍ଚା ଓ ପାନଭଙ୍ଗା ଛଡ଼ା ମତେ ଆଉ କିଛି ଆସିବ ନାହିଁ। ମୋର ତ ତମେ ଅଛ, ଚିନ୍ତା କାହିଁକି କରିବି ! ସବୁ କଥାର ଭାର ତମରି ଉପରେ"

ନିଶା କହିଲା, କାହିଁକି, "ତମକୁ ମୁଁ କଣ କହିଲି କି ଯେ ତମେ କରିବ ବୋଲି ? ସହଜେ ତମକୁ ଆସେ ନାହିଁ, ଯେବେ ବା ଆସିଥାନ୍ତା, ତେବେ ବି କଣ ଏସବୁ ମୁଁ ତମ ହାତରେ କରେଇ ଦେଇଥାଆନ୍ତି ନା ? ତେବେ ତମକୁ ଗୋଟାଏ କଥା କହୁଛି, ତମେ ନିଜେ ସିନା କାହାକୁ ଘଷି ଦେଇନଥିବ, ଦେଖିଥିବ ତ ଘଷା ? ତମେ ଚେଷ୍ଟା କଲେ ଏବେବି ଶିଖିପାରିବ, ଆଉ ନିତି ଥରେ ଲେଖା ବଡ଼ମାକୁ ଯାଇ ଘଷି ଦେଇଆସୁଥିବ।"

ବାସନ୍ତୀ ଉଚ୍ଛ୍ୱସିତ ସ୍ନେହ ଓ କୃତଜ୍ଞତାରେ ନିଶାର କିଶୋର ଗଣ୍ଡ ଦିଓଟିକୁ ତାର ଶୋଭନ ଅଙ୍ଗୁଳିଗୁଡ଼ିକରେ ପୀଡ଼ନ କଲା।

ସୁଭଦ୍ରାଙ୍କୁ ବାସନ୍ତୀ ଯେ ଗୋଡ଼ ଧୋଇ ଦବାକୁ ଡାକି ପଠାଇଲା, ସେ ନିଶାଠୁ ଏହି ଉପଦେଶ ସବୁ ଲାଭ କରି । ନଚେତ୍ ଏସବୁ କଳ୍ପନା ସୁଦ୍ଧା ତା ମଗଜରେ ପଶିବାର ସମ୍ଭାବନା ନଥିଲା।

ନିଶାମଣି ଦେବବ୍ରତର ବିବାହରେ ଉତ୍ସାହଦାତା ସର୍ବେଶ୍ୱର ବାବୁଙ୍କ ଝିଅ। ସର୍ବେଶ୍ୱର ବାବୁ ମୟୂରଭଞ୍ଜରେ ଚାକିରି କରିବା କଥା ପାଠକେ ଜାଣନ୍ତି। ଛୁଟି ଛଡ଼ା କେବେ ସେ ଘରକୁ ଆସନ୍ତିନାହିଁ। ଘରକୁ ଟଙ୍କା ପଠାଇବା ଛଡ଼ା ବିଶେଷ କିଛି ଘର

ସାଙ୍ଗରେ ସମ୍ପର୍କ ନ ଥାଏ। ସ୍ତ୍ରୀଙ୍କ ନା ହାରାମଣି । ସଂସାରରେ ତାଙ୍କର ଝିଅ ନିଶାମଣି ଓ ସ୍ତ୍ରୀ ଛଡ଼ା ଆଉ କେହି ନଥିଲେ। ଘର ସଂସାରପ୍ରତି ତାଙ୍କର ବିଶେଷ ଆସ୍ଥା ନଥିଲେ ହେଁ ଜୀବନରେ ସ୍ନେହର ଗ୍ରନ୍ଥିସ୍ୱରୂପ ଏହି ଝିଅଠାରେ ତାଙ୍କର ଆସ୍ଥା ବଡ଼ କମ୍ ନଥିଲା। ସେ ସ୍ତ୍ରୀ ଶିକ୍ଷାର ଅତୀବ ପକ୍ଷପାତୀ ଥିବାରୁ ଝିଅକୁ ଗ୍ରାମ୍ୟ ସ୍କୁଲ୍‌ରେ ପଢ଼ିବାକୁ ଦେଇଥିଲେ ମଧ୍ୟ ଘରେ ମାଷ୍ଟର ରଖି ଶିକ୍ଷା ଦେଇଥିଲେ। ପୁଣି ବାଲେଶ୍ୱରର ସ୍ଥାନୀୟ ମିଶ୍‌ନାରୀ ଶିକ୍ଷୟିତ୍ରୀଙ୍କୁ ନିଯୁକ୍ତ କରି ନିଶାକୁ ମୋଜା, କାର୍ପେଟ୍ ପ୍ରଭୃତି ବୁଣି ଶିଖାଇବାର ବ୍ୟବସ୍ଥା କରିଥିଲେ। ନିଶା ଖୁବ୍ ଚଲାଖ ପିଲା, ତେଣୁ ଦଶବର୍ଷ ବୟସ ବେଳକୁ ସେ ଅପରପ୍ରାଇମେରୀ ଯାଏ ଶିକ୍ଷା ଶେଷ କରି ବୁଣାବୁଣି ମଧ୍ୟ ଶିଖିଥିଲା।

ବର୍ତ୍ତମାନ ସର୍ବେଶ୍ୱର ବାବୁ ହାରାମଣି ଦେଇଙ୍କର ଏକମାତ୍ର ଚିନ୍ତା- କିପରି ତାଙ୍କର ଆଦରର ଝିଅଟି ସତ୍‌ପାତ୍ରସ୍ଥ ହେବ।

ନିଶାମଣି ସୁନ୍ଦରୀ କିଶୋରୀ। ବାସନ୍ତୀକୁ ପ୍ରଥମେ ଯେତେବେଳେ ସିଏ ଦେଖିଲା, ଅନ୍ୟମାନଙ୍କ ପରି ଜମାରୁ ଆଶ୍ଚର୍ଯ୍ୟ ବୋଧ କରି ନ ଥିଲା।! ଦେବବ୍ରତ ତା ମନ ମୁତାବକ ବିଭା ହୋଇଛି, ଆଉ ସେ ବିବାହିତା ପ୍ରାଣୀଟିକୁ ଭବିଷ୍ୟତରେ କେବେ ସେମାନେ ତାଙ୍କର ଚର୍ମଚକ୍ଷୁରେ ଦେଖିବେ, ଏଭଳି ଆଶଙ୍କାଟାଏ ଅନେକ ଗାଉଁଲି ପ୍ରବୀଣମାନଙ୍କ ମନରେ ପ୍ରବେଶ କରିନଥିଲା। କାରଣ, ସେମାନେ ମନେ କରିନଥିଲେ, ଦେବବ୍ରତ ଏ ଗ୍ରାମ୍ୟସମାଜକୁ ଓ ତାର ବୋଉକୁ ଡରି ଅକୌଳିକ ରୀତିରେ ବିବାହିତା ସ୍ତ୍ରୀକୁ ଗ୍ରାମକୁ ଆଣିବାକୁ ସାହସ ହେବନାହିଁ; କିନ୍ତୁ ସତକୁସତ ବାସନ୍ତୀ ସୁଆରୀରେ ବସି ଆସିବାଟା ଯେତେବେଳେ ସେମାନଙ୍କ ଚର୍ମଚକ୍ଷୁର ଗୋଚର ହେଲା, ସେତେବେଳେ ଦେବବ୍ରତର ଏ ଅସାମାନ୍ୟ ସାହସ ଦେଖି ସେମାନେ ଖୁବ୍ ଆଶ୍ଚର୍ଯ୍ୟ ହୋଇଯାଇଥିଲେ। କିନ୍ତୁ ସାଧାରଣର ଝିଅ ବୋହୂ ଓ ପ୍ରବୀଣାମାନଙ୍କଠାରୁ ନିଶାଥିଲା ମାର୍ଜିତା- ଶିକ୍ଷିତା। ସାଧାରଣ ମନୁଷ୍ୟ ପ୍ରକୃତି ବିଷୟରେ ତାର ଜ୍ଞାନ ମୋଟାମୋଟି ଥିଲା। ସେଥିଲାଗି ଦେବଭାଇର ସ୍ତ୍ରୀ ତାଙ୍କ ଗାଁକୁ ଆସିବ, ଏଥିରେ ସେ ତିଳେ ଆଶ୍ଚର୍ଯ୍ୟବୋଧ କରିନଥିଲା। ବରଂ ଅତି ସ୍ୱାଭାବିକ ଓ ଦେବଭାଇ ପରି ସ୍ୱାଧୀନଚେତା ଲୋକ ପକ୍ଷରେ ଏହା ଖୁବ୍ ସହଜ ବୋଲି ସେ ଭାବି ନେଇଥିଲା।

ସମସ୍ତଙ୍କ ଆଗରୁ ସେ ଏ ବୋହୂଟିର ମୁହଁରୁ ଓଢ଼ଣା କାଢି ଯେତେବେଳେ ଦେଖିଲା, ମନେକଲା, "ସତେ ତ, ଏ ଭାଉଜ ବୋହୂଟି ମୋର ରୂପର ଅନୁପମା" ସେ ତା ଭାଉଜବୋହୂ ମୁହଁର ଛବିଟି ଦେଖି ତା ଅନ୍ତଃସ୍ଥଳଟା ଯେମିତି ଖୁବ୍ ସହଜରେ ଧରିନେଲା। ଭାବିଲା, ଏଭାଉଜ ବୋହୂଟି ରୂପରେ ଯେମିତି, ସ୍ୱଭାବ ପ୍ରକୃତିରେ ସେମିତି ହେବ।"

ଅନେକବେଳଯାଏ  ଏ ଅଚିହ୍ନା ନଣନ୍ଦ ଭାଉଜ ଦୁହିଙ୍କର ଆଳାପ ହେଲା। ନିଶା ଦେଖିଲା, ତା' ମନରେ ସେ ଆଗରୁ ତା' ଭାଉଜବୋହୂ ପ୍ରତି ଯେଉଁ ଧାରଣା ପୋଷିଥିଲା, ଭାଉଜବୋହୂ ପ୍ରକୃତରେ ତାର ସେମିତି ଭାରି ସ୍ନେହଶୀଳା ଆଉ ଉଦାର ସ୍ୱଭାବର। ନିଜର ଟିକିଏ ଆତ୍ମମ୍ଭରିତା ନାହିଁ, କି ଗର୍ବ ନାହିଁ- କି ସେ ନିଜେ ଉଚ୍ଚଶିକ୍ଷିତା ବୋଲି ତାର କାହାପ୍ରତି ଗୋଟାଏ ତାଚ୍ଛଲ୍ୟମିଶା ଉପେକ୍ଷାଭାବ ନାହିଁ, ଯେଉଁଭାବ ମଣିଷଠୁଁ ମଣିଷକୁ ଦୂରକୁ ନେଇଯାଏ; ଆପଣାକୁ ପର କରିଦିଏ।

ନିଶାମଣି ତା ବର୍ତ୍ତମାନର ନିଃସଙ୍ଗ ଜୀବନରେ  ଏପରି ସର୍ବଗୁଣାଳଙ୍କୃତା ଏବଂ ରୂପବତୀ ଭାଉଜବୋହୂଟିକୁ ପାଇ ବଡ଼ ଆନନ୍ଦିତ ହେଲା।

ନିଶାର ଏପରି ମନୋଭାବଟା ବାସନ୍ତୀର ଅଗୋଚର ରହିଲାନାହିଁ। ବାସନ୍ତୀ ଯେତେବେଳେ ତାର ସ୍ନେହମୟୀ ନଣନ୍ଦଟିକୁ ଭଲକରି ଜାଣିଲା, ସେତେବେଳେ ସେ ଯେ ନିଃସଙ୍ଗତା ଜନିତ ଗୋଟାଏ ଅଶ୍ୱସ୍ତିବୋଧ କରୁଥିଲା, ତାହା ମୁହୂର୍ତ୍ତକେ ତା ମନରୁ ଦୂରୀଭୂତ ହୋଇଗଲା, ତେର ଚଉଦ ବର୍ଷର ଏ କିଶୋରୀଟି ଉପରେ ସେ ଯେମିତି ଶିଶୁପରି ଏକାନ୍ତ ନିର୍ଭରଶୀଳ ହୋଇପଡ଼ିଲା। ନିଜ ମନର ଏପରି ଗୋଟାଏ ନିଃସହାୟ ଅବସ୍ଥା ଦେଖି ସେ ଆପେ ବି ଟିକିଏ ଆଶ୍ଚର୍ଯ୍ୟ ହୋଇଗଲା। ନିଜ ମନକୁ ପରଖି ବୁଝିବାକୁ ଚେଷ୍ଟା କଲା- ଦେଖିଲା, ସ୍ନେହର ପ୍ରୀତିର ମମତାଭରା ବ୍ୟବହାର ସେ ଯେଉଁଦିନୁ ତାର ଏଠାରେ ପ୍ରଥମ ଚରଣପାତ କାଳରୁ ଏ କିଶୋରୀଠୁଁ ପାଇବାକୁ ଲାଗିଲା, ତାର କ୍ଷୁବ୍‌ଧ, ତ୍ରସ୍ତ, ସଙ୍କୁଚିତ ଅନ୍ତର ତାହାକୁ ହିଁ ଅତି ଆଗ୍ରହରେ ବେଢ଼ି ଧରିଲା। ଭୀତ ଶିଶୁ ଯେପରି  ଜନନୀର ଆଶ୍ରୟରେ  ନିଜକୁ ନିଃଶଙ୍କ ମଣେ, ଆଉ ଭିତରେ ଗୋଟାଏ ଶକ୍ତି ଅନୁଭବ କରେ, ବାସନ୍ତୀ ନିଶାମଣି ପରି ପିଲା ଉପରେ ନିର୍ଭର କରି ସେହିପରି ଗୋଟାଏ ଶକ୍ତି ଅନୁଭବ କଲା, ତାର ଜୀବନରେ ଏହି ଅପରିଚିତ, ଅନଭ୍ୟସ୍ତ, ସଙ୍କଟମୟ କ୍ଷେତ୍ରରେ।

ସବୁ କଥାରେ ସେ ଯେଉଁଠି ବାଧା ପାଉଛି, ଆଉ ତହିଁରେ ଆହତ ହେଉଛି, ସେ ସ୍ଥାନରେ ନିଶାପରି ଅଳ୍ପ ବୟସ୍କାକୁ  ସେ ହେୟଜ୍ଞାନ କରିପାରିଲାନାହିଁ। ଅଧିକନ୍ତୁ ତାର ସଖୀତ୍ୱ ଉପରେ, ତାର ପ୍ରୀତି ଉପରେ  ନିର୍ଭର କରି ସେ ମନରେ ବଳ ପାଇଲା। ଦୂରବିଦେଶରେ ବିପଦରେ ପଡ଼ି ଅକସ୍ମାତ୍  ନିଜ ଦେଶର ମଣିଷଟିକୁ ଦେଖିଲେ ବିପଦଗ୍ରସ୍ତ ମଣିଷଟି  ଯେମିତି ବିଚାରଶୂନ୍ୟ ହୋଇ ତାହା ଉପରେ ଗୋଟାଏ ଅନ୍ଧ ଆସ୍ଥା ସ୍ଥାପନ କରି ମନରେ ବଳ ପାଏ; ଠିକ୍ ସେମିତି।

## - ନଅ -

ଦେବବ୍ରତ ନାନା ରକମ କାର୍ଯ୍ୟରେ, ନାନା ରକମର ସଂଗ୍ରାମରେ ପଡ଼ି ବାସନ୍ତୀ ପ୍ରତି ତାର କର୍ତ୍ତବ୍ୟ- ବାସନ୍ତୀକୁ ସୁଖୀ କରିବା, ତାର ଯତ୍ନ ନେବାର କର୍ତ୍ତବ୍ୟ, ତାହା ଭୁଲି ନଥିଲା । ଯେଉଁ ବାସନ୍ତୀ ତା ହୃଦୟର ଜ୍ୟୋତ୍ସ୍ନାରୂପିଣୀ, ଯେଉଁ ବାସନ୍ତୀ ପାଇଁ ସେ ତା' ଜୀବନର ଯଥା ସର୍ବସ୍ୱ ତ୍ୟାଗ କରିବାକୁ, ତାର ଭବିଷ୍ୟତର ଉଜ୍ଜ୍ୱଳ ଆଶାର ସୌଧ ଧୂଳିସାତ୍ କରିବାକୁ କୁଣ୍ଠିତ ହୋଇନାହିଁ, ଅଧିକନ୍ତୁ ଯାହାପାଇଁ ତ୍ୟାଗ କରି ସେ ଆତ୍ମପ୍ରସାଦ ପାଉଛି, ସେହି ବାସନ୍ତୀ ପ୍ରତି ସେ କି ତିଳେ ହେଲେ ତାର କର୍ତ୍ତବ୍ୟ ପାଶୋରି ପାରେ ? ତରୁଣ ପ୍ରାଣ ତାର ଯାହାର ମିଳନ ଆଶାରେ କେତେ ବିଚିତ୍ର ଚିତ୍ର କଳ୍ପନା ରାଜ୍ୟରେ ଆଙ୍କିଥିଲା, ସ୍ୱପ୍ନର କୁହୁକ ଜାଲରେ ଘୋଡ଼ାଇଥିଲା, ସେହି ତାର ହୃଦୟ ପ୍ରତିମାକୁ ସେ ଆଜି ବାସ୍ତବରେ ପାଇଛି । ସେ ତାର ତପସ୍ୟାର ଫଳକୁ ଏଡ଼େ ଅନାୟାସଲଭ୍ୟ ବୋଲି ତ ସ୍ୱପ୍ନରେ ସୁଦ୍ଧା ଭାବିନଥିଲା ? ସେଇଥିପାଇଁ ଏଡ଼େ ସହଜରେ, ଏଡ଼େ ଅନାୟାସରେ ସେ ଯେତେବେଳେ ତାର ପ୍ରିୟତମାକୁ ବାସ୍ତବ ଜୀବନରେ ଲାଭ କଲା, ସେ ପ୍ରଥମତଃ ଅପ୍ରତିଭ ହୋଇ ପଡ଼ିଥିଲା- ତା'ପରି ସଂସାରାନଭିଜ୍ଞ ଯୁବକ ଏ ରତ୍ନର ବ୍ୟବସ୍ଥା କିପରି କଣ କରିବ ଭାବି । ଏଡ଼େ ବେଗି ସେ ବିଧାତାଙ୍କ କୃପାଲାଭ କରିବ ବୋଲି କେବେ ଆଶା କରିନଥିଲା । ସେହି ହେତୁରୁ ଏ ଅକସ୍ମାତ୍ ଲାଭରେ ସେ ବିଚଳିତ ହୋଇପଡ଼ିଲା- ଭୟରେ, ଚିନ୍ତାରେ, କାହିଁକି ନା, ସେ ତାର ବ୍ୟକ୍ତିତ୍ୱ ଉପରେ ସମ୍ପୂର୍ଣ୍ଣ ନିର୍ଭର କରିପାରିନଥିଲା, ନିଜର ଶକ୍ତିପ୍ରତି ସନ୍ଦିହାନ ଥିଲା । ସତେ କ'ଣ ତାର ଏତେ ଶକ୍ତି ଅଛି, ଯଦ୍ଦ୍ୱାରା ସେ ଏ ମଧୁର 'ଦାୟିତ୍ୱ'ଟିର ସଦ୍‌ବ୍ୟବହାର କରିପାରିବ ? ସତେ କଣ ତାର ପ୍ରାଣାଧିକାକୁ ସେ ତାର ହୃଦୟରେ ଚିରକାଳ ବହନ କରିବାକୁ - ତା ପ୍ରତି ସମସ୍ତ କର୍ତ୍ତବ୍ୟ ବିଷୟରେ ଚେତି ରହିବାକୁ ସେ ସମର୍ଥ ? ନିଜ ଉପରେ ଏ ବିଶ୍ୱାସଟାରେ ସେ ପୂରା ଆସ୍ଥା ରଖିପାରୁନଥିଲା,

କାରଣ ମୂଳରୁ ବାସନ୍ତୀ ପରି ବହୁ ଆୟାସଲଭ୍ୟାକୁ ଏଡ଼େ ଅନାୟାସରେ ପାଇ ସେ ଭାରି ସନ୍ଦିଗ୍ଧ ଚିତ୍ତ ହୋଇଯାଇଥିଲା।

କାଳେ, ବାସନ୍ତୀ ତା' ବୋଉ କଥା ଭାବିବ, କାଳେ ତା' ମନରେ ହେବ ଯେ ସେ ପିତୃମାତୃହୀନା ବୋଲି ତା' ପ୍ରତି କେହି ନିଜ କର୍ତ୍ତବ୍ୟ କରନ୍ତିନାହିଁ, ସମସ୍ତଙ୍କର ଅବହେଳା ତାର ଜୀବନର ଚିରପ୍ରାପ୍ୟ ବୋଲି ବିଧାତୃ ନିର୍ଦ୍ଦିଷ୍ଟ, ସେଥିପାଇଁ ଦେବବ୍ରତ ଏଠିକି ଆସିବାର ଏ କେତେଦିନ ତାର ପାରୁପର୍ଯ୍ୟନ୍ତ ଯତ୍ନ କରିବାରେ ଲାଗିଥିଲା। ଏ ଚେଷ୍ଟାରେ ସେ କେତେଦୂର କୃତକାର୍ଯ୍ୟ ହୋଇଥିଲା, ତାହା ସେ ନିଜେ ବୁଝିପାରିନଥିଲା।

ଶିମିଳିପୁରରୁ ଆସିବାର ଆଜିକି ହେଲାଣି ପନ୍ଦରଦିନ। ଦେବବ୍ରତ ତା ଛାତ ଉପରେ ଖଣ୍ଡେ ବହିଧରି ବସିଥିଲା। ବେଳେ ବେଳେ ସେ ବହିରୁ ମୁହଁ କାଢ଼ି ନେଇ ଆକାଶକୁ ଚାହିଁ ରହିଛି, ତାର ଖିଆଲ ନାହିଁ। ନିର୍ମଳାଦେବୀଙ୍କ ମୃତ୍ୟୁ ସମୟର ଘଟଣା ଦିନଠାରୁ ଆଜିଯାଏ ଏ ମଧ୍ୟର କେତେଟା ଦିନର ଘଟଣା ସେ ଭାବୁଥିଲା। ସତେ ଯେପରି ଗୋଟାଏ ଜୀବନ୍ତ ନାଟକର ଘଟଣାବଳୀ ପରି ଚାହୁଁ ଚାହୁଁ ତା' ଜୀବନ ଉପରେ ଅଭାବନୀୟ ପରିବର୍ତ୍ତନ। ଆଚ୍ଛା, ସେ କଣ ଆଗର ଛାତ୍ର ଦେବବ୍ରତ ଅଛି? କାହିଁ, ତା ପ୍ରାଣରେ ସେପରି ଉତ୍ସାହର ଗୋଟାଏ ସ୍ରୋତ ତ ଉଜାଣି ବହୁନାହିଁ? ତା' ପ୍ରାଣ ତ ଆନନ୍ଦରେ ଢଳ ଢଳ ହେଉନାହିଁ? ତା' ହୃଦୟରେ ଭାବର ଲହରୀ, କଳ୍ପନାର ଲହରୀ କାହିଁ ଆଗପରି ଖେଳୁନାହିଁ? କିନ୍ତୁ ସେହିତ ସେ! ତାର କବିପ୍ରାଣ ଏପରି ମୂକ କାହିଁକି - କାହିଁକି ତାର ଏ ଅବସାଦ? ନିଶ୍ଚୟ ତାର କିଛି ପରିବର୍ତ୍ତନ ହୋଇଛି। ବାହାରର ଘାତ ପ୍ରତିଘାତରୁ ତାର ପ୍ରାଣ ଏପରି ଶୁଷ୍କ ହୋଇଯାଇଛି, ଏଇଟା ସେ ନିଜେ ବୁଝି ପାରିଲା। ଖେଦରେ ଗୋଟାଏ ଦୀର୍ଘଶ୍ୱାସ ପକାଇ ସେ ଭାବିଲା, ସେ ବାସନ୍ତୀ ପ୍ରତି କଣ ଠିକ୍ ବ୍ୟବହାର କରୁଛି? ଏଇ ଗୋଟିଏ ପ୍ରଶ୍ନରେ ନିଜ ପ୍ରତି ଗୋଟାଏ ତୀବ୍ର ଘୃଣା ଆସିଲା- ନିଜକୁ ସେ କ୍ଷମା କରିପାରିଲାନାହିଁ।

ସେ ପୁଣି ଭାବିଲା, ତାର ହୃଦୟରେ ବାସନ୍ତୀ ପ୍ରତି ଅତୁଳ ସ୍ନେହରାଶି ସଞ୍ଚିତ ଅଛି, ମମତା ଅଛି, ପ୍ରୀତି ଅଛି, ସହାନୁଭୂତି ଅଛି, ସବୁ ଅଛି, କିନ୍ତୁ ସେ ଠିକ୍ କରୁନାହିଁ ବା କଣ? ତା ମନରେ ଗୋଟାଏ କିଛି ଅଭାବ ସେ ବୋଧ କରୁଛି, ଯେଉଁଟାକୁ ସେ ଭାବୁଛି, ବାସନ୍ତୀ ଏଥିରେ ଅସୁଖୀ ହେଉଥିବ; ଦୁଃଖିତା ହେଉଥିବ। ସେ ନିଜ ଭିତରେ ଯା'ର କିଛି ହେତୁ ଖୋଜି ପାଇଲାନାହିଁ। ସେ ବୁଝିଲା, ବସ୍ତୁତଃ ତାର ମନର ଅଶାନ୍ତିର କାରଣ ତ କିଛି ନାହିଁ; କେବଳ ବୋଉର ଗୋଟାଏ ପରଙ୍କ ପରି ବ୍ୟବହାର, ସାଇପଡ଼ିଶା, ଭାଇ ଭଗାରୀଙ୍କଠାରୁ ଆରମ୍ଭ କରି ନିଜର ବନ୍ଧୁବାନ୍ଧବମାନଙ୍କର ଗୋଟାଏ

ତାଚ୍ଛଲ୍ୟଭାବ ତା' ମନରେ ଚିରଦିନର ସହଜ ଭାବଟାକୁ ନଷ୍ଟ କରିଦେଇଛି। ସେ ସମସ୍ତଙ୍କଠାରୁ ଯେପରି ଅତିଦୂରରେ; ଅତି ପରଙ୍କ ପରି ହୋଇ; ଅତି ବାହାରର ଲୋକ ପରି କଣ-ଆଡ଼ିଆ ଜନ୍ତୁଟି ପରି ପଡ଼ିଛି। ପୁରୁଷ ସେ, ଶିକ୍ଷିତ ଧନ ଯୁବା ସେ; ସାମାଜିକ ସମସ୍ୟା ଛାଡ଼ିଦେଲେ ଏ ପାରିବାରିକ ସୂକ୍ଷ୍ମ ଉପେକ୍ଷା ଭାବଟା ତା' ପକ୍ଷରେ କଣ ମର୍ମନ୍ତୁଦ ନୁହେଁ?

ଶୁକ୍ଳ ଏକାଦଶୀ ଚନ୍ଦ୍ରର ରୂପେଲୀ କିରଣରେ ଛାତଟି ଗାଧୋଇଛି। ଚାରିପାଖରେ ଧାଡ଼ି ଧାଡ଼ି ହୋଇ ଥୁଆ ହୋଇଥିବା ଫୁଲକୁଣ୍ଡ ଗୁଡ଼ିକରେ କାକର ବିନ୍ଦୁ ସବୁ ପଡ଼ି ଫୁଲଗୁଡ଼ିକ ତାଜା ରୂପ ଧରି ହସୁଛନ୍ତି। ତାରାଗୁଡ଼ିକ ଚନ୍ଦ୍ର ଆଲୁଅରେ ନିଷ୍ପ୍ରଭ ଦିଶୁଥିଲେ। ଶାନ୍ତ ସୁନୀଳ ଆକାଶଟି ଗୋଟିଏ ବିରାଟ ବୈଚିତ୍ର୍ୟୈଶ୍ୱର୍ଯ୍ୟର ସ୍ନିଗ୍ଧ ମହିମା ଘେନି ଦେବବ୍ରତର ହୃଦୟର ପୀଡ଼ାରେ ସହାନୁଭୂତି ଜଣାଉଥିଲା। ସୁଦୂରର ଉନ୍ମାଦ ପବନ ଆସି ଦେବବ୍ରତର କୁଞ୍ଚିତ କେଶଗୁଡ଼ିକର ପରିପାଟ୍ୟ ଭାଙ୍ଗି ଗୋଳମାଳ କରିଦେଇଗଲା। ମୁହଁ ଉପରେ ବାଳ ଗୁଡ଼ାକ ସଜାଡୁ ସଜାଡୁ ନଜର ପଡ଼ିଲା, ତା'ର ସିଡ଼ି ବାଟଘର ଝରକା ଉଢ଼ାଳରେ ଥିବା ଗୋଟିଏ ଅସ୍ପଷ୍ଟ ମୂର୍ତ୍ତି ଉପରେ। ସେ ମୂର୍ତ୍ତି କିଏ?

ଜାଣି-ଚତୁର ହୋଇ ବୁଲୁବୁଲୁ ଖଞ୍ଜାରେ ଯାଇ ସେ ଅସ୍ପଷ୍ଟ ମୂର୍ତ୍ତିର ପଣତକାନିର ଋବି ଗୋଛାକୁ ଦୃଢ଼ମୁଷ୍ଟିରେ ଧରିପକାଇଲା। ସିଡ଼ି ଉପରେ ଠିଆ ହୋଇଥିବା ଆଉ ଗୋଟିଏ ତରୁଣୀ କଣ୍ଠର ସକୌତୁକ ହାସ୍ୟର ଲହରୀ ଦୂର ପବନରେ ଭାସି ମିଳେଇ ଯିବା ସାଙ୍ଗେ ସାଙ୍ଗେ ସିଡ଼ିରେ ତରୁଣୀଟିର, ଦ୍ରୁତ ପଦଧ୍ୱନି ଉଭେଇଗଲା।

"ଓଃ, ଇଏ କଣମ?" ପଦଟି ସାଙ୍ଗରେ ଏକାନ୍ତ ପରିଚିତ। ପ୍ରାଣୀଟିର ମିନତିପୂର୍ଣ୍ଣ ଅନୁରୋଧ- "ଛାଡ଼ିଦିଅ, ମୁଁ ମାଙ୍କୁ ତଳେ ଘଷିଦେବାକୁ ଯିବି ଯେ!"

ଦେବବ୍ରତ କହିଲା, "ଚଲାଖି ମୋ ସାଙ୍ଗରେ। ଏଠି କାହିଁକି ଲୁଚି ହୋଇଥିଲା? କାହିଁକି, ପାଖକୁ ଯିବାକୁ କଣ ଡର ମାଡ଼ିଲା।"

ବାସନ୍ତୀ ଅପ୍ରତିଭ ହୋଇ କହିଲା, "ନାହିଁ, ନାହିଁ, ଶରଣ ପଶୁଛି, ଆଉ ଦିନେ ଏମିତି ଲୁଚିବାକୁ ଯାଇ ଧରାପଡ଼ିବିନାହିଁ।"

ଦେବବ୍ରତ- "ବେଶ୍ ଭଲ। ଯଦି ନିଜ ମୁହଁରେ ଦୋଷ ମାନିଲଣି, ତେବେ ଦଣ୍ଡ ପାଇବାକୁ ପ୍ରସ୍ତୁତ ହୁଅ।"

ବାସନ୍ତୀ- "ଯେ ଆଜ୍ଞା, ଯାହା ଦଣ୍ଡ ଦେବ, ତାହା ଶିରୋଧାର୍ଯ୍ୟ।"

ଦେବବ୍ରତ- "ଭଲକଥା, ଆସ ବସିବ, ଗଳ୍ପ କରିବା।"

ବାସନ୍ତୀ ସ୍ମିତହାସ୍ୟର ଆଭା ଟିକିଏ ତା ମନ୍ଦାର ଅଧରରେ ପ୍ରକଟାଇ ସପରେ ଯାଇ ବସିଲା।

ଦେବବ୍ରତ- "ତମେ ଧରାପଡ଼ିଲାବେଳେ କିଏ ହସି ହସି ପଳାଇଲା କି ?"

ବାସନ୍ତୀ- "ନିଶାମଣି ଓ ମୁଁ ସାଙ୍ଗ ହୋଇ ଛାତ ଉପରକୁ ବୁଲି ଆସିଥିଲୁ। ଧନିଆକୁ ତୁମ କଥା ପଚାରିବାରେ ସେ କହିଲା ତୁମେ ସାଇକେଲରେ କୁଆଡ଼େ ଯାଇଛ। ଆମେ ଉପରକୁ ଆସି ଯେଉଁଠୁ ଦେଖିଲୁ, ତୁମେ ଏଥି, ମୁଁ ନିଶାମଣିଙ୍କୁ କହିଲି, ଚୁପ୍ କରି ଲୁଚି ଠିଆ ହେବା, ତୁମେ କାଚ ଝଣଝଣ କରନାହିଁ। ମୁଁ ଆଉ ସେ ଠିଆ ହୋଇଥିଲୁ, ତୁମେ ବୁଲିଲାବେଳୁଁ ସେ ବୁଝିପାରିଥିଲା ତୁମେ ଏମିତି କାଣ୍ଡଟେ କରିବ ବୋଲି; କିନ୍ତୁ ସେ ଦୁଷ୍ଟ ମୋତେ ଜଣାଇଲାନାହିଁ। ମୁଁ ଧରାପଡ଼ିଲାରୁ ସେ ହସି ହସି ପଳାଇଲା। ମୋତେ ଆଉ ସେ ରଖି ଦେବନା ? ଚିଡ଼େଇ ଚିଡ଼େଇ ମାରିବ।"

ଦେବବ୍ରତ- "ବେଶ୍ ହୋଇଛି, ଏଣେ ମୁଁ ତେଣେ ମୋ ଭଉଣୀ, ଦିହେଁ ତୁମକୁ ଅପଦସ୍ଥ କରିବୁଁ, ଯେମିତି ହେଲ ସେମିତି ପାଇଲ। ମୁଁ ଅନେକ ବେଳୁଁ ବୁଲିଆସି ଏଠି ଶୋଇଛି। ଗରମ ଲାଗିଲା ତଳେ। ଆଚ୍ଛା, ତୁମେ ଏଠିକି କାହିଁକି ଆସନା ? ଦେଖିଲ, କି ଚମତ୍କାର, ଆଉ ତା' ସାଙ୍ଗରେ କି ଥଣ୍ଡା ପବନ। ତମେ ଭାରି ସଂସାରୀ ହୋଇଗଲଣି ପରା !"

ବାସନ୍ତୀ- " ହଁ, ସଂସାରରେ ପଶିଲି ଯେତେବେଳେ, ସଂସାରୀ ନହୋଇ ଆଉ ଗତି କଣ ? କିନ୍ତୁ ଆସେ ନାହିଁ ବୋଲି ମୁଁ ଗରମରେ ତେଣେ ପଡ଼ିଥାଏ ବୋଲି ତୁମେ ଭାବୁଛ ପରା ! ମନେ ମନେ ତୁମେ ଏଠି ମଉଜ କରୁଛ, ଆଉ ଆମେ ଯାଇ ଗରମରେ ଧସି ହଉଛୁ ନା ? ନାହିଁ, ମୋ ଘରକୁ ଖୁବ୍ ପବନ ଦିଏ; ଆମେ ଦିହେଁ ଗପ କରୁଁ, ପଢୁ ! ତୁମର ସିନା କିଛି କାମଧନ୍ଦା ନାହିଁ ଯେ ତୁମେ ଏଠି ଭୋଳାନାଥଙ୍କ ପରି ପଡ଼ିଥାଅ। ମୋର ତ କେତେ କାମ, ଘରକାମଠୁଁ ଗଲା ନିଜ କାମ ଯାଏ।"

ଦେବବ୍ରତ- "ତୁମର ପୁଣି ଏମିତି କି କାମ ? ଘରକାମରେ ତ ଦିନରାତି ଖଟୁଥିବ ! କହିଲେ ଟିକିଏ କଥା ଶୁଣିବନାହିଁ। ତୁମ ଘରେ ନିତିନିତି ବୁଲିଯାଉଥିଲ, ଏଠି ତୁମର ସେତକ ସୁବିଧା ହେଲାନାହିଁ। ତୁମର ପୁଣି ନିଜ କାମ କ'ଣ ?"

ବାସନ୍ତୀ- "କାଗଜକୁ ଲେଖିବା, ପଢ଼ା ଶୁଣା କରିବା, ଏସବୁ ପରା କାମ ନୁହେଁ ତମ ମତରେ ? ବାଃ, ବୁଲିଯିବାର ସୁବିଧା ହଉଥିଲା। ଯାଉଥିଲି, ସୁବିଧା ହେଲାନାହିଁ; ଯାଏନାହିଁ, ସେଥିପାଇଁ ମୋର ଦୁଃଖନାହିଁ।"

ବାସନ୍ତୀ ବିଷାଦବୋଳା ହସଟିକେ ହସି ଚୁପ୍ ହେଲା। ଦେବବ୍ରତ ସ୍ତ୍ରୀର ଗୁପ୍ତ ମନୋଭାବଟି ବୁଝି ହୃଦୟରେ ଗୁରୁ ଆଘାତ ପାଇଲା। ମର୍ମଭେଦୀ ଦୀର୍ଘନିଶ୍ୱାଟିଏ ରହି ରହି ତା' ଅନ୍ତରର ଆହତ ସ୍ଥଳରୁ ବାହାରି ନୈଶ୍ୟ ପବନରେ ଉଭେଇଗଲା। ସେ ବାସନ୍ତୀର ମସ୍ତକକୁ ନିଜର ବାହୁ ଉପରେ ରଖି କହିଲା- "ବାସ, ତୁମେ କଣ ଭାବ,

ତୁମ ଜୀବନ ପ୍ରତି ଆଖି ବୁଜିଦେଇ ମୁଁ ନିଶ୍ଚିନ୍ତ ରହିଛି ? ମୁଁ କଣ ବୁଝେନା, କଟକ ଛାଡ଼ି ମୋ ଘରକୁ ଆସିଲା ଦିନଠୁଁ ତୁମକୁ ପଦେ ପଦେ ନିଜର ଜୀବନର ମୂଳନୀତି ସଙ୍ଗରେ, ନିଜର ମନୋବୃତ୍ତି ସଙ୍ଗରେ ପୁଣି ନିଜର ସୁଖ ସ୍ୱାଚ୍ଛନ୍ଦ୍ୟ ସଙ୍ଗରେ ଅବିରାମ ଯୁଦ୍ଧ କରିବାକୁ ପଡୁଛି- ସେ କେବଳ ମୋ'ରି ପାଇଁ ?" ଏକଥା କ'ଣ ଏଇ ତମର 'ଦେବଭାଇ' ଦେଖିନାହିଁ ଯେ, ବୋଉ ତମର ଥିଲାବେଳେ ଦିନେ ନଈକୂଳକୁ ବୁଲି ଯିବାକୁ ମନା କରୁଥିଲେ, ତମେ ବୋଉଙ୍କ ପ୍ରତି କେତେ ବିରକ୍ତ ହେଉଥିଲ। କାମ ଭିତରେ କରୁଥିଲ ନିଜ କାମ; ତମର ବହିପଢ଼ା ଆଉ ଉଲ୍ କାର୍ପେଟ୍ ବୁଣା; ଆଉ ତମର ଅବସର ମୁହୂର୍ତ୍ତ ପୂରାଉଥିଲା ତମର ବଉଳ ! ଏକଥା ସେଇ ମୁଁ ଆଜି ଏଇ ମୁଁ ତ ପୁଣି ଆଖିରେ ଦେଖୁଛି ?

ବାସନ୍ତୀ ସ୍ୱାମୀର ବ୍ୟଥିତ ଭାବ ବୁଝି ଆଶ୍ୱାସ ଛଳରେ କୃତ୍ରିମ କୋପ ପ୍ରକାଶ ପୂର୍ବକ କହିଲା, "ଛେନା ଗୁଡ଼ କଥା ଗୁଡ଼ାଏ କାଢ଼ି ବସିଲ, ଏଥର ଆଉ ତ କିଛି ନାହିଁ, ଟାଣି ଓଟାରି ସତ ମିଛ କେଉଁ ଯୁଗର ଇତିହାସ ରଚନା ହେଉଛି ବସି ! କାହିଁକି; ମୁଁ ତ ବେଶ୍ ମନ ଖୁସିରେ ଅଛି, ସୁଖରେ ଅଛି, ମୋର ପୁଣି ଗୋଟାଏ ଦୁଃଖ କଣ ? ମୁଁ ତ ମୋ ଦୁଃଖ କଥା ଜାଣେ ନାହିଁ, ଆଉ ତୁମେ ସେସବୁ ମୋ ପାଇଁ ଆବିଷ୍କାର କର, ମୋର ତ ବାବୁ କାହିଁକି ଏ ଅପାର ଯୁଗ କାଳ କଥା ମନେପଡ଼େ ନାହିଁ, ତୁମେ କେବଳ ଭଲ ସୁତାକୁ ଅଡୁଆ କରି ଖିଅ କାଢ଼ିବାରେ ଥାଅ।"

ଦେବବ୍ରତ ବାସନ୍ତୀର ଏ ପ୍ରୟାସର ଅର୍ଥ ବୁଝିପାରି କହିଲା- "ନା, ନା, ବାସ, ତୁମେ କଣ ମୋତେ ଏଡ଼େ ହୃଦୟହୀନ ଅପଦାର୍ଥ ବୋଲି ଭାବିଛ ? ମୁଁ କଣ ଏତକ ଅନୁମାନ କରିପାରେ ନାହିଁ, ଏଠିକାର ବେଷ୍ଟନୀ ଭିତରେ ରହିବାରେ ତୁମକୁ କେତେ ତ୍ୟାଗ ସ୍ୱୀକାର କରିବାକୁ ହେଉଛି ? ପୁଣି ସେ କେବଳ ଜଣକ ଶାନ୍ତି ପାଇଁ ?"

ବାସନ୍ତୀ- "ଯେତେ କହିଲେ ତମର ଏ ବାଜେ କଥା ଗୁଡ଼ାକ ଯିବନାହିଁ।!" ଦେବବ୍ରତ ବାସନ୍ତୀକୁ ଆହୁରି ପାଖକୁ ଟାଣିଆଣି କହିଲା, "ବାସ, ମୋପାଇଁ ମୋର ତିଳେ ଭାବନା ନାହିଁ; କିନ୍ତୁ ଜୀବନରେ ଏହି ଖେଦ ରହିଗଲା ଯେ, ମୁଁ ତମକୁ ଯେତେ ସୁଖୀ କରିବି ବୋଲି ଆଗରୁ ଭାବିଥିଲି, ତାହା କରିପାରିଲିନାହିଁ। ଭବିଷ୍ୟତ ଜୀବନର କେଉଁ ମାହେନ୍ଦ୍ର କ୍ଷଣରେ ମୋର ଦରଫୁଟା ଆକାଂକ୍ଷାଟି ଫୁଟି ସାର୍ଥକ ହେବ, ତାହା ମଧ୍ୟ ବିଶ୍ୱାସ କରିପାରୁ ନାହିଁ।"

ବାସନ୍ତୀର କପାଳ ଉପରେ ଉଷ୍ଣ ଲୁହ ଟୋପାଏ ପଡ଼ିଗଲା। ବାସନ୍ତୀ ହଠାତ୍ ଚାହିଁ ଦେଖିଲା ଦେବବ୍ରତର ବିଶାଳ ବକ୍ଷ ଲୋତକର ଅଜସ୍ର ଧାରାରେ ଭାସି ଯାଉଛି। ବାସନ୍ତୀ ଅତି ଆଦରରେ ତା' ପଣତରେ ଲୁହ ପୋଛି ଦେଇ କହିଲା " ଏ କ'ଣ ! କି

ପାଗଳ ତୁମେ ହୋଇଛ, ବସିବସି କାନ୍ଦିବାକୁ ପୁଣି ତୁମର ସଉକ କେବେଠୁଁ ହେଲାମ ?" ବାସନ୍ତୀ ଖୁବ୍ ହସିବାକୁ ଚେଷ୍ଟା କଲା, କିନ୍ତୁ ପାରିଲାନାହିଁ। ଅନ୍ତରରେ ତା'ର ଯେଉଁ ବ୍ୟଥାର ଝଡ଼ ଗର୍ଜନ କରୁଥିଲା, ତାକୁ ଚପାଇ ଦେବାକୁ ଲୁହ ତାର ଚପଳ ହରିଣ-ଲୋଚନ-ଯୁଗଳରୁ ଧାର ଧାର ହୋଇ ହିମାଦ୍ରିର ପ୍ରପାତ ପରି ବୋହିଗଲା।

ବାସନ୍ତୀ ଭାବିଲା, ତାର ସୁଖ ସ୍ୱାଚ୍ଛନ୍ଦ୍ୟପାଇଁ ଦେବବ୍ରତର କି ଆନ୍ତରିକ ପ୍ରୟାସ-ପ୍ରାଣର କେଡ଼େ ଗଭୀର ଆକୁଳତା। ଏ କଥାଟାର ଜୀବନ୍ତ ପ୍ରମାଣ ଦେଖି ବାସନ୍ତୀର ନାରୀ ପ୍ରାଣ ଗୌରବରେ, ଆତ୍ମପ୍ରସାଦର ପୁଲକରେ, ପ୍ରୀତିର ଅପରିସୀମ ଆନନ୍ଦରେ ପୂରିଗଲା। ସେ ନିଜର ହୃଦୟାବେଗରେ ଉଚ୍ଛ୍ୱସିତ ହୋଇ ଦେବବ୍ରତର କଣ୍ଠ ବେଷ୍ଟନ କରି ପ୍ରୀତିବୋଳା କଣ୍ଠରେ କହିଲା, "ଶୁଣ, ତୁମ୍ଭେ ତ ଆଗକାର ସେହି ଦେବଭାଇଟି ପରି ଅଛ; କିନ୍ତୁ ତୁମ ସମ୍ବନ୍ଧରେ ଭୁଲିଥିଲି। ମୋ'ରି ଯୋଗୁ ତ ସମାଜ ସାଥୀରେ ତୁମ ବୋଉଙ୍କ ସାଥୀରେ ଏତେ ଦ୍ୱନ୍ଦ୍ୱ ଲାଗିଛି। ସେଇଟା ତୁମେ ସହ୍ୟକରିପାରିପାର କି ନା, ବିବାହ ପୂର୍ବରୁ ସେ ବିଷୟରେ ନିଜର ମନଟା ପରଖିନଥିଲ, ସେଇ ଯୋଗେ ବାସ୍ତବ ଜଗତରେ ତୁମେ ଯେତେବେଳେ ଏ ବିରୋଧଜନକ ଅବସ୍ଥାରେ ପଡ଼ିଲ, ସେତେବେଳେ ବୋଧହୁଏ ମୋ ପ୍ରତି ତୁମର ଗୋଟାଏ ବିତୃଷ୍ଣା ଜନ୍ମିଥିବ। ବରାବର ତୁମର ମାନସିକ ବିଷଣ୍ଣତା ଦେଖି ଏହିପରି ଭାବୁଥିଲି, କିନ୍ତୁ ମୁଁ ଦେଖୁଛି, ଏପରି ଭାବିବା ଦ୍ୱାରା ମୁଁ - ତୁମକୁ ଭୁଲ୍ ବୁଝି ତୁମ ପ୍ରତି ଅବିଚାର କରିଛି.....। ମୋ ଭଳି ଦୁଃଖିନୀ ପ୍ରତି ତୁମର ଏତେ ଆଦର, ଏତେ ମମତା ଦେଖି ମନେହୁଏ ବିଧାତା କଣ ମୋ ପରି ଅଭାଗୀର ଏତେ ସୌଭାଗ୍ୟ ସହିବେନାହିଁ। ଜୀବନର ପ୍ରଥମ ସୋପାନରୁ ଶ୍ରେଷ୍ଠ ସ୍ନେହନୀଡ଼ ହରାଇ ତୁମକୁ ଅବଲମ୍ବନ କରିଛି। ମୋର ବେଳେ ବେଳେ ଆଶଙ୍କା ହୁଏ, ହୁଏତ ବର୍ତ୍ତମାନ ଜୀବନର ଅବଲମ୍ବନ ମଧ୍ୟ ଚିର ନିର୍ଦ୍ଦିଷ୍ଟ ନୁହେଁ, ହୁଏତ ବା ମୋ ଅଭିଶପ୍ତ ଜୀବନ ତୁମର ପ୍ରାଣଦିଆ ସ୍ନେହରୁ ଦିନେ ବଞ୍ଚିତ ହେବ। ନା, ନା, ମୁଁ ତୁମ ସ୍ନେହରୁ ବଞ୍ଚିତ ହୋଇ ବଞ୍ଚିପାରିବିନାହିଁ। ମୋର ଯେ ଶକ୍ତିନାହିଁ।"

ଦେବବ୍ରତ ଆବିଷ୍ଟ ହୋଇ ତା' ହୃଦୟରାଣୀର ଏ ଉଚ୍ଛ୍ୱସିତ ପ୍ରାଣର କଥା ଗୁଡିକରେ ତନ୍ମୟ ହୋଇଯାଇଥିଲା; ଭାବୁଥିଲା ସତେ ଯେମିତି ସ୍ୱର୍ଗରାଜ୍ୟର ପରୀ ଆସି ତା କାନରେ ଅମୃତ ଢାଳିଦେଇଗଲା। ତା' ବିକ୍ଷିପ୍ତ ଦୁର୍ବଳ ଉତ୍ପୀଡ଼ିତ ମନ ପ୍ରତି ସଦୟ ହୋଇ, ଆଉ ତା' ପ୍ରାଣରେ ଯେପରି କାହୁଁ ଶକ୍ତିର ମନ୍ଦାକିନୀ ଆସି ତାର ସବୁ ଦୁର୍ବଳତାକୁ ଧୋଇଦେଇଗଲା। ସେହି ଅମୃତ ପରଶରେ ପୁଣି ତାର ତରୁଣତା ଫେରି ଆସିଲା-ଯେମିତି ସେ ବର୍ତ୍ତମାନର ଜରା ଛାଡ଼ି ତାର ଛାତ୍ର କାଳର ସେହି ହରାଇବସିଥିବା ତରୁଣ ରାଜ୍ୟରେ ପୁଣି ନବଜନ୍ମ ଗ୍ରହଣ କଲା। ପରମ ଆବେଗରେ ପ୍ରିୟତମାକୁ ଆଲିଙ୍ଗନ କରି

ଦେବବ୍ରତ କହିଲା, "ତୁମକୁ ପାଇ ପ୍ରକୃତରେ ମୁଁ ଭାଗ୍ୟବାନ୍- ମୁଁ ଧନ୍ୟ- ମୋ ଜୀବନ ସଫଳ। ଯଦି ମୋ ଭଳି ଅଭାଗାକୁ ପାଇ ବସ୍ତୁତଃ ତୁମେ ନିଜକୁ ଭାଗ୍ୟବତୀ ମନେ କରୁଥାଅ, ତଥାପି ମୁଁ କହେ, ଏ କ୍ଷେତ୍ରରେ ଆମ ଭିତରୁ ମୋ'ରି ଭାଗ୍ୟଟା ଭଲ, କାରଣ ମୋର ତରୁଣ ଜୀବନରେ ସ୍ୱପ୍ନ ସଫଳ ହୋଇଛି, ମୋର ସମସ୍ତ ବାଧାବିଘ୍ନ ଧନ୍ୟ ହୋଇଛି। ଏକଥାଟି ତୁମରି ପରି ମୁଁ ଆଜି ବେଶୀ ଅନୁଭବ କରୁଛି। ମୁଁ ଜାଣେ, ବିବାହର ଅବ୍ୟବହିତ ପରେ ଆମ ଭିତରେ ଦାମ୍ପତ୍ୟ ବ୍ୟବଧାନର ସତ୍ତାଟିକିଏ ଥିଲା, ଯାହା ଆଜିଯାଏ ଆମର ବାଧାହୀନ ମିଳନ ପଥରେ ବଡ଼ ରକମର ଗୋଟିଏ ଅନ୍ତରାୟ ସ୍ୱରୂପ ଥିଲା। ବର୍ତ୍ତମାନ ମୁଁ ସଫା ବୁଝିପାରୁଛି ଯେ, କେବଳ ସେହି ହେତୁରୁ ମୁଁ ହୃଦୟରେ ଗୋଟିଏ ଶୁଷ୍କତା, ଗୋଟିଏ ଦୁର୍ବଳତା ବରାବର ଅନୁଭବ କରି ଆସୁଥିଲି। ଭଲକାମ କରି ମନୁଷ୍ୟ ପ୍ରାଣରେ ଯେ ଗୋଟାଏ ଅଦମ୍ୟ ତେଜ ଓ ଶକ୍ତି ଆସେ, ମୋର ତାହା ଆସୁନଥିଲା। ମୁଁ ମୋ ହୃଦୟରେ ଏ ବିଷୟକୁ ଜୋର କରି ଜାଗ୍ରତ ରଖିବାକୁ ଚାହୁଁଥିଲି। ସେଥିପାଇଁ ନିଜ ସଙ୍ଗରେ ବଡ଼ ସଂଗ୍ରାମ କରିଛି, ମାତ୍ର ଏ ମନୋଭାବ ଦୂର କରିପାରିନାହିଁ। ତାହା ଦେଖି ତୁମେ କେତେ ରକମର ଆଶଙ୍କା କରିଛ। ମୋର ଉଦାସୀନତା ଓ ଅନ୍ୟମନସ୍କତାରେ କେତେ ଦୁଃଖ ପାଇଛ।

ବାସନ୍ତୀ ବିମ୍ବୋଷ୍ଠରେ ମଧୁର ହାସ୍ୟରେଖାର ଆଭାସ ଉଠି ମିଳେଇଗଲା। ଦେବବ୍ରତ କହିଲା, "ତୁମେ, ମୁଁ କେହି କାହାକୁ ଭଲ କରି ବୁଝିବାକୁ ଚେଷ୍ଟା କରି ନଥିଲୁଁ। ଏଇ ଅବୁଝା ଯୋଗୁଁ ଆମ ଭିତରେ ମିଳନର ଯଥାର୍ଥ ବ୍ୟବଧାନ ନଥିଲେ ସୁଦ୍ଧା ବାଧାର ଗୋଟାଏ କଙ୍କାଳ ଥିଲା। ସେଥିପାଇଁ ମୁଁ ନିଜ ଭିତରେ ବଳ ପାଉନଥିଲି- ନିଜପ୍ରତି ବିଶ୍ୱାସ ହାରାଇବସିଥିଲି, ନିଜପ୍ରତି ବିତୃଷ୍ଣ ହୋଇଥିଲି। ସମାଜ ଚକ୍ଷୁରେ, ବୋଉ, ନିକଟରେ ନିଜକୁ କୌଣସି ମାରାତ୍ମକ ଅଜଣା ଅପରାଧରେ ଅପରାଧୀ ବୋଲି ମୋର ମନେ ହେଉଥିଲା। ମୋର ଏତେ ନିଶ୍ଚେଷ୍ଟ ଭାବ, ଏତେ ଅବସନ୍ନ ଭାବଟା ଯେ ତୁମରି ପାଇଁ- ତୁମକୁ ସତ୍ୟ ଭାବରେ, ପୂର୍ଣ୍ଣ ଭାବରେ ନିଜର କରିପାରିନଥିବା ହେତୁରୁ ଏଇଟା ସଫା ମୁଁ ବୁଝିପାରୁଛି। ମୋତେ କ୍ଷମା କର ବାସନ୍ତୀ।"

ଗଭୀର ଅନୁତପ୍ତ ଆବେଗରେ ବାସନ୍ତୀର କୋମଳ କରପଲ୍ଲବ ଦିଓଟି ନିପୀଡ଼ିତ କରି ଦେବବ୍ରତ କହିଲା- ମୋର ଏ ଅମାର୍ଜନୀୟ ଅପରାଧ କ୍ଷମା କରିବକି ? ନିଜପ୍ରତି ଯେ ଅବିଚାର କରିଛି, ନିଜ ମନକୁ ନବୁଝି ପାରିଥିଲେ ମଧ ଶାସନ ନକରି, ଆଉ ବିଶେଷରେ ତମ ପ୍ରତି ମୁଁ ପାର୍ଥିବତଃ ମୋର ଯଥେଷ୍ଟ କର୍ତ୍ତବ୍ୟରେ ତ୍ରୁଟି କରୁନଥିଲେ ହେଁ ମୋ ଭିତରେ ତମ ସମ୍ବନ୍ଧରେ ଯେ ଗୋଟିଏ ବୁଝାମଣାରେ ନପହଞ୍ଚିପାରି ଏତେ

ଖେଦ ପାଇଲି- ଆଉ ହୁଏତ ମୋର ଏଇ ମନୋବିପ୍ଳବରେ ତୁମକୁ ଯେ ଆଘାତ ହୋଇଥିବ, ଏଥିପାଇଁ ମୋତେ କ୍ଷମା କରିବ କି ନାହିଁ?

ବାସନ୍ତୀ ହସିଉଠି କହିଲା, "ତୁମେ ଆଜି ଯେ ଏତେ କଥା ଆବିଷ୍କାର କଲ, ଏକଥା ଯଦି ଟିକିଏ ମୁଁ ବୁଝିପାରିଥା'ନ୍ତି, ତ ଆଜି ତୁମକୁ ଧରା ଦେଇନଥା'ନ୍ତି। ମୋ ମନରେ କାହିଁ ତ ମୁଁ ତୁମ ଦ୍ୱାରା ଆହତ ହେଲାପରି ଲାଗୁନାହିଁ। କିନ୍ତୁ, ତୁମେ ମନେ ମନେ ମୋ ଯୋଗୁଁ ଏତେ ସନ୍ତେଇ ହୋଇ ଯେ କ୍ଷମା ଚାହୁଁଛ, ସେଥିକି ମୁଁ କଣ କରିବି? ମୋ ପାଖରେ ତୁମେ ନିଜେ ସିନା ଅପରାଧୀ ବୋଲି ଅନୁତାପ କରୁଛ; ମାତ୍ର ମୁଁତ କାହିଁ ତୁମ ସମ୍ବନ୍ଧରେ ଏପରି ଭାବିନଥିଲି। ଆଉ କ୍ଷମା କରିବି ମୁଁ କାହାକୁ? ତୁମେ ସବୁ ଅବସ୍ଥାରେ ମୋର କ୍ଷମଣୀୟ, ଏତିକି ବୁଝିଥାଅ।"

ଦେବବ୍ରତ କହିଲା, "ତୁମେ ସ୍ପଷ୍ଟ କରି କହ ଯେ ମୋତେ କ୍ଷମା କଲ।"

ବାସନ୍ତୀ ପୁଣି ହସି କହିଲା, "ହଁ ତୁମେ ତ ଗୋରୁ ମାରିଛ। କ୍ଷମା ନ କଲେ ଚଳୁଛି?" ଦେବବ୍ରତ ଗୋଟାଏ ଅନାବିଳ ସୁଖରେ ବିଭୋଳ ହୋଇ ବାସନ୍ତୀକୁ ଚୁମ୍ବନ କଲା। ଲଜ୍ଜାନତା ହୋଇ ବାସନ୍ତୀ ଚଟ୍ କରି ତଳମହଲାକୁ ପଳାଇଲା। ଯେତେବେଳେ ଦେବବ୍ରତ 'ଶୁଣିଯାଅ' ବୋଲି ଡାକିଲା, ସେତେବେଳକୁ ବାସନ୍ତୀ ଯାଇ ତା' ଶାଶୁଙ୍କୁ ଘଷିଦେବାକୁ ଆରମ୍ଭ କଲାଣି।

ଦେବବ୍ରତ ଆଉ ବାସନ୍ତୀର ସମ୍ବନ୍ଧ ଆଜି ଏ ମାହେନ୍ଦ୍ର କ୍ଷଣରେ ମୁକ୍ତ ଆକାଶ ତଳେ ମୁକ୍ତି ଲଭିଲା। ଉଭୟେ ଉଭୟଙ୍କୁ ନିକଟତର, ନିକଟତମ ବୋଲି ବୁଝି ପାରିଲେ। ଦୁହିଁଙ୍କ ମନରେ ବିଶ୍ୱାସ ହେଲା, ସେମାନଙ୍କ ନବସ୍ଥାପିତ ମୁକ୍ତ ସମ୍ବନ୍ଧକୁ ବାହାରର କୌଣସି ବ୍ୟବଧାନ କ୍ଷୁର୍ଣ୍ଣ କରିବାର ସମ୍ଭାବନା ନାହିଁ। ସେମାନେ ପରସ୍ପର ପ୍ରତି ଆହୁରି ଆକୃଷ୍ଟ ହେଲେ- ଆଉ ପରସ୍ପର ପ୍ରତି ପରସ୍ପରର ଆଶ୍ୱାସପୂର୍ଣ୍ଣ ନିର୍ଭରତା ଦୃଢତର ଭିତ୍ତିରେ ପ୍ରତିଷ୍ଠିତ ହେଲା- ସେମାନଙ୍କ ପ୍ରାଣରେ ତିଳେମାତ୍ର ଦ୍ୱନ୍ଦ୍ୱ ରହିଲା ନାହିଁ।

ବାସନ୍ତୀର ପ୍ରକୃତି ଉଦ୍ଦାମ ନଦୀ ସ୍ରୋତ ପରି ତୀବ୍ର, ମଧୁର, ପ୍ରଖର ଥିଲା। ଜୀବନର ଯେକୌଣସି କ୍ଷେତ୍ରରେ କୌଣସି ରିକ୍ତତା, କୌଣସି ଖଣ୍ଡତା ତାର ସହ୍ୟ ହୁଏନାହିଁ। ସେ ଥିଲା ପ୍ରକୃତିର କନ୍ୟା - ସ୍ୱାଧୀନତାରେ ତାର ଚିତ୍ତର ଜନ୍ମ- ଆଉ ତାର ଜୀବନର ବିକାଶ ହୋଇଥିଲା ମୂଳରୁ ଏହି ସ୍ୱାଧୀନତାର ପାରିପାର୍ଶ୍ୱିକତାରେ। ତାର ପ୍ରାଣର ଆକାଂକ୍ଷା ଅତି ଗଭୀର ଥିଲା, ତାର କାମନା ବାସନାର ଅନ୍ତଃ ନଥିଲା; ଏଇଥିପାଇଁ ସେ ଯେ ଉଚ୍ଛୃଙ୍ଖଳ ଥିଲା, ତାହା ନୁହେଁ; ସଂଯମ ତାର ସ୍ୱଭାବର ଗୋଟିଏ ଅଙ୍ଗଥିଲା- ଚେଷ୍ଟା କରି ଆତ୍ମସଂଯମ କରିବାରେ ସେ ଜୋର୍ ଦେଉ ନ ଥିଲା- ସ୍ୱଭାବତଃ ସେ ସୁସଂଯତ। ଅନ୍ତରର ଗୋପନତମ କକ୍ଷର ବୀଣାଟିରେ ବିଚିତ୍ର ଅଭିନବ

ରାଗିଣୀ ତା'ର ନିତି ନୂଆ ନୂଆ ଛନ୍ଦରେ ଧ୍ୱନିତ ହେଉଥିଲା, ତହିଁରେ ତାର ବାସ୍ତବ ଜୀବନ ବିଶେଷ ଭାବରେ ମୁଖରିତ ହୋଇଉଠୁଥିଲା। ଘରକାମରେ ଲେଖିବା, ପଢ଼ିବା, ରାନ୍ଧିବା, ଶାଶୁଙ୍କ ସେବା କରିବାଠାରୁ ସାଧାସିଧା ଛୋଟବଡ଼ କାମରେ ସୁଦ୍ଧା ସେ କ୍ଲାନ୍ତିବୋଧ କରୁନଥିଲା- ଶରତର ହାସ୍ୟଝରା ଶେଫାଳିକା ପରି ସେ ସଦା ହାସ୍ୟମୁଖୀ- ନିଜ ଚହଟରେ ନିଜେ ଆକୁଳ ଥିଲା- ପ୍ରାଣର ସରସତାରେ।

ବିଭା ହୋଇ ଦେବବ୍ରତର ଘରକୁ ଆସିବା ଦିନଠାରୁ ବାସନ୍ତୀକୁ ନୀରବରେ ବିରୋଧ ସଙ୍ଗରେ, ବାଧା ସଙ୍ଗରେ ଯୁଦ୍ଧ କରିବାକୁ ହୋଇଛି। ସେ ଯେ ସବୁ ରକମର ପୁରାତନ ପ୍ରଥା ନୀରବରେ ସହ୍ୟକରୁଥିଲା, ଆଉ ବାହାରେ ଯଥେଷ୍ଟ ପ୍ରସନ୍ନତାର ଭାବ ଦେଖାଇ ସବୁ ଆଦେଶ ପାଳନ କରୁଥିଲା, ସେଥିରେ ଯେ ତାର କଷ୍ଟ ହେଉନଥିଲା, ତାହା ନୁହେଁ। ନିଜ ସାଥିରେ, ନିଜ ରୁଚି ସାଥିରେ, ନିଜର ଭାବ ଓ ଇଚ୍ଛା ସାଥିରେ ସେ ଯୁଦ୍ଧ କରି ଶ୍ରାନ୍ତ ହୋଇପଡ଼େ; ତଥାପି ସେ ଶାଶୁଙ୍କ ମନ ଯୋଗାଇ ଚଳେ କାହିଁକି ? ଶାଶୁଙ୍କ ଭୟରେ ସେ ଯେ ଏପରି ମଥାପାତି ଦିଏ, ତାହା ନୁହେଁ। କାଳେ ଦେବବ୍ରତ ଦେଖି କଷ୍ଟ ପାଇବ, କାଳେ ସେ ଅସୁଖୀ ହେବ ସେଥିପାଇଁ ଦେବବ୍ରତ ଅଶାନ୍ତିପାଇଁ ବାସନ୍ତୀର ଭାବନା ନାହିଁ, ଯଦି ସେମାନଙ୍କର ସମ୍ବନ୍ଧ ଆବିଳ ଓ ମିଥ୍ୟା କୌଶଳ ବନ୍ଧନର ସମ୍ବନ୍ଧ ହୋଇଥାନ୍ତା; କିନ୍ତୁ ସେ ଯେ ତାର ପ୍ରିୟତମକୁ ପ୍ରାଣରୁ ଅଧିକ ଭଲପାଏ, ତାଙ୍କ ଦେହରେ କୁଶାଙ୍କୁର ବିନ୍ଧିଲେ ଯେ ବାସନ୍ତୀ ଦେହରେ ଶେଳ ବାଜେ। ସେ ଅବିରତ ଚେଷ୍ଟା କରୁଥିଲା, ନିଜ ଜୀବନର ଉଚ୍ଚଆଦର୍ଶକୁ ଅତିକ୍ରମ କରି ସୁଦ୍ଧା ଦେବବ୍ରତକୁ ସୁଖୀ କରିବ- ତା' ପ୍ରାଣକୁ ଶାନ୍ତିର ଜ୍ୟୋତ୍ସ୍ନାରେ ଭରିଦେବ। ସେ ଭାବିଲା, ଦେବବ୍ରତ ତା' ପାଇଁ କ'ଣ ନ କରିଛି, କ'ଣ ନ ସହିଛି ? ଶିମିଳିପୁରକୁ ଆସିଲାପରେ ଯେତେବେଳେ ବିଭାଘର ଭୋଜି ଦିଆ ହେବାର ପ୍ରସ୍ତାବ ହୋଇ ତାଙ୍କର ଆତ୍ମୀୟ ବନ୍ଧୁ କୁଟୁମ୍ବମାନଙ୍କୁ ନିମନ୍ତ୍ରଣ କରାଗଲା, ସେତେବେଳେ ସେମାନେ ଅଜାତି ଘର ଝିଅକୁ ଦେବବ୍ରତ ଅକୌଳିକ ରୀତିରେ ବିଭା ହୋଇ ଘରକୁ ଆଣିଛି, ଏହି ଆପତ୍ତି ଉଠାଇ ଆସିଲେନାହିଁ ଓ ଏହି ଛିଦ୍ରର ସୁବିଧା ପାଇଁ ଯେତେବେଳେ ଦେବବ୍ରତଙ୍କ ଘରକୁ ଏକ ଘରକିଆ କରି ରଖିଲେ, ସେତେବେଳେ ଏହି ଦେବବ୍ରତ ତ ବୀର ବିକ୍ରମରେ କହିପାରିଥିଲା- "କେହି ନଆସିଲେ ମୋ ଘର ଭାସିଯିବନାହିଁ କି ମୁଁ କାହାରି ଅନୁଗ୍ରହ ପ୍ରାର୍ଥୀ ନୁହେଁ ଯେ ଖୋସାମତ୍ କରିବାକୁ ଯିବି। ଭଲ କଥା, ଦେଖାଯାଉ, କିଏ କାହାକୁ ଏକଘରକିଆ କରି ରଖେ।" ଏଇ ସ୍ୱାମୀ ତ ତାରି ପାଇଁ କେବଳ ଏ ଦଣ୍ଡକୁ ମଥାପାତି ନେଲେ ? ତାଙ୍କ ବୋଉଙ୍କର ବାର ରକମର କଡ଼ା କଥାକୁ ହଜମ କରି ନୀରବ ଭାବରେ ସେତ କେବଳ ତା'ରି ପାଇଁ ଏଡ଼େବଡ଼

ତ୍ୟାଗଟାକୁ ସ୍ୱୀକାର କରିନେଲେ ? ଯାହାର ବିବେକର ପ୍ରେରଣା ଏଡ଼େ, ଯେ କର୍ତ୍ତବ୍ୟର ପ୍ରିୟ ଭକ୍ତ, ତାଙ୍କ ପ୍ରତି ସମ୍ମାନ ଦେଖାଇବାରେ, କର୍ତ୍ତବ୍ୟ କରିବାରେ ଯା'ଠାରୁ ଗୁରୁତର ସମସ୍ୟା ସବୁ ତ ସମାଧାନ କରିବାକୁ ଅଛି ? ସେ ତ କଦାପି ଚାହୁଁନାହିଁ- ଏ କ୍ଷେତ୍ରରେ ତା'ର ସ୍ୱାର୍ଥ ଉପରେ ଆଘାତ ପଡୁଛି ବୋଲି ସେ ତା' ସ୍ୱାମୀର ସହିଷ୍ଣୁତାଠୁଁ ତା'ର ସହିଷ୍ଣୁତାଟାକୁ କ୍ଷୁଦ୍ର ଓ ନଗଣ୍ୟ କରିବ। ସେ ନାରୀ, ସେ ପୁରୁଷଠୁଁ ଏକ୍ଷେତ୍ରରେ ବେଶୀ ଉଦାର ତ ବେଶୀ ସହିଷ୍ଣୁତା ଦେଖାଇବ- ଏହିକଥା ଭାବି ସେ ନୀରବରେ ଆନନ୍ଦରେ ତାର କର୍ତ୍ତବ୍ୟ କରିଯାଉଥିଲା।

ସୁଭଦ୍ରା କେବଳ ବାସନ୍ତୀ ଉପରେ ବିରକ୍ତ ହୋଇଥିଲେ ତାଙ୍କ ଦେବବ୍ରତକୁ ବାସନ୍ତୀ କି ମୋହିନୀ ମାୟାରେ ଭୁଲାଇ ଆୟତ୍ତ କରିଥିଲା, ପୁଣି ଅବଶେଷରେ ଦାଉ ସାଧିବାକୁ ବିଭା ସୁଦ୍ଧା ହୋଇଛି, ଏ ବିରକ୍ତିଟା ପୁଅ ଉପରେ ପଡ଼ିଲା ନାହିଁ- କେବଳ ନିରୀହା ବୋହୂ ବିଚରାଟି ଉପରେ ବର୍ଷିତ ହେବାକୁ ଲାଗିଲା।

ବାସନ୍ତୀ ଅମିତ ମନ ବଳରେ ଶାଶୁଙ୍କର ଏହି ଭାବଟିକୁ ଓ ତା' ସାଙ୍ଗରେ ଆନୁସଙ୍ଗିକ ଉପସର୍ଗମାନ କଥାରେ କଥାରେ ବ୍ୟବହାରରେ ସହ୍ୟ କରିବାକୁ ଲାଗିଲା- ନୀରବରେ ତାର ସମସ୍ତ କର୍ତ୍ତବ୍ୟ କର୍ମ ସମ୍ପାଦନ କରି। ସେ ଏଥିପାଇଁ ନିଜକୁ ଛୋଟ ବା ଦୁର୍ବଳ ଭାବିଲାନାହିଁ, ବରଂ ଶକ୍ତିମୟୀ ଭାବିଲା- ତା ସ୍ୱାମୀର ଯୋଗ୍ୟ ହୋଇପାରିଛି- ତାହାଙ୍କ ପାଇଁ ସବୁ ରକମର ଅତ୍ୟାଚର ସହୁଛି ବୋଲି ନିଜ ମନରେ ସେ ଏଥିଯୋଗୁଁ ଅପରୀସୀମ ଆନନ୍ଦ ଅନୁଭବ କରିବାକୁ ଲାଗିଲା।

ଠିକ୍ ଏଥିପାଇଁ ଆଉଗୋଟିଏ ମନୁଷ୍ୟଠାରେ ଏହି ଭାବର ବିପରୀତ କ୍ରିୟା ଚଳିବାକୁ ଲାଗିଲା। କେବଳ ଏଇ ଯୋଗୁ ଦେବବ୍ରତ ତା' ବୋଉର ବାସନ୍ତୀ ପ୍ରତି ମନ୍ଦ ବ୍ୟବହାରରେ ଆହତ ହେବାକୁ ଲାଗିଲା- ତାହାର ବୁଝିବାକୁ ବାକିନଥିଲା ଯେ ବାସନ୍ତୀ କେବଳ ସହୁଛି ତାର ସୁଖ ଓ ଶାନ୍ତିପାଇଁ।

ଏ ନୀରବ ଘଟଣାବଳୀର ପଛପଟରେ ବାସନ୍ତୀ ହୃଦୟରେ ସାମୟିକ ଯେ ତାଣ୍ଡବଲୀଳା ଚଳୁଥିଲା- ନିଜକୁ ତ୍ୟାଗ କରିବାର- ନିର୍ମମ ଭାବରେ ନିଜର ସମସ୍ତ ପ୍ରବୃତ୍ତିକୁ ଶାସନ କରିବାର ଯେ ତାଣ୍ଡବଲୀଳା ଚଳୁଥିଲା, ସେଇଟା ଯେ ଦେବବ୍ରତ ସ୍ପଷ୍ଟ ବୁଝିପାରୁଥିଲା ତା' ନୁହେଁ, କେତେକ ଅନୁମାନ କେତେକ କଳ୍ପନାରେ ସେ ବାସନ୍ତୀ ଅନ୍ତରର ଲୁକ୍କାୟିତ ଭାବଟିକୁ ଧରି ମୋଟାମୋଟି ଧରିପାରୁଥିଲା। ମାତ୍ର ବାସନ୍ତୀର କଷ୍ଟ ତା'ର ଅସହ୍ୟ ହୋଇଥିଲା। ତେଣୁ ବାସନ୍ତୀ ତ୍ୟାଗର ସହନଶୀଳତାର ମାତ୍ରା ଯେତେ ବଢୁଥିଲା, ଏଣେ ଦେବବ୍ରତର ଅଧୀରତାର, ଅସହିଷ୍ଣୁତାର- ନିଜପ୍ରତି ଗୋଟିଏ ଅକ୍ଷମତାର ଗ୍ଳାନି ଜନିତ ଅଶ୍ରଦ୍ଧା ତେତେ ବଢୁଥିଲା।

## - ଦଶ -

ଦିଓଟି ସଖୀ ମୁହାଁମୁହିଁ ହୋଇ ବସିଥିଲେ। ସ୍ତବ୍ଧ ଗୃହକୋଣ ଉପରେ ସନ୍ଧ୍ୟାର ଅନ୍ଧକାର ଘନାଇ ଆସୁଥାଏ। ସ୍ତବ୍ଧ ହୃଦୟ ଉପରେ ବେଦନାର ଅନ୍ଧକାର ନିବିଡ଼ ହୋଇ ଜମୁଥାଏ। ସେ ସନ୍ଧ୍ୟା ସ୍ୱପ୍ନ-ସଧୀର ସନ୍ଧ୍ୟା। ସେ ବେଦନା ଆନନ୍ଦ ମଧୁର ବେଦନା।

ବାସନ୍ତୀ ତାର ସୁକୁମାର ବାହୁରେ ନିଶାର କଣ୍ଠ ବେଷ୍ଟନ କରି କହିଲା, "ନିଶାମଣି, ମୋ ମନରେ ଆଜି ବଡ଼ ଆନନ୍ଦ, ମୋ ବଉଳ ଆଜି ମୋତେ ଚିଠି ଦେଇଛି, କିନ୍ତୁ ସେ ବଡ଼ ଅଭିମାନ କରିଚି, ମୁଁ ତାକୁ ଏତେଦିନଯାଏ ଚିଠି ଦେଇନାହିଁ ବୋଲି। ସେ ଲେଖିଚି, ମୁଁ ତାକୁ ଭୁଲିଗଲିଣି । ଆଚ୍ଛା, ମୁଁ କଣ ମୋ ବଉଳକୁ ଭୁଲିପାରେ ?" କଣ୍ଠ ତାର ବେଦନାରଦ୍ଧ- ଚକ୍ଷୁପ୍ରାନ୍ତ ଅଶ୍ରୁ ଭରା।

"ତୁମେ ତାଙ୍କୁ କାହିଁକି ଚିଠି ଦେଲନାହିଁ, ସେ ଏକଥା ଭାବିଲାରୁ ତାଙ୍କର ବଡ଼ ଦୋଷ ହେଲା, ନା ?"

ବାସନ୍ତୀ କିଛି ଉତ୍ତର ଦେଇପାରିଲା ନାହିଁ। ତାହାର ଆଜି ବହୁଦିନ ପରେ ମନେ ପଡ଼ିଗଲା ଅତୀତର ବହୁ ପୁରାତନ କରୁଣ କିନ୍ତୁ ମଧୁର କାହାଣୀ- ମନେପଡ଼ିଗଲା ତାହାର ସେହି ସ୍ନେହମୟୀ ମାତାଙ୍କର ମୃତ୍ୟୁଶଯ୍ୟା- କଲ୍ୟାଣୀ ଦେବୀଙ୍କର ସେହି ମାତୃହୀନା ନିରାଶ୍ରୟା ବାସନ୍ତୀକୁ କଲ୍ୟାଣ ହସ୍ତରେ ସସ୍ନେହରେ ବକ୍ଷକୁ ଟାଣିନେବା- ସ୍ନେହମୟ ମାତୃହୃଦୟର କି ଅସୀମ ପରିଚୟ ପାଇଛି ସେ ଏମାନଙ୍କ ନିକଟରୁ। ତାପରେ ବଉଳର ଓ ତାର ସେହି ସଖୀତ୍ୱ- ପରସ୍ପରର କ୍ଷଣିକ ଅଦର୍ଶନରେ ସେହି ଗଭୀର ବ୍ୟାକୁଳତା। କେତେଦିନ ଲୁଚିକରି ସକାଳେ ବଉଳ ସାଙ୍ଗରେ ଫୁଲ ତୋଳି ଯାଇଛି ବୋଲି ମାତାଙ୍କର ସସ୍ନେହ ତିରସ୍କାର ସେ ଲାଭ କରିଛି। ପୁଣି ବିବାହ ପରେ ସ୍ୱାମୀ ସାଙ୍ଗରେ ସେହି ତାର ଭିବଷ୍ୟତର ଅଜଣା ପଥରେ ଯାତ୍ରା କି ଭୟ ଓ ଆଶଙ୍କା ହୃଦୟରେ ଘେନି ସେ ମାତୃସମା କଲ୍ୟାଣୀ ଦେବୀ ଓ ବାଲ୍ୟସଖୀ ସୁନୀତିଠାରୁ ବିଦାୟ

ନେଇ ଆସିଛି। କି କରୁଣ ସେ ବିଦାୟ ମୁହୂର୍ତ୍ତ ! ବଉଳ କଣ ଜାଣେନାହିଁ, ମନେ ନାହିଁକି ତାର ଏସବୁ କଥା ? ତେବେ କାହିଁକି ସେ ଭାବିଲା ବାସନ୍ତୀ ତାକୁ ଭୁଲିଛି ? ବଉଳ ଭାବି ପାରିଲାନାହିଁ ଯେ, ବଉଳ ଆଉ ତାର ସ୍ୱାଧୀନ ବିହଙ୍ଗଟି ପରିନାହିଁ- ପକ୍ଷ ବିସ୍ତାର କରି ଉଡ଼ିବାକୁ ଋହେଁ ସେ ମୁକ୍ତଗଗନକୁ, କିନ୍ତୁ ପିଞ୍ଜରା ଦ୍ୱାରରେ ମୁକ୍ତିର ବ୍ୟର୍ଥ ପ୍ରୟାସ କରି ନୀରବ ରହେ, ହସ୍ତ ପଦ ତାର ଶୃଙ୍ଖଳିତ ଯେ! ସେ ଏବେ କନ୍ୟା ନୁହେଁ, ବଧୂ। ବଉଳ ଏତେ ଭୁଲ୍ ବୁଝିଲା ବୋଲି  ଆଜି ବାସନ୍ତୀର କୁସୁମ- କୋମଳ ମନରେ ବଡ଼ ଆଘାତ ଲାଗିଲା ଏବଂ ବିଦ୍ୟୁତ୍ ପରି  ଆଉ ଗୋଟିଏ ଚିନ୍ତା ମଧ୍ୟ ତା' ହୃଦୟରେ ଖେଳିଗଲା। ତାର ସ୍ୱାମୀ ? ସେ ଯଦି ତାକୁ କେବେ ଏପରି ଭୁଲ୍ ବୁଝନ୍ତି ? ଏ ବିଶାଳ ସଂସାରରେ ତେବେ କ୍ଷୁଦ୍ର ବାସନ୍ତୀ ଠିଆ ହେବ କେଉଁଠାରେ ? କିନ୍ତୁ ଏ ଚିନ୍ତାକୁ ସେ ମନରେ ପ୍ରଶ୍ରୟ ଦେଇପାରିଲା ନାହିଁ। ଘନାୟମାନ ସନ୍ଧ୍ୟାର ପୁଞ୍ଜୀଭୂତ କ୍ଷୁଦ୍ର ଗୃହକୋଣରେ ପଲ୍ଲୀବଧୂ ବାସନ୍ତୀର ମାନସପଟରେ ଅତୀତର ଏହି ଛବିଗୁଡ଼ିକ ଅନ୍ଧକାରରେ ପଲ୍ଲୀର ଛାୟାଚିତ୍ର ପରି ଭାସିଯିବାକୁ ଲାଗିଲା।

"ବାପ୍ ରେ ବାପ୍। ତୁମ ବଉଳ ତୁମକୁ କଣ ଲେଖିଲେ, ତା' ପାଇଁ ମୁଁ ତୁମର କ'ଣ କଲିଟି ? ମତେ କଥା କହୁନାହଁ। ହଁ, କାହିଁକି କହିବ, ମୁଁ ପରା କାଲି ଋଲିଯିବି, ଭଲ ହେବ !" ନିଶାମଣି କୃତ୍ରିମ ରୋଷରେ ବାସନ୍ତୀର କୋମଳ ଗଣ୍ଡରେ ମୃଦୁ ଆଘାତ କଲା।

ବାସନ୍ତୀ ନୂଆ କରି ଏ କଥା ଶୁଣିଲା ପରି କହିଲା, "କାହିଁକି, ଏଠି କଣ ଭଲ ଲାଗୁନାହିଁ ? ମୁଁ ତୁମକୁ ଯିବାକୁ ଦେଲେ ତ ଯିବ ? ତୁମେ ଗଲେ ମୋ ଦିନ ଚଳିବ କେମିତି, ନିଶା। ?"

"ହଁ, କାହିଁକି ସେ ଖୋସାମତିଆ କଥାଗୁଡ଼ାକ କହୁଚ ମ ? ଏଠିକି ଆସିଲାବେଳେ ଜାଣିକରି ଏକା ଆସିଥିଲି, ନିଶାମଣି ଏଠି ଥିବ, ତୁମରି ଦିନ ଚଳେଇବା ଲାଗି।"

ବାସନ୍ତୀ ହସିଲା- ସେ ହସଟି ତରୁଣ ଅରୁଣାଲୋକ ପରି ମଧୁର ଏବଂ ବିଦାୟୋନ୍ମୁଖ ରବି ପରି ମ୍ଳାନ। କହିଲା- "ଆଉ କଣ ଆସିବ ନାହିଁ ?"

"କାହିଁକି ଆସିବ ନାହିଁ ? ମୋ ମନଟି ତ ତୁମରି ପାଖରେ ପଡ଼ିଥିବ- ମୋ ନୂଆବୋହୂଟି କଣ କରୁଚି ଜାଣିବାଲାଗି ଗୋଟାଏ କଥା ଏକା ମନେରଖିଥିବ- ବଡ଼ମାଙ୍କ କାମ ଭଲ କରି ସବୁ କରିବ। ସେ ତ ଏକେ ଆମ ମଫସଲୀ ଲୋକ, ତୁମେ ପୁଣି ସହରର ପାଠୁଆ ବୋହୂ। କେତେ ଦୋଷ ଧରିବେ। ତାଙ୍କ କଥା ଗୁଡ଼ାକ ଧରିବନାହିଁ।"

ବାସନ୍ତୀ ଗମ୍ଭୀର ଭାବରେ  ତାର ଗୁରୁ ଏହି କ୍ଷୁଦ୍ର ନଣନ୍ଦଟିର ସବୁ ଉପଦେଶ

ଗ୍ରହଣ କଲା। କ୍ଷୁଦ୍ର ବାଳିକା ହୃଦୟରେ ଏହି ସହାନୁଭୂତି ବାସନ୍ତୀ ଅନ୍ତରକୁ ସ୍ପର୍ଶ କଲା। ଗୋଟିଏ ଅନନୁଭୂତ ଆନନ୍ଦରେ ଅନ୍ତର ତାର ଉଚ୍ଛ୍ୱସିତ ହୋଇଉଠିଲା- ଏ ପରିବାରରେ ତାର ସ୍ୱାମୀ ବ୍ୟତୀତ ତା' ଲାଗି ଭାବିବାକୁ ଆହୁରି ମଧ୍ୟ ଅଛି। ଏହି ସ୍ନେହମୟୀର ଆସନ୍ନ ବିରହର ଆଶଙ୍କାରେ ପ୍ରାଣ ତାର କାନ୍ଦି ଉଠିଲା। ଶ୍ୱଶୁରାଳୟକୁ ଆସିବା ପରେ ଏହି ଦ୍ୱିତୀୟଥର ବାସନ୍ତୀ ନିଜକୁ ସହାୟହୀନ ବୋଲି ମନେକଲା। ସ୍ୱାମୀ ତାର ଅଛନ୍ତି; କିନ୍ତୁ ବୋଉ ତାକୁ 'ପାଠୁଆ ବୋହୂ' ପ୍ରଭୃତି କହି ତା' ମନରେ ଯେଉଁ ଆଘାତ ଦିଅନ୍ତି, ସେ କିପରି ତାର ମନର ସେ ବେଦନା ସ୍ୱାମୀଙ୍କୁ ଜଣାଇବ? ସେ କଣ ମନେକରିବେ? ବାସନ୍ତୀ ସ୍ଥିର କଲା, ସବୁ ନୀରବରେ ସହ୍ୟ କରିଯିବ। ବାସନ୍ତୀ ନିଶାର ହାତ ଦିଓଟି ଧରି କହିଲା, "ଆଛା, ନିଶା....."

ଏପରି ସମୟରେ ନିଶାମଣି ଓ ବାସନ୍ତୀକୁ ଚମକିତ କରି ସୁଭଦ୍ରା ଦେଈଙ୍କ କଣ୍ଠସ୍ୱର ଘରୁ ବାହାରୁ ବାଜି ଉଠିଲା- "ଆଲୋ ନିଶା, ଆଜି କଣ ଘର କଣରେ ଫୁସୁରୁଫୁସୁରୁ ହେଉଥିବ? ଆଉ କଣ କିଛି କାମ ନାହିଁ?"

"ହଁ, ମୋରି ଆହୁରି ବଳ ଆସୁଛି ଯେ  କହି ଆସିଲାରୁ ମୁଁ ପାନ ଭାଙ୍ଗି ଦେବି, ମୁଁ ସବୁ କରିବି, ଆଉ ମୋ ଘରେ ବଡ଼ଲୋକର ଝିଅ ଘର କଣରେ ବସି ଚିଠି ପଢୁଥିବ।"

ବାସନ୍ତୀ ଓ ନିଶା ଘରୁ ବାହାରି ଆସି ଦେଖିଲେ, ପିଣ୍ଡାରେ ମଶିଣାଟିଏ ପାରିଦେଇ ସୁଭଦ୍ରା ଦେଈ ବସିଛନ୍ତି; ଆଉ ତାଙ୍କୁ ଘେରି ବସିଛନ୍ତି ସନିଆ ଠକରାଣୀ ହେମବୋଉ, ମଦନାମା ପ୍ରଭୃତି ଅତି ବିଶିଷ୍ଟ କେତୋଟି ସାଇର ସ୍ତ୍ରୀଲୋକ। କାହାର ଘରକୁ ନୂଆବୋହୂଟିଏ ଆସିଲେ ମଦନାମା ପ୍ରଭୃତି ଦିନ ମଧ୍ୟରେ ଦଶଥର ଆସନ୍ତି ଖବର ବୁଝିବାକୁ ଘରକାମ ସାରି ପିଲାଙ୍କୁ ଦାଣ୍ଡକୁ ଖେଳିବାକୁ ଛାଡ଼ିଦେଇ କିମ୍ବା ଧମକ ଦେଇ ଘରେ ବହି ଧରେଇ ବସେଇ ଦେଇ ବାହାରି ପଡ଼ନ୍ତି ନୂଆବୋହୂଟିର ଛିଦ୍ରାନ୍ୱେଷଣରେ। ଏମାନଙ୍କ ସଙ୍ଗରେ ବାସନ୍ତୀର ବିଶେଷ ପରିଚୟ ନଥିଲେ ମଧ୍ୟ ନିଶାମଣିଠାରୁ  ଏମାନଙ୍କ ସ୍ୱଭାବ ସମ୍ୱନ୍ଧରେ କିଛି ଅଭିଜ୍ଞତା ସେ ଲାଭ କରିଥିଲା; ସେଥିପାଇଁ ଏହି ସନ୍ଧ୍ୟାରେ ସୁଭଦ୍ରା ଦେଈଙ୍କ ଡାକରେ ବାହାରକୁ ଆସି ଯେତେବେଳେ ସେ ଏମାନଙ୍କୁ ଦେଖିଲା, ବୁଝିଲା, ଆକାଶ ମେଘାଚ୍ଛନ୍ନ- କିଛି ବର୍ଷଣ ଆଜି ହେବ ଏବଂ ପୂର୍ବରୁ ଏଇଟା ତାହାର ସୂଚନା ମାତ୍ର। ନିଶା  ପିତାମାତାଙ୍କର ଏକମାତ୍ର କନ୍ୟା, ବଡ଼ ଆଦରିଣୀ, ସେଥିପାଇଁ କିଛି ଉଦ୍ଧତ। ମଦନାମା ପ୍ରଭୃତିଙ୍କ ସମ୍ମୁଖରେ ତାର ଭାଉଜ-ବୋହୂକୁ ସୁଭଦ୍ରାଦେଈ ଅକାରଣରେ ଏପରି କହିବାରୁ ସେ ଟିକିଏ ବିରକ୍ତ ହୋଇଥିଲା ଏବଂ ଉତ୍ତର ମଧ୍ୟ କିଛି ଦେବାର ତାର ଥିଲା; କିନ୍ତୁ ବାସନ୍ତୀ ତାହାର ରୋଷରକ୍ତିମ ମୁଖରୁ ତାର ମନୋଭାବ ବୁଝିପାରି ତାକୁ

ଟାଣିନେଇଗଲା ଗୃହାଭ୍ୟନ୍ତରକୁ ପାନ ଭାଙ୍ଗିବା ଲାଗି। ପ୍ରତିବାଦ କରି ଲାଭ କ'ଣ? ଆଜି ସିନା ନିଶା ଅଛି, ରାତି ପାହିଲେ ସେତ ଚାଲିଯିବ। ସେତେବେଳେ?

ସୁଭଦ୍ରା ଦେଈଙ୍କୁ ଏ ନୀରବତା ବଡ଼ ବେଶୀ ପ୍ରସନ୍ନ କରିପାରିଲାନାହିଁ। ଏକ ଶ୍ରେଣୀର ଲୋକ ଅଛନ୍ତି, ନିଜେ ସବୁବେଳେ ବକ୍‌ବକ୍ ହୁଅନ୍ତି । କେହି କିଛି ଉତ୍ତର ଦେଲେ ସହ୍ୟକରିପାରନ୍ତିନାହିଁ। କିନ୍ତୁ ଉତ୍ତର ନଦେବାଟା ସେମାନଙ୍କର ଆହୁରି ଅସହ୍ୟ ହୋଇଉଠେ। ସୁଭଦ୍ରା ଦେଈ ସେହି ଶ୍ରେଣୀର ଲୋକ। ବାସନ୍ତୀ ଓ ନିଶାର ନୀରବତା ତାଙ୍କୁ ଆନନ୍ଦ ଦେଲାନାହିଁ। ସନିଆ ମା ପ୍ରଭୃତିଙ୍କ କୌତୁହଳାବିଷ୍ଟ ଚିତ୍ତ ମଧ୍ୟ ବଡ଼ ଅଶାନ୍ତିବୋଧ କଲା।

ସନିଆ ମା ସୁଭଦ୍ରା ଦେଈଙ୍କର ମନୋଭାବ ବୁଝିପାରି କହିଲେ, "ଆଜିକାଲିର ଝିଅ ବୋହୂଙ୍କୁ ଦଣ୍ଡବତ। କଥା ତାଙ୍କୁ ଖାତିର ପଡ଼େନାହିଁ। ଇଏ କଣଲୋ ! ଦେବବାବୁ ଏକା ଆମର ଆଚ୍ଛା ସୁନ୍ଦର ବିଭା ହେଲେ।"

ମଦନାମା ଉତ୍ସାହିତ ହୋଇ ପ୍ରସଙ୍ଗଟିକୁ ସମର୍ଥନ କରି କହିଲା, "ଶାଶୁଟା ଡାକିଲା, ଟିକିଏ ଆ, ପଚାରେ, ତା' ନାହିଁ। ମାଲୋ, ଅଇଲା, ଉଣ୍ଡି ଦେଇ ଚାଲିଗଲା। ଛି, ଛି!"

ହେମବୋଉ ସହାନୁଭୂତି ଦେଖାଇ କହିଲା, ଆଚ୍ଛା, ଦେବବୋଉ, ବୋହୂ ବୋଲିତ ତମର ଗୋଟିଏ, ସେ ଯେବେ ତୁମକୁ ଖାତିର ନକରିବ, ତୁମ କଥା ନ ମାନିବ, ତୁମ ସେବା ଧର୍ମ ନକରିବ, ତେବେ ଚଳିବ କେମିତି?"

"ଆହା, ମୋ ସେବା ଧର୍ମ। ସେ କଥା କହନା ମ, ସେ କଥା କହନା। ଦେବର ବୋହୂ ଇସ୍କୁଲରେ ପାଠ ପଢ଼ିଚି, ବୋହୂ ତାର ବଜେଇ ଶିଖିଚି, ଗୀତ ଗାଇ ଶିଖିଚି, ସେଭଳି ବୋହୂ ପଶିରହିବ ହାଣ୍ଡିଶାଳରେ, ସେ ମାନିବ ମୋ କଥା!'

ସନିଆ ମା ଘୁଞ୍ଚିଆସି ଈଷତ୍ ନିମ୍ନ ଅଥଚ ଯେପରି ଗୃହାନ୍ତରସ୍ଥିତା ବାସନ୍ତୀର କର୍ଣ୍ଣଗୋଚର ହେବ, ଏପରି ସ୍ୱରରେ କହିଲା, "ବୋହୂ ସାଆନ୍ତାଣୀଙ୍କୁ ଆମର ଭାଷା ଦେଇଚନ୍ତି କିଏ କି? ଆଜି ନିଶା ଦେଈଙ୍କୁ ପଢ଼ି ଶୁଣାଉଥିଲେ, ମୁଁ ତ ମୂରୁଖ ମଣିଷ, ମୁଁ କିସ ବୁଝିମି? ମତେ ଦେଖିଲାକ୍ଷଣି ବୋହୂ ଆମର ସେ ଖଣ୍ଡିକ ଝଟ୍ କିନି ନୁଚେଇ ଦେଲେ। କିଏ ଦେଇଚି ସେ କଥା ମହାପ୍ରଭୁଙ୍କୁ ଜଣା।" କହି ସନ୍ତର୍ପଣରେ ଏଣେ ତେଣେ ଚାହିଁ ମହାପ୍ରଭୁଙ୍କୁ ସନିଆ ମା ଦଣ୍ଡବତଟି କଲା।

ମଦନାମା କହିଲା, "ମାଇକିନିଆ ଝିଅର ଇଏ କ'ଣ ମ? ଗୀତରେ ବାଜାରେ ଭାଷା ଦେରେ ଇଏ ସବୁ କ'ଣ? ଏ ନିଶା ସେଦିନର ପିଲାଟା, ସେ ବି ଏମିତି ! ଇଏ କି କାଳ ଲୋ।"

"ନିଶା ? ତା କଥା କହନା, ସବୁବେଳେ ଭୁଟୁରୁ ଭାଟୁରୁ ହବାର ଗୁଣ । ନାହିଁ ବାପ, ମୁଁ ତାକୁ ପାରିବିନାହିଁ, ସେ ଯାଉ କାଲି ତା ବୋଉ ପାଖକୁ । କ'ଣ ଶିଖିବ, କଣ କରିବ, ତା ବୋଲି ପୁଣି ମୋତେ ଗାଳି ଦେବ ।"

"ହଁ ପର ଝିଅ ନା, ତୁମେ କାହିଁକି ସାନ୍ତାଣୀ ସେ ବଳେଇ ମୁଣ୍ଡେଇବ ?" କହି ସନିଆ ମା କଥାଟା ନିଷ୍ପତ୍ତି କରିଦେଲା ।

"ବୋଉ ବଡ଼ ଭୋକ ହେଲାଣି, ଆଜି କ'ଣ ମୋତେ ଖାଇବାକୁ ଦବୁନାହିଁ ?" ବୋଲି କହି ଦେବବ୍ରତ ଆସି ପାଖରେ ଠିଆ ହୋଇଗଲେ । ବଜ୍ରପାତ ହୋଇଥିଲେ ମଧ୍ୟ ମଦନାମା ପ୍ରଭୃତି ସହୃଦୟା ଅଭ୍ୟାଗତମାନେ ସେପରି ଚମକି ଉଠିନଥାନ୍ତେ ।

ସୁଭଦ୍ରା ଦେଈ ପୁଅକୁ ଚାହିଁ କହିଲେ, "ତୋର ତ ବାପ ଦେଖା ନାହିଁ, ଖାଇବାକୁ ଦେବି କାହାକୁ ? କଣ ଦି'ଟା ଖାଇଦେଇ ସେଇ ଖରାଟାରେ ବାହାରିଗଲୁ, ଫେରୁଚୁ ଏତେ ରାତିରେ । ଚାଲ, ଖାଇବୁ ଚାଲ ।"

ଏପରି ସମୟରେ ବାସନ୍ତୀ ପାନ ନେଇ ଆସି ରଖିଦେଇଗଲା । ମସ୍ତକରେ ତାର ଅନାବଶ୍ୟକ ଅବଗୁଣ୍ଠନ ଆଡ଼ମ୍ବର ନାହିଁ- ଅବଗୁଣ୍ଠନ ତାର ବଧୂସୁଲଭ ଲଜ୍ଜାରୁଣ ମୁଖ ଏବଂ ଈଷତ୍ ନତମସ୍ତକ । ଯେଉଁମାନେ ମୁହୂର୍ତ୍ତକ ପୂର୍ବରୁ ତାହାର ଆଚରଣ ସମ୍ବନ୍ଧରେ ନାନା ମିଥ୍ୟା ଆଲୋଚନାରେ ପ୍ରବୃତ୍ତଥିଲେ, ସେମାନେ ମଧ୍ୟ ଏହି ଦେବୀ ମୂର୍ତ୍ତିର ଦର୍ଶନରେ ମନେ ମନେ ପ୍ରଶଂସା ନକରି ରହିପାରିଲେନାହିଁ । ସେମାନଙ୍କ ପ୍ରଶଂସ ଦୃଷ୍ଟିକୁ ଅନୁସରଣ କରି ଦେବବ୍ରତ ମୁଗ୍ଧ ଦୃଷ୍ଟିରେ ଚାହିଁ ରହିଲା ଏବଂ ଅନ୍ତରରେ କିଛି ଗର୍ବ ମଧ୍ୟ ଅନୁଭବ କଲା ।

ହେମବୋଉର ହଠାତ୍ କନ୍ୟାର ଅସୁସ୍ଥତା କଥା ମନେପଡ଼ିଗଲା । କହିଲା, "ଯାଉଚି, ଦେବବୋଉ, ଆଆ, ତୁମର ଆଉ ଦୁଃଖ କଣ ? ଏତେଦିନ ଚାହିଁ ଚାହିଁ ଲକ୍ଷ୍ମୀ ଠାକୁରାଣୀଟି ପାଇଲ ଏକା । ଏ ଗାଁଟା ଯାକର ଏମିତି ବୋହୂ ପାଇବନା ?" ଏହିପରି ବୋହୂର ନାନା ସ୍ତୁତିବାଦ କରି ଏମାନେ ବିଦାୟ ଗ୍ରହଣ କଲେ ।

## - ଏଗାର -

ତରୁଣ ଅରୁଣାଲୋକ କକ୍ଷରେ ପ୍ରବେଶ କରି କକ୍ଷଟିକୁ ତାର ଉଜ୍ଜ୍ୱଳ ଧାରାରେ ବିଧୌତ କରୁଥିଲା। ପ୍ରଭାତ ସମୀରଣ ଧୀରେ ଧୀରେ ଆସି ଦେବବ୍ରତର ଶୁଭ୍ର ଲଲାଟ ସ୍ପର୍ଶ କରିଗଲା, ସେ ସ୍ନିଗ୍ଧ ସ୍ପର୍ଶରେ ଦେବବ୍ରତର ସୁଷୁପ୍ତି ଦୂର ହୋଇଗଲା। ସେ ଉଠି ବସିଲା- ସ୍ୱପ୍ନ ତାହାର ଅନ୍ତରରେ ମୋହନ ତୂଳିକା ଧରି ଗୋଟିଏ ରଙ୍ଗୀନ୍ ଛବି ଆଙ୍କୁଥିଲା, ଏହି ସମୟରେ ସୁଷୁପ୍ତି ତାର ଭାଙ୍ଗିଗଲା, ଫେରି ଆସିଲା ସେ ବାସ୍ତବ ଜଗତକୁ। ଯେତେବେଳେ ଦେବବ୍ରତ ବୁଝିଲା, ଏସ୍ୱପ୍ନ ନୁହେଁ, କଠୋର ସତ୍ୟ, ଜାଗରଣ, ସେ ଅଳସ ଭାବରେ ଆସି ଠିଆ ହେଲା ସେହି କକ୍ଷଲଗ୍ନ ଛାତ ଉପରେ।

ଆଜିକି ପ୍ରାୟ ଚାରିମାସ ହେଲା ଦେବବ୍ରତର ବିବାହ ହୋଇଛି। ଯେଉଁଦିନଟି ଲାଗି ତାହାର ଛାତ୍ରାବାସରୁ ଆଶା ଓ ଉତ୍କଣ୍ଠା ଘେନି ସେ ଅପେକ୍ଷା କରିବସିଥିଲା, ସେ ଦିନଟି ଜୀବନରେ ତାର ସଫଳ ହେଲା; କିନ୍ତୁ ଦେବତ କାହିଁ ଅନ୍ତରରେ ତାର ସେ ଶାନ୍ତି, ସେ ତୃପ୍ତି ଲାଭ କଲାନାହିଁ, ଯେଉଁ ଶାନ୍ତି, ଯେଉଁ ତୃପ୍ତି ଲାଭ କରିବା ଆଶାରେ ତାହାର ବୃଦ୍ଧା ମାତାର ଅନ୍ତରରେ ଦାରୁଣ ଦୁଃଖ ଦେଇ, ନିଜର ଅନ୍ତରରେ ବିଦ୍ରୋହର ଅଗ୍ନି ପ୍ରଜ୍ୱଳିତ କରି, ସମାଜର ଭ୍ରୂକୁଟି ପ୍ରତି ଅନାସ୍ଥା ପ୍ରଦର୍ଶନ କରି ସେ ଏହି ବିବାହ କରିଥିଲା ? ଜୀବନ ତରଣୀ ତାର ସଂସାର ତରଙ୍ଗରେ କୂଳର ଆଶାରେ ଭାସି ଆସୁଥିଲା, କିନ୍ତୁ ହଠାତ୍ ଯେପରି ଗୋଟିଏ ପ୍ରବଳ ପ୍ରତିକୂଳ ବାୟୁ ଆସି ତାକୁ କେଉଁ ଅତଳସ୍ପର୍ଶୀ ସାଗରଗର୍ଭ ଆଡ଼କୁ ଭସାଇନେଇଗଲା। ସେ ଦେଖିଲା, ସେଠି କୂଳ ନାହିଁ- ଅଛି କେବଳ ଅଗାଧ ଜଳ, ତରଙ୍ଗ ଉପରେ ତରଙ୍ଗ- ଯେପରି କି ଗୋଟିଏ ଅବ୍ୟକ୍ତ ଭାଷାରେ ତାକୁ କ'ଣ କହୁଛି- 'ବ୍ୟର୍ଥ, ବ୍ୟର୍ଥ ତୋର ସମସ୍ତ ପ୍ରୟାସ।' ଅଶାନ୍ତ ଅଧୀର ହୃଦୟ ତାହାର କେବେ କେବେ ଉଚ୍ଛ୍ୱସିତ ହୋଇ କ୍ରନ୍ଦନ କରିଉଠେ। ସେ ତାହାର ଭବିଷ୍ୟତରେ ଯେଉଁ ଛବିଟି ମନେ ମନେ ଆଙ୍କିଥିଲା,

ତାହା ସଙ୍ଗରେ ତାହାର ବର୍ତ୍ତମାନର ସ୍ୱର୍ଗମର୍ତ୍ତ୍ୟ ପ୍ରଭେଦ। ସେ ଭାବିଥିଲା, ସୁନ୍ଦର ପଲ୍ଲୀଗ୍ରାମରେ ଯେଉଁଠାରେ ଦିଗନ୍ତ ରେଖା ଶସ୍ୟକ୍ଷେତ୍ରର ଶ୍ୟାମଳ ବକ୍ଷରେ ମସ୍ତକ ନତ କରିଅଛି, କର୍ମୀ କୃଷକ ଯେଉଁଠାରେ ଜଗତ ଲାଗି ଅନ୍ନର ସଂସ୍ଥାନରେ ବ୍ୟାପୃତ, ସେହି ପଲ୍ଲୀଗ୍ରାମର ଗୋଟିଏ ଘରେ ଶାନ୍ତିମୟ ଗୋଟିଏ ବସା ବାନ୍ଧିବ, ମାତାଙ୍କ ସ୍ନେହରେ, ପତ୍ନୀର ପ୍ରାଣଢଳା ପ୍ରେମରେ, ବନ୍ଧୁର ପ୍ରୀତିରେ, କର୍ମମୟ ଜୀବନର କୋଳାହଳରେ ଦିନଗୁଡ଼ିକ ତାହାର ସ୍ୱପ୍ନ ପରି ଭାସିଯିବ। ବାସନ୍ତୀକୁ ସେ ବରଣ କରି ନେଇଥିଲା ଗୁରୁଜନ ଓ ବନ୍ଧୁ ବାନ୍ଧବଙ୍କ ବିଚ୍ଛେଦ ମଧ୍ୟରେ -ଭାବିଥିଲା, ବାସନ୍ତୀର ନିର୍ମଳ ହାସ୍ୟରେ ଗୃହ ତାର ହସି ଉଠିବ- ତାହାର ସ୍ୱଭାବର ମାଧୁରୀରେ ଏ ଦୁଃଖ, ଏ ବିଚ୍ଛେଦ ସାର୍ଥକତା ଲାଭ କରିବ; କିନ୍ତୁ ଘଟିଲା ତାହାର ବିପରୀତ। ମାତା ବଧୂର ତ୍ରୁଟି ଅନ୍ୱେଷଣରେ ବ୍ୟସ୍ତ, ପଲ୍ଲୀଗୃହବଧୂର ସମାଲୋଚନାରେ ମୁଖରିତ ! ଦେବବ୍ରତ ସବୁଦେଖେ, ସବୁ ଶୁଣେ, କେବେ ତୀବ୍ର ପ୍ରତିବାଦ କରି ବଧୂର ପକ୍ଷ ସମର୍ଥନ କରି ମାତାଙ୍କର ବିରକ୍ତି ବର୍ଦ୍ଧନରେ, କେବେ ଅବା ଅଶାନ୍ତି ଭୟରେ ନୀରବରେ ଅନ୍ତରରେ ବଡ଼ ବେଦନା ଅନୁଭବ କରେ ବାସନ୍ତୀ ଲାଗି। ଫୁଲଟିଏ ଫୁଟିଥିଲା, ତାହାର ନିଷ୍ଠୁର ସ୍ପର୍ଶରେ ସେ ତାକୁ ବୃନ୍ତଚ୍ୟୁତ କରି ଆଣିଲା; କିନ୍ତୁ ତାହାର ସତେଜତା ରକ୍ଷାକରିପାରିଲାନାହିଁ ତ। ବିଶ୍ୱାସଘାତକ ସେ- ମୁମୂର୍ଷୁ। ସୁଯତ୍ନରକ୍ଷିତ ରତ୍ନଟି ସେ। ବିଶ୍ୱାସର ସହିତ ଗ୍ରହଣ କରି ମୁମୂର୍ଷୁକୁ ଶାନ୍ତି ଦେଲା ସତ୍ୟ, କିନ୍ତୁ ଠିକ୍ ସେହିପରି ବିଶ୍ୱାସରେ ରକ୍ଷା କରିପାରିଛି ତ ! ଏହିପରି କେତେକଥା ଆଜି ସେ ଭାବୁଥିଲା, ଏପରି ସମୟରେ ଦୃଷ୍ଟି ତାହାର ପଡ଼ିଲା ସଦ୍ୟସ୍ନାତା କର୍ମରତା ବାସନ୍ତୀ ଉପରେ। ଏହି ସେବାର ମୂର୍ତ୍ତିଟିକୁ ଦେଖି ସେ ଆନନ୍ଦବୋଧ କଲା, କିନ୍ତୁ ସଙ୍ଗେ ସଙ୍ଗେ ତାହାଲାଗି ଗଭୀର ସହାନୁଭୂତିରେ ଅନ୍ତର ତାର ପୂର୍ଣ୍ଣ ହୋଇଉଠିଲା।

ଦେବବ୍ରତ ତଳକୁ ଓହ୍ଲାଇ ଆସି ବାସନ୍ତୀ ଯେଉଁ ରନ୍ଧାଘରେ ପ୍ରାତଃଭୋଜନର ବ୍ୟବସ୍ଥା କରୁଥିଲା, ସେଠି ଯାଇ ଠିଆ ହେଲା। ସେ ଏତେ ନିଃଶବ୍ଦରେ ଆସିଥିଲା ଯେ, ବାସନ୍ତୀ ତା' ଉପସ୍ଥିତି ସମ୍ବନ୍ଧରେ କେହି କିଛି ଜାଣିପାରିଲେନାହିଁ। ଦେବବ୍ରତ ଅସହିଷ୍ଣୁ ହୋଇ କହିଉଠିଲା, "ହଁ, ବେଳ କାହୁଁ ହେବ ? ମଣିଷଙ୍କୁ ରହିଁ ଦେଖିବାକୁ ହେବ। ପୁଣି ମଣିଷ ମୁହଁ ଧୋଇ ଆସି ହାଜର ହେଲାକ୍ଷଣି ଚ' ଜଳଖିଆ ନେଇ ତାଙ୍କ ଗୋଡ଼ ତଳେ ଥୋଇଦେବାକୁ ହବ।"

"ତା' ପରା ଆଉ ଦିଅନ୍ତ ନାହିଁ ? ହଉ, ତେବେ ଯାଉଚି।"

"ଆଚ୍ଛା, ତମେ ଭାରି ଦୁଷ୍ଟ। ମତେ ଭାରି ଚିଡ଼ାଅ। ମୁଁ କଣ ଦେବିନାହିଁ କହିଲି ?"

ଦେବବ୍ରତ ବାସନ୍ତୀର କଣ୍ଠସ୍ୱର ଅବିକଳ ନକଲ କରି କହିଲା "ତେବେ କ'ଣ କହିଲ ?"

"କିଛି ନାହିଁ।.... ବୋଉ ଗାଧୋଇଯାଇଛନ୍ତି, ଏଇକ୍ଷଣି ଆସିବେ, ତାଙ୍କର ତ ପୁଣି ବୁଝିବାକୁ ହବ। ସେଥିପାଇଁ ତର ତର ହୋଇ ସବୁ ସାରି ନଉଚି ପରା ? ସବୁ ଜାଣିଚ, ତେବେ ବି ମିଛରେ ମୋ ସାଙ୍ଗରେ ଲାଗ।"

"ବାସ, ମୋ ଘରକୁ ଆସି ବଡ଼ ପରିଶ୍ରମ କରିବାକୁ ପଡ଼ିଲା ନା ? କୁଆ ନ ରାବୁଣୁ ଉଠି ଗାଧୋଇବା, ପୁଣି ଏଇ ସ୍ୱାମୀରତ୍ନଟିକୁ ରାନ୍ଧିବାଢ଼ି ଖାଇବାକୁ ଦବା, ତା'ପରେ ପୁଣି ବୋଉର ସେବା, ସେ ତ ଲାଗିଛି। ଆଉ ସ୍ୱାମୀ ଯଦି ଅତିଥି ଅଭ୍ୟାଗତ ଆଣି ବସେଇ ଦେଲେ ଦାଣ୍ଡ ଘରେ, ତେବେ ଆଉଥରେ ନୂଆ କରି ରାନ୍ଧ ତାଙ୍କ ଲାଗି। ମନେ ମନେ ମତେ ଖୁବ୍ ଗାଳି ଦଉଚ ?"

"ତୁମେ ପରା ଏମିତି ହେଲେ ଗାଳିଦିଅ ମନେ ମନେ ? ବେଶ୍ ତ, ନିଜର ଦୋଷଟି ମୋ ମୁଣ୍ଡରେ ଅଜାଡ଼ି  ଦଉଚ ! ଆଚ୍ଛା, ତୁମେ ମୋତେ ଏମିତି କଥା କାହିଁକି କହ ? ''ମୋ ଘରକୁ ଆସି'- ଘର କ'ଣ ତୁମର, ମୋର ନୁହେଁ ? ମୁଁ କୁଆ ନ ରାବୁଣୁ ଉଠିଲି, ତୁମର କ'ଣ ଗଲା ? ମତେ ଭୋର୍‌ରୁ ଉଠିବାକୁ ବାସ୍ତବିକ୍ ବଡ଼ ଭଲ ଲାଗେ।"

"ଭଲ ଲାଗେ ? ତୁମର ତ ଏତେ ସକାଳୁ ଉଠିବା ଅଭ୍ୟାସ ନଥିଲା, ମୁଁ କଣ ଜାଣେ ନାହିଁ ?"

ବାସନ୍ତୀ ଦେବବ୍ରତକୁ ଚା' ଓ ଜଳଖିଆ ଦେଇ କହିଲା, "ଘରେ ସିନା ଉଠୁନଥିଲି। ହଷ୍ଟେଲରେ ତ ଆଠଟା ପର୍ଯ୍ୟନ୍ତ ବିଛଣାରେ ପଡ଼ି ରହିବା ଚଳୁ ନଥିଲା। ସେଠି ଛଅଟାରେ ଘଣ୍ଟା ପଡ଼ିଲାକ୍ଷଣି ବିଛଣା ଛାଡ଼ି ଉଠି ଖାଇବା ଘରକୁ ଯିବାକୁ ହବ, ନହେଲେ ବଡ଼ ଚଟ ବେଶୀ କାମ ଦେବ। ମଣିଷ କ'ଣ ସବୁ ଅଭ୍ୟାସ କରି ସଂସାରକୁ ଆସିଥାଏ ? ଅଭିଜ୍ଞତା ମଣିଷକୁ ସବୁ ଶିଖାଏ ସିନା। ବୋଉକୁ ଛାଡ଼ି କେବେ ରହିବି ଏକଥା କ'ଣ କେବେ ମୁଁ ଭାବିଥିଲି ନା  ଅଭ୍ୟାସ କରିଥିଲି ?

ଦେବବ୍ରତ ବିସ୍ମିତ ହୋଇ ବାସନ୍ତୀର କର୍ମୋତଫୁଲ୍ଲ ମୁହଁକୁ  ଚାହିଁ ଭାବିଲା, ସଂସାରାନଭିଜ୍ଞାକୁ ଏ ସଂସାର ଜ୍ଞାନ ଦେଲା କିଏ ? 'ମା' କଥା କହିବାରୁ ବାସନ୍ତୀର ମୁହଁ ଖଣ୍ଡକ ବଡ଼ ମଳିନ ହୋଇଗଲା, କ୍ରନ୍ଦନ ତା' କଣ୍ଠରେ ଜମା ହୋଇଉଠୁଥିଲା। ଦେବବ୍ରତ ଅନ୍ୟ ପ୍ରସଙ୍ଗ ଉତ୍ଥାପନ ଅଭିପ୍ରାୟରେ କହିଲା, "ଆଚ୍ଛା, ବାସ, ଗୀତ ବାଜା କ'ଣ କୁଆଡ଼େ ଗାଧୋଇଗଲା ?"

"କାହିଁକି, ମୁଁ ତ ମଝିରେ ମଝିରେ ବଜାଏ"

"ମୁଁ ତ ଶୁଣେନା ? .... ମୁଁ ଜାଣେ ଲୋକ ନିନ୍ଦିବେ; କିନ୍ତୁ ଯେଉଁଥିରେ କୌଣସି ଦୋଷ ନାହିଁ, ସେ କାମ କଲେ ଲୋକନିନ୍ଦାକୁ ଭୟ କ'ଣ ?"

ନିନ୍ଦା ଅପବାଦକୁ ବାସନ୍ତୀ କେବେ ଭୟ କରିବାକୁ ଶିଖିନାହିଁ ଜୀବନରେ। କଟକ ଆସି ସ୍ୱାଧୀନ ଭାବରେ ରହିବାକୁ ଏବଂ କନ୍ୟାକୁ ଆଧୁନିକ ରୀତିରେ ଶିକ୍ଷା ଦେବାରୁ ତାହାର ଜନକ ଜନନୀକୁ କି ନିର୍ଯାତନା ସହ୍ୟ କରିବାକୁ ହୋଇଛି, ତାହା ସେ ଜାଣେ। ମାତାଙ୍କ ମୃତ୍ୟୁପରେ ଦେବବ୍ରତ ତାହାର ସମସ୍ତ ଭାର ଗ୍ରହଣ କଲାରୁ ବାସନ୍ତୀର କ୍ଷୁଦ୍ର ମସ୍ତକରେ କେତେ ନିନ୍ଦା ଓ ତୀବ୍ର ଆଲୋଡ଼ନର ଝଡ଼ ବହିଯାଇଛି, ତାର ନିର୍ମମ ସ୍ମୃତି ତ ବାସନ୍ତୀ ମନରେ ଆଜି ମଧ୍ୟ ଅଛି। ଲୋକଙ୍କ ମତରେ ପରିଚାଳିତ ହେବା ବାସନ୍ତୀର ପ୍ରକୃତି ବିରୁଦ୍ଧ। ଅନ୍ୟାୟ ଓ ଅଧର୍ମର ଚରଣରେ ମସ୍ତକ ନତ କରିବା ଯେ ହୀନତାର ପରିଚାୟକ, ଏହି ଶିକ୍ଷା ସେ ତାହାର ସ୍ୱର୍ଗତ ଜନକ ଜନନୀଙ୍କ ଜୀବନରୁ ଲାଭ କରିଅଛି। ସେହି ବାସନ୍ତୀତ ସେ। ସେ କ'ଣ ଆଜି ଲୋକନିନ୍ଦା ଭୟରେ ତାର ପ୍ରିୟ ସଙ୍ଗୀତ ଚର୍ଚ୍ଚା ଛାଡ଼ିଦେବ ? ବାସନ୍ତୀ ସ୍ୱାମୀଙ୍କ କଥାରେ ଟିକିଏ ଉତ୍ତେଜିତ ହୋଇ କହି ଉଠିଲା, "ନା, ନା, ଲୋକନିନ୍ଦାକୁ ମୁଁ ଭୟ କରେନାହିଁ, ଅନ୍ତତଃ ଭୟ କରିବାକୁ ଶିଖିନାହିଁ। ସେ ଭୟ ଥିଲେ ତ ଜୀବନରେ ମୋର ଅନେକ କିଛି ବାଦ୍ ଦବାକୁ ପଡ଼ିଥା'ନ୍ତା।"

ଏହି ଅନେକ କିଛି, ଯେ କଣ, ତାହା ଦେବବ୍ରତ ପତ୍ନୀର ଲଜ୍ଜାରୁଣ ମୁଖରୁ ବୁଝିଲା। ତାର ଉତ୍ତେଜିତ କଣ୍ଠସ୍ୱରରୁ ଅନ୍ୟାୟ ପ୍ରତି ତାର ଯେ ଘୃଣା,ତାହା ମଧ୍ୟ ବୁଝିଲା। ଦିନକୁ ଦିନ ପତ୍ନୀର ଅନ୍ତରର ପରିଚୟ ଦେବବ୍ରତ ଯେତେବେଶୀ ପାଉଥିଲା, ତେତେ ପତ୍ନୀ ପ୍ରତି ଶ୍ରଦ୍ଧାରେ ମନ ତାର ପୂରି ଉଠୁଥିଲା, ପୁଣି ସ୍ୱାମୀଙ୍କର ସ୍ନେହମୟ ହୃଦୟର ମହତ୍ତ୍ୱ ବାସନ୍ତୀ ମନରେ ଗର୍ବ ଆଣିଦେଉଥିଲା।

ଦେବବ୍ରତ ଶ୍ରଦ୍ଧାନତ ଚକ୍ଷୁରେ ବାସନ୍ତୀକୁ ଚାହିଁ କହିଲା, 'ବାସ, ତେବେ ଆଉ କ'ଣ ?

ଏ ପ୍ରଶ୍ନ କରିବା ପୂର୍ବରୁ ସେ ବୁଝିଥିଲା, ବାସନ୍ତୀ ପକ୍ଷରେ ଏ 'ଆଉ କ'ଣ' ର ଉତ୍ତର ଦେବା ସହଜ ନୁହେଁ- ଶାଶୁ ବିରକ୍ତ ହୁଅନ୍ତି, ଏହି ଯେ ସତ୍ୟଟି ଏଥିରେ ନିହିତ ଅଛି, ଏହି ସତ୍ୟଟି ବାସନ୍ତୀର କଣ୍ଠରୋଧ କରିବ। ତେବେ କ'ଣ ବାସନ୍ତୀ ସତ୍ୟ କହିବାକୁ ଡରେ ? ତାହା ନୁହେଁ- ସ୍ୱାମୀଙ୍କ ମନରେ ଯଦି ଆଘାତ ଲାଗେ, ଏହି ଚିନ୍ତାଟି ବାସନ୍ତୀକୁ ଅଧୀର କରିଦିଏ।

"ବାସ, ବୁଝେ ମୁଁ ସବୁ, କିନ୍ତୁ ମୁଁ ବଡ଼ ଦୁର୍ବଳ। କିଛି କରିବାର ଶକ୍ତି ମୋର ନାହିଁ। ମୋର ଅକ୍ଷମତା ମୋତେ ବଡ଼ ବ୍ୟଥା ଦିଏ, ମୁଁ ତୁମ ଉପରେ ସମ୍ପୂର୍ଣ୍ଣ ନିର୍ଭର

କରେ। ତୁମେ ଏ ବାଧା ବିଘ୍ନ ସବୁ ଅତିକ୍ରମ କରି ଚାଲ, ଆଗେ ଆଗେ ତୁମର ଏ ଅକ୍ଷମ ସ୍ୱାମୀକୁ ନେଇ।"

ତାହାର ସ୍ୱଭାବ ସୁନ୍ଦର ହାସ୍ୟରେ ସ୍ୱାମୀଙ୍କର ବ୍ୟଥା ଦୂର କରି ଦେଇ ବାସନ୍ତୀ କହିଲା, "ଅକ୍ଷମ ତୁମେ, ଏକଥା ମତେ ଜଣା ନଥିଲା ? ହଉ ତେବେ, ତୁମର ଅକ୍ଷମତା ମାଫ୍ କରାଯିବ। ସାମାନ୍ୟ ଗୀତ ବାଦ୍ୟ ଲାଗି ଏତେ କଥା ?"

ଦେବ ଚା' ପାନ ଶେଷ କରି ସାଇକେଲ ଧରି ବାହାରିଲା ତାର ଜଣେ ବନ୍ଧୁ ସାଙ୍ଗରେ ଦେଖା କରିବାକୁ। ଯାଉ ଯାଉ ବାସନ୍ତୀର ଶେଷ କଥାଟିର ଉତ୍ତର ଦେଇ ଗଲା- "ସାମାନ୍ୟ ମୋ ପାଖରେ ନୁହେଁ।"

ଦେବବ୍ରତ ଚାଲିଗଲା- ବାସନ୍ତୀ ଯେଉଁଠାରେ ଥିଲା, ସେଠାରେ ସେହିପରି ଠିଆ ହୋଇ ଭାବିବାକୁ ଲାଗିଲା ସ୍ୱାମୀଙ୍କର କଥାଗୁଡ଼ିକ, ସ୍ୱାମୀର କରୁଣ ଚାହାଣୀ, ତାହାରି ଆନନ୍ଦ ଲାଗି ତାଙ୍କର ଅସୀମ ବ୍ୟସ୍ତତା ଏବଂ ମାତାଙ୍କ ଉଦାସୀନତା ଲାଗି ତାଙ୍କର ଗଭୀର ବ୍ୟଥା। ବାସନ୍ତୀର ଅନେକ ଆଶା ଅପୂର୍ଣ୍ଣ ରହିଥିଲା ସତ୍ୟ, ଅନେକ ସ୍ଥଳରେ ଜୀବନର ଆଦର୍ଶ କ୍ଷୁଣ୍ଣ ହୋଇଛି ସତ୍ୟ, କିନ୍ତୁ ଜୀବନ ତାର ସମ୍ପୂର୍ଣ୍ଣ ବ୍ୟର୍ଥ ଯେ ନୁହେଁ, ଏହା ସେ ଆଜି ବଡ଼ ବେଶୀ କରି ଅନୁଭବ କଲା। ଅନୁଭବ କରି ଖୁସି ହେଲା, କିନ୍ତୁ ଦୁଃଖ ମଧ୍ୟ ବୋଧ କଲା, "ସେ କାହିଁକି ମୋ ଲାଗି ଏତେ ଭାବନ୍ତି, ଏତେ ଦୁଃଖ ପାଆନ୍ତି ? ଜୀବନସାରା ଏମିତି କ'ଣ ତାଙ୍କୁ ବ୍ୟସ୍ତ କରୁଥିବି ଖାଲି.... ?"

ବାସନ୍ତୀ ରୋଷେଇଘରୁ ବାହାରି ଆସି ଦେଖିଲା, ସନିଆ ମା ବଡ଼ ମନୋଯୋଗ ସହିତ ଢେଙ୍କିଶାଳ ଚାଳରୁ କଖାରୁ ଡଙ୍କ ତୋଳୁଛି। ପଚାରିଲା, "ସନିଆମା, ବୋଉ ଆସିଲେଣି।" ସନିଆ ମା ବଡ଼ ବ୍ୟସ୍ତ। ସେ ବାସନ୍ତୀ କଥାର କୌଣସି ଉତ୍ତର ନଦେବାରୁ, କଥା ତାର ଶ୍ରୁତିଗୋଚର ହୋଇ ନଥିବା ଭାବି ବାସନ୍ତୀ ଚାଲିଗଲା, ଦେବବ୍ରତ ବସିବା ଘରକୁ। ଏହି ଘରଟିକୁ ସଜାଡ଼ିବା ତାର ନିତ୍ୟକର୍ମ ମଧ୍ୟରେ ଗୋଟିଏ। ସେ ସ୍ୱାମୀର ବହିଗୁଡ଼ିକ ସବୁ ଝାଡ଼ିଝୁଡ଼ି ମେଜ ଖଣ୍ଡିକ ପରିଷ୍କାର କରି ଦିଓଟି ରୁପାର ଫୁଲଦାନୀରେ ବଗିଚାରୁ କେତୋଟି ଫୁଲ ପତ୍ର ଆଣି ସଜେଇ ରଖିଲା। ଫୁଲଦାନୀ ଦିଓଟି ତାହାର ବଉଳ ସୁନୀତିର ତାହାର ବିବାହରେ ଉପହାର।

ବାସନ୍ତୀ ଫେରିଆସି ଦେଖିଲା, ସୁଭଦ୍ରା ଦେଈ ପିଣ୍ଡାରେ ବସି କମ୍ପୁଛନ୍ତି। "ବୋଉ, ଏ କ'ଣ, ଏଠି କାହିଁକି ବସିଚ" କହି ସେ ତାଙ୍କ ପାଖକୁ ଯାଇ କପାଳରେ ହାତ ଦେଇ ଦେଖିଲା- ସାମାନ୍ୟ ଗରମ। "ବୋଉ, ତୁମର ତ ଜ୍ୱର ହେଲା। ଗାଧୋଇଲ, ପୁଣି ଏଠି ଏ ଖରାରେ ରହିଚ। ଚାଲ, ଘରକୁ"

ବାସନ୍ତୀ ଏକରକମ ବଳପୂର୍ବକ ତାଙ୍କୁ ନେଇ ବିଛଣାରେ ଶୁଆଇଦେଲା।

କାଗଜି ଲେମ୍ବୁ ଓ ଚିନି ଦେଇ ଟିକିଏ ସରବତ କରିଆଣି ଖୁଆଇ ଶଯ୍ୟା ପାର୍ଶ୍ୱରେ ବସି ତାଙ୍କ ଦେହରେ ହାତ ବୁଲାଇ ଦେବାକୁ ଲାଗିଲା। ବାସନ୍ତୀ ନିକଟରେ ଗୋଟିଏ ହୋମିଓପ୍ୟାଥିକ୍ ବାକ୍ସ ସବୁବେଳେ ଥାଏ। ଜ୍ୱରର ପ୍ରାରମ୍ଭରେ ସୁଭଦ୍ରା ଦେଈଙ୍କୁ କିଛି ଔଷଧ ଦେବାକୁ ତାହାର ଇଚ୍ଛା ହେଲା, କିନ୍ତୁ ଏ ଅନୁରୋଧ କରିବାଭଳି ସାହସ ତାହାର ନଥିଲା। ସେ ନୀରବରେ ବସି ଦେହରେ ହାତ ବୁଲାଇବାକୁ ଲାଗିଲା।

ଏପରି ସମୟରେ ସନିଆ ମାର ସେଠାରେ ଶୁଭାଗମନ ହେଲା। "ସାନ୍ତାଣି ଆଜି ଶୋଇଲ କିଆଁ। ଓ ହୋ। ଦେହଟାତ ଖଇ ଫୁଟୁଚି।" ସେ ଏହିପରି ନାନା ମନ୍ତବ୍ୟ ପ୍ରକାଶ କଲା।

ସୁଭଦ୍ରା ଦେଈ କଣ୍ଠସ୍ୱର ଯଥାସମ୍ଭବ କୋମଳ କରି ବାସନ୍ତୀକୁ କହିଲେ, "ଦେବବ୍ରତ କାହିଁ? ସେ ଖାଇଲାଣି? କିଛି ଖାଇଲୁଣି ......?"

ବାସନ୍ତୀ ଉତ୍ତର ଦେବାପୂର୍ବରୁ ସନିଆ ମା 'ବହୂ ସାନ୍ତାଣୀ ଯେ କେତେ ସକାଳୁ ତାଙ୍କୁ ଚହା ଦେଲେଣି ଓ ସେ ଚହା ପିଇ ସାଇକେଲ ଖଣ୍ଡେ ଧରି ବାହାରି ଗଲେଣି' ସେକଥା ଜଣାଇଦେଲା।

"ସନିଆ ମା ତ ଅଛି, ମୋ ଦେହରେ ହାତ ବୁଲାଉଥିବ, ତୁ ଯା ବୋହୂ ଖାଇବୁ।

ବାସନ୍ତୀ ଏହି ପ୍ରଥମ ସ୍ନେହ ସ୍ପର୍ଶରେ ଅତ୍ୟନ୍ତ ଖୁସି ହୋଇ ଉଠି କହିଲା, "ନାହିଁ, ବୋଉ, ମୁଁ ଏଇକ୍ଷଣି କିଛି ଖାଇବିନାହିଁ"

"ଖାଇବୁ ନାହିଁ କାହିଁକି ମା, ଯା ତୁ ଖାଇକରି ଆସିବୁ ପୁଣି।"

ସୁଭଦ୍ରା ଦେଈଙ୍କ ମୁହଁରୁ ଏହି 'ମା' ଡାକଟି ପୁଣି ସ୍ନେହ ବୁଭୁକ୍ଷୁ ବାସନ୍ତୀର ଅନ୍ତର ବାହାର ଆଜି ପୁଲକିତ ହୋଇଉଠିଲା। ଆଜିକି ଚାରିମାସ ହେଲା ସେ ଏ ସଂସାରକୁ ବୋହୂ ହୋଇ ଆସିଛି, କିନ୍ତୁ ସୁଭଦ୍ରା ଦେଈଙ୍କ ମୁହଁରୁ ଗୋଟିଏ ହେଲେ ସ୍ନେହ ସମ୍ଭାଷଣ ଲାଭ କରିନାହିଁ। ଏ ଘରକୁ ଆସିଲା ପରେ ଏହି ପ୍ରଥମ ତାଙ୍କ ନିକଟରୁ ସ୍ନେହର ଆଭାସ ସେ ପାଇଲା। ସୁଭଦ୍ରା ଦେଈ ଯେ ତାକୁ ସ୍ନେହ କରନ୍ତିନାହିଁ, ତାହାନୁହେଁ- ବରଂ ଏହି ଚାରିମାସରେ ବାସନ୍ତୀର କର୍ମକୁଶଳତା, ତାହାର ନିପୁଣ ହସ୍ତର ସେବା, ତାହାର ସହିଷ୍ଣୁତା ଏବଂ ସର୍ବାପେକ୍ଷା ତାହାର ମଧୁର ସ୍ୱଭାବ ଦେଖି ସେ ବାସ୍ତବିକ୍ ମୁଗ୍ଧ ହୋଇଥିଲେ। ପ୍ରକାଶ୍ୟରେ ସ୍ୱୀକାର ନକଲେ ମଧ୍ୟ, ମର୍ମେମର୍ମେ ଅନୁଭବ କରୁଥିବେ ଯେ, ବଧୂ ନିଜ ହସ୍ତରେ ଏ ଘରର ସମସ୍ତ ଭାର ଗ୍ରହଣ କଲା ଦିନରୁ ଏ ସଂସାରରେ ତାଙ୍କର ସର୍ବତ୍ର ଶ୍ରୀ ଓ ଶାନ୍ତି ବିରାଜୁଛି। ସୁଭଦ୍ରା ଦେଈ ଦିନକୁଦିନ ବୋହୂପ୍ରତି ଗୋଟିଏ ମମତା ଅନୁଭବ କରୁଥିଲେ ଅନ୍ତରରେ, କିନ୍ତୁ ଦେବବ୍ରତ ତାଙ୍କ

ଇଚ୍ଛା ବିରୁଦ୍ଧରେ ବିବାହ କରିଛି, ସେକଥା ଯେ କୌଣସିମତେ ଭୁଲିପାରୁନଥିଲେ। ଦେବବ୍ରତର ଅପରାଧ ତାଙ୍କ ନିକଟରେ ଯେତେବେଶୀ ଅକ୍ଷମଣୀୟ ବୋଲି ମନେହେଉଥିଲା, ବୋହୂପ୍ରତି ବିରାଗ ମଧ୍ୟ ତାଙ୍କର ତେତେ ବଢୁଥିଲା। କେବେ ଅବା ସେ ଯଦି ବୋହୂ ପ୍ରତି ତାଙ୍କର ସ୍ନେହ ମମତା ଦେଖାଇବାକୁ ଯାଆନ୍ତି, ସନିଆ ମା ସେହି ସମୟରେ ବୋହୂର ଦେବବ୍ରତ ସହିତ ପ୍ରକାଶ୍ୟରେ କଥା କହିବା, ଦେବବ୍ରତର ବନ୍ଧୁମାନଙ୍କ ସଙ୍ଗରେ ଅବାଧରେ ଆଳାପ କରିବା, ତାର ଚିଠିଲେଖିବାକୁ - ପ୍ରଭୃତି ନାନା କଥା କହି ତାଙ୍କ ମନଟିକୁ ପୁଣି ସେହି ପୁରାତନ ଅବସ୍ଥାକୁ ଫେରାଇନେଇଆସେ। ତା ଉପରେ ପୁଣି ସେହି ସ୍ତ୍ରୀ ଲୋକ କେତୋଟି ଆସି ବୋହୂର ବାଜା ବଜାଇ ଗୀତ ଗାଇବା, କେଉଁ ପାଣ ବୋହୂର ପିଲା ଶରଦ, ତାକୁ ପାନେ ଔଷଧ ଦେବା, କେଉଁ ହାଡ଼ିବୋହୂର ଛୋଟ ପିଲାଟି ଥଣ୍ଡାରେ କଷ୍ଟ ପାଉଚି, ତାକୁ ନିଜ ହାତରେ କୁର୍ତ୍ତା ସିଲେଇ କରି ଦେବା ପ୍ରଭୃତି ନାନା ଅମାର୍ଜନୀୟ ଦୋଷର ଉଲ୍ଲେଖ ଓ ଆଲୋଚନା କରି ତାଙ୍କ ବିରକ୍ତିରେ ଆହୂତି ପଦାନ କରିଯାଆନ୍ତି। ଏହିପରି ନାନା କାରଣରୁ ବାସନ୍ତୀ ପ୍ରତି ସ୍ନେହ ପ୍ରଦର୍ଶନ, ଏପରିକି ଅନେକ ସମୟରେ ସ୍ନେହ ଅନୁଭବ ମଧ୍ୟ ତାଙ୍କ ପକ୍ଷରେ କଠିନ ହୋଇଉଠେ, କିନ୍ତୁ ସ୍ୱଭାବଟି ତାଙ୍କର ସେପରି ନୁହେଁ।

ଅସୁସ୍ଥତା ସମୟରେ ପ୍ରାୟ ଲୋକଙ୍କ ମନ ବଡ଼ ଉଦାସ ଥାଏ, ସେଥିରେ ପୁଣି ବାସନ୍ତୀର ଏହି ସେବା ଓ ଯତ୍ନ! ସୁଭଦ୍ରାଦେଈ ସବୁ ଭୁଲିଗଲେ, ସମ୍ମୁଖରେ ଦେଖିଲେ, ଶଯ୍ୟା ପାର୍ଶ୍ୱରେ ଗୋଟିଏ ସେବା ପରାୟଣା ନାରୀ- କନ୍ୟା। ସେ ସ୍ନେହରେ ତାକୁ କୋଳକୁ ଟାଣିନେଲେ।

ବାସନ୍ତୀ ପୁଲକିତ ହୋଇ କହିଲା, "ହଉ, ବୋଉ, ମୁଁ ଖାଇବାକୁ ଯିବି, ଯଦି ତୁମେ କଥା ଶୁଣିବ। ତୁମେ ଯେବେ ଏଇ ଔଷଧଟିକୁ ଖାଇଦବ, ତେବେ ମୁଁ ଯିବି।"

"ହଉ, ତୋ ଇଚ୍ଛା, ବୁଢୀଟାକୁ ନେଇ ଯାହା କରିବୁ କର" କହି ସୁଭଦ୍ରା ଦେଈ ଔଷଧପାତ୍ର ନେବାଲାଗି ହାତ ବଢ଼ାଇଲେ; କିନ୍ତୁ କୃତାର୍ଥ ବାସନ୍ତୀ ଶିଶୁ ପରି ସୁଭଦ୍ରା ଦେଈ ମୁହଁଟି ଟେକି ଧରି ଔଷଧ ଖୁଆଇ ତାଙ୍କ ମୁହଁ ପୋଛି ଦେଲେ।

ସେହିଦିନ ପରେ ଆହୁରି କେତେ ଦିନ ଅତୀତ ହୋଇଗଲାଣି। ବାସନ୍ତୀ ସତର୍କତା ଯୋଗୁଁ ସୁଭଦ୍ରା ଦେଈ ସାମାନ୍ୟ ଜ୍ୱର ଭୋଗ କରି ଆରୋଗ୍ୟ ଲାଭ କଲେ। ସଂସାର ସେହିପରି ଚଳିବାକୁ ଲାଗିଲା, କିନ୍ତୁ ବାସନ୍ତୀ ଯେଉଁ ତିମିରରେ ସେହି ତିମିରରେ ରହିଲା। ବରଂ ତାହାର ଚଉରିଆଡ଼େ ଅନ୍ଧାର ଘନୀଭୂତ ହୋଇଆସିଲା। ଶାଶୁଙ୍କର ସ୍ନେହମୟ ହୃଦୟର ପରିଚୟ ପାଇ ତାହାର ପ୍ରଥମ ସ୍ପର୍ଶଲାଭ କରି ମଧ୍ୟ କାହିଁକି ଯେ ସେ ଏପରି ଭାବରେ ତାଙ୍କର ବିରକ୍ତି ଉତ୍ପାଦନ କଲା ଏବଂ ତାହାର କେଉଁ ଅନ୍ୟାୟ

ଆଚରଣରେ ସେ ବିମୁଖ ହେଲେ, ତାହା ବାସନ୍ତୀ ଅନେକ ଭାବି ମଧ୍ୟ କୌଣସି ମୀମାଂସାରେ ଉପନୀତ ହୋଇପାରିଲାନାହିଁ। କିନ୍ତୁ ପରେ ସେ ବୁଝିଲା, ସ୍ୱାମୀ ସଙ୍ଗରେ ସେଦିନ ସକାଳେ ତାହାର ଯେଉଁ କଥା ହୋଇଥିଲା, ସେହିଗୁଡ଼ିକ ସନିଆ ମା' ଦ୍ୱାରା ଅତିରଞ୍ଜିତ ହୋଇ ତାଙ୍କର କର୍ଣ୍ଣଗୋଚର ହୋଇଥିବାରୁ ଶାଶୁ ଏପରି ବିରକ୍ତ ହୋଇଅଛନ୍ତି। ବାସନ୍ତୀ ସବୁ ଶୁଣିଲା- ମିଥ୍ୟାପ୍ରତି ତାହାର ଯେଉଁ ଆଜନ୍ମ ଘୃଣା, ସେହି ଘୃଣା ମସ୍ତକ ଉନ୍ନତ କରି ଏ ମିଥ୍ୟାର ବିରୋଧରେ ଦଣ୍ଡାୟମାନ ହେଲା। ତେଜସ୍ୱୀ ସ୍ୱଭାବ ତାହାର ଏ ମିଥ୍ୟାକୁ କୌଣସିମତେ ସହ୍ୟ କରିପାରିଲାନାହିଁ। ମନେକଲା, ଏଭଳି ନୀଚ ବ୍ୟବହାରର ତୀବ୍ର ପ୍ରତିବାଦ କରିବ, କିନ୍ତୁ ପରମୁହୂର୍ତ୍ତରେ ତାହାର ଶିକ୍ଷା ଦୀକ୍ଷା ସବୁ ତାକୁ ଏହି ତୁଚ୍ଛ ବିଷୟରେ ଉପେକ୍ଷା ପ୍ରଦର୍ଶନ କରିବାକୁ ପ୍ରବର୍ତ୍ତିତ କଲା। ଆହୁରି ମଧ୍ୟ ତାହାର ମନେପଡ଼ିଲା ନିଶାର ବିଦାୟକାଳୀନ ସେହି ଉପଦେଶ ବାଣୀ ଏବଂ ନିଶାବୋଉଙ୍କ ଜୀବନର କେତେଗୁଡ଼ିଏ ଅନୁଭୂତି । ସେ ତାହାର ଏହି ସ୍ନେହମୟୀ ଖୁଡ଼ିଶାଶୁଙ୍କଠାରୁ ଶୁଣିଛି, ତାଙ୍କର ବଧୂଜୀବନର କେତେଗୁଡ଼ିଏ କାହାଣୀ। କେତେ ବିପ୍ଳବ ମଧ୍ୟରେ ତାଙ୍କୁ ଆସିବାକୁ ହୋଇଛି ଏହି ବର୍ତ୍ତମାନ ଜୀବନକୁ। ବାସନ୍ତୀ ଏ ସମସ୍ତ ମନରେ ଆଲୋଚନା କରିବାକୁ ଲାଗିଲା। ମନ ତାହାର ବିଷାଦରେ ପୂର୍ଣ୍ଣ ହୋଇଗଲା। ଏହି କଣ ତେବେ ବିବାହିତ ଜୀବନ- ସମସ୍ତଙ୍କ ଜୀବନରେ କଣ ଏହିପରି ଘଟେ ନା ତାହାରି ଏକା ? ନିରାଶ୍ରୟା ଜୀବନ ତାର ଆଶ୍ରୟ ପାଇଛି ସତ୍ୟ, କିନ୍ତୁ ଜୀବନ ତାର ସେପରି ସୁଖକର ହୋଇଛି କି, ଯାହା ସେ ସ୍ୱପ୍ନ ରାଜ୍ୟର କଳ୍ପନା କରୁଥିଲା ? କେଉଁଆଡ଼େ ଭାସିଗଲା ତାହାର ଜୀବନର କେତେ ଆଦର୍ଶ, କେତେ ନବୀନ ଆଶା ? ଏହି ଅନ୍ଧକାରରେ କଣ ତାକୁ ଚିରଦିନ ରହିବାକୁ ହେବ ? ଏହି ପରି କେତେ ଖଣ୍ଡ ଖଣ୍ଡ କଥା ତାହାର ମନରେ ଭାସିଯିବାକୁ ଲାଗିଲା। ପ୍ରାଣ ଅବସାଦରେ ପୂର୍ଣ୍ଣ ହୋଇଆସିଲା ! ବର୍ତ୍ତମାନଠାରୁ ସୁଦୂର ଅତୀତ ଆଜି ବାସନ୍ତୀ ନିକଟରେ ସୁନ୍ଦର, ମଧୁର ଓ ଲୋଭନୀୟ ରୂପେ ଉପସ୍ଥିତ। ସେ ମଧୁର ଅତୀତକୁ ଫେରିଯିବାର ଆଶା ଯେ ଆଜି ଅସାର କଳ୍ପନା। ଅନ୍ତରର ଏ ଅମାନିଶାର ଅନ୍ଧକାର ଭେଦ କରି ମଧ୍ୟ ଦିଓଟି ଆଖି ରତ୍ନପରି ଉଜ୍ଜ୍ୱଳ ହୋଇଉଠିଲା। ସେ ଆଖି ଦିଓଟି ବାସନ୍ତୀ ସ୍ୱାମୀର। ହୃଦୟ ତାହାର କୃତଜ୍ଞତାରେ ପୂରିଉଠିଲା- ମନର ଗ୍ଲାନି ଦୂର ହୋଇଗଲା।

ସୁଭଦ୍ରା ଦେଈଙ୍କର ବିରକ୍ତିର ଆହୁରି ମଧ୍ୟ ଗୋଟିଏ କାରଣ ଘଟିଥିଲା। ତାହା ଦେବବ୍ରତର ଅନ୍ତରଙ୍ଗ ବନ୍ଧୁ, ତାହାର କର୍ମ ଜୀବନର ସଖା, ଛାୟାପରି ଯେ ସର୍ବତ୍ର ତାହାର ଅନୁସରଣ କରୁଥିଲା, ସେହି ରମେଶ ସହିତ ବାସନ୍ତୀର ବାକ୍ୟାଳାପ। ପଲ୍ଲୀ ଗ୍ରାମରେ ଏହା ଗୋଟିଏ ଅଭିନବ ବ୍ୟାପାର। ନିଃସମ୍ପର୍କୀୟ ପୁରୁଷ ସହିତ ଯେକୌଣସି

ରମଣୀର ସ୍ନେହର ଆଦାନ ପ୍ରଦାନ ହୋଇପାରେ, ବନ୍ଧୁତ୍ୱ ହୋଇପାରେ- ଏହା ପଲ୍ଲୀଗ୍ରାମରେ କାହିଁକି, ବଡ଼ବଡ଼ ସହରର ଲୋକଙ୍କୁ ମଧ୍ୟ ବିଚଳିତ କରିଦିଏ।

ରମେଶ ଉତ୍କଳ ସମ୍ମିଳନୀର ସ୍ୱେଚ୍ଛାସେବକ ହୋଇ ବାଲେଶ୍ୱରକୁ ଆସିଥିଲା। ଦେବବ୍ରତ ତାକୁ ଧରିଆଣିଲା ତାଙ୍କ ଘରକୁ। ରମେଶର ଶିଶୁ ସୁଲଭ ସରଳ ବ୍ୟବହାର, ତାହାର ଉଦାର ଉନ୍ନତ ଭାବ, ତାହାର ତେଜୋବ୍ୟଞ୍ଜକ ଗମ୍ଭୀରବାଣୀ ବାସ୍ତବିକ୍ ଲୋକଙ୍କ ମନରେ ଶ୍ରଦ୍ଧା ପ୍ରୀତିର ସଞ୍ଚାର କରେ। ସେଥିପାଇଁ ଯେତେବେଳେ ରମେଶ ନତ ହୋଇ ସୁଭଦ୍ରା ଦେଈଙ୍କ ପଦଧୂଳି ଗ୍ରହଣ କଲା, ଏହି ପ୍ରିୟଦର୍ଶନ ଯୁବକଟିର ବିନୟ ତାଙ୍କ ଅନ୍ତରକୁ ମଧ୍ୟ ସ୍ପର୍ଶ କରିଥିଲା।

ଏହି ରମେଶ ପୁରୋହିତ ହୋଇ ମନ୍ତ୍ରୋଚ୍ଚାରଣ ପୂର୍ବକ ଏ ଦିଓଟି ଜୀବନକୁ ମିଳିତ କରିଦେଇ ନଥିଲେ ଆଜି  କେଉଁଠାରେ ଥା'ନ୍ତା ଦେବବ୍ରତ, କେଉଁଠାରେ ଥା'ନ୍ତା ବାସନ୍ତୀ ! ଏହି ଋଣ ଅପରିଶୋଧନୀୟ। ବାସନ୍ତୀ ଗ୍ରାମରେ ଅଛି ବୋଲି ଏପରି ବନ୍ଧୁ ସଙ୍ଗରେ  ଦେବବ୍ରତ ବାସନ୍ତୀର ଆଳାପ କରାଇଦେବନାହିଁ, ସେ କଣ, ଏଡ଼େ ଅକୃତଜ୍ଞ - ଏପରି ସଂକୀର୍ଣ୍ଣ ହେବ ମନ ତାର ?

ରମେଶକୁ ଘର ଭିତରକୁ ଆଣି ବାସନ୍ତୀ ସଙ୍ଗରେ ରମେଶର ପରିଚୟ କରାଇଦେଲା। "ବାସ, ଏଇ ରମେଶ ନଥିଲେ, ତୁମେ ଆଜି ଏଠି ନଥା'ନ୍ତ ନା ?" କହତ ଦେବବ୍ରତ ରମେଶ ଆଡ଼କୁ ଚାହିଁ ହସିଲା- ଆଖି ଦିଓଟି ତାର କୃତଜ୍ଞତାରେ ପୂର୍ଣ୍ଣ। ବାସନ୍ତୀ ମଧ୍ୟ ତାହାର ସୁନ୍ଦର ଆଖି ଦିଓଟିରେ ପ୍ରାଣର ଗଭୀର ଶ୍ରଦ୍ଧା ଓ ପ୍ରୀତି ଭରିଦେଇ ରମେଶକୁ ଛୋଟ ଗୋଟିଏ ନମସ୍କାର କଲା। ସେମାନଙ୍କର ଏହି କୃତଜ୍ଞ ଭାବ ଦେଖି ରମେଶ ବଡ଼ ସଙ୍କୋଚବୋଧ କଲା ଏବଂ ତାହା ଦୂର କରିବାଲାଗି ଶିଶୁ ପରି ଅନର୍ଗଳ ବକିଯିବାକୁ ଲାଗିଲା।

"ଆଚ୍ଛା, ଦେବବ୍ରତ ! ମତେ ଖାଲି ଖାଲି ଟାଣି ଆଣିଲ ? ମୁଁ ଭାବିଲି ଅବା କ'ଣ ଖାଇବାକୁ ଦବ। ମୁଁ ଯେ ବ୍ରାହ୍ମଣ ଘରର ପୁଅ, ସେ କଥା ପରା ଭୁଲିଗଲ ?"

ଦେବବ୍ରତ ଓ ବାସନ୍ତୀ ତା କଥା ଶୁଣି ଖୁବ୍ ହସିଲେ। ଦେବବ୍ରତ କହିଲା, "ବାସ, ଆଜି ରମେଶ ପାଖରେ ତୁମର ପରୀକ୍ଷା। ରାନ୍ଧିବାପାଇଁ ପୁରସ୍କାର ପାଇଲେ ତ ହେଲାନାହିଁ; ତାର ନିଦର୍ଶନ ଦେଖାଇବାକୁ ହେବ।"

ବାସନ୍ତୀ ରମେଶର ଏହି ସରଳ ଅମାୟିକ ବ୍ୟବହାରରେ ମୁଗ୍ଧ ହୋଇ ରମେଶଲାଗି ସ୍ୱହସ୍ତରେ ଜଳଖିଆ ପ୍ରସ୍ତୁତ କରିବାକୁ ଚାଲିଗଲା। ବାସନ୍ତୀ କଟକ ବାଳିକା ହାଇସ୍କୁଲ୍‌ରେ  ପଢ଼ିବା ସମୟରେ ପ୍ରତିବର୍ଷ କୁକିଂ ପ୍ରାଇଜ୍ ପାଇଛି। ରନ୍ଧନରେ ସେ ବଡ଼ ପଟୁ ଏବଂ ନିଜ ହାତରେ ରାନ୍ଧି ଲୋକଙ୍କୁ ଖୁଆଇବାରେ ସେ ଆନନ୍ଦମଧ୍ୟ ପାଏ।

ସନିଆ ମା ବୋହୂ ସାଆନ୍ତାଣୀଙ୍କୁ ଅନେକ ବାରିଲେ ମଧ୍ୟ ତାଙ୍କ ରନ୍ଧାଟିକୁ ତାରିଫ୍ ନକରି ରହିପାରେନାହିଁ। ନିଶାବୋଉର ତ ବୋହୂ ହାତର ରନ୍ଧା ଗୋଟିଏ ହେଲେ ତରକାରୀ ନଥିଲେ ଭାତଖିଆ ହୁଏନାହିଁ; କିନ୍ତୁ ସୁଭଦ୍ରା ଦେଈ ତା ହାତ ରନ୍ଧା ଆଜିପର୍ଯ୍ୟନ୍ତ କିଛି ସ୍ପର୍ଶ କରିନାହାନ୍ତି। କହନ୍ତି, "ସେ ସହରର ବାରଜାତିଙ୍କ ଘରକୁ ଯାଉଥିଲା। ଏଠି ତ ନିଶାକୁ ସିଲେଇ ଶିଖାଇବାକୁ ଆସେ। ଯେଉଁ ମେମ୍, ତା' ସାଙ୍ଗରେ ବସେ, ଉଠେ, ଖାଏ ପିଏ, ମୁଁ ଖାଇବି ତା ହାତରେ? ଛି, ଛି,।"

ବାସନ୍ତୀ ଚାଲିଯାଇ ଦୁଇବନ୍ଧୁଙ୍କୁ ବହୁଦିନ ପରେ ମନଖୋଲି କଥା କହିବାର ସୁଯୋଗ ଦେଇଗଲା। ଦେବବ୍ରତ ଗପୁ ଗପୁ କେତେବେଳେ ଯେ ହୃଦୟ ଉଦ୍‌ଘାଟିତ କରି ବହୁଦିନ ସଞ୍ଚିତ ବ୍ୟଥାର କାହାଣୀ ତାହାର ବନ୍ଧୁ ନିକଟରେ ପ୍ରକାଶ କରିଦେଲା, ତାହା ସେ ନିଜେ ବୁଝିପାରିନଥିଲା। ରମେଶ କୌଣସି ସାନ୍ତ୍ୱନା ବାଣୀ ଖୋଜି ନପାଇବାରୁ ନୀରବ ରହିଲା। କେବଳ ବେଦନା ତାହାର ଅନ୍ତରର ସ୍ତରେ ସ୍ତରେ ପୁଞ୍ଜୀଭୂତ ହୋଇଉଠୁଥାଏ।

ବହୁକ୍ଷଣ ଦୁଇବନ୍ଧୁ ନୀରବ ରହିଲେ। ହଠାତ୍ କାହାର ମୃଦୁ ହାସ୍ୟଧ୍ୱନିରେ ଦୁହେଁ ଟିକିଏ ଚମକି ଉଠି ଦେଖିଲେ- ଧନିଆ ଗୋଟିଏ ଥାଳୀ ଧରି ଦଣ୍ଡାୟମାନ ଏବଂ ତାର ଅଦୂରରେ ଦ୍ୱାର ନିକଟରେ ବାସନ୍ତୀ- ମୁହଁ ଖଣ୍ଡିକ ହସ ହସ। ଦୁଇବନ୍ଧୁ ଅପ୍ରତିଭ ହୋଇ ସମ୍ମୁଖସ୍ଥ ଟୁଲ୍‌ଟିକୁ ନିକଟକୁ ଟାଣି ଆଣିଲାରୁ ଧନିଆ ଥାଳୀ ରଖି ଚାଲିଗଲା। ରମେଶ ଉଚ୍ଛ୍ୱସିତ ହୋଇ ବାସନ୍ତୀର ରନ୍ଧନର ପ୍ରଶଂସା କରି ତାକୁ ବଡ଼ ଅପ୍ରସ୍ତୁତ କଲା। ବହୁକ୍ଷଣ ଗଳ୍ପ କରି ରମେଶ ସେହି ରାତି ଗାଡ଼ିରେ କଟକ ଯାତ୍ରା କଲା।

ଆଉ ବାସନ୍ତୀ ଓ ଦେବବ୍ରତ? ତାଙ୍କ ଉପରେ କେତେ ଯେ କୁତ୍ସାର ବାଣ ବର୍ଷିଗଲା, ତହାର ହିସାବ ରଖୁଚି କିଏ? ସୁଭଦ୍ରା ଦେଈ କିନ୍ତୁ ଏଥିରେ ବଧୂ ଅପେକ୍ଷା ପୁତ୍ରର ଦୋଷ ଦେଲେ ବେଶୀ। ବୋହୂତ ମାଈକିନିଆ ଝିଅ- ତାର ବା ବୁଦ୍ଧି କେତେ? ସେଥିରେ ପୁଣି ଇସ୍କୁଲରେ ପାଠ ପଢ଼ି ଖ୍ରୀଷ୍ଟାନମାନଙ୍କ ସାଙ୍ଗରେ ମିଶି ସହରରେ ବଢ଼ିଛି ସିନା, ଗାଁ' ଢଙ୍ଗ କିଛି ଜାଣିନାହିଁ; କିନ୍ତୁ ଦେବ ତାର ଏହି ଗାଁରେ ମା କୋଳରେ ବଢିଛି, ସେ ତ ଜାଣେ, ତାର ମାଆର ଆଜନ୍ମ ସଂସ୍କାର ସବୁ। ତାର ଏପରି ବ୍ୟବହାର ଯେ ଅମାର୍ଜନୀୟ।

ଦେବବ୍ରତ ବାସନ୍ତୀର ସୁଖ ସ୍ୱାଚ୍ଛନ୍ଦ୍ୟପ୍ରତି ଯେତେବେଶୀ ମନଯୋଗୀ ହେଉଥିଲା, ନିଜର ଅଜ୍ଞାତ ସାରରେ ସେ ତେତେବେଶୀ ମାତା ଓ ବଧୂ ମଧ୍ୟରେ ଗୋଟିଏ ଦୁର୍ଭେଦ୍ୟ ପ୍ରାଚୀର ଗଠନ କରୁଥିଲା। ଏହି ଦୁର୍ଭେଦ୍ୟ ପ୍ରାଚୀର ଯେ ଦିନେ ତାହାରି ମସ୍ତକରେ

ଭାଙ୍ଗି ପଡ଼ିପାରେ ଏବଂ ଏହାଠାରୁ ଉଚ୍ଚତର ଏବଂ ଦୁର୍ଭେଦ୍ୟତର ଗୋଟିଏ ପ୍ରାଚୀର ଯେ ବାସନ୍ତୀର ଚତୁର୍ଦ୍ଦିଗରେ ଗଠିତ ହୋଇ ତାକୁ ତାହାର ସ୍ୱାମୀଠାରୁ ମଧ୍ୟ ବିଚ୍ଛିନ୍ନ କରିପାରେ, ବାସନ୍ତୀ ପ୍ରତି ଅଗାଧ ସ୍ନେହରେ ଦେବବ୍ରତ ତାହା ହୃଦୟଙ୍ଗମ କରିପାରିଲାନାହିଁ।

ଆଶ୍ୱିନର ଦ୍ୱିପ୍ରହର। ସୁଭଦ୍ରାଦେଈ ତାଙ୍କ କକ୍ଷରେ ଦିବାନିଦ୍ରା ଉପଭୋଗ କରୁଛନ୍ତି। ଦେବବ୍ରତ ଘରେ ନାହିଁ। ବାସନ୍ତୀ ଏଘର ସେଘର ଅନେକକ୍ଷଣ ବୁଲିଲା। ଏହି ଅଳସ ଦ୍ୱିପ୍ରହର ସେ କି ଭାବରେ ଅତିବାହିତ କରିବ, ଭାବି ସ୍ଥିର କରିପାରୁନାହିଁ। 'ସମୟ କିପରି କଟେଇବି' ଏପରି ଚିନ୍ତା ବାସନ୍ତୀ ମନକୁ ଏଥିପୂର୍ବେ କେବେ ଆସିନଥିଲା। ନାନା କାର୍ଯ୍ୟ ନାନା ରକମର ହାସ୍ୟ ପରିହାସ ମଧ୍ୟରେ ଦିନ ତାର କଟିଯାଇଛି, କିନ୍ତୁ ଏଠି ସକାଳ ସନ୍ଧ୍ୟା କଟିଲେ ମଧ୍ୟ ଦ୍ୱିପ୍ରହର ତାର କଟେନାହିଁ।। ବଡ଼ ଏ ଦୀର୍ଘ ଦ୍ୱିପ୍ରହର। ବାସନ୍ତୀ ଦେବବ୍ରତ ଟେବୁଲ୍ ଉପରୁ ରବୀନ୍ଦ୍ର ନାଥଙ୍କର 'ଗୋରା' ବହି ଖଣ୍ଡିକ ଟାଣି ନେଇ ଶେଷ ଆଡ଼କୁ ପଢ଼ିବାକୁ ଆରମ୍ଭ କଲା। ଏହି ବହିଖଣ୍ଡିକ ତାର ଏତେ ପ୍ରିୟ ଯେ ଅନେକଥର ପଢ଼ିଲେ ମଧ୍ୟ ପୁଣି ପଢ଼ି ବସିଲା। କିଏ ପଛଆଡ଼ୁ ଆସି ତା ହାତରୁ ବହି କାଢ଼ିନେଲା।

"କିଏ ?"

ନିଶା ହସିଉଠିଲା।

"ଏମିତି ବହି ପଢ଼ନ୍ତି, ଏକା ! ମୁଁ କେତେବେଳୁ ଆସି ତୁମ ପଛରେ ଠିଆ ହୋଇ ତୁମ ସାଙ୍ଗେ ସାଙ୍ଗେ କେତେ ଗୁଡ଼ାଏ ବହି ପଢି ସାରିଲିଣି। ତୁମେ ଏତେ ତନ୍ମୟ ହୋଇ ପଢ଼ ?" କହୁ କହୁ ନିଶା ବାସନ୍ତୀ ନିକଟରେ ବସି ପଡ଼ିଲା।

"ଏତେ ଡେରି କରି ଆସିଲ ?"

"ଏବେ ଖାଇଲି ପରା ! ମୁଁ ଖାଇ ସାରି ଦୌଡ଼ି ପଳେଇ ଆସିଲି। ବୋଉ ମତେ ଡାକ ପକେଇଚି। ମୁଁ ଚାଲିଆସିଲି। ଫେରିଥିଲେ ତ ପୁଣି ଘଣ୍ଟାଏ ଅବିକା ବସେଇ ଦେଇଥାନ୍ତା। ...... ତୁମେ କ'ଣ ଗୋଟାଏ ଭାବୁଚ ଏକା, ଭାଉଜ-ବୋହୂ, ମୋ କଥା ଜମା ଶୁଣିଲନାହିଁ।

"ତୁମ କଥା, ମୁଁ ଗୋଟି ଗୋଟି କରି ସବୁ ଶୁଣିଚି, ନିଶା ମତେ ପରୀକ୍ଷା କଲେ ବୁଝି ପାରିବ, ସବୁ କହିପାରିବ ।"

"କଣ ଭାବୁଥିଲ କହିଲ ?"

"ଗୋଟିଏ କଥା"

"କଣ ଶୁଣେ ?"

"ବହିଟା ପଢୁ ପଢୁ ମୋର ମନେହେଲା, ଏମାନଙ୍କ ପରି ଆମେ ବିତ କିଛି କାମ କରିପାରୁଁ। ଚାଲ, ନିଶା, କିଛି ଗୋଟାଏ କରିବା। ତୁମେ ଯେବେ ମୋତେ ସାହଯ୍ୟ କରନ୍ତ, ମୁଁ ଥରେ ଚେଷ୍ଟା କରନ୍ତି"

"ମୋ ଦ୍ୱାରା ଯଦି କିଛି କାମ ହୁଏ, ତୁମର ତେବେ ମୁଁ କଣ ନକରି ରହିବି ?"

"ନିଶା, ଆମର ଗୋଟିଏ ସ୍କୁଲ ଖୋଲିବା। ଦି'ପହରେ ତୁମର କିଛି କାମ ନାହିଁ, ମୋର ବି କିଛି ନାହିଁ। ଛୋଟ ପିଲାଙ୍କୁ ନେଇ ଗୋଟେ ସ୍କୁଲ୍ ଖୋଲିଲେ ତ ହେବ। ତୁମେ ମୁଁ ଦୁହେଁ ପଢ଼େଇବା, କିନ୍ତୁ ପିଲାଙ୍କୁ ଆଣିବା କେମିତି ?"

"ମୁଁ ଟାଣି ଘୋଷାରି ନେଇ ଆସିବି।" ବାସନ୍ତୀ ତାର ପିଲାଳିଆ କଥା ଶୁଣି ହସି ଉଠିଲା।"

"ମତେ ତୁମ୍ଭମାନଙ୍କ ହସରୁ ଟିକିଏ ଭାଗ ଦବ ?" କହି ଦେବବ୍ରତ ଆସି ଘରେ ପଶିଲା।

ଦେବବ୍ରତ ଉତ୍ସାହରେ ବାସନ୍ତୀ ଓ ନିଶା ଉତ୍ସାହିତ ହୋଇଉଠିଲେ। ଦେବବ୍ରତ ଉତ୍ସାହ ଦେଲା ସତ୍ୟ, କିନ୍ତୁ ପୂର୍ଣ୍ଣ ଅନ୍ତରରେ ଏ ପ୍ରସ୍ତାବ ସେ ଅନୁମୋଦନ କରିପାରିଲାନାହିଁ। ସେ ବୁଝିଲା, ଏସାଧୁ ଇଚ୍ଛା ବାସନ୍ତୀର ସଫଳ ହେବନାହିଁ, ମାତାଙ୍କର ବିରକ୍ତିବର୍ଦ୍ଧନ କରିବ ମାତ୍ର। ଏହା ବୁଝିଲେ ମଧ୍ୟ ବାସନ୍ତୀଙ୍କୁ ନିରାଶ କରିବାର ଇଚ୍ଛା ତାହାର ହେଲାନାହିଁ।– ସେ ତାକୁ ଉତ୍ସାହିତ କଲେ ଯଦି ସଫଳ ହୁଏ, ଏହି ଆଶାରେ, କିନ୍ତୁ ସ୍କୁଲ୍ ବସିବ କେଉଁଠାରେ ? ଏ ଘରେ ସ୍ଥାନ ଅଛି ଅନେକ; କିନ୍ତୁ ବାଧା ଯେ ପର୍ବତ ପ୍ରମାଣ। ଏ ବାଧା ବିଘ୍ନ ସାଙ୍ଗରେ କେତେ ଯୁଦ୍ଧ କରିବ ସେ ? ଆଉ ତାହାର ଶକ୍ତିନାହିଁ। ଏ ଯେ ଜୀବନବ୍ୟାପୀ ସଂଗ୍ରାମ।

ଦେବବ୍ରତ କହିଲା; "ତୁମର ସ୍କୁଲ୍ ହବ କେଉଁଠି ?" ନିଶା ତାକୁ ଉଦ୍ଧାର କଲା– "କାହିଁକି ଭାଇ, ଆମ ଘରେ ହବ। ମୁଁ ବୋଉକୁ କହିବି, ସେ ରାଜି ହବ ମୋ କଥାରେ ନିଶ୍ଚୟ। କାଲି ପୁଣି ବାପା ଛୁଟିରେ ଘରକୁ ଆସୁଚନ୍ତି। ତାଙ୍କୁ କହିବା, ସେ ସବୁ କରିଦେବେ। ସେଇ ଏକା ବେଶ୍ ଭଲ ହେବ, ନା ?"

ବାସନ୍ତୀ ଓ ଦେବବ୍ରତ ଖୁସି ହୋଇ କହିଲେ, "ତେବେ ଆଉ ଭାବନା କଣ ?" ବାସନ୍ତୀ ସର୍ବେଶ୍ୱର ବାବୁଙ୍କୁ କେବଳ ବିବାହ ସମୟରେ ଦେଖିଥିଲା, କିନ୍ତୁ ସେ ଅଳ୍ପ ସମୟ ମଧ୍ୟରେ ବାସନ୍ତୀ ସ୍ନେହମୟ ପିତୃହୃଦୟର ଯେଉଁ ପରିଚୟ ଲାଭ କରିଥିଲା, ତାହା ଭୁଲିବାର ନୁହେଁ। ଦେବବ୍ରତ ପ୍ରତି ତାଙ୍କର ଯେ କି ଅବାଧ ସ୍ନେହ, ତାହା ବାସନ୍ତୀ ତାଙ୍କ ପତ୍ରରୁ ବୁଝିପାରିଥିଲା। ସେଥିପାଇଁ ତାଙ୍କର ଆଗମନ ସମ୍ବାଦରେ ବାସନ୍ତୀ ଏବେ ପୁଲକିତ ହୋଇଉଠିଲା। ଶୈଶବରୁ ପିତୃହୀନା ସେ କୈଶୋରରେ ମାତାଙ୍କୁ

ହରାଇ ଆଉ ଗୋଟିଏ ମାତା ଲାଭ କରିଥିଲା ସତ୍ୟ, କିନ୍ତୁ ଆଜିକି କେତେଦିନ ହେଲା ସେ ସେହି ସ୍ନେହମୟୀଙ୍କୁ ଛାଡ଼ି ଆସିଛି । ବାସନ୍ତୀ ହୃଦୟରେ ଗଭୀର ସ୍ନେହପିପାସା ଘେନି ସର୍ବେଶ୍ୱର ବାବୁଙ୍କ ଆସିବା ବେଳକୁ ଚାହିଁ ରହିଲା ।

ସର୍ବେଶ୍ୱର ବାବୁ ବହୁଦିନ ପରେ ପୂଜା ଛୁଟିରେ ଘରକୁ ଆସିଛନ୍ତି । ତାଙ୍କୁ ଦେଖି ଦେବବ୍ରତ ତାହାର ଅନିର୍ଦ୍ଦେଶ୍ୟ ଜୀବନରେ ଗୋଟିଏ ଉଦ୍ଦେଶ୍ୟ ଖୋଜି ପାଇଲା ପରି ମନେକଲା । ସେହି ଦୁର୍ବଳ ବେଦନାହୀନ ପ୍ରାଣରେ ଅସୀମ ଶକ୍ତି ଓ ଆନନ୍ଦ ଲାଭ କଲାପରି ମନେହେଲା ତାହାର ।

ନିଶାଠାରୁ ସର୍ବେଶ୍ୱର ବାବୁ ବାସନ୍ତୀ ଓ ଦେବବ୍ରତ ପ୍ରତି ସୁଭଦ୍ରା ଦେଈ ଏବଂ ଗ୍ରାମବାସୀମାନଙ୍କର ବ୍ୟବହାର କଥା ଶୁଣି ଅତ୍ୟନ୍ତ ଦୁଃଖ ପାଇଲେ । ଆହୁରି ଦୁଃଖ ପାଇଲେ ଦେବବ୍ରତକୁ ଦେଖି । କାହିଁ ତାର ସେହି ସଦା ପ୍ରଫୁଲ୍ଲ ମୁଖ ! ସ୍ନେହପ୍ରାଣ ସରଳ ବୃଦ୍ଧ ପ୍ରାଣରେ ବଡ଼ ବ୍ୟଥା ଅନୁଭବ କଲେ । ଦେବବ୍ରତକୁ ଯେ ସେ ପୁତ୍ରାଧିକ ସ୍ନେହ କରନ୍ତି । କେବଳ ଭଗବାନଙ୍କ ଉପରେ ଅସୀମ ବିଶ୍ୱାସ ରଖି ଭବିଷ୍ୟତକୁ ତାଙ୍କରି ହାତରେ ସମର୍ପଣ କରିଦେବାକୁ ସେ ଦେବବ୍ରତକୁ କହିଲେ । ଏହା ବ୍ୟତୀତ ଅନ୍ୟ ଉପାୟ ଯେ ନାହିଁ । ଅନ୍ତରରେ ଭୀତ ହେଲେ ମଧ୍ୟ ବୃଦ୍ଧ ତାଙ୍କର ସରଳ ବିଶ୍ୱାସୀ ପ୍ରାଣର ହସ ହସି କହିଲେ- "ଭାବନା କଣରେ ଦେବ ! ଆରେ, ତୋ ବୟସରେ ମୁଁ ପାହାଡ଼ ଗୁଡ଼ାଏ ଭାଙ୍ଗି ସାରନ୍ତିଣି ।....ତୁ କ'ଣ କହୁଚୁ, ମା ବାସ ? ଦେବ, ଡର ନାହିଁ, ଏଇ ମା ମୋର ଯେତେଦିନ ତୋ ପାଖରେ ଅଛି, ତୋର ଭାବନା କଣ ? କହି ବଡ଼ ସ୍ନେହରେ, ଆଦରରେ, ବାସନ୍ତୀ ମୁଣ୍ଡରେ ହାତ ବୁଲାଇଦେଲେ ।

ଯେଉଁ କେତେଟା ଦିନ ଘରେ ରହିଲେ, ବାସନ୍ତୀ ନହେଲେ ସର୍ବେଶ୍ୱର ବାବୁଙ୍କ କୌଣସି କାର୍ଯ୍ୟ ମନପୂରା ହୁଏ ନାହିଁ । ଏହି କ୍ଷୁଦ୍ର ମା'ଟିର ସୁକୁମାର ହସ୍ତ ସ୍ପର୍ଶରେ ସବୁ ନବୀନ ହୋଇଉଠିଲା ପରି ମନେ ହୁଏ ତାଙ୍କର । ନିଶା କେତେ ଅଭିମାନ କରେ- ବାପା ତା ଠାରୁ ତାର ଭାଉଜ ବୋହୂକୁ ଅଧିକ ସ୍ନେହ କରୁଛନ୍ତି । ଏ ଅପବାଦ ଶୁଣି ପିତା ଏକ ମାତ୍ର କନ୍ୟାକୁ ବକ୍ଷକୁ ଟାଣିନେଇ କହନ୍ତି, "ମା, ଦୁଇଦିନ ପରେ ତୁ ତ ଚାଲିଯିବୁ ଏମିତି ଗୋଟିଏ ଅଜଣା ଘରକୁ- ସେହି ଘରକୁ ଆପଣାର କରି ତୋ ସଂସାର ତୁ କରିଯିବୁ । ଯିବା ଆଗରୁ ଏଇ ମା'ଟିକୁ ତୁ ମତେ ଦେଇଯିବୁ ନାହିଁ ?" କଥାଟା କହିଦେଇ କନ୍ୟା -ବିଚ୍ଛେଦ-ବ୍ୟଥାକୁ ଲଘୁ କରିବାଲାଗି ଭାରି ହସିଦିଅନ୍ତି । ସେ ହସଟିର ଅନ୍ତରାଳରେ କେତେ ବ୍ୟଥା ଯେ ନିହିତ ଥାଏ, ତାହା ଜାଣିପାରେ କେବଳ ସେହି ପିତୃହୃଦୟ ।

## - ବାର -

"ଦେବବୋଉ, କୁଆଡ଼େ ଗଲ କି ହେ!" ବୋଲି ଡାକ ପକାଇ ସର୍ବେଶ୍ୱର ବାବୁ ତାଙ୍କର ସଦା ପ୍ରଫୁଲ୍ଲ ମୁଖ ମଧୁର ହାସ୍ୟରେ ଉଜ୍ଜ୍ୱଳତର କରି ପ୍ରବେଶ କଲେ।

"ଆଗୋ, ଆଜି ଏ ଅପୂର୍ବ ଏତେବେଳେ କୁଆଡ଼େ ! ଆସ, ଆସ। ଆଲୋ ସନିଆ ମା, ଆସିନି ଖଣ୍ଡେ ଆଣ ଲୋ, ଆଉ ବୋହୂ ଠଉଁ ପାନ ଖଣ୍ଡେ ମାଗି ଆଣ" ବୋଲି କହି ସୁଭଦ୍ରା ଦେଈ ମାଳି ଝୁଲି ଧରି ସେବାଘରୁ ବାହାରି ଆସିଲେ। ସନିଆ ମା ଆସନଖଣ୍ଡେ ଆଣି ପିଣ୍ଡା ଉପରେ ପାରି ଦେଲା ଓ ଗୋଟିଏ ଥାଳିଆରେ ପାନ ଦେଇଗଲା। ସର୍ବେଶ୍ୱର ବାବୁ ବସିଲେ। ସୁଭଦ୍ରା ପିଣ୍ଡା ଉପରେ ବସି କହିଲେ, "ଆଗୋ, ତମେ ଏଇଠି ଅଛ, ଏ ସାଇ ସେ ସାଇ, ଦିନକୁ ଛ'ନେଉଟ ହେଉଥାନ୍ତ, କେତେଦିନ ହେଲା ଟିକିଏ ବୋଲି ଛାଇ ଦିଶିବାକୁ ନାହିଁ। ମୁଁ ମନେକଲି- ଚାଲିଗଲେଣି- ଟିକିଏ ଦେଖା ବି ଦେଇଗଲେ ନାହିଁ।"

"ନାହିଁ ନାହିଁ, ଫୁରୁସତ୍ ନଥିଲା ବୋଲି ଆସୁନଥିଲି। କେତେଦିନ ଗାଁ'କୁ ଆସିନାହିଁ ନା ଜମି ବାଡ଼ି ଅଡୁଆ, ନାନା ରକମ କାମ, ବୁଝିଲ ନା, ସେସବୁ ଛିଣ୍ଡେଇବା କ'ଣ ସହଜ କଥା ? ଆଜି ଟିକିଏ ଫୁରସତ୍ ମିଳିଲା, କହିଲି, ଯାଏଁ ଦେବବୋଉ କେମିତି ଅଛି, କଣ କରୁଛି ଟିକେ ଦେଖିଆସେ।" ସୁଭଦ୍ରା ଦୀର୍ଘ ନିଶ୍ୱାସଟାଏ ମାରି କହିଲେ, "ହଁ, ମୋର ଏବେ ସଂସାରରେ ଆଉ କ'ଣ ଅଛି ? ଏଣିକି ବଳ ବଅସ ସଇଲା, ପାକଲା ଆମ୍ବ, ଏକା ବାଆକେ ଝଡ଼ିବି, କି ଏକା ପାଣିକେ ସଢ଼ିବି । ମୋର ଭଲ କ'ଣ ମନ୍ଦ କ'ଣ ?"

"ଛି, ଛି, ଏ ଅମଙ୍ଗଳ କଥାଗୁଡ଼ାକ କାହିଁକି ମୁହଁରେ ଧରୁଚ ? ତୁମର କ'ଣ ଏଇକ୍ଷଣି ଯିବାବେଳ ହେଲାଣି ଯେ ତୁମେ ସେ କଥା ଭାବୁଛ ? ପୁଅ ବୋହୂ ନେଇ ଦିନାକେତେ ଆଗେ ଘର ଦୁଆର କର, ନାତି ନାତୁଣୀ ଦେଖ, ତେବେ ଯିବ ନା। ଏତେବେଳୁ କାହିଁକି ଏପରି ହଉଚ ?"

ସୁଭଦ୍ରା ଉଦାସୀ ଭାବରେ କହିଲେ, "ହେଁ, ସେ ପୁଅରୁ ମତେ କଣ ମିଳିବ ବା ସେ ବୋହୂରୁ ମତେ କ'ଣ ମିଳିବ? ଆପଣା କଥାକୁ ସମସ୍ତେ ସାଥୀ ନା ଆଉ କାହା କଥାକୁ କିଏ ସାଥୀ ହେବ?"

ସର୍ବେଶ୍ୱର ବାବୁ ବ୍ୟସ୍ତ ହୋଇ ପଚାରିଲେ, "କାହିଁକି, କାହିଁକି, ନୂଆବୋଉ ଏମିତି କଥାଗୁଡ଼ାକ କାହିଁକି କହୁଚ? ତୁମ ପୁଅ ବୋହୂଙ୍କ ପରି ଏ ଛଅଖଣ୍ଡ ଗାଁ'ରେ କାହାରି ପୁଅ ବୋହୂ ନଥବେ, ତୁମେ ଫେର୍ ଏପରି କହୁଚ? କାହିଁକି ବୋହୂର କେଉଁ ଗୁଣ ମନ୍ଦ ଯେ ତୁମ ମନକୁ ପାଉନାହିଁ?"

ସୁଭଦ୍ରା ଉତ୍ତର କଲେ, "ମୁଁ କଣ କହିଲି ମୋ ମନକୁ ପାଉନାହିଁ? ଆଉ ମୋ ମନ ସାଙ୍ଗରେ ବା କ'ଣ ଅଛି? ମତେ କିଏ କୋଉ କଥା ପଚାରିଲା ନା ବିଚାରିଲା? ମୁଁ କେଉଁ ଆଡ଼ର କିଏ ଯେ ଗୋଟାଏ ଭଲ ମନ୍ଦ ବାଛି ବିସିବି?

ସର୍ବେଶ୍ୱର ବାବୁ ବୁଝି ପାରିଲେ, ବୋହୂ ପସନ୍ଦ ହୋଇନାହିଁ ଏପରି ନୁହେଁ, କିନ୍ତୁ ଦେବବ୍ରତ ଯେ ତାଙ୍କର ବିନାନୁମତିରେ ବିବାହ କଲା, ସେଇ ଆଘାତଟା ସୁଭଦ୍ରା ଦେଈ ଆଜି ସୁଦ୍ଧା ଭୁଲିପାରିନାହାନ୍ତି। ଆଜି ସୁଦ୍ଧା ସେହି ଅଭିମାନରେ ତାଙ୍କର ମନଟା ଘାରି ହେଉଛି। ଏହି ସାମାନ୍ୟ କଥାଟା ଆଜିଯାଏ ଛିଣ୍ଡିନଥିବାର ଦେଖି ସେ ଅତିଶୟ ଦୁଃଖିତ ହେଲେ। ତାଙ୍କୁ ଯେପରି ବୋଧ ହେଲା, ନିଆଁଟା ବାହାରେ ଭସ୍ମାବୃତ ହେଲେ ମଧ୍ୟ ଭିତରେ କୁହୁଳୁଛି। ସେ ସ୍ପଷ୍ଟ ଦେଖିପାରିଲେ, ଦେବବ୍ରତ ଓ ବାସନ୍ତୀର ଭାଗ୍ୟାକାଶ ମେଘାଛନ୍ନ।

ସେ ପୁଣି ଆସିଥିଲେ ଆଉ ଗୋଟାଏ ଉଦ୍ଦେଶ୍ୟ ନେଇ। ନିଶାମଣି ତାଙ୍କ ସାଙ୍ଗରେ ଲଗେଇ ଲଗେଇ ତାଙ୍କୁ ପଠେଇଥିଲା। ବାସନ୍ତୀର ଇସ୍କୁଲରେ ପଢ଼ାଇବା ସମ୍ବନ୍ଧରେ ସୁଭଦ୍ରାଙ୍କ ମତାମତ ନେବାକୁ। ଏପରି ଅବସ୍ଥାରେ ସେ ଯେ କିପରି ସେ କଥା ପକାଇବେ, ଭାବି ସ୍ଥିର କରିପାରିଲେ ନାହିଁ। ତାଙ୍କ ମନଟା ଟିକେ ନରମ କରିବା ଉଦ୍ଦେଶ୍ୟରେ କହିଲେ, "ନୂଆବୋଉ, ତୁମେ କାହା ଉପରେ ରାଗୁଛ? ତୁମର କଣ ନ'ଟା ଛ'ଟା ଅଛନ୍ତି ଯେ ତୁମେ ଏମିତି କଥାଗୁଡ଼ାକ ମନରେ ପୂରାଉଛ? ଛି, ଛି, ଏଗୁଡ଼ାକ ଭଲନୁହେଁ। ଗୋଟାଏ ବୋଲି ପୁଅ, ଆଉ ସେ ଏମିତି କାର୍ଯ୍ୟଟାଏ ବା କଣ କରିଚି, ଆଜିକାଲି ପିଲାଏ ତ ଆହୁରି କ'ଣ ବୋଲି କ'ଣ କରୁଚନ୍ତି। ସେ ଏବେ ତା ମନଲାଖି କନିଆଟିଏ ବିଭା ହେଲା। ହେଲା ତ ହେଲା। ଯେଉଁଥିରେ ତାଙ୍କର ସୁଖ, ସେଇଥିରେ ଆମର ସୁଖ ନା? ଆଉ ଆମର ତାଙ୍କ ଛଡ଼ା ଆଉ କିଛି ଅଛି? ବୋହୂ କିଛି ମନ୍ଦ ହୋଇଥାନ୍ତା, କି ପୁଅ ବୋହୂ କିଛି ଅନାଦର କରୁଥା'ନ୍ତେ, ହଁ, ତେବେ ରାଗ କରନ୍ତ। କାହିଁ

ଦେବ, ବାସ ତ ସେପରି କରନ୍ତିନାହିଁ। ନାହିଁ ନାହିଁ, ନୂଆବୋଉ, ତୁମେ ଏଗୁଡ଼ା ଭୁଲିଯାଅ ସବୁ, ତୁମକୁ ମୋ ରାଣଟି।"

ସୁଭଦ୍ରା ଦେଖିଲେ, ସର୍ବେଶ୍ୱରଙ୍କ ଆଖିରେ ଦୋଷଟା ତାଙ୍କରି ଆଡ଼େ ବେଶୀ ଦିଶୁଛି। ସେ ତରତର କରି କଥାଟା ବାଆଁରେଇ ଦେଇ କହିଲେ- "ନାହିଁ ନାହିଁ ହେ, ତୁମେ କ'ଣ ବାଇଆ ହେଲ, ମୁଁ ଏଇ କଥାକୁ ମନରେ ଧରିଚି? କଥାକୁ ସେମିତି କହିଲି ନା?"

ଏହା କହି ଅନ୍ୟକଥା ପକାଇଲେ। ବହୁତ ବେଳଯାଏ ଗପ ହେଲା, ସାଇ ପଡ଼ିଶା ନାନା କଥା ପଡ଼ିଲା। ସର୍ବେଶ୍ୱର ବାବୁଙ୍କର ଆଦୌ ଗପରେ ମନ ନଥାଏ। ସେ ଖାଲି ବାଧ ହୋଇ ଗପ କରୁଥା'ନ୍ତି। କିନ୍ତୁ ତାଙ୍କ ମନରେ ନାନା ଚିନ୍ତା, ନାନା ଭାବନା ଆସି ପଡୁଥାଏ। ଆଉ ଥାଇ ଥାଇ ନିଶାର ଅନୁରୋଧଟା ମଧ୍ୟ ମନେପଡ଼ିଯାଉଥାଏ। କଥାଟା ବୁଝିନଗଲେ ତେଣେ ନିଶା ରାଗିବ। ଏଣେ କିପରି ଯେ କଥା ପକାଇବେ ଓ ପକାଇଲେ କି ଫଳ ହେବ, ସେ ବିଷୟ ଭାବି ତାଙ୍କୁ ବଡ଼ ଅଡୁଆ ଲାଗୁଥାଏ। ଶେଷକୁ ଭାବିଲେ ଗୋଟାଏ ସଫାସଫି ହୋଇଯିବା ଭଲ। ନିଶା ବାସନ୍ତୀଙ୍କର ଯେପରି ଉତ୍ସାହ, ସେମାନେ ଯେ ସ୍କୁଲ୍ ନକରିବେ, ଏହା ନୁହେଁ। ତେବେ ସେ ଗାଁରେ ଥାଉଁ ଥାଉଁ ଗୋଟାଏ ଠିକ୍ ଠାକ୍ ହୋଇଯିବା ଭଲ। କାରଣ, ଅବସ୍ଥା ସବୁ ଯେପରି ସେମାନଙ୍କର, ସାମାନ୍ୟ ଭୁଲ୍ ରେ କ'ଣ ବୋଲି କ'ଣ ହୋଇଯାଇପାରେ। କଥାଟା ଯେତେବେଳେ ଯେବେହେଲେ ସୁଭଦ୍ରାଙ୍କ କାନକୁ ଆସିବ, ସେତେବେଳେ ଏତିକିବେଳୁଁ ଆଉ ତାଙ୍କରି ଦ୍ୱାରା କଥାଟା ପଡ଼ିବା ଭଲ। ଏହିପରି ସାତ ପାଞ୍ଚ ଭାବି ଶେଷକୁ କଥାଟା ପକାଇଲେ, "ନୂଆବୋଉ! ନିଶା ଏକା ତୁମ ପାଖକୁ ଗୋଟାଏ ଖବର ଦେଇଛି।" ସୁଭଦ୍ରା ପଚାରିଲେ, 'କଣ କହିଛି କି?' ସର୍ବେଶ୍ୱର ବାବୁ ଥଙ୍ଗ ଥଙ୍ଗ ହୋଇ କହିଲେ, " ନା, ଏମିତି କିଛି ନୁହେଁ, ତାର ବାସ ସାଙ୍ଗରେ କେମିତି ଭାବ, ତା' ଜାଣ। ମତେ ଆଜି କହୁଥିଲା, "ବାପା, ବଡ଼ ମାଆକୁ ଟିକିଏ କହନ୍ତ, ନୂଆବୋହୂତ ଦି'ପହରେ କିଛି କାମ କରେ ନାହିଁ। ନିତି ଟିକିଏ ଆମ ଘରକୁ ଆସନ୍ତା, ମୁଁ ଯାଇ ଡାକି ଆଣନ୍ତି ପଛକେ।"

ସୁଭଦ୍ରା ଦେଇ ଟିକିଏ ଭାବି କହିଲେ, "ତୁମ ଘର କିଏ, ମୋ ଘର କିଏ, ମୁଁ କାହିଁକି ମନା କରନ୍ତି, ହେଲେ ନୂଆବୋହୂଟା ଏଡ଼େ ଚଞ୍ଚଳ ଗାଁଟାରେ ବାହାରେ ବୁଲିବ, ଲୋକେ ବାରିବେ। ତୁଚ୍ଛାକୁ ତ ଲାଜ ସରମ କରି ଆସେନାହିଁ ବୋଲି ଗାଁ ଯାକ ଯେତେ ବାଛନ୍ଦ। ଆହୁରି ପୁଣି କଣ ଚିଠି ଲେଖୁଛି, ବହି ପଢୁଛି, ବାଜା ବଜାଉଛି ବୋଲି ମୋତେ ଲୋକ ଛି ଛାକର କଲେଣି। ନାହିଁ, ନାହିଁ, ନିଶାକୁ କହିବ ସେ

ଯେମିତି ଯା' ଆସ କରୁଚି କରୁଥାଉ। ଏହିକ୍ଷଣି କେତେଦିନ ବୋହୂକୁ ମୁଁ ବାହାରକୁ ଛାଡ଼ିପାରିବି ନାହିଁ। ସର୍ବେଶ୍ୱର ବାବୁ କହିଲେ, "ହଁ ନିଶା ଆସୁଚି ଯେ, ବାସର ସେଠିକି ଟିକିଏ ଯିବା ଦରକାର। କ'ଣ ହୋଇଛି ବୁଝିଲନା, ନୂଆବୋହୂ, ପିଲାବୁଦ୍ଧିତ-ନିଶା ହେରିକା କଣ କରୁଛନ୍ତି ବୁଝିଲନା, କହୁଛନ୍ତି ଯେ ଏ ଗାଁ ଝିଅଗୁଡ଼ାକ ମୂର୍ଖ ହୋଇ ରହିଛନ୍ତି। ଆମେ ତ ଦି'ପହର ଗୋଟାକ ଖାଲି ବସି ବସି କଟାଉଛୁଁ । ଆମେ ତାଙ୍କୁ ବସି ଅକ୍ଷର ଚିହ୍ନାନ୍ତୁ, ପୋଥି ବୋଲି ଶିଖାନ୍ତୁ।" ସୁଭଦ୍ରା ଦେଈ ଚମକିପଡ଼ି କହିଲେ, "ଆଗୋ, ଏ କଣ ? ଏଗୁଡ଼ାକ କି ଅସନା କଥା, କରଣ ଘର ଝିଅ ବୋହୂ, କାମ ପାଇଟି ନାହିଁ, ବସି ଋଙ୍ଗୁଡ଼ି ବୁଣ କି ଚିତା ଲେଖ, କି ପାଲି ପଶା ଖେଳ। ଇଲୋ, ଇଏ କଣ ଲୋ ? ଆଗୋ, ସେ କ'ଣ ଇସ୍କୁଲ୍ କରି ମେମ୍ ହେବେ କି ?"

ସୁଭଦ୍ରା ଦେଈଙ୍କ ପାଟି କ୍ରମେ ଉଚ୍ଚତର ହେବାର ଦେଖି, କାଳେ ରୋଷେଇ ଘରୁ ବାସନ୍ତୀ ଏ ସବୁ ଶୁଣି ପାରିବ ବୋଲି ଶଙ୍କିତ ହୋଇ ସର୍ବେଶ୍ୱର କହିଉଠିଲେ, "ତୁନି ହୁଅ, ତୁନି ହୁଅ ନୂଆ ବୋହୂ, ସେଗୁଡ଼ାକ କ'ଣ ? ମୁଁ କଣ ସେ କଥା କହୁଛି ? ସେ ସେହି କାମ ସବୁ କରିବେ ଯେ, ଟିକିଏ ନୂଆ ରକମ। ନିଜେ କରନ୍ତେ ଯାହା, ସେୟା ସାନ ସାନ ଝିଅଙ୍କୁ ଶିଖେଇବେ। ଆଉ ତୁମେ ଏମିତି ଡରୁଛ କାହିଁକି ? ଏଇ ଟିମା, ଚୁଣ୍ଟିଆ, କୁନି ଏହିସବୁ ପିଲାତ ଯାଇ ପଢ଼ିବେ। ସେ କ'ଣ ଆମର ପର ? କିଏ ନାତି, କିଏ ନାତୁଣୀ ହିସାବ, କିଏ ବା ପୁତୁରା ଝିଆରୀ। ଖୁଡ଼ୀ ଜେଠେଇ ଅପାଙ୍କଠଉଁ ସେମାନେ କ'ଣ ଶିଖନ୍ତେ ନାହିଁ ଯେ ତୁମେ ଏଗୁଡ଼ା କହୁଛ ? ଆଉ ସେଠିତ ନିଶା ବୋଉ ବି ରହିବ ।"

ସୁଭଦ୍ରା ଦେଈ ଟିକିଏ ଶାନ୍ତ ହୋଇଗଲେ। ତାଙ୍କର ମନେପଡ଼ିଗଲା, ଯାହା ହେବ ତାଙ୍କ ଜାଆଙ୍କ ଆଖି ଆଗରେ, ଆଉ ତାଙ୍କରି ଘର ଭିତରେ। ସାନବୋହୂର ସୁଗୃହିଣୀତ୍ୱ ସମ୍ବନ୍ଧରେ ତାଙ୍କର ଧାରଣା ଅତି ଉଚ୍ଚ ଥିଲା। କହିଲେ, "ହଉ, ତେବେ ଯିବ ତ ଯିବ। ଏକା ଦାଣ୍ଡ ଗୋହିରିରେ ସମସ୍ତଙ୍କ ଆଗରେ ନୁହେଁ। ବାଡ଼ି ବାଟେ ଏଇ ଓଳିତଳ ଦେଇ ଋଲିଯିବ। ଆହୁରି ବି କେତେ କଥା ଅଛି, ସେ ସବୁ ମୁଁ ସାନବୋହୂକୁ ଆକଟ କରି କହିବି।"

ଏଡ଼େ ଚଞ୍ଚଳ ଓ ଏଡ଼େ ସହଜରେ ଯେ ସୁଭଦ୍ରାଙ୍କର ସମ୍ମତି ମିଳିବ, ଏକଥା ସର୍ବେଶ୍ୱର ବାବୁଙ୍କର ଅପ୍ରତ୍ୟାଶିତ ଥିଲା। ସେ ଆନନ୍ଦରେ ବିଭୋଳ ହୋଇ କହିଲେ, "ହଉ, ତେବେ ନୂଆ ବୋହୂ, ମୁଁ ଆସୁଛି, ଆଉ ଫେର୍ କାଲିଆଡ଼କୁ ଆସିବି ଯେ। ବାସ କାହିଁ, ତା' ସାଙ୍ଗରେ ତ ଟିକିଏ ଦେଖା ହୋଇପାରିଲାନାହିଁ ?" "ରୋଷେଇ ଘରେ ଅଛି" ବୋଲି କହି ସୁଭଦ୍ରା ଦେଈ ମୁହଁଟା ବୁଲେଇ ଦେଲେ। ସର୍ବେଶ୍ୱର ଓ

ବାସନ୍ତୀ ଯେ ଲଜ୍ଜା ସରମ ଛାଡ଼ି ବେହିଆ ପରି ପରସ୍ପର ମୁହଁକୁ ଚାହିଁ ହସା ହସି ହୋଇ କଥାବାର୍ତ୍ତା ହେବେ, ସୁଭଦ୍ରାଦେଈଙ୍କ ଆଦର୍ଶର ବିରଦ୍ଧ ଏହି ଚିତ୍ରଟା ମନେ ପଡ଼ିଯାଇ ତାଙ୍କ ମନଟାକୁ ପୁଣି ବିଗାଡ଼ିଦେଲା, କିନ୍ତୁ ସରଳ ଶିଶୁପ୍ରାଣ ବୁଢ଼ା ସର୍ବେଶ୍ୱର ଆନନ୍ଦର ଆତିଶଯ୍ୟରେ ଏଇଟା ଲକ୍ଷ୍ୟ ନକରି କ୍ଷୁଦ୍ର ଶିଶୁଟି ପରି ରୋଷେଇ ଘରକୁ ଗଲେ ।

ରୋଷେଇ ଘର ଭିତରକୁ ଗୋଟାଏ ଗୋଡ଼ ଦେଇ ସର୍ବେଶ୍ୱର ଡାକ ଛାଡ଼ିଲେ, "ମୋ ମା କୁଆଡ଼େ ଗଲାରେ ।" ରନ୍ଧନ ନିରତା ବାସନ୍ତୀ ହସି ହସି ବାହାରି ଆସିଲା । ପଣତକାନିଟା ଅଣ୍ଟାରେ ଦୃଢ ରୂପେ ବନ୍ଧା ହୋଇଛି, କପାଳରେ ବିନ୍ଦୁ ବିନ୍ଦୁ ଝାଳ ମୁକ୍ତା ବିନ୍ଦୁ ପରି ଶୋଭା ପାଉଛି, ନିଆଁ ତାତିରେ ମୁହଁ ଗୋଟାଯାକ ଲାଲ ପଡ଼ିଯାଇଛି, ହାତରେ ଗୋଟାଏ ପିଠା ଖଡ଼ିକା, ଲୁଗାରେ ଦୁଇ ଚାରିଜାଗା ମସଲା ଦାଗ- ବାସ୍ତବିକ ବାସନ୍ତୀକୁ ଏ ବେଶ ବଡ଼ ସୁନ୍ଦର ମାନୁଥିଲା । ବୃଦ୍ଧ ମୁହୂର୍ତ୍ତେ ଚାହିଁ , "ଏହି ଯେ ମୋ ମାଆ ଅନ୍ନପୂର୍ଣ୍ଣା" ବୋଲି କହି ହସି ଉଠିଲେ । ବାସନ୍ତୀ ପ୍ରଶଂସା ଶୁଣି ଟିକିଏ ଲଜ୍ଜିତ ହୋଇ ପଚାରିଲା, "ଦାଦା, କୁଆଡ଼େ ଆସିଲ ?" "ମୁଁ କଣ ଏହିକ୍ଷଣି ଆସିଲି ? କେତେବେଳୁ ଆସିଲିଣି । ତୋ ଶାଶୁ ପାଖରେ ଥିଲି । ଶୁଣିଲୁଣି ନା ବାସ, ନୂଆବୋହୂ ତତେ ଇସ୍କୁଲ୍ କରିବାକୁ ଅନୁମତି ଦେଇଛନ୍ତି । " ବାସନ୍ତୀ ନିଜ କାନକୁ ବିଶ୍ୱାସ କରିପାରିଲା ନାହିଁ । ଭାବିଲା, ବୁଢ଼ା ଥଟ୍ଟା କରୁଛନ୍ତି । କହିଲା- "ଇସ୍, ମିଛ କଥା ।" "ଆଲୋ, ନା, ନା , ଏବୁଢ଼ା କ'ଣ କେବେ ମିଛ କହେ ଯେ ଆଜି କହିବ ?" ତୋର ବିଶ୍ୱାସ ହେଉନାହିଁ ପରା । ହଁ, ନ ହେବାର ତ କଥା । କାହିଁ ନାହିଁ, ମୁଁ ଥଟ୍ଟା କରୁନାହିଁ, ସତକଥା । ମତେ ପରା ନିଶା ଆଜି ଜିଦ୍ କରି ପଠାଇଥିଲା । ନୂଆବୋହୂ ଯେ ଏକଥାରେ ମଙ୍ଗିବେ, ଏହା ମୋର ମଧ୍ୟ ବିଶ୍ୱାସ ନଥିଲା । କେମିତି କଣ ମନକୁ ଆସିଲା କେଜାଣି, ମଙ୍ଗି ଗଲେତ ।"

ବାସନ୍ତୀ ମନ ଅପୂର୍ବ ପୁଲକରେ ପୂର୍ଣ୍ଣ ହୋଇଗଲା । ପଲ୍ଲୀ ସମାଜର କ୍ଷୁଦ୍ର ପିଞ୍ଜର ମଧ୍ୟରେ ବନ୍ଦିନୀ ହେଲାଦିନଠାରୁ ସ୍ୱାଧୀନତାର ଆସ୍ୱାଦ ସେ ଆଦୌ ଅନୁଭବ କରିନଥିଲା । ଏହି ସାମାନ୍ୟ ଅନୁମତିର ସ୍ୱଳ୍ପ ଅନୁଗ୍ରହ ମଧ୍ୟ ତା' ନିକଟରେ ଖୁବ୍ ବଡ଼ ହୋଇ ଦେଖାଦେଲା । ସେ ମନେ ମନେ ଶାଶୁଙ୍କ କୁସଂସ୍କାର- ପ୍ରିୟତାରୁ ଯେଉଁସବୁ ଧାରଣା ତାଙ୍କ ପ୍ରତି ପୋଷଣ କରିଥିଲା, ସେସବୁ ଆପାତତଃ ଏକାବେଳକେ ଭୁଲିଗଲା । ଆନନ୍ଦରେ ବିହ୍ୱଳପ୍ରାୟ ହୋଇ କହିଉଠିଲା, "ତେବେ ତ ଭଲ ହେଲା, କାଲିଠଉଁ ଇସ୍କୁଲ୍ ଆରମ୍ଭ କରାଯାଉ ।" ସର୍ବେଶ୍ୱର ବାବୁ ହସି ହସି କହିଲେ "ନାହିଁ, ନାହିଁ ଲୋ ବାଇଆଣୀ, ଏଡ଼େ ଅସ୍ଥିର ହୋ ନାଇଁ । ଏସବୁ କ'ଣ ଏଇପରି ତରତରିଆ କାମ ।

ଭାବି ଚିନ୍ତି କେତେ ବିଷୟ ସ୍ଥିର କରିବାର ଅଛି ନା, ମୁଁ ଯାଉଛି, କାଲି ଫେର ଆସିବି, ନିଶାକୁ ବି ଆଣିବି, ସମସ୍ତେ ବସି ବିଚାର କରିବା” ବାସନ୍ତୀ ଏଡ଼େ ଚଞ୍ଚଳ ତାଙ୍କୁ ଛାଡ଼ି ଦେବାକୁ ସମ୍ମତ ହେଲା ନାହିଁ, ଖାଇକରି ଯିବାକୁ ଅନେକ ଅନୁରୋଧ କଲା। କିନ୍ତୁ ସେ ନାନା ପ୍ରକାର କଥାରେ ଭୁଲେଇ ଦେଇ ଖସି ପଳେଇଗଲେ। ଶୁଭ ସମ୍ବାଦଟା ନିଶାମଣିକୁ ଦେବାକୁ ତାଙ୍କର ଆଉ ତର ସହୁ ନଥାଏ।

## - ତେର -

କିଛିଦିନ ହେଲା ଦେବବ୍ରତ ବଡ଼ ଚିନ୍ତାମଗ୍ନ। ବାସନ୍ତୀ ଓ ନିଶାମଣିର ସ୍କୁଲ୍ କରିବାର ପ୍ରସ୍ତାବ ଶୁଣିଲା ଦିନରୁ ତା' ମନରେ ଗୋଟିଏ ଅଦ୍ଭୁତ ପରିବର୍ତ୍ତନ ଘଟିଛି। ଏହି ଗରି ପାଞ୍ଚମାସ ହେଲା ସେ ସ୍ୱପ୍ନରାଜ୍ୟରେ ଭାସୁଥିଲା। ଜୀବନରେ ଯେ ତାର କିଛି କରିବାର ଅଛି, ଏକଥା ସେ ଭୁଲିଯାଇଥିଲା। ହଠାତ୍ ସେଦିନ ବାସନ୍ତୀର ସ୍କୁଲ୍ କରିବା କଥା ଶୁଣି ତାର ଚମକ ଭାଙ୍ଗିଲା। ପର୍ବତ ପ୍ରମାଣ ବାଧା ଅତିକ୍ରମ କରି ବାସନ୍ତୀର ଏପରି ଗୋଟାଏ ଦୁରୂହ କାର୍ଯ୍ୟରେ ଉତ୍ସାହ ଦେଖି ସେ ମନେ ମନେ ସହସ୍ରବାର ପ୍ରଶଂସା ନକରି ରହିପାରିଲାନାହିଁ। ସଙ୍ଗେ ସଙ୍ଗେ ନିଜ ଉପରେ ଗୋଟାଏ ବିରକ୍ତି ମଧ୍ୟ ଆସିଲା। ବିବାହର ପୂର୍ବ ଜୀବନର ଘଟଣାଗୁଡ଼ିକ ତାର ଚକ୍ଷୁ ସମକ୍ଷରେ ଗୋଟିଗୋଟି ହୋଇ ଭାସି ଉଠିଲା। କଲେଜରେ ପଢ଼ିବା ସମୟରେ ତାର କର୍ମୋତ୍ସାହ, ଦେଶର, ସମାଜର ପ୍ରତ୍ୟେକ କାର୍ଯ୍ୟରେ ଯୁବକଦଳ ମଧ୍ୟରେ ତାର ନେତୃତ୍ୱ ଗ୍ରହଣ, ସଭାସମିତି କରି ବକ୍ତୃତା ପ୍ରଦାନ ଇତ୍ୟାଦି ଗୋଟି ଗୋଟି ହୋଇ ତାର ମନେପଡ଼ିଲା। କି ଅସୀମ ଆନନ୍ଦ ପାଇଛି ସେ। ପୁଣି ମନେପଡ଼ିଗଲା ତାର ପଢ଼ିବା ସମୟର ଭବିଷ୍ୟତ କଳ୍ପନାଗୁଡ଼ିକ। ଶିକ୍ଷା ଶେଷରେ କେତେ କଣ କରିବ କଳ୍ପନା କରିଥିଲା ଏବଂ ସେହି କଳ୍ପନାରେ କେତେ ଗୌରବ ଅନୁଭବ କରୁଥିଲା। କୁଆଡ଼େ ଗଲା ତାର ସେ କଳ୍ପନା, କୁଆଡ଼େ ବା ଗଲା ତାର ସେ ଅଦମ୍ୟ ଉତ୍ସାହ। ଏ କେତେଦିନର କର୍ମହୀନ ଜୀବନ କଥା ଭାବି ସେ ନିଜେ ଅବାକ୍ ହୋଇଗଲା। ତାର ବନ୍ଧୁ ବାନ୍ଧବମାନେ ତା'ଠାରୁ ଅନେକ ଆଶା କରିଥିଲେ। ବର୍ତ୍ତମାନ ସୁଯୋଗ ପାଇମଧ୍ୟ ସେ କିଛି କରୁନାହିଁ। ତାର ବନ୍ଧୁମାନେ ବା ତାକୁ କଣ କହିବେ ?

ଏହି ସମସ୍ତ ଚିନ୍ତାରେ ତାର ହୃଦୟ ବ୍ୟାକୁଳ ହୋଇଉଠିଲା। ଆଉ ଆମୋଦ ପ୍ରମୋଦ, ହସ ଖେଳ ତାକୁ ଭଲ ଲାଗିଲାନାହିଁ। ଭଗବାନ ଯେ ତାକୁ ଶକ୍ତି ସାମର୍ଥ୍ୟ

ଦେଇଛନ୍ତି, ସୁଯୋଗ ସୁବିଧା ଦେଇଛନ୍ତି, ଏସବୁ କ'ଣ ବୃଥା ହେବ ? ନା, ନା, ତାର ଜୀବନଟାକୁ ସେ ଏପରି ବ୍ୟର୍ଥ କରିବାକୁ ଦେବନାହିଁ।

ସର୍ବେଶ୍ୱର ବାବୁଙ୍କର ଛୁଟି ପ୍ରାୟ ଶେଷ ହୋଇଆସିଲାଣି। ବାସନ୍ତୀର ସ୍କୁଲ୍ ଖୋଲିବାର ପ୍ରସ୍ତାବ ଶୁଣି ପ୍ରଥମରୁ ସେତ ଭାରି ଖୁସି ହୋଇଥିଲେ ଏବଂ ବାସନ୍ତୀ ଓ ନିଶାକୁ ଖୁବ୍ ଉତ୍ସାହ ଦେଇଥିଲେ। ଏବେ ପୁଣି ସୁଭଦ୍ରା ଦେଈଙ୍କର ଅନୁମୋଦନଟା ପାଇଗଲାରୁ ତାଙ୍କର ଆନନ୍ଦର ସୀମା ରହିଲା ନାହିଁ। ତାଙ୍କ ଘର ବାହାର ବଖରାଟିରେ ଆପାତତଃ ସ୍କୁଲ୍ ବସିବାର ସ୍ଥିର ହେଲା। ବାସନ୍ତୀ ଓ ନିଶା ସର୍ବେଶ୍ୱର ବାବୁଙ୍କ ସହାନୁଭୂତି ଓ ସାହଯ୍ୟ ପାଇ ପୂର୍ଣ୍ଣ ଉତ୍ସାହରେ ମାତି ଉଠିଲେ। ଭବିଷ୍ୟତରେ ଏହାର ପରିଣାମ କଣ ହେବ, ତାହା ଥରେ ଭାବିବା ପାଇଁ ବାସନ୍ତୀର ଅବସର ମଧ୍ୟ ହେଲାନାହିଁ।

ସର୍ବେଶ୍ୱର ବାବୁ ଯିବା ପୂର୍ବରୁ ନିଶାକୁ ସଙ୍ଗରେ ନେଇ ଘର ଘର ବୁଲି କେତୋଟି ବାଳିକା ସଂଗ୍ରହ କରିଥିଲେ। ପନ୍ଦର ଷୋଳ ବର୍ଷର ବାଳିକାମାନଙ୍କୁ ପାଠ ପଢ଼ାଇବାରେ ଗ୍ରାମର କେତେକ ଲୋକ ପ୍ରଥମେ ଘୋର ଆପତ୍ତି କରିଥିଲେ। ଏଡ଼େବଡ଼ ଝିଅ ଗୁଡ଼ାକ ରୋଜ ରୋଜ ସଫା ଦାଣ୍ଡଟାରେ ଚାଲି ସ୍କୁଲ୍ ଯିବେ ପଢ଼ିବାକୁ, ଏକଥାଟା ଅନେକ ଲୋକଙ୍କୁ ଅଡୁଆ ଲାଗିଲା। ପୁଣି ଦୁଇ ଅକ୍ଷର ବେଶୀ ଲେଖିପଢ଼ି ଶିଖିଲେ କାଳେ ସମସ୍ତେ ବାସନ୍ତୀ ଭଳି "କିରସ୍ତାନ୍" ହୋଇଯିବେ, ଏହି ଭୟରେ ମଧ୍ୟ ଅନେକ ଆପତ୍ତି କରିଥିଲେ। କିନ୍ତୁ ସର୍ବେଶ୍ୱର ବାବୁ ଗ୍ରାମର ଜଣେ ମୁଖିଆ ଲୋକ, ତାଙ୍କୁ ସମସ୍ତେ ଶ୍ରଦ୍ଧା କରନ୍ତି। ତାହା ଛଡ଼ା ମିଷ୍ଟ କଥାରେ ଲୋକଙ୍କୁ ବଶ କରିବା ତାଙ୍କର ଗୋଟିଏ ପ୍ରଧାନ ଗୁଣ। ତେଣୁ ପ୍ରଥମେ ଯେଉଁମାନେ ଆପତ୍ତି କରିଥିଲେ, ପଛକୁ ଏକପ୍ରକାର ରାଜି ହୋଇଗଲେ।

ନିଶା ଓ ବାସନ୍ତୀର ଇଚ୍ଛା ଥିଲା ସର୍ବେଶ୍ୱର ବାବୁ ନିଜେ ଥାଇଁ ସ୍କୁଲ୍‌ଟି ବସାଇଦେଇ ଯିବେ, କିନ୍ତୁ କାର୍ଯ୍ୟତଃ ତାହା ହୋଇପାରିଲା ନାହିଁ। ବାଳିକା ସଂଗ୍ରହ ଏବଂ ଅନ୍ୟାନ୍ୟ କେତେକ ବନ୍ଦୋବସ୍ତ କରୁ କରୁ କିଛି ବିଳମ୍ବ ହୋଇଗଲା। ଏଣେ ସର୍ବେଶ୍ୱର ବାବୁଙ୍କର ଛୁଟି ମଧ୍ୟ ଶେଷ ହୋଇଯିବାରୁ ତାଙ୍କୁ ବାଧ୍ୟ ହୋଇ ଚାଲିଯିବାକୁ ହେଲା।

ଆଜି ସ୍କୁଲ୍ ଖୋଲିବାର ଦିନ। ନିଶାର ଉତ୍ସାହ ଦେଖେ କିଏ ? ସକାଳୁ କୁଆ କୋଇଲି ନ ରାବୁଣୁ ସେ ଉଠି ଘରର କେତେ କାମ ସାରି ଦେଲାଣି। ତା'ପରେ ଯେଉଁ ବଖରାରେ ସ୍କୁଲ୍ ହେବ, ସେହି ବଖରାଟିକୁ ନିଜେ ଝାଡ଼ିଝୁଡ଼ି ସଫା କରି ଏ ଖବରଟା ବାସନ୍ତୀକୁ ଦେବାକୁ ଦୌଡ଼ି ଆସିଲା।

ବାସନ୍ତୀର ମଧ୍ୟ ଉତ୍ସାହର ଅନ୍ତ ନାହିଁ। ସେ ମଧ୍ୟ ଭୋରରୁ ଉଠି ଚଞ୍ଚଳ କାମ

ସାରୁଛି। ଏଗାରଟା ମଧ୍ୟରେ ସମସ୍ତ କାମ ଶେଷ କରି ତାକୁ ସ୍କୁଲ୍‌କୁ ଯିବାକୁ ହେବ। ତା ଜୀବନ ତ ନିଶା ପରି ନୁହେଁ। ଗୃହସ୍ଥଳୀର ସମସ୍ତ କାର୍ଯ୍ୟ ତାକୁ କରିବାକୁ ହୁଏ। ସେଥିରେ ପୁଣି ପାନରୁ ଚୂନ ଖସିଗଲେ ଦୁନିଆ ଓଲଟିଯିବ। ସୁତରାଂ ତାକୁ ପଦେ ପଦେ ସାବଧାନ ହୋଇ ଚଳିବାକୁ ହୁଏ। ଆଜି ଏହି ଆନନ୍ଦାତିଶଯ୍ୟରେ କେଉଁ କାମରେ କ'ଣ ତ୍ରୁଟି ହୋଇଯିବ, ଆଉ ସୁଭଦ୍ରା ଦେଈଙ୍କ ବନ୍ଧୁ ମହଲରେ ତାହାର ସମାଲୋଚନା ଚାଲିବ, ଏହି କଥା ଭାବି ମଝେ ମଝେ ତାର ଛାତି ଥରି ଉଠୁଛି।

ନିଶା ଆସି ବାସନ୍ତୀକୁ କୁଣ୍ଢାଇଧରି କହିଲା, "ନୂଆବୋହୂ, ମୁଁ କେତେ ସକାଳୁ ଉଠି ସବୁ କାମ ସାରିଲିଣି, ତମେ କଣ କରୁଛ ମ? ଏପର୍ଯ୍ୟନ୍ତ ରୋଷେଇ ସରିନାହିଁ? ବେଳତ ହୋଇଆସିଲାଣି।"

ବାସନ୍ତୀ ବ୍ୟାକୁଳ ହୋଇ କହିଲା, "ନିଶା, ଜାଣତ ମୋର କେତେ କାମ। ମୋ ସାଙ୍ଗରେ ଟିକିଏ ମିଶି ଯା'ମ, ଜଲ୍‌ଦି ସରିଯିବ।"

ନିଶା ସେହିକ୍ଷଣି ଅଣ୍ଟାରେ ଲୁଗାଭିଡ଼ି ଲାଗିଗଲା। ଦୁହେଁ ମିଶି ସବୁକାମ ସାରି ସ୍କୁଲ୍‌କୁ ବାହାରିଲେ।

ଦଶୋଟି ପିଲା ନେଇ ସ୍କୁଲ୍ ଆରମ୍ଭ ହେଲା। ବାସନ୍ତୀ ଓ ନିଶା ଦବିବାର ପାତ୍ରୀ ନୁହନ୍ତି। ସେହି ଦଶୋଟି ବାଳିକାଙ୍କୁ ଘେନି ସେମାନେ ପୂର୍ଣ୍ଣ ଉତ୍ସାହରେ କାର୍ଯ୍ୟ ଆରମ୍ଭ କରିଦେଲେ। ମନରେ ସମ୍ପୂର୍ଣ୍ଣ ବିଶ୍ୱାସ ଥିଲା, ଯଦି ସେମାନେ ଏହି ବିଦ୍ୟାଳୟଟି ଉତ୍ତମରୂପେ ଚଳାଇ ସେହି ଦଶୋଟି ବାଳିକାଙ୍କର କୌଣସି ଉପକାର କରିପାରନ୍ତି, ତେବେ ସମୟରେ ଛାତ୍ରୀ ସଂଖ୍ୟା ଅବଶ୍ୟ ବଢ଼ିବ।

ଛାତ୍ରୀମାନଙ୍କ ଉତ୍ସାହ ବଢ଼ିବା ଅଭିପ୍ରାୟରେ ଏବଂ ଅନ୍ୟ ପିଲାମାନଙ୍କ ଦୃଷ୍ଟି ଆକର୍ଷଣ କରିବା ଆଶାରେ ବାସନ୍ତୀ ଓ ନିଶା ନିଜେ ପିଲାଗୁଡ଼ାଙ୍କୁ ସଙ୍ଗରେ ନେଇ ଆସନ୍ତି ଏବଂ ସ୍କୁଲ୍ ଶେଷରେ ଘରେ ଛାଡ଼ିଦେଇ ଆସନ୍ତି। ନିଜ ହାତରୁ ଖରଚ କରି ସମସ୍ତଙ୍କୁ ସ୍ଲେଟ୍ ମଧ୍ୟ କିଣିଦେଲେ। ସର୍ବେଶ୍ୱର ବାବୁଙ୍କ ପରାମର୍ଶ ଅନୁସାରେ କିଛିକ୍ଷଣ ବହିପଢ଼ା ଓ ହସ୍ତାକ୍ଷର ଲେଖା, ତା' ପରେ ସିଲାଇ ଏବଂ ଶେଷରେ ନୈତିକ ଉପଦେଶପୂର୍ଣ୍ଣ ଗଳ୍ପ ଉପାଖ୍ୟାନ କହିବା, ଏହିପରି ଭାବରେ କାର୍ଯ୍ୟ ଆରମ୍ଭ ହେଲା।

ବାସନ୍ତୀ ଓ ନିଶାର ପରିଶ୍ରମ ଓ ଉତ୍ସାହ ଫଳରେ ଦିନକୁଦିନ ଛାତ୍ରୀ ସଂଖ୍ୟା ବଢ଼ିବାକୁ ଲାଗିଲା। ଯେଉଁମାନଙ୍କର ବା ଅଳ୍ପ ଆପତ୍ତି ଥିଲା, ନିଶାମଣି ସେମାନଙ୍କ ଘରକୁ ଯାଇ ଜୋର୍ କରି ସେମାନଙ୍କ କନ୍ୟାମାନଙ୍କୁ ଟାଣି ଆଣିଲା।

ବାସନ୍ତୀର ଏହି ସ୍କୁଲ୍ ଖୋଲିବା ଘଟଣାରେ ଗ୍ରାମର ପ୍ରାଚୀନା ପ୍ରାଚୀନା ଦଳ ମଧ୍ୟରେ ଗୋଟାଏ ଚହଳ ପଡ଼ିଗଲା। କିଛିଦିନ ତାଙ୍କ ନିକଟରେ ରହିଲେ ବାସନ୍ତୀର

ସହରିଆ କୁଅଭ୍ୟାସଗୁଡ଼ିକ ଚାଲିଯାଇପାରେ ବୋଲି ସୁଭଦ୍ରା ଦେଈଙ୍କର ଯାହା ଟିକିଏ କ୍ଷୀଣ ଆଶା ଥିଲା, ତାହା ମଧ୍ୟ ଲୋପ ପାଇଲା। ଗୃହସ୍ଥ ବଧୂ ହୋଇ ଦିନବେଳେ ଦାଣ୍ଡରେ ଚାଲିବା, ଏହା ଅପେକ୍ଷା ଆଉ ଲଜ୍ଜାଜନକ ବ୍ୟାପାର କଣ ଅଛି ? ହାୟ, କି କୁକ୍ଷଣରେ ସେ ସର୍ବେଶ୍ୱର ବାବୁଙ୍କ କଥାରେ ଭୁଲି ବାସନ୍ତୀକୁ ସ୍କୁଲ୍ କରିବାପାଇଁ ଅନୁମତି ଦେଇ ପକାଇଥିଲେ। ସେ କ'ଣ ଏଇଆ କରିବାକୁ କହିଥିଲେ? ଏ ଯେ ଅଙ୍ଗୁଳି ପ୍ରବେଶରୁ ବାହୁ ପ୍ରବେଶ ଭଳି ହେଲା ! ଅନୁତାପରେ ତାଙ୍କର ଅନ୍ତର ଦଗ୍ଧ ହେବାକୁ ଲାଗିଲା।

ମଦନାମା, ସନିଆମା, ହେମବୋଉ, ପାରବୋଉ ପ୍ରଭୃତି କେତେଗୁଡ଼ିଏ ସ୍ତ୍ରୀଲୋକଙ୍କୁ ମଧ୍ୟ ଖୋରାକ ମିଳିଗଲା। ଏପରି ଗୋଟାଏ ସୁଯୋଗ ସେମାନେ ଛାଡ଼ିଦେବେ କିପରି ? ବାସନ୍ତୀ ସମ୍ବନ୍ଧରେ ନାନା କଥା ନାନା ବର୍ଣ୍ଣରେ ରଞ୍ଜିତ ହୋଇ ଗାଁଯାକ ରଟିଗଲା। ପୋଖରୀ ତୁଠରେ ଖରାବେଳର ମଜଲିସ୍‌ରେ, ସାନ୍ଧ୍ୟ ବୈଠକରେ, ସବୁଜାଗାରେ ସମସ୍ତଙ୍କ ମୁହଁରେ ବାସନ୍ତୀ କଥା। ଏସବୁ ଦେଖିଶୁଣି ସୁଭଦ୍ରା ଦେଈଙ୍କ ମନ ବାସନ୍ତୀ ପ୍ରତି ଏକାବେଳକେ ତିକ୍ତ ହୋଇଉଠିଲା। ବାସନ୍ତୀ ସଙ୍ଗରେ କଥା କହିବା ସେ ଏକରକମ ବନ୍ଦ କରିଦେଲେ ଏବଂ ମଧ୍ୟେ ମଧ୍ୟେ ଦେବବ୍ରତକୁ ଦୁଇ ଚାରିଟା କଟୂକ୍ତି କରିବାକୁ ମଧ୍ୟ ଛାଡ଼ିଲେନାହିଁ।

ଦେବବ୍ରତଯେ ଏସବୁ କିଛି ଜାଣିନଥିଲା, ତାହା ନୁହେଁ। ପ୍ରଥମରେ ସେ ବାସନ୍ତୀ ସ୍କୁଲ୍ କରିବାର ପ୍ରସ୍ତାବରେ ଉତ୍ସାହ ଦେଇଥିଲେ ମଧ୍ୟ ଅନ୍ତର ସହିତ ଅନୁମୋଦନ କରିପାରିନଥିଲା। ବାସନ୍ତୀ ଯେ ଗୋଟାଏ କିଛି ପାପ କିମ୍ବା ଅନ୍ୟାୟ କରୁଛି, ସେଥିପାଇଁ ନୁହେଁ। ଏତେ ଶୀଘ୍ର ବାସନ୍ତୀର ଏପରି ଗୁରୁତର କାର୍ଯ୍ୟରେ ଅଗ୍ରସର ହେବାଟା ତାକୁ ଭଲ ଲାଗିନଥିଲା। ବର୍ତ୍ତମାନ ଚାରିଆଡ଼ୁ ବାସନ୍ତୀର ନିନ୍ଦା ଶୁଣି ଏବଂ ସୁଭଦ୍ରା ଦେଈଙ୍କ ବ୍ୟବହାର ଦେଖି ବାସନ୍ତୀ ପ୍ରତି ଗୋଟାଏ ତୀବ୍ର ଅଭିମାନ ଆସିଲା। ମନେ ମନେ ସେ କ୍ଷୁବ୍ଧ ହେଲା ଏଇଥିପାଇଁ- ବାସନ୍ତୀତ ସବୁ ଜାଣେ, ତେବେ ଜାଣି ଶୁଣି କାହିଁକି ଏପରି କଲା ? ଏହାର ପରିଣାମରେ ଯେ ସଂସାରରେ କି ଘୋର ଅଶାନ୍ତି ଘଟିବ, ତାକୁ ଯେ କେତେ ଲାଞ୍ଛନା, କେତେ ଅପମାନ ସହ୍ୟ କରିବାକୁ ହେବ, ତାହା ସେ ଭାବିଲା ନାହିଁ। ଆଉ ଥରେ ସୁଦ୍ଧା ଭାବିଲାନାହିଁ ଯେ, ଏହି ସମସ୍ତ ଝଡ଼ ତୋଫାନର ଧକ୍କା ଆସି ବାଜିବ ଦେବବ୍ରତ ଉପରେ। କେତେ ଝଡ଼ ତୋଫାନ ତ ତା ଉପର ଦେଇ ବହିଯାଇଛି। ମେଘ ଯେତେବେଳେ କଟିଯିବାକୁ ବସିଛି, ଆକାଶ ଯେତେବେଳେ ନିର୍ମଳ ହୋଇଆସୁଛି, ପ୍ରକୃତି ଯେତେବେଳେ ଶାନ୍ତଭାବ ଧାରଣ କରି ଆସିଲାଣି, ଠିକ୍ ସେହି ସମୟରେ ବାସନ୍ତୀ ଏ କି ଗୋଟାଏ ନୂତନ ମେଘର ସୃଷ୍ଟି

କଲା ? ଏ ମେଘଯେ କେତେଦୂର ବ୍ୟାପିବ, ଆଉ ତାର ଫଳ ଯେ କ'ଣ ହେବ, ତାହା ଦେବବ୍ରତ ସ୍ଥିର କରିପାରିଲା ନାହିଁ। କିନ୍ତୁ ମୁହଁ ଫିଟାଇ ବାସନ୍ତୀକୁ କିଛି କହିପାରୁନାହିଁ। କହିବାର ବାଟ ବା କାହିଁ ? ସେ ଯାହା କରୁଛି ତାହା ତ ମନ୍ଦ କାମ ନୁହେଁ।

ଏହିସବୁ ଚିନ୍ତା ଦେବବ୍ରତକୁ ବଡ଼ ଅଶାନ୍ତ କରିପକାଇଲା। ଏହି ଘୋର ମାନସିକ ଅଶାନ୍ତି ହାତରୁ ରକ୍ଷା ପାଇବା ଲାଗି ଏବଂ ସାଂସାରିକ ନାନା ଦୁଃଶ୍ଚିନ୍ତାରୁ ମନକୁ ଫେରାଇ ନେବାଲାଗି ସେ କର୍ମସ୍ରୋତରେ ଜୀବନକୁ ଢାଳିଦେବ ବୋଲି ସ୍ଥିର କଲା।

ଗାଁରେ ଗୋଟିଏ ପୁସ୍ତକାଗାର କରିବା ଦେବବ୍ରତର ବହୁଦିନରୁ ଇଚ୍ଛା ଥିଲା। ସେଥିପାଇଁ ଛାତ୍ରାବସ୍ଥାରୁ ସେ କେତେକ ପୁସ୍ତକ ମଧ୍ୟ ସଂଗ୍ରହ କରିରଖିଥିଲା। ବର୍ତ୍ତମାନ ସେ ଭାବିଲା, ଲାଇବ୍ରେରୀ ହେବ କେଉଁଠାରେ ? ସେଥିପାଇଁ ତ ଗୋଟିଏ ସ୍ୱତନ୍ତ୍ର ଗୃହ ଆବଶ୍ୟକ ? ତାହା ହେବ କିପରି ? ସେହିକ୍ଷଣି ସେ ଭାବିଲା, କାହିଁକି ହୋଇପାରିବନାହିଁ ? ସେ ଧନୀର ସନ୍ତାନ, ତାର ଅଭାବ ବା କ'ଣ ? ଇଚ୍ଛାକଲେତ ଅନାୟାସରେ ଗୋଟିଏ ଘର ତିଆରି କରିପାରେ ? ତାଙ୍କରି ଘର ନିକଟରେ ଖଣ୍ଡେ ଜମି ବହୁ ଦିନରୁ ଖାଲି ପଡ଼ିଥିଲା। ସେହିଠାରେ ଖଣ୍ଡେ ଘର ତୋଳାଇ ଲାଇବ୍ରେରୀ କଲେ ସମସ୍ତଙ୍କ ପକ୍ଷରେ ସୁବିଧା ହେବ ବୋଲି ତାର ମନେ ହେଲା। ଗ୍ରାମର କେତେଗୁଡ଼ିଏ ଉତ୍ସାହୀ ଯୁବକଙ୍କୁ ଦେବବ୍ରତ ତାର ଏ ପ୍ରସ୍ତାବ ଜଣାଇଲା। ସମସ୍ତେ ଖୁସି ହୋଇ ଏ କାର୍ଯ୍ୟରେ ତା' ସାଙ୍ଗରେ ଯୋଗ ଦେବେ ବୋଲି ସ୍ୱୀକାର କଲେ।

ସମସ୍ତଙ୍କର ଏପରି ଉତ୍ସାହ ଦେଖି ଦେବବ୍ରତର ଟିକିଏ ଉତ୍ସାହ ବଢ଼ିଗଲା। ଘର ତୋଳା ହେଲେ ପୁସ୍ତକାଗାର ହେବ- ଏତେ ବିଳମ୍ବ ତାର ଆଉ ସହ୍ୟ ହେଲା ନାହିଁ। ଏତେଦିନ ନିଶ୍ଚେଷ୍ଟ ହୋଇ ବସିଥିଲା- ଆଉ କେତେଦିନ ବା ସେହିପରି ରହିବ ? ପୁଣି ତାର ଦିନଗୁଡ଼ିକ କଟିବ କିପରି ? ଯେତେଦିନ ଘର ନହୋଇଛି, ସେତେଦିନ ପର୍ଯ୍ୟନ୍ତ ଦେବବ୍ରତ ଘରର ବାହାର ଖଞ୍ଜାର ଗୋଟିଏ ଘରେ ପୁସ୍ତକଗୁଡ଼ିକ ରଖାହେବ ଏବଂ ସେହିଠାରେ ସନ୍ଧ୍ୟା ସମୟରେ ସମସ୍ତେ ଏକତ୍ରିତ ହେବେ ବୋଲି ସ୍ଥିର ହେଲା। ସମ୍ବାଦଟା ଗ୍ରାମରେ ପ୍ରଚାର କରିବାଲାଗି ହାତଲେଖା ବିଜ୍ଞାପନ ଦିଆଗଲା।

ଦେବବ୍ରତର ଘରେ ସନ୍ଧ୍ୟା ସମୟରେ ବୈଠକଟି ଦେଖୁ ଦେଖୁ ବେଶ୍ ଜମି ଉଠିଲା। ପୁସ୍ତକ ଆଲୋଚନା, ପ୍ରବନ୍ଧ ପାଠ, ନାନା ବିଷୟକ ଯୁକ୍ତି ତର୍କ ଇତ୍ୟାଦିରେ ଘରଟି ମୁଖରିତ ହୋଇଉଠେ।

ଦେବବ୍ରତର ମନ ଏତିକିରେ ତୃପ୍ତ ହେଲାନାହିଁ। କେତେଜଣ ଶିକ୍ଷିତ ଯୁବକଙ୍କୁ ଘେନି ଗୋଟିଏ କ୍ଷୁଦ୍ର ମାସିକ ପତ୍ରିକା ପ୍ରକାଶ କରିବାର ଚେଷ୍ଟା କଲା। ସମସ୍ତଙ୍କର

ମତ ନେଇ ସ୍ଥିର ହେଲା ଯେ, ପତ୍ରିକା ଖଣ୍ଡିକ ହାତରେ ଲେଖା ହୋଇ ବାହାରିବ। ଯେ ଯାହାର ପ୍ରବନ୍ଧ ନିଜେ ଲେଖି ଦେବେ। ଦେବବ୍ରତକୁ ସମ୍ପାଦକ କରାଗଲା। ମହା ଉତ୍ସାହରେ ଯୁବକଦଳ ପତ୍ରିକା ଚଳାଇବାରେ ମାତି ଉଠିଲେ। ନାନା ବିଷୟରେ ଗଦ୍ୟ ପଦ୍ୟ ରଚନାମାନ ଲେଖା ହୋଇ ପତ୍ରିକା ଖଣ୍ଡିକ ବାହାରିଲା। ସମସ୍ତଙ୍କ ଆଶା, ଏ ଉତ୍ସାହ ଅକ୍ଷୁଣ୍ଣ ରଖିପାରିଲେ ଅଳ୍ପଦିନ ମଧ୍ୟରେ ପତ୍ରିକା ଖଣ୍ଡିକ ଛାପା ଆକାରରେ ବାହାର କରାଯାଇପାରେ।

ପୁଣି ଗ୍ରାମର ଅପରପ୍ରାଇମେରୀ ସ୍କୁଲର ବାଳକମାନଙ୍କୁ ନେଇ ବ୍ୟାୟାମ ଓ କ୍ରୀଡ଼ା ପ୍ରଭୃତି ପାଇଁ ମଧ୍ୟ ଦେବବ୍ରତ ଗୋଟିଏ ଦଳ ଗଠନ କଲା। ସ୍କୁଲ୍ ପରେ ନିଜେ ଯାଇ ସେ ସେମାନଙ୍କୁ ନାନା ପ୍ରକାର କୁସ୍ତି ଓ ଖେଳ ଶିଖାଇବାକୁ ଆରମ୍ଭ କଲା। ବାଳକମାନଙ୍କ ଭିତରେ ବେଶ୍ ଗୋଟାଏ ଉତ୍ସାହର ସଞ୍ଚାର ହେଲା। ସେମାନେ ଅଚିରେ ଦେବବ୍ରତ ପ୍ରତି ଖୁବ୍ ଅନୁରକ୍ତ ହୋଇପଡ଼ିଲେ।

ଏହିପରି ଦେବବ୍ରତ ବାହାରର କର୍ମସ୍ରୋତରେ ମନପ୍ରାଣ ଢାଳି ଦେଇ ଆତ୍ମବିସ୍ମୃତ ହେବାକୁ ପ୍ରାଣପଣ ଚେଷ୍ଟା କରିବାକୁ ଲାଗିଲା। କିନ୍ତୁ ଭିତରର ଅଗ୍ନି ନିର୍ବାପିତ ନହୋଇ କ୍ରମେ କ୍ରମେ କୁହୁଳି ଉଠୁଥାଏ। ଘରେ ମାତାଙ୍କର ବିଷଣ୍ଣ ମୁଖ ଏବଂ ସାମୟିକ କଟୂକ୍ତି, ବାହାରେ ନାନାଆଡ଼ୁ ନାନା ପ୍ରକାର କୁତ୍ସା ଏବଂ ବ୍ୟଙ୍ଗୋକ୍ତି ସେଥିରେ ଜୁଆ ଦେଉଥାଏ। ଯେଉଁମାନେ ଦେବବ୍ରତର ଆରବ୍ଧ କର୍ମରେ ମହା ଉତ୍ସାହରେ ଯୋଗଦେଇଅଛନ୍ତି, ସେମାନଙ୍କ ଭିତରେ ତାହାର ନିନ୍ଦକର ଅଭାବ ନାହିଁ। ପରସ୍ପର ବାସନ୍ତୀ କଥା ଆଲୋଚନା କରି ସେମାନେ କେତେ ଆମୋଦ ଉପଭୋଗ କରନ୍ତି।

ସୁଭଦ୍ରା ଦେଈ ପୁଅବୋହୂଙ୍କର ମତିଗତି ଦେଖି ମ୍ରିୟମାଣ ହୋଇ ରହିଛନ୍ତି। ବୋହୂତ ବୋହୂ, ପୁଣି ପୁଅର ଏ କି ବୁଦ୍ଧି ହେଲା ? ଯୋଗ୍ୟ ହୋଇ ଘରକୁ ଫେରିଲା, ନିଜର ବିଷୟ କର୍ମ ବୁଝିବ କ'ଣ, ଦିନରାତି ଟୋକା ପଞ୍ଝାଙ୍କୁ ନେଇ କୁଆଡ଼େ କଣ କରି ବୁଲୁଛି ! ସେ ଆଉ ବୋହୂକୁ ଦାବିବେ କ'ଣ ? ତାଙ୍କର ସଂସାରଟି ଆଜି ଯେପରି ଅକୂଳ ସମୁଦ୍ରରେ ଭାସମାନ।

ବୁଦ୍ଧିମତୀ ବାସନ୍ତୀ ସବୁ ଦେଖୁଛି, ସବୁ ବୁଝୁଛି। ଦେବବ୍ରତର ମନର ଭାବ ମଧ୍ୟ ତାର ଅଗୋଚର ରହିଲା ନାହିଁ। ଚେଷ୍ଟା କଲେ ମଧ୍ୟ ଦେବବ୍ରତ ଆଉ ପୂର୍ବପରି ସେତେ ମୁକ୍ତ ଭାବରେ ବାସନ୍ତୀ ସଙ୍ଗରେ ମିଶିପାରୁନାହିଁ ବା କଥା କହିପାରୁନାହିଁ। ବରଂ ଯେତେଦୂର ସମ୍ଭବ, ବାହାରେ ସମୟ କଟାଇବାକୁ ସେ ଚେଷ୍ଟା କରୁଛି। ତଥାପି ବାସନ୍ତୀ ଧୀର, ସ୍ଥିର, ଅଟଳ। ମୁହୂର୍ତ୍ତକ ପାଇଁ ମନରେ ତାର କେତେବେଳେ କ୍ଷୋଭ

ଜନ୍ମିଲେ, ସେହିକ୍ଷଣି ଝାଡ଼ି ପକାଇଦିଏ। ତାର ବିଶ୍ୱାସ, ଏ ଅଦିନ ମେଘଖଣ୍ଡ ତାର ସ୍ୱାମୀଙ୍କ ମନରୁ ଶୀଘ୍ର ଉଭେଇଯିବ, ନିଜର ଭ୍ରମ ସେ ନିଜେ ବୁଝିପାରିବେ। ପୁଣି ସ୍ୱାମୀଙ୍କ କର୍ମ ଜୀବନର ଆରମ୍ଭ ଦେଖି ସେ ଆହୁରି ଆଶାନ୍ୱିତା ଏହି କର୍ମଜୀବନର ଭିତରେ ଉଭୟଙ୍କର ପୂର୍ଣ୍ଣତର ମିଳନ ଦିନେ ଘଟିବ, ଏହି ଆଶାରେ ହୃଦୟକୁ ବାନ୍ଧି ସେ ଦୃଢ଼ ଚିତ୍ତରେ ନିଜର ଛୋଟ ବଡ଼ ସମସ୍ତ କର୍ମ ସମ୍ପାଦନ କରି ଚାଲିଯିବାକୁ ଲାଗିଲା।

## - ଚଉଦ -

ଦିନେ ଦି'ପହରେ ବାସନ୍ତୀ ସବୁ କାମଦାମ ସାରି ଖଟ ଉପରେ ଶୋଇ ଗୋଟିଏ ବଙ୍ଗଳା ମାସିକ ପତ୍ର ଓଲଟାଉଛି, ଏହି ସମୟରେ ଦେବବ୍ରତ "ନବବାଣୀ"ର ଖଣ୍ଡିଏ ନୂଆ ସଂଖ୍ୟା ପଢ଼ି ପଢ଼ି ଆସି ପହଞ୍ଚିଲା। ମୁଖ ବେଶ୍ ପ୍ରସନ୍ନ, କିନ୍ତୁ ଯେପରି ଟିକିଏ ଗମ୍ଭୀର ଦେଖାଯାଉଥିଲା। ଗାମ୍ଭୀର୍ଯ୍ୟଟା ବାସନ୍ତୀ ଲକ୍ଷ୍ୟକଲା, କିନ୍ତୁ କାରଣ ବୁଝିପାରିଲାନାହିଁ।

ଦେବବ୍ରତ ବାସନ୍ତୀ ନିକଟରେ ବସି କହିଲା, "ବାସ, 'ନବବାଣୀରେ' ତୁମର ଗୋଟିଏ ପ୍ରବନ୍ଧ ବାହାରିଛି।" ବାସନ୍ତୀ କହିଲା, "ହଁ, ଗଲା ମାସରେ ମୁଁ ଗୋଟାଏ ପ୍ରବନ୍ଧ ପଠାଇଥିଲି।"

ପ୍ରବନ୍ଧର ଶେଷାଂଶଟା ପଢୁପଢୁ ଦେବବ୍ରତ କହିଲା- "ପ୍ରବନ୍ଧଟି ଯେ ଉଚ୍ଚ ଦରର, ଏହା ସମସ୍ତେ କହିବେ, କିନ୍ତୁ ମୋର ନିଜର କେତେଗୁଡ଼ିଏ ପ୍ରଶ୍ନ ଅଛି। କେତୋଟି ଆପତ୍ତି ମଧ୍ୟ ଅଛି।" ଦେବବ୍ରତ ଚୁପ୍ ହେଲେ ମଧ୍ୟ ତାର କଥା ଶେଷ ହେଲା ପରି ଜଣାଗଲା ନାହିଁ। ବାସନ୍ତୀ ନୀରବ ରହିଲା।

ଦେବବ୍ରତ ପୁଣି କହିବାକୁ ଲାଗିଲା, 'ବିଶ୍ୱରେ ନାରୀର ସ୍ଥାନ' ନାମକରଣଟି ବେଶ୍ ହୋଇଛି। ବାସ୍ତବିକ୍, ବର୍ତ୍ତମାନ ବିଶ୍ୱରେ ନାରୀର ସ୍ଥାନ କେଉଁଠି, ଏକଥା ଭାବିବାର ସମୟ ଆସିଅଛି । ଅବଶ୍ୟ ଏ ସମ୍ବନ୍ଧରେ ମତଦ୍ୱୈଧ ରହିବା ସ୍ୱାଭାବିକ। କିନ୍ତୁ ବାସ, ତୁମର ମନ ଗୁଡ଼ାକ ଯେ ଏତେଦୂର ଅଗ୍ରସର, ଏଇଟାତ ମୁଁ ଆଗରୁ ଜାଣିନଥିଲି!" କଥାଟା ଶ୍ଳେଷ, ଅଭିମାନ, ବିସ୍ମୟ ନା ଆଉ କିଛି ବୁଝି ନପାରିବାରୁ ବାସନ୍ତୀ ପୂର୍ବପରି ନୀରବ ରହିଲା। ଦେବବ୍ରତ ପୁଣି କହିବାକୁ ଲାଗିଲା, "ଆଚ୍ଛା, ଏହି ଅଂଶଟା ଦେଖ, ଏଇଟା ମୋତେ ବଡ଼ ବିପ୍ଳବାତ୍ମକ ବୋଲି ଜଣାଯାଉଛି। 'ମାନବ ସଭ୍ୟତାର ଆଦି କାଳରୁ ଋଷିମାନେ ଓ ତାଙ୍କ ପଛେ ପଛେ ଯାବତୀୟ ଦର୍ଶନ, ଇତିହାସ

ଓ ସାହିତ୍ୟର ପ୍ରଣେତାମାନେ ବାରମ୍ବାର ଜଗତକୁ ଶୁଣାଇ ଆସୁଅଛନ୍ତି ଏପରି କେତେଗୁଡ଼ିଏ ତଥାକଥିତ ସତ୍ୟୋକ୍ତି; ଯାହା କେବଳ ପୁରୁଷର ସ୍ୱାର୍ଥପରତା ଓ ଅବିଚାରହିଁ ତାକୁ ଯୋଗାଇଅଛି। ଆମ୍ଭେମାନେ କେତେ ପ୍ରବନ୍ଧରେ ଯେ 'ନାରୀ ପୁରୁଷର ଅର୍ଦ୍ଧାଙ୍ଗ' 'ସମାଜର ଅର୍ଦ୍ଧାଙ୍ଗ ନାରୀ ଓ ଅର୍ଦ୍ଧାଙ୍ଗ ପୁରୁଷ', 'ଜଗତରେ ପୁରୁଷ ଜାତିର ସକଳ କଲ୍ୟାଣ ପାଇଁ ନାରୀ ଦାୟୀ' ଓ 'ନାରୀର ରକ୍ଷଣା ବେକ୍ଷଣ ପାଇଁ ପୁରୁଷ ଦାୟୀ' ଇତ୍ୟାଦି କଥା ପାଠ କରୁଁ, ତାହାର ଇୟତ୍ତା ନାହିଁ। ଯେଉଁଠାରେ ଯେଉଁ ଲେଖକ ବା କବି, ଦୟାକରି ହେଉ ବା ଶ୍ରଦ୍ଧାକରି ହେଉ ବା ଘୃଣା କରି ନାରୀ ସମ୍ବନ୍ଧରେ କୌଣସି ବିଷୟ ଲେଖିଅଛନ୍ତି, ସେଠାରେ ହିଁ ସେ ତାକୁ ବିଚାର କରିଅଛନ୍ତି, ପୁରୁଷର କନ୍ୟା, ଭଗିନୀ ବା ପତ୍ନୀରୂପେ। ଏପରି ଗୋଟିଏ ଅଧୀନତାର ଚିର ସ୍ଥାୟିତ୍ୱ କ'ଣ ପାଇଁ? ପୁରୁଷର ସମ୍ବନ୍ଧ ବହିର୍ଭୁତ ନାରୀର ଗୋଟାଏ ସ୍ୱତନ୍ତ୍ର ରୂପ ତ କାହିଁ କେହି କଳ୍ପନା କରିନାହାନ୍ତି? ଅଥଚ ନାରୀ ସମ୍ବନ୍ଧରହିତ ପୁରୁଷର ସ୍ୱତନ୍ତ୍ର ଚିତ୍ର ଭୁରି ଭୁରି ଦେଖିବାକୁ ମିଳେ। ନାରୀ କ'ଣ ଆଜନ୍ମ ପୁରୁଷର ଦାସୀ, ତାହାର ସେବିକା? ପୁରୁଷର ସମ୍ପତ୍ତି ସୀମାର ବହିର୍ଭାଗରେ ତାହାର କ'ଣ କୌଣସି ଅସ୍ତିତ୍ୱନାହିଁ? ସେ କ'ଣ ପୁରୁଷର ଛାୟା, କେବଳ ଜନନୀ, କନ୍ୟା, ଭଗିନୀ ଓ ପତ୍ନୀ ହେବାପାଇଁ ସୃଷ୍ଟି? ତାହାର କଣ ସ୍ୱତନ୍ତ୍ର ଜୀବନ ଯାପନ କରିବାର ଉପାୟ- , ଆଚ୍ଛା ବାସ, ପୁରୁଷଠାରୁ ସ୍ୱତନ୍ତ୍ର ଗୋଟାଏ କି ଜୀବନ ତୁମେ ଯାପନ କରିବ, ମତେ ଟିକିଏ ବୁଝେଇ କହିଲ ଭଲା ମୁଁ ଶୁଣେ?"

ବାସନ୍ତୀ ଧୀର ସ୍ୱରରେ ଉତ୍ତର କଲା, "ଠିକ୍ ମୁଁ ଯେ କରିବି ତାହା ନୁହେଁ, ତେବେ ପୁରୁଷ ଜଗତର ବାହାରେ ମଧ୍ୟ ନାରୀର ସ୍ଥାନ ରହିବା ଉଚିତ। ସେପରି ନହେଲେ ନାରୀର ଜୀବନରେ ପୂର୍ଣ୍ଣତା ଆସିବନାହିଁ। ବର୍ତ୍ତମାନ ନାରୀର ଜୀବନ ପୁରୁଷର ଜୀବନର ଗୋଟିଏ ଅଂଶ ମାତ୍ର, ତାହାର ଜୀବନ ନାଟ୍ୟର ସାମାନ୍ୟ କେତୋଟି ଗର୍ଭାଙ୍କ। ନାରୀର ସ୍ୱତନ୍ତ୍ର ସତ୍ତା ନାହିଁ ବୋଲି ସାଧାରଣଙ୍କର ବିଶ୍ୱାସ। ଏ ବିଶ୍ୱାସଟାହିଁ ପ୍ରଥମେ ନାରୀକୁ ଭାଙ୍ଗିବାକୁ ହେବ, ତେବେ ଯାଇଁ ସେ ଆପଣାକୁ ପୂର୍ଣ୍ଣ ଗୌରବ ଉପରେ ପ୍ରତିଷ୍ଠିତ କରିପାରିବ।"

ଦେବବ୍ରତକୁ କଥାଗୁଡ଼ାକ ଭଲ ନ ଲାଗିଲା ପରି ଜଣାଗଲା। ସେ ଉତ୍ତର ଦେଲା, "ଦେଖ ବାସ, କଥାଗୁଡ଼ାକ ଶୁଣିବାକୁ ଯେଡ଼େ ସୁନ୍ଦର ଓ ଲେଖିବାକୁ ଯେଡ଼େ ସହଜ, ବାସ୍ତବ ଦୃଷ୍ଟିରେ ତେଡ଼େ ସତ୍ୟବୋଧ ହୁଏ, ନୁହେଁ। ପ୍ରଥମତଃ ଦେଖ, ପୁରୁଷର ବିନା ସାହାଯ୍ୟରେ ନାରୀର ଆତ୍ମରକ୍ଷା କରିବା ଓ ସଂସାର ସଂଗ୍ରାମରେ ଜୟଲାଭ କରିବା କଥାଟା ମୋ ବିଶ୍ୱାସରେ କେବଳ କାଳ୍ପନିକ କଥା। କାରଣ ପୁରୁଷ ଓ ନାରୀ

ଉଭୟଙ୍କର ଶାରୀରିକ ଗଠନ ଦେଖିଲେ ମନେହୁଏ ଯେ, ଜଣେ ଶ୍ରମ ଓ ଯୁଦ୍ଧପାଇଁ ଓ ଅନ୍ୟଜଣେ ଶାନ୍ତି ଶୃଙ୍ଖଳା ଓ ପ୍ରେମପାଇଁ ସୃଷ୍ଟି ହୋଇଅଛି। ଏହି ଶାରୀରିକ ପାର୍ଥକ୍ୟକୁ ସାମାନ୍ୟ ମନେକରି ଅବହେଳା କରିବା ଉଚିତ ନୁହେଁ। ଆହୁରି ମଧ୍ୟ ଏହା ଛଡ଼ା ଅନେକ ପ୍ରମାଣ ଦିଆଯାଇପାରେ, କିନ୍ତୁ ସେଗୁଡ଼ାକ ବର୍ତ୍ତମାନ ଆବଶ୍ୟକ ନାହିଁ। ଆଉ ଗୋଟିଏ କଥା ଭାବି ଦେଖ। ତୁମର ଏହି ସ୍ୱତନ୍ତ୍ରତା ନୀତିର ଯଦି  ପ୍ରବର୍ତ୍ତନ ହୁଏ, ତାହାହେଲେ ସମାଜରେ କି ଗୋଳମାଳ ଉପସ୍ଥିତ ହୋଇଯିବ ! ପୁରୁଷ ଓ ନାରୀର ପରସ୍ପର ପ୍ରେମ ଓ ସହାନୁଭୂତି ଯେଉଁ ସମାଜକୁ ଦୃଢ କରି ରଖିଅଛି, ଏ ସବୁର ଅଭାବରେ ସେ ସମାଜ ଯେ ଏକାବେଳକେ ବିଚ୍ଛିନ୍ନ, ବିଭିନ୍ନ , ଲଣ୍ଡଭଣ୍ଡ ହୋଇଯିବ।"

ବାସନ୍ତୀ ଇତି ମଧ୍ୟରେ ଆତ୍ମବିସ୍ମୃତ ହୋଇପଡ଼ିଥିଲା। ଉତ୍ତେଜିତ ସ୍ୱରରେ କହିଲା, ହେଲା ବା ସମାଜ ଲଣ୍ଡଭଣ୍ଡ, ସେଥିରେ ଯାଏ ଆସେ ବା କ'ଣ? ଏପରି ଗୋଟାଏ ସ୍ୱାର୍ଥପର ସମାଜରେ ପ୍ରୟୋଜନ ନାହିଁ ଆମର। ପୁରୁଷହିଁ ରାଜା, ସେହିଁ ନାୟକ, ସେହିଁ ନିୟନ୍ତା, ହର୍ତ୍ତା କର୍ତ୍ତା ସବୁ ସେହିଁ, ଆଉ ନାରୀ କେହି ନୁହେଁ! ସେ ଗୋଟାଏ ଛାୟା, ସେ ପୁରୁଷର ଦାସୀ, ସେବିକା, ଅଧୀନା ଆଉ ଦୟାର ପାତ୍ରୀ। ଲୋଡ଼ାନାହିଁ ଆମର ଏପରି ସମାଜରେ। " ଦେବବ୍ରତ ମଧ୍ୟ ଉତ୍ତେଜିତ ହୋଇଉଠିଥିଲା, ସେ ମଧ୍ୟ ଉତ୍ତେଜିତ ଭାବରେ କହିଉଠିଲା, "ଦେଖ ବାସନ୍ତୀ, ମୋ ନିଜ ମତ ଏ ବିଷୟରେ କ'ଣ ଏକଥା ଶୁଣିବାକୁ  ତୁମର କୌତୁହଳ ଥାଇପାରେ। ମୋ ମତ ଏହି ଯେ ପୁରୁଷ ନାରୀ ଉଭୟଙ୍କର ସ୍ଥାନ ସମାନ, ଦୁହେଁ ଦହିଁଙ୍କର ସହାୟ ଓ ପ୍ରୀତିପାତ୍ର। ଦୁହିଙ୍କର ଉନ୍ନତି ସମାନରୂପେ ହେବା ଉଚିତ। ଆଉ ତହିଁରେ ହିଁ ଜନସମାଜର  ସମୂହ ମଙ୍ଗଳ ସାଧିତ ହୋଇପାରିବ।  କିନ୍ତୁ ତୁମର ଏଇ ଯେଉଁ ଗୋଟାଏ କିମ୍ଭୂତ କିମାକାର ସ୍ୱତନ୍ତ୍ରତାର ଆଦର୍ଶ, ଏଇଟା କେବଳ ଯେ ସମାଜର ଅନିଷ୍ଟକର ଓ ଗାର୍ହସ୍ଥ୍ୟ ସୁଖଶାନ୍ତିର ପ୍ରତିକୂଳ, ତାହାନୁହେଁ,। ଏହା ଭଗବାନଙ୍କର ମଙ୍ଗଳ ଉଦ୍ଦେଶ୍ୟ ବିରୁଦ୍ଧରେ ଗୋଟାଏ ଘୃଣାଜନିତ ବିଦ୍ରୋହ। ଆଉ ଏପରି ମତ ପ୍ରଚାର କରିବା ଯେ କେବଳ ମିଥ୍ୟା ପ୍ରଚାର ଦିଗରୁ ଅନ୍ୟାୟ, ତାହା ନୁହେଁ; ଏହା ଗୋଟାଏ ନିତାନ୍ତ ନିର୍ଲ--" ହଠାତ୍ ବାସନ୍ତୀର ମଳିନ ମୁଖକୁ ଚାହିଁ ଦେବବ୍ରତ ତୁନି ହୋଇଗଲା। ସେ ବୁଝିପାରିଲା, ତର୍କର ଉତ୍ତେଜନାରେ ନିଷ୍ଠୁର ହୋଇ ସେ ବାସନ୍ତୀକୁ କିପରି ନିର୍ମମ ଭାବରେ ଆଘାତ କରିଅଛି। ଅନୁତପ୍ତ ଓ ଲଜ୍ଜିତ ହୋଇ ବାସନ୍ତୀର ଦୁଇ ହାତ ଧରି ପକାଇ କହିଲା, "ମତେ କ୍ଷମା କର ବାସ, ମୁଁ ମୂର୍ଖପରି କଥାଭୋଳରେ ତୁମକୁ  ଦାରୁଣ ଆଘାତ ଦେଇଅଛି।" ବାସନ୍ତୀ ମଳିନ ମୁଖରେ  ଜୋର କରି ହସ ଟାଣି ଆଣି କହିଲା, "ନା ନା, ମତେ ତ ଆଦୌ ଆଘାତ ହୋଇନାହିଁ। ଏଥିରେ ଆଘାତର କଥା କଣ ଅଛି?" ତା'ପରେ

ଅନ୍ୟ ବିଷୟ ପକାଇ  ପରସ୍ପର ପରସ୍ପରର ମନୋଭାବ ପରସ୍ପରଠାରୁ  ଲୁଚାଇ ରଖିବାକୁ ଚେଷ୍ଟାକଲେ, କିନ୍ତୁ ସରଳ, ସସ୍ନେହ, ସପ୍ରତିଭ ଆଳାପ ଆଉ ଚଳିଲା ନାହିଁ। ଗୋଟାଏ କି ଅଲଂଘ୍ୟ ବାଧା ଆସି ସେମାନଙ୍କ ସମ୍ମୁଖରେ ଛିଡ଼ା ହେଲା, ଆଉ ପରସ୍ପରର ମନରେ ଦିଓଟି ବିଭିନ୍ନ ଭାବ ମୁଦ୍ରିତ ହୋଇଗଲା, ଯାହା ସେମାନେ ଅନ୍ତତଃ ସାଂସାରିକ ଶାନ୍ତିରକ୍ଷା କରିବା ଉଦ୍ଦେଶ୍ୟରେ ପରସ୍ପରଠାରୁ ଗୋପନୀୟ ବୋଲି ମନେ କଲେ। ଦେବବ୍ରତ ଆଜି ସ୍ପଷ୍ଟ କରି ଜାଣିଗଲା ଯେ ସ୍ତ୍ରୀ ସ୍ୱାଧୀନତା ସମ୍ବନ୍ଧରେ ବାସନ୍ତୀର ମତ ତା' ମତ  ସହିତ ମିଳେନାହିଁ ଆଉ ବାସନ୍ତୀ ମଧ୍ୟ ଭୁଲିପାରିଲା ନାହିଁ ଯେ ନାରୀ ସ୍ୱାଧୀନତା ସମ୍ବନ୍ଧରେ ତାହାର ସ୍ୱାମୀର ମନୋଭାବ, ସେ ଯେତେ଼ ଉଦାର ବୋଲି ଭାବିଥିଲା, ତାହା ତେତେ଼ ଉଦାର ନୁହେଁ, ବରଂ ସାଧାରଣଙ୍କ ପରି ନାରୀ ଉପରେ ପୁରୁଷ ଯେ ଅହାଧିକ ପ୍ରଭାବ ବିସ୍ତାର କରିବାର ଅଧିକାରୀ, ଏପରି ଧାରଣାର ଗୋଟାଏ ଆଭାସ ମଧ୍ୟ ତାଙ୍କ କଥାରୁ ମିଳିଗଲା। ଏ ଦୁଇଟା ଧାରଣା ପରସ୍ପର ପ୍ରୀତିକର ହେଲାନାହିଁ।

## - ପନ୍ଦର -

**ବାସନ୍ତୀର ଡାଇରୀର ଏକ ଅଂଶ**

"ସେଦିନ ସେହି ତୁଚ୍ଛ କାରଣରୁ ଏଡ଼େ ବଡ଼ ଘଟନାଟା ଘଟିଗଲା କିପରି, ସେହି କଥା ଭାବୁଛି। ସେ ତ ଏପରି ନଥିଲେ। ବରାବର ଦେଖି ଆସିଛି ତାଙ୍କୁ- ସ୍ନେହର, ସୌଜନ୍ୟର ଅବତାର, ଶାନ୍ତ, ସୁକୁମାର, ଅମାୟିକ, ପଦେ ହେଲେ କଡ଼ା କଥା ତାଙ୍କ ତୁଣ୍ଡରୁ ଶୁଣି ନଥିଲି। କାହିଁକି ତେବେ ସେ ରାଗିଲେ ? ମାସିକ ପତ୍ରରେ ପ୍ରବନ୍ଧଟାଏ ଲେଖିବା କଣ ଭାରି ଅନ୍ୟାୟ ? କେଭେ ତ ଏହା ଜାଣିନଥିଲି।"

ମନେ ପଡୁଛି କୈଶୋରର ଦିନକର ସ୍ମୃତି। ଦେବ ଭାଇ ଭାରି ଉତ୍ତେଜିତ ହୋଇ ଆମ ଘରକୁ ଆସି କହିଲେ - "ଶୁଣିଛ ବାସନ୍ତୀ" (ସେତେବେଳେ ଆମର ଅଳ୍ପ ଚିହ୍ନା, 'ବାସ ନ କହି 'ବାସନ୍ତୀ' କହୁଥାନ୍ତି'), "ସ୍ନେହଲତାଙ୍କ ଆତ୍ମହତ୍ୟାର ଖବର ଶୁଣିଛ ?" ମୁଁ କହିଲି, "ନାହିଁତ ! କଣ ହେଇଛି କି ?" ଶାଢ଼ୀରେ କିରୋସିନ୍ ଢାଳି, ସେଥିରେ ଦିଆସିଲି ଜାଳି ସ୍ନେହଲତା କାହିଁକି ଓ କିପରି ଆତ୍ମହତ୍ୟା କଲେ, ସେହି କଥା ବର୍ଣ୍ଣନା କଲାବେଳେ ଦେବଭାଇଙ୍କ ଆଖିରୁ ନିଆଁ ବାହାରୁଥାଏ; ଶୁଭ୍ରମୁଖ କ୍ରୋଧ ଓ ଘୃଣାରେ ଲାଲ ହୋଇ ଯାଉଥାଏ।

'ଏହି ତ ତୁମର ସମାଜ।' ସେ ଉତ୍ତେଜିତ ହୋଇ କହିବାକୁ ଲାଗିଲେ - "ବରଘର ମାଗିଲେ ହାତୀ ଦିଅ, ଘୋଡ଼ା ଦିଅ, ସୁନା ଦିଅ, ହୀରା ଦିଅ, ତେବେ ଯାଇ ଆମେ ତୁମ ଝିଅକୁ ଆଣି ତୁମ ଚଉଦ ପୁରୁଷକୁ ଉଦ୍ଧାର କରିଦେବୁଁ। ସମାଜର ସବୁଆଡ଼େ ବରପକ୍ଷର ଏହିପରି ଦାବୀ। କନ୍ୟାକର୍ତ୍ତା ମୁଣ୍ଡରେ ହାତ ଦେଇ ବସିଲେ- ନିର୍ଦ୍ଦିଷ୍ଟ ବୟସରେ କନ୍ୟାକୁ ପାତ୍ରସ୍ଥ ନକଲେ ଛପନ ପୁରୁଷ ନରକସ୍ଥ। କନ୍ୟାପିତାର ଏ ଦୁର୍ଦ୍ଦଶା ଆଉ ନାରୀତ୍ୱର ଏହି ଅପମାନ ସହିପାରିଲା ନାହିଁ। ସମାଜ ଅପଦେବତାଙ୍କ ବିଧାନ ନିକଟରେ ନିଜକୁ ବଳି ଦେଇ ନିସ୍ତାର ପାଇଲା। ବଙ୍ଗଦେଶରେ ଆଜି ଏ

ଘଟନା ଘଟିଲା, କାଲି ଓଡ଼ିଶାରେ ଘଟିବ। ଆଚ୍ଛା, ଏ ପାପ କିଏ ମୁଣ୍ଡେଇବ ? ସମାଜର ପୁରୁଷ ନା ସମାଜର ନାରୀ ?

ମୁଁ କହିଲି, "ଆତ୍ମହତ୍ୟାର ପାପ ଯେ କରିଛି, ସେ।"

ସେ କହିଲେ, "କଦାପି ନୁହେଁ, ଯେ କରେଇଛି, ସେ। ସମସ୍ତ ସମାଜ ଏଥିପାଇଁ ଦାୟୀ। ଆଉ ସମାଜ ବୋଇଲେ ପୁରୁଷ ସମାଜ।"

ସେଦିନ ସେ ମୋତେ ବୁଝାଇବାକୁ ଲାଗିଲେ, "ସ୍ନେହଲତା ଯଦି ଚିରକୁମାରୀ ରହିବାର ଉପଯୋଗୀ ଶିକ୍ଷା ପାଇଥାନ୍ତେ, ଆଉ ସେ ଚିରକୁମାରୀ ରହିଲେ ସମାଜ ଆପତ୍ତି ନକରନ୍ତା, ତେବେ କାହିଁକି ବରପକ୍ଷ ଅର୍ଥଲୋଭ ସମ୍ମୁଖରେ ସେ ଅମୂଲ୍ୟ ଜୀବନ ବଳି ଦେଇଥାନ୍ତେ ? ନାରୀକୁ ଏପରି ଶିକ୍ଷା ଦେବାକୁ ହେବ, ଯାହାଦ୍ୱାରା ଆର୍ଥିକ ସୁବିଧା ନ ହେବାଯାଏ, ସେ ବିବାହ ନକରି ସ୍ୱଚ୍ଛନ୍ଦରେ ଚଳିପାରେ।"

ତାପରେ ସେ କେତେ ଥର ମୋତେ ବୁଝାଇଛନ୍ତି, "ସମାଜରେ ନାରୀର ସ୍ଥାନ ଉଚ୍ଚ କରିବାର ଏକମାତ୍ର ଉପାୟ ସ୍ତ୍ରୀ ଶିକ୍ଷା, ତାଦ୍ୱାରା ପୁରୁଷର ଲାଭ ଛଡ଼ା କ୍ଷତି ନାହିଁ। ମା ଶିକ୍ଷିତା ହେଲେ ସନ୍ତାନ ହେବ ଶିକ୍ଷିତ। ସ୍ତ୍ରୀ ଶିକ୍ଷିତା ହେଲେ ସ୍ୱାମୀ ପାଇବ ସାଥୀ। ସେହି ପୁରୁଣା ଶ୍ଳୋକଟି ମନେ ଅଛିତ ? "ଗୃହିଣୀ ସଚିବଃ ସଖୀ ମିଥଃ ପ୍ରିୟଶିଷ୍ୟା ଲଳିତେ କଳାଚିଧୌ।" କାଳିଦାସଙ୍କର ଏହି ଆଦର୍ଶରେ ଯଦି ନାରୀ ଗଢ଼ା ହୋଇ ପାରନ୍ତା, ପୁରୁଷ କେତେ ସୁଖୀ, କେତେ ସାର୍ଥକ ହୋଇପାରନ୍ତା।" କହୁ କହୁ ତାଙ୍କ ଚକ୍ଷୁ ଆନନ୍ଦରେ ବିସ୍ଫାରିତ ହୋଇଉଠେ।

ସେହି ଦେବବ୍ରତ ତ ସେ, ଆଜି ତାଙ୍କର ମତ ବଦଳିଛି କି ନାହିଁ, ଜାଣେ ନାହିଁ। କିନ୍ତୁ ତାଙ୍କର ପ୍ରବର୍ତ୍ତନାରେ, ତାଙ୍କରି ସାହାଯ୍ୟ ପାଇବା ଆଶାରେ ମୁଁ ଯେଉଁ କାମଟି ଆରମ୍ଭ କରିଦେଇଛି, କାହିଁ ସେଥିରେ ବି ତାଙ୍କର ସହାନୁଭୂତି ମୂଳରୁ ଦେଖୁନାହିଁ। ଇସ୍କୁଲ କଲା ଦିନୁ ସମସ୍ତଙ୍କ ନିନ୍ଦା ସହୁଛି; ଯାହାଙ୍କର ଟିକିଏ ଉତ୍ସାହରେ ଏତେ ଦୁଃଖ, ସୁଖ ପରି ଲାଗନ୍ତା, ସେ ତ ଏ ବିଷୟରେ ନିର୍ଲିପ୍ତ ରହିଛନ୍ତି।

ଆଉ ସେହି ପ୍ରବନ୍ଧ ! ମାସିକ ପତ୍ରରେ ପ୍ରବନ୍ଧ ଲେଖି ନାରୀର ଦୁଃଖ ଜଣାଇଥିଲି। ଏଥିରେ ମଧ୍ୟ ଦିନେ ତାଙ୍କର କେତେ ଆଗ୍ରହ, କେତେ ଉଦ୍‌ଯୋଗ ଦେଖିଛି। ବିବାହ କ'ଣ ସବୁ ବଦଳାଇ ଦେଲା ? ଓହୋ ! ବୁଝିଛି, ଏବେ ତ ମୁଁ ଆଉ ଅତି ସାଧାରଣ ଅପରିଚିତା ବାସନ୍ତୀ ଦେବୀ ନୁହେଁ; ମୁଁ ଅମୁକ ଗାଁ ଜମିଦାର ଦେବବ୍ରତ ବାବୁଙ୍କ ସ୍ତ୍ରୀ, ମୋ ନାଁ ପଡ଼ିଲେ ତାଙ୍କରି କଳଙ୍କ ! ଆଚ୍ଛା- ଏଇଆ ସେ ଭାବନ୍ତି ନା, ସତରେ ? ଟିକିଏ ସାହସ ନାହିଁ ଲୋକନିନ୍ଦାକୁ ଉପେକ୍ଷା କରିବାକୁ।

ନାହିଁ, ନାହିଁ। ମତେ ବିବାହ କରି ସେ ଖୁବ୍ ସହିଛନ୍ତି। ଲୋକନିନ୍ଦା କ'ଣ

କମ୍ ଶୁଣୁଛନ୍ତି ! ତାଙ୍କୁ ଦୋଷ ଦେବି କେମିତି ? ମୋହରି କିଛି ଦୋଷ ହୋଇଥିବ, ଯାହା ଯୋଗୁଁ ସେ ବିରକ୍ତ ହୋଇଛନ୍ତି। ଅଜ୍ଞାତରେ କେଉଁ ଦୋଷ ମୁଁ କଲି ? ତାଙ୍କୁ ପଚାରିବି ?

ମତେ ଲାଗୁଛି, ତାଙ୍କୁ ମୁଁ ଯଥେଷ୍ଟ ସୁଖୀ କରିବାକୁ ଯତ୍ନ କରିନାହିଁ। ଘର କାମ ଆଉ ବାହାର ହିତରେ ମାତି ମୋ ପ୍ରାଣର ପ୍ରିୟାକୁ ହେଳା କରିଛି। ଆଚ୍ଛା, ଏହି ସେ ସ୍କୁଲ୍, ପ୍ରବନ୍ଧ ଆଦି ଏସବୁ ତ ତାଙ୍କରି ତୃପ୍ତି ଲାଗି ? ମୁଁ ଯଦି ଆଉ ଦଶଜଣ ନାରୀଙ୍କ ଭଳି କେବଳ ଘରକରଣାତକ କରି ବାକି ସମୟ କଉଡ଼ି ଖେଳି, ଗପ କରି ତାଙ୍କ ମୁହଁକୁ ଅନେଇ କରି ସୁସଜ୍ଜିତା କଣ୍ଢେଇଟି ପରି ବସି କଟାନ୍ତି, ତେବେ କଣ ସେ ଯଥାର୍ଥ ସୁଖୀ ହୋଇପାରନ୍ତେ ?

କିଛି ବୁଝି ପାରୁନାହିଁ। ମଣିଷର ମନ ତ ! କେତେବେଳେ କଣ ତାଙ୍କ ମନରେ ଥାଏ, ସେହି ଜାଣନ୍ତି- ମୁଁ ଅନୁମାନ କରି କରି ଥକି ଗଲିଣି।

ଶାଶୁ ଡାକୁଛନ୍ତି "ବୋହୂ - ଏ ବୋହୂ-"

ଯାଏଁ, ଲେଖିବାକୁ ବି ଦଣ୍ଡେ ଫୁରସତ୍ ନାହିଁ।

କାଲି ରାତିରେ ସେ ବହୁତ ଉଛୁରରେ ଆସିଲେ। ସେତେବେଳକୁ ସାଢ଼େ ଏଗାରଟା କି ବାରଟା ବାଜି ସାରିଲାଣି। ଆମେ ଶାଶୁ ବୋହୂ ତାଙ୍କୁ ଚାହିଁ ଚାହିଁ ଅଖିଆ ରହିଥିଲୁ।

କାଲି ତାଙ୍କ ମୁଖର ଭାବ, ଆଖିର ରଙ୍ଗ ଦେଖି ମତେ ଭାରି ଡର ମାଡୁଥାଏ। ଗୋଟାଏ ଅଜଣା ଆଶଙ୍କା ଏତେବେଳଯାଏ ମତେ ବ୍ୟାକୁଳ କରିଦେଇଛି। ଆଖି ଜବା ଫୁଲ ପରି ଲାଲ, କଣ୍ଠ ବେଜାୟ ଗମ୍ଭୀର ଓ ଭାରୀ। କଥା କହୁ ନଥାନ୍ତି। କିଛି ପ୍ରଶ୍ନ କରିବାକୁ ସାହସ କରିନାହିଁ, କିନ୍ତୁ କରିଥିଲେ, ବୋଧ ହୁଏ ଭଲ ହୋଇଥାନ୍ତା। ଜୀବନରେ ଗୋଟାଏ ଗୋଟାଏ ଦୁର୍ବଳ ମୁହୂର୍ତ୍ତ ଆସେ, ଯେତେବେଳେ କେତେ କଥା କହିବାକୁ ମନ ହୁଏ, କିନ୍ତୁ ପାଟି ବୁଜିଯାଏ। କୌଣସିମତେ କଥା ବାହାରେ ନାହିଁ। ମୋର ସେହି ଦଶା କାଲି ହୋଇଥିଲା।

ଶାଶୁ କହୁ ଅଛନ୍ତି, ତାଙ୍କ ପୁଅଙ୍କୁ ତ ଆଗରୁ ମନ୍ତର କରି ନାକରେ ଦଉଡ଼ି ଦେଇ ବୁଲାଉଥିଲି, ଏବେ ପୁଣି ତାଙ୍କୁ କଣ କଲିଣି ଯେ ସେ ଦିନକୁ ଦିନ ଝଡ଼ି ଯାଉଛନ୍ତି, ଉଦାସ ହୋଇ ଘରକୁ ଆସୁନାହାନ୍ତି, କାହାରି କୌଣସି କଥାରେ ପାଟି ଫିଟାଉ ନାହାନ୍ତି। ଡାଆଣୀ ବୋହୂ ତାଙ୍କ ପୁଅକୁ ନ ଖାଇଲେ ପରା ଥୟ ହେବ ନାହିଁ।

ମୋ କପାଳକୁ ଏତେ ଦଶା ଥିଲା ! ଯାହାଙ୍କ ପ୍ରେମ ଥିଲା ମୋର ଏକମାତ୍ର ସମ୍ବଳ, ଯାହାଙ୍କ ନିର୍ଭରରେ ମୁଁ ଶାଶୁଙ୍କ ଅବହେଳା, ସମାଜର ଧିକ୍କାର, ପୋଇଲୀ-

ପରିବାରୀଙ୍କ ଇତର ଇଙ୍ଗିତ, ସବୁ ସହ୍ୟ କରି ଆସିଛି, ସେ ମୋ ମାନ ସମ୍ଭ୍ରମ ରଖିଲେ କେଉଁଠି ନିଶାମଣି! ନିଶାମଣି! ତୁମେ ଯଦି ଏ ଦୁଃଖ ଜାଣନ୍ତ, ସହି, ତେବେ ମତେ ଭରସା ଦେଇ ଇସ୍କୁଲ କରାନ୍ତ ନାହିଁ।

ନିଶା କାଲି ନାଚି ନାଚି ଆସି ମହା ଫୂର୍ତ୍ତିରେ ପହଞ୍ଚିଲା। ସବୁଦିନେ ତାର ସେହି ଚଞ୍ଚଳ ସ୍ୱଭାବ ତର ତର ହୋଇ ଏଣୁ ତେଣୁ କେତେ କଣ ବକିଗଲା। ଏ ଭାଉଜବୋହୂ, ତମ ଆଖିରେ କାହିଁକି ଲୁହ? ଭାଇ କଣ କହିଛନ୍ତି କି? ମ- ମ- ବାସ କଣ ବାସି ହେଲାଣି କି?

କଥାଟା ଯାଇ ଠିକ୍ ମୋ ଅନ୍ତଃସ୍ଥଳରେ ବିନ୍ଧିଲା। ଚମକି ପଡ଼ି ଭିତରେ ଭିତରେ ଥରି ଉଠିଲି। ନିଶା କାହୁଁ ଜାଣିବ, କେଡ଼େ ଆଘାତ ସେ ତ ଜାଣି କରି ମତେ ଦେଲା।

ବକ୍ଷର ଅଧୀନ ସ୍ପନ୍ଦନ ଗୋପନ କରି ମୁଖରେ ହାସ୍ୟର ରେଖା ଟାଣି ଯଥାସାଧ୍ୟ ସପ୍ରତିଭ କଣ୍ଠରେ ତାକୁ ଜବାବ ଦେଲି। "ନାହିଁମ, ଏହିକ୍ଷଣି ଶୋଇ କରି ଉଠୁଛି- ବୋଲି ଆଖି ସେମିତି ଦିଶୁଛି। ଆସ- ବସ - ନାହିଁ ନାହିଁ, ସେଠି ନୁହେଁ - ମତେ ଆଉଜି କରି ବସ; ତୁମକୁ ଖାଲି କୋଳକୁ ଟାଣି ନେବାକୁ ମନ ହଉଛି, ସାନ ନଣନ୍ଦଟି ମୋର!"

ସେ ପିଲାଟା କାହୁଁ ବୁଝିବ ମୋ ଦୁଃଖ? ତାକୁ କାହିଁକି କହିବାକୁ ଯିବି ଯେ, ବାସ ସତକୁ ସତ ବାସି ହେଲାଣି?

ମତେ ବଳ ଦିଅ, ଭଗବାନ! ସମସ୍ତଙ୍କ ଉପେକ୍ଷା ଅନାଦର ସହିବାକୁ ଜନ୍ମ ହୋଇଥିଲା ମୋର। ଅବାଧ ଆଖିରୁ ଲୁହ ଗଡ଼ିପଡୁଛି। ଡାଏରୀର ପୃଷ୍ଠାଗୁଡ଼ିକ ତିନ୍ତି ଗଲାଣି। ମୋ କାନ୍ଦଣାର ସକଳ ସାକ୍ଷୀ, ମୌନ ସାକ୍ଷୀ ମୋର!

ଦିନକୁଦିନ ଅସହ୍ୟ ହୋଇଉଠୁଛି। କେଉଁ ଶାନ୍ତିରେ ଘର କରିବି? ଘରିଆଡ଼େ ମୂକ, ବଧିର, ଅଭିନୟ ପରି ସମସ୍ତେ ଚୁପଚାପ୍। ଶାଶୁ ଧାରଣା ଦେଇ ଠାକୁରଘରେ ପଡ଼ିଛନ୍ତି। କେହି କିଛି ପଚାରିଲେ କହୁଛନ୍ତି "ମତେ କିଛି କହ ନାହିଁ। ଯା', ବୋହୂ କୁ ପଚାର। କହୁଛନ୍ତି ଏତେ ସୁଆଙ୍ଗ ମୁଁ ଦେଖି ପାରିବିନାହିଁ। ମରିବି କେବେ ସେଇଆ କହ। ପ୍ରଭୁ ହେ... କେବେ ମୋତେ ଉଦ୍ଧାର କରିବ ..!"

ବେଳେ ବେଳେ ମୋ ଉପରେ ଟିକିଏ ପ୍ରସନ୍ନ ହୋଇଗଲେ ତୁନି ତୁନି ଡାକନ୍ତି, "ଆଲୋ ବୋହୂ-- ମୁଁ ତ ବୁଢ଼ୀ ମଣିଷ, ମୋତେ ଛାଡ଼ିଦେ, ମୁଁ ଦେବ ଦ୍ୱିଜ ପୂଜା ଅରଚା ନେଇ ପଡ଼ିଥାଏଁ। ତମ ଘର ତମେ ବୁଝି ସୁଝି ନିଅ।" ମୁଁ କାନ୍ଦି ପକେଇଲେ କହନ୍ତି "ଛିଃ ମାଆଟି ପରା! ତୁ କ'ଣ ମୋତେ ଅପସନ୍ଦ? ଦୁନିଆ ଯାକ ନିନ୍ଦନ୍ତି ବୋଲି ସିନା ମୁଁ ଚିଡ଼େ।" ମୁଁ ତୁନି ହୋଇ ରହିଲେ କହନ୍ତି, "ହଁ, ମୁଁ ବୁଝିଲିଣି ଯେ।

ତମ ଦିହିଙ୍କ ଭିତରେ ଗୋଟାଏ କ'ଣ ହୋଇଚି ନା ? ଘର କରିବାକୁ ଗଲେ ସେମିତି କେତେ ହେଇଥାଏ। ଶୁଣିବୁ ଦେବ ବାପାଙ୍କ କଥା ? ଦେବକୁ ଯେତେବେଳେ ତିନି ବରଷ ପୂରି ଚ଼ରି ଚ଼ଲିବ- ହଁ, ଏଇ ମଗୁଶିର ମାସରେ ତ। ସେଦିନ କି ତିଥି ଥିଲା, ନବମୀ କି ଦଶମୀ ମନେପଡୁନାହିଁ। ହଁ, କଣ ହେଲାକି, ଦେବ ବାପା କହିଲେ ହଇହେ..."

ଗପଟା ବେଶ୍ ଲମ୍ବା ଚଉଡ଼ା ହେଲା। ସାର ମର୍ମ-- ତାଙ୍କ "ଗେରସ୍ତ"ଙ୍କ ସାଙ୍ଗରେ ଅପଡ଼ ହୋଇ ସେ ଦି'ମାସ କାଳ କଥା କହିନଥିଲେ। ଶେଷକୁ ଯେତେବେଳେ ରାଗ ଚ଼ଲିଗଲା ଅଥଚ ଅଭିମାନ ଗଲା ନାହିଁ, ଦିହେଁଯାକ ହାତ ଠରାଠରି ହୋଇ କେତେକ ଦିନ କଟାଇ ଦେଲେ। ହଠାତ୍ ଦିନେ ଦେବବାପା ଅତର୍କିତ ଭାବରେ ତାଙ୍କୁ 'ଦେବବୋଉ' ବୋଲି ଡାକିଦେଲେ, ଆଉ ଅତର୍କିତ ଭାବରେ ୟାଙ୍କ ମୁହଁରୁ ବାହାରି ଗଲା- 'ଓ!' ସବୁ ମେଣ୍ଟିମାଣ୍ଟି ଗଲା ଦିହିଙ୍କର ଦୁଇମାସ ସଞ୍ଚିତ ହୃଦୟଭରା ହସରେ।

ଗପଟା କହିସାରି ଶାଶୁ ଦୀର୍ଘଶ୍ୱାସ ମାରି କହିଲେ, "ହେଲେ ମୁଁ ଜାଣିଥିଲି, ତମେ ପାଠୋଇ ବୋହୂଯାକ ସ୍ୱାମୀମାନଙ୍କୁ ହାତ କରି ରଖିପାର, ତାଙ୍କୁ ମାଙ୍କଡ଼ ନାଚ ନଚେଇ ପାର। ଦେଖୁଛି ପାଠୋଇ- ଅପାଠୋଇ ସବୁ ବୋହୂଯାକ ଏକାମିତି ଦୁଃଖୀ।"

ଯାହା ହେଉ, ସାନ୍ତ୍ୱନା ଏତିକି ଯେ ମାନବ ହୃଦୟର ସରଳ ସତ୍ୟଟା ତାଙ୍କୁ ଅଛପା ରହିନାହିଁ। ମୋ ଶାଶୁଙ୍କ ସହାନୁଭୂତି ପାରଦ ପରି ତରଳ। କାଲି ହୁଏତ ସେହି ଶାଶୁ ଓଲଟା ଗାଇବେ, ଏମିତି କେତେ ଗାଇଛନ୍ତି। କିନ୍ତୁ ଆଜିକାର ଏହି ଅନୁକମ୍ପାଟିକୁ ମୋ ଶୂନ୍ୟ ହୃଦୟର ଅସଂଖ୍ୟ ଧନ୍ୟବାଦ।

\+ + + +

ଆଚ୍ଛା , ତାଙ୍କୁ ମୁଁ ପଚ଼ରେ, ସେ ମୋତେ ଯେତେ ଉପେକ୍ଷା କଲେ, ତାଙ୍କ ବୋଉ ମତେ କେତେବେଳେ ଲକ୍ଷ୍ମୀ, କେତେବେଳେ ଡାଆଣୀ କହିଲେ ସବୁ ତାଙ୍କୁ ସାଜେ। କିନ୍ତୁ ତାଙ୍କର ଦାସୀ ଚ଼କର ପର୍ଯ୍ୟନ୍ତ ମତେ ଅପମାନ କରିବାକୁ କିଏ ?
ଏ ଅପମାନତ ମୁଁ କ୍ଷମା କରିବି ନାହିଁ। ନା- ମୁଁ କଠିନ ହେବି, ନିଷ୍ଠୁର ହେବି, ଅପମାନ ନିକଟରେ, ଅନ୍ୟାୟ ସମ୍ମୁଖରେ। ମୋ ଅଧିକାର ମୁଁ ଷୋଳଅଣା ବୁଝିନେବି। ଦୁର୍ବଳ ହେବି ନାହିଁ - ଦୁର୍ବଳ ହେବି ନାହିଁ।

ସାଆନ୍ତ ସାଆନ୍ତାଣୀ ଭିତରେ ମନୋମାଳିନ୍ୟ ହେଲେ ଚ଼କର ଚ଼କରାଣୀମାନେ ମଧ୍ୟ ଯୋଡ଼ାଏ ଦଳରେ ବିଭକ୍ତ ହୋଇପଡ଼ନ୍ତି। କେଜାଣି କେମିତି ସେମାନେ ସ୍ୱତଃ ବୁଝିପାରିଲେଣି, ଆମ ଭିତରେ ଗୋଟାଏ ମନାନ୍ତରର ଆଭାସ ଦେଖା ଦେଉଛି ଆଉ

ସାଙ୍ଗେ ସାଙ୍ଗେ ସେମାନଙ୍କ ଭିତରେ ଆଖି ଟିପାଟିପି ଆରମ୍ଭ ହୋଇଗଲାଣି। ଦେଖିଲ? ସେଇ ଦେବବାବୁ, ସେଇ ବାସ ଦେଈ। ପାରାଯୋଡ଼ି ପରି ଯେଉଁମାନେ ଦଣ୍ଡେ କେହି କାହାରିକି ଛାଡିପାରୁ ନଥିଲେ, ସେଇମାନେ, ସେଇମାନେ....

ଭାରି ଗୋଟାଏ ଖୋରାକ ଜୁଟି ଗଲାଣି ସେମାନଙ୍କୁ। ଫୁସୁରୁଫାସର ହୋଇ କଥାଟା ଚାରିଆଡ଼େ ରାଷ୍ଟ୍ର କରିଦେବେ ଯେତେବେଳେ, ସେତେବେଳେ ମୁଁ କେଉଁ ଗୌରବରେ ମୁଣ୍ଡ ଟେକି ବାଟ ଚାଲିବି? ମୋ ସୌଭାଗ୍ୟରେ କେତେ ଗାଁ - ଝିଅ, ଗାଁ-ବୋହୂ ହିଂସାରେ ଜଳି ଯାଉଥିଲେ। ଖୁବ୍ ଶୀଘ୍ର ଦିନେ ଦେଖିବି, କୌତୁକରେ ସେମାନେ ହାତ ଠାରାଠାରି ହେଉଛନ୍ତି, ମୁରୁକି ମୁରୁକି ହସୁଛନ୍ତି, ପାଠୋଇ ବୋହୂ ନାଁରେ ଢଗ ମେଲୁଛନ୍ତି। ହାୟରେ।

କେତେକାଳ ଉଣ୍ଡି ଶନିଆ ମାଆଟା ସୁଦ୍ଧା କହିଦେଲା, ବୋହୂ ସାଆନ୍ତାଣୀ କିଏ, ମୋ କଥାଟି ଶୁଣ। ଭଲରେ ଭଲରେ ଏ ଘର ଛାଡ଼ି ଯୋଉ ମୂଳକରୁ ଆସିଥିଲ ସେଇ ମୂଳକକୁ ଲେଉଟି ଯାଅ। ଆମ ବାବୁଙ୍କୁ ଭୁଲେଇ ଭାଲେଇ ଆଶ୍ରା କରି ଏତେ ବଡ଼ ନାଆଁକୁ ଏତେ ଟିକିଏ କରି ତ ରଖି ସାରିଲଣି। ଏବେ ଭଲରେ ଭଲରେ ବିଦା ହୋଇଯା, ମା ମଙ୍ଗଳା।

ମୁଁ କ୍ରୋଧରେ ଲାଲ ହୋଇଗଲି। କିନ୍ତୁ ପରେ ମନେ ହେଲା, ଏହାର କି ଦୋଷ। ଯାହାଙ୍କ ସାହସରେ ଏ ଏକଥା କହିଦେଲା, ସେ ବି ତ ସେଇଆ କାମନା କରୁଥିବେ। ଜୋର କରି ହସି ହସି କହିଲା ଆଚ୍ଛା ଶନିଆମା, ତମ ବାବୁ ଆଉ ଗୋଟିଏ ବାହା ହେଲେ ନୂଆବୋହୂଟି ତୁମ ମନକୁ ପାଇବ ନା?"

ଶନିଆ ମା ଟିକିଏ କଣ ଭାବିଲା।

ମୁଁ ଉପୁରି ଉପୁରି କହିଯିବାକୁ ଲାଗିଲି, ହୃଦୟାବେଗ ଦବେଇ ପାରୁନଥାଏ। ଶନିଆ ମା ଗୋ, ସଂସାର ଚୂନା କରି ଦେଲି, ମୋ ଉପରେ ରାଗିବ, ରାଗ। କିନ୍ତୁ ଯୋଉ ନୂଆବୋହୂଟି ଆସିବ, ତାକୁ ତମେ ସବୁ ବାହୁନିବ ନାହିଁ ତ? ମୋର ସିନା ସବୁ ଦୋଷ; ତାର ସବୁ ଗୁଣ ହେବ ତ? ନା, ତାକୁ ବି ଦିନେ କହିବ, ଯା, ଯା ଯେଉଁ ବାଟେ ବାଟେ ଆସିଥିଲ, ସେଇ ବାଟେ ବାଟେ ଚାଲିଯା', ମା ଚଣ୍ଡି।

କଥାଟା ଶନିଆ ମାର ହୃଦୟ ସ୍ପର୍ଶ କଲା ପରି ଲାଗିଲା। ସେ ଟିକିଏ ନରମ ହୋଇ କହିଲା, 'କଣ କହିବି, ମା, ତମ ନାଁରେ କେତେ ଲୋକ କେତେ କଣ କଥା କହୁଛନ୍ତି। ମୁଁ ମୂରୁଖ ମଣିଷ, ଜାଣିଛି, ନା ବୁଝିଛି? ସମସ୍ତେ ଯା କହନ୍ତି, ମୁଁ ସେଇଆ କହିଲି, ନୋହିଲେ ତମକୁ କି ମୋର ଅଶରଧା। ତମେ ତ ମତେ କେତେ ଖିରିପିଠା ଖୋଇଛ, ମୋ ପିଲାଟିକୁ କୁଣ୍ଢେଇ ଦେଇ ଇସୁକୁଲରେ ବସେଇଛ। ଆହା, ତମ ପରି

ମଣିଷକୁ କଣ କହି ପକେଇଲି। କେତେ ପାତକ ଲାଗିଲା। କିଛି ମନରେ ବିଚାରିବ ନାହିଁ, ମା। ବୁଢ଼ୀଟା! ମୁଣ୍ଡ ଠିକ୍ ନାହିଁ, ତୁଣ୍ଡରୁ କଣ ବୋଲି କଣ ବାହାରିଯାଏ।'

ଏହି ସବୁ ମଣିଷଙ୍କୁ ନେଇ କେମିତି କାରବାର କରିବି? ମୋ ଆଗରେ ଗୋଟାଏ କଥା, ପଛରେ ଗୋଟାଏ କଥା। ହପ୍‌ପାରେ ମାତି ନିନ୍ଦିବେ। ମିଠା କଥା ଶୁଣିଲେ ନରମ ହୋଇଯିବେ। ଫେରି ଯାଇ ହପ୍‌ପାରେ ମାତି ସାଇଯାକ ଦୋଷ ଗାଇ ବୁଲିବେ। ଟିକିଏ ଭାବନ୍ତି ନାହିଁ, ବୁଝନ୍ତି ନାହିଁ। ଅଥଚ ଏମାନଙ୍କୁ ଶିଖେଇ ବୁଝେଇ ମଣିଷ କରିବାକୁ ଗଲେ ଦୋଷ, ନ ଗଲେ ବି ଦୋଷ।

ହଉ –।"

## - ଷୋହଳ -

### ଦେବବ୍ରତର ଡାଏରୀର ଏକାଂଶ

"ଦିନକୁ ଦିନ ମୋର ପ୍ରତ୍ୟୟ ହେଉଛି, ବାସନ୍ତୀ ମୋତେ ଭଲ ପାଏ ନାହିଁ। କାହିଁକି କେଜାଣି ସବୁବେଳେ ମୋର ମନେ ହେଉଛି, ମୁଁ ବିବାହ କରି ଭୁଲ୍ କରିଛି। ଠକି ଯାଇଛି। ସମାଜକୁ ଯେ ତୁଚ୍ଛ କରି ସ୍ୱାଧୀନ ଇଚ୍ଛାରେ ବିବାହ କରେ, ସେ କାହିଁକି ତାହା କରେ। ସୁଖପାଇଁ ତ? ପ୍ରେମ ପାଇଁ ତ? ଯଦି ହଠାତ୍ ଦିନେ ସେ ଦେଖେ, ସମାଜ ସପ୍ତରଥୀ ପରି ତାକୁ ବେଢ଼ି ଯାଇଛି, ନିନ୍ଦା ବିଦ୍ରୂପର ବାଣ ବରଷି ତାକୁ କ୍ଷତ ବିକ୍ଷତ କରି ଦେଉଛି, ଅଥଚ ଯେଉଁ ପ୍ରେମ ତାକୁ ବଳ ଦିଅନ୍ତା, ତେଜ ଦିଅନ୍ତା, ଦୁଃଖ ସହିବାକୁ ସାହସ ଦିଅନ୍ତା, ସେହି ପ୍ରେମ ବାଷ୍ପ ହୋଇ ଉଡ଼ିଯାଇଛି, ତେବେ କେଉଁ ସୁଖର ଆଶାରେ ସେ ଯୁଦ୍ଧ କରିବ, କେଉଁ ଆନନ୍ଦ ତାକୁ ବଞ୍ଚେଇ ରଖିବ? ମୂଳରୁ ପ୍ରେମ ନ ଥାଇ ବିବାହ ଗୋଟାଏ କଥା। ସମାଜର ଆଉ ସମସ୍ତଙ୍କ ଭଳି ନିଜ ଭାଗ୍ୟକୁ ଆଦରି ରହିଯିବା ଲୋକଙ୍କ ପକ୍ଷରେ ସହଜ, କିନ୍ତୁ ମୁଁ ତ ସମସ୍ତଙ୍କ ପରି ହେବାକୁ ଯାଇ ନାହିଁ। ଏଇଥିଲାଗି ଯେଉଁ ଦୁଃଖ ସମସ୍ତେ ସହିଯାଆନ୍ତି, ସେ ଦୁଃଖ ମତେ ଅସହ୍ୟ ଲାଗୁଛି।

ତାକୁ ଯଦି ମୁଁ ଭଲ ପାଉଥାନ୍ତି, ତାହେଲେ ବି ସବୁ ଦୁଃଖ ପାଶୋରି, ତା ଅନାଦର ସହ କୌଣସିମତେ କାଳ କାଟନ୍ତି। ସ୍ୱାର୍ଥତ୍ୟାଗର ସମସ୍ତ କ୍ଷତିଠାରୁ ଓଜନରେ ବଳି ପଡ଼ନ୍ତା ମୋର ପ୍ରେମର ଆନନ୍ଦ, କିନ୍ତୁ ତାକୁ ତ ଭଲ ପାଇନାହିଁ କେଭେଁ।

ଭଲ ପାଇ ନାହିଁ? ନା, ଭଲ ପାଇ ନାହିଁ। ଦିନେ ମନେ ହେଉଥିଲା, ଭଲ ପାଉଛି। ବିବାହ ପୂର୍ବେ। କିନ୍ତୁ କାହିଁ? ବିବାହ ବେଳେ ତ ତା' ପ୍ରତି ଖୁବ୍ ବେଶୀ ଅନୁରାଗ ନଥିଲା। ଥିଲା ଖାଲି ଗୋଟାଏ କର୍ତ୍ତବ୍ୟବୋଧ, ଗୋଟାଏ ପ୍ରତିଶ୍ରୁତି ମୋଚନ କରିବାର ଇଚ୍ଛା। ସେଦିନ ସେହି କର୍ତ୍ତବ୍ୟବୋଧର କୁହୁଡ଼ିରେ ମୁଁ ବାଟବଣା ହୋଇ

ଭାବୁଥିଲି, ପ୍ରେମ ପାଇଁ ଜୀବନର ଯୁଦ୍ଧ ବରିନେଉଛି, ସମାଜକୁ ଧକ୍କା ଦେବାକୁ ଯାଉଛି। ଆଜି ନାହିଁ; ପ୍ରେମର ସେ ନିଶା। ରହି ଯାଇଛି କର୍ତ୍ତବବୋଧର ନୀରସ ଶୁଷ୍କତା। ଏହି ଶୁଷ୍କ ହୃଦୟ ଘେନି ମୁଁ ସମାଜ ଭାଙ୍ଗିବି, ଗଢ଼ିବି ? ଏତେ ଶକ୍ତି ତ ମୋର ନାହିଁ।

ମୁଁ ଠକି ଯାଇଛି, ଠକି ଯାଇଛି, ଗୋଟାଏ ବିରାଟ ଭ୍ରାନ୍ତିର ଶୁଷ୍କ, ଶାନ୍ତ ଶୂନ୍ୟତା ମୋ ହୃଦୟ ମନକୁ ଅବସନ୍ନ କରି ରଖିଛି। ମନକୁ କହୁଛି, ଦେବବ୍ରତ, ଭୀଷ୍ମ ପରି ପ୍ରତିଜ୍ଞା ତୁମେ ପାଳିଛ ସତ, କିନ୍ତୁ ତୁମ ଜୀବନ ମୋ ଭୀଷ୍ମଙ୍କ ଠାରୁ ବଳି ନୀରସ, ବ୍ୟର୍ଥ ହେଲା।

ବ୍ୟର୍ଥ ହେଲା ? ହୋଇଥିବ। ବାହାରେ ସମାଜ କରି ଦେଇଛି ଏକଘରକିଆ, ଭିତରେ ମା କରି ଦେଇଛନ୍ତି କୋଳରୁ ଦୂର, ସ୍ତ୍ରୀ କରି ଦେଇଛି ମନରୁ ଦୂର। କାମ କରିବାକୁ ଇଚ୍ଛା। କଣ ନେଇ କାମ କରିବି ? ଏଇ ଅବସନ୍ନ ମନ ?

କାନ୍ଦିବାକୁ ମନ ହେଉଛି। କାନ୍ଦିବି ? କାନ୍ଦେ। ହୃଦୟର ସବୁ ବ୍ୟଥା ଲୁହ ହୋଇ ଝରିପଡୁ, ବାଷ୍ପ ହୋଇ ଉଡ଼ିଯାଉ ଏଇ ନଈକୂଳଟିରେ, ଏଇ ଜହ୍ନରାତିଟିରେ ବସି କାନ୍ଦିବି। ଥରେ ଥରେ ମନେ ହେଉଛି, ମୁଁ ତେଜସ୍ୱୀ ଦେବବ୍ରତ, ବଳିଷ୍ଠ ପୁରୁଷ ମୁଁ। କାନ୍ଦିବି ମୁଁ କେଉଁ ଦୁଃଖରେ ? ନା – ଦେବବ୍ରତ, ଅହଙ୍କାରର ସ୍ଥାନ ଏ ନୁହେଁ। ନଈ କାନ୍ଦୁଛି, କଳକଳ ହୋଇ, ଅନନ୍ତ ଶୋକାଶ୍ରୁ ଅନ୍ତରରେ ବହି। ଜହ୍ନ କାନ୍ଦୁଛି ମୁକ୍ତ କିରଣଧାରାରେ, ଏକାକୀ ହୃଦୟର ବିରହ ବେଦନାରେ। ତୁମେ ବି କାନ୍ଦ – ତୁମେ ବି କାନ୍ଦ।

ଆଚ୍ଛା, ମୁଁ ସବୁ ଦୁଃଖ ଆଖିପାଣିରେ ଧୋଇ ଦେବି।

କାଲି ରାତିରେ କେଜାଣି କେତେବେଳେ ଘରକୁ ଫେରିଲି। ଟଳି ଟଳି ମଦୁଆଙ୍କ ଭଳି ଘରେ ପହଞ୍ଚିଲି। ବାସନ୍ତୀ ଶୋଇ ନଥିଲା। ପ୍ରବଳ ଇଚ୍ଛା ହେଉଥାଏ, ଜୋର୍‌ସେ ତାର ନରମ ହାତ ଦିଓଟିକୁ ଚପି ଧରି ଜ୍ୱଳନ୍ତ ଦୃଷ୍ଟିରେ ତା' ଆଖି ଆଡ଼କୁ ଚାହିଁ-ଥରେ, ଥରଟିଏ, ତାକୁ ପଚାରେ, ବାସନ୍ତୀ, ସତ କହ, ତୁମେ ମତେ ଭଲ ପାଅ ? ଭୀତ ସନ୍ତପ୍ତ ହୋଇ ସେ ଉତ୍ତର ଦିଅନ୍ତା, ହଁ। ଆଉ, ମୁଁ ତାକୁ ଦୂରକୁ ଫିଙ୍ଗି ଦେଇ ପ୍ରଚଣ୍ଡ ଆବେଗରେ କହନ୍ତି, ନା, ମିଥ୍ୟାବାଦିନୀ ନାରୀ।

ପାଗଳ ପରି କଣ ଲେଖିଯାଉଛି। ଛି, ଛି,- ବାସନ୍ତୀ ତ କେଭେଁ ମୋତେ କହିନାହିଁ ସେ ମୋତେ ଭଲ ପାଏ ନାହିଁ। କାହିଁ ସେ ତ କେଭେଁ ମୋତେ କଷ୍ଟ ଦେଇନାହିଁ। ଜାଣିଶୁଣି- ନା ନିଶ୍ଚୟ ଦେଇଛି। ମୁଁ ମନକୁ ବିଶ୍ୱାସ କରେଇବି ଯେ, ବାସନ୍ତୀ ମୋତେ କଷ୍ଟ ଦେଇଛି। ଦିନରାତି କଷ୍ଟ ଦେଇଛି। ସତ ହେଉ, ମିଛ ହେଉ ମୁଁ

ଆଜି ବିଶ୍ୱାସ କରିବି। ସେ ମୋତେ କେଉଁ ଭଲ ପାଇ ନାହିଁ। ଖାଲି ସୁଖରେ ରହିବ ବୋଲି ବାହା ହୋଇଛି - ଠିକ୍ - ମୋତେ ସେମାନେ ଜାଲରେ ପକାଇଛନ୍ତି। ମା', ଝୁଅ ଦିହେଁ ମିଶି ଏତେ ଲୋକ ଥାଉଁ ଥାଉଁ ମୋତେ ଶିକାର କରିଛନ୍ତି। ଆସେ ଆସ୍ତେ ସ୍ନେହର ଛଳନା କରି ମତେ ଦେଇ ସବୁ ସୁବିଧା କରେଇ ନେଇଛନ୍ତି। ହୁଁ - ମୁଁ ଯେ କେଡ଼େ ଚଲାଖ ସେମାନେ ଜାଣିନାହାନ୍ତି। ନା? ହୁଁ- ଆଜିଯାଏ ଏ କଥା ଖିଆଲ ହୋଇନାହିଁ। ମୁଁ ବଡ଼ ସରଳ ବୋଲି। ବାସନ୍ତୀ ମୋତେ କଦାପି କସ୍ମିନ୍‌କାଳେ ଭଲ ପାଇନାହିଁ। କେବଳ ସ୍ୱାର୍ଥସିଦ୍ଧିର ଉପାୟ କରିଛି। କେବଳ ନିଜ ସୁଖ ଆଉ ଦରକାରୀ ମନେ କରିଛି। ଏହି ସହଜ କଥାଟା ଏତେଦିନ ମୁଁ ବୁଝିନଥିଲି କିପରି ମ?

ସେ ଯେ ପୁରୁଷ ଜାତି ବିରୁଦ୍ଧରେ ପ୍ରବନ୍ଧ ଲେଖିଛି, ସେ ତ ପ୍ରକାରାନ୍ତରେ ମୋହର ନିନ୍ଦା ନୁହେଁ? ବାସନ୍ତୀ ଆଜି କେଉଁ ପୁରୁଷକୁ ଚିହ୍ନିଛି, କାହା ସ୍ପର୍ଶରେ ଆସିଛି ଯେ ସେ ପୁରୁଷ ଜାତି ଉପରେ ଏଡ଼େ ଖପ୍‌ପା ହେବ? ନିଶ୍ଚୟ ମୋତେ ହିଁ ସେ ଲକ୍ଷ୍ୟ କରିଛି, ମୋତେ ନୁହେଁ, ଆଉ କାହାକୁ? ପିଲାଟି ଦିନୁ ବାପା ନାହାନ୍ତି, ମୂଳରୁ ଭାଇ ନାହାନ୍ତି। ପୁରୁଷ ଆତ୍ମୀୟ ନାହାନ୍ତି କହିଲେ ଚଳେ। ତେବେ ସେ ଆଉ କାହାକୁ ନିନ୍ଦିପାରେ? ମତେ ନ ହେଲେ ଆଉ କାହାରିକି ସେ ଭଲ ପାଇଥିବ, ପାଇ ରୁଷିଥିବ। ତାହାରି ଉପରେଏ ଆକ୍ରୋଶ। କଥାଟାତ ଭଲ କଥା ନୁହେଁ। ସେ ଆଉ କାହାକୁ ଭଲ ପାଏ। ନିଶ୍ଚୟ ନିଶ୍ଚୟ ଭଲ ପାଏ। ହଁ, ଭଲ ପାଏ। ଅଲବତ୍ ଭଲ ପାଏ। ହଜାରେ ଥର କହିବି ଭଲ ପାଏ। ମୁଁ ନିଜେ ଦେଖିଛି ରମେଶକୁ ସେ ଚିଠି ଦିଏ। ହେଲେ ଦୋଷ କଣ? ମୁଁ ନିଜେ ତ ଏଥିପାଇଁ ତାହାକୁ ଅନୁରୋଧ କରିଥିଲି। କିନ୍ତୁ ଯା' ବୋଲି ସେ ଏପରି ଅନୁରୋଧ ରଖିଲା କାହିଁକି। ନିଶ୍ଚୟ ତାହାର ଆଗ୍ରହ ଥିଲା। ଚିଠି ଲେଖିବାଟା କଣ ଦୋଷ? ଖୁବ୍ ଦୋଷ। କାହିଁକି ସେ ଚିଠି ଦେବ ନା? ତାର କଣ ଅଭାବ? ନିଶ୍ଚୟ ମୋ ବିରୁଦ୍ଧରେ ଅଭିଯୋଗ କରୁଥିବ। ଲେଖିଥିବ ମୁଁ ଏ ବିଭାଘରରେ ସୁଖୀ ହୋଇନାହିଁ। ଲେଖୁଥିବ ମୁଁ ଏ ପରିବାରରେ ପୋଡ଼ି ଜଳି ମରୁଛି। ଏତକ ଦେବବାବୁଙ୍କ ଯୋଗୁଁ ହେଲା। କଣ ଲେଖୁଥିବ ଆଉ ଭାବି ପାରୁନାହିଁ। ବଡ଼ ବିରକ୍ତ ଲାଗୁଛି। ମୁଁ ବଡ଼ ସନ୍ଦେହ- ପ୍ରବଣ ହୋଇପଡ଼ୁଛି। ଧିକ୍ ମୋତେ ଏପରି ତ ନଥିଲି!

କାଲି ବାସନ୍ତୀର ମୁହଁ ଦେଖି ମନେ ହେଉଥିଲା ସେ ଯେପରି କଣ କହିବାକୁ ଚେଷ୍ଟା କରୁଛି, କହିପାରୁନାହିଁ। କେହି ଯେପରି ତାର କଣ୍ଠରୋଧ କରିଦେଇଛି। ଆଃ, ବାସନ୍ତୀ, ବଡ଼ ନିଃସଙ୍ଗ। କେହି ତାର ଯତ୍ନ କରନ୍ତି ନାହିଁ। ଶାଶୁ କ୍ରୁଦ୍ଧ, ସ୍ୱାମୀ ଉଦାସୀନ; ଗ୍ରାମର ସମସ୍ତେ ବିମୁଖ। ମୋତେ ବାହାହେବାର ଅପରାଧ ଯେପରି ତାରି! ନିର୍ଦ୍ଦୋଷ ବାଳିକା। ତୁମକୁ ସନ୍ଦେହ କରି ନିଜକୁ କଷ୍ଟ ଦେଇଛି। କାହିଁକି ତୁମେ ସେ ପ୍ରବନ୍ଧ

ଲେଖିଲ। ସେଇଥିରୁ ସିନା ମୋର ଏତେ ରାଗ। ଆଃ, କାହିଁକି ତୁମେ ସ୍କୁଲ୍ କଲ ଏତେ ତର ତର ହୋଇ? ମୁଁ ତ ଖାଲି ଚାହୁଁଥିଲି ଆମେ ଦିହେଁ ସ୍ୱାମୀ ସ୍ତ୍ରୀ କେବଳ ପରସ୍ପରକୁ ପାଉଥିବା। କେହି ଆମକୁ ପରସ୍ପର ଠାରୁ ଛିନ୍ନ କରିଦେବ ନାହିଁ। କି ଦେଶ, କି ସମାଜ, ମୁଁ ତୁମକୁ ଷୋଳଅଣା ଚାହୁଁଥିଲି। ତୁମେ ମୋତେ ବଞ୍ଚିତ କରି ଦେଶକାମକୁ ଆଦରି ନେଲ କାହିଁକି? ମନ ଭିତରଟା ବେଶ୍ ନରମ ହୋଇଗଲା। କିନ୍ତୁ ଜଣେଇ ପାରିଲି ନାହିଁ। କୌଣସିମତେ ଯେ, ବାସନ୍ତୀ ମୁଁ ତୁମକୁ ଭଲ ପାଏ। ତୁମେ ମୋତେ ଭଲ ପାଅ। ନିର୍ଦ୍ଦୋଷ, ନିରୀହ ପ୍ରିୟାଟି ମୋର। ତାର କି ଦୋଷ। ସେ ଯାହା ଠିକ୍ ବୁଝିଛି, ତାହା ହିଁ କରୁଛି। ସେ କଣ ଜାଣେ ଯେ ତାକୁ ମୁଁ ଅକାରଣ ସନ୍ଦେହ କରୁଛି।

ଥରେ ତା ସହିତ କଥାବାର୍ତ୍ତା ହେଲେ ସବୁ ପରିଷ୍କାର ହୋଇ ଯାଆନ୍ତା ନାହିଁକି? କିନ୍ତୁ କିଏ ଆଗ କଥା କହିବ? ସେ ନା ମୁଁ? କିନ୍ତୁ ଏ ସବୁ କଥା ପକେଇବାକୁ ସାହସ ହେଉନାହିଁ। ସଙ୍କୋଚ ବୋଧ ହେଉଛି। ତାକୁ ବି ସଙ୍କୋଚବୋଧ ହେଉଥିବ ଯେ! ସେ ଯେ ନାରୀ!

ଥରେ ଯଦି ତାହାକୁ ବୁଝେଇ ଦେଇପାରନ୍ତି ଯେ, ବାସନ୍ତୀ ତୁମ ବିରୁଦ୍ଧରେ ମୋ ଅଭିଯୋଗ କିଛି ନୁହେଁ, କେବଳ ଏତିକି - ତୁମେ କାହିଁକି ବଞ୍ଚିକରି ସମାଜ ସେବାରେ ଆପଣାକୁ ଢାଳି ଦେଇଛ। ହୋଇପାରେ ଏଇଟା ମୋର ସ୍ୱାର୍ଥପର ଇଚ୍ଛା। କିନ୍ତୁ ଏହି ସ୍ୱାର୍ଥପରତାରେ ଯେ ମୋର ସୁଖ, ତୁମକୁ ମୁଁ ଚାହେଁ, ବାସନ୍ତୀ। ସମ୍ପୂର୍ଣ୍ଣ ରୂପେ ଚାହେଁ। ସଂସାରଦାବୀ ପଛେ ମୋ ଦାବୀ ଆଗ। ମୁଁ ତୁମକୁ ଯେତେ ଭଲ ପାଏ, ସଂସାର ତ ସେତେ ଭଲ ପାଏ ନାହିଁ।

+ + + + +

ଫେର୍ ମୋର ମସ୍ତିଷ୍କ ବିକୃତ ହୋଇଯାଇଛି। ବେଳେ ବେଳେ ବେଶ୍ ବୁଝିପାରୁଛି ଯେ ମୁଁ ପ୍ରକୃତିସ୍ଥ ନୁହେଁ। ବେଳେ ବେଳେ ମନେ ହେଉଛି ମୁଁ ଉତ୍ପୀଡ଼ିତ। ଚାରିଆଡୁ ମୋ ଉପରେ ଅତ୍ୟାଚାର ହେଉଛି। ସମାଜ, ପରିବାର ସମସ୍ତେ ଛିଡ଼ା ହୋଇ ମଜା ଦେଖୁଛନ୍ତି। ଆଉ ମୁଁ ଅଗାଧ ପାଣିରେ ପହଁରି ପହଁରି ଆକୁ ପାକୁ ହେଉଛି। ବେଳେ ବେଳେ ଜ୍ଞାନ ଫେରିଆସେ - ସବୁ ମନେ ହୁଏ ମୋ ନିଜର କଳ୍ପନା। ସମସ୍ତେ ମୋତେ ଭଲ ପାଆନ୍ତି। ଖାତିର କରନ୍ତି। ଗାଁରେ ମୋର ପ୍ରତିପତ୍ତି ଅଛି। ସମାଜପତିମାନେ ଡରନ୍ତି। ପ୍ରଜାଏ ମୋତେ ଶ୍ରଦ୍ଧା କରନ୍ତି। ମାଜିଷ୍ଟ୍ରେଟ ମୋ ସହ ହ୍ୟାଣ୍ଡଶେକ୍ କରନ୍ତି। ମା ମୋତେ ସ୍ନେହ କରନ୍ତି ବୋଲି ମୋ ଉପରେ ରୁଷିଛନ୍ତି। ବାସନ୍ତୀ ମୋତେ ଅନ୍ତରରେ ପ୍ରେମ କରେ ବୋଲି ମୁହଁରେ ପ୍ରେମ ପ୍ରଚାର କରେ

ନାହିଁ। ମୂର୍ଖ, ତା ପ୍ରେମପୂର୍ଣ୍ଣ ଚାହାଣୀରୁ ସବୁ ବୁଝିପାରିବା ମୋର ଉଚିତ। ମୁହଁରେ କଣ କେହି କେବେ କହିପାରେ ଯେ ମୁଁ ତୁମକୁ ଭଲ ପାଏ। ଏତେ କାହିଁକି ମୁଁ ବାସନ୍ତୀ ଉପରେ ଚିଡୁଛି। ତା ନୀରବ ପ୍ରେମକୁ ସନ୍ଦେହ କରୁଛି। ପେଷାଦାର ପ୍ରେମିକ ପ୍ରେମିକାମାନେ ହିଁ ପ୍ରେମକଥାର ସରବ ଆତିଶଯ୍ୟରେ ଅନ୍ତରର ରିକ୍ତତା ଗୋପନ କରନ୍ତି। ଶୂନ୍ୟ କଳସର ସିନା ଶବ୍ଦ ବେଶୀ, ପୂର୍ଣ୍ଣ କଳସତ ନୀରବ।

\+ \+ \+ \+

ନା଼ଃ- ପଟିବ ନାହିଁ। ଏ ସବୁ ଫନ୍ଦଫିକର ପଟିବ ନାହିଁ। ତମେ କେତେକାଳ ଠକିଆସୁଥିବ ବାସନ୍ତୀ। ମୁଁ ଜାଣେ ତୁମେ ମୋତେ ଭଲ ପାଅ ନାହିଁ। ମୁଁ ମଲେ ତୁମେ ଖୁସି ହେବ ନା। ମୋତେ ଏଡ଼ିବା ପାଇଁ କେତେ ଚେଷ୍ଟା। ମୁଁ ଯଦି ଚାଲାକ ହୋଇନଥାନ୍ତି, ତୁମେ ମୋତେ ଭାରି ଠକାଉଥାନ୍ତ। ଦେଖ ଥରେ କେମିତି ମୋତେ ଧରାଛୁଆଁ ନଦେଇ ଏଣେତେଣେ ବ୍ୟସ୍ତ ହୋଇ ରହିଛ। ଦିନଓଳି ମୋ ସାଙ୍ଗରେ ଦେଖା କରିବାକୁ ତର ନାହିଁ। ସକାଳୁ ଘରକରଣାରେ ଲାଗିଲ ଯେ ଖୋଜି ଖୋଜି ଥକିଗଲେ ବି ଭେଟ ମିଳିବା ଦୁର୍ଘଟ। କଣ କରୁଥିଲ ? ନା, "ବାସୀ ପାଇଟି ସରିନାହିଁ। ଦେଖାଶୁଣା କରୁଥିଲି।" କଣ କରୁଛ ? ନା, "ଦିଅଁଙ୍କ ଫୁଲ ତୋଳୁଛି।" କଣ କରିବାକୁ ଯାଉଛ ? "ଆଲମାରୀରେ ଉଇ ଲାଗିଲେଣି। ଝଡ଼ାଝଡ଼ି କରିବାକୁ ହେବ। ଅସଂଖ୍ୟ କାମ।" ମୁହୂର୍ତ୍ତେ ବିଶ୍ରାମ ନାହିଁ। ଆଚ୍ଛା, କାମତକ କଣ ଦାସୀ, ଚାକରମାନେ କରିପାରନ୍ତି ନାହିଁ ? ସବୁ ନିଜେ ନକଲେ ନଚଳେ। ପଚାରିଲେ କହିବ, "ଦାସୀ ଚାକର କଣ ମନ ପ୍ରାଣ ଦେଇ ଖଟିପାରନ୍ତି ? ସେମାନେ କଣ ଆପଣା ଲୋକ ପରି ଯତ୍ନ ନେବେ ? କଣ କରିବାକୁ କହିଲେ କଣ କରି ଥୋଇଦେବେ।" ଦ୍ୱିପ୍ରହରେ ତ ଫୁରସତ୍ ନାହିଁ ସହଜେ। ସ୍କୁଲ୍ ବାହାନା କରି ମତେ ଛାଡ଼ି ପଳେଇଲେ ଯାଇ ତାର ଆନନ୍ଦ। ବହି ପଢ଼ାଇ, କାର୍ପେଟ୍ ବୁଣାଇ, ସିଲାଇ ଶିଖାଇ, କେତେଗୁଡ଼ାଏ ଅସଭ୍ୟ, ବଣୁଆ, ମଫସଲିଆଣୀଙ୍କୁ ନେଇ ସଞ୍ଜଯାଏ ସେଇଠି ପଡ଼ିଥିବ ଯେ ମଣିଷ ଅପେକ୍ଷା କରି କରି ନିତାନ୍ତ ବିରକ୍ତ ହୋଇ ସାଇକେଲ ଧରି ଏକୁଟିଆ ବୁଲିବାକୁ ବାହାରିବା ପୂର୍ବରୁ ସେ ଘରକୁ ଫେରିବ ନାହିଁ। କେଉଁ ରସ ସେ ପାଏ ସେଥିରେ ! ମୁଁ ତ ଭାବୁଛି, ମତେ ହଇରାଣ କରିବା ତାର ଉଦ୍ଦେଶ୍ୟ।

ସନ୍ଧ୍ୟାରେ ବି ସାଆନ୍ତାଣୀଙ୍କୁ ଦର୍ଶନ ନାହିଁ। ଭଲା ଟିକିଏ ଛାତ ଉପରକୁ ଆସ, ଗୀତଟିଏ ଗାଅ, କି ହାରମୋନିୟମ୍ ବଜାଅ। ଗପସପ କର କି ବହି ପଢ଼େଁ, ଶୁଣ। ତା ନାହିଁ - ଚାକରାଣୀଙ୍କ ହାତରୁ କାମ କାଢ଼ି ନେଇ ଲାଗିଲେ ଶାଶୁଙ୍କ ପାଦସେବାରେ। ରୋଷେୟା ବ୍ରାହ୍ମଣର କାମ କମେଇ ଦେଇ ଲାଗିଗଲେ ତରକାରୀ

ରାନ୍ଧିବାରେ; କିଛି ନ ମିଳିଲେ ଋକରାଣୀଙ୍କର ସଭା କରି ରାମାୟଣ ଶୁଣାଇବାକୁ ହେବ। କିଏ ୟାଙ୍କୁ ରାଣ ଦେଇ କହୁଥିଲା ଏସବୁ କରିବାକୁ। ନିଜ ସ୍ୱାମୀକୁ ଟିକିଏ ସଙ୍ଗଦାନ କରି ତାର ଏକାକୀ ଜୀବନଟାକୁ ଟିକିଏ ସରସ କରୁଥିଲେ କେଉଁ ପାତକ ଲାଗିଯା'ନ୍ତା କେଜାଣି ! ସେ ବିଚରା ବାରଟାଯାଏ ବାଟ ଋହିଁ ବିଛଣାରେ ଛଟପଟ ହେଇ ହେଇ ନିଦରେ ଅଚେତନ ନହେବାଯାଏ ସାଆନ୍ତାଣୀଙ୍କର ସାକ୍ଷାତ ନାହିଁ। ଦାସଦାସୀ, ଆତ୍ମୀୟ ସ୍ୱଜନ ସମସ୍ତଙ୍କ ଖିଆ ନିଜେ ତଦାରଖ ନ କଲେ ପରା କର୍ତ୍ତବ୍ୟ ଶେଷ ହୁଏ ନାହିଁ। ଏ ଗୋଟାଏ ବାହାନା ଛଡ଼ା ଆଉ କଣ ? ଅସଲରେ ମୋ ସହିତ କଥା ହେବାକୁ ତାଙ୍କର ତର ନାହିଁ। ମୋ ଦାବୀଟା ଯେପରି କିଛି ନୁହେଁ - ସଂସାର ଦାବୀଟା ହିଁ ସବୁ।

କାହା ଆଖିରେ ଧୂଳି ଦେବ ତୁମେ ? ଦେବବ୍ରତ ଯେପରି ସରଳ, ସେହିପରି ଧୂର୍ତ୍ତ। ସବୁ ଦେଖୁଛି ମୁଁ - ସବୁ ବୁଝୁଛି। ଯେଉଁଦିନ ନିହାତି ଅସହ୍ୟ ହେବ, ସେହିଦିନ ଦେଖିବି ଯେ।

## - ସତର -

ବାସନ୍ତୀ, ଉପରଘର ବସିବା ଘରେ ଚଉକିଟି ଉପରେ ବସିଚି, ଲ୍ୟାମ୍ପଟା ନିଷ୍ପ୍ରଭ, ମିଞ୍ଜି ମିଞ୍ଜି ହୋଇ ଜଳୁଛି - ସାମ୍ନାରେ ଝରକାଟି ଖୋଲା ରହିଚି। ରାତି ସେତେବେଳକୁ ବାରଟା ହେବ। ଗୃହସ୍ଥଳୀ ନୀରବ ନିସ୍ତବ୍ଧ। ଦେବବ୍ରତ ତାର ସମ୍ପର୍କୀୟ କୌଣସି ଆତ୍ମୀୟର ନିମନ୍ତ୍ରଣ ରକ୍ଷା କରିବାକୁ ଯାଇଁ ଏତେବେଳଯାଏ ଫେରି ନାହିଁ।

ଆଷାଢ଼ ମାସ ରାତି। ଗାଁ କୋଳାହଳ କେତେବେଳୁ ଥମି ଗଲାଣି, ଝିପିଝିପି ହୋଇ ବର୍ଷା ହେଉଛି, ବେଳେ ବେଳେ ଝଲକାଏ ବିଦ୍ୟୁତ୍ ଝରକାର କାଚକୁ ଝଲେଇ ଦେଇ ନିଭି ଯାଉଥିଲା। ଆକାଶରେ ନିବିଡ଼ କଳା ବଉଦମାଳା ଗୁନ୍ଥା ହୋଇ ରହିଛନ୍ତି। ହତା ଭିତର ଆମ୍ବ ଗଛ ଗୁଡ଼ିକରେ ଜୁଳୁଜୁଳିଆ ପୋକଙ୍କ ଲୀଳା - ଗାଁ ଉପକଣ୍ଠରୁ ଶୃଗାଳଙ୍କର ବିକଟ ରବ, ଏ ସବୁର ଏକତ୍ର ସମାବେଶ ସେ ଦିନ ଦସ୍ତୁର ମୁତାବକ ଗୋଟାଏ ଦୁର୍ଦ୍ଦିନର ଦୃଶ୍ୟ ସୃଷ୍ଟି କରିଥିଲା।

ଘର ଭିତରର କ୍ଷୀଣ ଆଲୁଅଟି ବାସନ୍ତୀ ମୁହଁ ଉପରେ ପଡ଼ିଥିଲା। ସେ କେତେ କଣ ଭାବୁଥିଲା, ଝଟ୍କା ପବନରେ ତା ଅଳକପଂକ୍ତି ଇତସ୍ତତଃ; କିନ୍ତୁ ତେବେ ସୁଦ୍ଧା ପଣନ୍ତରେ କପାଳକୁ ବାରମ୍ବାର ପୋଛିବାରେ ଲାଗିଥିଲା।...... 'ଆରେ ବଉଳ କତିକି ତ ଖୁବ୍ ଚିଠି ଲେଖୁଚି' କହି ସାମ୍ନାରେ ଝରକାଟି ମୁଦି ଦେଇ ଲ୍ୟାମ୍ପଟିକୁ ତେଜି ଚୌକିଟିକୁ ଟେବୁଲ ପାଖକୁ ଟାଣି ନେଇ ବସିଲା। ଚିଠି କାଗଜ ଆଣି ଚିଠି ଲେଖି ବସିଲା - ଚାରି ମାସ ପରେ!

"ବଉଳ ଲୋ! କୋଉଁ ଯୁଗରୁ ତୋ ଚିଠି ପାଇଲିଣି, ମୋ ଚିଠିକୁ ଚାହିଁ ଚାହିଁ ତୋ ଆଖିରୁ ପାଣି ମରିବଣି ନା? ଭାରି ଅଭିମାନ କରିଥିବୁ - ହୁଏ ତ ଏ ସଂସାରରେ ସବୁଠୁଁ ଯୋଉଁଟା ଶସ୍ତା, ସେଇ ଭୁଲବୁଝା ରୀତିରେ ମତେ କେତେ କଣ ଠଉରେଇ ସାରିବୁଣି। କିନ୍ତୁ ବଉଳ, ମୁଁ କଣ କରିବି କହିଲୁ? ଚାରିମାସ ଭିତରେ ମତେ ଯେ ଚିଠି

ଲେଖିବାକୁ ତିଳେ ଅବସର ମିଳିନାହିଁ, ଏଡ଼େ ବଡ଼ ମିଛ କଥାଟା କହିବାକୁ ହେଲେ ଯେଉଁ ପ୍ରବୃତ୍ତିଟି ବନ୍ଧୁକୁ ଉତ୍ସାହିତ କରିଦିଏ, ସେଇ ପ୍ରବୃତ୍ତିର ଆଦେଶ ମୋ ମନକୁ ତୋ'ଠିକି ଚିଠି ଲେଖିବାକୁ ବଳେଇ ଦିଏ ନାହିଁ - ଚକ୍ଷୁ ଲଜ୍ଜାର ଖାତିରରେ ତୋ' ଭଳି ବନ୍ଧୁକୁ ଚିଠି ଦେବାଟା ଯେ ମୋତେ ଭଲ ଲାଗେ ନାହିଁ, ତୁ ଜାଣୁ। ମୋ ମନ କଥା କଣ ତତେ ଆଉ ଜଣେଇବି? ଓଃ! ଏ ଜୀବନର ବୋଝ ବେଗାରି ପରି ବୋହିବାଠୁଁ ଝକ୍‌ମାରି ବୋଧହୁଏ ସଂସାରରେ କିଛି ନାହିଁ! ଏଠି ଏଇ ରାତି ଦ୍ୱିପ୍ରହରରେ ତତେ ବସି ଚିଠି ଲେଖୁଛି, ମନେ ହେଉଛି, ମୁଣ୍ଡ ଉପରେ ଯେମିତି ଗୋଟାଏ ମୂନିଆ ବର୍ଚ୍ଛା ଝୁଲୁଛି, ଅନାଗତ ବିଭୀଷିକାର ଏ ତୀକ୍ଷ୍ଣ ମୂନଟି ଯେ କୌଣସି ମୁହୂର୍ତ୍ତରେ ମୁଣ୍ଡ ଉପରେ ଭୁଷି ହୋଇଯାଇପାରେ। ବୋଧହୁଏ ଆସନ୍ନ ଭବିଷ୍ୟତ ପାଇଁ କେବେ ଏଡ଼େ ଉଦ୍‌ବିଗ୍ନ ହୋଇନାହିଁ। ଭଗବାନଙ୍କର ଯାହା ବରାଦ୍, ତାଙ୍କରି ଉପରେ ସବୁ ନିର୍ଭର। ବଡ଼ ଅଦୃଷ୍ଟବାଦିନୀ ହୋଇ ପଡ଼ିଲା ପରି ଲାଗୁଚି ନା? ମୋର ପରିବର୍ତ୍ତନ କଥା ଲେଖିଛୁ। ମଣିଷ ଜୀବନରେ ପରିବର୍ତ୍ତନ ପ୍ରତିଦିନ ଲାଗିଛି, ଯେଉଁ ଦିନଟି, ଯେଉଁ ଘଣ୍ଟାଟି ଗଲା, ସେ ଆଉ ଫେରୁ ନାହିଁ- ଆସୁଚି ପୁଣି ଆଉ ଗୋଟିଏ ଦିନ, ପୁଣି ଆଉ ଗୋଟିଏ ଘଣ୍ଟା। ବିଶେଷତଃ ଦୁର୍ବଳ ଲୋକ ପକ୍ଷରେ ଭଉଣୀ, ପରିବର୍ତ୍ତନଟା ଅବଶ୍ୟମ୍ଭାବୀ- ତାର ଶକ୍ତି ନାହିଁ ପ୍ରାକୃତିକ ହଉ ଅବା ଅପ୍ରାକୃତିକ ହଉ, ଅପରିହାର୍ଯ୍ୟ ପରିବର୍ତ୍ତନର ଗତି ରୋଧିବାକୁ। ତେବେ ପରିବର୍ତ୍ତନ ଯେ ଖାଲି ଭଲ ଆଡ଼କୁ ହବ ଯା ନୁହେଁ, ମନ୍ଦ ଆଡ଼କୁ ବି ହୋଇପାରେ। ଛାଡ଼ ସେ କଥା।

ହଁ, ବଉଳ ଫୁଲ! ଅନେକ ଝଡ଼ ବତାସ ଏ ଭାଗ୍ୟ ଉପର ଦେଇ ବହିଗଲାଣି ଓ ବହୁତ ଆଶା ଭରସା ଭାଙ୍ଗି ତୁଟି ଧୂଳିସାତ୍ ହୋଇ ଲୋଟି ଗଲାଣି। ଅଛି - ରହିଛି କେବଳ ଗୋଟାଏ ଅନନ୍ତ କ୍ଷୁଧାର୍ତ୍ତ ଅତି ଶକ୍ତିଶୂନ୍ୟ ଆକାଂକ୍ଷା- ରାତିଦିନ - ଦିନରାତି ସେ ଖାଲି ଧାଇଁଚି ତାର କାମ୍ୟଲାଭ କରିବାର ବ୍ୟର୍ଥ ଆଶାରେ। କିନ୍ତୁ ହାୟ, ଉପାୟ ନାହିଁ ତ ଆଉ ସେ ସିନ୍ଦୂରିତ ଦିଗନ୍ତ ରେଖାରେ ପହଞ୍ଚିବାକୁ? ଲେଖିଚୁ ମୋର ପରିବର୍ତ୍ତନ କଥା। ପରିବର୍ତ୍ତନତ ନିଶ୍ଚୟ ହେବ, ବଉଳ ତାର ଗତି କିଏ ରୋଧି ପାରିବ? ହେଇ ତୁ ତୋର ନିଜ କଥାକୁ ଲକ୍ଷ୍ୟ କରି ଦେଖିଲୁ, ବଉଳ, ତୋର କଣ ପରିବର୍ତ୍ତନ ହେଉ ନାହିଁ? ଅବଶ୍ୟ ମୁଁ ସ୍ୱୀକାର କରେଁ, ତୁ ଅଦ୍ୟାପି ଅନେକାଂଶରେ ବାଳିକା ମାତ୍ର, ସେଥିପାଇଁ ତୋ ଦେହ ମନରେ କାଳର ଅପରିହାହାର୍ଯ୍ୟ ପରିବର୍ତ୍ତନଟା ତାର ସ୍ପଷ୍ଟ ଛପା ଲଗାଇ ଦେଇପାରି ନାହିଁ। ମଦିର ଯୌବନର ଆଶା-ଭରସା, ହସ-କୌତୁକ ତୋର ବାସ୍ତବ ଜଗତକୁ ଏକ ଅବାସ୍ତବ ବାଜୀକରର କୁହୁକମାୟାରେ ସୁରଭିତ କରି ରଖିଚି। ଏ ବାସ୍ତବ ଜଗତ କଣ ଜାଣୁ? ଖରାଦିନିଆ ଦି'ପ୍ରହରର ରଡ଼ ଖରା - ତତଲା ଟାଙ୍ଗର ଭୂଇଁ - ମୁଁ ଆସିଛି

କେବଳ ତାର ଅତି ଦାଢ଼କୁ ମାତ୍ର। ଝରିଆଡ଼େ ମତେ ଆଶାମୟ ଯୌବନର ଶୀତଳ ଛାୟା ଘେରି ରହିଚି ସତ, ତଥାପି ଏଇ ଟିକିଏ ତା' ଦାଢ଼କୁ ଆସି ସେ ଧାସ ସିଝିଗଲା ଭଳି ଲାଗୁଛି – ଜୀବନର ସବୁ ସରସତା ଝଲି ଯାଉଚି। ତୁ କହିବୁ, ତୋ ବଉଳଟା ଭାରୀ ସ୍ୱାର୍ଥପର। ହଁ, ତା ସେ ସ୍ୱୀକାର କରୁଚି – ଶହେ ଥର କରିବ। ଆଗେ ନିଜର ସ୍ୱାର୍ଥସିଦ୍ଧି ହେଲେ ଯାଇଁ ପରେ ସେଇ ସିଦ୍ଧିକୁ ଘେନି ଅନ୍ୟମାନଙ୍କ ସଙ୍ଗରେ ତାକୁ ସଂସାର, ପରିବାର, ସମାଜ, ଦେଶ, ଯାହା କହ ଭାଗ କରି ସୁଖ କରିବା ନା?"

ଶିଢ଼ି ପାହାଚରେ ଦେବବ୍ରତର ଜୋତା ଶବ୍ଦ ଶୁଭିଲା। ବାସନ୍ତୀ ସଙ୍କୁଚିତ ହୋଇ ଉଠିଲା – ଏଭଳି ସହଜ ଭାବରେ ଚିଠିଟା ଲେଖିବାକୁ। ପରେ ଅନେକ କଥା ରହିଲା ଲେଖିବାର- ଚିଠି ଦେବୁ, ମୋର ସ୍ନେହ ଓ ପ୍ରୀତି ଜାଣିବୁ। ଇତି।" କରିଦେଇ ତ୍ରସ୍ତ ହାତରେ ଲଫାପା ମୁଦି ରାଇଟିଙ୍ଗ୍ କେସ୍ ଭିତରେ ବନ୍ଦ ବରିଦେବା ବେଳକୁ ଚିଠିଟା ଠକ୍‌କିନା ତଳେ ପଡ଼ିଗଲା। ସେତେବେଳକୁ ଦେବବ୍ରତ ଚୌକାଠ ମୁହଁରେ ଆସି ପଡ଼ିଥିଲା, ବାସନ୍ତୀ ତାକୁ ଦେଖି ଚିଠିଟା ଚଞ୍ଚଳ ତଳୁ ଆଣି କେସ୍ ଭିତରେ ରଖି ଝବି ପକାଇ ଦେଲା। ଏ ଝବି ପକାଇବାଟା ନିତାନ୍ତ ଅକାରଣ ବୋଲି ବାସନ୍ତୀ ଆପଣା ମନକୁ ଆପେ ଟିକିଏ ମଉଳିଗଲା।

ଘରକୁ ଆସି ଦେବବ୍ରତ ଲକ୍ଷ୍ୟକଲା ବାସନ୍ତୀର ଗୋଟିଏ ଅନାବଶ୍ୟକ କୁଣ୍ଠିତ ଚଞ୍ଚଳଭାବ, ତା' ଉପରେ ରାଇଟିଙ୍ଗ କେସ୍‌ରେ ତ୍ରସ୍ତ ଭାବରେ ଚିଠିଟି ରଖି ଝବି ଦେବା! ସେ ଭାବିଲା, କାହିଁ, ଏତେକାଳ ହେଲାଣି, ହେଳାରେ ଦିନେହେଲେ ତ ବାସନ୍ତୀ ତା କେସ୍‌ରେ ଝବି ବନ୍ଦ କରିଦିଏ ନାହିଁ – ଆଜି ତାର ଝବି ଦବାର କି ଆବଶ୍ୟକତା ଥିଲା? ମତେ ଦେଖି ତାର ଏ ଭାବରେ ଝବି ଦବା! ଯା ମୂଳରେ ତା ମନରେ କି ଭାବ? କାହିଁ, ଦିନେ କେବେହେଲେ ତ ତା ଚିଠିପତ୍ର ସମ୍ପର୍କରେ କୌଣସି ରକମର କୌତୁହଳ ମୁଁ ଦେଖେଇ ନାହିଁ – ଏ ସମ୍ବନ୍ଧରେ ସେ କେବେ ମୋର କି ନୀଚତା ଲକ୍ଷ୍ୟ କରିଚି, ଯାହା ଯୋଗେ ତା ମନରେ ଏଭଳି ଆକସ୍ମିକ କୁଣ୍ଠା ଜାଗିଲା? ଏ ଭାବ ଜନ୍ମିବାରେ ତ କିଛି କାରଣ ନାହିଁ? ଯାହାକୁ ମୋର ସବୁଠୁଁ ବିଶ୍ୱସ୍ତତାର ପାତ୍ରୀ ବୋଲି ଅକପଟ ଭାବରେ ବିଶ୍ୱାସ କରି ଆସିଚି – ପ୍ରୀତି ଅର୍ପଣ କରିଚି – ହେତୁ ଅହେତୁରେ କେବେହେଲେ କେଉଁଥିରେ ତାର ପ୍ରତିବନ୍ଧକତା କରିନାହିଁ, ଯାହା ମନ ଉପରେ ଛାଇ ପଡ଼ିଲେ ମୋ ମନର ଅନ୍ଧାର ଘୋଟିଯାଏ, ସେ ପୁଣି ମତେ ଏଡ଼େ ଇତର ଭାବେ? କଣ ପାଇଁ ସେ ଏବେ ଏଡ଼େ ହୀନଦୃଷ୍ଟିରେ ଦେଖେ? ଯେମିତି ମୁଁ ତା ପକ୍ଷରେ ଗୋଟାଏ ଦସ୍ୟୁ – ତାର ସୁଖଶାନ୍ତି ଜୁର କରିବାକୁ ମୋର ଜନ୍ମ। କେବଳ ଏଇୟା ଯେମିତି ମୋର ଅଭିଳାଷ।

ପୀଡ଼ିତ ଅନ୍ତରର ଗୋଟିଏ ଦୀର୍ଘଶ୍ୱାସ ତାର ବିଶାଳ ବକ୍ଷ କମ୍ପିତ କରି ଅନନ୍ତ ପବନରେ ମିଳେଇଗଲା । କିଛି କଥା କହିବା ଭଳି ପ୍ରବୃତ୍ତି ତାର ନଥିଲା । ବାସନ୍ତୀର କୁଣ୍ଠିତ ମ୍ଳାନଭାବ ଲକ୍ଷ୍ୟ କରି ସୁଦ୍ଧା ହଠାତ୍ ଘର ଭିତରକୁ ପଶି ଆସିଥିଲି ବୋଲି ମନ ତାର ଗୋଟାଏ ଅସ୍ୱସ୍ତିରେ ପୂରିଗଲା ।

କାମିଜ୍, ଚଦର, ଜୋତା ଯଥାସ୍ଥାନରେ ରଖିଦେଇ ସେ ଶୋଇବା ଘରକୁ ଚାଲିଗଲା- ଲୁଗାଟା ବଦଳି କରି ଯିବାକୁ ତାର ଖିଆଲ ନ ଥିଲା - କ୍ଷୁଦ୍ର ଘଟଣାଟିରେ ସେ କେମିତି ବିମୂଢ଼ ହୋଇ ପଡ଼ିଥିଲା ।

ବିଛଣାରେ ପୁଣି ତାର ଭାବନା । ଜୀବନର ଘଟଣାବଳୀ - ବାସନ୍ତୀ ସହିତ ତାର ସମ୍ପର୍କ, ସାନବଡ଼ ଅନେକ କଥା ତା' ମନରେ ପଡ଼ିବାକୁ ଲାଗିଲା । ସେ ମନେଇଲା, ତାଙ୍କ ଦୁହିଁଙ୍କ ଭିତରେ ସେଇ ବେଶୀ ଆତ୍ମତ୍ୟାଗ କରିଚି- ପତ୍ନୀ ପାଇଁ ଲାଞ୍ଛନାର ଦୁଃଖତକ ଏକାଧାରରେ ତାରି ଭାଗରେ ପଡ଼ିଚି, କିନ୍ତୁ ଯାହା ପାଇଁ ସେ ଏତେ ସ୍ୱାର୍ଥ ବିସର୍ଜି ଦେଇଛି- ଛାତି ପଥର କରିଚି - ପ୍ରତିଦାନରେ ସେ ତାଠଉଁ କି ମୂଲ୍ୟ ପାଇଚି ? ସେ ତ ଦେବତା ନୁହେଁ ଯେ ତାକୁ ନିଃସ୍ୱାର୍ଥ ପୂଜା ଦବ ବୋଲି ଏତେ କଷ୍ଟ ବରଣ କରି ତାକୁ ବିବାହ କଲା ? ସଂସାରର ସାଧାରଣ ସମସ୍ତଙ୍କ ପରି ସେ ବି ଦେଣା-ପାଉଣାର ଆକାଙ୍କ୍ଷା ନେଇ ସୃଷ୍ଟି ହେଉଚି, ପାଉଣାର ଲିପ୍ସା ତାର ମଧ ଅଛି, କିନ୍ତୁ ଏ ଲିପ୍ସାକୁ ବାସନ୍ତୀ କି ପରିମାଣରେ ଚରିତାର୍ଥ କରିଚି ? ସେ କହି ଉଠିଲା, ଅସହ୍ୟ- ମୋର ସହିବାକୁ ଆଉ ବଳ ନାହିଁ । ଆଖି ଦୁଇଟା ତାର ପୋଡ଼ିବାକୁ ଲାଗିଲା - ଛଟ୍‌ପଟ୍ ହୋଇ କେତେବେଳେ ସେ ଘୁମେଇ ପଡ଼ିଲା । ବାସନ୍ତୀକୁ ଶୋଇବା ଘରକୁ ଯିବାକୁ ସେ କହିଲା ନାହିଁ- ଜାଣିକରି କହିନାହିଁ, କି ଭୁଲି ଯାଇଥିଲା କିଏ ଜାଣେ ? ଏଇ କ୍ଷୁଦ୍ର ଘଟଣାଟିରେ ବାସନ୍ତୀ ତା' ପାଖରେ ନିହାତି ଯେମିତି ଅବାନ୍ତର ହୋଇପଡ଼ିଲା ।

ନୈଶ ପ୍ରକୃତି ତାର ନିତ୍ୟ ଆୟୋଜନର ଉପଚାର ଦେଇ ପ୍ରତ୍ୟୁଷକୁ ଅଭ୍ୟର୍ଥନା କରି ଜଗତକୁ ଆଣିଲା । ସ୍ଥାବରଜଙ୍ଗମ ଉଷାସ୍ପର୍ଶର ନବଚେତନାରେ ପ୍ରାଣର ଆବେଗରେ ସ୍ପନ୍ଦିତ ହୋଇ ଉଠିଲା । ଚିରଦିନିଆ ପୁରୁଣା ପ୍ରଭାତଟି ନିତି ପୁଣି ନୂଆ ନୂଆ ରହସ୍ୟ ବୋଲି ହୋଇ ଆସେ କୁଆଡୁ ?

ସୁଭଦ୍ରା ଉଠିବା ପୂର୍ବରୁ ବାସନ୍ତୀ ତାର ପ୍ରାତଃକୃତ୍ୟ ସମାପ୍ତ କରିସାରିଥାଏ । କିନ୍ତୁ ଆଜି ଏତେ ଉଚ୍ଛୁର ହେଲାଣି, ତାର ଦେଖା ନାହିଁ କାହିଁକି ? ସନିଆମା ଦୁଆର ଖରକୁ ଖରକୁ ପଚାରିଲା : ସାଆନ୍ତାଣୀଏ, ବୋହୂ ସାଆନ୍ତାଣୀ କାହିଁକି ଉଠିନାହାନ୍ତି ? ଏତେବେଳକୁ ତାଙ୍କର ଗାଧୁଆ ସରନ୍ତାଣି । ଦେବ ବୋଉ କହିଲେ - ଗଲୁ ତାକୁ

ଉଠେଇ ଦେବୁ, ବେଳ ହେଇଗଲାଣି, କାହିଁକି ଏତେବେଳଯାଏଁ ଶୋଇପଡ଼ିଛି। ସନିଆମା ଶିଡ଼ିରୁ ଡାକି ଡାକି ଗଲା- ବୋହୂ ସାନ୍ତାଣି, ତମ ଶାଶୁ ଉଠି କାମଧନ୍ଦାରେ ଲାଗିଲେଣି- ତମେ ଶୋଇଚ ଏତେବେଳଯାଏ। ଶାଶୁ ଡାକୁଛନ୍ତି ଉଠି ଆସ। ଡାକି ଡାକି ବାସନ୍ତୀ ଶୋଇବା ଘରକୁ ଯାଇ ଦେଖିଲା, ଘରେ କେହି ନାହିଁ - ଝକର ବିଛଣା ଟେକି ଘର ଓଳେଇ ଦେଇ ଗଲାଣି। ଏ ରହସ୍ୟର ଅର୍ଥଭେଦ କରି ନ ପାରି ସେ ଟିକିଏ ଥକ୍କା ମାରି ଯାଇ ଅନ୍ୟ ଘର ଉଦ୍ଦେଶ୍ୟରେ ଖୋଜିବାକୁ ଗଲା।

ବସିବା ଘର କବାଟ ଆଉଜା ହୋଇଥିଲା। ସନିଆମା ଠେଲି ଦେଇ ଦେଖିଲା - ବୋହୂ କଣରେ ପଡ଼ିଥିବା ଗୋଟିଏ ଆରାମ ଚଉକିରେ ଶୋଇ ପଡ଼ିଛନ୍ତି - ମୁଣ୍ଡଟି ଚୌକି ପ୍ରାନ୍ତ ଆଡ଼କୁ ଢଳିପଡ଼ିଛି। କେଶବାସ ବିଶୃଙ୍ଖଳ। ସନିଆମା ବିସ୍ମିତ ଭାବରେ ଋହିଁ କହିଲା, ବୋହୂ ସାଆନ୍ତାଣି - ଆଗୋ ବୋହୂ ସାଆନ୍ତାଣିଏ। ଡାକରେ ଧଡ଼ପଡ଼ ହୋଇ ଉଠି ଲୁଗା ସଜାଡୁ ସଜାଡୁ ବାସନ୍ତୀ କହିଲା,"କି ଲୋ ସନିଆମା, ଦିନ ଦି' ଘଡ଼ିଯାଏ ତ ମୁଁ କଣ ଆଜି ଶୋଇପଡ଼ିଲି; ବୋଉ କଣ କରୁଛନ୍ତି ? ସନିଆମାର ବିସ୍ମିତ ଋହାଣୀରେ ତାର ଅନେକ କଥା ଯେ ଧରାପଡ଼ିଗଲା, ଏଇଟା ମର୍ମେ ମର୍ମେ ବୁଝି ନିଜର ଅସାବଧାନତା ଯୋଗୁଁ ତାର ଅନୁତାପର ସୀମା ରହିଲା ନାହିଁ। ଈଷତ୍ ଲଜ୍ଜିତ ଭାବରେ ଦ୍ରୁତ ପଦରେ ତଳକୁ ଯାଇ ଦେଖିଲା- ଶାଶୁ ପରିବା କାଟୁଛନ୍ତି। ତାଙ୍କ ଆଗ ଦେଇ ଗାଧୁଆ ଘରକୁ ଗଲାବେଳେ ତା' ଗୋଡ ବିମୂଢ଼ ହୋଇ ଏଣେ ବୋଲି ତେଣେ ପଡ଼ି ଯାଉଥିଲା। ଏଠିକି ଆସିବା ଦିନୁ ସେ କେବେ ଏତେ ଅପ୍ରସ୍ତୁତ ହୋଇ ନାହିଁ- ଏଇ ଯୋଗୁଁ ନିଜ ଉପରେ ତାର ଭାରୀ ରାଗ ହେଉଥିଲା। ପୁଣି ସନିଆମା ତାକୁ ଯେଉଁ ଅବସ୍ଥାରେ ଦେଖିଚି, ସେ ଯଦି ତାର ସ୍ୱାଭାବିକ ରଚନାଭଙ୍ଗୀରେ ପଲ୍ଲବାଇ ବର୍ଣ୍ଣନା କରି କହିବ, ତେବେ ଶାଶୁ ତା' ସମ୍ବନ୍ଧରେ ଯାହା ଭାବିବେ, ସେଇଟା ସ୍ପଷ୍ଟ ଅନୁମାନ କରି ତାର ମାଟିରେ ମିଶିଯିବାକୁ ଇଚ୍ଛା ହେଉଥିଲା।

ସାଆନ୍ତାଣୀ, ତମ ବୋହୂଙ୍କ ଢଙ୍ଗ ଦେଖିଲଣି ନା ? କଣ, ମୁଁ ତ ସେମାନଙ୍କର କିଛି ଅନ୍ତ ପାଉ ନାହିଁ, କଥା କଣ ? କଥା ଗୋଟାଏ କଣ, ଛେନାଗୁଡ଼ ! ତମ ବୋହୂତ କାଲି କଣ ବୈଠକ ଘର ଆରାମ ଚୌକିରେ ଶୋଇଥିଲେ, ଦିହ ନୁଖୁରା - ମୁଣ୍ଡ ଝାମ୍ପୁରା ହେଇଚି, ଡାକିଲାରୁ ମତେ ଦେଖି କଣ ଏଣୁ ତେଣୁ ଗୁଣୁଗୁଣୁ କରି କହିଲେ, ମୁଁ ସମୁଜି ପାରିଲି ନାହିଁ। ଦେବ ବାବୁ ତାଙ୍କ ଘରେ ନଥିଲେ - ଘର ଝଡ଼ାଝଡ଼ି ସରିଲାଣି। ମୁଁ ତ କିଛି ବୁଝିପାରୁନାହିଁ - ପୁଣି ଅବା ତାଙ୍କର କଳି ଲାଗିଥିବ- କିଏ ସେ ମାୟାରେ ପଶିଚି ଯେ ଜାଣିବ ? ମୋ କପାଳଟା ସବୁରି ହାଳିକି ସେରନ୍ତା ବୋଲି ମୁଁ, ଏ ଗୁଡ଼ାକ ଶୁଣୁଛି, ଜାଣୁଛି। ଏମିତି ଗୁଣସାଗରୀ ବୋହୂ ସଂସାରରେ କିଏ କରିଚି ?

ନା ଲୋ ମା ! ସାଈରେ ଭାଇରେ କାହା ଆଗରେ କୋଉଠି କିଛି ଫିଟେଇବୁ ନାହିଁ - ଘର କଥା ଘରେ ନ ଦାବି ପଦାରେ ପକାଇଲେ ଭଗାରୀ ହସା କଥା - ଆମ ମୁଣ୍ଡ ତଳେ ପଡ଼ିବ। ସନିଆମା ସହାନୁଭୂତିଭରେ କହିଲା - "ସାନ୍ତାଣି, ତମର ଆଉ କୋଉ ଟାଣଟା ଭାଙ୍ଗିନାହିଁ ଯେ ଏ କଥାରେ ମୁଣ୍ଡ ତଳକୁ ହଉଛି ?" ହଁ ଲୋ, ଯାହା କହିଲୁ ଲୋ ମା। 'ଚୋରର ମା ନାଜେ ନକାନ୍ଦେ - ଯେବେ କାନ୍ଦେ ଦୁଆର କିଳି କାନ୍ଦେ।' ସେଇମିତି ମୋ କପାଳ ଦଶା, ଦେବକୁ ନ କହି କାହାକୁ କହିବି ? ରାତି ପାହାନ୍ତାରେ ନିଦ ଭାଙ୍ଗିଲାରୁ ପାନ ଖାଇବି ବୋଲି ବଟୁଆ ଖୋଜିବାକୁ ମୋ ଘରକୁ ଗଲାବେଳକୁ ଉପରେ ତାଙ୍କ ଶୋଇବା ଘର ଅନ୍ଧାର ହୋଇଛି, ବୋହୂଙ୍କ ଘରେ ଆଲୁଅ ଜଳୁଥିଲା, କଣ ଗୋଟାଏ ବହି ଧରି ପଢୁଥିଲା ପରି ଦିଶିଲା। ମୁଁ ଭଲ କରି ଅନେଇଲି ନାହିଁ, ମୋ ମନେ ସିନା କଣ ନବାକୁ କରିବାକୁ ସେ ଘରୁ ଆସିଛନ୍ତି। ତେଇଁକି -ହୁଁଃ...।

ବାସନ୍ତୀ ଗାଧୁଆ ପାଧୁଆ ସାରି ଆସୁ ଆସୁ ସନିଆମାର ଶେଷକଥାପଦକ ତା କାନରେ ପଡ଼ିଗଲା। ଅପମାନରେ ତାର ତାଳୁଠୁଁ ତଳିପା ଯାଏ ଜଳିଗଲା। ମୂଳରୁ ଶାଶୁଙ୍କର ଓ ସନିଆମାର ମୁହାଁମୁହିଁ ହୋଇ ବସିବାର ଢାଁଚ ଦେଖି ସେ ମନେ ମନେ ଠଉରାଇ ନେଇଥିଲା ସେମାନଙ୍କ ଆଲୋଚ୍ୟ ବିଷୟ ଉପାଦାନ।

ଶାଶୁଙ୍କ ପ୍ରକୃତି ତାର ଅଜଣା ନଥିଲା, କିନ୍ତୁ ହେଲେ ସୁଦ୍ଧା ଜଣେ ଇତରଜାତୀୟା ସାଙ୍ଗରେ ତା ସମ୍ବନ୍ଧରେ ଏପରି ଆଳାପ କରିବା ଭଳି ନୀଚତା ସେ ଆଶା କରି ନଥିଲା। ଶାଶୁଙ୍କ ମୁହଁରେ ତାଙ୍କର ଜଣେ ଦାସୀ ତା' ସମ୍ବନ୍ଧରେ କୌଣସି ସମ୍ମାନହାନିକର କଥା କହିବ, ଏଇଟା ଶାଶୁଙ୍କ ପକ୍ଷରେ ଉପାଦେୟବୋଧ ହେଲେ ସୁଦ୍ଧା, ତା ପକ୍ଷରେ ଉପାଦେୟ ବୋଲି ସେ ଭାବି ପାରିଲା ନାହିଁ - ବିରକ୍ତିରେ ତାର ରକ୍ତ ଉତ୍ତପ୍ତ ହୋଇ ଉଠିଲା।

ଭଲଦିନ ହୋଇଥିଲେ ହୁଏ ତ ସେ ତା ସମ୍ବନ୍ଧରେ ଏଇରକମ ସମାଲୋଚନାକୁ ସହି ନେଇପାରିଥାଆନ୍ତା- ନିଜର ଅବସ୍ଥା ବୁଝିବାର ବିଚାରବୁଦ୍ଧି ଓ ସହ୍ୟଶକ୍ତି ଦ୍ୱାରା। କିନ୍ତୁ କାଲି ରାତିଯାକ କାନ୍ଦି ଉନ୍ନିଦ୍ର ରହି ତା' ମୁଣ୍ଡ ବୁଲାଉଥିଲା। ଆଖି ଅସହ୍ୟ ଯନ୍ତ୍ରଣାରେ ସିଝି କଳା ପଡ଼ିଯାଇଥିଲା। ନିଜ ଦେହର ଭାର ବହି ସହଜ ଭାବରେ ଚଳିବାକୁ ଯେମିତି ସେ ବଳ ପାଉନଥିଲା। ଯା' ଛଡ଼ା ଆହୁରି ଗୋଟିଏ ଗୌଣ କାରଣ ମଧ୍ୟ ଥିଲା। କେତେଦିନ ହେଲା ଏଇରକମ ବିରୁଦ୍ଧ ଅବସ୍ଥାକୁ ଦିହସୁହା କରିନେବାକୁ ଅନବରତ ଚେଷ୍ଟା କରୁଥିଲେ ସୁଦ୍ଧା, ତାର ମନ ଯେମିତି ଦିନକୁ ଦିନ ନିଜର ଶାସନ ମାନି ପାରୁନଥିଲା। ଦେବବ୍ରତର କିମିତି ଏକ ଖାପଛଡ଼ା ଭାବର ଏ ଯେ ପ୍ରତିକ୍ରିୟା, ଏଇଟା ତାକୁ ଅଗୋଚର ଥିଲା। ଏଇଯୋଗୁଁ ଏ ଇଙ୍ଗିତଟିକି ସହି

ଚାଲିଯିବା ଭଳି ବଳ ସେ ପାଇଲା ନାହିଁ - ଗୋଟିଏ ନିଷ୍ଫଳ ଆକ୍ରୋଶ ତା ମନରେ ରୁଦ୍ଧ ହୋଇ ଆଲୋଡ଼ନ କରିବାକୁ ଲାଗିଲା। ସେ ମନେ ମନେ କହି ଉଠିଲା - କାହିଁକି, କୋଉଯୋଗୁଁ ମୋର ଏ ପ୍ରାୟଶ୍ଚିତ୍ତ - ମୁଁ ତ କିଛି ପାପ କରିନାହିଁ। ପ୍ରକାଶ୍ୟରେ ଯଥା ସମ୍ଭବ ଶାନ୍ତ ସ୍ୱରରେ ସେ ଶାଶୁଙ୍କ ଉଦ୍ଦେଶ୍ୟରେ କେବଳ ଏତିକି କହିଲା, ବୋଉ, ଆପଣଙ୍କର ମୋ ଉପରେ ପୁରା ଅଧିକାର ଅଛି - ଏ ଦାବୀର ମର୍ଯ୍ୟାଦା ରଖିବାକୁ ମୁଁ ଦିନେ ହେଲେ ମୁହଁ ବଙ୍କେଇ ନାହିଁ - ତେଣୁ ଆପଣଙ୍କର ଇଚ୍ଛା ମୁତାବକ ମତେ ନିଜେ ସବୁ କଥା କହିପାରନ୍ତି, ମୁଁ ଗ୍ରହଣ କରିବାକୁ ଅମଙ୍ଗ ନୁହେଁ - କିନ୍ତୁ ଆପଣଙ୍କ ମୁହଁ ଉପରେ ଜଣେ ଛୋଟ ଲୋକ ଆପଣା ବୋହୂକୁ ଦେଖେଇ ଏମିତି ଅଭଦ୍ର ଭାବରେ କଥାବାର୍ତ୍ତା କରିବ- ମୋର ନିଜର ମାନ ଅପମାନ ନାହିଁ- ମୋର ନଥାଉ, ଆପଣଙ୍କର ତ ଅଛି ? ଏ କଣ ଆପଣଙ୍କ ସମ୍ମାନ ଊଣା କରୁନାହିଁ ? ମୁଁ କଣ ଆପଣଙ୍କର ଏତେ ପର ? ଏତକ କହି ଉତ୍ତରକୁ ଅପେକ୍ଷା ନକରି ଲୁଗା ବଦଳିବାକୁ ସେ ଶିଢ଼ି ବାହି ଉପରକୁ ଚାଲିଗଲା।

ମୁଖରା ବୋହୂଟିର ସଙ୍ଗତ କଥାଗୁଡ଼ିକ ଶୁଣି ଦେବବୋଉ ଲଜ୍ଜାରେ, ରାଗରେ ଭାରି ଅପ୍ରସ୍ତୁତ ହୋଇଗଲେ। ସନିଆମା ଆଗରେ ତାଙ୍କ ବୋହୂ ତାଙ୍କୁ ଏପରି ଅପମାନ କରିଗଲା- ଏଇ ଆଘାତଟିକୁ ସେ ସମ୍ଭାଳିପାରୁନଥିଲେ। ସନିଆମା ଓ ସେ ଦିହେଁ ଯାକ ଯେମିତି ଏ କଥାଗୁଡ଼ିକରେ ମାଟିରେ ମିଶିଯାଉଥିଲେ। ଦୋଷରେ ନିର୍ଦ୍ଦୋଷରେ ଏତେ ଗାଳି ଖାଇ, ଖୁଞ୍ଚା ଖାଇ, ଦିନେ ହେଲେ ମୁଣ୍ଡଟେକି ଯୋଉ ବୋହୂ ତାଙ୍କୁ ପଦେ ହେଲେ ଜବାବ ଦିଏ ନାହିଁ, ସେ କଣ କଲା, ନା ଗୋଟାଏ ଚାକରାଣୀ ଆଗରେ ମୁହଁକୁ ଅନଉ ଅନଉ ବକିଦେଇଗଲା। କିଛି ନ ହେଲେ ସାତ ପର ସିଏ, ତାକୁ ତ ହେଲେ ମଣିଷର ମୋହବତ୍ ଚକ୍ଷୁ ଲଜ୍ଜା ଟିକିଏ କରିବାର ଅଛି ?

ସାନ୍ତାଣି, ତମେ କାନ୍ଦୁଛ ଏଇ ଛାର କଥାକୁ ? କଣ ପାଇଁ ତୁଚ୍ଛାଟାକୁ ନୁହ ଗାଳି ପକାଉଚ ବସିକରି- କହି ନିଜ କାନିରେ ସନିଆମା ସାନ୍ତାଣୀଙ୍କର ଲୁହ ପୋଛିବାକୁ ଲାଗିଲା। ଏଣେ ସହାନୁଭୂତିରେ ତରଳି ତା ଆଖିରୁ ବି ଲୁହ ଗଡ଼ିବାକୁ ଆରମ୍ଭ କଲା। ସେ ମୋ କପାଳ ଲୋ ବାୟାଣୀ। କଣ ଏ ଛାତି ବରଦାସ୍ତ ନ କରିଚି ଯେ, ଏଇ କଥାକୁ ମୁଁ ଧରି ବସିବି ? 'କେତେ କେତେ କଥା ନ କଲେ କାହ୍ନୁ, ଜୀବ ଯିବାଯାଏ ନ ଯିବ ମନୁ' - ସେହିଭଳି କଥା ହେଲା ଇଏ। ପରିବା ବାଉଁଶିଆଟା ଘରେ ରଖି ବାରଣ୍ଡାଟା ଓଳେଇ ସାରି ସନିଆମା ଉଦାସୀନ ଭାବରେ କହିଲା - ମୁଣ୍ଡଟାରେ ତ ତେଲ ଟିକିଏ ବାଜେ ନାହିଁ, କି ନ ମାସେ ଛ ମାସେ ପାନିଆ ପଶେ ନାହିଁ- କଣ ହେଲାଣି ଦିହ ମୁଣ୍ଡ ଅବସ୍ଥା। ତେଲ ଗିନାଟାକୁ ଆଣି ତେଲ ଲଗାଇ ଦବାକୁ ବସିଲାରୁ

- ନାହିଁ ନାହିଁ, ବେଳ କେତେ ହେଲାଣି, କୁଆଡୁ କିଛି ହେଇ ନାହିଁ କହି ତେଲ ଟିକିଏ ନାଁକୁ ମାରି ଦେଇ ନିର୍ଲିପ୍ତ ଭାବରେ ଦେବବୋଉ ଆଜି ହଠାତ୍ କାହିଁକି ପୋଖରୀକୁ ଗାଧୋଇ ଗଲେ।

ଆଠଟା ସାଢ଼େ ଆଠଟା ବାଜିଯିବଣି। ନିତି ପୋଖରୀ ତୁଠରେ ଏଇ ସମୟରେ ଗ୍ରାମର ମୁଖରା ସମିତିର ବୈଠକ ଅଧିବେଶନ ବେଶ୍ ଜମି ଉଠି ସୁରୁଖୁରୁରେ ଶେଷ ହୁଏ। ବଡ଼ି ଅନ୍ଧାରରୁ ଝିଅ ବୋହୂଏ ଗାଧୋଇ ସାରି ପଳାଇ ଯାଇଥାନ୍ତି। ସେମାନଙ୍କ ପଛକୁ ଯେଉଁମାନେ ଗୋଟି ଗୋଟି ହୋଇ ଉଦୟ ହୁଅନ୍ତି, ସେମାନେ ଆଡ଼୍ଡ଼ାର ମୁଖିଆ ମେମ୍ବର।

ମୁକୁତା ମାଉସୀଙ୍କୁ ସମସ୍ତେ ମାଉସୀ ବୋଲି ଡାକନ୍ତି। ବକ୍ତୃତାର ପାଳି ଆଜି ତାଙ୍କର। ମୁଖ୍ୟ ବିଷୟ ନିଶାମଣି। ବାପମାଆଙ୍କ ମୁହଁ ବଢ଼ାରେ ଝୁଅଟା ଆଗରୁ ଯାହା ଉପରମୁହାଁ ହୋଇଥିଲା, ପୁଣି କଟକିଆଣୀ ବୋହୂ ଯୋଉଦିନୁ ଏ ଗାଆଁକୁ ଆସିଲାଣି, ସେଇଦିନୁ ଝୁଅଟା ବୋରାବରି ଅଣ୍ଡିରାଚଣ୍ଡୀ ହୋଇଗଲାଣି। ମାନ୍ତି ମଣିଷଙ୍କୁ ଦେଖିଲେ ମାନ ମହତ କରିବା- ସଂସାର ଝିଅଙ୍କ ଢଙ୍ଗରେ ଚଳିବା, ଯା ତ ନାହିଁ, ସଣ୍ଣା ଅସଣ୍ଣାରେ ପଦେ ଯେବେ ଆକଟି କରି କହିବ, ତେବେ ସେ ମୁହଁ ମାରି ରହିବ, ନା ଠିଆ ନାଙ୍ଗୁଡ଼ରେ ନାଚିବ। ଯିଏ ପାଟି ଫିଟେଇଥିବ ସେ ଆଗ କାଇଲି ମାକୁଲି ହୋଇ ନାଜରେ ଜଳିଯିବ। ଦାମବୋଉ କହିଲେ, ଏବେ ତ କି ଓଲଟା ଯୁଗ ଆଇଚି - କେହି କାହା ମୁହଁକୁ ଅନାଉ ନାହାନ୍ତି। ଚୁଙ୍ଗୁଡ଼ିଛୁଆ ଇଜତ୍ ଦି' କଡ଼ା କରୁଛନ୍ତି। ଝୁଅଦିନୁ ବୋହୂ ଦିନୁ ଆସି ଏତେକାଳ ବିତିଗଲାଣି - ନାତି ନାତୁଣୀ ହେଲେଣି, କିଏ ଗୋଟାଏ କୋଉଁଥିରେ ପଦେ ଆମକୁ ଖୁସି ଦେଇନାହିଁ। ଆମ କାଳରେ ନାଜ ସରମ, ଡର ଭୟ, ଥେଲା- ଏବେ ତା ମୂଳପୋଛ। ରବିବୋଉ କହିଲେ, ନିଶିକି ଯିଏ ବୋହୂ କରିଦେବ, ତା କପାଳ ସଲଖ ଏକା। ଦାମବୋଉ କହିଲେ, କାହିଁକି ଯିଏ ତା ହାତ ଧରି ବାହାହବ, ତା ମନକୁ ପାଇଲେ ପାଠ ସଇଲା, ଗାଁ ଲୋକଙ୍କ ପରଶଂସାକୁ କିଏ ଏବେ ଅନେଇଚି। ମୁକୁତା ମାଉସୀ କହିଲେ, ହଁ ଲୋ ମା - ଝୁଅକୁ କିଏ ପରଶଂସା କଲା - ନା ଜ୍ୱାଇଁ। ଏବକାଳରେ ଶାଶୁ ଶ୍ୱଶୁର, ଯାଆ ନଣନ୍ଦ ନଥିଲେ ତ ଭଲ - ଥିଲେ ବି କାହାର ଗରଜ ପଡ଼ିଛି, ପରଙ୍କ ମରଜି ଜଗି ଚଳିବାକୁ। ଯେଝା କଥାରେ ଯେଝା। ଆମରି ଗାଁ ବୋହୂଏ ଥିଲେ କଣ, ଏଣିକି ଏଣିକି ହେଉଛନ୍ତି କଣ, ଦେଖୁନା - ଆପଣା ସାର୍ଥିକୀଗୁଡ଼ାକ। ରମିବୋଉ କହିଲେ, ଆମ ଦିନେ ସିନା ପାଞ୍ଚ ସାତ ବର୍ଷ ନେଖାଏ କବାଟକଣରେ ପଡ଼ି ସଢୁଥିଲୁ - ମରିବା ଯାଏଁ ଶାଶୁମାନେ ପାଟି ଶୁଣିନାହାନ୍ତି। ପୁଣି ବାପଘରୁ

ଯେବେ ବାହା ନିଉଣା ପୁନିଅ ପରବ ଦିନେ ଗଉଡ଼ ଭଣ୍ଡାରୀଟିଏ ଅସୁଥିଲେ, ଚିଟି ଖଣ୍ଡିଏ ଆଣି ନୁଚେଇ କରି ହାଣ୍ଡିଶାଳେ ରଖୁଁ। ଡାକଚିଟି ଏତେ କୋଉଁଠୁ ଆସୁଥିଲା, କିଏ ଦେଉଥିଲା ? ବାପା ଭାଇ, କି ହେଇ ଗାଁ ନୋକଙ୍କୁ ଚିହ୍ନୁଥିଲୁ। ବହି ଖଣ୍ଡିଏ ବୋଲିବୁ ଯେବେ, କାଳେ କିଏ ଶୁଣିବ ବୋଲି କୋଉଁ ଛଟକରେ କବାଟ କିଳି ବୋଲିବୁ। ଏବେ ତ ସବୁ ଦେଖୁଚି ଆମରି ଆଖି। ମୁକୁତା ମାଉସୀ କହିଲେ, ଗୋଟାଏ ଝୁଅ କି ବୋହୂ ମନ୍ଦ ହେଲା ବୋଲି କଣ ରାଇଜଯାକ ସେମିତି ହେବେ ? କାହିଁକି, ଏବେ ତମ ଝୁଅ ଗୁରାଙ୍କୁ ନେଇ ଇସ୍କୁଲରେ ବସେଇବ ତ, ପାଇବ ସେ ପଛକୁ। ମାଆଲୋ ସେ ଟୋକୀଗୁରାଙ୍କୁ ଆଖି ତରାଟିଲେ ବଚନ ବାହାରୁ ନଥିଲା, ଏବେ ଯେବେ ଗୋଟାଏ ବୋଲହାକ ବଡେଇବ, ସେ କାନକୁ ନେବେ ?.. ବାଧା ଦେଇ ଦାମବୋଉ କହିଲେ, "ଯେମିତି ପେଟେ ଗିଳିସାରିବେ, ତାଙ୍କୁ ଆଉ ଚନ୍ଦ୍ର ସୂର୍ଯ୍ୟ ଦେଖିବ କି ? 'ଇସିକୁଲ ବେଳା ହେଇଗଲାଣି - ନିଶିଅପା ଗାଳିଦେବ - ଭାଉଜବୋଉ ଘୋଷା ହେବେ' କହି ଯେମିତି ଚିଲ - କାହା ଘରେ ନିଆଁ ଜାଗିଲା ପେରି ତ ଦୌଡ଼ିବେ, ଦୌଡ଼ିବେ, ଆଉ କିଏ ତାଙ୍କୁ ଦେଖେ ?" ମୁକୁତା ମାଉସୀ କହିଲେ, ଗୋଟାକୁ ବାଛୁଥିଲ, ଏବେ ସଭିଏଁ ସେମିତିକି ହେଲେଣି। 'ବୁଦ୍ଧି ନ ଆସଇ ଘରକୁ, ପଦୀନାନୀ ମୋର ଚହଟ ଚିକ୍କଣ କହିହେଉଥାଏ ପରକୁ।' ଯେତେ ପାଠ ଝୁଅ ପଢ଼ିଲେ, ସବୁ ତ ଚୁଲିମୁଣ୍ଡକୁ ଯିବ। ରୁକୁଣାବୋଉ ପୁରୁଣା ହେଲେ ସୁଦ୍ଧା ଟିକିଏ ପଢ଼ାଶୁଣା କରିଛନ୍ତି, ବୁଣାବୁଣି ଅଙ୍କ ଜାଣନ୍ତି ବୋଲି ଟିକିଏ ଟାଣ ଅଛି। ସେଇଯୋଗୁଁ କଥାଟା ସାଉଁଳେଇ ଦେଲା ଭଳି କହିଲେ, "ତା ନୁହେଁ ଆଉ କଣ- ହେଲେ କଣ ହେଲା, ଯୋଉଁ ବୁଣାବୁଣି ନୂଆ ଫେସନ୍‌ରେ ଏବେ କେତେ ଜାତିରେ ଭାଆରିଲେଣି, ସେ ସବୁ ଶିଖୁଛନ୍ତି, ଯାହା ଏତକ ଭଲ କଥା। ରମିବୋଉ କହିଲେ, "ଆମେ କଣ ହାଉଡ଼ୀ, ଅନ୍ଧୁଣୀ କାଲୁଣୀ ହେଇଚୁ ଯେ ଏମିତି ଭଲ ମନ୍ଦ ବାରିବା ଜ୍ଞାନ ଶକତି ଆମର ହେଇନାହିଁ ? ଯୋଉଁଟା ଭଲ କଥା ତାକୁ କିଏ ଭଲ କହିବ ?" ଦାମ ବୋଉଙ୍କର ରୁକୁଣା ବୋଉଙ୍କର ଟିକିଏ ମନୋମାଳିନ୍ୟ ଗୋପନ ଭାବରେ ବହୁ ଦିନରୁ ଥିଲା - ଦାମବୋଉ ଦେଖେଇ କରି କହିଲେ - "ଆପଣା କଥା ଆପେ ଏବେ ଜଗ। ପର କଥାରେ ମୁଣ୍ଡବ୍ୟଥା କିଆଁ ପଡ଼ିବ।"

ଏଥି ମଧରେ ଦେବବୋଉ ପହଞ୍ଚି ଯାଇଥିଲେ। ମୂଳରୁ ଆଲୋଚନାତକ ନ ଶୁଣିଲେ ହେଁ ପଛ କଥା ଶୁଣି ମୂଳଟା କେଉଁଆଡ଼କୁ ଠଉରେଇ ନବାକୁ ତାଙ୍କୁ ବେଶୀ ବେଗ ପାଇବାକୁ ହୋଇନଥିଲା। ତାଙ୍କ ମୁହଁର ଅତିମାତ୍ରାରେ ଗମ୍ଭୀର ଭାବଟି ଲକ୍ଷ୍ୟ କରି ସମିତିଟା ପଛକୁ ଭଲ ଜମିଲା ନାହିଁ। ନିଠେଇ ହୋଇ ଗୋଡ଼ ହାତ ଘଷି

ମାଜିହବାର ଓ ତା ସାଙ୍ଗରେ ବିଶ୍ରମ୍ଭାଳାପ ଯେମିତି ମୁଖରୋଚକ ହୋଇ ଉଠୁଥିଲା, ସେ ସୂତ୍ରଟିକ ହଠାତ୍ ଦେବବୋଉ ଆସି ପଡ଼ିବାରୁ ଛିଡ଼ିଗଲା।

ସମିତିର ମେମ୍ବରମାନଙ୍କ ଠାରୁ ଆରମ୍ଭ କରି ଦେଖଣାହାରୀ ପର୍ଯ୍ୟନ୍ତ ଗ୍ରାମବାସିନୀଙ୍କର ଦେବବୋଉଙ୍କ ପ୍ରତି ସମ୍ମାନ ସମ୍ଭ୍ରମ। ଅବଶ୍ୟ ଏତକ ତାଙ୍କର ଉଚ୍ଚ ମାନବିକତା ପାଇଁ ନୁହେଁ- ଏକମାତ୍ର ଜମିଦାର ଘରଣୀ ବୋଲି କେତେବେଳେ କଣ ସ୍ୱାର୍ଥସିଦ୍ଧିର ଆଶା ମଧ୍ୟ ରହିଛି, ଏଇଥିଯୋଗୁରୁ। ଟିକିଏ କଥା ହେଲେ ସମସ୍ତେ ପରାମର୍ଶ ମାଗି ଆସନ୍ତି ଦେବବୋଉଙ୍କୁ। ସହଜରେ ତାଙ୍କୁ ମୁହଁ ଉପରେ କୌଣସି କଥା କେହି କହିବାକୁ ସାହସ କରନ୍ତି ନାହିଁ- ପୁଣି ତାଙ୍କ ସମ୍ପର୍କରେ ଥିଲେ ତ କଥା ନାହିଁ। କେଜାଣି କାହିଁକି,ଏକ ଘରିକିଆ କରିଥିଲେ ସୁଦ୍ଧା ଦେବବ୍ରତର ବିବାହ ସମୟରୁ ଦେବବୋଉଙ୍କ ପ୍ରତି ସମସ୍ତଙ୍କର ସହାନୁଭୂତି ଶତଗୁଣ ବଢ଼ିଯାଇଛି। ଗୋଟାଏ ଉପାଦେୟ ଦୃଶ୍ୟ ଦେଖିବେ ବୋଲି ସେମାନେ ମନେ ମନେ ଠିକ୍ ଜାଣିଥିଲେ, କିନ୍ତୁ ଶାଶୁ ବୋହୂଙ୍କର ରାମ-ରାବଣ ପାଲାଟାର ଅଭିନୟ ଯଥାଯଥ ନ ହେବାରୁ ଶିକାର ହେଲା ନାହିଁ। ଏଥିରେ ବିଫଳ ମନସ୍କାମ ହୋଇ ଶେଷରେ ଅନ୍ୟ ଛିଦ୍ରର ଅନ୍ୱେଷଣରେ ଶ୍ୟେନଦୃଷ୍ଟିମାନ ସଞ୍ଚାଳିତ ହେଲା। ଯେଉଁଦିନୁ ବାସନ୍ତୀର ସ୍କୁଲ୍ ପ୍ରତିଷ୍ଠା, ସେଇଦିନୁଁ ସେମାନଙ୍କର ସଙ୍କଳ୍ପ ଷୋଳଅଣା ସିଦ୍ଧ ହୋଇଛି। ସେମାନେ ଏଇଟା ବେଶ୍ ଜାଣିଥିଲେ ଓ କିଛି ସୁରାକ୍ ବି ପାଇଥିଲେ ଯେ, ବୋହୂଙ୍କ ତାଳ ସାଙ୍ଗରେ ଶାଶୁଙ୍କ ତାଳ ଆଉ ଠିକ୍ ମିଳୁ ନାହିଁ।

ଦେବବୋଉଙ୍କ ମୁହଁ ଅତି ଗମ୍ଭୀର ଦେଖି ଗ୍ରାମ୍ୟସୀମନ୍ତିନୀଙ୍କ ଭିତରେ ସେହିକ୍ଷଣି ଚକ୍ଷୁର ଗୂଢ଼ ଖେଳାଖେଳି ଚାଲିଲା। ଆଉ ବେଶୀ ପଟିବ ନାହିଁ ଜାଣି ଯିଏ ଯାହାର ଘରକୁ ତରତର ହୋଇ ଚାଲିଗଲେ।

ସାତ ଆଠ ମିନିଟରେ ଦେବବୋଉଙ୍କ ଗାଧୁଆ ଘରେ- ଆଜି ଉଚ୍ଛୁର ହେଲାଣି ଦେଖି ସନିଆମା ବଦଳା ମଠାଟିକୁ ପୋଖରୀ ବନ୍ଧରେ ରଖି ବସିଯାଇ କହିଲା, ସାଆନ୍ତାଣୀ, ଆଜି କେଇଘଣ୍ଟା ଗାଧୋଇବ କି? ନୂଆପାଣି ଗୁଡ଼ାକ, ଶର୍ଦ୍ଦି, ଜର କରିବ, ଉଠି ଆସୁନା? ଏ ଜୀବନରେ ତ କେତେ ଭୋଗ ଅଛି - ଏ କଣ ଛୁଞ୍ଚ ମୂନ ଜୀବନ ହେଇଚି କି ସହଜରେ ଯିବ। ସନିଆମା ଏୟା ଶୁଣିବ ବୋଲି ଭରସା କରୁଥିଲା। କହିଲା, ଦେଖିଲ ତ ସାଆନ୍ତାଣୀଏ - କେତେ କେତେ କଥା ଆମ କାନ ନ ଶୁଣୁଚି - ଛାତି ନ ସହୁଚି।

ମୋ କପାଳ ତ ନିଆଁ ଲାଗିଯାଇଛି, କଣ ଶୁଣିଲ କି? ବଞ୍ଚିଥିବା ଯାଏ ତ ଆଉରି କେତେ ଏ କାନ ଶୁଣିବ- ଏ ଛାତି ସମ୍ଭାଳିବ। ଦଶପଦରେ ଯେଉଁମାନଙ୍କ

ପାଟି ଫିଟୁନଥିଲା, ସେ ମୋତେ ସେମିତି ଦେଖିଲେ ବୋଲି ସିନା ଏତେ ଝାଡ଼ିଗଲେ। ବୋହୂ ଭଲ ହେଉ ମନ୍ଦ ହେଉ, ମୋରି ତ? ତା ଶ୍ୱଶୁର ବଞ୍ଚିଥିବା ବେଳେ ବାଘ ମିରିଗକୁ ଏକା ତୁଠକେ ପାଣି ପିଆଉଥିଲା - ସେ ଗଲା ଦିନୁଁ ଘର ଶିରୀଗଲା - ଗାଁ ବାଲା ମୁଣ୍ଡରେ ଚଢ଼ିଲେ। ସେକଥା କାହିଁକି ପଡ଼ିଛି ସାଆନ୍ତାଣୀ? ମଣିଷ ଯାହା ପାଞ୍ଚିଲେ, ଦଇବ ବିଧାତା ସେଇଆ ପାଞ୍ଚିବସିଲା। ତମ କଥାରେ ଚଳିଥିଲେ ବୋହୂଙ୍କୁ ଦେଖେଇ ଶିଖେଇ ଏମିତି ସବୁ କହିଥାଆନ୍ତେ - ଆମେ ପଥର ହେଇ ଶୁଣୁଥାଆନ୍ତେ - କାହାର ଏଡ଼େ ଛାତି ପଦେ କହିବାକୁ। ତମ କଥା କିଏ ଗୋଡ଼ଧୂଳିରେ ଖାତର ତଳକୁ ଆଣେ ଯେ, ତମେ କାହାକୁ କହିବ? ପୁଅ ଯେମିତି ବୋହୂ ସେମିତି। କିଏ ମୋ କଥାରେ ରହିଲେ ଯେ, କାହାକୁ ବତେଇବି? କାଳ ତ ବେହିଆ ହେଲାଣି। ପୁଅମାନେ ବୋହୂମାନଙ୍କ କଥାରେ ନ ରହି କଣ ଆମରି ଭଳି ମରହଟୀଆଣୀ ବୁଢ଼ୀମାନଙ୍କ କଥାକୁ ଟାକି ବସିଛନ୍ତି? ଆମେ ବା ଆଉ କେତେଦିନ - ଦିନ ସରିଗଲେ ଗଲା - ତାଙ୍କ ଭଲକୁ କହୁଛ - ସବୁ ଦିନକୁ ତ ସେଇମାନେ ଶୁଣିବେ। ଆମେ ଥୁଣ୍ଟା ଗଛ ପରି ବଞ୍ଚିବୁ ବୋଲି ତାଙ୍କ ନିନ୍ଦାରେ ଆମ ଦିହ ସହୁ ନାହିଁ - ଆମେ ଯାହା ନ ମରୁଚୁଁ ! ହଟହଟା ଭୋଗ କଣ ସରିଲାଣି, ମା ସନିଆମା ଅନୁପସ୍ଥିତା ବାସନ୍ତୀକୁ ଉଦ୍ଦେଶ୍ୟ କରି କହିଲା, "ତମେ ଆଉରି ନେଖା ପଢ଼ି କଲ ତ କଲ - ମିଛରେ ପର ଝୁଅଗୁଡ଼ାଙ୍କୁ ଗୋଟେଇ ଗୋଟେଇ ଆଣି ଭଗାରୁଣୀଙ୍କ ମୁହଁରେ ତୁଛାକୁ ବାର ନିନ୍ଦା ଶୁଣିବାରେ ଆମର ଦର୍କାର କଣ ଭଲା? ମୁଁ ତ କହିଲି- ବୁଝେଇଲି - ଚିଡ଼ିଲି, ସେ କୋଉଁଟାରେ କାନକୁ ନେଲା ନାହିଁ, ମୁଁ ଆଉ କଣ କରିବି, ସନିଆମା? ଯେତେ ମୂରୁଖ ହେଲେ ସଂସାରରେ ଆମେ ଯେତେ ଚିଡ଼ିଲୁଣି, ସେମାନେ କଣ ସେତେ ଅଙ୍ଗେ ନିଭେଇଲେଣି?"

କଥା ଭିତରେ ଧନିଆ ଆସିପଡ଼ି କହିଲା, "ସାଆନ୍ତାଣିଏ! ବେଳ ଉଛୁର ହେଲାଣି ବୋଲି ବୋଉ ସାଆନ୍ତାଣୀ ଭାରି ବ୍ୟସ୍ତ ହୋଇ ଆପଣଙ୍କୁ ଡାକିବାକୁ ମତେ ପଠେଇଲେ, ଆସନ୍ତୁ ଚଞ୍ଚଳ।" ଦେବବୋଉ ବ୍ୟସ୍ତ ଭାବରେ ପଚାରିଲେ, "ଦେବ ଖାଇଲାଣି।" ଧନିଆ କହିଲା, "ରନ୍ଧାବଢ଼ା ସାରି ପୁଝାରୀ ବସିଚି, ଦେବବାବୁ ଆପଣଙ୍କୁ ଖୋଜୁଥିଲେ, ଘଣ୍ଟାଏ ହବ ଖାଇସାରି ବ୍ରଜବାବୁଙ୍କ ଘରକୁ ତାସ ଖେଳିବାକୁ ଗଲେଣି।" "ବୋହୂ?" "ବୋହୂ ସାଆନ୍ତାଣୀ, ନିଶା ଦେଇ ବସିଥିଲେ।" ସନିଆମା ସାଆନ୍ତାଣୀଙ୍କର ଟିକିଏ ଅଣ୍ଡାଭାବ ଲକ୍ଷ୍ୟ କରି ଟିହାଇ ଦବାକୁ କହିଲା, "ତୋତେ ପଠାଇ ଥିଲେ।" ଶାଶୁଙ୍କୁ ନ ଦେଖିଲେ ତାଙ୍କୁ ଅନ୍ନ ଜଳ ରୁଚେ ନାହିଁ କି ନା, ସେଇ ଯୋଗୁରୁ ତତେ ବ୍ୟସ୍ତ ହୋଇ ତଡ଼ି ପକେଇଲେ। ମୁହଁରେ ନୋକଦେଖାଣ ବେସ୍ତ,

ନା ପେଟରେ ?" ବୋହୂଙ୍କ କଥା ଶୁଣି ଟିକିଏ ଆତ୍ମପ୍ରସାଦ ସୁଖ ଅନୁଭବ କରି ଦେବବୋଉ କହିଲେ, "ହେଇଟି ଚାଲ୍ ଉଠିଲି ।" ସୂର୍ଯ୍ୟଙ୍କୁ ପାଣି ଅଞ୍ଜୁଳାଏ ଟେକିଦେଇ ଦେବବୋଉ ଚାଲିଆସିଲେ ।

ବାସନ୍ତୀ ଶାଶୁଙ୍କ ସେବା କରିବାରେ ଦିନେ ହେଲେ ତ୍ରୁଟି କରିନାହିଁ, ଆଜି ବି କରିବା କଥା ନୁହେଁ । କିନ୍ତୁ ସକାଳର ଘଟଣାଟି ତା ହସଝରା ମୁହଁଟିକୁ ଟିକିଏ ମଉଳେଇ ଦେଇଥିଲା । ନିଃଶବ୍ଦତା ସାଙ୍ଗରେ ମୁହଁର ମ୍ଳାନତା ମିଶି ତାକୁ ବଡ଼ ଗମ୍ଭୀର ଦେଖାଉଥିଲା । କିଛି ନ ଜାଣିଥିଲେ, ନ ବୁଝିଥିଲେ ସୁଦ୍ଧା ନିଶାମଣି ମୁହଁଟି ଅକାରଣ ସେଇଯୋଗୁଁ ଶୁଖିଯାଇଛି । ଶାଶୁଙ୍କ ଗୋଡ଼ ଧୋଇଦେଇ ଅଲୁଗୁଣିରୁ ଲୁଗା ଆଣି ଦେଇ ବାସନ୍ତୀ ନିତିକା ପରି ଆଜି ମଧ୍ୟ ତା' କର୍ତ୍ତବ୍ୟ କରିଗଲା ।

ଦେବବୋଉ ଆଗରୁ ନରମା ଧରିଥିଲେ, ହେଲେ ସୁଦ୍ଧା ତାଙ୍କର ଧାରଣା ଥିଲା, ବୋହୂଙ୍କ ବ୍ୟବହାରରେ ଆଜି କିଛି ହେଲେ ଗୋଟାଏ ବ୍ୟତିକ୍ରମ ଘଟିବ, କିନ୍ତୁ କାର୍ଯ୍ୟତଃ ତାହାର ଆଭାସ ସୁଦ୍ଧା ନ ପାଇ ମନଟା ଆହୁରି ପ୍ରସନ୍ନ ହୋଇପଡ଼ିଲା । ଦେବବୋଉ କହିଲେ, "ଆଲୋ ନିଶା ! ଭାଉଜବୋଉ ସକାଳୁ କଣ ଖାଇଚିକି ନାହିଁ । ମୁଁ ତ ଏତେ ଉଛୁର କଲି, ତାକୁ କିଏ ବାଢ଼ିଥିବ ଯେ, ସେ ଖାଇଥିବ ? ଏତେ ଦିନର ବୋହୂ ହେଲାଣି, ନିଜେ ନେଇ ଆଣି ଖିଆପିଆ କର, କହି କହି ମୋର ତୁଣ୍ଡ ଘୋରି ହୋଇଗଲାଣି - ତେବେ ସେ ଶୁଣିଲା ନାହିଁ ।" ନିଶା କହିଲା, "ବଡ଼ମା ! ମୁଁ ତ ଏହିକ୍ଷଣି ଜମାରୁ ଅଇଲି । ମୁଁ କେମିତି ଏବେ ତାଙ୍କ ଖାଇବା ନଖାଇବା କଥା ଜାଣିଲି । ଯାହା ଦିନେ ନାହିଁ କାଳେ ନାହିଁ ତାହା ଆଜି ହେଉଥିଲା - ସେ କେଉଁଦିନ ଯାଚିକରି ନଖୋଇଲେ ଖାଉଥିଲା । ମୁହଁ ତ ଶୁଖିଗଲାଣି- ଖାଇନାହିଁ ।" ବାସନ୍ତୀ ଲଜ୍ଜିତ ଓ ବିକୃତ ମୁଖରେ କହିଲା "ନାହିଁ ବୋଉ, ଘଣ୍ଟାଏ ଡେରି ହେଲେ କଣ ମୋ ପେଟ ପୋଡ଼ିଯାଉଛି । ଆପଣ ଆଗେ ପୂଜା କରିଆସନ୍ତୁ, ମୁଁ ଖାଇବି ଯେ" ।

ସକାଳେ ଶାଶୁଙ୍କୁ ସେ ଯାହା କହିଥିଲା, ସେଇକଥାଗୁଡ଼ିକ ଏତେବେଳଯାଏ ତା ମନରେ ହାଣିକୁଟି ହେଉଥିଲା । ଅନୁତାପରେ ସେ ଭାବୁଥିଲା, "କାହିଁକି, କେତେକଣ ତ ସହିଆସିଛି, ଏ ବା କେଉଁ ଭାରୀ କଥାଟାଏ ଯେ, ସମ୍ଭାଳି ନେଇପାରିବି ନାହିଁ । ସେ ତ ସେହିପରି ମଣିଷ, ଜଗିରଖି ମୋ ପରି ଚଳିଲେ ନାହିଁ ବୋଲି କଣ ତାଙ୍କ ଦୋଷ । ପୁଅକୁ ଏଡ଼େ ଗେଲ ବସର କରି ଯେ ଦିନେ ତାଙ୍କର ପଦେ କଥା ସହନ୍ତି ନାହିଁ, ତାଙ୍କୁ ସିନା ସେମିତି କାଟିଲା ବୋଲି ସେ ଚୁପ୍ ହୋଇ ରହିଲେ । ସେ ଯଦି ମୋତେ ଦୁଇ ଗୋଇଠା ମରିଥାନ୍ତେ, ତେବେ ମୋ ମନ ଏପରି ହୋଇନଥାନ୍ତା । ଛି, ଛି, ଛି, ମୁଁ ଅଭଦ୍ର - କି ଅସଭ୍ୟ ! ମୁଖରାଙ୍କ ଭଳି କାହିଁକି ତାଙ୍କୁ ଆଘାତ ଦେଲି ?

କେଡ଼େ ବାଧୁଥିବ ଟି ! ମୋର ଏତେଦିନର ଶିକ୍ଷା ଦୀକ୍ଷା ସଂଯମ ଟିକେ ଅସାବଧାନତାରେ ପାଣିରେ ପଡ଼ିଲା। ମୋ ବିବେକ ମତେ ଖାଲି ମିଛରେ ସମର୍ଥନ କରେ ସିନା!" ଶାଶୁଙ୍କର ଆଶାତୀତ ମମତାଭରା ବ୍ୟବହାର ତାକୁ ଆହୁରି ଲଜ୍ଜିତ, ଅନୁତପ୍ତ କରି ପକାଇଲା। ଲଜ୍ଜାରେ ଶାଶୁଙ୍କ ମୁହଁକୁ ଚାହିଁବାକୁ ତା ପ୍ରକୃତି କୁଣ୍ଠିତ ହୋଇପଡ଼ିଲା। ସେ ଭାବିଲା, "ମୁଁ ବୋଉଙ୍କ ପାଦ ଧରି କ୍ଷମା ପ୍ରାର୍ଥନା କରିବି। ମୋର କୃତକର୍ମର ଏହା ଛଡ଼ା ପ୍ରାୟଶ୍ଚିତ୍ତ ନାହିଁ।"

## - ଅଠର -

ପାଇଟି ସାରିଦେଇ ବାସନ୍ତୀ ଉପରମହଲାକୁ ଗଲା। ସେ ସୁଚାରୁରୂପେ ତାର ନିତ୍ୟ କର୍ତ୍ତବ୍ୟତକ କରିଥିଲେ ସୁଦ୍ଧା, ତାର କେବଳ ମନେ ହେଉଥିଲା, ଯେମିତି ସେ ଆଜି ବେଠିଆଙ୍କ ଭଳି ଠିକା ପାଇଟି ସାରି ଆସିଛି। ମେଘୁଆ ରାତିପରି ତା ମନ ଭାରାକ୍ରାନ୍ତ।

ଏ ଦି' ଦିନ ଯେଉଁ ଘଟଣାଗୁଡ଼ିକ ଘଟିଯାଇଛି, ବାସନ୍ତୀ ତହିଁରେ ନିଜକୁ ଖୋଜିବାକୁ ଯାଇ ଯେମିତି ତାର ପତ୍ତା ପାଉନଥିଲା। ଦେବବ୍ରତ ତା ଉପରେ କାହିଁକି ଅଭିମାନ କରି ବସିଛି। ଏଇଟା ସେ ଜାଣିପାରିଥିଲା। ତାର ଅପରାଧ ଅଥଚ ଅପ୍ରଗଲ୍‌ଭ ମନଟା ଦେବବ୍ରତର ସାମ୍‌ନାକୁ ଯିବାକୁ ଭାରି କୁଣ୍ଠିତ ହୋଇପଡୁଥିଲା, ପାଦ ଚଳି ଚଳୁ ନଥିଲା, ମନ ଉଠି ଉଠୁନଥିଲା।

ଶିଡ଼ିରେ ଚଟିର ଶବ୍ଦ ଶୁଣି ବାସନ୍ତୀ ତ୍ରସ୍ତ, ଗୋଟାଏ ବାଜେ ବହି ଖୋଲି ସେଥିରେ ଦୃଷ୍ଟି ସଂଲଗ୍ନ କରିଦେଲା। କାଳେ ଦେବବ୍ରତ ହଠାତ୍ ଏ ଘରକୁ ଚାଲିଆସେ, ଏଇଯୋଗୁଁ ତାର ଛାତି ଭିତର ଆଶାଙ୍କାରେ ଦମ୍‌ଦମ୍ ହୋଇ ଉଠିଲା। ଦି' ଦିନ ହେଲା ସେ ଲୁଚି ଲୁଚି ଏଡ଼େଇ ଏଡ଼େଇ ନିଜକୁ ଗୋପନ କରି ରଖିଛି, ଆଜି ଯଦି ଧରା ପଡ଼େ, ତେବେ ତାର କି ଶାସ୍ତିଟା ହେବ, ନିର୍ଦ୍ଦିଷ୍ଟ-ଅନିର୍ଦ୍ଦିଷ୍ଟ ମିଶା ଏଇ ଆଶଙ୍କାଟିକୁ ଗୋଟାଏ ଆଶ୍ରୟ ଦବାକୁ ସେ ବହି ବାହାନା ଧରି ବସିଲା।

ଦେବବ୍ରତ ମଧ୍ୟ ବାସନ୍ତୀ ପରି ଏ ଦି'ଦିନ ତାକୁ ଏଡ଼େଇ ଏଡ଼େଇ ପଦାରେ ପଦାରେ ରହିଛି। ସେ ବାସନ୍ତୀ ପ୍ରତି ଗୂଢ଼ ଅଭିମାନଟିକୁ ପୋଷି ତାଠୁଁ ବେଶୀ ଦୋଷୀ ହୋଇପଡ଼ିଛି, ଏଇ ଭାବଟା ତା ମନରେ ଉଠି ତାକୁ ଅସ୍ଥିର କରିପକାଇଲା। ବାସନ୍ତୀ ପାଖକୁ ଯାଇ ସେ ଆଗ କିମିତି କଥା ଆରମ୍ଭ କରିବ, କଣ କହିବ, କେମିତି ସହଜ ଭାବରେ ଚାହିଁବ, ଏଗୁଡ଼ିକ ମନେ ହେଲାରୁ ସେ ବାସନ୍ତୀ ଘରର ଚୌକାଠ ଡେଇଁପାରିଲା ନାହିଁ।

ପାଞ୍ଚ ସାତ ମିନିଟ ଯାଏଁ ବାସନ୍ତୀ ଘର ଦରଜା ପାଖ ଦେଇ ସେ ପା'ଘରି କରିବାକୁ ଲାଗିଲା। ବାସନ୍ତୀ ଯେ ତାର ଏ ରୀତିର ଅର୍ଥ ବୁଝିପାରିନାହିଁ, ମନକୁ ଏଇ ଆଶ୍ୱାସର ଆଖିଠାର ମାରି ସେ ସ୍ୱସ୍ତିର ନିଶ୍ୱାସ ମାରିଲା, କିନ୍ତୁ ତୀକ୍ଷ୍ଣ ଦୃଷ୍ଟିଶାଳିନୀ ବାସନ୍ତୀ ସମ୍ବନ୍ଧରେ ମନକୁ ଏମିତି ଥାପୁଡ଼ାଇ ଦେବା ଦ୍ୱାରା ସେ ଆପେ ଥକିଗଲା। ଶେଷରେ ସେ କହିଲା, "ମୋ ଘରେ ସୁରେଇ ଖାଲି ପଡ଼ିଛି। ଏ ଘର ସୁରେଇରେ ପାଣି ଅଛିକି ?" ଖାଇସାରି ପନ୍ଦର ମିନିଟ୍‌ରେ ଯେ ଦେବବ୍ରତ ଶୋଷରେ ଏପରି କଣ୍ଠାଗତ ପ୍ରାଣ ହୋଇ ବିଛଣା ଛାଡ଼ି ଉଠିଆସିଲା, ନିଜର ଏ ଖାପଛଡ଼ା ଆଚରଣଟି ନିମିଷକେ ବୁଝି ବାସନ୍ତୀ ସାମ୍ନାରେ ସେ ସଙ୍କୋଚ ବୋଧକଲା।

ବାସନ୍ତୀ କହିଲା - "ହଁ, ଏ ଘରେ ସନ୍ଧ୍ୟାବେଳେ ପାଣି ରଖିଦେଇ ଖାଇଚି।" ବ୍ରାକେଟ ଉପରେ ରହିଥିବା ତାର ଛୋଟ ରୁପା ଗିଲାସଟି ନେଇ ପାଣି ଗିଲାସେ ଦେବବ୍ରତ ହାତକୁ ବଢ଼େଇ ଦେଲା।

ଶୋଷର ଦାବୀ ଦେବବ୍ରତର ଲେଶମାତ୍ର ଯେ ନ ଥିଲା, ଏଇଟା କହିବା ବାହୁଲ୍ୟ ମାତ୍ର। ତଥାପି ଅବସ୍ଥା ସଙ୍କଟରେ ପଡ଼ି ଲାଗିପଡ଼ି ଅଧ ଗିଲାସଯାଏ ପାଣି ପିଇବାରେ ଶୋଚନୀୟ ଦଶା ଦେଖି ବାସନ୍ତୀ ଘରିଆଡ଼ ସମ୍ଭାଳିନେବାକୁ ସ୍ନିଗ୍ଧ ସ୍ୱରରେ କହିଲା - "ଥାଉ, ଏତେ ପାଣି ପିଉଛ କାହିଁକି, ଦିହ ଖରାପ ହେବଯେ !" ଦେବବ୍ରତ ଦେଖିଲା, ତାର ସମସ୍ତ କୌଶଳ ବ୍ୟର୍ଥ। ସେ ଅପଦସ୍ଥ ଭାବରେ ଗିଲାସଟା ଟେବୁଲ ଉପରେ ରଖିଦେଲା।

ବାସନ୍ତୀ ଡିବାଟି ଫିଟାଇ ପାନ ଦିଖଣ୍ଡ ସ୍ୱାମୀ ହାତକୁ ବଢ଼ାଇଦେଲା। ତୃପ୍ତ ଭାବରେ ଦେବବ୍ରତ ଖଣ୍ଡେ ପାନ ଖାଇ ଆଉ ଖଣ୍ଡେ ବାସନ୍ତୀ ହାତକୁ ବଢ଼ାଇ ଦେଇ କହିଲା, "ଦି'ଖଣ୍ଡ କଣ ହେବ ? ତୁମେ ନିଅ ଏ ଖଣ୍ଡକ।" ନତମୁଖରେ ବାସନ୍ତୀ ପାନ ଖଣ୍ଡ ନେଲା। ଏପଟ ସେପଟ ଟିକିଏ ବୁଲାଚଲା କରି ବାସନ୍ତୀର ବସିବା ଚୌକିଟି ପାଖରେ ଅନ୍ୟ ଚୌକି ଉପରେ ଦେବବ୍ରତ ବସିପଡ଼ିଲା। ଯେମିତି ଏହି ମୁହୂର୍ତ୍ତରେ ତା ଛାତି ଉପରୁ ଗୋଟାଏ ବୋଝ ଉତୁରିଗଲା। ଏହି ଅଳ୍ପ ଦି'ପଦ କଥାରେ ବାସନ୍ତୀ ସହିତ ନିଜର ସମ୍ପର୍କ ଯେମିତି ତାର ଅନାୟାସରେ ସହଜବୋଧ ହେଲା। ନିଜର ଚୌକିଟି ଉପରେ ହାତଟି ଭରା ଦେଇ ବାସନ୍ତୀ ଛିଡ଼ା ହୋଇଛି। ଦେବବ୍ରତ ଦେଖିଲା ଘରର ଉଜ୍ଜ୍ୱଳ ଆଲୋକର ସବୁ ଉଜ୍ଜ୍ୱଳତାତକ ଯାଇ ବାସନ୍ତୀକୁ କେନ୍ଦ୍ର କରି ତାରି ଉପରେ ପଡ଼ିଛି। ଲୁଗା ପିନ୍ଧାର ସହଜ ଭାଙ୍ଗ ଟିକ, ଲୁଗାରେ କମ୍ ଧଡ଼ିର ସମାବେଶଟିକ, ଅଯତ୍ନ ସନ୍ନିବେଶିତ ଚୂର୍ଣ୍ଣ କୁନ୍ତଳର ପାରିପାଟ୍ୟଟିକ, ଓଠରେ ମରିଥିବା ପାନରଙ୍ଗଟିକ, କପାଳ ଉପରେ ଝଲୁଥିବା ଗୁଞ୍ଚାର ଟିପର ଗାଢ଼ ନୀଳିମା ଟିକରେ କି

ଅପୂର୍ବ ସୌନ୍ଦର୍ଯ୍ୟ ଜୀବନ୍ତ ହୋଇପଡ଼ିଛି ! ଚୌକିର ବାହୁ ଉପରେ ବାସନ୍ତୀର କରତଳଟି ରହିଥିଲା । ଦେବବ୍ରତ ଦେଖିଲା ବୋଉ ତା ବୋହୂ ମୁହଁ ଦେଖି ଯେଉଁ ମାଣିକ୍ୟ ବସା ମୁଦିଟି ପିନ୍ଧାଇ ଦେଇଥିଲା, ବାସନ୍ତୀର ଅନାମିକା ଆଙ୍ଗୁଳିରେ ସେଇଟି ଆଜିଯାଏ ରହିଛି । କେତେଥର ସେ ତ ଦେଖିଛି, କିନ୍ତୁ ଆଜି ଯେମିତି ବିଶେଷ ହୋଇ ଗୋଟିଏ ନୀଳ ରଶ୍ମି ମୁଦିଟିରେ ଝକ୍‌ମକ୍ କଲାପରି ତାକୁ ଲାଗିଲା । ବେଶ ନାହିଁ, ଭୂଷା ନାହିଁ, ସବୁଦିନ ଭଳି ଆଜି ବି ବାସନ୍ତୀ ସାଧାସିଧା ଲୁଗାପଟାରେ ରହିଛି- ସେଇ ଗହଣା ପିନ୍ଧିଛି, କିନ୍ତୁ କେତେକ୍ଷଣଯାଏଁ ଦେବବ୍ରତର ବିସ୍ଫାରିତ ଚକ୍ଷୁ ଦିଓଟି ଯେମିତି ଏ ରୂପ ମାଧୁର୍ଯ୍ୟରେ ଧନ୍ଦି ହୋଇଗଲା । ପର ମୁହୂର୍ତ୍ତରେ ଅସଂବୃତ ଭାବରେ ତା ମୁହଁରୁ ବାହାରିଗଲା- "ବାସ୍, ତୁମ ଆଙ୍ଗୁଳିଗୁଡ଼ିକ ଭାରୀ ସୁନ୍ଦର, ରଙ୍ଗପଥର ବସା ମୁଦିଗୁଡ଼ିକ ଏ ଆଙ୍ଗୁଳିଗୁଡ଼ିକ ତୁମର ଗଛେଇ ହେଲା ପରି ଯେମିତି ମାନେ ମୁଁ ଏମିତି ଆଉ କାହା ହାତରେ ଦେଖିନାହିଁ ।" ବାସନ୍ତୀ ରକ୍ତିମ ହୋଇଉଠିଲା, ଦେଖିଲା, ତା ଆଙ୍ଗୁଳିକୁ ଦେବବ୍ରତର ଆଙ୍ଗୁଳି ନିବିଡ଼ ଭାବରେ ସ୍ପର୍ଶ କରିଛି- ସମସ୍ତ ଆଙ୍ଗୁଳି ଦେଇ ସାରା ଦେହ ଯାକରେ ତାର ଗୋଟାଏ ବିଦ୍ୟୁତ୍‌ର ଉଷ୍ମ କମ୍ପନ ଖେଳିଗଲା । ଚୌକି ଉପରୁ ହାତଟି ଉଠାଇ ଆଣି କୃତ୍ରିମ ବିରକ୍ତ ସ୍ୱରରେ ସେ କହିଲା, "ପରକୁ ସାର୍ଟିଫିକେଟ ଦବାଟା ତୁମର ଆଜିଯାଏ ସଂଯତ ହୋଇପାରିଲା ନାହିଁ, ଏ ବଡ଼ ଅନ୍ୟାୟ ।"

ନିଜର ବ୍ୟବହାରରେ ଟିକିଏ ଲଜ୍ଜିତ ହୋଇ କଥାଟା ଅନ୍ୟଆଡ଼େ ଫେରାଇନେବାକୁ ଦେବବ୍ରତ କହିଲା, "ତୁମେ ତ କାଠଗଡ଼ା ଭିତରେ ଆସାମୀ ଠିଆ ହୋଇ ଦଣ୍ଡ ପାଇଲା ପରି ଆଚ୍ଛା ଦଣ୍ଡ ଭୋଗ କରୁଛ । ବସୁନାହଁ ?"- ଚୌକିରେ ବସି ବାସନ୍ତୀ କହିଲା, "ହଁ, ଆସାମୀ କଥା କହିଲ, ଠିକ୍ ତ ।" ଦେବବ୍ରତ ବାସନ୍ତୀର ଗୂଢ଼ ଇଙ୍ଗିତଟିକ ଠଉରାଇ ନେଇ ବ୍ୟଥିତ ଭାବେ କହିଲା, "ତୁମ କଥାର ମର୍ମ ବୁଝିଲି, ବାସ, ମତେ ମାଫ୍ କର । ମୋ ତ୍ରୁଟିକୁ ତୁମେ କ୍ଷମା ନକଲେ, କିଏ କରିବ କହିଲ ? ଏ ଦି'ଦିନର ଅଦ୍ଭୁତ ବ୍ୟବହାରରେ ମୁଁ କ'ଣ ନିଜେ ଦୁଃଖିତ ହୋଇ ନାହିଁ ଭାବୁଛ ? ମୋ ବ୍ୟବହାର ତୁମକୁ ଯାହା ବାଧିଥିବ, ତାର ବହୁ ଗୁଣ ଯେ ମୋତେ ବାଧିଛି ।"

ବାସନ୍ତୀ ତାର ଉଦ୍ଗତ ଅଭିମାନକୁ ରୁଦ୍ଧ କରି ରଖିଥିଲା ଏଇ କଥା ଭାବି ଯେ, ଯେଉଁଠି ସମ୍ପର୍କ କେବଳ ନିୟମ ପାଳନ ମାତ୍ର- ଯେଉଁଠି ଦରଦ ନାହିଁ-ଯେଉଁଠି ତା' ପ୍ରତି ପ୍ରୀତି ବ୍ୟବହାର କରିବାଟା ତା'କୁ ଅନୁଗୃହୀତ କରିବାର ନାମାନ୍ତର, ସେଠି ଅଭିମାନ କରିବାର ସ୍ଥାନ ନାହିଁ । ସେଠି ଅଭିମାନ କଲେ, ନିଜର ଦାରିଦ୍ର୍ୟ କେବଳ ପ୍ରକାଶ ହୋଇପଡ଼େ । ଦେବବ୍ରତ କଥା ଶୁଣି ତାର ନାରୀ ସୁଲଭ ରୁଦ୍ଧ ଅଭିମାନ ଅଶ୍ରୁ ପ୍ରବାହରେ ଭାସିଯିବାକୁ ଲାଗିଲା । ଏ କେତେଦିନ ଦେବବ୍ରତର ବ୍ୟବହାରରେ ତ୍ରୁଟି,

ଶାଶୁଙ୍କର ଝକର ଝକରାଣୀଠଉଁ ଆରମ୍ଭ କରି ଘର ଗୋଟିକର ସମସ୍ତଙ୍କର ବ୍ୟବହାର ତା'ର ମାନସ ଚକ୍ଷୁରେ ଛାୟା ଚିତ୍ର ପରି ଗୋଟିକ ପରେ ଗୋଟିଏ ଭାସି ଉଠିଲା। ଉତ୍ତରଳ ଅଶ୍ରୁର ଅସଂବୃତ ବେଗରେ ଉଚ୍ଛ୍ୱସିତ ହୋଇ ଗଳା ଝାଡ଼ି ସେ କହିପକାଇଲା, "ଯେ, ଯେଉଁ ଭାଗ୍ୟ ନେଇ ଆସିଛି, ତାହା ତ ତାକୁ ଭୋଗ ହେବ। ନା, ତାର ଆଉ କିଏ ଭାଗ ନେବ? ମୋ କପାଳ ବିଡ଼ମ୍ବିତ ହୋଇନଥିଲେ, ମୁଁ ତୁମ୍ଭମାନଙ୍କର ଅସନ୍ତୋଷର କାରଣ କାହିଁକି ହୋଇଥାନ୍ତି?"

ଦେବବ୍ରତକୁ ଏ ଆକସ୍ମିକ ଘଟଣା ବିଚଳିତ କରିପକାଇଥିଲା। ନିଜ ପ୍ରତି ଅପରିସୀମ ଧିକ୍କାରରେ ବାସନ୍ତୀକୁ ସେ କ'ଣ କହିବ ଭାବି ଖୋଜି ପାଇଲା ନାହିଁ। ବାସନ୍ତୀକୁ ଆଣିଲା ଦିନୁ ସେ ଯେ ବରାବର ତାକୁ ଅସନ୍ତୁଷ୍ଟ କରିଆସିଛି, ତା ଠାରୁ ବାସନ୍ତୀ ପକ୍ଷରେ ଯେଉଁ ସୁଖ ଓ ଶାନ୍ତି ପାଇବା ଉଚିତ ଥିଲା, ତାକୁ ତାର ସେହି ନ୍ୟାଯ୍ୟ ସୁଖ ବା ଶାନ୍ତି ଦେଇପାରି ନାହିଁ- ସେଥିପାଇଁ ବସ୍ତୁତଃ ଚେଷ୍ଟା କରିବାକୁ ମନରେ ସାଧାରଣତଃ, ସେ ଯେ ତାଗଦା ସୁଦ୍ଧା ପାଇନାହିଁ, ଏଇ ଭାବଟି ତାକୁ ମ୍ରିୟମାଣ କରି ପକାଇଲା। ଉପସ୍ଥିତ କିଛି ସାନ୍ତ୍ୱନାର କଥା ନଯୋଗାଇବାରୁ ଅତି ବ୍ୟସ୍ତ ହୋଇ ନିଜର କୁଞ୍ଚରେ ବାସନ୍ତୀର ଲୁହ ପୋଛିବାକୁ ଲାଗିଲା। କିଛି କ୍ଷଣ ଉତ୍ତାରୁ ଦେବବ୍ରତ ଖେଦ ଜଡ଼ିତ ସ୍ୱରରେ କହିଲା, "ବାସ, ମୁଁ ନିତାନ୍ତ ହତଭାଗ୍ୟ- ମୋର ଶିକ୍ଷାଦୀକ୍ଷାର ମୂଲ୍ୟ କିଛି ନାହିଁ। ମୁଁ ପଶୁଠୁଁ ଅଧମ। ମୋର ପ୍ରକୃତିର ହୀନତା ଏତେ ବେଶୀ ଯେ, ସେଥିପାଇଁ ଲଜ୍ଜାବୋଧ କରିବାଟା ଯଥେଷ୍ଟ ନୁହେଁ। ତୁମେ କାହିଁକି ଗୋଟାଏ ଏଭଳି ମହାକାଳ ପ୍ରତି ଅନୁରକ୍ତ ହୋଇ ଭୁଲ୍ କରିବସିଲ? କ୍ଷମା ମାଗିବାକୁ ମୋର ଆଉ ମୁହଁ ନାହିଁ। ତୁମକୁ କେବଳ ଦୁଃଖ ଦେଇ ଆସୁଛି- ନିହାତି ସ୍ୱାର୍ଥପର ପରି ତୁମକୁ ମୋର ସଂସାର ପରିବାରର ଅଙ୍ଗ ପରି ମନେ କରିଛି। ମୁଁ ତୁମର ନିତାନ୍ତ ଅଯୋଗ୍ୟ।"

ବାସନ୍ତୀ ଭାବିନଥିଲା ଯେ, ସେ ଏଡ଼େ ଦୁର୍ବଳ ହୋଇପଡ଼ିବ। ଦେବବ୍ରତର ଖେଦୋକ୍ତିଗୁଡ଼ିକ ତା ମର୍ମରେ କଣ୍ଟା ବିନ୍ଧିବା ପରି ଲାଗୁଥିଲେ ସୁଦ୍ଧା, ସହସ୍ର ଚେଷ୍ଟାରେ ଏତେ ଦିନର ସଞ୍ଚିତ ହୃଦୟାବେଗକୁ ସମ୍ଭାଳିନେବା ତା' ପକ୍ଷରେ ଦୁରୂହ ହୋଇପଡ଼ିଲା। ତାର ଇଚ୍ଛା ହେଉଥିଲା ଦେବବ୍ରତକୁ କହନ୍ତା, "ନା, ନା, ତୁମେ ତୁମର ସର୍ବସ୍ୱ ବିନିମୟରେ ମୋତେ ସୁଖୀ କରୁଛ, ତୁମର ତ୍ୟାଗର ବାକି ଆଉ କିଛି ନାହିଁ, ତୁମେ ମୋର ପ୍ରାଣର ଅଧିଷ୍ଠାତ୍ରୀ ଦେବତା। ତୁମେ ଦୀନ କାହିଁକି ହବ- ହୀନ କାହିଁକି ହେବ? ବରଂ ମୋର ଶକ୍ତି ନାହିଁ ତୁମକୁ ସର୍ବତୋଭାବରେ ସୁଖୀ କରିବାକୁ- ମୁଁ ଶକ୍ତିହୀନା। ତୁମେ କ୍ଷମା ଭିକ୍ଷା କରି ନିଜକୁ ଧୂଳିରେ ଲୁଟାଉଛ କିଆଁ? ଏଇତ ସବୁଠୁ ମୋର ଚରମ ଶାନ୍ତି।" ଏତେବେଳଯାଏ ବାସନ୍ତୀ ତାର ଆହତ ଅଭିମାନରେ କାନ୍ଦୁଥିଲା,

ତାର କାନ୍ଦଣା ଦି'ଗୁଣ ଉଚ୍ଛୁଳି ପଡ଼ିଲା- ନିଜର ଅପୂର୍ଣ୍ଣତା, ଅକ୍ଷମତା ଓ ଦୁର୍ବଳତାର ଅନୁଶୋଚନାରେ। ଦେବବ୍ରତର କାତର ଭାବ ତାକୁ ଗଭୀର ଦୁଃଖର ଅତଳରେ ନେଇ ପକେଇଦେଲା- ନିଜର କ୍ଷଣିକ ଦୁର୍ବଳତା ପାଇଁ ସେ ତାର ପ୍ରିୟତମଙ୍କ ମନରେ କେତେ ଆଘାତ ଦେଇଛି, ଏଇ ଗ୍ଲାନି ତାକୁ ବାଧୁଥିଲା। ନିଜର ସମସ୍ତ ଶକ୍ତି ପ୍ରୟୋଗ କରି ତୁନି ହୋଇ ଦୃଢ଼ ସ୍ୱରରେ ସେ କହିଲା, "ତୁମେ ଦୁଃଖ ପାଉଚ, ମୁଁ କେତେ ଦୁଃଖ ସହୁଚି ବୋଲି, କିନ୍ତୁ ମୁଁ କଣବା ଏମିତି ସହୁଚି, ଯେଉଁଟା ଧରିବା ଯୋଗ୍ୟ? ସହିଷ୍ଣୁତାର ଗୌରବ ତ ଏକା ନାରୀର। ଜଗତରେ ନାରୀ ଯେତେ ଦୁଃଖ ପାଉଛନ୍ତି, ତା ତୁଳନାରେ ତ ମୁଁ ପରମ ସୁଖୀ। ମୁଁ ଅନ୍ନପୂର୍ଣ୍ଣା ପରି ସମସ୍ତଙ୍କୁ ପରିତୃପ୍ତ କରିବାକୁ ଚାହେଁ। ସେଇଟାର ଅପୂର୍ଣ୍ଣତା ମୋତେ ସବୁବେଳେ ବାଧେ। ଅସଂବୃତ ମନରେ ତୁମକୁ ଆଜି ଯେ ଦୁଃଖ ଦେଲି ସେ ମଲେ ବି ମୋ ମନରୁ ଯିବ ନାହିଁ। ମୁଁ ଏତେ ନଗଣ୍ୟ ହେଲେ ମଧ୍ୟ ମୋ ପ୍ରତି ତୁମର ସେ ପ୍ରୀତିଟିକ ଆଜିଯାଏ ବଞ୍ଚି ରହିଛି- ସେଇଟା ସବୁଠୁ ମୋର ବଡ଼ ଲାଭ।"

ଦେବବ୍ରତ ଉତ୍ସୁକ ଦୃଷ୍ଟିରେ ଏକା ନିଶ୍ୱାସକେ ଯେମିତି ବାସନ୍ତୀ କଥାଗୁଡ଼ିକ ପିଇ ଯାଉଥିଲା। ତାକୁ ନିରସ୍ତ ହେବାର ଦେଖି ପ୍ରୀତିରେ, ପରମ ଆଦରରେ ପାଖକୁ ଟାଣିଆଣି ତାର ଦୃଷ୍ଟିରେ ନିଜର ମମତାର ଶାଣିତ ଦୃଷ୍ଟିକୁ ହରାଇ ଦେଇ କହିଲା. "ବାସନ୍ତୀ, ରାଣି ମୋର, ତୁମେ ମୋର ସବୁ ଦଡ଼ମଡ଼ି ପାଶୋରି ଦବ। ସହିବା କଥା ତୁମେ କହିଲ, ଈଶ୍ୱରଙ୍କର ବୋଧହୁଏ ଗୂଢ଼ ଉଦ୍ଦେଶ୍ୟ ଯେ, ଶକ୍ତି ହିଁ ସଂଘାତକୁ ସମ୍ଭାଳିବ- ସଂଘାତ ସହିବା ପାଇଁ ଜଗତରେ ଶକ୍ତିର ଆବିର୍ଭାବ। ନାରୀର ଯେ ବେଦନା, ଯାହା ଦେଖି ମନ ଆମର ଘାରିହୁଏ, ତହିଁରେ ସେ ଅମ୍ଳାନ, ପ୍ରଫୁଲ୍ଲ ରହି ଚିରଦିନ ତାର କର୍ତ୍ତବ୍ୟ କରିଆସୁଛି। ସବୁ ଭେଦ, ସବୁ ଦୁଃଖ, ସବୁ ବିପଦ, ଜୀବନର ସବୁ ତାପ, ଦୁର୍ଦ୍ଦଶାକୁ ଟପି ତାର ଜୀବନ ସୁନ୍ଦର ଶାନ୍ତ ଅଖଣ୍ଡ ସାମଞ୍ଜସ୍ୟରେ ସ୍ଥାୟୀ ହୋଇ ରହିଛି- ସ୍ଥିର ସମୁଦ୍ର ପରି ଗଭୀର ଭାବରେ, ଯାହା ଆମ୍ଭମାନଙ୍କୁ ପ୍ରତି ନିୟତ ଆଶ୍ରୟ ଦଉଚି ପ୍ରେମରେ, ଯତ୍ନରେ, ସେବାରେ। କିନ୍ତୁ ବାସ୍, କଥା ଏଇ ଯେ, ନାରୀ ଜଗତରେ ଶକ୍ତିର ପ୍ରତୀକ ହଉ ବା ଯାହା ହଉ, ସେ ତ କେବଳ ଆମର ସଂଘାତ ସହିବାକୁ ସୃଷ୍ଟି ହୋଇନାହିଁ। ନାରୀକୁ ଝିକ୍‌ମାରି ସହିବାକୁ ଯେଉଁ ପୁରୁଷ ବାଧ୍ୟ କରେ, ସେ ଅଧମ ସିନା।"

ବାସନ୍ତୀ ଦେବବ୍ରତର ଶେଷ କଥା ପଦକରେ ଈଷତ୍ ହସି ମୌନ ହେଲା। ଦେବବ୍ରତର ସାମଞ୍ଜସ୍ୟହୀନ ଚରିତ୍ରରେ କାଲି ସକାଳେ ଯେ ଏ ଉକ୍ତିର ସମ୍ପୂର୍ଣ୍ଣ ବ୍ୟତିକ୍ରମ ହୋଇପାରେ, ତାହା ତ ବାସନ୍ତୀକୁ ଅଜଣା ନୁହେଁ।

## - ଉଣେଇଶ -

ଶୀତକାଳର ମଧ୍ୟାହ୍ନ। ବାସନ୍ତୀ ଉପର ମହଲାରେ ବହିପତ୍ର ଗୁଡ଼ିକ ଖରାରେ ଦେଇ ନିଜେ ଖରାରେ ବସିଛି ଓ ବେଳେ ବେଳେ ବହିର ପୃଷ୍ଠା ସବୁ ଓଲଟାଇ ଦେଉଛି। ବ୍ରଜକୁ ଆସିବାର ଦେଖି ବାସନ୍ତୀ ଠିଆ ହେଲା ଓ ଘର ଭିତରକୁ ଯାଉ ଯାଉ କହିଲା, "କି ହୋ, ଆଜି ଦି ପହରେ କର ନେଉଟାଇ ନା କି ?"

ବ୍ରଜ ବାସନ୍ତୀର ଦୂରସମ୍ପର୍କୀୟ ଦେବର- କିଛିଦିନ ହେଲା ଅସହଯୋଗୀ ହେଇ ଏମ୍.ଏ.କ୍ଲାସ୍‌ରୁ ବିଦାୟ ଗ୍ରହଣ କରିଛି। ସେ ହସି ହସି କହିଲା, "ହଁ, ସମ୍ପ୍ରତି ସେ ଚେଷ୍ଟାରେ ଅକୃତକାର୍ଯ୍ୟ ହୋଇ ଆପାତତଃ ତୁମ ପାଖକୁ ଅଇଲି।"

କଣ୍ଠରେ ତରଳ ହସର ଲହରୀଟିଏ ତୋଳି ବାସନ୍ତୀ କହିଲା, "ସମ୍ପ୍ରତି, ଆପାତତଃ ପ୍ରଭୃତି ଅବ୍ୟୟ ନୂଆ ଆମଦାନୀ ହୋଇଛି ପରା ! ହସୁ ହସୁ ଘରେ ଚେୟାରରେ ବସିଯାଇ ବ୍ରଜ ଟେବୁଲ ଉପରେ ଥିବା ଖାତାପତ୍ର ଗୁଡ଼ିକ ଘାଣ୍ଟିବାକୁ ଲାଗିଲା ଓ ବାସନ୍ତୀ ସହିତ କଥାବାର୍ତ୍ତା ପରେ ହଠାତ୍ ବ୍ରଜ କହିଲା, ଆଚ୍ଛା, ଭାଉଜବୋହୂ, ତୁମ ଜୀବନର ଉଦ୍ଦେଶ୍ୟ କଣ ?

ବାସନ୍ତୀ କିଛିକ୍ଷଣ ନୀରବ ରହି ଖଣ୍ଡେ କାଗଜକୁ ଟିକି ଟିକି କରି ଚିରୁ ଚିରୁ କହିଲା, "ମୋର ଜୀବନର ଗୋଟାଏ କିଛି ବିଶିଷ୍ଟ ଉଦ୍ଦେଶ୍ୟ ନାହିଁ।"

"ଏଇଟା ବିଶ୍ୱାସଯୋଗ୍ୟ ନୁହେଁ। ଯେଉଁମାନେ ଅଶିକ୍ଷିତା, ସେମାନଙ୍କ ମଧ୍ୟରେ କେତେକଙ୍କର କିଛି ଗୋଟାଏ ହେଲେ ଉଦ୍ଦେଶ୍ୟ ରହିଛି। ତୁମେ ସୁଶିକ୍ଷିତା - ତୁମ ଜୀବନର କୌଣସି ଉଦ୍ଦେଶ୍ୟ ନାହିଁ।"

ତୁମେ ହୁଏତ ବିଶ୍ୱାସ କରିବ ନାହିଁ, କିନ୍ତୁ ସତ କହୁଛି, ଆଜିଯାଏ ନିଜ ଜୀବନର ଲକ୍ଷ୍ୟ ସ୍ଥିର କରିପାରିନାହିଁ। ତେବେ ସାଧାରଣତଃ ନାରୀଜୀବନ ସମ୍ବନ୍ଧରେ ମୋର କେତେଗୁଡ଼ିଏ ଧାରଣା ଅଛି। ତୁମେ କଣ ସେୟା ଶୁଣିବାକୁ ଚାହଁ, ବ୍ରଜ ?

"ହଁ।"

"ତୁମମାନଙ୍କ ମତରେ ତ ନାରୀ ଜୀବନର କିଛି ଗୋଟାଏ ଉଦ୍ଦେଶ୍ୟ ନାହିଁ। ନୁହେଁ କି?"

"ମୁଁ ଏ ପ୍ରଶ୍ନ ବୁଝିପାରୁ ନାହିଁ।"

"ସଫା କଥା ଏଇ ଯେ, ପୁରୁଷମାନଙ୍କ ମନରେ ନାରୀ ଜୀବନର ଗୋଟାଏ ସ୍ୱତନ୍ତ୍ର ଉଦ୍ଦେଶ୍ୟ ନାହିଁ। ସ୍ୱାମୀର ଲକ୍ଷ୍ୟ ହିଁ ତାହାର ଲକ୍ଷ୍ୟ ବୋଲି ଧରାହୋଇଥାଏ। ପୁରୁଷର ଧର୍ମରେ କର୍ମରେ ନିଜକୁ ସମ୍ପୂର୍ଣ୍ଣ ଭାବରେ ମଜାଇ ଦେବା ତାହାର ଧର୍ମ ବୋଲି କୁହା ହୋଇଥାଏ। ନୁହେଁ କି?"

ବ୍ରଜ ନୀରବରେ ବସି ରହିଲା। ବାସନ୍ତୀ ହସି ହସି ଶ୍ଳେଷ ଦେଇ କହିଲା, "ଯେଉଁଠି ନାରୀର ବ୍ୟକ୍ତିତ୍ୱକୁ ଉପେକ୍ଷା କରାହୋଇଛି, ଯେଉଁଠି ତାର ବ୍ୟକ୍ତିତ୍ୱକୁ ସ୍ୱାମୀର ବ୍ୟକ୍ତିତ୍ୱରେ ବିଲୀନ କରିଦେବାକୁ ଶାସ୍ତ୍ରକାରମାନଙ୍କର ବାରମ୍ବାର ଉପଦେଶ, ସେଠି ପୁଣି ନାରୀ ଜୀବନର କି ଉଦ୍ଦେଶ୍ୟ ବା ଲକ୍ଷ୍ୟ ଥାଇପାରେ ଯେ, ତୁମେ ତାହା ଜାଣିବାକୁ ଚାହୁଁଛ?"

ବ୍ରଜ ତଥାପି ନୀରବ

"ଆଚ୍ଛା, ମୁଁ ପଚାରେ- "ଶାସ୍ତ୍ରକାରମାନେ ନାରୀ ପରି ପୁରୁଷଙ୍କ ପାଇଁ ମଧ୍ୟ ଅନେକ ନିୟମ ପ୍ରଣୟନ କରିଯାଇଛନ୍ତି, କିନ୍ତୁ ତୁମେ କହିବକି ହିନ୍ଦୁ ଭାରତୀୟମାନେ ପ୍ରତି ପଦରେ ତାହା ପାଳି ଆସୁଛନ୍ତି? ଆଜିକାଲି ତୁମେମାନେ କ'ଣ ସ୍ୱୀକାର କରୁଛ ଯେ, ଉପରର ତିନିବର୍ଣ୍ଣର ସେବା କରିବାକୁ ଶୂଦ୍ରର ଜନ୍ମ, ତା' ଜୀବନର ଉଦ୍ଦେଶ୍ୟ ଏଇଆ, ବେଦ ଶାସ୍ତ୍ର ଛୁଇଁବାରେ ତାର ଅଧିକାର ନାହିଁ, ଇତ୍ୟାଦି? ମାନ୍ଧାତା ଅମଳର ଏ ସବୁ ବ୍ୟବସ୍ଥା ଯଦି ଏତେ ଶାଶ୍ୱତ ଜିନିଷ, ତା ଉପରେ ପ୍ରଶ୍ନ ଉଠାଇବାର ଯଦି କାହାରି ଅଧିକାର ନାହିଁ, ତେବେ ତୁମେମାନେ ଏ ସବୁ ବ୍ୟବସ୍ଥା ବିରୁଦ୍ଧରେ ମୁଣ୍ଡ ଟେକି ପ୍ରତିବାଦ କରିପାରୁଛ କେମିତି? ଏଇଟା କଣ ପ୍ରକାରାନ୍ତରେ କହିହେଉନାହିଁ ଯେ, ତୁମ ପ୍ରାଚୀନ ବ୍ୟବସ୍ଥାର ଭିତ୍ତି ଦିନକୁ ଦିନ ଧସି ହୋଇଆସୁଛି, ତା'ର କଙ୍କାଳକୁ ନେଇ ବସିରହିଲେ, ତୁମ ସମାଜ କାଳୋପଯୋଗୀ ହୋଇ ଚଳିପାରିବ ନାହିଁ? ତୁମେମାନେ ଆମ ଦେଶ ସରକାରଙ୍କ ସହିତ ସମ୍ପର୍କ ତୁଟାଇବାରେ ଲାଗିଛ। ମୁଁ ପଚାରେ, ତାର ମୂଳରେ କଣ? ସରକାରଙ୍କ ରାଜନୈତିକ ବ୍ୟବସ୍ଥାକୁ ତୁମେ ଗ୍ରହଣ କରିପାରୁନାହଁ- ଏତିକି ତ? କାହିଁକି, ପୁରାକାଳର ଆଚାର୍ଯ୍ୟମାନେ ତ ରାଜାଙ୍କୁ ପିତା ଓ ଈଶ୍ୱରଙ୍କ ପତିନିଧି ସ୍ୱରୂପ ଭକ୍ତି କରିବାକୁ ସୁବିଧା ଦେଇଛନ୍ତି। ତୁମେମାନେ ନିର୍ବିଚାରରେ ଧର୍ମରଏଇ ଅନୁଶାସନଟିକୁ ମାନିନେଉନାହଁ କାହିଁକି? ଭାରତର ଅନ୍ତରରୁ ଆଜି ଯେ ବିରୋଧର ଅଶ୍ୱସ୍ତିକର ମୃଦୁ ଗୁଞ୍ଜନ ଶୁଣାଯାଉଛି, ସେ ତ ତୁମମାନଙ୍କ ଯୁକ୍ତି ଅନୁସାରେ ଭଲ ଲକ୍ଷଣ ନୁହେଁ, ବ୍ରଜ? ଏଠି ତୁମେ କଣ

କହିବ ? ତୁମେ ସୁଶିକ୍ଷିତ, ସେଇ ଯୋଗୁଁରୁ ମୁଁ ଏ ସମ୍ବନ୍ଧରେ ତୁମର ନିରପେକ୍ଷ ବିଚାର ବୁଦ୍ଧିକୁ ଉଦ୍‌ବୁଦ୍ଧ କରିବାକୁ ଚାହେଁ। ତୁମେ ନିଶ୍ଚୟ ଜାଣ, ଶାସ୍ତ୍ର ରଚନା ଓ ସମାଜ ଗଠନ ସମ୍ପର୍କରେ ନାରୀର ସ୍ୱାଧୀନ କୌଣସି ଇଚ୍ଛା ବା ଶକ୍ତି କେବେ ନଥିଲା। ସମାଜରେ ପ୍ରବଳ ପ୍ରତିପକ୍ଷ ଆଦିମ କାଳରୁ ଏ ସମ୍ପର୍କରେ ନାରୀକୁ ଏଡ଼ି ଏଡ଼ି ଆସୁଛି - ସେଇ ଯୋଗୁରୁ ତାକୁ କୂପମଣ୍ଡୁକ ହୋଇ ରହିବାକୁ ହୋଇଛି। ତୁମେ ଯାହା କୁହ, ତୁମେମାନେ ଯେଉଁ ବ୍ୟବସ୍ଥାକୁ ଆଦର୍ଶ ଓ ସନାତନ ବୋଲି କହୁଛ, ମୁଁ କଦାପି ତାହାକୁ ସମର୍ଥନ କରିପାରିବି ନାହିଁ, କାରଣ ମୋ କ୍ଷୁଦ୍ର ବିଚାରବୁଦ୍ଧିରେ ମୁଁ କହେ, ଆଦର୍ଶ ସମାଜ ଗଢ଼ିବାକୁ ହେଲେ, ଗଠନ ମୂଳରେ ପୁରୁଷ ଓ ନାରୀ ଦୁହିଁଙ୍କର ସମାନ ହାରରେ ସମନ୍ୱୟ ରହିବା ଉଚିତ। ପୁରୁଷ ଓ ନାରୀ କାହାକୁହିଁ ପ୍ରଧାନ ହେବାକୁ ଦିଆଯିବ ନାହିଁ। ସମାଜରେ ଯମଜ ସନ୍ତାନ ପରି ସେମାନେ ଯେପରି ରହିପାରିବେ, ସେ ଚେଷ୍ଟା କରିବା ଉଚିତ। ଯେ କୌଣସି ବ୍ୟବସ୍ଥା ହେଉ- ସମନ୍ୱୟ ନଥିଲେ ଗୋଳମାଳ ଅସାମଞ୍ଜସ୍ୟରେ ଯେ ବିପଦ ଘଟେ, ଇତିହାସ ତାହାର ପ୍ରଧାନ ସାଥୀ।"

ବାସନ୍ତୀ କିଛିକ୍ଷଣ ନୀରବ ରହି ପୁଣି କହିଲା, "ହାତରେ ଅତିରିକ୍ତ ଶକ୍ତି ପାଇଲେ ତଦ୍ୱାରା ନିଜର ସ୍ୱାର୍ଥ ରକ୍ଷା କରିବା ମନୁଷ୍ୟର ଆଦିମ ପ୍ରକୃତି। ଆଉ ପୁରୁଷର ଏପରି ସ୍ୱେଚ୍ଛାଚାରୀ ନାରୀ ଚିରକାଳ ମୁହଁ ମାଡ଼ି ସହି ଆସୁଛି। ଏ ନିଶ୍ଚେଷ୍ଟତାକୁ ଲୋକେ ଲଜ୍ଜାଶୀଳତା, କୋମଳତା, ନମ୍ରତା, ନାରୀତ୍ୱର ଆଦେଶ ଇତ୍ୟାଦି ନାମ ଦେଇ ପ୍ରଶଂସା କରନ୍ତୁ, କିନ୍ତୁ ମୁଁ ତାହା କରିପାରିବି ନାହିଁ।"

ବ୍ରଜ କୃତ୍ରିମ ସହାନୁଭୂତି ଦେଖାଇ କହିଲା, "ତା ଛଡ଼ା ଆଉ ଉପାୟ କଣ ? ସ୍ୱାଧୀନତା ଭାରତ ନାରୀର କପାଳରେ ବିଧାତା ଲେଖିନାହାନ୍ତି ବୋଲି ମୋର ମନେ ହୁଏ।"

ତାହାହେଲେ ଭାରତ ନାରୀର ଆଉ ପ୍ରତିଷ୍ଠା କେବେ ହେବ ନାହିଁ। ଦେଖ, ବ୍ରଜ, ପୃଥିବୀର ଯେ କୌଣସି ବଡ଼ ଓ ସଭ୍ୟ ଦେଶରେ ପୁରୁଷ ନାରୀକୁ ବଳେ ବଳେ ସ୍ୱାଧୀନ କରିଦେଇ ନାହିଁ। ତୁମେ ତ ଜାଣ, ଇଉରୋପରେ ସାମାଜିକ ସ୍ୱାଧୀନତା ପାଇବା ପାଇଁ, ସଫ୍ରେଜିଷ୍ଟ ମହିଳା ମାନେ କେତେ ତ୍ୟାଗ ସ୍ୱୀକାର କରିଥିଲେ। ସ୍ୱାଧୀନତାକି ମାଗଣା ଜିନିଷ ଯେ, ବିନା ମୂଲ୍ୟରେ ମିଳିବ ? ଏଥିପାଇଁ ଅଧୀନକୁ ଆତ୍ମଶକ୍ତି ଦ୍ୱାରା ସାଧନା କରିବାକୁ ହେବ। ସବୁ ଦେଶ ଭଳି ଏ ଦେଶରେ ବି କେତେଜଣ ଉଦାରପ୍ରାଣ ପୁରୁଷ ଅଛନ୍ତି ସତ, କିନ୍ତୁ ସେମାନେ କଣ ସମୁଦ୍ର ନିକଟରେ ଗୋଷ୍ପଦ ପରି ନୁହନ୍ତି ? ସେମାନଙ୍କ ମୁହଁକୁ ଚାହିଁ, "ଦିନେ ସମୟ ଆସିବ" ବୋଲି ଅପେକ୍ଷା କରି ବସି ରହିବାକୁ ଉପଦେଶ ଯେ ଦିଏ, ତାର ବିଚାର ବୁଦ୍ଧି ଓ ଦୂରଦର୍ଶିତା

ସମ୍ବନ୍ଧରେ ମୋର ସନ୍ଦେହ। ନାରୀକୁ ବିଦ୍ରୋହୀ ହେବାକୁ ହେବ- ନିଜର ଯୁଗ ଯୁଗର ଜଡ଼ତା ଭାଙ୍ଗି ଯୋଗ୍ୟତାର ପରିଚୟ ଦେଇ ଅତ୍ୟାଚାରର ପ୍ରତିବାଦ କରିବାକୁ ହେବ।"

ବ୍ରଜ କହିଲା, "କିନ୍ତୁ ଏସବୁ କରିବାକୁ ହେଲେ ମୂଳରେ ସର୍ବତ୍ର ନାରୀ ଶିକ୍ଷା ପ୍ରବର୍ତ୍ତନ କରିବା ତ ଦରକାର ?"

"ନିଶ୍ଚୟ, ଶିକ୍ଷା ବିନା ନାରୀ ପୂର୍ଣ୍ଣ ସ୍ୱାଧୀନତାର ଯୋଗ୍ୟ ଅଧିକାରିଣୀ ହୋଇନପାରେ।"

"ଆଚ୍ଛା, ତୁମେ ଯେତେବେଳେ ନାରୀ ପାଇଁ ପୂର୍ଣ୍ଣ ସ୍ୱାଧୀନତା ଖୋଜୁଛ, ସେତେବେଳେ ତୁମେ ତ କହିପାର, ମାତୃତ୍ୱର ଦାୟିତ୍ୱ ମଧ୍ୟ ସ୍ୱୀକାର କରିବା ତାହାର ଉଚିତ ନୁହେଁ, କାରଣ ତାହା ନାରୀର ଇପ୍‌ସିତ ସ୍ୱାଧୀନତାର ପରିପନ୍ଥୀ।"

ବାସନ୍ତୀ କହିଲା, "ତୁମେ ଗୋଟିଏ ଜଟିଳ କଥା କହିପକାଇଲ, ବ୍ରଜ। କିଏ କହେ ମାତୃତ୍ୱ ସ୍ୱାଧୀନତାର ପରିପନ୍ଥୀ? ମାତୃତ୍ୱର ଦାୟିତ୍ୱଟାକୁ ନାରୀ କେବେ ହେଁ ଘୃଣା କରିନାହିଁ- ବରଂ ଏଥିରେ ସେ ସର୍ବାପେକ୍ଷା ବଡ଼ ଆନନ୍ଦ ଓ ଚରିତାର୍ଥତା ଅନୁଭବ କରିଆସିଛି। କିନ୍ତୁ ଯେଉଁଟି ମାତୃତ୍ୱ ସ୍ୱତଃସ୍ଫୂର୍ତ୍ତ ନୁହେଁ, ନାରୀ ସେଠି ମାତୃତ୍ୱକୁ ଦାୟିତ୍ୱ ଭାବେ ବନ୍ଧନ ମନେ କରେ। ସେଠି ସେ ନିହାତି ପରାଧୀନ - ତେଣୁ ତା ମନରେ ଏ ପବିତ୍ର ଭାବର ଗୋଟିଏ ବିକୃତି ଦେଖାଦେଇଥାଏ। ଯଦି ମାତୃତ୍ୱ ନାରୀର ବ୍ୟକ୍ତିତ୍ୱର ବିକାଶ ପଥରେ ସହାୟତା କରେ, ତେବେ ମାତୃତ୍ୱରେ ବନ୍ଧନ କାହିଁ? ବ୍ୟକ୍ତିକୁ ଗୌଣ କରି ସମାନ ପ୍ରାଣୀ ସୃଷ୍ଟିକୁ ମୁଖ୍ୟ କରିଦେଇଛି। ସେଇ ଯୋଗୁଁ ଆଜି ମାତୃତ୍ୱର ମହିମା ନାହିଁ। ମାତୃତ୍ୱ ଗୋଟିଏ ଝକ୍‌ମାରି ବୋଲି କେତେଜଣଙ୍କର ମନେ ହେଉଛି। ନାରୀତ୍ୱ ଯେଉଁଠି ସ୍ୱାତନ୍ତ୍ର୍ୟର ସ୍ୱାସ୍ଥ୍ୟକର ଆବହାଓଆରେ ପୂର୍ଣ୍ଣ ବିକାଶ ପାଇ ସଜୀବ ହୋଇ ଉଠିଛି, ସେଇଠି ପ୍ରକୃତ ମାତୃତ୍ୱର ସାର୍ଥକତା, ମାତୃତ୍ୱର ଅନାହତ ଆନନ୍ଦବୋଧ। ଇଦୃଶ ମାତୃତ୍ୱ ପୂର୍ଣ୍ଣ ସ୍ୱାଧୀନତାର କଦାପି ପରିପନ୍ଥୀ ନୁହେଁ।"

ବ୍ରଜ କହିଲା, "କିନ୍ତୁ ତୁମର ଏ ସବୁ କଥା କେବଳ ବକ୍ତୃତା ଭଳି ଶୁଣାଉଛ।" ବାସନ୍ତୀ ଟିକିଏ ଆହତ ହୋଇ କହିଲା, "ତୁମେ ମୋ କଥା ଶୁଣିବାକୁ ଆଗ୍ରହ ପ୍ରକାଶ କରୁଥିଲ ବୋଲି କହିଲି- ନଚେତ୍ ବଳେ ବଳେ ବକ୍ତୃତା ଦେବା ମୋର ଉଦ୍ଦେଶ୍ୟ ନଥିଲା, ବ୍ରଜ।"

"ମୋର ତୁମ କଥାରେ, ପୂରା ବିଶ୍ୱାସ ହେଉଛି ଯେ, ନାରୀ ଜାତିର ନାମରେ ତୁମେ ଯାହା ଚଳାଇନେବାକୁ ଚାହୁଁଛ, ସେସବୁ ତୁମ ନିଜ ମନର ଆଶା, ଆକାଂକ୍ଷା।"

ହେଲା ଏବେ, ଯାହା- ବୁଝିଲ ତୁମେ। ମୁଁ ତୁମର ବିଶ୍ୱାସ ଭାଙ୍ଗିବାକୁ ଚାହେଁନା।

"ତେବେ ପୂର୍ଣ୍ଣ ସ୍ୱାଧୀନତା ଲାଭ କରିବା ତୁମ ଜୀବନର ଉଦ୍ଦେଶ୍ୟ ?"

ବାସନ୍ତୀ ନିର୍ବିକାର କଣ୍ଠରେ କହିଲା, "ହଁ, ସେଇଆ।"

"ତୁମର ଲକ୍ଷ୍ୟ- ତେବେ ଉତ୍କଟ ସ୍ୱାଧୀନତା ପାଇବା, ଯାହା ଦେବଭାଇ ବିଚରାର ସଂସାରକୁ ନିକଟ ଭବିଷ୍ୟତରେ ଉଚ୍ଛନ୍ନ କରିଦେବ ?"

ବାସନ୍ତୀ ଶାନ୍ତ ଭାବରେ ପଚାରିଲା, "ମୋର ଏ ଉତ୍କଟ ସ୍ୱାଧୀନତାର ଆକାଂକ୍ଷା ଦ୍ୱାରା ଏତେକାଳ ହେଲା କାହିଁ ତୁମ ଦେବଭାଇଙ୍କ ସଂସାର ତ ଉଚ୍ଛନ୍ନ ହୋଇଯାଇନାହିଁ।"

ବ୍ରଜ ଉତ୍ତେଜିତ ଭାବରେ କହିଲା, "ତୁମେ ଟିକିଏ ତଳକୁ ଚାହିଁ ବାଟ ଚାଲ। ଭାବ ରାଜ୍ୟରେ ବିଚରଣ ଓ ଆଦର୍ଶ ସମୁଦ୍ରରେ ସନ୍ତରଣ ସାଂସାରିକ ଜୀବନରେ ବଡ଼ ବିଷମ।"

ଟିକିଏ ରହିଯାଇ ବ୍ୟଙ୍ଗ ହସ ହସି ପୁଣି ବ୍ରଜ କହିଲା, "ମୁଁ ଜାଣି ନଥିଲି ଯେ ତୁମେ ଚରମପନ୍ଥୀ"

"ଚରମପନ୍ଥୀ, ହଁ, ମୁଁ ସେଇୟା। ଯେଉଁଟା ଆଦର୍ଶ ବୋଲି ମୋର ବିବେକ ଓ ବୁଦ୍ଧି ଗ୍ରହଣ କରେ, ସମାଜର ତାଡ଼ନା ଭୟରେ ସେଇଟାକୁ ଖର୍ବ କରି ମଝିମଝିକିଆ ହୋଇ ସମାଜ ସହିତ ମୋତେ ରଫା କରିବାକୁ ଆସେ ନା। ମୁଁ ପରା ବ୍ୟକ୍ତିତ୍ୱବାଦୀ।"

ବ୍ରଜର ଅଧରରେ କୁଟିଳ ହାସ୍ୟର ରେଖା ଖେଳିଗଲା। ଚୌକିରୁ ଉଠି ସେ ବ୍ୟଙ୍ଗ ସ୍ୱରରେ କହିଲା, "ଆଜି ତେବେ ଯାଉଛି। ଆଉ ଦିନେ ତମ ବକ୍ତୃତା ଶୁଣିବାକୁ ଆସିବି।" ଏହି ଅହେତୁକ ଅପମାନ ବାସନ୍ତୀର ଅସହ୍ୟ ହେଲା। ସେ କୌଣସି ଜବାବ ଦେଲା ନାହିଁ। ବ୍ରଜ ଘରୁ ବାହାରିଗଲା।

ବ୍ରଜ ଚାଲିଯିବାର ଅଳ୍ପକ୍ଷଣ ପରେ ଦେବବ୍ରତ ଦ୍ରୁତ ପଦବିକ୍ଷେପରେ ଘରେ ପ୍ରବେଶ କଲା। ତାହାର ମୁଖର ଅସ୍ୱାଭାବିକ ଗାମ୍ଭୀର୍ଯ୍ୟ ଦେଖି ବାସନ୍ତୀ ଶଙ୍କିତ ହେଲା। ହଠାତ୍ ଦେବବ୍ରତ କହିଲା, "ଏହି ବାରନ୍ଦାରେ ଛିଡ଼ା ହୋଇ ମୁଁ ତୁମର ବକ୍ତୃତା ଶୁଣିଛି। ସ୍ୱାତନ୍ତ୍ର୍ୟ ତୁମର ମନର କଥା, ନା ? ଏ ସବୁ ମୋତେ ଆଗରୁ କହିଥିଲେ ତୁମର ତ କିଛି କ୍ଷତି ହୋଇନଥାନ୍ତା ?...ହଉ, ମୋତେ ପ୍ରତାରଣା କରି ମୋର ସାରା ଜୀବନକୁ ନଷ୍ଟ କରିବାକୁ ଆଉ ମୁଁ ତୁମକୁ ଦେବି ନାହିଁ।" ଏହା କହି ଦେବବ୍ରତ ହଠାତ୍ ଘରୁ ବାହାରି ଯିବାକୁ ବସିଲା। ବାସନ୍ତୀର ଇଚ୍ଛା ହେଲା ଥରେ ବାଟ ଓଗାଳି କହିବି, ରାଗିବା, ପୂର୍ବରୁ ଥରେ ମୋ କଥା ଶୁଣ- ତୁମେ ମୋତେ ଯେଉଁ ସ୍ୱାତନ୍ତ୍ର୍ୟ ମନ୍ତ୍ରରେ ଦୀକ୍ଷିତ କରିଛ, ମୁଁ ଯେ କେବଳ ସେତିକି ଚାହେଁ। କିନ୍ତୁ ସେ କିଛି କହିପାରିଲା ନାହିଁ। ଗୋଟାଏ ଗଭୀର କୁଣ୍ଠା ତାହାର କଣ୍ଠରୋଧ କରିଦେଲା। ପର ମୁହୂର୍ତ୍ତରେ ସେ ଶୁଣିଲା, ତାର ସ୍ୱାମୀ ତଳ ମହଲାରେ ଡାକୁଛନ୍ତି, "ଧନିଆ", "ଧନିଆ"।

## - କୋଡ଼ିଏ -

ରହୁଁ ରହୁଁ ଗୋଟାଏ ଦିନ ବିତିଗଲାଣି। ନିସ୍ତବ୍ଧ ମଧ୍ୟାହ୍ନର ପ୍ରଖର ସୂର୍ଯ୍ୟ ରଶ୍ମି ଧୀରେ ଧୀରେ ମଳିନ ହୋଇ ଆସୁଛି। ତଥାପି ଦେବବ୍ରତର ଦେଖା ନାହିଁ। କାଲିଠାରୁ ସେ ଅଦୃଶ୍ୟ- ତାହାର ଶେଷ କଥାପଦକ ବାରମ୍ବାର ବାସନ୍ତୀର କର୍ଣ୍ଣକୁହରରେ ବାଜୁଛି- "ମୋତେ ପ୍ରତାରଣା କରି ମୋର ସାରା ଜୀବନକୁ ନଷ୍ଟ କରିବାକୁ ଆଉ ମୁଁ ତୁମକୁ ଦେବି ନାହିଁ।" ଯେତେ ଚେଷ୍ଟା କଲେ ମଧ ସେ ହୃଦୟଙ୍ଗମ କରିପାରୁନାହିଁ। ଗୋଟାଏ ଅଜ୍ଞାତ ଆଶଙ୍କାରେ ସେ ନିଜ ଅଜ୍ଞାତରେ ଚମକି ଉଠୁଛି ଆଉ ମଧ୍ୟେ ମଧ୍ୟେ ଦୀର୍ଘ ନିଶ୍ୱାସ ତ୍ୟାଗ କରି ନିଜ ଡାଇରୀର ପୃଷ୍ଠା ଓଲଟାଉଛି। ଅଯତ୍ନ ଭାବରେ ପୃଷ୍ଠାଗୁଡ଼ିକୁ ଓଲଟାଉ ଓଲଟାଉ ହଠାତ୍ ତା ଆଖିରେ ଦିନକର ଘଟଣା ପଡ଼ିଗଲା- ଦେବଭାଇ କେତେଦିନ ହେଲା କଟକରେ ନଥିଲେ। ତାଙ୍କ ଦଳବଳ ନେଇ ଦୁର୍ଭିକ୍ଷ ସାହାଯ୍ୟ କାର୍ଯ୍ୟରେ କେଉଁଠିକି ଯାଇଥିଲେ। ଆଜି ମୁଁ ଛାତ ଉପରେ ବସିଛି, ସେ ପଛଆଡୁ ଆସି ମୋ ଆଖି ଚିପି ଧରିଲେ। ହାତ ଧରି ଜାଣିପାରି କହିଲି, "ଦେବଭାଇ, ଛାଡ଼ନା" ତାଙ୍କୁ ରୁଷିବି ବୋଲି ବସିଥିଲି। କିନ୍ତୁ ଏଇ ଘଟଣାଟିରେ ପାଗ ବିଗିଡ଼ି ଯାଇଁ ସେଇଟା କାର୍ଯ୍ୟରେ ପରିଣତ ହୋଇପାରିଲା ନାହିଁ। କହିଲି, "ଦେବଭାଇ ଏତେଦିନ ଯାଏ କୁଆଡ଼େ ଯାଇଥିଲ ତୁମ ବୋହେମିୟାନ ଫ୍ରେଣ୍ଡ୍‌ମାନଙ୍କ ସାଙ୍ଗରେ? ସେଠି ପଡ଼ି ରହିଲ ନାହିଁ ବରାବର? ଏତେ କାଳେ ଏଠିକି ପାଦ ପକାଇବାକୁ ତୁମ ମନେ ପଡ଼ିଲାନା? ଦେବଭାଇ ହସିଦେଇ କହିଲେ, ବାସ, ଭାରତରେ ବୋହେମିୟାନ ନାହିଁ। ପୁଣି ଏ ରାଜ୍ୟରେ ଏ ଶବ୍ଦଟା ଶିକ୍ଷିତ ଠୁଁ ଅଶିକ୍ଷିତ ଯାଏଁ ଅଧିକାଂଶଙ୍କୁ ଅଗୋଚର। ତୁମେ ଏ ଶବ୍ଦଟା ଜାଣିଛ, ଭାବାର୍ଥ ତାର ତୁମକୁ ବି ଅଗୋଚର। ଯେଉଁ ଦେଶରେ ନାରୀ ପୁରୁଷଙ୍କ ଭିତରେ ସହଜ ଅବାଧ, ବନ୍ଧୁତ୍ୱର ମିଳନ ହୋଇପାରେନାହିଁ, ଏହାର କଳ୍ପନା ଯେଉଁଠି ଲୋକଙ୍କ ନୈତିକ ବୁଦ୍ଧିକୁ ଆତଙ୍କିତ କରିଦିଏ, ସେଠି ବୋହେମିୟାନ୍‌ର ପ୍ରାଚ୍ୟ

ସଂସ୍କରଣ ଥିବା ଅସମ୍ଭବ। ବାସ୍ତବରେ ମୋର କାଳିଦାସଙ୍କ ଯୁଗକୁ ଫେରିଯିବାକୁ ମନେହୁଏ। ସେତେବେଳେ ସମାଜର ବ୍ୟବସ୍ଥା ଆଜିକାଲିକା ଅପେକ୍ଷା ସୁନ୍ଦର ନଥିଲେ, ସେମାନେ ଏଡ଼େ ସଜୀବ ସୁନ୍ଦର ରଚନା କେଉଁଠୁ କରିଥାଆନ୍ତେ ? ସେଇଠୁଁ ଆଧୁନିକ ମହିଳା ଓ ନାରୀ ସ୍ୱାଧୀନତା କଥା ଉଠିଲା। ମୁଁ କହିଲି,- "ଭାରତର ଅନ୍ୟାନ୍ୟ ପ୍ରଦେଶରେ ଅନେକ ଶିକ୍ଷିତାଙ୍କ ନାଁ ଶୁଣାଯାଏ, ସେମାନେ ପାଶ୍ କରିଛନ୍ତି- ଖୁବ୍ ଉନ୍ନତ ସେମାନେ ?"

ଦେବଭାଇ କହିଲେ, ଉନ୍ନତ ସ୍ୱାଧୀନ ଭାରତୀୟ ମହିଳା କାହାନ୍ତି ? ତୁମର ଅଭିଜ୍ଞତା ଖୁବ୍ ଅଳ୍ପ ବୋଲି ତୁମେ ଦିନରେ ସ୍ୱପ୍ନ ଦେଖୁଛ। ତୁମେ ଯେଉଁମାନଙ୍କୁ ସ୍ୱାଧୀନ ବୋଲି ଭାବୁଛ, ସେମାନେ ତିଳେହେଲେ ପ୍ରକୃତ ସ୍ୱାଧୀନତାର ଆସ୍ୱାଦ ପାଇନାହାନ୍ତି। ଖାଲି କଣ ଜୋତା ମୋଜା ମାଡ଼ିକରି ପଦାକୁ ବାହାରିଲେ ସ୍ୱାଧୀନ ହୁଅନ୍ତି ଭାବୁଛ ? ସ୍ୱାଧୀନତାର ସୀମା ଯଦି ଏତିକି ହୋଇଥାଆନ୍ତା, ତେବେ ନାରୀ ସ୍ୱାଧୀନତାର କଡ଼ାକର ହେଲେ ଦାମ୍ ନଥାନ୍ତା। ମୁଁ କହିଲି, ଆଚ୍ଛା ତୁମେ କଣ କହିବାକୁ ଚାହଁ? ଖ୍ରୀଷ୍ଟିଆନ ଓ ବାହ୍ମସମାଜରେ ସୁଦ୍ଧା ସ୍ତ୍ରୀ ସ୍ୱାଧୀନତା ନାହିଁ। ଦେବଭାଇ ନିଜ ହାତରେ ମୁଷ୍ଟିଆଘାତ କରି ଦୃଢ଼ କଣ୍ଠରେ କହିଲେ - "ନିଶ୍ଚୟ କହିବାକୁ ଚାହେଁ। ତୁମେ କିଛି ଭାବିବ ନାହିଁ, ମୁଁ କେଉଁ ସମାଜ ବିଶେଷକୁ ଅପମାନ କରିବା ପାଇଁ ଆକ୍ଷେପ ପ୍ରକାଶ କରି କିଛି କହୁନାହିଁ। ଅଯଥା ସମାଲୋଚନାର ପକ୍ଷପାତୀ ମଧ୍ୟ ମୁଁ ନୁହେଁ। କିନ୍ତୁ ବ୍ରାହ୍ମ ମହିଳାମାନେ ଓ ଏ ଦେଶ ଖ୍ରୀଷ୍ଟାନ ମହିଳାମାନେ, ଆଉ ତୁମେ କି ତୁମରି ପରି ହିନ୍ଦୁ ସମାଜର କେତୋଟି ଝିଅ ଯାହା ପାଇଛ, ମୋ ମତରେ ତାହା ହେଉଛି ଭେଲ, ନକଲି ସ୍ୱାଧୀନତା। ବରଂ ହିନ୍ଦୁ ସମାଜର ନିମ୍ନ ଶ୍ରେଣୀର ଗରିବ ସ୍ତ୍ରୀ ଲୋକମାନଙ୍କ ଭିତରେ ତୁମମାନଙ୍କ ଭଳି କି ତୁମ ହାଳିକି ଢେର ବେଶୀ ପରିମାଣର ସ୍ୱାଧୀନତା ଅଛି। ପୁରୁଷର ସାହାଯ୍ୟ ବିନା ସେମାନେ ଜୀବିକାନିର୍ବାହର ଉପାୟ କରିପାରନ୍ତି। ଜୀବିକାର୍ଜନ କରିବାକୁ ସମାଜରେ ପୁରୁଷର ଯେଉଁ ଅଧିକାର, ସେମାନଙ୍କର ସେଇ ଅଧିକାର। ବଜାରରେ, ନଈତୁଠରେ, ବିଲବାଡ଼ିରେ, ସବୁଠି ଗତି ତାଙ୍କର ଅବାଧ। ତୁମେ ଶୁଣି ଆଶ୍ଚର୍ଯ୍ୟ ହେବ - ଅସ୍ପୃଶ୍ୟ ଜାତିର ସ୍ତ୍ରୀ ନିଶାଖୋର ସ୍ୱାମୀ ତାର ଅର୍ଜିତ ଧନରୁ ନିଶା ପିଇ ଉଡ଼େଇଦେଲେ ନିଜେ ଉପାର୍ଜନ କରି ତ ସ୍ୱାମୀକୁ ପୋଷେ, ସନ୍ତାନ ପାଳନ କରେ, କିନ୍ତୁ କଥାପଦକେ ସ୍ୱାମୀମାନେ ତାଙ୍କ ଉପରେ ବି ଅତ୍ୟାଚାର ନକରନ୍ତି ? ତୁମେ କଣ କହିବ, ତୁମେମାନେ କି ତୁମେ ଯାହାଙ୍କ କଥା କହୁଥିଲ ସେମାନେ, ଯା ଅପେକ୍ଷା ବେଶୀ ଅଗ୍ରସର ହୋଇପାରିଛ ? କଦାପି ନୁହେଁ। ପୁରୁଷର ସାହାଯ୍ୟ ବିନା ତୁମେମାନେ ଦଣ୍ଡେ ଚଳିପାରିବ ନାହିଁ। ବ୍ରାହ୍ମସମାଜରେ, କି ତୁମ

ନବ୍ୟ ହିନ୍ଦୁ ସମାଜରେ ପୁରୁଷ ନାରୀକୁ ଗୋଟିଏ ସମ୍ପତ୍ତି ଛଡ଼ା ଆଉ କିଛି ଭାବିପାରେ ନାହିଁ। ପୁରୁଷର ଅନୁଜ୍ଞା ନନେଲେ ତୁମମାନଙ୍କର କିଛି ଗୋଟାଏ କାମରେ ହାତ ଦବାର ଜୁ ନାହିଁ। 'ମରହଟ୍ଟିଆ ଲୋକ' ବୋଲି ଯେଉଁମାନଙ୍କୁ ଥଟ୍ଟା ବ୍ୟଙ୍ଗ କରି, ଠିକ୍ ସେମାନଙ୍କ ପରି କି ତାଙ୍କଠାରୁ ବେଶୀ। ତୁମମାନଙ୍କ ପଛରେ ବି ପୁରୁଷର ଚବିଶ ଘଣ୍ଟା ସତର୍କ ପହରା ଦିଆ ହୋଇଥାଏ। ଆଉ ଏଥିରୁ ବୁଝାଯାଏ, ତୁମମାନଙ୍କ ଉପରେ ଆସ୍ଥା କି ବିଶ୍ୱାସ ପୁରୁଷର ନାହିଁ। ଯେଉଁଠି ଅଛି, ତାହା ବି ବିଶ୍ୱାସ ନୁହେଁ। ମରହଟ୍ଟି ସମାଜର ପୁରୁଷ ଆଉ ଆଧୁନିକ ସମାଜର ଶିକ୍ଷିତ ନବ୍ୟତନ୍ତ୍ରର ପୁରୁଷଙ୍କର ପାର୍ଥକ୍ୟଟା ତାହା ହେଲେ କେଉଁଠି ରହିଲା ବାସ ? ଆଚ୍ଛା, ମୁଁ ଉଦାହରଣ ଦେଇ କହେଁ। ଧର, ତୁମେ ଯଦି ଏଇକ୍ଷଣି କାହାର ଅନୁମତି ନନେଇ, ଏକୁଟିଆ ନିଜ ଇଚ୍ଛାରେ, ଘରୁ ଚାଲିଯାଇ ରାତିଯାଏ ନିଜ ଖୁସିରେ ବୁଲାବୁଲି କରି ଘରକୁ ଫେର, ତେବେ ଫଳ କଣ ହେବ ? ମୁଁ କହିଲି, 'ବୋଉ ବାପା ବିରକ୍ତ ହେବେ, ଗାଳିଦେବେ।' ଦେବ ଭାଇ କହିଲେ, 'କିନ୍ତୁ ତୁମେ ଝିଅ ନହୋଇ ପୁଅ ହୋଇଥିଲେ ତୁମକୁ କେହି ଗାଳି ଦିଅନ୍ତେ ନାହିଁ କି ବିରକ୍ତ ହୁଅନ୍ତେ ନାହିଁ। ଆଜି ବାପା ଗାଳିଦେବେ, କାଲି ଶ୍ୱଶୁର ସ୍ୱାମୀ ରାଗିବେ। ଏଇ ତ ତୁମର ଅବସ୍ଥା, ଯା'ରି ନାଁ କଣ ସ୍ୱାଧୀନତା ?' ମୁଁ କହିଲି, 'ଗାଳି ଖାଇବି ଭିନ୍ନ କାରଣରୁ। ଆମ ଦେଶରେ ଯୁବତୀ ନାରୀ ଏକୁଟିଆ ରାସ୍ତାକୁ ବାହାରିଲେ ଅନେକ ନିଶ୍ଚିତ ଅନିଶ୍ଚିତ ବିପଦର ଭୟ ରହିଛି ତ ?'

ଦେବ ଭାଇ କହିଲେ, 'ବିପଦର ଭୟ ସବୁ ଦେଶରେ ଅଛି, କିନ୍ତୁ ୟୁରୋପ, ଆମେରିକାର ନାରୀମାନେ ସେ ବିପଦକୁ ଗ୍ରାହ୍ୟ ତଳକୁ ଆଣନ୍ତି ନାହିଁ। ଦେଖୁଛ ତ, ବାଟରେ ଘାଟରେ, ଟ୍ରେନ୍‌ରେ ସବୁଠି ଗତି ତାଙ୍କର କେତେ ନିଃସଙ୍କୋଚ ! ଯେଉଁ ସ୍ୱାଧୀନତାରେ ମଣିଷ ନିଜର ଭାର, ନିଜର ଦାୟିତ୍ୱ ନିଜେ ନେଇନପାରେ, ତାକୁ ସ୍ୱାଧୀନତା କହିବା ପୋଷାଏ କି ? ସେ ସ୍ୱାଧୀନତାର ଅର୍ଥ ମୋ ପାଖରେ ଅବୋଧ। ବସ୍ତୁତଃ ଏ ଦେଶରେ ଖ୍ରୀଷ୍ଟାନ ସମାଜରେ, ବ୍ରାହ୍ମ ସମାଜରେ ଏମିତି ଅନେକ ସ୍ତ୍ରୀ ଅଛନ୍ତି, ଯେଉଁମାନେ ଯଥାର୍ଥ ସ୍ୱାଧୀନତା ବିଷୟରେ ବହୁତ ପରିମାଣରେ ଅଗ୍ରସର, କିନ୍ତୁ ଜାଣିଛ ତ, ଇଂରାଜୀ ପ୍ରବାଦ କହେ, "ଗୋଟିଏ କୋଇଲି ଡାକିଲେ ବସନ୍ତ ଜାଗିଉଠେ ନାହିଁ।" କଥା ହେଉଛି, ଯଥାର୍ଥ ନାରୀ ସ୍ୱାଧୀନତା ଯାହାକୁ କହନ୍ତି, ତାହା ଭାରତବର୍ଷରେ ନାହିଁ। ମରହଟ୍ଟିଆ ସମାଜ କହ, ନବ୍ୟ ହିନ୍ଦୁ ସମାଜ କହ, ବ୍ରାହ୍ମସମାଜ କହ, କେଉଁଠି ଏ ସତ୍ୟ ସ୍ପଷ୍ଟ- କେଉଁଠି ବା ଅସ୍ପଷ୍ଟ, ବଦଳାବଦଳି ଟିକିଏ ମାତ୍ର ! ତୁମେ ସମଭାବରେ ବିଚାର କରିବାକୁ ଶିଖ। ଖ୍ରୀଷ୍ଟାନ ଓ ବ୍ରାହ୍ମ ସମାଜରେ ନାରୀ ସ୍ୱାଧୀନତାର ସୁବିଧା ବହୁତ ଅଛି, କିନ୍ତୁ ତାହା ସୁବିଧା ମାତ୍ର, ସ୍ୱାଧୀନତା ନୁହେଁ।"

ମୁଁ କହିଲି, 'ଦେବ ଭାଇ! ତୁମେ ନାରୀର ଯେଉଁ ଅବାଧ ସ୍ୱାଧୀନତା କଥା କହୁଛ, ତାହା ପଶ୍ଚିମଦେଶରେ ଖଟେ। ପ୍ରାଚ୍ୟ ଜଳବାୟୁରେ ସେ ଉଧେଇବ ନାହିଁ। ଏଥିରେ ଭାରତୀୟ ପଦ୍ଧତିଚଳିତ ସାମାଜିକ ଓ ପାରିବାରିକ ଶାନ୍ତି ଶୃଙ୍ଖଳା ପରିବର୍ତ୍ତନରେ ଅଶାନ୍ତି ଓ ବିଶୃଙ୍ଖଳାର ବିଭ୍ରାଟ ଅବଶ୍ୟମ୍ଭାବୀ।' ଦେବଭାଇ କହିଲେ,'ଏ କଥାଟାରେ ସତ୍ୟ ଅଛି। ପ୍ରଥମ ସ୍ୱାଧୀନତାରେ ସେପରି ହୋଇପାରେ, କିନ୍ତୁ ଏଇଟା ପୂରା ସତ ହେଲା କେଉଁଠି? ପ୍ରାଚ୍ୟ ଜାପାନରେ ତ ୟାର ପରୀକ୍ଷା ସରିଛି? ପାଶ୍ଚାତ୍ୟର ଧର୍ମ ଓ ସମାଜନୀତି ଭାରତୀୟଠୁଁ ଭିନ୍ନ ହୋଇପାରେ; କିନ୍ତୁ ମନୁଷ୍ୟ ଜାତି ତ ସବୁଠି ଏକ? ଏଠିକା ନାରୀତ୍ୱ, ସେଠିକା ନାରୀତ୍ୱ, ୟା'ର ପ୍ରକୃତିରେ ପାର୍ଥକ୍ୟ କିଛି ଅଛି କି? ତା ପରେ, ତାଙ୍କ ଦେଶରେ ସମାଜ, ସଂସ୍କାର ତ ତୁମ ଦେଶ ହାଲିକି କହିବାକୁ ଗଲେ ଆହୁରି ସୁଶୃଙ୍ଖଳ ଭାବରେ ଚାଲୁଛି। ସେଠି କର୍ତ୍ତବ୍ୟର ଦାବୀ ମନୁଷ୍ୟ ଉପରେ ଏତେ ବେଶୀ ଯେ, ଦଣ୍ଡେ ଅୟେସ୍ କରି ବସି ଭାବୋଚ୍ଛାସରେ ମାତିବାକୁ କାହାର ଅବସର ନାହିଁ। ଶୁଣୁଛ ତ ସେଠିକା ଲୋକଙ୍କୁ କର୍ମ ଦିନକୁ ଦିନ କଳ କରି ଦେଉଛି? ଶିଳ୍ପ, ବାଣିଜ୍ୟ, କଳକାରଖାନା, ଖାଇବା, ପିନ୍ଧିବା, ଯିବା, ଆସିବା, ଏସବୁ ତ ଅତି ସୁଶୃଙ୍ଖଳ ଭାବରେ ସେଠିକା ସମାଜରେ ଚାଲିଛି। ପରନ୍ତୁ ୟା' ମୂଳରେ ନାରୀର ହାତ ହିଁ ପ୍ରଧାନ ରହିଛି। ତୁମେ ତୁମ ଦେଶର ସମାଜରେ ୟା'ର କଣ ତୁଳନା ଦବ? ତୁମ ଦେଶରେ ତ ସମସ୍ତେ ଅଳସ, ବିଶୃଙ୍ଖଳ।"

ମୁଁ କହିଲି, 'ଦେବ ଭାଇ! ତୁମେ ତ ନାରୀ ସ୍ୱାଧୀନତା ବିଷୟରେ ଏଡ଼େ ଉଦାର। ଯଦି ବିବାହ କର, ତେବେ ବିବାହ ପରେ କଣ ତୁମେ ତୁମ ସ୍ତ୍ରୀକୁ ସତରେ ଏତେଗୁଡ଼ାଏ ସ୍ୱାଧୀନତା ଦେଇପାରିବ?' ଦେବ ଭାଇ ଉତ୍ତେଜିତ ସ୍ୱରରେ କହିଲେ, 'ଏଇ 'ଦବା' କଥାଟାକୁ, ବାସନ୍ତୀ, ମୁଁ ଆପତ୍ତି କରେ- ଚିରଦିନ କରିବି। ସ୍ୱାଧୀନତା କେହି କାହାକୁ ଦେଇପାରେ ନାହିଁ। ସେ ଜିନିଷଟାକୁ ନିଜର ଆତ୍ମଶକ୍ତିଦ୍ୱାରା ଜୋର କରି ଆଦାୟ କରି ନବାକୁ ହୁଏ।'

କିଛିକ୍ଷଣ ଚୁପ୍ ରହି ଦେବ ଭାଇ ପୁଣି କହିଲେ, 'ତେବେ ଏଇ ଅଳ୍ପ ଟିକିଏ କଥା ମୁଁ କହିପାରେ ନାହିଁଯେ, ମୋର ଭବିଷ୍ୟତ ସ୍ତ୍ରୀ ଯଦି ଯଥାର୍ଥ ସ୍ୱାଧୀନ ହୁଅନ୍ତି, ତେବେ ତାଙ୍କର କୌଣସି ପ୍ରକାର କାର୍ଯରେ ମୁଁ ମୋର ଟିପ ଛୁଇଁବାକୁ ଯିବି ନାହିଁ, ଲେଶ ମାତ୍ର ବାଧା ଦେବି ନାହିଁ। ତାଙ୍କର ମନୁଷ୍ୟୋଚିତ ବିବେକବୁଦ୍ଧି ତାଙ୍କୁ ସ୍ୱାଧୀନତାର ଅପଚାର ହାତରୁ ରକ୍ଷା କରିବ। ତା ମଝିରେ ସ୍ତ୍ରୀ ପ୍ରତି କର୍ତ୍ତବ୍ୟ ଦାୟିତ୍ୱ ନାମରେ ମୁଁ କଦାପି ସ୍ୱାମୀତ୍ୱ ଜାହେର କରିବାକୁ ଯିବି ନାହିଁ। ମୁଁ ଲଜ୍ଜିତ ହେଉଛି, ନିଜ ସମ୍ବନ୍ଧରେ ମତେ କୈଫିୟତ ଦବାକୁ ହଉଛି ବୋଲି। ଯେତେଦିନଯାଏ ପ୍ରକୃତ କାର୍ଯ୍ୟରେ ନ

ଦେଖେଇ ପାରିଛି, ସେତେଦିନଯାଏ ଗୁଡ଼ାଏ ରଙ୍ଗମଞ୍ଚରେ ଯୁଦ୍ଧାଭିନୟ କଲା ଭଳି ନୁହେଁ କି? ମୁଁ ତଳକୁ ମୁହଁ କରି ହସୁ ହସୁ କହିଲି, "ଆଛା, ହଉ, ବଞ୍ଚିଥିଲେ ଦେଖାଯିବ ଯେ - ଏ ତୁମର ମୁହଁ କଥା କି ମନ କଥା" ଦେବ ଭାଇ ଚପଳ ଭାବରେ ହସି ଦେଇ କହିଲେ, ହଁ, ହଁ, ଦେଖିବ- ଦେଖିବ, କାରଣ ଭବିଷ୍ୟତରେ ମତେ ଭଲ କରି ଦେଖିବାର ସୁଯୋଗ ବୋଧହୁଏ ତୁମର ଯେତେ ହବ, ସେତେ ଆଉ କାହାର ହବନାହିଁ। ଏକଥା ତୁମେ ଜାଣ ହୁଏତ, ଆଉ ମୁଁ ତ ଜାଣିଛି'। ମୁଁ ମୁହଁ ମୋଡ଼ି ଦେଇ ଛାତଉପରୁ ପଳାଇ ଆସିଲି। ଦେବଭାଇ ବୋଉ ପାଖକୁ ଚାଲିଗଲେ।

ବାସନ୍ତୀ ଡାୟେରୀଟି ଥୋଇଦେଇ ମାନସ-ଚକ୍ଷୁରେ ସେ କାଳର ଘଟଣା ସହିତ ଆଜିର ଘଟଣା ମିଳାଇ ଦେଖିଲା। ନିଜ ଜୀବନଟା ତାହା ନିକଟରେ ଗୋଟାଏ ପ୍ରସିଦ୍ଧ ବାଜିକରର ଦୁର୍ଜ୍ଞେୟ ଚତୁରୀ ଭଳି ମନେହେଲା। ତାର କ୍ଷୁବ୍‌ଧ ଅନ୍ତରରେ କେବଳ ଗୋଟାଏ ପ୍ରଶ୍ନ ଧ୍ୱନିତ ହେବାକୁ ଲାଗିଲା, ସେ କାଳର ଦେବଭାଇ ତ ଆଜିକାର ସ୍ୱାମୀ ଦେବବ୍ରତ!

## - ଏକୋଇଶି -

ସନ୍ଧ୍ୟା ଆସିଲା। ଦେବବ୍ରତର ଦେଖାନାହିଁ।  ବାସନ୍ତୀର ନୀତି ଦୁଇଥର ଗାଧୋଇବାର ଅଭ୍ୟାସ। ଶୀତଦିନେ ମଧ୍ୟ ଏ ନିୟମର ବ୍ୟତିକ୍ରମ କେବେ ହୁଏନାହିଁ; କିନ୍ତୁ ଆଜି ସନ୍ଧ୍ୟାବେଳେ ସେ ଗାଧୋଇଲା ନାହିଁ, ମୁଣ୍ଡ ବାନ୍ଧିଲା ନାହିଁ। ଲୁଗା ପାଲଟି ଆସି ଘରେ ଆଲୁଅ ପାଖରେ ବସିଲା। ସନ୍ଧ୍ୟା ପୂର୍ବରୁ ଡାକବାଲା ଖଣ୍ଡେ ଚିଠି ଦେଇଯାଇଥିଲା। ଚିଠି ଖଣ୍ଡିକ ଅତ୍ୟନ୍ତ ଦୀର୍ଘ ଥିବାରୁ ଗୋଧୂଳିର ସ୍ୱଚ୍ଛାଲୋକରେ ସେ ତାହା ନପଢ଼ି ରଖିଦେଇଥିଲା। ବାକ୍ସ ଭିତରୁ ଚିଠି ଖଣ୍ଡ କାଢ଼ି ସେ ପଢ଼ିବାକୁ ଲାଗିଲା- ଅନେକଦିନ ପରେ  ତାର ବଉଳ ସୁନୀତି ଲେଖିଛି-

ଫୁଲ ବଉଳ ବେଣୀ !

ଦେଖୁଛି ତୋର ଚିଠିର ସଂଖ୍ୟା କେତେଦିନ ହେଲା ମାନ୍ଦା ପଡ଼ିଆସୁଛି। ତୁ ଯେଡ଼େ ବଡ଼ ଚିଠି ଦେଉ, ମୁଁ ତାର ତେତିକି ସାନ ଜବାବ ପଠାଏଁ। ସେଇ ହେତୁରୁ ମୋର ମନେହେଉଛି, ତୁ ମୋ ସମ୍ବନ୍ଧରେ ଗୋଟାଏ କିଛି ଅନୁମାନ କରିଛୁ। ସାନ ଚିଠିରେ ମନୁଷ୍ୟକୁ ଯେମିତି ଭୁଲ୍ ବୁଝିବାର ସମ୍ଭାବନା, ବଡ଼ ଚିଠିରେ ସେମିତି ନୁହେଁ; କାରଣ ତାହା ଲେଖାକୁ ଅସ୍ପଷ୍ଟ କରିଦିଏ। ଦି'ଟା ଯାକ ମୁସ୍କିଲ୍, ମୁଁ ଏବେ କରେ କ'ଣ !  ତୁ ଜାଣୁ, ବଡ଼ ଚିଠି ଲେଖିବାର ଅଭ୍ୟାସ ମୋର ନାହିଁ, କିନ୍ତୁ ଆଜି ତୋର ସବୁ ଚିଠିଗୁଡ଼ିକ ହଠାତ୍ ଓଲଟାଇ ଓଲଟାଇ ପଢ଼ିଲି। ସେଇ ଯୋଗୁଁ ମୁଁ ଆଜି କେତେକ କଥା ଲେଖିବାକୁ ବସିଛି। ଏ ଚିଠି ଖୁବ୍ ଲମ୍ବା ହବ ବୋଧହୁଏ।

ମୁଁ ବେଶ୍ ବୁଝି ପାରୁଛି, ଦିନକୁଦିନ ତୁ ବଡ଼ ଅଦୃଷ୍ଟବାଦିନୀ, ନିଜ ଉପରେ ବୀତଶ୍ରଦ୍ଧ ଓ ଉଦାସୀନ ହୋଇପଡୁଛୁ। ତୋ ଜୀବନର ଏକ ବିକୃତ ଦିଗ ସେଇ ଯୋଗୁ ତୋ ଚିଠିରେ ପ୍ରକାଶ ହୋଇ ପଡୁଛି। ମୁଁ ସ୍ପଷ୍ଟ ଜାଣିପାରୁଛି, ନିଜକୁ ରଜୁ ରଖି ସେଇବାଟରେ ତୋତେ ତୋର ଜୀବନର ସହଜ ଭଙ୍ଗୀ ନେଇଯାଇପାରୁନାହିଁ।

ଗୋଟାଏ କି ବାଧା, ଗୋଟାଏ କି କୁଣ୍ଠା ତୋ ବାଟ ଓଗାଳି ଛିଡ଼ା ହୋଇଛି। ତୁ ତା' ସାଥୀରେ ପାରିଉଠୁନାହୁଁ।

ପିଲାଦିନ କଥା ମନେପଡୁଛି- ଆଜି କି ପରିବର୍ତ୍ତନ! ଆମେ ଦିଅଟି ଯାକ କି ଶାନ୍ତିରେ ଜୀବନ କାଟୁଥିଲୁଁ! କିନ୍ତୁ ଫଗୁଣର ଛଇଳ ପ୍ରଜାପତିଟି ପରି ତୋର ସଦା ଚପଳ ଓ ସଦା-ପ୍ରଫୁଲ୍ଲ ଭାବଟି ଉପରେ ସାଂସାରିକ ଜୀବନର ଜଞ୍ଜାଳମୟ ଦୁଃଖ ଗୋଟାଏ କଳା ଦାଗ ପକାଇ ଦେଇଛି। ମୋର କଣ ପରିବର୍ତ୍ତନ ହୋଇନାହିଁ? ଜଗତ୍ ପରିବର୍ତ୍ତନଶୀଳ- ପ୍ରତି ମୁହୂର୍ତ୍ତରେ ପ୍ରକୃତିର ବିଚିତ୍ର ରୂପାନ୍ତର ସୃଜନ କ୍ରିୟାକୁ ସଚଳ ସତେଜ କରି ରଖିଛି। ତୋ'ରି ପରି ସଂସାରର ଜଟିଳ ଦୁଃଖର ମାଡ଼ ଖାଇ ଛେଚି ହୋଇ ଯାଇନାହିଁ ବୋଲି ମୋ ଜୀବନଟା ମନଫୁଲାଣିଆ ହୋଇ ନାଚୁଛି, ଖେଳୁଛି ବୋଲି ଭାବୁ ପରା? ଭ୍ରାନ୍ତ ତୁ। ସାଂସାରିକ ବନ୍ଧନର ଦୁଃଖ ନଥିଲେ କ'ଣ ମନୁଷ୍ୟର ଦୁଃଖ ନାହିଁ? ଏ ଦୁଃଖ ଯେ ତାର ଅର୍ଥହୀନ ଦୁଃଖ- ଏ ବିଶ୍ୱର ମର୍ମଦୁଃଖ- ଆନନ୍ଦ ବେଦନାମୟ ଦୁଃଖ!

ଭଗବାନଙ୍କର ବୋଧହୁଏ ଉଦ୍ଦେଶ୍ୟ ଯେ, ମନୁଷ୍ୟ ସଂସାରର କଷଣ ଭୋଗକରୁ, ବନ୍ଧନର ଦୁଃଖ ଭୋଗ କରୁ। ଯେଣେ ଚାହଁ, ତେଣେ ଦୁଃଖର ଅନନ୍ତ ସମୁଦ୍ର। ତାର କଣ କୂଳ ଅଛି ଭଉଣି? ଏଥିରେ ନିଜର ବ୍ୟକ୍ତିଗତ ଜୀବନଟାକୁ, ତାର ଦୁଃଖଟାକୁ ଯଦି ଆମେ ଅତି ଏକାନ୍ତ ଭାବରେ ଦେଖୁ, ତେବେ ଆମେ ସେଠି ବ୍ୟର୍ଥ ହେଲୁଁ। ମାତ୍ର ଏହା ଖୁବ୍ ସତ ଯେ, ବ୍ୟକ୍ତିଗତ ସମସ୍ୟାର ଏବଂ ବ୍ୟକ୍ତିର ଦୁଃଖ ଓ ଅଭାବର ପ୍ରଶ୍ନ ଯେଉଁଠି ନାହିଁ, ସେଠି ବିଶ୍ୱର ଦୁଃଖ ବରଣ କରିବାକୁ କହିବା ବାଗାଡ଼ମ୍ବର ମାତ୍ର। ମୋର ତତେ କହିବା କଥା ଏୟା- ତୁ ତୋ'ରି ଦୁଃଖ ନେଇ କେବଳ ନିଜର ସମସ୍ୟା, ଅଭାବ ଉପରେ ଦୃଷ୍ଟିନିବଦ୍ଧ କରନା। ତୋ'ରି ଅଭାବ- ତୋ'ରି ଦୁଃଖ ଦେଇ ତୁ ନିଖିଳ ଜୀବନର ବେଦନା ବୁଝ୍। ତାକୁ ତୁ ଉପଲବ୍ଧି କରିପାରିଲେ ତୋ ମନର ଭାର ଅନେକ ପରିମାଣରେ ଊଣା ହେବ, ଅନ୍ତରରେ ତୁ ବଳ ପାଇବୁ। ମୋର ଧାରଣା, ସବୁଠୁଁ ବଡ଼ ଶୋକ ବଡ଼ ଦୁଃଖ ଆତ୍ମାକୁ ସମ୍ପଦଶାଳୀ କରେ। ଏ ବୃହତ୍ ଐଶ୍ୱର୍ଯ୍ୟର ସନ୍ଧାନ ଯେ ପାଇଛି, ବ୍ୟଥା ବେଦନାରେ ତା' ମର୍ମସ୍ଥାନରୁ ରକ୍ତ ଉପୁଚି ପଡ଼ିଛି ସତ, କିନ୍ତୁ ପୃଥିବୀର ଅଭାବ, କ୍ଳେଶ ତାକୁ ବାଟବଣା କରିପାରିନାହିଁ, ତାକୁ ବିମୂଢ଼ କରିଦେଇନାହିଁ।

"The World is more full of tears than you know." ପାଶ୍ଚାତ୍ୟ କବିଙ୍କର ଏହି କଥାର ଗଭୀର ଅର୍ଥ ଜୀବନର ଅନୁଭୂତି ତୋର ତୋତେ ବୁଝାଇ ଦେବ। ନିଜକୁ ସବୁବେଳେ ବିମର୍ଷ କରି ଲାଭ କ'ଣ ବଉଳ? ଯାହା ଆସୁଛି, ତାକୁ

ବରିନେବା ପାଇଁ ପ୍ରସ୍ତୁତ ହୋଇ ରହିବା। ସେଇତ ଯଥାର୍ଥ ବୀରତ୍ୱ। ସଂଗ୍ରାମହିଁ ଜୀବନ- ଜୀବନରେ ସଂଗ୍ରାମ ନାହିଁ ଯା'ର ଦାର୍ଶନିକ ଅର୍ଥରେ ତା' ଜୀବନ ଶାନ୍ତିମୟ, ସୁନ୍ଦର ହୋଇପାରେ- କିନ୍ତୁ ମୋ ମତରେ ସେ ଜୀବନ ନିଷ୍ଫଳ, ବୈଚିତ୍ର୍ୟହୀନ। ତାର ନିଜର ସ୍ୱାର୍ଥଟା କେବଳ ବଡ଼, ବଡ଼ ଦରିଦ୍ର ସେ!

ଭାଗ୍ୟ ନିୟତି, ଅଦୃଷ୍ଟ ଫଦୃଷ୍ଟ ଯାହା କହନା ତୁ, ଜୀବନରେ ଚରମ ଦୁଃଖ ବିପଦରେ ପୋଡ଼ି ମରିଗଲେ ସୁଦ୍ଧା ତାହା ମୁଁ ମାନିବିନାହିଁ। ମନୁଷ୍ୟକୁ କର୍ମସ୍ପୃହାହୀନ, ଦୁର୍ବଳ କରିବାପାଇଁ ଆକ୍ଷେପ କରି କିଛି ଲାଭନାହିଁ, ଭବିଷ୍ୟତର ସ୍ୱପ୍ନ ଦେଖି କିଛି ଲାଭ ନାହିଁ। ବର୍ତ୍ତମାନକୁ ନେଇ ରହିବା- ଯାହା ଦୁଃଖ ଆସୁଛି, ତାକୁ ଜୀବନର ସୁଖ ସାଙ୍ଗରେ ସମଞ୍ଜାନ କରିନବାଟାହିଁ କର୍ତ୍ତବ୍ୟ ବୋଲି ମନେ ମନେହୁଏ। ଜୀବନ ଦେବତାଙ୍କ ଉପରେ ପ୍ରତିପଦରେ ନିର୍ଭର ରଖି, ତାଙ୍କରି ଇଙ୍ଗିତକୁ ସବୁଠୁଁ ସତ୍ୟ ଓ ଶ୍ରେୟ ଜ୍ଞାନ କରିବା ଉଚିତ। ଦୁଃଖ, ବିପଦ ଓ ଭୟ ଉପରେ ନିଜକୁ ରଖିବାରେ ବଡ଼ ମନୁଷ୍ୟତା ପ୍ରସ୍ଫୁଟ ହେବାର ଅବସର ପାଏ। ଅର୍ଥ, ସମ୍ଭ୍ରମ, ଯଶ ମାନକୁ ଲୋକେ ପୌରୁଷ ଲାଭ ବୋଲି କହନ୍ତି। କିନ୍ତୁ ବୋଧହୁଏ, ସବୁଠୁଁ ବଡ଼ ପୌରୁଷ ଏଇ ଦୁଃଖକୁ ଆତ୍ମିକ ଶକ୍ତିରେ ପରାଭୂତ କରି ଆନନ୍ଦର ସନ୍ଧାନୀ ହେବାରେ। ଅବଶ୍ୟ ଏହା ଆମଭଳି ସାଧାରଣ ଲୋକଙ୍କ ପକ୍ଷରେ ବଡ଼ କଠିନ ସାଧନା। ନା? ତୁ ଅନ୍ତର୍ଯ୍ୟାମୀଙ୍କ ଠାରେ ପାର୍ଥନା କର-

"ଦୁଃଖ ଯେ ଦିନ ଦାରୁଣ ହବେ
ଝାଞ୍ଜା ମେଘେର ବାର୍ତ୍ତା କବେ
ସେ ଦୁଃଖ ରାତେ ରଇତେ ଦାଓ
ଗାନେ, ଗାନେ, ଗାନେ।" ଦେଖିବୁ ମନରେ କି ଆନନ୍ଦ ଆସିବ।

ତୁ କହୁଛୁ, ଏତେ ବିଫଳତାର ବୋଝ ବୋହିବାର ତୋ'ର ଆଉ କ୍ଷମତା ନାହିଁ। ତୁ ମନୁଷ୍ୟ, ପୁଣି ତୁ ନାରୀ। ଏତେ ଚଞ୍ଚଳ ତୋ' ଜୀବନ ରିକ୍ତ ହୋଇଗଲା, ବଉଳ? ଯାହା କହ, ମୁଁ ଯେ ଜମାରୁ ବିଶ୍ୱାସ କରିପାରୁନାହିଁ। ତୋ'ର ଏ ଦୁର୍ଦ୍ଦିନରେ ସାନ୍ତ୍ୱନା ଦେବାକୁ ମୋର ଶକ୍ତିନାହିଁ। ବେଳେ ବେଳେ ତୋ'ରି ପରି ମନ ମୋର ମରିଯାଏ। ମାତ୍ର, ଯେତେବେଳେ ଦୁର୍ଦ୍ଦିନର ସମ୍ବଳ ଗୀତ ଗୁଡ଼ିଏ ଗାଏଁ, ଗଭୀର ତୃପ୍ତିରେ ମନ ଭରିଉଠେ। ଆଶା ପୁଣି ମତେ ଜୀବନର ପ୍ରେରଣା ଦେଇ ବଞ୍ଚାଏ।

ସୁଖବାଦକୁ ଆଗେ କହୁଥିଲି, ଗୋଟାଏ କବିର ଖିଆଲ; କିନ୍ତୁ ଜୀବନର ନୂଆ ନୂଆ ଅଭିଜ୍ଞତା ହିଁ ଏ ସମ୍ବନ୍ଧରେ ମୋତେ ଦୃଢ ସିଦ୍ଧାନ୍ତରେ ପହଞ୍ଚାଇ ଦେଇଛି ଯେ, ଏ କବି କଳ୍ପନା ନୁହେଁ। ଏହା ମାନବ ଜୀବନର ପରୀକ୍ଷିତ ସତ୍ୟ ଉପରେ

ପ୍ରତିଷ୍ଠିତ। ଏ ଜୀବନ କି ବିଚିତ୍ର, କି ବିପୁଳ, ଅଖଣ୍ଡ ସୌନ୍ଦର୍ଯ୍ୟ ଭରା। ଏ ପ୍ରାକୃତିକ ସୁଷମାର ସୀମା କାହିଁ? ଏ ପ୍ରଶ୍ନ ସୃଷ୍ଟି ଦିନୁ କେତେ ପ୍ରାଣରେ ଉଠିଛି। କିନ୍ତୁ ଏ ରହସ୍ୟର ସନ୍ଧାନ କେହି ତ ପାଇଲେ ନାହିଁ? ସମସ୍ତଙ୍କ ଚିନ୍ତା ଅସୀମରେ ପ୍ରତିହତ ହୋଇ ଫେରି ଆସିଛି- ଏହି ଅସୀମତା ହିଁ ପ୍ରାକୃତିକ ରହସ୍ୟ-ଖଣ୍ଡ ଭାବରେ ବିଚାର କଲେ ତ୍ରୁଟି, ଛିଦ୍ର ଅଭାବ ହିଁ ଆମ ଆଖିକି ବଡ଼ ହୋଇ ଦିଶିବା ସ୍ୱାଭାବିକ, କିନ୍ତୁ ନିଖିଳ ପ୍ରକୃତି ପରି ଜୀବନଟାକୁ ସମଗ୍ର ଭାବରେ ବିଚାରକଲୁ, ଦେଖିବୁ କି ସୁନ୍ଦର, ତହିଁରେ ଅସୀମର କି ବିଚିତ୍ର ବିକାଶ !

ଦୁଃଖବାଦର ସ୍ଥାନ ଏ ସଂସାରରେ ମୁଖ୍ୟ ଭାବରେ ରହିଛି, କିନ୍ତୁ ବାସ୍ତବରେ ସେଇଟା ଗୌଣ। ଆନନ୍ଦବାଦୀ ପକ୍ଷରେ ଯେଉଁଟା ସତ୍ୟ, ଦୁଃଖବାଦୀ ପକ୍ଷରେ ତା'ର ବିପରୀତ ସେହିପରି ସତ୍ୟ ବୋଲି ପ୍ରତୀୟମାନ ହୁଏ। ଜୀବନରେ ଜଗତର କଳା ପାଖଟା ତୋ'ଚକ୍ଷୁ ଆବୋରି ପକାଉଛି। ତୁ ଆନନ୍ଦବାଦୀ ହେବାକୁ ଚେଷ୍ଟା କର। ଦୁଃଖଟାହିଁ ଜୀବନର ଆଶିଷ। ତାହା ବିଧାତାଙ୍କ ମହାଦାନ ବୋଲି ଗ୍ରହଣ କର।

ବାସନ୍ତୀ ଫୁଲ, ତୋର ପ୍ରବନ୍ଧ ମୁଁ ପଢ଼େ। ଦେବବାବୁ ପରା ତୋର ଥରେ ସେ ନାରୀ ସମସ୍ୟା ବିଷୟକ ପ୍ରବନ୍ଧ ଦେଖି ରାଗିଥିଲେ? ସାମାଜିକ ଅନ୍ୟାୟକୁ ତୁଚ୍ଛ ଅନ୍ଧତାର ମୋହ ଆଉ ମାମୁଲି ବାକ୍‌ଚାତୁରୀର ଆଡୁଆଳରେ ରଖି ସାଧାରଣଙ୍କ ଚିନ୍ତା ଏ ଆଡ଼େ ଆକର୍ଷଣ କରି ଦବାକୁ ତୁ ଚାହିଁଥିଲୁ, ଏଇତ ତୋ' ଅପରାଧ? ପଟି ଭିଡ଼ି ରଖିଲେ କ୍ଷତ ସ୍ଥାନଟି ଆବୃତ ହୋଇଥିଲେ ସୁଦ୍ଧା ଆରୋଗ୍ୟ ହୁଏନାହିଁ। ସେଥିପାଇଁ ଚିକିତ୍ସା ଲୋଡ଼ା। ଏଥିରେ ଯଦି ଲାଞ୍ଛନା ସହିବାକୁ ହୁଏ, ନାନା ଅପବାଦ ନିନ୍ଦାର ଭାଗୀ ହବାକୁ ହୁଏ, ସେ ଲାଞ୍ଛନା, ଅପବାଦ ଓ ନିନ୍ଦାକୁ ମଥାମଣି ପରି ମୁଣ୍ଡରେ ଘେନିବାକୁ ଗୌରବବୋଧ କରିବୁ, ଏଇଟା ମୋର ଦୃଢ ବିଶ୍ୱାସ। ଦେଶ ଆଗରେ ଯେଉଁ ସମସ୍ୟାକୁ ଠେଲି ଠିଆ କରାଇ ଦେବାକୁ ତୁ ଚାହୁଁଛୁ, ସେ ସମସ୍ୟା ଯେଉଁ ଭାଇମାନେ ସମାଧାନ ଭୀତ ନୁହନ୍ତି, ସେମାନେ ତୋ' ଡାକରେ ନିଶ୍ଚୟ ଅଗ୍ରସର ହେବେ।

ଏ ତ ଗଲା ତୋ କଥା। ମୋ କଥା ଟିକିଏ ଲେଖେ।

ମୁଁ ଆଦର୍ଶବାଦିନୀ। ସଂସାରୀ ଲୋକେ ଯେନତେନ ପ୍ରକାରେଣ କାର୍ଯ୍ୟସିଦ୍ଧି କରି "ପଟ୍‌କଣ ଦେଇ କାମ ଫତେ କରିଦେଲୁଁ" ବୋଲି ଯେଉଁଠି ଚରମ ବାହାଦୂରୀ ଦେଖାଇ ହୁଅନ୍ତି, ସେଠି ଆଦର୍ଶବାଦୀର ମୃତ୍ୟୁ ହେଲା ବୋଲି ମୁଁ ଲଜ୍ଜିତ ହୁଏ। ମୋ ଜୀବନର ଅଭିଜ୍ଞତା ଯେତେ ବଢ଼ୁଛି, ସେତିକି ବୁଝୁଛି, ମୋ' ଉପରେ ଦାୟୀତ୍ୱ କେତେ ବଡ଼। ଆଦର୍ଶକୁ ସୁବିଧାର ଖାତିରରେ ଛୋଟ କରିବା ଅଭ୍ୟାସ ଯେତେବେଳେ

ଘରିଆଢ଼େ ଘେରି ରହିଛି, ସେତେବେଳେ ସୁବିଧାର ପ୍ରଲୋଭନରେ ନିଜକୁ ଦୃଢ଼ ରଖିବା ଦୁରୂହ ହୋଇପାରେ, କିନ୍ତୁ ବେଶୀ ଜରୁରୀ। ତୋ'ର ଗୋଟାଏ ଡାୟେରୀର ପ୍ରଥମ ପୃଷ୍ଠାରେ ଦେଖିଥିଲି, "ନାୟମାତ୍ମା ବଳ ହୀନେନ ଲଭ୍ୟଃ", ସେକଥା ବରାବର ମନେ ରଖିବାକୁ ହେବ।

ଜୀବନର ନଗ୍ନ ବୀଭତ୍ସ ନିଦାରୁଣ ରୂପ ଦେଖିଲେ ସୁଦ୍ଧା ମୋ ଆଦର୍ଶବାଦ ବଜାୟ ରହିଥିବ। ସଂସାରର ବାଧାବିଘ୍ନରେ ପଦେ ପଦେ ଝୁଣ୍ଟି ବି ତଥାପି ମୁଁ ଜୀବନକୁ, ବିଶ୍ୱକୁ ପ୍ରୀତି କରିବି। ଯେଉଁମାନେ ସଂସାର ଦୁଃଖ, ଶଠତା ଓ ପାପ ପାଖଟା ବରାବର ଦେଖୁଛନ୍ତି, ସେମାନଙ୍କ ବୈରାଗ୍ୟ ମୋର ନୁହେଁ। ସଂସାରରେ କେବଳ ଗୋଟାଏ ବୀରତ୍ୱ ଅଛି- ଏ ଜୀବନକୁ ଜାଣିବା ଓ ଜାଣି ସୁଦ୍ଧା ଭଲ ପାଇବା। ରୋମାଁ ରୋଲାଁଙ୍କର ଏଇ କଥାଟି ମୁଁ ଦିନକୁଦିନ ଗଭୀର ସତ୍ୟବୋଲି ଉପଲବ୍ଧି କରୁଛି। ମୋର ଆଶା, ତୁ ମଧ୍ୟ ଏଇ ଉପଲବ୍ଧିରେ ଧନ୍ୟ ହେବୁ। ମୋ' ମତ ଗୁଡ଼ାକ କେଉଁଠି କେଉଁଠି ତୋ' ମନକୁ ନପାଇଲେ ସୁଦ୍ଧା ମୋର ଶୁଭେଚ୍ଛା ତୋତେ ଅନ୍ତରରେ ବଳ ଓ ଭରସା ଦେବ ନିଶ୍ଚୟ। ଜୀବନରେ ଗୋଟାଏ ଅସାଧାରଣ କିଛି କରି ପକେଇବା ବା ସେପରି ହୋଇ ପଡ଼ିବା ଆମର ଦରକାର ନାହିଁ, କି ନହେଲୁ ବୋଲି ସେଥିପାଇଁ କ୍ଷୋଭ କରିବାର ଆବଶ୍ୟକତା ନାହିଁ। ଆମେ ଭଲ ମଣିଷ ହେବୁଁ, ସତ୍ ହେବୁଁ, ଏଇ ସବୁଠୁଁ ବଡ଼ ଲାଭ। କାହାର କର୍ମ, କାହାର ଧର୍ମ, କାହାର ବିଦ୍ୟା, କାହାର ଆଉ କିଛି- ଏମିତି କେତେ ଲୋକଙ୍କର କେତେ ତପସ୍ୟା ହେଉଛି ସତ୍ୟ। ଦୁନିଆ ଆଖିରେ ମୁଁ ଯାହା ହୁଏଁ, ନିଜ ପାଖରେ ଖାଟି ରହିବି। ନିଜ ପାଖରେ କୈଫିୟତ୍ ଦେଲାବେଳେ ମୋ ମୁଣ୍ଡ ଯେମିତି ନଇଁ ନଯାଏ। ଆଜି ଖୁବ୍ ଲେଖିଲିଣି- ବିଦାୟ।

ତୋର ସ୍ନେହର-

ବଉଳ ଫୁଲ।

ଚିଠିଟି ପଢ଼ିସାରି ବାସନ୍ତୀ ପ୍ରାଣରେ ଆଶା ଓ ଆନନ୍ଦର ଏକ ଅଭିନବ ଲହରୀ ଖେଳିଗଲା। ସୁନୀତିର ଭାବନା ତା'ରି ନିଜର ବୋଲି ସେ ଅନୁଭବ କରିବାକୁ ଲାଗିଲା। ଗଭୀର ପୁଲକରେ ଚେଆରରୁ ଉଠି ସେ ଉପର ଛାତକୁ ଯାଇ ପାଦଚାରଣ କରିବାକୁ ଲାଗିଲା। ଏତେଦିନେ ଯେମିତି ତାର ହୃଦୟର ଭାର ଉଶ୍ୱାସ ହୋଇଯାଇଛି- କି ସ୍ୱସ୍ତିବୋଧ ତାର!

## - ବାଇଶି -

ବ୍ରଜ ଯେଉଁଦିନ ଦେବବ୍ରତଙ୍କ ଘରକୁ ବୁଲିବାକୁ ଆସିଲା, କେଜାଣି କାହିଁକି ସେଦିନ ଦେବବ୍ରତର ମନ ଆଦୌ ଭଲ ନ ଥିଲା। ସେ ଭାବିଲା, ଖିଆ ପିଆ ଶେଷ ହେଲେ, ଦିବାନିଦ୍ରାର ଆଶ୍ରୟ ଲଭି ଅନ୍ତତଃ କିଛି କାଳ ନିମନ୍ତେ ନିଜର ଦୁଶ୍ଚିନ୍ତା ହାତରୁ ରକ୍ଷା ପାଇବ। ମାତ୍ର ତାହା ହେଲାନାହିଁ। ବ୍ରଜ ଆଗରୁ ଆସିଥିଲେ ଖରାବେଳଟା ତା ସାଙ୍ଗରେ କଥାବାର୍ତ୍ତା କହି ହୁଏତ ସେ ଟିକିଏ ଶାନ୍ତିବୋଧ କରିଥାନ୍ତା; କିନ୍ତୁ ବ୍ରଜ ଆସିଲା ବଡ଼ ଡେରିରେ। ଖରାବେଳଟା ଯାକ ସେ ନିଜ ଘରେ ଖଟ ଉପରେ ଶୋଇ କେବଳ ଛଟପଟ ହେବାକୁ ଲାଗିଲା। ବେଳେ ବେଳେ ତାହାର ଅନ୍ତର ସେ ଶଯ୍ୟାରେ ଆଉ ଜଣଙ୍କର ଅଭାବ ଅନୁଭବ କରି କାନ୍ଦିବାକୁ ଲାଗିଲା। ବେଳେ ବେଳେ ତାହାର ମନ ଗୋଟିଏ ଅହେତୁକ ବିଦ୍ରୋହରେ ପୂରି ଉଠିବାକୁ ଲାଗିଲା। ଅନ୍ତରରେ ନିଜର ବେଦନାର ଯଥାର୍ଥ ସ୍ଥାନ ନିରୂପଣ କରିନପାରି ସେ ବିକଳ ଭାବରେ ଶୂନ୍ୟ ଆଡ଼କୁ ଚାହିଁ ରହିଲା ଏବଂ ନିଜର ବ୍ୟଥିତ ଅନ୍ତରକୁ ସାନ୍ତ୍ୱନା ଦେଉ ଦେଉ ଭାବିଲା- 'ମୁଁ କ'ଣ ତାହା ପ୍ରତି ଅନ୍ୟାୟ କରିଛି ? କଦାପି ନୁହେଁ। ସ୍ୱାମୀର ସ୍ତ୍ରୀ ପ୍ରତି କର୍ତ୍ତବ୍ୟ ଯାହା, ତାହା ମୁଁ ଅବହେଳା କରିନାହିଁ। ଅନ୍ୟ କେହି ସାକ୍ଷୀ ନାହିଁ ସତ; ମାତ୍ର ମୋର ବିବେକ ସାକ୍ଷୀ ରହିଛି। କିନ୍ତୁ ସେ କ'ଣ ମତେ ଯଥାର୍ଥ ଭାବରେ ଗ୍ରହଣ କରିପାରିଛି ? ସେ କ'ଣ ମତେ ଭୁଲ୍ ବୁଝି ଆପେ ଆହତ ହୋଇ ସେ ଆଘାତର ଜ୍ୱାଳାତକ ମୋ'ରି ଉପରେ ମାରି ସାରିନାହିଁ ? ସେ ନିଶ୍ଚୟ ତା' ଜୀବନରେ ମୋ' ସମ୍ପର୍କଟାକୁ ବନ୍ଧନ ବୋଲି ଭାବି କଷ୍ଟ ପାଇଆସୁଅଛି। ଯାହା ମନରେ ଏତେ ସ୍ୱାଧୀନ ଭାବର ସ୍ଫୁରଣ, ସେ କାହିଁକି ଭାବୁନଥିବଯେ,ତା' ସ୍ୱାମୀ ତାକୁ କ୍ରୀତଦାସୀ ଭଳି କର୍ତ୍ତବ୍ୟ ଅନୁରୋଧରେ ପାଳୁଛି, ପୋଷୁଛି, ଅନୁଗ୍ରହ କରି ତା'ପ୍ରତି ସଦୟ ବ୍ୟବହାର କରୁଛି ? ଏ କେତେମାସ ହେଲା ମୁଁ ତାର ଏଇ ରକମ ଗୋଟାଏ ଭାବ ସ୍ପଷ୍ଟ ଦେଖିପାରୁଛି। କିମିତି ଦୂରଛଡ଼ା ସେ ହୋଇଯାଇଛି।

ପାଦ ତଳେ ସାପ ଦେଖିଲା ପରି ମତେ ଦେଖି ପକାଇ ଯେମିତି ତା' ମୁହଁର ସରାଗ ଭାବ ମରି ଫିକା ପଡ଼ିଯାଏ। ଆଉ କିଛି ନବୁଝିଲେତ ମଣିଷର ଭାବାନ୍ତର ବୁଝିବା ଭଳି କ୍ଷମତାଟିକ ମୋର ଅଛି? ଯେଉଁ ସୂତା ପୋରିଆ ହୋଇଗଲାଣି, ତାକୁ ବାର ବାର କରି ଗଣ୍ଠି ଦେଲେ କ'ଣ ସେଇଟା ଦମ୍ଭ ରହିବ? ଦରିଦ୍ରର ଶତ ଛିନ୍ନ ଚିରା ଲୁଗାରେ ତାଳି ପକାଇ ଖୁବ୍ ବେଶୀ ଦିନଯାଏ ମଜବୁତ୍ କରି ରଖିବାର ପ୍ରୟାସ କଲାଭଳି ତାର ଏ ପ୍ରୟାସ ସିନା!'

ସେ ଆଉ ଭାବି ପାରିଲା ନାହିଁ। ଗଭୀର ଉତ୍ତେଜନାରେ ବାରନ୍ଦାରେ ପାଦଚାରଣ କରିବାକୁ ଲାଗିଲା। ଇତିମଧ୍ୟରେ କେତେବେଳେ ବ୍ରଜ ଆସି ବାସନ୍ତୀ ସହିତ ଘରେ ବସି ଗପ କଲାଣି, ତାହା ସେ ଜାଣିପାରିନାହିଁ। ବୁଲୁ ବୁଲୁ ବାରନ୍ଦା କଣରେ ଥିବା ରଦି କାଗଜ ଟୋକେଇରେ ଖଣ୍ଡେ ଛିଣ୍ଡା ନୀଳ କାଗଜ ତାର ଦୃଷ୍ଟି ଆକର୍ଷଣ କଲା। କୁତୁହଳୀ ହୋଇ ସେଇଟାକୁ ଟାଣିନେଇ ଦେଖିଲା, ବାସନ୍ତୀ ହାତର ଅକ୍ଷର। ଛିଣ୍ଡା ଅଂଶଟିରେ ଲେଖା ହୋଇଛି--

"-- ବିଷେଇ ଉଠୁଛି, ସ୍ୱପ୍ନ ଦେଖିବାର ସୁଖ ଟିକକ ମୋର ଭାଙ୍ଗି ଯାଇଛି, ମୁଁ ଆଉ ବଞ୍ଚିବି ନାହିଁ। ମନର ମୃତ୍ୟୁ ଦେହର ମୃତ୍ୟୁଠୁଁ ଯେ ବହୁଗୁଣରେ ଭୟାନକ, ଏଇଟା ତୁମେ ଅନ୍ତତଃ ବୁଝିବ ବୋଲି ଭରସା କରି ଏ ଚିଠିଟା ଲେଖୁଛି। ତୁମେ ମନେ କରୁଥିବ, ମୁଁ ରାଜ ଐଶ୍ୱର୍ଯ୍ୟ ଭୋଗରେ ରହିଛି; କିନ୍ତୁ କୌଣସି କୁଟୀର ବାସିନୀ ବୋଧହୁଏ ମୋର ସୌଭାଗ୍ୟକୁ ଈର୍ଷା କରିବ ନାହିଁ। ସରକାରୀ ଜେଲଖାନା ଠାରୁ ଏ ଜେଲ୍‌ଟା କୌଣସି ଅଂଶରେ ଶ୍ରେୟଃ, ତାହା ମୁଁ ଭାବିପାରୁନାହିଁ। ତୁମେ ଆସି ମୋତେ ଏ ରଦ୍ଧ ନରକରୁ ଉଦ୍ଧାର କରି ନେଇଯାଅ, ମତେ ମୁକ୍ତ କର। ଏ ଭରସା ଟିକକ ତୁମ ଉପରେ ରଖିବାର କାରଣ, ତୁମ ଛଡ଼ା ବର୍ତ୍ତମାନ ମୋର ଅନ୍ୟ ଅବଲମ୍ବନ ଏ ସଂସାରରେ କେହି ନାହିଁ। ଏଇଟା ତୁମେ କ'ଣ ଜାଣିନାହଁ? ତୁମର ଉତ୍ତର ଆଶାରେ ରହିଲି। ତୁମ ଉପରୁ ମୋର ଶେଷ ଆଶା ଟିକକ ନିଭିବାର ଦେଖିଲେ, ମୋର ଏ ହତଭାଗ୍ୟ ଶୋଚନୀୟ ଜୀବନ-ନାଟ୍ୟରେ ଯବନିକା ପକାଇ ଦେବାର ପ୍ରୟାସିନୀ ହେବି। ତାହା ନହେଲେ ମୋର ଯେ ଆଉ....."

ଦେବବ୍ରତ ହାତରୁ ଚିଠିଟା କେତେବେଳୁ ଖସି ପଡ଼ିଲାଣି, ତାର ଖିଆଲ ନାହିଁ। ଭୂତଗ୍ରସ୍ତ ପରି ଅର୍ଥହୀନ ଦୃଷ୍ଟିରେ ସେ ବାହାରକୁ ଚାହିଁ ରହିଲା। ତା' ପାଦତଳୁ ପୃଥିବୀର ଅନୁଭବ ଯେମିତି କୁଆଡ଼େ ମିଳାଇ ଗଲା। ଅଳ୍ପ ସମ୍ଭୂତ ହୋଇ ସେ ଭାବିଲା- ତେବେ ମୋର ଧାରଣା ତ ଭୁଲ୍ ନୁହେଁ? ତାର ପ୍ରଣୟୀ ଥାଇ ସେ ମୋ ସାଙ୍ଗରେ ଏତେ କାଳ ସାମାଜିକ ସ୍ୱାଚ୍ଛନ୍ଦ୍ୟ ନାମରେ ଛଳନା କରି ଆସିଛି! ଏଁ, ବାସନ୍ତୀ ହୀନଚରିତ୍ରା! ନା,

ନା, ମୁଁ କ'ଣ ଗୁଡ଼ାଏ ଭାବୁଛି ?" ପାଗଳଙ୍କ ପରି ସେ କାଗଜ ଖଣ୍ଡକ ଦୂରକୁ ନିକ୍ଷେପ କଲା; କିନ୍ତୁ ପରମୁହୂର୍ତ୍ତରେ ପୁଣି ସାଉଁଟି ଆଣି ନିର୍ନିମେଷ ନୟନରେ ତା' ଆଡ଼କୁ ଚାହିଁ ରହିଲା ଓ କହିଲା, "ନିଶ୍ଚୟ, ଏତ ତା'ରି ଅକ୍ଷର। କୌଣସି ଉଦ୍ଧାରକର୍ତ୍ତାଙ୍କ ଉଦ୍ଦେଶ୍ୟରେ ଲିଖିତ ! ମୁଁ ତା ବିରୁଦ୍ଧରେ ସାରା ଜଗତକୁ ଅବିଶ୍ୱାସ କରିପାରେଁ, କିନ୍ତୁ ନିଜ ଆଖିଯୋଡ଼ାକୁ କିମିତି ଅବିଶ୍ୱାସ କରିବି ? ଏ ଚିଠିଟା ଦେଖିବା ଆଗରୁ ମୁଁ ଅନ୍ଧ ହୋଇଯାଇଥା'ନ୍ତି ହେଲେ !" ସେ ଆଉ କିଛି ଭାବିପାରିଲା ନାହିଁ, ଘରେ ଯାଇ ଆରାମଚୌକି ଉପରେ ଶୋଇପଡ଼ିଲା। ତା' କର୍ଣ୍ଣକୁହରରେ ବାଜିବାକୁ ଲାଗିଲା- ଅନ୍ୟଘରେ ବାସନ୍ତୀ ବ୍ରଜକୁ ଉତ୍ତେଜିତ ଭାବରେ କହୁଛି-

"ଚରମପନ୍ଥୀ ? ହଁ, ମୁଁ ସେଇଆ। ଯେଉଁଟା ଆଦର୍ଶ ବୋଲି ମୋର ବିବେକ ଓ ବୁଦ୍ଧି ଗ୍ରହଣ କରେ, ସମାଜର ତାଡ଼ନା ଭୟରେ ସେଇଟାକୁ ଖର୍ବ କରି ମଝି ମଝିକିଆ ହୋଇ ସମାଜ ସହିତ ମୋତେ ରଫା କରିବାକୁ ଆସେନା। ମୁଁ ପରା ବ୍ୟକ୍ତିତ୍ୱବାଦୀ।" ଦେବବ୍ରତର ଉତ୍ତ୍ୟକ୍ତ ମନ ବାସନ୍ତୀ ପ୍ରତି ଆହୁରି ତିକ୍ତ ହୋଇଉଠିଲା- "କି ହୀନ ଏଇ ବାସନ୍ତୀଟା ! ନିଜର କୁ-ଧାରଣା ଓ କୁତ୍ସିତ ଲାଳସାକୁ 'ଆଦର୍ଶ', 'ବିବେକ' ପ୍ରଭୃତି ନାମ ଦେବାକୁ ସେ କୁଣ୍ଠିତ ହେଉନାହିଁ ! ଛିଃ ଛିଃ !" ବାସନ୍ତୀ ପ୍ରତି ଗଭୀର ଘୃଣାରେ ତାର ଅନ୍ତର ମନ ପୂରି ଉଠିଲା। ବ୍ରଜ ବିଦାୟ ନେବାର ପରକ୍ଷଣରେ ସେ ଉତ୍ତେଜିତ ଭାବରେ ବାସନ୍ତୀର ଘରେ ପ୍ରବେଶ କଲା। ତା'ପରେ କ'ଣ ହେଲା ପାଠକେ ଜାଣନ୍ତି।

ଗତକାଲିଠାରୁ ଦେବବ୍ରତ ଅଦୃଶ୍ୟ ହେଲାବେଳୁଁ ତାଙ୍କ ଘରେ ଚୁଲି ଜଳିନାହିଁ। କେତେ ଖୋଜା ନିଷ୍ଫଳ ହେଲା। ଆଜି ସକାଳେ ଚାକର ବାକର ମାନେ ଗଣ୍ଡାଏ ଗଣ୍ଡାଏ ପଖାଳ ଖାଇଲେ; କିନ୍ତୁ ଦେବବୋଉ ଓ ବାସନ୍ତୀ ନିର୍ଜଳା ଉପବାସରେ ଦିନ କାଟୁଛନ୍ତି। ଦିନ ଗଲା- ଦେବବ୍ରତର ଦେଖାନାହିଁ। ସନ୍ଧ୍ୟା ହେଲା- ବାସନ୍ତୀ ବଉଳର ଚିଠି ଖଣ୍ଡିକ ବାରମ୍ବାର ପଢ଼ି କୋଠା ଉପରେ ପଦଚାରଣା କରି ରାତି ଦୁଇଘଡ଼ି କରିଦେଲା- ତଥାପି ଦେବବ୍ରତର ଦେଖାନାହିଁ। ରାତି ବାରଟା ବାଜିଲାଣି- ଉପବାସକ୍ଲିଷ୍ଟ ପରିବାରଟା କ୍ଲାନ୍ତିରେ ଶୋଇପଡ଼ିଛି, କିନ୍ତୁ ବାସନ୍ତୀ ଆଖିରେ ନିଦ ନାହିଁ। କେତେ ଆଶଙ୍କା ଓ ଦୁର୍ଭାବନାରେ ସେ ବାରମ୍ବାର ଚମକି ଉଠୁଛି, ବାରମ୍ବାର ଝରକା ବାଟେ ଦାଣ୍ଡ ଆଡ଼କୁ ଚାହୁଁଛି- ବେଳେ ବେଳେ ଅସ୍ଥିର ଭାବରେ ବିଛଣାରେ ଶୋଇପଡୁଛି। ହଠାତ୍ ସେ ଚକିତ ଭାବରେ ଶୁଣିଲା, ଗ୍ରାମଟିର ନୈଶ ନିଃସଙ୍ଗତା ଭଙ୍ଗ କରି ଖଣ୍ଡେ ଘୋଡ଼ାଗାଡ଼ି ଦୌଡ଼ିଛି। ଗାଡ଼ିଟା ତାଙ୍କରି ଦୁଆରେ ଛିଡ଼ା ହେଲା ଓ ଅବିଳମ୍ବେ ବାହାରୁ ଡାକ ଶୁଭିଲା- 'ରାମା, ରାମା। ଉତ୍ତର ନାହିଁ। 'ନିଧିଆ', 'ନିଧିଆ'। ନିଧିଆ ନଥିଲା।

ଧନିଆ ଶୋଇଥିଲା, ସେ ବାବୁଙ୍କ ଡାକ ଶୁଣି 'ଆଜ୍ଞା' କହି ଲଣ୍ଠନଟା ନେଇ ଦାଣ୍ଡକୁ ଦୌଡ଼ିଗଲା। ଦେଖିଲା, ଦାଣ୍ଡରେ ଖଣ୍ଡେ ଘୋଡ଼ାଗାଡ଼ି ଛିଡ଼ା ହୋଇଛି। ଗାଡ଼ିରେ ବସି ଦେବବ୍ରତ କହିଲା, "ବୋହୂ ସାଆନ୍ତାଣୀଙ୍କୁ ଡାକି ଦେଲୁ।" ଧନିଆ କିଛି ନ ବୁଝିପାରି ଜିଜ୍ଞାସୁ ଭାବରେ ଚାହିଁ ରହିଲା। ଦେବବ୍ରତ ଧମକ ଦେଇ କହିଲା, "କାଲ ହେଲୁଣି, ଓଲୁ ! ଶୁଭୁ ନାହିଁ? ବୋହୂ ସାଆନ୍ତାଣୀଙ୍କୁ ଡାକିଆଣ ବୋଲି କହିଲି ପରା ! ଯା।"

ସାଧାରଣତଃ ବାବୁଙ୍କର ଏପରି ଉଗ୍ର ଭାବ ଧନିଆ କେବେ ଦେଖିନାହିଁ। ଧମକ ଖାଇ ଧଡ଼ପଡ଼ ହୋଇ ଦେବବ୍ରତ ଆଗରୁ ସେ ପଳାଇଗଲା। ଦେବବ୍ରତର ଧମକ ବାସନ୍ତୀକୁ ଅସ୍ପଷ୍ଟ ଭାବରେ ଶୁଭିଥିଲା। ଘଟଣା କଣ ଜାଣିବା ପାଇଁ ଉଠି ବସିବା ବେଳକୁ ଧନିଆ ଆସି କହିଲା, "ବାବୁ ଆପଣଙ୍କୁ ଡାକୁଛନ୍ତି।" ବାସନ୍ତୀ କିଛି ନ ବୁଝି ବିସ୍ମିତ ଭାବରେ ଧନିଆର ଅନୁସରଣ କଲା। ଗୋଟାଏ ଅଜ୍ଞାତ ଆଶଙ୍କାରେ ତା' ହୃଦୟ କମ୍ପିତ ହୋଇଗଲା।

ବାସନ୍ତୀକି ଦେଖି ଦେବବ୍ରତ ଗାଡ଼ିରେ ବସି କହିଲା, "ଶୁଣ।" ବାସନ୍ତୀ ଭୀତ ଭାବରେ ଗାଡ଼ି ରେକାବ୍ ପାଖରେ ଛିଡ଼ା ହେଲା। ଦେବବ୍ରତ ବାସନ୍ତୀର ହାତ ଧରି ପକାଇ କହିଲା, "ଏଠି ବସ।" ବିନା ବାକ୍ୟବ୍ୟୟରେ ବାସନ୍ତୀ ଯାଇଁ ବସିଲା। ସେ ଅନୁଭବ କଲା, ଦେବବ୍ରତ ତା' ହାତଟାକୁ ଟାଣିନେଲା ବେଳେ ଦେବବ୍ରତର ଘର୍ମପ୍ଲୁତ ହାତଟା ଠକ୍ ଠକ୍ ହୋଇ ଥରୁଥିଲା।

ରହସ୍ୟଭେଦ କରିବାର କୌତୁହଳ ତାର ଉଡ଼ିଗଲା। ମୌନ ହୋଇ ସେ ଗାଡ଼ିର ଗୋଟିଏ ପାଖରେ ବସି ରହିଲା। ଦେବବ୍ରତ କୋଚମ୍ୟାନ୍‌କୁ କହିଲା, "ଚଲାଓ"। ଗାଡ଼ିଟା କ୍ଷିପ୍ରଗତିରେ ଚାଲିଲା। ଲଣ୍ଠନଟା ଧରି ଧନିଆ ଭେକା ଭଳି ଛିଡ଼ା ହୋଇ ରହିଲା। ଗ୍ରାମ ସୀମାନ୍ତଟା ପାର ହୋଇଗଲାରୁ ଦେବବ୍ରତ ଗାଡ଼ିବାଲାକୁ ଡାକି କହିଲା, "ସବୁର୍ କରୋ।" ଗାଡ଼ିଟା ଠିଆ ହେଲା। ଦେବବ୍ରତ ଗଳା ଝାଡ଼ି ବଜ୍ର ଗମ୍ଭୀର ସ୍ୱରରେ କହିଲା, "ବାସନ୍ତୀ, ତୁମେ ଆଜି ମୋ ସମ୍ବନ୍ଧରୁ ମୁକ୍ତି ପାଇଲ। ତୁମ ମନ ମୁତାବକ ଯୁଆଡ଼େ ଇଚ୍ଛା ଯାଇପାର। ମୋ' ଘରେ ଗାରଦରେ ପଡ଼ି ପଡ଼ି ତୁମେ ଆତ୍ମହତ୍ୟା କରିବ, ନାରୀହତ୍ୟା ପାପର ଭାଗୀଦାର ହେବାକୁ ମୋର ଇଚ୍ଛାନାହିଁ। ତୁମ ଉଦ୍ଧାରକର୍ତ୍ତାଙ୍କୁ ବୃଥାରେ ଏତେ ଆୟାସ କରି ଆସିବାର ଦୁଃଖ ଦେବାକୁ ମୁଁ ଚାହେଁନାହିଁ। ତା' ଆଗରୁ ବରଂ ତୁମେ ତୁମ ଉଦ୍ଧାରକାରୀଙ୍କ ପାଖକୁ ଚାଲିଯାଅ। ତୁମକୁ ନେଇ ମୁଁ ଖୁବ୍ ଶିକ୍ଷା ପାଇଲିଣି, ଖୁବ୍ ଜଳିଲିଣି, ଆଉ ଦରକାର ନାହିଁ। ତୁମେ ଚରିତ୍ରହୀନା, ଏତିକି କେବଳ ମୋର ଅଗୋଚର ଥିଲା। କାଲି ଭଗବାନ ମୋର ଚକ୍ଷୁ ଫିଟାଇ

ଦେଇ ରକ୍ଷା କରିଛନ୍ତି । ତୁମ ସାଙ୍ଗରେ ମୋର ସମ୍ବନ୍ଧ ମୁଁ ଛିନ୍ନ କରିନେଲି । ମୁଁ ଦାୟିତ୍ୱମୁକ୍ତ- ମୋ ପାଖରେ ଆଜି ଏଇ ମୁହୂର୍ତ୍ତରୁ ଆଉ ତୁମର ସ୍ଥାନ ନାହିଁ ।"

ଦେବବ୍ରତ ଏହା କହି ଚାଲିଯାଉଥିଲା, କିନ୍ତୁ କ'ଣ ଭାବି ହଠାତ୍ ଠିଆ ହେଲା । ପକେଟରେ ହାତ ଦେଇ କହିଲା, "ହଁ, ତୁମର ଟଙ୍କା ଆବଶ୍ୟକ, ତୁମକୁ ବିଦାୟ ଦେଲାବେଳେ ଅର୍ଥ ସାହଯ୍ୟ କରିବା ମୋର କର୍ତ୍ତବ୍ୟ । ହେଇ ନିଅ ।" ପକେଟରୁ ଗୋଟାଏ ମୋଟା ଲଫାଫା ଗାଡ଼ି ଭିତରକୁ ପକାଇ ଦେଇ ସେ କୋଚ୍‌ମ୍ୟାନ୍ କୁ କହିଲା, "ଗାଡ଼ି ଷ୍ଟେସନ୍ ମେଁ ଲେ ଯାଓ ।"

ବାସନ୍ତୀ ସ୍ତବ୍ଧ ହୋଇଗଲା- ତାହାର ପାଟି ଫିଟିଲା ନାହିଁ । ତୀର ବେଗରେ ଘୋଡ଼ା ଦି'ଟା ଦୌଡ଼ିଲେ । ସେ ଚଳନ୍ତା ଗାଡ଼ିର କ୍ଷୀଣ ଆଲୋକରେ ଦେଖିଲା, ଦେବବ୍ରତର ମୁହଁଟା ମୁର୍ଦ୍ଦାରଙ୍କ ଭଳି ଫିକା ପଡ଼ିଯାଇଛି । ତହିଁରେ ରକ୍ତ ଚିହ୍ନ ନାହିଁ । ଆଖିର ଦୃଷ୍ଟି ଅସ୍ୱାଭାବିକ ଭାବରେ ଦୀପ୍ତ ହୋଇ ପୁଣି ନିଷ୍ପ୍ରଭ ହୋଇଯାଉଛି- ସାରା ଦିହଟା ଯେମିତି କଳା ଖପରା ! ବିକଟ ଅନ୍ଧକାରରେ ଗୁଳ୍ମ କଣ୍ଟକପୂର୍ଣ୍ଣ ସଂକୀର୍ଣ୍ଣ ରାସ୍ତା ଦେଇ ସେ ଟଳି ଟଳି ଅଦୃଶ୍ୟ ହୋଇଯାଉଛି । ବିଦାୟ କାଳରେ ପାହାନ୍ତିଆ ଚନ୍ଦ୍ର ପରି ବାସନ୍ତୀର ମୁଖଶ୍ରୀ ପାଣ୍ଡୁର ହୋଇଗଲା ।  ସେ ସ୍ୱପ୍ନୋତ୍‌ଥିତ ପରି ଉଠିବସି ଗୋଟିଏ ଦୀର୍ଘ ନିଶ୍ୱାସ ପକାଇ ଦିହ ମୁହଁର ଝାଳ ପୋଛୁ ପୋଛୁ କହିଲା, "ମୁଁ ଚରିତ୍ରହୀନା ? ହେଉ ।"

# - ତେଇଶି -

ଫଗୁଣ ମାସିଆ ଖରା ନଇଁ ଆସିଲାଣି। ଦରଘା ବଜାର ରାସ୍ତାର ଧୂଳି-ସମୁଦ୍ର ମନ୍ଥନ କରି ମନ୍ଥର ଗତିରେ ବଗି ଗାଡ଼ି ଚାଲିଛି- ଗାଡ଼ିରେ ଚାରିଜଣ ଯୁବତୀ। ସେମାନଙ୍କ ବେଶଭୂଷା ଦେଖି ମନେହେଉଥିଲା ଯେ, ଚାରିଜଣଯାକ ଆଧୁନିକ ଧରଣରେ ଶିକ୍ଷିତା। ସମସ୍ତେ ଚୁପ୍ ଚାପ୍ ବସିଛନ୍ତି। କେବଳ ସେମାନଙ୍କ ମଧ୍ୟରୁ ଜଣେ ଚଞ୍ଚଳ ଭାବରେ ଚାରିଆଡ଼େ ଅନାଉଛି। ହଠାତ୍ ଜଣେ କହିଲା- "ଆଲୋ ସୁକୁ, ଆଜି ତୋ' ଗୋଲାପ ଏଡ଼େ ଛନଛନ କାହିଁକି ?"

ସୁକୁ ଅର୍ଥାତ୍ ସୁକୁମାରୀ ହସି ଦେଇ କହିଲା- "ଜାଣିନା କି ମୀରା ନାନୀ ? ଆଜି ପରା ସେ ଆସିବେ !"

ଉତ୍ସୁକ ଭାବରେ ମୀରା ପଚାରିଲା, "ସତେ ?" ସୁକୁମାରୀ କଣ କହିବାକୁ ଯାଉଥିଲା- ଏହି ସମୟରେ ତାହାର ଦୃଷ୍ଟି ତାର ଗୋଲାପ ମୁହଁରେ ପଡ଼ିଲା। ଗୋଲାପର ଚପଳ ଆଖି ଦିଓଟି ତିରସ୍କାର ଦୃଷ୍ଟିରେ ତା' ଆଡ଼କୁ ଚାହିଁ ରହିଛି ! ମୀରା ହସି ହସି ସୁକୁମାରୀର ହାତ ଦିଓଟି ହଲାଇ ଦେଇ ପୁଣି ପଚାରିଲା; "ସତେ ?"

ସୁକୁମାରୀ କହିଲା, "ନାହିଁ, ଏମିତି ଥଟ୍ଟାରେ କହିଲି ନା। ଗୋଲାପ ତ କହୁଥିଲା, ତାଙ୍କର କାମ ସରିନାହିଁ। କାମ ନସରିଲେ କେମିତି ପୁରୀ ଛାଡ଼ି ଆସିବେ ?" ମୀରା ସେ ଉତ୍ତରରେ ସନ୍ତୁଷ୍ଟ ହେଲାନାହିଁ- ସୁକୁମାରୀ ଗୋଲାପ ଆଡ଼କୁ ଅନାଇ କହିଲା, "ହଉ, ହଉ ସୁନୀତି, ଆମେ ତ ଆଉ ଭାଗ ନଉନାହୁଁ। ଏତେ ଲୁଚାଚୋରା କାହିଁକି ?"

ସୁନୀତି କାତର ଭାବରେ ଉତ୍ତର ଦେଲା,"ତୁମେ ଯେମିତି, ମୀରା ନାନୀ ! ପୋଡ଼ାମୁହିଁ ଗୋଲାପ କଥା ବିଶ୍ୱାସ କରୁଛ ?"

ଗାଡ଼ିରେ ଅନ୍ୟଯେଉଁ ଯୁବତୀ ଜଣକ ବସିଥିଲେ, ତାଙ୍କ ବୟସ ତିନିଙ୍କ

ବୟସଠାରୁ କିଛି ବେଶୀ। ସୁନୀତିର କଥା ଶୁଣି ସେ ଗୋଟାଏ ଦୀର୍ଘନିଶ୍ୱାସ ତ୍ୟାଗ କରି ସୁକୁମାରୀକୁ କହିଲେ, "ତୋର ଏ ବଡ଼ ବଦଭ୍ୟାସ ସୁକୁ, ତୁ କାହିଁକି ସବୁବେଳେ ସୁନୀତିକୁ ବିରକ୍ତ କରୁ ? ସେ ପିଲା ଲୋକ- ତା ଦୁଃଖ ପ୍ରତି ତୋର ତ ଟିକିଏ ସହାନୁଭୂତି ନାହିଁ ?" ଯୁବତୀ କିଛିକ୍ଷଣ ନୀରବ ରହି ପୁଣି କହିଲେ, "କାହାର ଅନ୍ତରରେ କି ବେଦନା ସୁପ୍ତ ରହିଛି, କିଏ ଜାଣେ ? ସେ ବେଦନାର ସ୍ଥାନକୁ ବାରମ୍ବାର ଆଘାତ କରିବା କି ଦରକାର ?"

ତାଙ୍କର ତିରସ୍କାର ବାକ୍ୟରେ ସମସ୍ତେ ଚୁପ୍ ହୋଇଗଲେ। ଗାଡ଼ି ପିଟିନ୍ ସାହିର ଗୋଟିଏ ସାନ କୋଠା ସାମ୍ନାରେ ଠିଆ ହେଲା। ନିଜର ବହିପତ୍ର ହାତରେ ଧରି ସୁନୀତି ଗାଡ଼ିରୁ ଓହ୍ଲାଇଲା ଏବଂ ସୁକୁମାରୀ ପ୍ରତି କ୍ରୁଦ୍ଧ କଟାକ୍ଷ ନିକ୍ଷେପ କରି ଚାଲିଯିବାକୁ ଲାଗିଲା। ସୁକୁମାରୀ ପ୍ରାର୍ଥନାସୂଚକ କଣ୍ଠରେ କହିଲା, "ମୋ ରାଣଟି ଗୋଲାପ, ରାଗିବୁନାହିଁ। ତୋ' ହାତ ଧରୁଛି । ମୁଁ ପରା ଅଜାଣତରେ କହିପକାଇଛି।" ସୁନୀତି ଉତ୍ତର ଦେଲାନାହିଁ।

ଯୁବତୀମାନେ ସମସ୍ତେ କଟକ ବାଳିକା ବିଦ୍ୟାଳୟର ଶିକ୍ଷୟିତ୍ରୀ। କିଏ ନୂଆ, କିଏ ପୁରୁଣା। ସୁନୀତି ନୂଆ। ସୁକୁମାରୀ ସୁନୀତିର ଗୋଲାପ ଓ ଅନ୍ତରଙ୍ଗ ବନ୍ଧୁ। ଆଜି ବିଶ୍ରାମ ଘଣ୍ଟାରେ ଦୁହେଁ ଯାକ ସ୍କୁଲ୍ ବଗିଚାରେ ବୁଲୁ ବୁଲୁ ସୁନୀତି କହିଲା, "ଦେଖ ଗୋଲାପ, ଆଜି ସେ ନିଶ୍ଚେ ଆସିବେ।" ସୁକୁମାରୀ ପଚାରିଲା, କେମିତି ଜାଣିଲୁ ? ଚିଠି ଦେଇଛନ୍ତି ?' ସୁନୀତି କହିଲା, " ନା ଲୋ ! ଚିଠି ଫିଠି ଦେଇନାହାନ୍ତି। ମୋ' ମନ କହୁଛି, ସେ ଆଜି ଆସିବେ। ମୁଁ ମୋର ସର୍ବାଙ୍ଗରେ ତାଙ୍କର ସ୍ପର୍ଶ ଅନୁଭବ କରୁଛି - ଆଜି- ମୋ କାନରେ କିଏ ସବୁବେଳେ କହୁଛି ସେ ଆସିବେ, ଆସିବେ।" ଏହା କହୁ କହୁ ସୁନୀତିର ସର୍ବାଙ୍ଗ ଗୋଟାଏ ଅପୂର୍ବ ପୁଲକରେ ପୂରି ଉଠୁଥିଲା, ତାର ମୁଖ ମଣ୍ଡଳରେ ହାସ୍ୟର ଛଟା ଖେଳିଯାଉଥିଲା। ସେ ସଜୋରେ ସୁକୁମାରୀର ହାତ ଚାପିଧରି ପୁଣି କହିଲା, " ଦେଖ ଗୋଲାପ, ସେ ଆଜି ନିଶ୍ଚେ ଆସିବେ। ମୋର ଅନ୍ତରର ବାଣୀ କଣ ମିଛ ହେବ ? କେବେ ନୁହେଁ,  କେବେ ନୁହେଁ।" ସୁକୁମାରୀ କହିଲା, "ଆଚ୍ଛା, ଖଡ଼ି ପକାଇବା।" ଏବଂ ସେ ତତ୍କ୍ଷଣାତ୍ ଖଡ଼ି ପକାଇଲା- ଖଡ଼ିରେ ପଡ଼ିଲା, ସେ ଆସିବେ। ସୁନୀତି ଚପଳ ହସ ହସି କହିଲା, "ପୋଡ଼ାମୁହିଁ ଗୋଲାପ, ତୁ ଖଡ଼ି ପକେଇ ମୋର ଅନ୍ତର କଥାକୁ ସମର୍ଥନ କରୁଛୁ। ଯଦି ସେ ନ ଆସିବେ, କାଲି ତୋ' କାନ ମୋଡ଼ିଦେବି।" ସୁକୁମାରୀ ମଧ୍ୟ ଚପଳ ହାସ୍ୟ କରି କହିଲା, "ନାହିଁ ଲୋ, କାଲି ଯାଏ ଅପେକ୍ଷା କରିବାକୁ ହବ ନାହିଁ। ମୋଡ଼ିବାକୁ ଆଜି ଯୋଡ଼ାଏ କାନ ପାଇବ, ସେ କାନ ହାତୀ କାନ ଭଳି।" "କ'ଣ କହିଲୁ ପୋଡ଼ାମୁହିଁ ?" -

କହି ସୁନୀତି ସୁକୁମାରୀକୁ ମାରିବାକୁ ଦୌଡ଼ିଲା। କିନ୍ତୁ ସେହି ସମୟରେ ସ୍କୁଲ୍‌ର ଘଣ୍ଟା ବାଜିଲା। ଦୁଇବନ୍ଧୁ ଆସ୍ତେ ଆସ୍ତେ ନିଜ କାର୍ଯ୍ୟରେ ଚାଲିଗଲେ। ସେଦିନ ଆଉ ସୁନୀତି ନିଜର ଛାତ୍ରୀମାନଙ୍କୁ ଭଲରେ ପଢ଼ାଇ ପାରିନାହିଁ। ଶିକ୍ଷୟିତ୍ରୀଙ୍କ ଖୁସ୍ ମେଜାଜ୍ ଦେଖି ଛାତ୍ରୀମାନେ ଗପ ଯୋଡ଼ିଦେଲେ। ସ୍କୁଲ୍‌ର ପ୍ରଧାନ ଶିକ୍ଷୟିତ୍ରୀ ମେମ୍ ସାହେବା-ମିଜାଜ୍‌ଟା ଥଣ୍ଡା ନୁହେଁ। ସେବାଟେ ଯାଉଁ ଯାଉଁ ମେମ୍ ସାହେବ ସୁନୀତିର କ୍ଲାସ୍‌ର ଅବସ୍ଥା ଦେଖିଲେ ଏବଂ ତାକୁ ବାହାରକୁ ଡାକି ନେଇ କର୍କଶ କଣ୍ଠରେ କହିଲେ, "ତୁମେ ସିନା ଚାକିରି ଛାଡ଼ି ଶୀଘ୍ର ଚାଲିଯିବ, କିନ୍ତୁ ପିଲାମାନେ ତ ତୁମ ସଙ୍ଗରେ ସ୍କୁଲ ଛାଡ଼ିବେନାହିଁ। ସେମାନଙ୍କୁ ପରୀକ୍ଷା ଦେବାକୁ ହେବ, ପାଶ୍ କରିବାକୁ ହେବ। ବୁଝିଲ ?" ସେତିକିବେଳୁ ସୁନୀତିର ମନଟା ଟିକେ ଖରାପ ହୋଇଯାଇଥିଲା। ଏହା ନଜାଣି ସୁକୁମାରୀ ଗାଡ଼ିରେ ତାହାର ପ୍ରିୟ ପ୍ରସଙ୍ଗ ଉଠାଇବାରୁ ସେ ଟିକିଏ ବିରକ୍ତ ହୋଇଥିଲା।

ଗାଡ଼ିରୁ ଓହ୍ଲାଇ ସୁନୀତି ଅତି ସନ୍ତର୍ପଣରେ ଘରକୁ ଯିବାକୁ ଲାଗିଲା। କାଳେ ଯୋତାର ଶବ୍ଦ ହେବ, ଏହି ଭୟରେ ସେ ଗୋଡ଼ ଟିପି ଟିପି ଗଲା। ଅଜ୍ଞାତ ଭାବରେ ଆସି ଜଣକୁ ବିସ୍ମିତ କରିଦେବାର ଆଶାରେ ତା' ହୃଦୟ ପୁଲକିତ ହୋଇଉଠିଲା; କିନ୍ତୁ ବୈଠକ ଖାନାରେ ପ୍ରବେଶ କରି ସେ ଦେଖିଲା ଚେୟାର୍‌ଗୁଡ଼ିକ ପୂର୍ବପରି ଶୂନ୍ୟ; ସେ ଜଣକ ନାହିଁ। ସେ ବିଷଣ୍ଣ ଭାବରେ ଗୋଟାଏ ଚୌକିରେ ବସିପଡ଼ିଲା- ତା' ଅନ୍ତରରେ କ୍ରନ୍ଦନର ରଦ୍ଧ ଆବେଗ ବାରମ୍ବାର ଉଠିବାକୁ ଲାଗିଲା। କିଛି କ୍ଷଣ ସେହିପରି ବସି ସେ ଅସହିଷ୍ଣୁ ଭାବରେ ଡାକିଲା- "ମା, ମା,।" କଲ୍ୟାଣୀ ଘରେ ନଥିଲେ-ମଣିମା ବୁଢ଼ୀ ଅନ୍ୟଘରୁ ଜବାବ ଦେଲା, "ଆଲୋ ସୁନା, ମା' ଯାଇଚନ୍ତି ମକରାବାଦ୍। ଯୋଶେଫ୍ ବୋହୂର ଗୋଟିଏ ପୁଅ ହୋଇଛି ଯେ, ସେ ପୁଅର ବଞ୍ଚିବାର ଠିକ୍ ନାହିଁ। ମା' ତାକୁ ଦେଖିବାକୁ ଯାଇଛନ୍ତି। ଆହା, କି ସୁନ୍ଦର ପିଲାଟି !" ଶିଶୁଟିର ସୁନ୍ଦର ମୂର୍ତ୍ତି ସୁନୀତିର ଚକ୍ଷୁ ସମ୍ମୁଖରେ ଖେଳିଗଲା। କ୍ଷଣକ ସକାଶେ ନିଜର ଦୁଃଖ ଭୁଲିଯାଇ ସେ ତା'ରି କଥା ଭାବିବାକୁ ଲାଗିଲା। ଶିଶୁଟିକୁ ଦେଖିଲା ପରେ ସେ କେତେଥର ଭାବିଛି, କେବେ ତାର ଏମିତି ଗୋଟିଏ ଶିଶୁ ହେବ।

ସନ୍ଧ୍ୟା ହେଲା, ସୁନୀତି ଖଣ୍ଡେ ଚିଠି ଲେଖି ଡାକଘରକୁ ପଠାଇଲା- "ପ୍ରିୟତମ, ମୋ ଭଳି ଗୁଣହୀନାକୁ ମନେ ପକେଇ ତୁମେ ତୁମର ବହୁମୂଲ୍ୟ ସମୟ ନଷ୍ଟ କର, ମୁଁ ସେ ଉଦ୍ଦେଶ୍ୟରେ ଏ ଚିଠି ଲେଖୁନାହିଁ। ତୁମର ଜ୍ୱର ହୋଇଥିଲା, ଲେଖିଥିଲ। ଏବେ କିପରି ଅଛ, କେବଳ ସେତିକି ଜଣାଇଲେ ଆଶା କରେ ତୁମର ମୂଲ୍ୟବାନ୍ ଦେଶକାମରେ ବ୍ୟାଘାତ ହେବନାହିଁ। ତୁମର ଦେଶ କାମର ରଥଚକ୍ରରେ କିଏ କେଉଁଠି

ପିଷ୍ଟ ହେଉଛି, ସେ ଖବର ରଖିବା ତ ତୁମେ ଆବଶ୍ୟକ ମନେ କରନାହିଁ। ହେଉ, ତଥାପି ମନେ ରଖିବ, ମୁଁ ଅଦ୍ୟାପି ମରିନାହିଁ। ଭାଗ୍ୟହୀନା- ସୁନୀତି।" ଡାକରେ ଚିଠି ଦେଇ ମଣିମା ବୁଝି ଆସି କହିଲା, ପିଲାଟିର ଦେହ ବେଳକୁ ବେଳ ଖରାପ ହେଉଛି- କଲ୍ୟାଣୀଙ୍କର ଫେରିବାକୁ ବିଳମ୍ବ ହେବ।

ସୁନୀତି ହାରମୋନିୟମ୍ ଖଣ୍ଡକ ନେଇ ବଗିଚାରେ ବସିଲା। ଦଶମୀ ଚନ୍ଦ୍ରର ଜ୍ୟୋତ୍ସ୍ନାରେ ସେତେବେଳକୁ କ୍ଷୁଦ୍ର ବଗିଚାଟି ଝକ୍ ଝକ୍ ହେଉଛି- ଫୁଟନ୍ତା ଫୁଲ ଗୁଡ଼ିକ ଟହ ଟହ ହୋଇ ହସୁଛି। ସୁନୀତି ଭାବିଲା, ସେ ତ ଆଜି ଦିନ ଗାଡ଼ିରେ ଆସିଲେ ନାହିଁ। ତେବେ କ'ଣ ରାତି ଗାଡ଼ିରେ ଆସିବେ?" ବଗିଚାର ସାନ ବେଦୀ ଉପରେ ବସି ସୁନୀତି ଡାକିଲା, "ନୁଟୁ, ନୁଟୁ, ବୁଟୁ....।" ଗୋଟିଏ ସାନ କୁକୁର ବାରନ୍ଦାରେ ଶୋଇଥିଲା- ଡାକ ଶୁଣି ଦୌଡ଼ି ଆସିଲା ଓ ସୁନୀତିର କୋଳରେ ହାରମୋନିୟମ୍ ଦେଖି ନାନା ରକମର କୁଁ କାଁ ଶବ୍ଦ କରି ଜଣାଇବାକୁ ଲାଗିଲା ଯେ, ତାର ସ୍ଥାନଟିକୁ ସେହି ଯନ୍ତ୍ରଟା ଅଧିକାର କରିବାରେ ସେ ଆଦୌ ସନ୍ତୁଷ୍ଟ ନୁହେଁ। ସୁନୀତି ସସ୍ନେହରେ ତା' ମୁଣ୍ଡରେ ହାତ ବୁଲାଇ ଦେଇ କହିଲା, "ଛି, ନୁଟୁ, ଗୀତ ଗାଇଲା ବେଳେ ଗୋଳମାଳ କରନା। ଶୁଣ୍, ଚୁପ୍ ହୋଇ ଗୀତ ଶୁଣ୍!" ଏହା କହି ସୁନୀତି ହାରମୋନିୟମ୍ ବଜାଇବାକୁ ଆରମ୍ଭ କଲା- ନୁଟୁ ସୁନୀତିର ସାନ ଗୋଡ଼ ଦିଓଟି ମଧ୍ୟରେ ନିଜର ସାନ ମୁଣ୍ଡଟି ଲୁଚାଇ ନୀରବରେ ସେ ଧ୍ୱନି ଉପଭୋଗ କରିବାକୁ ଲାଗିଲା।

ସୁନୀତି ଗୋଟିଏ ବଙ୍ଗଳା ଗୀତ ଗାଇଲା- "ମଳୟ ଆସି ମୋ କାନରେ କହି ଯାଇଛି, ପ୍ରିୟତମ, ତୁମେ ଆସିବ। ମୋର ବହୁଦିନର ସଞ୍ଚିତ ହୃଦୟ ବେଦନା ତୁମ ପ୍ରେମ-ସ୍ପର୍ଶରେ ନାଶିବ। ରବି ଶଶୀ ତାରା ନିଖିଳ ପ୍ରକୃତି ତୁମକୁ ମୋ ନିକଟରେ ପ୍ରକାଶ କରିଅଛନ୍ତି- ତୁମେ ଆସିବ।" ସଙ୍ଗୀତ ଶେଷ ହେଲାରୁ ନୁଟୁ ମୁଣ୍ଡ ଟେକି ସୁନୀତି ମୁହଁକୁ ଚାହିଁଲା- ସୁନୀତି ପଚାରିଲା- ଭଲ ଲାଗିଲାରେ ନୁଟୁ?' ନୁଟୁ ଅର୍ଥଶୂନ୍ୟ ଦୃଷ୍ଟିରେ ସୁନୀତି ମୁହଁକୁ ଚାହିଁ ରହିଲା। ସୁନୀତି ହାରମୋନିୟମ୍‌ଟି ତଳେ ରଖିଦେଲା- ନୁଟୁ ତତକ୍ଷଣାତ୍ ଏକ ଲମ୍ଫରେ ତା' କୋଳରେ ଉଠି ବସିଲା। ସୁନୀତି ତାକୁ ଦୁଇ ହାତରେ ଧରି କହିଲା, "ନୁଟୁ, ତୋ ଗୋଡ଼ ମଇଳା ହୋଇଛି ଯେ। ତୁ ଭାରି ଦୁଷ୍ଟ ହେଉଛୁ ଦିନକୁ ଦିନ- ଖାଲି ମୋ ଲୁଗା ମଇଳା କରୁଛୁ। ପୁଣି ସେମିତି କଲେ, ଏଇ" କହି ସୁନୀତି ତା' ଗଣ୍ଡ ଦେଶରେ ଗୋଟିଏ କ୍ଷୁଦ୍ର ଚପେଟାଘାତ କଲା। ନୁଟୁ ସେ ସ୍ନେହ ସ୍ପର୍ଶରେ ଆଖି ବୁଜିଦେଲା। ସୁନୀତି ନୁଟୁକୁ ଟିକିଏ ହଲେଇ ଦେଇ ପଚାରିଲା, "ଆରେ, ନୁଟୁ, ସେ କ'ଣ ଆସିବେ ନାହିଁ?" ନୁଟୁ କାତର ଦୃଷ୍ଟିରେ ସ୍ନେହମୟୀ

ପାଳୟିତ୍ରୀ ମୁହଁକୁ ଚାହିଁ ରହିଲା - କିଛିକ୍ଷଣ ପରେ ସୁନୀତି ନୁଟୁ ମୁହଁକୁ ନିଜର ବକ୍ଷ ଦେଶରେ ଲୁଚାଇ କହିଲା, "ନାହିଁ, ନୁଟୁ, ତୁ ଭାବନା। ସେ ଆସିବେ, ନିଶ୍ଚେ ଆସିବେ। ଆଜି ନ ଆସି ପାରନ୍ତି- କିନ୍ତୁ ଯେତେବେଳେ ହେଲେ ସେ ଦିନେ ଆସିବେ; ଆସିବେ। ତୁ ଆଉ ଏତେ ଭାବନା, ନୁଟୁ।" ନୁଟୁ ମୁହଁକୁ ଭଲରୂପେ ଲୁଚାଇ କୁଁ କୁଁ ଶବ୍ଦ କରିବାକୁ ଲାଗିଲା- ତାର ଅର୍ଥ, "ମୁଁ ତ ଯା' ଭାବୁଛି। ତୁମେ ଯେ ଭାବି ଭାବି ସାରା ହେଲ! କାହିଁ, ଏହି ସାନ୍ତ୍ୱନାରେ ତୁମେ ସ୍ଥିର ରହୁନା ତ!"

ସୁନୀତି ନୁଟୁକୁ ତଳେ ଥୋଇଦେଇ ହାରମୋନିୟମ୍ ଉଠାଇ ନେଲା, "ଶୁଣ୍, ନୁଟୁ, ଆଉ ଗୋଟିଏ ଗୀତ ଶୁଣ୍।" ନୁଟୁ ବିନା ପ୍ରତିବାଦରେ ପୂର୍ବବତ୍ ସୁନୀତିର ଗୋଡ଼ ମଧ୍ୟରେ ମୁହଁ ଲୁଚାଇଲା। ସୁନୀତି ଆଉ ଗୋଟିଏ ବଙ୍ଗଳା ଗୀତ ଗାଇଲା- "ମୋ ଏହି ପଥ ଚାହିଁବାରେ ଆନନ୍ଦ। ସୂର୍ଯ୍ୟର କିରଣ ଚାରିଆଡ଼େ ଖେଳି ବିଦାୟ ନେଉଛି, ଛାୟା ଚାରିଆଡ଼େ ଖେଳୁଛି, ବର୍ଷା ଆସୁଛି, ବସନ୍ତ ଆସୁଛି। କେବଳ ମୋର ଏଇ ପଥ ଚାହିଁବାରେ ଆନନ୍ଦ!"

ସଙ୍ଗୀତର ଝଙ୍କାରରେ କ୍ଷୁଦ୍ର ଉପବନଟି ଯେପରି ଜୀବନ୍ତ ହୋଇଉଠିଲା। ସାନ୍ଧ୍ୟ ବାୟୁ ତରୁଲତାମାନଙ୍କୁ ଧୀରେ ଧୀରେ ଦୋହଲାଇବାକୁ ଲାଗିଲା। କେଉଁ ଅଜ୍ଞାତ ଆଗନ୍ତୁକର ସ୍ପର୍ଶ ଲଭିବା ପାଇଁ ଚିର ଉନ୍ମୁଖତା ଯେପରି ସୁନୀତିର ସଙ୍ଗୀତ ପ୍ରତିଧ୍ୱନି କରି କହିବାକୁ ଲାଗିଲେ- " ଆମର ମଧ୍ୟ ଏହି ପଥ ଚାହିଁବାରେ ଆନନ୍ଦ।"

ଆକାଶରେ ଚନ୍ଦ୍ର ତାରା ହସିବାକୁ ଲାଗିଲେ- ଜ୍ୟୋସ୍ନା ମଣ୍ଡିତ ବିରାଟ ଆକାଶ ହସି ଉଠିଲା- "ଆମର ମଧ୍ୟ ଏହି ପଥ ଚାହିଁବାରେ ଆନନ୍ଦ।" ପ୍ରକୃତିରେ ନିଜର ଅନ୍ତରର ଛବି ପ୍ରତିଫଳିତ ଦେଖି ସୁନୀତି ଉତ୍ସାହିତ ହେଲା।- ବିମୁଗ୍ଧ କଣ୍ଠରେ ବାରମ୍ବାର ଗାଇବାକୁ ଲାଗିଲା- "ମୋର ଏହି ପଥ ଚାହିଁବାରେ ଆନନ୍ଦ।"

ତାହାର ଅଜ୍ଞାତରେ ଦିଓଟି ହାତ ପଶ୍ଚାତ୍‌ରୁ ଆସି ତାହାର ଆଖି ଦିଓଟି ଚାପି ଧରିଲା। ଅପୂର୍ବ ପୁଲକରେ ସୁନୀତିର ସଙ୍ଗୀତ ବନ୍ଦ ହୋଇଗଲା। ହଠାତ୍ ଚମକିତ ହୋଇ ନୁଟୁ ଦେଖିଲା ଯେ, ଜଣେ ଦୀର୍ଘକାୟ ଯୁବକ ତାର ପାଳୟିତ୍ରୀର ଆଖି ଟିପି ଧରି ଠିଆ ହୋଇ ହସୁଛି। ତାହାର ପାଳୟିତ୍ରୀ ପ୍ରତି ଯୁବକର ଏଭଳି ଔଦ୍ଧତ୍ୟ ତାର ଅସହ୍ୟ ହେଲା। ସେ ସରବରେ ପ୍ରତିବାଦ କରିବାକୁ ଲାଗିଲା। ହାରମୋନିୟମ୍‌ଟି ତଳେ ଥୋଇ ଯୁବକର ହାତ ଦୁଇଟି ନିଜ ହାତରେ ଚାପିଧରି ସୁନୀତି କହିଲା, "ଛି, ନୁଟୁ, ମଣିଷ ଚିହ୍ନୁ ନା?" ନୁଟୁ ଚୁପ୍ ହେଲା।

ସୁଦୀର୍ଘ ତିନିମାସ ପରେ ଏହି ସାକ୍ଷାତ୍। ସୁନୀତି ଆଗରୁ ଭାବିଥିଲା, ଦେଖାହେଲେ କେତେ ଅଭିମାନ କରିବ, କଥା କହିବ ନାହିଁ ଇତ୍ୟାଦି; କିନ୍ତୁ ଦେଖା ହେବାର

ଆନନ୍ଦରେ ସେ ସବୁ ସଂକଳ୍ପ କୁଆଡ଼େ ଉଭେଇ ଗଲା । ଯୁବକର ହାତ ଦିଓଟି ନିଜର କୋମଳ ହାତ ଦ୍ୱାରା ଟିକିଏ ଜୋରରେ ଚପି ଧରି ସୁନୀତି କହିଲା, "ଛାଡ଼ ।"

ଯୁବକ ସୁନୀତି ଆଖିରୁ ହାତ ଖୋଲି ଦେଇ ବେଦୀ ଉପରେ ବସୁ ବସୁ ହିଁ ପଚାରିଲା, "କାହାର ପଥ ଚାହିଁ ତୁମେ ଏତେ ଆନନ୍ଦ ପାଅ ? କିଏ ସେ ଭାଗ୍ୟବାନ୍ ସୁନୀତି ?" ସୁନୀତି ଉତ୍ତର ଦେଲା ନାହିଁ - ସଲଜ୍ଜ ମୁଖଟି ଯୁବକର କୋଳରେ ଲୁଚାଇ ବସି ରହିଲା । ବିମୁଗ୍ଧ ଯୁବକ ସୁନୀତିର ଅସଂଲଗ୍ନ କେଶଗୁଚ୍ଛ ଉପରେ ନୀରବ ତୃପ୍ତିରେ ହାତ ବୁଲାଇବାକୁ ଲାଗିଲା ।

ପାଠକ ଏ ଯୁବକଙ୍କୁ ଚିହ୍ନନ୍ତି । ଏ ଦେବବ୍ରତର ବନ୍ଧୁ ରମେଶ ଚନ୍ଦ୍ର ମହାପାତ୍ର । ବାସନ୍ତୀ ଓ ଦେବବ୍ରତଙ୍କ ସାହାଯ୍ୟରେ ରମେଶ କଲ୍ୟାଣୀଙ୍କ ପରିବାର ସହିତ ପରିଚିତ ହୋଇଥିଲା । ରମେଶର ନିଷ୍ଠାପରତା ଓ ସଚ୍ଚରିତ୍ର ଦେଖି କଲ୍ୟାଣୀ ତାକୁ ପୁତ୍ରବତ୍ ସ୍ନେହ କରୁଥିଲେ ଏବଂ ସୁନୀତି ସହିତ ମିଶିବାକୁ ଦେଉଥିଲେ । ରମେଶ ସହିତ ସୁନୀତିର ଆଳାପ କ୍ରମେ ଭିନ୍ନ ରୂପ ଧାରଣ କରିଅଛି- ସେ ସୁନୀତି ନିକଟରେ କ୍ରମାନ୍ୱୟରେ 'ମିଃ ମହାପାତ୍ର', 'ରମେଶ ବାବୁ' ଓ 'ରମେଶ' ହୋଇ ଶେଷରେ 'ପ୍ରିୟତମ' ହୋଇଅଛି । କଲ୍ୟାଣୀ ଯେ ପରସ୍ପର ମଧ୍ୟରେ ଅନୁରାଗର ଏହି କ୍ରମବିକାଶ ଲକ୍ଷ୍ୟ କରୁନଥିଲେ, ତାହା ନୁହେଁ । ସେ ଭଲରୂପେ ଲକ୍ଷ୍ୟ କରି ବରଂ ଖୁସି ହୋଇଥିଲେ । ସେ ଯୀଶୁଙ୍କର ପରମ ଭକ୍ତ- ତାଙ୍କ ପ୍ରଶସ୍ତ ହୃଦୟରେ ସାମ୍ପ୍ରଦାୟିକ ସଂକୀର୍ଣ୍ଣତା ସ୍ଥାନ ପାଇ ନଥିଲା । ସମସ୍ତ ରକମର ଭେଦ ଭୁଲି ସେ କିପରି ନିର୍ମଳା ଦେବୀଙ୍କର ଅନ୍ତରଙ୍ଗ ବନ୍ଧୁ ହୋଇଥିଲେ, ପାଠକ ତାହା ଦେଖି ଅଛନ୍ତି ।

ରମେଶ ଓ ସୁନୀତିର ପରସ୍ପର ପ୍ରତି ଅନୁରାଗ ଅଚିରେ ପ୍ରତିବେଶୀମାନଙ୍କ ଦୃଷ୍ଟି ଆକର୍ଷଣ କଲା- କିଛିକାଳ ପରେ ସମସ୍ତେ ଜାଣିପାରିଲେ ଯେ, ଶୀଘ୍ର ଦୁହିଙ୍କର ବିବାହ ହେବ । ଖ୍ରୀଷ୍ଟିଆନ୍ ସମାଜର କର୍ତ୍ତାମାନେ କଲ୍ୟାଣୀଙ୍କ ଉପରେ ଖଡ଼୍‌ଗହସ୍ତ ହୋଇଉଠିଲେ । ରେଭରେଣ୍ଡ୍ ସିମଲ୍‌ଟନ୍ କଲ୍ୟାଣୀଙ୍କ ଘରକୁ ଆସି ପଚାରିଲେ, "ସୁନୀତିର ବିବାହ ସମ୍ବନ୍ଧରେ ମୁଁ ଯାହା ଶୁଣୁଛି, ତାହା କ'ଣ ସତ ?" କଲ୍ୟାଣୀ ଉତ୍ତର ଦେଲେ, "ହଁ, ପ୍ରଭୁଙ୍କ କଲ୍ୟାଣରୁ ମୋର ସୁନା ଶୀଘ୍ର ରମେଶକୁ ବିବାହ ହେବ ।" ପାଦ୍ରି ସାହେବ ଉତ୍ତେଜିତ ଭାବରେ କହିଲେ, "ପ୍ରଭୁ, କଦାପି ଏପରି ବିବାହରେ ସନ୍ତୁଷ୍ଟ ହେବେନାହିଁ । ତୁମେ ଜାଣ, ରମେଶ ହିଦେନ୍ । ସେ ଯୀଶୁଙ୍କ ବାଣୀ ଲାଭ କରିନାହିଁ । ସେ କଦାପି ସ୍ୱର୍ଗକୁ ଯାଇପାରିବନାହିଁ । ତାର ହୀନ ଆତ୍ମା ।" ପାଦ୍ରି ସାହେବ ଭୟଙ୍କର ଗୋଟିଏ କଥା କହିବାକୁ ଯାଉଥିଲେ । କଲ୍ୟାଣୀ ବାଧାଦେଇ କହିଲେ, "ଆପଣଙ୍କୁ ମୁଁ କେତେଥର କହିଛି ପାଦ୍ରି ସାହେବ, ମୁଁ ଏସବୁ କଥା ବିଶ୍ୱାସ

କରେନାହିଁ। ଯେଉଁମାନେ ଯୀଶୁଙ୍କ ବାଣୀ ଶୁଣି ନାହାନ୍ତି, ସେମାନେ ଅନନ୍ତ ନରକରେ ପଡ଼ିବେ- ଆପଣଙ୍କର ଏକଥା ଯଦି ସତ୍ୟ ହୁଏ, ତାହାହେଲେ ବାଇବେଲ୍‌ରେ ବର୍ଣ୍ଣିତ ଅନେକ ମହାପୁରୁଷ ମଧ୍ୟ ନର୍କରେ ପଡୁଛନ୍ତି। ଆଦମ୍ ଓ ଈଭ୍‌ଙ୍କ ପରେ ଓ ଯୀଶୁଙ୍କ ଆବିର୍ଭାବ ପୂର୍ବେ ଅସଂଖ୍ୟ ଲୋକ ଧରାବକ୍ଷରେ ବାସ କରିଥିଲେ- ସେମାନେ ତ ଯୀଶୁଙ୍କ ବାଣୀ ଶୁଣିନାହାନ୍ତି। ଯୀଶୁଙ୍କ ଆବିର୍ଭାବ ପରେ ମଧ୍ୟ ଏପରି ଅସଂଖ୍ୟ ଲୋକ ଧରା ବକ୍ଷରେ ବାସ କରିଛନ୍ତି, ଯେଉଁମାନେ କଦାପି ଯୀଶୁଙ୍କ ବାଣୀ ଶୁଣି ନାହାନ୍ତି। ଏମାନେ ସମସ୍ତେ ନରକରେ ପଡ଼ିବେ ? ଭ୍ରାନ୍ତ ଆପଣ ? ପାଦ୍ରି ସାହେବ। ଏହି ବିଶାଳ ଭାରତର ବହୁ ସଂଖ୍ୟକ ସାଧୁ , ଧାର୍ମିକ ଓ ନ୍ୟାୟବାନ୍ ନରନାରୀ ନରକରେ ପଚିବେ, ଆଉ ଏଇ ଦେଶରେ ଆମେ ମୁଷ୍ଟିମେୟ ଖ୍ରୀଷ୍ଟିୟାନ୍ ଯେତେ ହୀନ ହେଉ ପଛକେ, କେବଳ ଆମରିମାନଙ୍କ ପାଇଁ ସ୍ୱର୍ଗ ଦ୍ୱାର ଖୋଲିଯିବ- ଏହା କ'ଣ ପିଲା ଭଣ୍ଡେଇବା କଥା ନୁହେଁ ?" କଲ୍ୟାଣୀଙ୍କ ଧୀର ଅଥଚ ଯୁକ୍ତିପୂର୍ଣ୍ଣ କଥାଶୁଣି ସାହେବ ଆହୁରି ରାଗିଲେ, କହିଲେ "ତୁମେ ଜାଣ, ରମେଶ ଖ୍ରୀଷ୍ଟିୟାନ୍ ନହେଲେ ଏ ବିବାହ ମୋ ଗିର୍ଜାରେ ହୋଇପାରିବନାହିଁ ? କଲ୍ୟାଣୀ କହିଲେ, "ଜାଣେ, ଭଲରୂପେ ଜାଣେ। କେବଳ ଆପଣଙ୍କ ଗିର୍ଜାରେ ନୁହେଁ- ବିବାହ କୌଣସି ଧର୍ମ ସମ୍ପ୍ରଦାୟର ଧର୍ମ ମନ୍ଦିରରେ ହୋଇପାରିବନାହିଁ। ମୁଁ ରମେଶକୁ ଖ୍ରୀଷ୍ଟିୟାନ୍ ହେବାକୁ ପ୍ରବର୍ତ୍ତାଇବି ନାହିଁ, କିମ୍ବା ଖ୍ରୀଷ୍ଟିୟାନ୍ ଧର୍ମ ଛାଡ଼ିବାକୁ ସୁନୀତିକୁ କହିବି ନାହିଁ। ସେମାନେ ଯେମିତି ଅଛନ୍ତି, ସେମିତି ଥା'ନ୍ତୁ। ଆପଣମାନଙ୍କ ଧର୍ମ ମନ୍ଦିରରୁ ବିତାଡ଼ିତ ହୋଇ ଭଗବାନ ଯେଉଁ ଧୂଳିପୂର୍ଣ୍ଣ ରାଜପଥରେ ଆଶ୍ରୟ ନେଇଛନ୍ତି, ମୁଁ ରମେଶ ଓ ମୋ କନ୍ୟାର ହାତ ଧରି ପ୍ରଭୁଙ୍କର ସେହି ଚରଣଧୂଳି ଆଶ୍ରା କରିବି- ସେହି ହେବ ସେମାନଙ୍କର ବିବାହ।" ପାଦ୍ରି ସାହେବ ଆଉ ସ୍ଥିର ରହିପାରିଲେ ନାହିଁ- ଉତ୍ତେଜିତ ଭାବରେ ବାହାରି ଯାଉଁ ଯାଉଁ କହିଲେ, "ଅଚିରେ ଶୟତାନ୍ ତୁମର ସର୍ବନାଶ କରିବ।" କଲ୍ୟାଣୀ ପାଦ୍ରିଙ୍କ ଅଭିଶାପ ଶୁଣି କାତର ଦୃଷ୍ଟିରେ ପ୍ରାଚୀରରେ ଲମ୍ବମାନ ଯୀଶୁଙ୍କର ଖଣ୍ଡିଏ ଚିତ୍ର ପ୍ରତି ଅନାଇ ମନେ ମନେ କହିଲେ, "ପ୍ରଭୁ, ତୁମର ନାମ ଗ୍ରହଣ କରି ସୁଦ୍ଧା ଲୋକେ ଏଭଳି ହୁଅନ୍ତି କାହିଁକି ?" କଲ୍ୟାଣୀଙ୍କ ନୟନର ଚିତ୍ରପଟ୍ଟ କ୍ଷଣକ ପାଇଁ ଜୀବନ୍ତ ଭଳି ମନେହେଲା- ଯୀଶୁଙ୍କ ପ୍ରଶାନ୍ତ ଓ କରୁଣାପୂର୍ଣ୍ଣ ଦୃଷ୍ଟି କଲ୍ୟାଣୀଙ୍କ ମୁହଁରେ ପଡ଼ିଲା- କଲ୍ୟାଣୀ ଦେଖିଲେ, ସେ ଦୃଷ୍ଟିରୁ ଆଶୀର୍ବାଦର ଧାରା ବହୁ ଧାରରେ ବହିଆସୁଛି, ଅଭୟ ବାଣୀ ବାରମ୍ବାର ଉଚ୍ଚାରିତ ହେଉଛି, "ଭୟ ନାହିଁ, ଭୟନାହିଁ କଲ୍ୟାଣୀ।' ପରକ୍ଷଣରେ କଲ୍ୟାଣୀ ଦେଖିଲେ, ଯୀଶୁଙ୍କ ଦୃଷ୍ଟି ଯେପରି ଟିକିଏ ଉପର ଆଡ଼କୁ ହେଲା, ସେ ଯେପରି ହାତ ଯୋଡ଼ି କାହା ଉଦ୍ଦେଶ୍ୟରେ କହିବାକୁ ଲାଗିଲେ, "ପିତା, ପିତା,

ସେମାନଙ୍କୁ କ୍ଷମା କର- ସେମାନେ କ'ଣ କରୁଛନ୍ତି ନିଜେ ଯେ ତାହା ଜାଣନ୍ତି ନାହିଁ।" ସେହିଦିନୁ କଲ୍ୟାଣୀ ମନରେ ଆହୁରି ଶକ୍ତି ପାଇଥିଲେ, ସ୍ଥିର କରିଥିଲେ ଯେ, ଶତ ବାଧା ସତ୍ତ୍ୱେ ସେ ରମେଶ ସହିତ ସୁନୀତିର ବିବାହ ଦେବେ। ଖ୍ରୀଷ୍ଟିୟାନ୍ ସମ୍ପ୍ରଦାୟର ଲୋକେ କଲ୍ୟାଣୀଙ୍କ ପ୍ରତିଜ୍ଞାର ଦୃଢତା ଆଗରୁ ଜାଣିଥିଲେ। ପାଦ୍ରି ସିମିଲ୍‌ଟନ୍‌ଙ୍କ କୃପାରୁ ସେହିଦିନୁ କଲ୍ୟାଣୀ ଏକଘରିଆ ହେଲେ- ପିଟିନ୍ ସାହିର ଗିର୍ଜା ତାଙ୍କୁ ମନା ହେଲା। ସେହିଦିନୁ ବଡ଼ଦିନ ଓ ଅନ୍ୟାନ୍ୟ ଖ୍ରୀଷ୍ଟୀୟ ଉତ୍ସବରେ ତାଙ୍କଠାରୁ କେହି ଚନ୍ଦା ନେବାକୁ ଆସନ୍ତିନାହିଁ, ସାମାଜିକ ପ୍ରୀତି ଭୋଜନ ପ୍ରଭୃତିରେ କେହି ସେମାନଙ୍କୁ ଡାକନ୍ତି ନାହିଁ।

ବାସନ୍ତୀ ଶାଶୁ ଘରକୁ ଯିବାପରେ ସୁନୀତି ଏଫ୍.ଏ.ପାଶ୍ କରି ବାଳିକା ବିଦ୍ୟାଳୟରେ ଶିକ୍ଷୟିତ୍ରୀ ହୋଇଛି- ରମେଶ ପୂର୍ବପରି ଦେଶ ସେବାରେ ଆତ୍ମୋତ୍ସର୍ଗ କରିଛି। ସେଥିପାଇଁ ରମେଶକୁ ମଝିରେ ମଝିରେ ଅନେକଦିନ ପାଇଁ କଟକର ବାହାରକୁ ଯିବାକୁ ହୁଏ। ତିନିମାସ ହେଲା ରମେଶ ଦୁର୍ଭିକ୍ଷ ସାହାଯ୍ୟ କାମରେ ପୁରୀ ଯାଇଥିଲା- ଆଜି ଫେରିଛି।

ସୁନୀତି ପଚାରିଲା, "କେଉଁଠି ଅଛ ?"

"କଲେଜ ହଷ୍ଟେଲରେ, ଜଣେ ବନ୍ଧୁଙ୍କ ପାଖରେ।"

" ଓଃ, ଆମ ଘରଟା ପିତା ଲାଗିଲା ପରା !"

"ନାହିଁ, ପିତା ଲାଗିବ କାହିଁକି ? ମୋର ସେଠି ଅନେକ କାମ ଅଛି।"

"ହାୟରେ କାମ !"

ସୁନୀତି ଦୀର୍ଘଶ୍ୱାସ ତ୍ୟାଗ କଲା। ରମେଶ ହସିଲା।

"ଦେହ ଭଲ ଅଛି ?"

"ଆଉ ଜ୍ୱର ହେଉନାହିଁ। ତୁମ ଦେହ ଭଲ ଅଛି ?"

"ମୋ ଦେହ ? ଖୁବ୍ ଭଲ। ଦେଖୁନା, ଦିନକୁ ଦିନ କେମିତି ଫୁଲି ଯାଉଛି। ଯମର ବି ଅରୁଚି-" ସୁନୀତି ଆଉ କଣ କହିବାକୁ ଯାଉଥିଲା। ରମେଶ ତା' ମୁହଁ ଚାପି ଧରିଲା।

କଥା ପ୍ରସଙ୍ଗରେ ଦେବବ୍ରତ ଓ ବାସନ୍ତୀ କଥା ଉଠିଲା। ସୁନୀତି କହିଲା- "ମୁଁ ତ ପ୍ରାୟ ଦି'ମାସ ହେଲା ବଉଳ ପାଖରୁ ଚିଠି ଖଣ୍ଡେ ପାଇନାହିଁ। ଖଣ୍ଡେ ଚିଠି ଦେଇଥିଲି ଯେ, ତାର ବି ଉତ୍ତର ନାହିଁ।" ରମେଶ କହିଲା- "ମୁଁ ମଧ୍ୟ ସେଇଆ, ଦି'ମାସ ହେଲା କୋଣାର୍କ ଆଡ଼େ ମଫସଲରେ ବୁଲୁଛି- ବାଲେଶ୍ୱରରେ କାହାରି ସଙ୍ଗରେ ଦେଖା ସାକ୍ଷାତ୍ ହେବାର ବି ସୁବିଧା ନଥିଲା। ଚିଠି ଦେଲି, ଉତ୍ତର ନାହିଁ। ସେମାନେ କେମିତି ଅଛନ୍ତି କେଜାଣି !"

ପ୍ରାୟ ରାତି ନଅଟା ବେଳେ କଲ୍ୟାଣୀ ଫେରିଲେ। ରମେଶ ତାଙ୍କର ପଦଧୂଳି ଗ୍ରହଣ କଲା। କଲ୍ୟାଣୀ ତା' ମୁଣ୍ଡ ରେ ହାତ ବୁଲାଉ ବୁଲାଉ ପଚାରିଲେ, "ଭଲ ଅଛ ବାପା ?"

"ହଁ, ମା, ଭଲ ଅଛି।"

କଲ୍ୟାଣୀ ଉଭୟଙ୍କୁ ବେଦୀ ଉପରେ ବସାଇ ସେମାନଙ୍କ ପଶ୍ଚାତ୍‌ରେ ଠିଆ ହେଲେ ଓ ସସ୍ନେହରେ ଉଭୟଙ୍କ ମୁଣ୍ଡରେ ହାତ ବୁଲାଇବାକୁ ଲାଗିଲେ- ସମସ୍ତେ ନୀରବ ! କିଛିକ୍ଷଣ ପରେ କଲ୍ୟାଣୀଙ୍କ ଚକ୍ଷୁରୁ ବଡ଼ ବଡ଼ ଅଶ୍ରୁ ବିନ୍ଦୁ ଝରି ସେମାନଙ୍କ ମସ୍ତକରେ ଅଭିଷେକ-ବାରି ରୂପେ ପଡ଼ିବାକୁ ଲାଗିଲା। ରମେଶ ନୀରବରେ ସୁନୀତିର ହାତ ଧରି ବସିରହିଲା। ପରକ୍ଷଣରେ କଲ୍ୟାଣୀ ଭାବାବେଗରେ ରମେଶ ଓ ସୁନୀତିକୁ କୋଳକୁ ଟାଣିନେଲେ ଓ ନିଜର ବକ୍ଷୋଦେଶରେ ଉଭୟଙ୍କ ମସ୍ତକ ରଖି ମନେ ମନେ କଣ ଆଶୀର୍ବାଦ କରିବାକୁ ଲାଗିଲେ। ଦୂରରୁ କାହାର ସ୍ପନ୍ଦିତ କଣ୍ଠରେ ସଙ୍ଗୀତ-ଧ୍ୱନି ଭାସିଆସୁଥିଲା-

"ପ୍ରଭୁ ଏ ମିଳନ ବିଧାନ ପୁଣ୍ୟ
ରଚିଛି କି ଶୁଭ ଯୋଗେ ଗୋ।
ସ୍ନିଗ୍ଧ ପରଶେ ମୁଗଧ ଅନ୍ତର
ନବଜୀବନ ଭୋଗେ ଗୋ।"

X X X X

କଲ୍ୟାଣୀ ସୁନୀତି ହାତରେ ଖଣ୍ଡେ ଚିଠି ଦେଇ କହିଲେ, "ତୁ ସ୍କୁଲ୍‌କୁ ଯିବାପରେ ଡାକବାଲା ଚିଠି ଖଣ୍ଡିକ ଦେଇଯାଇଛି। ଠିକଣାରେ ହସ୍ତାକ୍ଷର ଦେଖି ମନେହେଉଛି- ବାସନ୍ତୀର ଲେଖା। ଦେଖିଲୁ, କ'ଣ ଲେଖିଛି !"

ସୁନୀତି ଓ ରମେଶ ଚିଠି ଖଣ୍ଡକ ପଢ଼ିଲେ। କେଉଁ ସ୍ଥାନରୁ ଚିଠି ଆସିଛି, ତାହା ଜାଣିବାର କୌଣସି ଉପାୟ ନାହିଁ। ଚିଠିରେ ସ୍ଥାନର ନାମ ନାହିଁ- ପୋଷ୍ଟ ଅଫିସ୍‌ର ଷ୍ଟାମ୍ପ R.M.S. - ଚିଠିରେ ଯେଉଁ ଠିକଣା ଦିଆଯାଇଛି, ତାହା ସମ୍ବାଦପତ୍ରର ଗୋପନୀୟ ଠିକଣା। ବାସନ୍ତୀ ଲେଖିଛି--"ପ୍ରାଣର ବଉଳ ମୋର ! ଭୁଲିଯା, ଭୁଲିଯା, ଏ ଅଭାଗିନୀକୁ ଭୁଲିଯାଆ। ମୁଁ କୁଆଡ଼େ ଅବିଶ୍ୱାସିନୀ- ମୋ ନାଁ ଶୁଣିଲେ ସତୀ କାନରେ ହାତ ଦେବେ ! ବୁଝିଲୁ ?

ମାସକରୁ ବେଶି ହେଲା ଅବିଶ୍ୱାସିନୀ ବୋଲି ମୋତେ ଘରୁ ତଡ଼ି ଦେଇଛନ୍ତି- ମୁଁ ଆଜି ରାଜପଥରେ। ନାରୀକୁ ରାଜପଥ ଯେତେ ରକମର ହାତ ଠାରେ, ମୁଁ ସେସବୁ

ହାତଠାର ଦେଖୁଛି, ବଉଳ। ଅବାକ୍ ହୋଇ ଭାବୁଛି, କି ଅଦ୍ଭୁତ ମୁଁ, କି ଅଦ୍ଭୁତ ଏ ଦୁନିଆ !

ମୁଁ କେଉଁଠି ଅଛି ତାହା ଜାଣିବା ତୋର ଦରକାର ନାହିଁ- କାହାରି ଦରକାର ନାହିଁ ବୋଧହୁଏ। ତଳ ଠିକଣାରେ ଚିଠି ଦେଲେ ପାଇବି। ଯଦି ତତେ କଳଙ୍କ ନଲାଗେ, ରମେଶ ବାବୁ ଯଦି ତୋତେ ଏ କଳଙ୍କିନୀ ସହିତ ତୋର ସମ୍ପର୍କ ଅନୁଚିତ ମନେ ନକରନ୍ତି, ତେବେ ଚିଠି ଦେବୁ। ତୋରି -ବଉଳ।

BOX 3561

Statesman, Calcutta

ରମେଶ ଓ ସୁନୀତି ଉଭୟେ ସ୍ତବ୍ଧ ହୋଇଗଲେ। ଦେବବ୍ରତ ଅବିଶ୍ୱାସିନୀ ବୋଲି ବାସନ୍ତୀକୁ ଘରୁ ବାହାର କରିଦେଇଛି। ରମେଶ ଉତ୍ତେଜିତ ଭାବରେ କହିଲା, "ନା, ନା, ଅସମ୍ଭବ !" ସୁନୀତି ଧୀର ଭାବରେ ଉତ୍ତର ଦେଲା, "ନିଷ୍ଠୁର ପୁରୁଷ ଜାତି ପକ୍ଷରେ କିଛି ଅସମ୍ଭବ ନୁହେଁ।" କଲ୍ୟାଣୀ ସବୁ ଶୁଣି ସାମାନ୍ୟ ହସିଲେ ଓ ଅବିଚଳିତ କଣ୍ଠରେ କହିଲେ, "ତୁମେ ସବୁ ଏତେ ବିଚଳିତ ହୁଅନା। ସତେ ଯଦି ବାସନ୍ତୀ ଘରୁ ବାହାରି ଯାଇଥାଏ; ତଥାପି ବିଚଳିତ ହେବାର କିଛି ନାହିଁ। ସେମାନେ ପୁଣି ମିଳିତ ହେବେ। ସେମାନଙ୍କ ଜୀବନରେ କଲ୍ୟାଣ ଅକଲ୍ୟାଣର ରୂପ ଧରି ଆସିଛି-- ଭୟ ନାହିଁ।"

## - ଚବିଶି -

ଗାଡ଼ିର ଘୋଡ଼ା ଦି'ଟାଙ୍କ ପିଠିରେ ଋବୁକ୍ ପଡ଼ିବାରୁ ହଠାତ୍ ଲମ୍ଫ ଦେଇ ସେ ଦି'ଟା ଅଗ୍ରସର ହେଲେ। ଗାଡ଼ିବାଲା କଚୁଆନ୍ ଦେବବ୍ରତ ଦେଇଥିବା ପାଞ୍ଚଟଙ୍କିଆ ନୋଟ୍ ଖଣ୍ଡକ ଝାଳରେ ତିନ୍ତି ଯାଇଥିବାର ଅନୁଭବ କରି ତାକୁ ସଯନ୍ରେ ପକେଟରେ ପୂରାଇ ହାତଟା କାନିରେ ଥରେ ଭଲ କରି ପୋଛି ନେଇ ଘୋଡ଼ାଙ୍କ ଉପରେ ଆହୁରି ଦୁଇ ପାହାର ବସାଇଦେଲା। ଦରମଲା ଘୋଡ଼ା ଦିଟା ପ୍ରଭୁର ଅସଙ୍ଗତ ଆଚରଣ ପ୍ରତି ଉଦାସୀନ ହୋଇ 'ବଡ଼ ଲୋକଙ୍କର ବଡ଼ କଥା' ଏହି ତା ଭାବି ବୋଧହୁଏ ନିଜ କାର୍ଯ୍ୟରେ ମନଦେଲେ। ଏଣେ ତାଙ୍କ ପ୍ରଭୁ କୋଚ୍‌ବାକ୍ସ ଉପରେ ଥାଇ ମଧ ପେଟତଳକୁ ଭଙ୍ଗା ନୋଟ ଖଣ୍ଡକର ସ୍ପର୍ଶ ଅନୁଭବ କରୁଁ କରୁଁ ଠିକ୍ ସେଇଆ ଭାବୁଥିଲା- 'ବଡ଼ ଲୋକଙ୍କର ବଡ଼ କଥା!'

ନୈଶ ଅନ୍ଧକାରରେ ତାର ଭୟ ଯେତିକି ବଢ଼ିଉଠିଲା- ତା' ଋବୁକ୍ ସେତିକି କ୍ଷିପ୍ର ଓ ଅନବରତ ଭାବରେ ଘୋଡ଼ା ଦି'ଟାଙ୍କ ପିଠିରେ ପଡ଼ିବାକୁ ଲାଗିଲା; ଆଉ ଜିହ୍ବା ତାର ଶୁଷ୍କ ହୋଇଯାଇ ଚିରାଭ୍ୟସ୍ତ "ଅହ ଅହ, କ୍ଲେ କ୍ଲେ" ଆଦି ଉତ୍ସାହ ବାଣୀ ଗୁଡ଼ାକ ସବୁ ପାଶୋରି ପକାଇଲା।

ବାସନ୍ତୀକୁ ନେଇ ଘୋଡ଼ାଗାଡ଼ି ଏହିପରି ଭାବରେ ଗ୍ରାମ ସୀମାନ୍ତରେ ଅଦୃଶ୍ୟ ହୋଇଯିବାଯାଏ ମଧ ଦେବବ୍ରତ ଥରେ ହେଲେ ଫେରି ଋହିଁଲା ନାହିଁ। ତାର ନିଜ ଉପରେ ମଧ ଗୋଟିଏ ପ୍ରଚଣ୍ଡ ଋବୁକ୍‌ର ପ୍ରହାର ସେ ଅନୁଭବ କରୁଥିଲା- ଅନୁଭବର ଶକ୍ତି ଯେତେକ ତାର ବାକୀ ଥିଲା, ସେତକର ସାହାଯ୍ୟରେ ଫେରି ଋହିଁବାକୁ ଆଉ ସ୍ପୃହା ନାହିଁ, ନା ଅବସର ନାହିଁ। ସେ ମଧ ଘୋଡ଼ା ଦି'ଟାଙ୍କ ପରି ପଳାଇ ବଞ୍ଚିବା ନୀତିରେ ନିଜଠାରୁ ନିଜର ଦୂରତା ବୃଦ୍ଧି କରିବା ପାଇଁ ପ୍ରାଣପଣ ଚେଷ୍ଟା ଲଗାଇଛି- କିନ୍ତୁ ସେ ଋବୁକ୍ ଯେଉଁଠି ସେଇଠି।

ଟଳି ଟଳି ନିଜର ଅବାଧ ଅସଂଯତ ଗୋଡ଼ ଦି'ଟାକୁ ବହୁ କଷ୍ଟରେ ଓଟାରି ଓଟାରି ଦେବବ୍ରତ ଚାଲିଛି। ଅଥଚ ମନେକରୁଛି ଯେପରି ସେ ତ୍ରିଭୁବନ ଭ୍ରମଣ କରିଆସିଲାଣି ଏଇ ମୁହୂର୍ତ୍ତକ ଭିତରେ- ତାର ଏତେ ଗତି ଶକ୍ତି ! ଠିକ୍ ସେହି ଘୋଡ଼ା ଦି'ଟାଙ୍କ ପରି। କିନ୍ତୁ ସେ ଗାଡ଼ିଟାକୁ, ସେ ଚାବୁକ୍‌ଟାକୁ ଏକା କୌଣସିମତେ ପଛରେ ପକେଇ ପାରୁନାହିଁ। ସେ ଯେପରି ଅତି କଠିନ ବନ୍ଧନରେ ତାଙ୍କ ସହିତ ଚିରକାଳ ପାଇଁ ବନ୍ଧା, ସେ ଚାବୁକ୍‌ଟା ଯେପରି ଜଗତଜିଣା ଗତିରେ ତାର ଅନୁଧାବନ କରୁଛି !

ଧନିଆ କେତେବେଳେ ଲଣ୍ଠନଟା ହାତରେ ଧରି ପହଞ୍ଚି ଟିକିଏ ଆଡ଼ ହୋଇ ଅଳ୍ପ ଆଗେ ଆଗେ ଚାଲିଲାଣି, ବାବୁଙ୍କୁ ସେ ଖବର ଜଣା ନାହିଁ। ବାବୁତ ନିଜ ଘର ଫାଟକ ପାରି ହୋଇ ଚାଲିଯିବା ଉପରେ ହୋଇଥିଲେ- ଧନିଆ ଧାଇଁଆସି ସଶବ୍ଦରେ ଫାଟକଟା ଖୋଲି ପକାଇବାରୁ ଦେବବ୍ରତର ଚେତନା ହେଲା। ଗୃହାଭିମୁଖୀ ନହୋଇ କିନ୍ତୁ ଘଡ଼ିଏ କାଳ କଟିଗଲା, ତଥାପି ଭିତରକୁ ଅଗ୍ରସର ହେବାକୁ ଗୋଡ଼ ଚଳିଲା ନାହିଁ। ଧନିଆ ବିଚରା ହଜାରେ ପ୍ରଶ୍ନ ଜିଭ ଅଗରେ ନେଇ ପାଟି ଚାକୁଳଉଥିଲା, କିନ୍ତୁ ଭରସି ତୁଣ୍ଡ ଖୋଲି ପାରୁନଥିଲା। କିଛିକ୍ଷଣ ପରେ ଧନିଆ ଅତି କଷ୍ଟରେ କହିଲା, "ଆଜ୍ଞା, ଗାଡ଼ି କେତେବେଳେ ଆସିବ ? ଏଇଠି କ'ଣ ସେତେବେଳଯାଏ --" "ଚୁପ୍" ବୋଲି କହି ଦେବବ୍ରତ ଆରକ୍ତ ଆଖି ଯୋଡ଼ାକ ଧନିଆ ମୁହଁ ଉପରେ କିଛି କ୍ଷଣ ସ୍ଥାପିତ କରି ହଠାତ୍ ଅତି କ୍ଷିପ୍ର ଗତିରେ ଘରଆଡ଼କୁ ଚାଲିଲା- ଧନିଆ କୌଣସିମତେ ଲଣ୍ଠନଟା ନେଇ ଆଗେ ଆଗେ ଚାଲିବାର ସୁବିଧା ପାଇପାରିଲାନାହିଁ। ସେ ଘରେ ପହଞ୍ଚି ସଳଖେ ସଳଖେ ଚାଲିଲା ଦୋତାଲାକୁ। ନିଜ ଶୋଇବା ଘରେ ଯାଇ ଦୁଆର ଦେଲାବେଳେ ଧନିଆ ଭିତରକୁ ଯିବାର ଚେଷ୍ଟା କରୁଁ କରୁଁ କହିଲା "ଆଜ୍ଞା, ବୁଢ଼ୀ ସାଆନ୍ତାଣୀ ଓପାସ ଅଛନ୍ତି-" ଯାଃ !" ବୋଲି ଧନିଆକୁ ଆଡ଼େଇ ଦେବାକୁ ବସିଲାରୁ ଧନିଆ ବିକଳ ହୋଇ ହାତଯୋଡ଼ି କହିଲା- "ଆଜ୍ଞା, ମୁଁ ଖାଲି ଟିକିଏ ବୁଢ଼ୀ ସାଆନ୍ତାଣୀଙ୍କୁ ଡାକି ଆଣେ-।"

ଦେବବ୍ରତ କିଛି କ୍ଷଣ ନୀରବ ରହି ହଠାତ୍ କଣ ଭାବି କହିଲା, "ଆରେ- ବୋଉ କେତେବେଳୁ ଖାଇନାହିଁ କି ?"

"ଆଜ୍ଞା; କାଲିଠଉଁ ପରା ବୁଢ଼ୀ ସାଆନ୍ତାଣୀ, ମା ଦିହିଙ୍କୁ ଦିହେଁ, କେହି ପାଣି ଟୋପାଏ ବି ପାଟିକି ନେଇ ନାହାନ୍ତି- ଆପଣଙ୍କୁ ଅନେଇ ବସିଚନ୍ତି !"

ଦେବବ୍ରତ ପୁଣି କ'ଣ ଭାବି ପଚାରିଲା, "ଆଛା, ବହୂ ସାଆନ୍ତାଣୀ ଏ ଦି'ଦିନ କ'ଣ କରୁଥିଲେ ?"

"ବସି ବସି କାନ୍ଦୁଥିଲେ- ମୁଁ ନୁଚି ନୁଚି ଦେଖିଚି ! ନେଖାପଢ଼ି ବି କଣ

କରୁଥିଲେ- ଆଉ ବୁଢ଼ୀ ସାଆନ୍ତାଣୀ ନିଶାଦେଈ ହେରିକାଙ୍କ ସାଙ୍ଗେ ଚୁପ୍ ଚୁପ୍ କ'ଣ କଥା ହଉଥିଲେ।"

"ହୁଁ, ଆଚ୍ଛା ମୁଁ--"

"ଆଜ୍ଞା, ଆପଣ କଣ କିଛି ଖାଇଚନ୍ତି- ନା, ଆମେ କେହି କିଛି ଖାଇନାହୁଁ। - ମା ସାଆନ୍ତାଣୀ ଆମକୁ ସବୁ ପରଷୁଥିଲେ ଯିମିତି ସବୁଦିନେ- ହେଲେ କ'ଣ ହେବ, ବାବୁ ମତେ ଖାଲି କାନ୍ଦ ମାଡୁଥାଏ!" ଏତେଗୁଡ଼ାଏ କଥା ଧନିଆ କହିପାରିଲା କେବଳ ଦେବବ୍ରତ ହଠାତ୍ ଅନ୍ୟମନସ୍କ ହୋଇଯାଇଥିବାରୁ ଏତିକି କହି ଧନିଆ ପିଲାଙ୍କ ପରି କାନ୍ଦି ଉଠିଲା। ଦେବବ୍ରତ ଚମକିପଡ଼ି ଚାହିଁ ଦେଖିଲା। ହଠାତ୍ ତାକୁ ଭାରୀ ଗୋଟାଏ ହସ ମାଡ଼ିଲା- ହୋ ହୋ କରି ହସିଉଠିଲା ସେ। ଧନିଆ ଏଥିରେ ଉତ୍ସାହିତ ହୋଇ ପୁଣି ଆରମ୍ଭ କଲା, "ନିଶା ଦେଈ କହିଛନ୍ତି; ଆପଣ ଆସିଲେ ଆପଣଙ୍କ ସଙ୍ଗେ କଜିଆ କରିବେ-- ମାଙ୍କୁ ନେଇ ତାଙ୍କ ଘରେ ରଖିବେ, ଏଠିକି ଜମାରୁ ଛାଡ଼ିବେନାହିଁ। ଆଜ୍ଞା, ମା ସାଆନ୍ତାଣୀ କ'ଣ ନିଶାଦେଈଙ୍କ ଘରେ ରହିଲେ କି?" ଦେବବ୍ରତ ହସି ଉଠୁ ଉଠୁ ରହିଗଲା। ଧନିଆ କଥା କହୁଁ କହୁଁ ଇତିମଧ୍ୟରେ ପଲଙ୍କ ମୁଣ୍ଡ ପାଖର ଛୋଟ ଟେବୁଲଟି ଉପରେ ଲେମ୍ପଟିକୁ ତେଜି ଦେଇ ସାରିଥିଲା। ଦେବବ୍ରତର ନଜର ହଠାତ୍ ପଡ଼ିଗଲା ସେହି ଟେବୁଲ୍‌ଟି ଉପରେ। ଚନ୍ଦନକାଠ ଫ୍ରେମ୍‌ରେ ବନ୍ଧା ବାସନ୍ତୀର ଗୋଟିଏ ଆପାଦମସ୍ତକ ପ୍ରତିକୃତି ଉପରେ। ଦୂରରୁ ଦେଖାଗଲା, ଯେପରି ଦେବୀ ପ୍ରତିମାଟିଏ ମୁଖ ମଣ୍ଡଳରେ ନିବିଡ଼ ସ୍ୱର୍ଗୀୟ ଆଭା ଘେନି ହସ ହସ ଆଖି ଯୋଡ଼ିକ ଟେକି କେଉଁ ସୁଦୂର ସ୍ୱପ୍ନ ରାଜ୍ୟର ନିମନ୍ତ୍ରଣ ସହିତ ତାହାରି ଆଡ଼କୁ ଅଗ୍ରସର ହେଉଛି। ଏ କ'ଣ ବାସନ୍ତୀ, ସେହି ବାସନ୍ତୀ, ଯାହାକୁ ବର୍ତ୍ତମାନ.... ବର୍ବର ସେ, ନୀଚ ସେ- କାପୁରୁଷ ସେ- ପଦପାର୍ଶ୍ୱସ୍ଥ ସାମାନ୍ୟ କୀଟ ପରି ପରିତ୍ୟାଗ କରି ନିଶୀଥ ରାତ୍ରିରେ ଏକାକିନୀ ଅସହାୟା ଅବସ୍ଥାରେ ଦୂର କରିଦେଇ ଆସିଛି! ମୁହୂର୍ତ୍ତକ ମଧ୍ୟରେ ନିଜର ଅବିହିତ କର୍ମର ଉଲ୍ଲଙ୍ଗ ମୂର୍ତ୍ତି ତାର ମନଶ୍ଚକ୍ଷୁରେ ପ୍ରକଟ ହୋଇଉଠିଲା। ଏହି ଦେବୀ କଳଙ୍କିନୀ- ଚରିତ୍ରହୀନା! ହୁଁ- ସେଇଠି ତ ଅସଲ କଥା-- ଦ୍ୱିଧାର ଭାବଟାକୁ ଟପି, କିନ୍ତୁ ଗୋଟାଏ ଅମିତ କୁଣ୍ଠା ମନରେ ଖେଳିଗଲା-- ଏଣେ ସେ ଛବିଟାରୁ ଗୋଟିଏ ଆକର୍ଷଣୀ ଶକ୍ତି ନିର୍ଗତ ହୋଇ ତାକୁ ଅଲଂଘ୍ୟ ଇଙ୍ଗିତରେ ପ୍ରେରିତ କଲା ତାହାର ସନ୍ନିକଟକୁ! ଦେବବ୍ରତ କିଛିକ୍ଷଣ ଏକଧ୍ୟାନରେ ଛବି ଆଡ଼କୁ ଚାହିଁ ହଠାତ୍ ଦୌଡ଼ିଯାଇ ଛବିଟାକୁ ଉଠାଇ ନେଇ ଛାତିରେ ଭିଡ଼ିଧରି ପିଲାଙ୍କ ପରି ଭୋ ଭୋ ହୋଇ କାନ୍ଦି ଉଠିଲା।

"ଦେବ, କଣ ହେଇଛିରେ ବାପା?" ବୋଲି କହି ଦେବବୋଉ ବ୍ୟସ୍ତ

ହୋଇ ଘରଭିତରକୁ ଆସିଲେ। ଦେବ ଦ୍ୱିଗୁଣିତ ବେଗରେ କାନ୍ଦି ଉଠିଲା। ତୁନି କରିବାକୁ ଚେଷ୍ଟା କରୁଁ କରୁଁ ବୁଢ଼ୀ ଦେବର ମୁଣ୍ଡରେ ପିଠିରେ ହାତ ବୁଲାଇ ଦେଉଁ ଦେଉଁ ପଚାରିଲେ, "ବାପା, ବୋହୂ ମୋର କୁଆଡ଼େ ଗଲା, ରେ?" ଦେବ କିଛିକ୍ଷଣ ଉଚ୍ଛ୍ୱସିତ ଭାବରେ କାନ୍ଦି କାନ୍ଦି ହଠାତ୍ ଉଠି ବସିଲା । ପଲଙ୍କ ଉପରେ ଭରା ଦେଇ ବସି ଟହ ଟହ ଲାଲ୍ ଆଖି ଯୋଡ଼ିକ କାନିରେ ଭଲ କରି ପୋଛି ପାଛି ଦେଇ ନତ ମୁଖରେ କହିଲା, "ବୋଉ, ତା କଥା ଆଉ ତୁ କହିବୁ ନାହିଁ- ସେ ତାର ଯେଉଁଠୁଁ ଆସିଥିଲା, ସେଠିକି ଗଲାଣି--"

"ଏ, ତୁ କ'ଣ କହୁଚୁରେ ! ଖୋଲି କରି କହ ମୋତେ ସବୁ- ଇୟେ କି ଅମଙ୍ଗଳ କଥା ରେ-- ରାମ, ରାମ, ଷଠିଜୁଇଛି ଘଣ୍ଟ ଘୋଡ଼େଇ ରଖିଥାନ୍ତୁ- ଛୁଆର ମୋର ପେଟରେ ପୁଅ କି ଝିଅ!" ଦେବବ୍ରତ ବୋଉ ମୁହଁକୁ ବଲ ବଲ କରି ଚାହିଁ ରହିଲା। ଏ ଖବର ତ ତାକୁ ଜଣା ନଥିଲା। ନିଜ ପ୍ରତି ଗୋଟାଏ ଅମିତ ଘୃଣା ସଙ୍ଗେ ସଙ୍ଗେ ପ୍ରାଣ ମୂଳରୁ ଗୋଟାଏ ବଡ଼ କୋହ ଉଠି ଶୂନ୍ୟରେ ମିଳାଇ ଗଲା। ସେ ଏକାବେଳକେ ପଥର ପାଲଟିଗଲା। ଦେବବୋଉ ତାର ଆହୁରି କତିକି ଘୁଞ୍ଚିଆସି କହିଲେ, "କିରେ, କହୁନାହୁଁ କାହିଁକି ମ- କଣ ହେଇଚି, କ'ଣ?" ବୁଢ଼ୀଙ୍କ କଣ୍ଠସ୍ୱରରେ ଟିକିଏ ବିରକ୍ତିର ଆଭାସ ପାଇ ଦେବବ୍ରତ ମୁହଁ ଟେକି ଚାହିଁଲା। ଆଶଙ୍କା ଭୟ ଉଦ୍‌ବେଳିତ ମୁହଁରେ ତାଙ୍କର ସନ୍ଦେହର ଛାୟା ପଡ଼ିଛି- ଆଖିରେ ଗୋଟାଏ ସଜୀବ ଜ୍ୟୋତି- ଗୋଟାଏ ଉଗ୍ର ତେଜ- ଯାହା ସେ ବାପା ମଲାଦିନରୁ କେବେ ବୋଉ ଆଖିରେ ଦେଖିନାହିଁ। ଭୟରେ ଦେବବ୍ରତର କଣ୍ଠରୋଧ ହୋଇଗଲା-- ତଳକୁ ମୁହଁ କରି ଅତି କଷ୍ଟରେ ଏତିକି କହିଲା, "ମୁଁ ତାକୁ ବାହାର କରିଦେଇଛି-- ଦୂର କରିଦେଇଛି।"

କଥାଟା ଶୁଣି ଦେବବୋଉଙ୍କର ମୁଣ୍ଡରୁ ଗୋଡ଼ଯାଏ ବିଜୁଳି ଖେଳିଗଲା, "କଣ ହେଲା ! ବାହାର କରିଦେଇଚୁ ବୋହୂକୁ-- କି ତାର କସୁର? ତୁ ନନ(ଘନ) ସାଆନ୍ତରାଙ୍କ ନାତି ହେଇକିରି--?"

"ବୋଉ, ମତେ ଆଉ ତୁ କିଛି କହନା- ସେ ଦୁଷ୍ଟ-- ଅସତୀ!"

"ଏଁ, ଅସତୀ? ମୋ ବୋହୂ ଅସତୀ? ଆରେ! ତୁ କାହାକୁ ଏକଥା କହୁଚୁ? ଆଚ୍ଛା, ତୋ କଥା ତୁ ଜାଣୁ-- ମୁଁ ଯାଉଛି ଏ ଘରୁ ଉଚ୍ଛୁଣି ବାହାରି--"

"ବୋଉ!"

"ବୋଉ! ନିଆଁ ନା ଚୁଲି! ବୋଉ- ତୁ ଫେର୍ ମୋତେ ଡାକୁଚୁ ବୋଉ ବୋଲି ! ଆରେ- ତୁ ମୋ'ରି ପେଟରୁ ପଡ଼ିଥିଲୁ ନା ରେ!"

"ବୋଉ, ମୋର ଦୋଷ କ'ଣ ?"

"ମୁଁ କିଛି ଜାଣେ ନାହିଁ- କାହାର ଦୋଷ ଅଦୋଷ ତୁ ଜାଣୁ- ବୋହୂ ମୋର କୁଆଡ଼େ ଗଲା, ମତେ ଟିକିଏ କହିବୁଟି, ମୁଁ ଯାଏଁ-- ଆହା, ପେଟରେ ଦି'ମାସର ଛୁଆ-- ରାତି ଅଧରେ ସିଏ କ'ଣ କରୁଥିବ- ଆରେ ଚଣ୍ଡାଳ--ଲାଜ ସରମ ବି ତତେ ଛାଡ଼ିଗଲାରେ-- ହା ମୋ କପାଳ-- ଏ ରାଇଜରେ ମତେ ଆଉ ବାସ କରେଇ ଦେଲୁ ନାହିଁ ତୁ !"

ଦେବବ୍ରତ ସେହିପରି କାଠ ହୋଇ ବସି ସବୁ ଶୁଣିଗଲା। ବୋଉଠାରୁ ଏ ଅପ୍ରତ୍ୟାଶିତ ପ୍ରତିବାଦ ଶୁଣି ତାର ସବୁ କୋମଳ ପ୍ରକୃତି ଏକାବେଳକେ ଝାଉଁଳିଗଲା-- ଯାହା ଟିକିଏ ବିଚଳିତ ଅନୁତପ୍ତ ହୋଇ ଆସିଥିଲା ତା' ହୃଦୟଟା, ତାହା ବି କ୍ଷଣକେ ବଦଳି ପୁଣି ଟାଙ୍ଗର ହୋଇ ଉଠିଲା। ସେ ଆନୁପୂର୍ବିକ ସବୁ ଘଟନା ଆବୃତ୍ତି କରି ବୋଉଙ୍କୁ ବୁଝାଇ କହିଲା। ଦେବବୋଉ ସବୁ ଶୁଣି ହଠାତ୍ ଉଠି ଠିଆ ହେଲେ । ଧୀରେ ଧୀରେ ସେଠାରୁ ବାହାରିଗଲେ ଦ୍ୱାର ପାଖକୁ। ସେଠାରେ ଗମ୍ଭୀର ଭାବରେ ଧନିଆକୁ କହିଲେ, "ଅଭି ବେବର୍ତ୍ତାକୁ ଡାକି ଆଣ--ସୁଆରୀ, ଦି ଖୁଣ୍ଟ ଗଉଡ଼ ନେଇକରି ଘଣ୍ଟାକ ଭିତରେ ହାଜର କରିବାକୁ ହେବ- ଯା- ଜଲ୍‌ଦି !"

ଘର ଭିତରୁ ଦେବବ୍ରତ ଏ ହୁକୁମ ଶୁଣିଲା। ବୋଉଙ୍କ ଉଦ୍ଦେଶ୍ୟ ମଧ୍ୟ ବୁଝିଲା; କିନ୍ତୁ ପାଟି ଫିଟାଇଲା ନାହିଁ। ସେ ଜାଣେ ତା ବୋଉର ପ୍ରକୃତି। ଗୋଟାଏ ଦୁରନ୍ତ ଅଭିମାନରେ ସିନା ବୋଉ ତାର ତା'ରି ବାହାଘର ଦିନୁ ଏତେଦିନଯାଏ କୌଣସି କଥାରେ ପାଟି ଫିଟାଉନଥିଲେ, ନହେଲେ ସେ ଯେ ଏଡ଼େ ବଡ଼ ଜମିଦାରୀଟା ଏତେଦିନ କେଡ଼େ ସହଜରେ ଚଳାଇ ଆସିଥିଲେ, ସେ କଥା କ'ଣ ଦେବବ୍ରତକୁ ଜଣା ନାହିଁ ? ଗୁମାସ୍ତା, ଚାକର, ବେଠିଆ ପ୍ରଜା କିପରି ତାଙ୍କୁ ମାନନ୍ତି, ଡରନ୍ତି, ସେ କଥା ବି ଦେବବ୍ରତକୁ ଅଜଣା ନାହିଁ। - ଆଜି ବୋଉଙ୍କୁ ଦେଖି ଦେବବ୍ରତର ମନେ ପଡ଼ିଗଲା ବାପା ଥିଲା ବେଳର କଥାସବୁ - ଯେତେବେଳେ ବୋଉ ତାଙ୍କର ପୂର୍ଣ୍ଣ ଜ୍ୟୋତିରେ ବିକାଶୁଥିଲେ। ଆଜି ବୋଉଙ୍କର ସେହି ଭାବ ଫେରି ଆସିବାର ଦେଖି ଦେବବ୍ରତ ମନରେ ଯେତିକି ଭୟଜାତ ହେଲା, ସେତିକି ଆନନ୍ଦ ବି ହେଲା; କାରଣ ବାପାଙ୍କ ଅନ୍ତେ ବୋଉଙ୍କ ଆହତ ଅଭିମାନର ବୈରାଗ୍ୟ ଦେବବ୍ରତକୁ କେବେହେଲେ ଭଲ ଲାଗିନାହିଁ। ଆଜି ଦୀର୍ଘ ନିଶ୍ୱାସଟିଏ ପକାଇ ଦେବବ୍ରତ ଭାବିଲା, "ହାୟ, ବୋଉ ଯଦି ସେହିପରି ସବୁଦିନେ ଥା'ନ୍ତା, ସବୁଦିନ ମତେ ଚଳାଇ ଆସିଥାନ୍ତା--"

ବୋଉ ଯେ ସତକୁ ସତ ଘର ଛାଡ଼ି ଚାଲିଯିବେ, ଦେବବ୍ରତ ଏହା ଭାବିନଥିଲା; କିନ୍ତୁ ଭୋର୍ ବେଳକୁ ଯେତେବେଳେ ଧନିଆ ଆସି ଜଣାଇଲାଯେ, ସୁଆରୀ ଗଉଡ଼

ସଜିଲ ହୋଇ ସାରିଲାଣି--ମଆ ସାଆନ୍ତାଣୀ ଗାଧୋଇ କରି ବାହାରି ଯିବେ, ସେତେବେଳେ ତାର ମୁଣ୍ଡରେ ବଜ୍ରପାତ ହେଲା। ପରକ୍ଷଣରେ ଗୋଟାଏ କଠିନ ନିର୍ମମ ଭାବ ଆସି ତାକୁ ଆହୁରି ଉଦାସୀନ କରିପକାଇଲା- ମନ କୋଣରେ ତାର ଟିକିଏ ଆନନ୍ଦ ବି ଉଦୟ ହେଲା- "ଯାଉ ସବୁ - ସବୁ ଯାଉ। ବାସନ୍ତୀକୁ ହାତରେ ତଡ଼ିଛି- ବୋଉ ଏବେ ଯିବ- ଯାଉ, ବହୁତ ଆଚ୍ଛା।" ମନଟା ତାର ସର୍ବନାଶର ଆନନ୍ଦରେ ମାତି ଉଠିଲା।

ସେ ଭାବିବାକୁ ଲାଗିଲା-- ବହୁତ ଆଚ୍ଛା। ମୁଁ ବି ଦେଖିନେବି ସମସ୍ତଙ୍କୁ। ବାସନ୍ତୀକୁ ଭଲ ପାଇଥିଲି, ବାସନ୍ତୀ ମୋତେ ଠକିଦେଲା। ମୋ ଜୀବନଟାକୁ ଛାରଖାର କରିଦେଇଗଲା, ମୋର ସବୁ ସୁଖ ସରାଗ ପୋଡ଼ି ଜାଳି-- ମୋର ସ୍ୱର୍ଗ ସମ୍ପତ୍ତି ପୂଜାଫୁଲ ନିର୍ମମ ଭାବରେ ପଦ ଦଳିତ କରି ଚାଲିଗଲା। ଏ ପାପର କ'ଣ ପ୍ରାୟଶ୍ଚିତ୍ତ ନାହିଁ? ଜଗତରେ ଯଦି ନ୍ୟାୟର କୌଣସି ମୂଲ୍ୟ ଥାଏ- ସତ୍ୟର ଯଦି କୌଣସି ପ୍ରଭାବ ଥାଏ; ତେବେ ନିଶ୍ଚୟ ଯାର ପ୍ରତିଫଳ ସେ ପାଇବ। ଏତେ କରିଥିଲି-- ନିଶ୍ଚୟ, ମୁଁ ତାର କ'ଣ ନକରିଛି ? ସେ ପୁଣି ଯା କଲା -- ହଁ, ମୋ ଜୀବନଟା କ'ଣ ଏଇଥିପାଇଁ ଗଢ଼ା ହୋଇଥିଲା ? ସମସ୍ତେ ମନ ଇଚ୍ଛା ମୋ ଉପରେ ଅସାର ଛଳନାର ଖେଳ ଗୁଡ଼ିଏ ଖେଳିଯିବେ ବୋଲି! ମୁଁ କାହାର କ'ଣ କରିଛି? ସମସ୍ତେ ମତେ କାହିଁକି ଠକିବେ ? ସମସ୍ତେ କାହିଁକି ମୋର ହୃଦୟଟି ନେଇ ଏ ନିର୍ମମ ଖେଳ ଖେଳିବେ ? ନା- ଜଗତରେ କେହି କାହାର ନୁହେ। ଏଇ ବୋଉ, ତାର ଯଦି ମୋ ଉପରେ ଟିକେ ସ୍ନେହ ଥା'ନ୍ତା, ସେ କଣ ବାସନ୍ତୀର ଜୀବନକୁ -- ମୋ ବିବାହିତ ଜୀବନକୁ ଏପରି ବିଷମୟ କରିଥାନ୍ତା, ଜାଣିଶୁଣି ! ଗୋଟାଏ ହିସାବରେ ବାସନ୍ତୀର ଏ ବିଶ୍ୱାସଘାତକତାର କାରଣ ବୋଉ ନୁହେଁ କି? ନିଶ୍ଚୟ- ବୋଉ ଯଦି ଟିକିଏ --। ଆଜି ବାସନ୍ତୀକୁ ମୁଁ ବିଦା କରିଦେଇଛି ବୋଲି, ବୋଉ ଓଲଟା ଗାଇ ବସିଲାଣି; ମୁଁ ଯାହା କଲି ସେଇଟାଇ ଜାଣି ଖରାପ !

ନା, ମୁଁ କାହାରି ମୁହଁକୁ ଚାହିଁବି ନାହିଁ- କାହାରି କଥା ଶୁଣିବି ନାହିଁ। ଦେଖେଁ, ଦୁନିଆଁ ଆଉ କିପରି ଜାଲ ମେଲିବ ଏଥର ! ମୋର, ଆଉ କିଛି ମୋର ହୋଇ ରହିଲା ନାହିଁ-- ନୋହିଲା ନାହିଁ, ଯାଉ ସବୁ! ନିନ୍ଦା, ଅପମାନ, କଳଙ୍କସବୁ ମଥା ପତେଇ ନେବି! ଏତକ ନୈତିକ ସାହସ ମୋର ଅଛି ନିଶ୍ଚୟ! ମୁଁ ଡରିବି କାହିଁକି ? ଦୁଃଖ ବା ମୋର କ'ଣ? ଏତିକି, ମନରେ ଟିକିଏ ଦୁଃଖ ହେଉଛି-- ଏଇଟା ମୁଁ ମାନୁଛି। ମାନିବି ନାହିଁ-- ମୁଁ କଣ ଏଡ଼େ ମିଥ୍ୟାବାଦୀ - ନିଜକୁ ନିଜେ କଣ ଏତେ କମ୍ ଚିହ୍ନିଚି ମୁଁ ! ନାହିଁ, ତେବେ ଆଉ ଏ ଦୁର୍ବଳତାକୁ ମନରେ ସ୍ଥାନ ଦେବିନାହିଁ-

ଅହରହ ସତର୍କ ରହିବି, ଯେପରି ସେ ମାୟାବିନୀର ସ୍ମୃତି ଏ ହୃଦୟରେ ଆଉ ଝଡ଼ ନ ବହାଏ, ସେ କଳଙ୍କିନୀ ପାଇଁ ଯେପରି ଛାତି ଫଟାଇ ଏପରି ଖରଶ୍ୱାସ ଆଉ ନ ବାହାରେ !

ହାୟ, ବାସନ୍ତୀ ! ପ୍ରାଣର ବାସନ୍ତୀ ମୋର ! ଇୟେ କ'ଣ କଲ ? ତୁମକୁ ଯେ ଅବିଶ୍ୱାସିନୀ ଭାବିବାକୁ ଆଜି ସୁଦ୍ଧା ଏ ପ୍ରାଣରେ ଶୋକ ବାଜୁଛି । କହ, କହ ଥରେ, ତୁମେ ସେ ଅବିଶ୍ୱାସିନୀ ନୁହ-- କହ ଥରେ, ତୁମେ ମୋର-- କହ, କହ ତୁମେ ମୋର । ତୁମ ସ୍ୱାଧୀନତାର ହାନି ହେବନାହିଁ, ତୁମ ନାରୀତ୍ୱର ଅମର୍ଯ୍ୟାଦା ହେବନାହିଁ ।

କଳଙ୍କିନୀ ହସୁଛି ! ସ୍ୱାଧୀନତା ତାର ପ୍ରିୟ ! ସ୍ୱାଧୀନତା- ପ୍ରେମରେ ସ୍ୱାଧୀନତା ଛଡ଼ା ଆଉ କ'ଣ ଅଛି ? ପ୍ରେମ କି କେଭେଁ ସ୍ୱାଧୀନତାର ପ୍ରତିବନ୍ଧକ ହୋଇ ପାରେ ? ଅସମ୍ଭବ ! ପ୍ରେମର ଅଧୀନ ହୋଇ ମୁଁ ନୀଚରୁ ନୀଚତର, କ୍ଷୁଦ୍ରରୁ କ୍ଷୁଦ୍ରତର, ହୀନରୁ ହୀନତର କାର୍ଯ୍ୟ କରିସୁଦ୍ଧା ପରାଧୀନ ନୁହେଁ- ସ୍ୱାଧୀନ, ଛୋଟ ନୁହେଁ ବଡ଼ ! ବାସନ୍ତୀର ହୃଦୟ ଯଦି ପ୍ରେମର ମୁକ୍ତି ପାଇଥା'ନ୍ତା, ତେବେ ସେ ଅସାର ବାହ୍ୟ ସ୍ୱାଧୀନତା ପାଇଁ ବ୍ୟାକୁଳ ହୋଇ ନଥାନ୍ତା । ସଂସାରରେ ତାବତୀୟ ବନ୍ଧନର ପରାଧୀନତା ସେହି ଚରମ ସ୍ୱାଧୀନତା ଠାରେ ନତଶିର ହୋଇ ହୃଦୟ ରାଜ୍ୟରେ ଜୟଧ୍ୱଜା ଉଡ଼ାଇଥାନ୍ତା । ନା, ସେ ଶୃଙ୍ଖଳାହୀନତାର ପକ୍ଷପାତିନୀ, ଚରମପନ୍ଥୀ- ଉଚ୍ଛୃଙ୍ଖଳତାର ନାମାନ୍ତର, ସ୍ୱାଧୀନତାର ପ୍ରୟାସୀ ! କି ଶିକ୍ଷା ପାଇଛି ସେ- କେବଳ କେତେଟା ମାର୍ଜିତ ରୀତି ନୀତି ତ ତାର ଶିକ୍ଷାର ଶେଷ ! ହୃଦୟର ଶିକ୍ଷା ତ ତାର ହୋଇନାହିଁ । ସେ କାହୁଁ ସେ ପ୍ରେମର ମାହାତ୍ମ୍ୟ ବୁଝିବ- ଶୃଙ୍ଖଳାରେ ଯାହାର ମୁକ୍ତି, ଦାସତ୍ୱରେ ଯାହାର ଶକ୍ତି, ଆତ୍ମବଳିଟି ଯାହାର ଧର୍ମ । ମୁଁ ତ ଅନ୍ଧ । ନହେଲେ ତାଠାରେ ଏତେ ଆଶା ମୁଁ କରି ନଥାନ୍ତି, ତା ପ୍ରେମ ଉପରେ ଏଡ଼େ ଅଟ୍ଟାଳିକା ତୋଳି ମୁଁ ଆଜି ଏ ହୀନସ୍ତା ହେଉନଥାନ୍ତି । କିନ୍ତୁ - କିନ୍ତୁ - ବାସନ୍ତୀ ଅବିଶ୍ୱାସିନୀ- ଆଦ୍ୟୋପ୍ରାନ୍ତ ସେ ମାୟାବିନୀ ମୋତେ ପ୍ରତାରଣା କରିଆସିଛି ତାର ଅନ୍ୟ ପ୍ରଣୟୀ ଥାଉଁ ଥାଉଁ, ମୁଁ ଯା' କୁଆଡୁ ଜାଣନ୍ତି ? ମୁଁ ତାକୁ ତଡ଼ି ଦେଇଛି, ଭଲ କରିଛି । ତାର ସୁଖ ପଥର କଣ୍ଟକ ହୋଇ ନିଜର ଦୁଃଖ ଡାକିଆଣି ମୋର ଲାଭ କଣ ହୁଅନ୍ତା ? ଯାଉ, ସେ ଯାଉ- ସବୁ ଯାଉ ! ଆଉ ଏ ଗୁଡ଼ାକ ଭାବିବି ନାହିଁ- ନା, ଦୁର୍ବଳତାର ଏହି ଶେଷ !

\+ + + +

ସନିଆ ମା ବଡ଼ ଅନ୍ଧାରରୁ ଦାନ୍ତ ଘଷିବା ବାହାନାରେ ତୁଠକୁ ଯାଇ କଥା କଥାକେ କାଲିର ଘଟନାକୁ ବନେଇ ଚୁନେଇ ଗାଁ ଯାକ ରାଷ୍ଟ୍ର କରିଦେଲା । ଅବଶ୍ୟ ଯାହାକୁ ଯାହାକୁ ସେ କଥାଟା ବିଶ୍ୱାସରେ କହିଲା, ଅର୍ଥାତ୍ ଯାହାକୁ ଦେଖିଲା ତାକୁ -

ଆଉ କାହାରିକୁ ନ କହିବାକୁ ତାକୁ ଆଖିରାଣ ଦେଇ ଆସିଲା; କିନ୍ତୁ ଦିନ ଘଡ଼ିଏ ନ ହେଉଣୁ ଗାଁ ଏ ମୁଣ୍ଡ ସେ ମୁଣ୍ଡ ଗୋଟାଏ ଜନରବ ବ୍ୟାପ୍ତ ହୋଇଗଲା ଯେ, ସାନ୍ତରା ଘର ବହୂ- ସେଇ ପାଠୋଇ ବହୂ, ଯେ ଇସ୍କୁଲ୍ କରିଥିଲା ଗୋ- କାଲି ରାତିରେ କୁଆଡେ କାହା ସାଙ୍ଗରେ ପଳେଇଚି। କ'ଣ ନେଇଚି, କ'ଣ କରିଚି କିଏ ଜାଣେ? ଯା' ଭିତରେ ନିଶ୍ଚେ ଆଉ କିଛି କଥା ଅଛି। ଯେଉଁମାନେ ବିଶ୍ୱସ୍ତ ସୂତ୍ରରେ ବାସନ୍ତୀର ସନ୍ତାନ ସମ୍ଭାବନା ବିଷୟ ଅବଗତ ହୋଇଥିଲେ, ସେମାନେ ଆଖି ଠରାଠରି ହୋଇ ପ୍ରଚାର କଲେ ଯେ, ଏହା ଯେ ହେବ, ତାହା ସେମାନେ ଆଗରୁ- କେତେ ଆଗରୁ ଭାବିଥିଲେ। କିଏ କହୁଛି କଟକ ଗଲା, କିଏ କହୁଛି କଲିକତା ଗଲା- କିଏ କହୁଛି ବାପଘର ଗଲା। ବାପଘର ନା ଛତୁ- କିଏ ପରା ବାବୁଟିଏ ଆସିଥିଲା। ତାରି ସାଙ୍ଗରେ ପରା ଗଲା- କେତେଜଣଙ୍କର ଏଇଟା ତୁଚ୍ଛା ଆଖିରେ ଦେଖିବା କଥା। ଶୁଣାଶୁଣି ନୁହେଁ।

ଯାଡ଼େ ସନିଆମା ନସର ପସର ହୋଇ ଆସି ଦେବବୋଉଙ୍କ ଖଞ୍ଜାରେ ପଶୁ ନ ପଶୁଣୁଁ ବିଶ୍ରମ୍ଭାଳାପ ଆରମ୍ଭ କରିଦେଲା। "ମା ସାଆନ୍ତାଣି ଗୋ! କିସ କହିବି- ପୋଖରୀକି ଯାଇଥିଲି, ତୁଠରେ ଯାହା ଶୁଣିଲି- ଯା ପୁଣି ଥିଲା କରମରେ! ଯା ପୁଣି ଆଖି ଦେଖିଲା, କାନ ଶୁଣିଲା! ଏକା ସଭିଏଁ ତମ ଦୁଃଖରେ ହାଇ ହାଇ କରୁଛନ୍ତି। ମୁଁ ବି ଖୁବ୍ ପଦେ ଶୁଣେଇ ଦେଲି ସମସ୍ତିଙ୍କି- କି, କହିବି ନାହିଁ ଡରିବି କି ! ଆମ ବହୂ କଣ ଚୋରି କରିଚି ନା ନାରୀ କରିଚି- 'ଛିକର, ପଚ ବାଇଗଣ କାଞ୍ଜି କର!' କାହା କଥା ମୁଁ ନଜାଣେ, କାହା ଘରେ ବହୂଟା କେଡ଼େ ସତୀ ମୁଁ ଜାଣିନାହିଁ ପରା! 'ମଲାରେ, କୁକୁର ଶୋଇଲା ମେଲାରେ!' କିଛି ହଉ, ଇଯେ ଫେର୍ କହିବେ ଆମକୁ!"ଦେବବୋଉ ଝଟ୍ କରି ପୂଜା ବିଧି ବଢ଼ାଇ ଦେଇ ମୁଣ୍ଡିଆ ମାରୁଥିଲେ- ବାହାରି ଯିବାକୁ ହେବ, ସନିଆ ମା ପାଟି ଶୁଣିଲାବେଳୁଁ ତାରି କଥାରେ ମନ ଦେଇ ସେହିପରି ସାଷ୍ଟାଙ୍ଗ ହୋଇ ରହିଥିଲେ। ସନିଆମାର ସହାନୁଭୂତି ଓ ତୋଷାମଦପୂର୍ଣ୍ଣ କଥାଗୁଡ଼ାକ ଶୁଣୁ ଶୁଣୁ ରାଗରେ ତାଙ୍କ ହାଡ଼ ଜଳିଗଲା। ବାସନ୍ତୀ ଯେଉଁଦିନ ନ କହି ନ କହି ପଦେ କଥା ନ୍ୟାୟରେ ତାଙ୍କୁ ଶୁଣାଇଦେଇଥିଲା, ସେହିଦିନୁ ସନିଆ ମା ଓ ଅନ୍ୟାନ୍ୟ ସାଇ ମାଇକିନିଆଙ୍କ କଥା ତାଙ୍କୁ ବିଷପରି ଲାଗୁଛି। ଆଜି ପୁଣି ବଂଶ ମର୍ଯ୍ୟାଦାରେ ତାଙ୍କର ଆଘାତ ଲାଗିଛି ବୋଲି ସେ ନିଷ୍ଫଳ ରୋଷରେ ଅଗ୍ନିଶର୍ମା ହୋଇ ରହିଛନ୍ତି। ସନିଆ ମାର ଛଳ ସହାନୁଭୂତି ତାଙ୍କର ଏକାବେଳକେ ଅସହ୍ୟ ହେଲା- ସେ ଧଡ଼୍ କରି ଉଠିଆସି ନିକଟରେ ପଡ଼ିଥିବା ଖଣ୍ଡେ ଛାଞ୍ଚୁଣୀ ଉଠାଇ ନେଇ ତ୍ରସ୍ତ ଚକିତ ସନିଆ ମାକୁ  ଖଣ୍ଡେ ଦୂର ଗୋଡ଼ାଇ ଗଲେ, ଗୋଟାଏ ପାହାର ତା' ପିଠିରେ ଥୋଇଦେଲା ପରେ ଯାଇଁ ମୁହଁରୁ କଥା ବାହାରିଲା।

"ତୋର ଏଡ଼େ ଛାତି, ଏଡ଼େ ଦିମାକ୍- ତୁ ମୁହଁ ହଲେଇ ମୋ ଆଗରେ କଥା କହୁଚୁ , ଆଲୋ ? ସାଆନ୍ତ ଘର କେହି ମାଲିକ ନାହିଁ, ନା କିସ ଲୋ- ତୁ ଗୋଇନ୍ଦା ହୋଇଚୁ ଏଠି, ନୁହେଁ ! ଆ, ଆ- ତୋ ବିଷ ଝାଡ଼ି ଦେଉଚି, ଆ- ବେଶୀ ଗରବ ହେଇଚି ତୋର, ନୁହେଁ ! ମୋର ତାର ପରା ବୋହୂଟାକୁ ସତ୍ୟାନାଶ କରିଦେଇ ଫେରେ ବସିଚୁ ମୋ ମୁହଁରେ କାଳି ଦେବୁ- ଆଲୋ ନିମକ ହାରାମିୟାଣି, ବାହାର ମୋ ଘରୁ ଅଭିକା- ବାହାର ।"

ସନିଆ ମା ଭୟରେ କାଠ ହୋଇଯାଇଥିଲା- ସାଆନ୍ତାଣୀ ପୁଣି ମାରିବାକୁ ଆସିବାରୁ ଏକା ଦଉଡ଼ରେ ସେଠାରୁ ପଳାଇଗଲା ।

ଏତିକିବେଳେ ସନିଆ ଆସି କହିଲା, "ସାଆନ୍ତାଣୀ, ଗଉଡ଼ଙ୍କୁ ସବୁ ଜଳଖିଆ ଦିଆ ସରିଲାଣି, ନୁଗାପଟା କ'ଣ ଯିବ ସାଙ୍ଗରେ ।" ଦେବବୋଉ ଦାଉ କରି ଜଳି ଉଠି ସେଇ ପହଁରାଟା ଧରି ସନିଆକୁ ବି ଗୋଡ଼େଇ ଗଲେ- କହିଲେ, "କିଏ କୁଆଡ଼େ ଯିବରେ ଅଲପେଇସା ? କୁଡ଼ିଏ ମୁଁ ଗଲେ ଏଠି ଷଣ୍ଢ ହେବେ । ଯିବାଯାଏ ତର ସହୁନାହିଁ ପୋଲାଖିଆଙ୍କର ! ଭାବିଚ, ମୁଁ ସେମିତି ଚାଲିଯିବି । ସାନ୍ତରା ଘର ପୋଲା ଭାତ ତମକୁ ଉତ୍‌ପାତ କରୁଚି ! ହଉ, ହଉ, ରହିଥା ବାବୁ । ଉପରେ କାରଦାନୀ କେତେ ମୁଁ ଦେଖୁଚି ରହିଥା !" ସନିଆ କାକୁସ୍ଥ ହୋଇ ଧୀରେ ଧୀରେ ପଛଘୁଞ୍ଚା ଦେଇ ଚାଲି ଯାଉଥିଲା । ଦେବବୋଉ ପୁଣି ହୁଙ୍କାର ଦେଇ ଡାକିଲେ, "ଏଇ ସନିଆ, ଯା, ବେବର୍ତ୍ତାକୁ କହିଆ- ଉଛୁଣି ଗଉଡ଼ ସବାରୀ ଦରକାର ନାହିଁ, ମୁଁ ଯିବିନାହିଁ- ଦେବବାବୁ ଯିବ ରେଲକୁ, ଫେର କେତେବେଳେ ଦରକାର ହେବ । ହୁକୁମ ଯିବ, ଯାଉଚି ନା, ଆଁ କରି ଅନେଇଚି !" ସନିଆଁ ଥରି ଥରି ପଳାଇ ବଞ୍ଚିଲା ।

ବେବର୍ତ୍ତା ଏ ହୁକୁମର ମର୍ମ ବୁଝି ନପାରି ସତ ମିଛ ବୁଝିବାକୁ ଆସି ବାହାର ଖଞ୍ଜାରୁ ଡାକି ପଚାରିଲେ, "ମାଆ ସାଆନ୍ତାଣି, ବେହେରାମାନେ ଚାଲିଯିବେ ?" ଦେବବୋଉ ରାଗରେ ଗର ଗର ହୋଇ ଦାଣ୍ଡ ଦୁଆର ପର୍ଯ୍ୟନ୍ତ ଧାଇଁଆସି କହିଲେ, "ଯିବେନାହିଁ କିସ, ମୋ ସାତ ପୁରୁଷଙ୍କୁ ଉଦ୍ଧାର କରିବେ ଏଠି ! ଥରେ କହିଲେ ତମକୁ ସବୁ କଥା ପସନ୍ଦ ପଡ଼େ ନାହିଁ, ନୁହେଁ- ରହିଥା ସବୁ, ଗୋଡ଼ ଉପରେ ଗୋଡ଼ ପକେଇ ଅଇସ କରିବା ତମର ଛଡ଼େଇ ଦଉଚି ଏଥର, ରହିଥା । ସମସ୍ତଙ୍କର ଦିମାକ ବଢ଼ିଯାଇଚି, ନୁହେଁ- ।" ବୃଦ୍ଧ ବେବର୍ତ୍ତା କିଛି ବୁଝି ନପାରି ନିର୍ବାକ୍ ହୋଇଗଲା ।

ଏତିକିବେଳେ ଦେବବ୍ରତ ଉପରୁ ଗୋଳମାଳ ଶୁଣି ବୋଉ ଚାଲିଯାଉଛନ୍ତି ବୋଲି ଭାବି କାଳେ ତାକୁ ଆଉ ନଖୋଜିବେ, ଏହି ଭୟରେ ତରବର ହୋଇ

ଆସୁଥିଲା ତାଙ୍କୁ ଅଟକାଇବାକୁ। ବୋଉଙ୍କ ଭାବ ଦେଖି ବିସ୍ମିତ ହୋଇ କହିଲା, "ବୋଉ- କ'ଣ, କଥା କ'ଣ ! ତୁ କ'ଣ ସତେ ଯିବାକୁ ବସିଲୁଣି କି ?"

"କଥା ମୋ ମୁଣ୍ଡ ! ମୁଁ ଗଲେ ସମସ୍ତଙ୍କର ଭଲ- ବାବୁଙ୍କର ଯୋଉଁ କଥା- ଋକର ବାକରଙ୍କର ତା ଛଡ଼ା ଆଉ କ'ଣ ହେବ ? ମୁଁ ତ ଯା ଜାଣି ନଥିଲି ଲୋ ମା"

"ବୋଉ !"

"ମୋତେ ଆଉ ତୁ ପାଟି ଫିଟାନା କହିଦଉଚି !"ଏତିକି କହି ଦେବବୋଉ ଦମ ଦମ ହୋଇ ନିଜ ଘରେ ପଶି କବାଟ ଲଗାଇ ଦେଲେ।

ଦେବବ୍ରତ ଦଣ୍ଡେ ଚୁପ୍ ହୋଇ ସେଠାରେ ଛିଡ଼ା ହୋଇ ରହିଲା। ବୋଉକୁ ଅଟକାଇବାର କଥା ଏ ବ୍ୟବହାରରେ କୁଆଡ଼େ ଛିନ୍ନ ଭିନ୍ନ ହୋଇଗଲା ତାର। ସେ ବି ଅଭିମାନ ପୂର୍ଣ୍ଣ ହୃଦୟରେ ଗୋଟାଏ ଦୀର୍ଘ ନିଶ୍ୱାସ ପକାଇ ସେଠାରୁ ଧୀରେ ଧୀରେ ଋଲିଗଲା, କିନ୍ତୁ ତାକୁ ବେଶୀ ଦୂର ଯିବାକୁ ହେଲାନାହିଁ। ଦୁଇ ଋରିଟା ଶିଡ଼ି ପାର ହୋଇଛି କି ନାହିଁ ଦେବବୋଉ ପୁଣି ଦମ ଦମ ହୋଇ ଆସି ତଳୁ ଗୁରୁ ଗମ୍ଭୀର ସ୍ୱରରେ ଡାକିଲେ, "ଦେବ- ଶୁଣ୍-। ଦେବବ୍ରତ ଫେରିଲା। ଦେବବୋଉ ତାକୁ ନିକଟକୁ ଆସିବାକୁ ନଦେଇ ସେହିଠାରୁ କହିଲେ, "ଦେଖ ଦେବ, ମୁଁ ଭାବିଥିଲି ଋଲିଯିବି- ଉଛୁଣି ଫେର୍ ଭାବୁଚି, ମୁଁ ଗଲେ ଚଳିବ ନାହିଁ। ତୁ ଭାବିଚୁ ବେମୁରବିୟା ହୋଇ ମଉଜରେ ରହିବୁ। ମୁଁ ବଞ୍ଚିଥିବା ଯାଏ ତୋତେ ମଣିଷପଣରେ ଚଳେଇବି। ତୁ ଭାବିଚୁ ତୋ ବୋଉ ମଲାଣି। ନା, ବୋଉ ମରିନାହିଁ, ଗୋଟାପଣେ ଜୀଇଚି। ଜାଣିଥା, ମୁଁ ଥିବା ଯାଏଁ ଏ ଘରେ ତୋର ଯାହା ମନ ତାହା କରିବୁ, ଯା' ମୋ ଦିହ ସହିବନାହିଁ। ଏ ପାପ କିଏ ମୁଣ୍ଡେଇବ ରେ। ମୁଁ ତତେ କହୁଚି- ମୋ ମୁଣ୍ଡକୁ ଯଦି ତୋର ଆଶା ଅଛି- ତାହେଲେ ଯା' ବୋହୂକୁ ଫେରାଇ ଆଣ। ନ ହେଲେ, ନାରୀ ହତ୍ୟା, ମାତୃହତ୍ୟା ଲାଗିବ। ବୋହୂର ଯାହା ହବତ ହବ। ତୁ ଆଜି ଭିତରେ ଯଦି ଏ ଘରୁ ନଯାଉ, ମୁଁ ବି ଏଇଠି ତୋ'ରି ଆଗରେ ଦଉଡ଼ି ଦେଇ ମରିବି !-"

ଦେବବ୍ରତ ତଳକୁ ଓହ୍ଲାଇ ଆସିଥିଲା। ସେ ଅବାକ୍ ହୋଇଯାଇଥିଲା ! ତଥାପି କଣ ଭାବି କହିଲା, "ହଉ ତେବେ- ମୁଁ ଯାଉଚି ବାହାରି, ତୁ ତୋର ଥା !"

ଦେବବୋଉ ଶୁଷ୍କ ହସଟିଏ ହସିଦେଇ କହିଲେ, "ତୁ ବାଇଆ ହେଲୁ କିରେ ! ତତେ ଇମିତି ଛାଡ଼ିଦେବି, ନୁହେଁ ? ଏଇ ମୋ ଗୋଡ଼ ଛୁଇଁ କରି କହ- ମୁଁ ଆଖି ଉହାଡ଼ରେ ଆଉ କିଛି କରିବୁ ନାହିଁ, କହ- ଖାଲି ବହୂକୁ ଖୋଜି କରି ନେଇଆସିବୁ, ନହେଲେ ତା' ଠିକଣା ଜାଣିଲେ ମୋତେ ନେଇଯିବୁ। ଏଇ କଥା ମୋ ଗୋଡ଼ ଛୁଇଁ

କରି କହ। ନହେଲେ ତୁ ବି ଯିବୁ ନାହିଁ, କି ମୁଁ ବି ଯିବି ନାହିଁ! ଏଇଠି ତୋ'ରି ଆଗରେ ମୁଁ ଦଉଡ଼ି ଲଗେଇ ମରିବି !"

ଦେବବ୍ରତ ବୋଉଙ୍କ ପ୍ରତିଜ୍ଞା-କଠୋର ମୁଖଭାବ ଦେଖି ସ୍ତମ୍ଭିତ ହୋଇଗଲା; କିନ୍ତୁ ହଠାତ୍ ତା' ମୁଣ୍ଡ ଠାରୁ ଗୋଡ଼ ଯାଏ ପ୍ରକମ୍ପିତ କରି ଗୋଟାଏ ବାଷ୍ପୋଚ୍ଛ୍ୱାସ ଉଠି ତାକୁ ଏକାବେଳକେ ନେଇ କଚାଡ଼ିଦେଲା ବୋଉଙ୍କ ଗୋଡ଼ ଉପରେ।

## - ପଚିଶ -

କଚୁଆନ୍‌ଟାର  ବିଷମ ଆଗ୍ରହ- ଏହି ଯେ ସୁନ୍ଦରୀ ଯୁବତୀଟି ତା'ରି ଗାଡ଼ିରେ ଏକା ବସି ଆସିଲା, ସେ ଷ୍ଟେସନରେ ପହଞ୍ଚି କ'ଣ କରିବ ?

ଘୋଡ଼ା ଦୁଇଟା ଷ୍ଟେସନ୍ ଫାଟକ ପାଖରେ ଆସି ମନକୁ ଛିଡ଼ା ହୋଇଗଲେ। ସେତେବେଳକୁ ପ୍ରାୟ ଭୋର୍ ହୋଇଗଲାଣି; କିନ୍ତୁ ବାସନ୍ତୀ ସେହିଲାଗେ ଗାଡ଼ିରୁ ଓହ୍ଲାଇଲାନାହିଁ ବା କିଛି କହିଲା ନାହିଁ। ଓହ୍ଲାଇବାର ବ୍ୟଗ୍ରତା ବା ଆଗ୍ରହ ତାଠେଇଁ ନଦେଖି କୋଚ୍‌ମ୍ୟାନ୍ ଆଗକୁ ଆସି ଛିଡ଼ା ହେଲା। ବାସନ୍ତୀ ଯେମିତି ଗୋଟାଏ କୋଣକୁ ଆଉଜି ବସିଥିଲା, ଠିକ୍ ସେମିତି ବସି ରହିଲା।

ବାସନ୍ତୀ ଭାବୁଛି, ଯେତେବେଳୁଁ ସେ ମନ୍ତ୍ରମୁଗ୍ଧ ପରି ସେ ଗାଡ଼ିରେ ବସିଲାଣି, ସେତେବେଳୁଁ ।  ବାଟସାରା ଅପଲକ ଚକ୍ଷୁରେ ସେ ଭାବି ଭାବି ଆସିଛି; ତଥାପି ତାର ଭାବନାର ଶେଷ ନାହିଁ। ସେ ଆଗପଛକୁ ଚାହିଁ ଦେଖୁଛି- ଦେବବ୍ରତର କାଲିର ବର୍ବର ଆଚରଣ ତାକୁ ଯେତେ ଜୋର୍ କରି ବାଧିଚି, ତହୁଁ ବଳି ବାଧୁଛି ଏଇ ଲାଗି ତାର ପୂର୍ଣ୍ଣ ଅସହାୟତା। କୁଆଡ଼େ ଯିବ ସେ ? ଗାଡ଼ିଟି ବେଶ୍ ଥିଲା ପରା। କ୍ଷୁଦ୍ର ଆୟତନ ଭିତରେ ତାର ଜୀବନର ସ୍ୱପ୍ନ ସେଇ ସ୍ୱାଧୀନତା ଏ ଦୁଇ ତିନିଘଣ୍ଟା କାଳ ବାସନ୍ତୀ ଉପଭୋଗ କରିଆସିଥିଲା। ଅଳ୍ପ ପରିସର ଘୋଡ଼ାଗାଡ଼ିରେ ତାକୁ ଯେପରି ସ୍ୱସ୍ତିବୋଧ ହେଉଥିଲା, ଯେଉଁ ତୃପ୍ତି ତାକୁ ମିଳିଥିଲା, ସେପରି ଏ ଜୀବନରେ କେବେ ଅନୁଭବ କରିନାହିଁ। ତା'ପରେ ପୁଣି ଗାଡ଼ି ଚାଲିଛି, ଦୁଇ ପାର୍ଶ୍ୱର ଯାବତୀୟ କ୍ଷୁଦ୍ର କ୍ଷୁଦ୍ର ବୃକ୍ଷଲତା ଗୁଳ୍ମ କଣ୍ଟକ, ଘର ଦ୍ୱାର, ସବୁ ପଛରେ ପକାଇ ଚାଲିଛି, ତା ତ୍ରସ୍ତ ହୃଦୟର ବେଗରେ ନୁହେଁ। ତଥାପି ଚାଲିଛି। କେତେଥର ସେହି ଗାଡ଼ିରେ ବସି ତାରେ ମନେ ହେଉଛି,ଏହିପରି ତାକୁ ନେଇ କିଏ ଚାଲନ୍ତା କି ଚିରଦିନ! ଗାଡ଼ିର ଧୀର ମନ୍ଥର ସମାନ ଗତି ତା

ହୃଦୟର ତଡ଼ିତ ପ୍ରଭାବକୁ ଯଥେଷ୍ଟ ପ୍ରଶମିତ କରିପାରିଛି। ସେ ନିର୍ଜନ ନିଶୀଥର ଅଚପଳ ପାହାନ୍ତି ଯାତ୍ରାରେ।

ସେ ଧୀର ସ୍ଥିର ଭାବରେ ବସି ଭାବିଲା, କ'ଣ ସେ କରିବ ? କୁଆଡ଼େ ଯିବ ? ପାହାନ୍ତି ତାରାର ସଲ୍ଲଜ ହସ ଦେଇ  ସେ ଆଉ ସ୍ୱପ୍ନ ରଚୁନାହିଁ। ଅର୍ଦ୍ଧଚନ୍ଦ୍ର ପାଣ୍ଡୁର ଲଲାଟ ଓ ଶୁକତାରାର କୁଞ୍ଚିତ ଅଧର ଦେଇ ସେ ଆଉ କୌଣସି ପ୍ରିୟ ମୁଖର ଚିତ୍ର ଆଙ୍କୁନାହିଁ। ବାସ୍ତବ ଜଗତରେ ଅତି ବାସ୍ତବ ତାର ଅସହାୟତା, ଅତି ବାସ୍ତବ ତାର ଦେହ, ଅତି ବାସ୍ତବ ତାର ଅଭାବ, ଏସବୁ ନେଇ ସେ କେଉଁଠି ଠିଆ ହେବ ? କଟକ ଯିବା ତ ଅସମ୍ଭବ- ସେଠାରେ ଏ କଳାମୁହଁ  ସେ ଦେଖାଇବ କିପରି ? ତାର ଆଉ ଗୋଟିଏ ସ୍ଥାନ ଅଛି, ଆଉ ଗୋଟିଏ ମାତ୍ର। ଇତିପୂର୍ବରୁ ତ ସେ ସେହିଠାକୁ ଯିବାକୁ ସ୍ଥିର କରିଥିଲା, ତେବେ ଆଗରୁ ପତ୍ର ଦେଇ ଜଣାଇ ଶୁଣାଇ- ଏପରି ଅକସ୍ମାତ୍ ନୁହେଁ  ସେ କେତେଥର ଚିଠି ଲେଖିବାକୁ ଚେଷ୍ଟା କରିଛି ତା ବିନୋଦ ଭାଇ ପାଖକୁ। କେତେଥର ଲେଖିଛି,କେତେଥର ଚିରି ଫୋପାଡ଼ି ଦେଇଛି। ହଠାତ୍ ତାର ମନେପଡ଼ିଗଲା, ଦୁଇ ଚାରିଦିନ ପୂର୍ବେ ସେ ଚିଠିଖଣ୍ଡେ ତାଙ୍କଠାକୁ ଲେଖି ପୁଣି ଦିଖଣ୍ଡ କରି ଛିଣ୍ଡାଇ ପକାଇ ଦେଇଥିଲା। ହାୟ, ଯଦି ସେ ଚିଠି ଖଣ୍ଡିକ ନ ଛିଣ୍ଡାଇ ଡାକରେ ଦେଇ ପାରିଥା'ନ୍ତା !

ନା, ବିନୋଦ ଭାଇ ଛଡ଼ା ତାର ଅନ୍ୟ ଗତି ନାହିଁ। କିନ୍ତୁ ବାସନ୍ତୀର ମନେପଡ଼ିଲା ତାର ବିବାହପୂର୍ବ ଜୀବନର ଘଟନା ଗୁଡ଼ିକ- କପିରି ଦେବବ୍ରତ ସହିତ ପରିଚୟ ହେବା ପୂର୍ବେ ବିନୋଦ ବାବୁ - ଦୂର ସମ୍ପର୍କୀୟ ଭାଇ ଲେଖା- ଆକାର ଇଙ୍ଗିତରେ ଜଣାଇଥିଲେ ଯେ, ସେ ବାସନ୍ତୀକୁ ଭଲ ପାଆନ୍ତି; ତାକୁ ସ୍ତ୍ରୀ ରୂପେ ପାଇଲେ ସୁଖୀ ହେବେ। ନାରୀ ସୁଲଭ ବୁଦ୍ଧିରେ ସେ ତାହା ସ୍ୱଷ୍ଟ ବୁଝିପାରି ତାଙ୍କୁ କିପରି ସ୍ୱଷ୍ଟ ଜଣାଇଦେଇଥିଲା ଯେ, ତାଙ୍କର କୌଣସି ଆଶା ନାହିଁ। ସେଥିଯୋଗେ ବିନୋଦ କିପରି ହତାଶ ହୋଇ କଟକ ଛାଡ଼ି କଲିକତାରେ ପଢ଼ିବାକୁ ଚାଲିଯାଇଥିଲେ। ସେହିଦିନୁ ତାଙ୍କର ଆଉ ଖବର ନଥିଲା। କେବଳ ବିନୋଦର ବିବାହ ଦିନ ସେ ତାଙ୍କଠାରୁ ଖଣ୍ଡେ କ୍ଷୁଦ୍ର ପତ୍ର ଓ ଗୋଟିଏ ବାଳିକାର ଫଟୋ ପାଇଥିଲା। ବିନୋଦ ଲେଖିଥିଲେ, ସେ ସେହି ବାଳିକାକୁ ବିବାହ କରିଅଛନ୍ତି- ତାର ନାମ ବସନ୍ତ କୁମାରୀ। ଶେଷରେ ଖାଲି ଏତକି ଲେଖିଥିଲେ, "ଯଦି କେବେ ତୋର ଦରକାର ହୁଏ, ବାସନ୍ତୀ, ତୋ' ବିନ ଭାଇକୁ  ପର ବୋଲି ଭାବିବୁ ନାହିଁ। ମୋର ଏହି ଶେଷ ଅନୁରୋଧ।"

ତାଙ୍କ ସ୍ତ୍ରୀ ବସନ୍ତ କୁମାରୀ ଏଇ ସେଦିନ ଚିଠି ଲେଖିଥିଲା। ପିଲାଳିଆ ଲେଖାଟି ତା ଆଖି ଆଗରେ ଫୁଟି ଉଠିଲା, 'ମୁଁ ତମକୁ କ'ଣ ବୋଲି ଡାକିବି, ବାସ ?' ମୋତେ

ବସ ବୋଲି ଡାକନ୍ତି ସମସ୍ତେ। ବସ ଆଉ ବାସ- ନା, ହବନାହିଁ। ଠିକ୍ , ଠିକ୍, ମୁଁ ତମକୁ 'ଆ' ବୋଲି ଡାକିବି, ତମେ ମୋତେ 'ଅ' ବୋଲି ଡାକିବ। ଇୟେ ଗୋଟିଏ ଠାର। ଆଗୋ 'ଆ' ତମ ବରକୁ ଟିକିଏ ଦେଖନ୍ତି, ଆଉ ତମକୁ ସବୁ ଦେଖନ୍ତି। ମୁଁ ଶୁଣିଛି ଗୋ, ଶୁଣିଛି, ସବୁ ଶୁଣିଛି ତମ କଥା। କଉଁଠୁ ଶୁଣିଲି ପଚାରିବ ନାହିଁ ତମେ ମତେ, ମୋ ରାଣ। ଆଚ୍ଛା, ତମେ କ'ଣ ଖେଳ? ଏଠି ତ କେହି ନାହିଁ। ମୁଁ ଖାଲି ବହି ପଢୁଛି। କେତେ ଲେଖି ଶିଖିଲିଣି, ଭୁଲ୍ ଭଟକା ଏକା ଧରିବନାହିଁ ତମେ। ତମ ପାଖକୁ ଚିଠି ଲେଖି ଅଭ୍ୟାସ କରିବି ବୋଲି ମତେ ହୁକୁମ ହୋଇଛି। ବୁଝିଲ?" ଏ ଚିଠି ପଢ଼ି ବାଳିକା ଭ୍ରାତୃବଧୂଟିର ଗୋଟାଏ ଛବି ସେ ମନରେ ଆଙ୍କିନେଇଥିଲା। ପିଲାଳିଆ ଲେଖା ତାର ପଢ଼ି ସେ ମନରେ ଅପୂର୍ବ ଆନନ୍ଦ ପାଇଥିଲା। ସେଥିଯୋଗେ 'ଅ' ପ୍ରତି ମନ କୌତୁହଳରେ ଭାରୀ ଆକୃଷ୍ଟ ହୋଇଥିଲା; କିନ୍ତୁ ସେ ପତ୍ରର ଉତ୍ତର ଦେଇପାରିନାହିଁ। ସେତେବେଳେ ତା ମନରେ ଘୋର ଯୁଦ୍ଧ ଚାଲିଥିଲା। ହଁ, ଏଇ ଚିଠି ପାଇ ତ ସେ ବିନ ଭାଇ ପାଖକୁ ଯେଉଁ ବଡ଼ ଚିଠିଟା ସେ ଦିନ ଲେଖିଥିଲା,ସେ ଖଣ୍ଡ ଚିରି ଫୋପାଡ଼ି ଦେଇଥିଲା। ସେମାନେ ଆଜିକାଲି ବର୍ଦ୍ଧମାନରେ ଅଛନ୍ତି। ଠିକଣା ଆଉ କଣ? ବଡ଼ ଡାକ୍ତରଖାନା ଡାକ୍ତର ତ! ଗଲେ ବିନ ଭାଇ କି ବସନ୍ତ କୁମାରୀ କେହି କିଛି ଖରାପ ଭାବିବେ ନାହିଁ ତ! ନା, ଖରାପ ଭାବିବେ ଆଉ କ'ଣ? ତେବେ ମୋ ଚିଠି ଖଣ୍ଡ ଯଦି ବିନ ଭାଇ ଆଗରୁ ପାଇଥାନ୍ତେ, ସେ ସବୁଠୁ ଭଲ ହୋଇଥାନ୍ତା; କିନ୍ତୁ ଏହିଲାଗେ ଆଉ ଅନ୍ୟ ଉପାୟ ନାହିଁ- ବେଳ ବା କାହିଁ ଚିଠି ଦେବାକୁ?

ବାସନ୍ତୀ ସେହି ଗାଡ଼ିରେ ବସି ରହି ଗାଡ଼ିବାଲାକୁ ପଚାରି ବୁଝିଲା, ସକାଳ ସାତଟାରେ କଲିକତା ଯାଉଥିବା ଡାକଗାଡ଼ି ଆସିବ। ସେଥିରେ ଯିବାର ସ୍ଥିର କରି ବାସନ୍ତୀ ବିନୋଦ ବାବୁଙ୍କ ପାଖକୁ ଗୋଟାଏ ଟେଲିଗ୍ରାମ୍ କରିଦେଲା।

ବିନୋଦ ବାବୁ ବାସନ୍ତୀର ଟେଲିଗ୍ରାମ ପାଇ ତରବର ହୋଇ କଲିକତା ବାହାରିଲେ। ବସନ୍ତ କୁମାରୀ ପଚାରିଲା, "କୁଆଡ଼େ ଯାଉଛ କି ଇମିତି?"

"କଲିକତା।"

ବିନୋଦ ବାବୁଙ୍କୁ ସମୟ ଅସମୟରେ ଏହିପରି କଲିକତା ଯିବାକୁ ହୁଏ। ବସନ୍ତ କୁମାରୀ ସେଥିପାଇଁ କିଛି ବିସ୍ମିତ ହେଲାନାହିଁ। ତଥାପି ମୁହଁ ମୋଡ଼ିଦେଇ ଯାଇଁ ବିଦାୟୋନ୍ମୁଖ ବିନୋଦ ବାବୁଙ୍କ ଆଡ଼କୁ ପଛକରି ଝରକା ପାଖରେ ଛିଡ଼ା ହେଲା। ବିନୋଦ ବାବୁ ଗାଡ଼ି ବେଳ ହୋଇଯିବ ବୋଲି ବ୍ୟସ୍ତ ହୋଇ ବାହାରି ପଡୁଥିଲେ। ସେ ଦ୍ୱାର ପାଖକୁ ଯାଇଛନ୍ତି କି ନାହିଁ, ବସନ୍ତକୁମାରୀ ସେହିପରି ତାଙ୍କ ଆଡ଼କୁ ପଛକରି ଅଭିମାନ ସ୍ୱରରେ କହିଲା, "ହଉ- ଯାଅ ।"

ବିନୋଦ ବାବୁ କୌତୁକ ହସ ହସି ଫେରିଆସି ବସନ୍ତକୁମାରୀ କାନ୍ଧରେ ହାତ ପକାଇ କହିଲେ- "ରାଗିଲ ?"

ବସନ୍ତକୁମାରୀ ଛଳ କ୍ରୋଧରେ ନିଜକୁ ଛଡ଼ାଇନେଇ ଖଣ୍ଡି ଓଢ଼ଣାଟିକୁ ଜୋର୍‌ରେ ଟାଣିଧରି ଆଡ଼ ହୋଇଗଲା ।

ଆଜି ବ୍ୟସ୍ତତା ଯୋଗେ ବିନୋଦ ବାବୁ ଭୁଲି ଯାଇଥିଲେ ଯେ, ଘରୁ ପ୍ରତ୍ୟେକ ଥର ବାହାରିବା ବେଳେ ବସନ୍ତ କୁମାରୀର କଡ଼ା ଆଇନ ଅନୁସାରେ ତା ମୁଖରୁ ପାଥେୟ ସ୍ୱରୂପ କିଛି ନେଇଯିବାକୁ ହୁଏ । ଏତେକାଳ କେବେହେଲେ ଏ ନିୟମର ବ୍ୟତିକ୍ରମ ଘଟିନାହିଁ; ଅର୍ଥାତ୍ ବସନ୍ତକୁମାରୀ ତାର ଦାବୀ କେବେ ଛାଡ଼ିନାହିଁ । ବିନୋଦ ବାବୁ ମହାବ୍ୟସ୍ତ ହୋଇ ମନଭୁଲା କଥା ଦି'ପଦ କହି ଡାକିଲେ, "ବସ ।" ତଥାପି ବସନ୍ତକୁମାରୀ ନୀରବ । ବେଳ ଉଚ୍ଛୁର ହେଉଥିବାର ଜାଣି ସୁଦ୍ଧା ବିନୋଦ ବାବୁ ନିୟମ ପାଳନ ନକରି ସେଠାରୁ ପ୍ରସ୍ଥାନ କରିପାରୁନଥିଲେ । ସେ ଜାଣନ୍ତି, ଏଇଟା ବସନ୍ତ କୁମାରୀର କେଡ଼େ ପ୍ରିୟ ସମ୍ବଳ ଓ ଅଭିମାନିନୀ ବାଳିକା ବଧୂଟି ତାଙ୍କର କେଡ଼େ ଆଘାତ ପାଏ ତାର ଏଇ ସାଦର ନିୟମଟି ସେ ଅବଜ୍ଞା କଲେ । ସେ ଯୋଗେ ଆହୁରି ଆଦରରେ, ଆହୁରି ଆଗ୍ରହରେ ବିନୋଦ ବାବୁ ତାକୁ ପାଖକୁ ଟାଣିଆଣି କହିଲେ, "ଛି, ବସନ୍ତ, ଗାଡ଼ିବେଳ ଗଡ଼ି ଯାଉଛି ପରା ! ଏଥର କଲିକତାରୁ ତମ ପାଇଁ ଭଲ ଜିନିଷଟିଏ ଆଣିବି । ଆସ, ବାଟ ଖରଚ ଦିଅ-"

ବସନ୍ତ କହିଲା, "ହଁ, ସେଥର ଯେମିତି ଗୋଟାଏ ଶୁଆ ଆଣିଥିଲ, ଦି'ଦିନ ବି ବଞ୍ଚିଲା ନାହିଁ ! ଏଥର ମୂଷା ଆଣିବ ?"

ଅଭିମାନ ତ୍ୟାଗ କରି ଆଗ୍ରହଦୀପ୍ତ ଚକ୍ଷୁଯୋଡ଼ିକ ବିନୋଦ ବାବୁଙ୍କ ମୁହଁକୁ ଟେକି ପିଲାଙ୍କ ପରି ବ୍ୟସ୍ତ ହୋଇ ନିଜ ହାତରେ ଦେଖାଇଦେଲା, କେଡ଼େ କେଡ଼େ ମୂଷା ତାର ଦରକାର । ସୁବିଧା ଦେଖି ବିନୋଦ ବାବୁ ବାଟ ଖରଚ ଆଦାୟ କରୁ କରୁ କହିଲେ," ମୂଷା ? ନାହିଁମ- ଏଥର ଆହୁରି ଭଲ ଜିନିଷ ଗୋଟିଏ ଆଣିବି ତମ ଲାଗି ।"

"କ'ଣ ? କ'ଣ ?"

"ଆଣଲେ ଦେଖିବ ଯେ ।"

ବିନୋଦ ବାବୁ ଚାଲିଗଲେ । ଘୋଡାଗାଡ଼ି ଅନେକ ଦୂରରେ ଅଦୃଶ୍ୟ ହେବା ଯାଏଁ ବସନ୍ତ ସେହିଠାରେ ଛିଡ଼ା ହୋଇ ଅନାଇ ରହିଲା । ହଠାତ୍ କ'ଣ ଭାବି ଫେରିଲା, କହିଲା, "ଆରେ, ନେକ୍ ଟାଇଟାତ ପୂରା ହୋଇ ପାରିଲା ନାହିଁ, ଛ'ମାସ ହେଲା; ଲାଜ କଥା ! କେତେ ଟାହୁଲି କରୁଛନ୍ତି । ନା, ଆଜି ତାକୁ ନିଶ୍ଚେ ଶେଷ କରି ରଖିଥିବି"

ବସନ୍ତ ବ୍ୟସ୍ତ ସମସ୍ତ ହୋଇ ଯାଇ ବୁଣା ବାକ୍ସ କାଢ଼ି ବିନୋଦ ବାବୁଙ୍କ ନେକ୍ ଟାଇ ବୁଣି ବସିଲା। ପାଞ୍ଚ ମିନିଟ୍ ଯାଇନାହିଁ, ବିଲେଇ ଛୁଆ ଦି'ଟା ଆସି ତା ଗୋଡ଼ ଉପରେ ଖେଳିବାକୁ ଲାଗିଲେ। ପ୍ରଥମ ପ୍ରଥମ ସେ ମୋଟେ ତାହା ଗ୍ରାହ୍ୟ କଲାନାହିଁ। ପାଞ୍ଚମିନିଟ୍ ପରେ ଗୋଟାଏ ହାତରେ ବିଲେଇ ଛୁଆଙ୍କୁ ଧରିଆଣି କୋଡ଼ରେ ବସାଇ ପୁଣି ବୁଣିବାରେ ମନ ଦେଲା। ଏତିକି ବେଳେ ସାରୀ ଡାକିଲା, "ବସ !" ବସନ୍ତ ପାଟିକରି ସ୍ନେହ ସ୍ୱରରେ ତାକୁ ଶାସନ କଲା, "ଚୁପ୍ !"

ଫେର୍ ସାରୀ ଡାକିଲା, "ବସ, ବସ, ବସ !" ଫେର୍ ବସନ୍ତ କହିଲା, ନା, ଇଏ ନିଆଁ ସାରୀ ମୋତେ ଜଳେଇ ପୋଡ଼ି ମାଇଲା ! ଦୂର୍ କର, ଏ ଦିଟା ବିଲେଇ ଛୁଆ କାହିଁକି ଏମିତି ମରୁଛନ୍ତି !" ଏତକ ଗମ୍ଭୀର ଭାବରେ କହି ସାରୀକୁ ଜବାବ୍ ଦେଉଁ ଦେଉଁ ଦଉଡ଼ି ବାରନ୍ଦାକୁ ଆସି ସାରୀ ପିଞ୍ଜରା ଉପରେ କହିଲା, "କିସ, କିସ, କିସ-"

ସାରୀ କହିଲା, "ରାଧାକୃଷ୍ଣ- ରା"

ବସନ୍ତ କହିଲା, "ଚୁପ୍, କହ-- ବି - ନ- ବା-ବୁ।" ସାରୀ କଥାପଦକ ବୋଧହୁଏ ଶୁଣି ପାରିଲାନାହିଁ। କାରଣ, ବସନ୍ତ ଖୁବ୍ ଆସ୍ତେ 'ବିନବାବୁ' ବୋଲି କହିଲା। ସେ ଥଣ୍ଟ ଏକପାଖିଆ କରି ଆଗ୍ରହରେ ପୁଣି ଥରେ ଶୁଣିବାକୁ ଅନାଇ ରହିଲା। ବସନ୍ତ ବିରକ୍ତ ହୋଇ କହିଲା, " ମୁଁ ତାଙ୍କ ନାଁ ବଡ଼ ପାଟିରେ କିମିତି କହିବି ଲୋ ପୋଡ଼ାମୁହିଁ ? କହ, ବିନବାବୁ, ବିନ, ବିନ-"

ସାରୀ କହିଲା, "ଚୁପ୍ !" ବସନ୍ତ ଭୟରେ ଚାରିଆଡ଼କୁ ଅନାଇଲା। କିଏ କୁଆଡୁ ଆସିଲା କି ଆଉ ! ଛଳ କ୍ରୋଧରେ ସାରୀ ପଞ୍ଜୁରୀକୁ ପଣନ୍ତ କାନିରେ ଭଲ କରି ଘୋଡ଼ାଇ ପକାଇ ଅନ୍ଧାରିଆ କରି ମଜା ଦେଖିବାକୁ ଆଗ୍ରହରେ ଅପେକ୍ଷା କରି ରହିଲା। ସାରୀ ପ୍ରତିବାଦ ଛଳରେ କହିଲା, " ବାବୁ, ବାବୁ, ବାବୁ !" ବସନ୍ତ ରାଗରେ ଲୁଗା ଛଡ଼ାଇ ନେଇ ଚାଲି ଯାଉଁ ଯାଉଁ କହିଲା, "ହଉ, ହଉ, ତୋ' ମଜା ଦେଖୁଛି, ରହିଥା-" ସାରୀ କଟର କଟର କରି ବିକଳ ହେଲାପରି ଡାକ ଛାଡ଼ିଲା। ବସନ୍ତ ନଶୁଣି ଚାଲିଗଲା ହାଣ୍ଡିଶାଳ ପାଖ ଘରକୁ। ସେଠି ଗୋଟିଏ ବାଉଁଶିଆ ଘୋଡ଼ିଆ ହୋଇ ଗୋଟିଏ ଛୋଟ ଚେମିଣିଆ ଦରମଲା ଅବସ୍ଥାରେ ପଡ଼ିଥିଲା। ତାକୁ ଅତି ଆଦରରେ ଉଠାଇ ନେଇ ଛାତି ପାଖରେ ଧରି ଗେଲ କଲା, "ନା, ନାରେ, ନାନ ବାଇ।" ଚେମିଣିଆ ଚେଁ କରି ଡାକି ରାବିଲା। "ଆଲୋ ଲୋ, ଚେମାଟାକୁ ଦୁଧ ଖୋଇନାହିଁତ" କହି ବସନ୍ତ ଚାକରାଣୀକୁ ଡାକି ଦୁଧ ମଗାଇ ଚେମେଣିଆକୁ ଖୁଆଇଲା। ବିଲେଇ ଛୁଆ ଦିଟା ତା' ମୁଣ୍ଡରେ ପିଠିରେ ଚଢ଼ି ତାକୁ ବିରକ୍ତ କରୁଥାନ୍ତି।

ଏହିପରି ବସନ୍ତ କୁମାରୀର ଦିନସାରା କଟିଗଲା । ସନ୍ଧ୍ୟା ହେଲା, ଅଥଚ ସ୍ୱାମୀଙ୍କ ନେକ୍ ଟାଇ କଥା ଆଉ ଥରେ ହେଲେ ମନେପଡ଼ିଲାନାହିଁ । ସନ୍ଧ୍ୟା ହେଲାରୁ ବସନ୍ତ ବିଲେଇ ଛୁଆ ଦିଟାଙ୍କୁ ଛାଡ଼ି ରୋଷେଇବାସର ଆୟୋଜନରେ ମନ ଦେଲା ।

"ବସନ୍ତ, କିଏ ଆସିଛି ଦେଖିଲଣି । ଦେଖ, ତୁମ ପାଇଁ କଣ ଆଣିଛି ?"

ବସନ୍ତକୁମାରୀ ବ୍ୟସ୍ତ ହୋଇ ହାଣ୍ଡିଶାଳରୁ ବାହାରି ପଡ଼ିଲା । ଆଜି ସେ ଭାବି ସ୍ଥିର କରିଥିଲା- ଆଜି ଏତେ ଡେରି ଯଦି ହେଲା, ଆସିଲେ କେଡେ କଥା କହିବନାହିଁ । ଆଉ କଣ ଆଣିଛନ୍ତି କଲିକତାରୁ ନଦେଖିଲେ, ମନକୁ ନମାନିଲେ ରାତି ସାରା- ନା ! କିନ୍ତୁ ସ୍ୱାମୀଙ୍କ ଭରା କଣ୍ଠ ଶୁଣି ସବୁ କୁଆଡ଼େ ପାସୋର ଗଲା ତାର । ସେ ଧାଇଁଆସି ସଙ୍ଖୁଡ଼ି ହାତଯୋଡ଼ାକୁ ନଧୋଇ ଟେକି ଏକାବେଳେକେ ବିନୋଦ ବାବୁଙ୍କ ପାଖରେ- ମୁଣ୍ଡରେ ଲୁଗାନାହିଁ, ମୁହଁରେ ବିନ୍ଦୁ ବିନ୍ଦୁ ଝାଳ ମୁକ୍ତା ପରି ମାନୁଛି । ହଠାତ୍ ତାର ନଜର ପଡ଼ିଲା, ଅଦୂରରେ କାନ୍ଥକୁ ଆଉଜି ଗୋଟିଏ କିଏ ଠିଆ ହୋଇଛି- ସ୍ତ୍ରୀ ଲୋକଟିଏ । ବିସ୍ମିତା ବସନ୍ତର ମୁହଁରୁ କଥା ବାହାରିଲାନାହିଁ । ସେ ଜିଜ୍ଞାସୁ ଦୃଷ୍ଟିରେ ନିଜ ସ୍ୱାମୀଙ୍କ ଆଡ଼କୁ ଅନାଇଲା । "ଚିହ୍ନ, କିଏ ସେ- କଲିକତାରୁ ତୁମ ପାଇଁ ତାଙ୍କୁ ଆଣିଛି ।"ଏହା କହି ବିନୋଦ ବାବୁ ହସି ହସି ସେଠାରୁ ଚାଲିଯିବାକୁ ବସିଲେ । ବସନ୍ତ ଅଧାବାଟ ଯାଇଁ ତାଙ୍କୁ ଚୁପ୍ କରି କହିଲା, "ହେ, ତୁମେ ରହ, ମୁଁ ଭଲ ବଙ୍ଗଳା କହିପାରିବିନାହିଁ ।"

" ସେ ବଙ୍ଗାଳୁଣୀ ନୁହନ୍ତି, ଓଡ଼ିଆଣୀ-"

"ସତେ ?" ବସନ୍ତ ଧାଇଁଯାଇ ହାତ ଧୋଇ ଆସି ବାସନ୍ତୀର ହାତ ଧରି ନିଜ ଘରଭିତରକୁ ନେଇଗଲା । ବାସନ୍ତୀକୁ ଏପର୍ଯ୍ୟନ୍ତ କିପରି ଗୋଟାଏ ଅଡୁଆ ଅଡୁଆ ଲାଗୁଥିଲା । ବସନ୍ତର ସରଳ ଅମାୟିକ ବ୍ୟବହାରରେ ମୁଗ୍ଧ ହୋଇ ସେ ଆନନ୍ଦରେ ତାକୁ କୁଣ୍ଢାଇ ପକାଇଲା, କହିଲା, "ନୂଆ ବୋହୂ-"

"ଏଁ, ମୁଁ କାହିଁକି ବହୂ ହେବି ? ମୁଁ ତ ଝିଅଟାଏ, ମୋ ନାଁ ବସନ୍ତ-"

ବାସନ୍ତୀ ହସିଉଠି କହିଲା, "ନା, ତମ ନାଁ ପରା 'ଅ' ?" "ଆରେ ତମେ ସେ ନାଁ କିମିତି ଜାଣିଲ ?" ମୋ 'ଆ'କୁ ଦେଖିଥିଲ କି ?"

"ମୁଁ ନିଜେ 'ଆ' ।"

"ସତେ ?"

ବସନ୍ତ ତା ବଡ଼ ବଡ଼ ଆଖି ଯୋଡ଼ାକ ଟେକି ବାସନ୍ତୀକୁ ଗୋଡ଼ରୁ ମୁଣ୍ଡଯାଏ ଦେଖିଗଲା ।

ଦେଖୁ ଦେଖୁ ଦିନ ଦୁଇ ଚାରିଟା କଟିଗଲା । ବାସନ୍ତୀ ନିକଟରେ ବସନ୍ତ ଏକ

ବିଚିତ୍ର ବସ୍ତୁ ବୋଲି ମନେହେଲା। ତାର ସରଳ ଅକପଟ ଆଚରଣ, ଅତ୍ୟଧିକ କ୍ରୀଡ଼ାପରାୟଣତା, କ୍ଷୁଦ୍ର କ୍ଷୁଦ୍ର ଜୀବଜନ୍ତୁଙ୍କ ପ୍ରତି ମାତୃବତ୍ ସ୍ନେହ, ସବୁ ବାସନ୍ତୀର ବିଚିତ୍ରବୋଧ ହେଉଥିଲା। ତା ଛଡ଼ା, ସବୁ ପିଲାପଣିଆ ଅନ୍ତରାଳରେ ବସନ୍ତର ପ୍ରଖର ବୁଦ୍ଧିର ଯେ କେତୋଟି ପରିଚୟ ବାସନ୍ତୀ ଏହି କେତେଦିନ ମଧ୍ୟରେ ପାଇଥିଲା, ତଦ୍ଦ୍ୱାରା ବାସନ୍ତୀର ମନ କୌତୁକରେ ତା' ପ୍ରତି ଅଧିକରୁ ଅଧିକ ଆକୃଷ୍ଟ ହୋଇଉଠିଥିଲା। ଦିନେ ବାସନ୍ତୀ ହସି ହସି ବସନ୍ତକୁ କହିଲା, "ନୂଆବୋହୂ- ନା,ନା,'ଅ' ! ତୁମକୁ ଗୋଟାଏ କଥା ପଚାରନ୍ତି ?"

"କଣ ?" ବୋଲି କହି ବସନ୍ତ ବଡ଼ ବଡ଼ ଆଖି ଦିଟା ଟେକି ଚାହିଁଲା। ବାସନ୍ତୀ ତାକୁ ଆହୁରି ଆଦରରେ କୋଳକୁ ଟାଣିଆଣି କହିଲା, "ତମକୁ ମୁଁ ଆଜି ପରୀକ୍ଷା କରିବି।"

"ପରୀକ୍ଷା ? ନା ଲୋ ମା- ମୁଁ ପରୀକ୍ଷା ଦେଇପାରିବିନାହିଁ ଭୁଲ୍ ଭଟକ ହେଲେ ତୁମେ କହିଦବ ଯାହାକୁ ପାର ତାକୁ। ନା, ନା।"

"ନାଇ ମ, ମୁଁ କ'ଣ ସେ ପରୀକ୍ଷା କଥା କହୁଚି ? ମୁଁ ଏମିତି କେତେଟା ପ୍ରଶ୍ନ ପଚାରିବି। ତାର ଉତ୍ତର ତମେ ଦବ ମୁହେଁ ମୁହେଁ।"

"କଣ, ପଚାର।"

ବାସନ୍ତୀ କେତେଗୁଡ଼ିଏ ପ୍ରଶ୍ନ କଲା, ଜୀବନରେ ତାର ଉଦ୍ଦେଶ୍ୟ କ'ଣ, ବିନ ଭାଇକୁ ସେ କାହିଁକି ଭଲପାଏ, ପ୍ରେମ ମାନେ କଣ ଇତ୍ୟାଦି ଇତ୍ୟାଦି। ବସନ୍ତ ଏସବୁ ଜଟିଳ ପ୍ରଶ୍ନର ଅତ୍ୟନ୍ତ ସରଳ ଓ ସ୍ୱାଭାବିକ ଉତ୍ତର ଦେଇ ବାସନ୍ତୀକୁ ମୁଗ୍ଧ କରିଦେଲା। ବାସନ୍ତୀ ସବୁଠାରୁ ବେଶୀ ଚମତ୍କୃତ ହେଲା ଗୋଟିଏ ପ୍ରଶ୍ନର ଉତ୍ତରରେ ବସନ୍ତ କୁମାରୀର ମନର ପରିଚୟ ପାଇ। ବାସନ୍ତୀ ପଚାରିଲା, "ଆଚ୍ଛା, ଯେ ତୁମକୁ ପ୍ରଶଂସା କରେ, ତାକୁ ତୁମର ଭଲ ଲାଗେ ନା ଯେ ତୁମକୁ ନିନ୍ଦା କରେ, ତାକୁ ଭଲ ଲାଗେ ?"

ବସନ୍ତ କୁମାରୀ ଅତି ସହଜ କଣ୍ଠରେ ଉତ୍ତର ଦେଇଥିଲା, "ନିନ୍ଦୁକ ବା ପ୍ରଶଂସାକାରୀ ଯଦି ମୋର ଦୋଷ ବା ଗୁଣ ଦେଖି ନିନ୍ଦା ବା ପ୍ରଶଂସା କରନ୍ତି, ତେବେ ମତେ ବେଶ୍ ଭଲ ଲାଗେ। ବୃଥା ନିନ୍ଦାରେ ମୁଁ ଯେପରି ବିରକ୍ତ ହୁଏ, ବୃଥା ପ୍ରଶଂସାରେ ମଧ୍ୟ ସେହିଭଳି ବିରକ୍ତ ହୁଏ।"

ପ୍ରଶ୍ନୋତ୍ତର ଶେଷ ହେଲାପରେ ହଠାତ୍ ବସନ୍ତ କହିଲା, "ଆଗୋ ଆ, ମୁଁ ତମକୁ ଗୋଟାଏ କଥା ପଚାରନ୍ତି ?"

"କି କଥା ?" ବୋଲି କହି ବାସନ୍ତୀ କିଞ୍ଚିତ୍ କୌତୁକପୂର୍ଣ୍ଣ ଆଖିରେ ତାକୁ ଚାହିଁ ରହିଲା। ବସନ୍ତ ଟିକିଏ ଅଙ୍ଗ ଅଙ୍ଗ ହୋଇ ଭୟରେ ଆରମ୍ଭ କଲା, 'ନା, ସତେ

ଏକା ଲୁଚେଇବ ନାହିଁ, କି ରାଗିବ ନାହିଁ ମୋ ଉପରେ। ମୁଁ ଯାହା ପଚାରିବି, ତାର ଉତ୍ତର ଦବ। ଏଁ?"

"କଣ କହୁନା" ବୋଲି କହି ହସହସ ଆଖି ଯୋଡ଼ିକ ଟେକି ବାସନ୍ତୀ ବସନ୍ତକୁ ଭିଡ଼ି ଆଣିଲା। ବସନ୍ତ ସଲଜ୍ଜ ଭାବରେ କହିଲା, "ଆଚ୍ଛା, ତୁମେ ଦେବ ବାବୁଙ୍କୁ ଖୁବ୍ ଭଲପାଅ, ଦେବବାବୁ ବି ତୁମକୁ - ହେଇ, ତୁମ ମୁହଁ ତ ଶୁଖିଗଲାଣି। ମୁଁ ସେଥିପାଇଁ ପରା ପଚାରୁନଥିଲି। ... ମୁଁ କାହିଁକି ପଚାରୁଥିଲି କି, ଯଦି ଦିହେଁ ଦିହିଙ୍କି ଭଲ ପାଅ, ଆଜି ସୁଦ୍ଧା, ତେବେ ସେ ବି କେମିତି ତୁମକୁ ତଡ଼ିଦେଲେ? ତମେ ବି କେମିତି ବାହାରି ଆସିଲ?" କହିସାରି ଆଖି ଯୋଡ଼ିକ ଟେକି ବସନ୍ତ ବାସନ୍ତୀର ପାଣ୍ଡୁର ମୁଖ ପ୍ରତି ଛନ ଛନ ହୋଇ ଚାହିଁଲା। ବାସନ୍ତୀ ଏ ଅପ୍ରତ୍ୟାଶିତ ପ୍ରଶ୍ନରେ ଅଭିଭୂତ ହୋଇଯାଇଥିଲା। କିଛିକ୍ଷଣ ଅପ୍ରତିଭ ହେଲା ପରି ରହି କହିଲା, "ଗଲା କଥାରେ ଫଳ କ'ଣ, ନୂଆ ..."

"ଗଲା କଥା? ଗଲା କଥା ଫେର୍ ଗୋଟାଏ କ'ଣ? ସ୍ୱାମୀ ସ୍ତ୍ରୀଙ୍କ ଭିତରେ ଗଲା ଆଇଲା କଥା ଗୋଟାଏ କ'ଣ? ମତେ ତ ଲାଗୁଛି, ତୁମେ ନିଶ୍ଚୟ ତାଙ୍କୁ ଭଲପାଅ ଆଜି ସୁଦ୍ଧା- ହଁ, କି ନା, କହୁ ନା କାହିଁକି?"

ବାସନ୍ତୀ ଚୁପ୍ ହୋଇ ରହିଲା। ବସନ୍ତ ପୁଣି କହିଲା, "ଆଚ୍ଛା, ସେ କଥା ଗଲା। ଦେବବାବୁ ତୁମକୁ ଭଲ ପାଆନ୍ତି କି ନା କହିବଟି?" ବାସନ୍ତୀ ଉତ୍ତର ଖୋଜି ପାଇଲା ନାହିଁ। ସେ କ'ଣ ନିଜେ ଏକଥା ଭାବିନାହିଁ? ଦେବବ୍ରତ ଯେ ତାକୁ ପ୍ରାଣ ଅପେକ୍ଷା ଭଲ ପାଏ, ଏକଥା ସେତ ଭଲରୂପେ ଜାଣେ! ତା ନିଜ କଥା ଛାଡ଼। ସେ ନିର୍ବାକ ହୋଇଗଲା। ବସନ୍ତର ସରଳ ପ୍ରଶ୍ନ ଯେଉଁ ବିଷୟ ପ୍ରତି ବାସନ୍ତୀର ଆଖି ଖୋଲିଦେଲା, ସେ ବିଷୟଟା କେବେହେଲେ ତ ବାସନ୍ତୀ ମନେ ମନେ ଭଲରୂପେ ପରୀକ୍ଷା କଲାନାହିଁ! ଦୁହିଙ୍କର ଦୁହିଙ୍କ ପ୍ରତି ପ୍ରେମ ଥାଇ ସୁଦ୍ଧା ଏ ଅସମ୍ଭବ ଘଟନା ଘଟିବା ବର୍ତ୍ତମାନ ତାକୁ ଭାରୀ ବିଚିତ୍ର ଲାଗିଲା। ସତେ ତ, କ'ଣ ପାଇଁ ଏପରି ହେଲା? ଦେବବ୍ରତ କିପରି ତାକୁ ଦୁଶ୍ଚରିତ୍ରା ବୋଲି ଭାବିପାରିଲା? କିଛି କାରଣ ନଥାଇତ ଯା ସମ୍ଭବ ହୋଇ ନ ପାରେ? ସେ କାହିଁକି ଏ ସହଜ କଥାଟା ଆଜିଯାଏଁ ବୁଝିନାହିଁ? ସେ ତ ଆଜିଯାଏ ଭାବିଆସିଛି ଯେ, ତା ସଙ୍ଗ ଦେବବ୍ରତର ଅସହ୍ୟ ହେବାରୁ ସେ ଗୋଟାଏ ବୃଥା ଅଭିଯୋଗରେ ତାକୁ ତ୍ୟାଗ କରିଛି। ତାର ବର୍ତ୍ତମାନ ମନେହେଲା, ହୁଏତ ଏପରି ଭାବିବା ତାର ଅନ୍ୟାୟ! ନା, ନା, ତାକୁ ଦୁଃଶ୍ଚରିତ୍ରା ଭାବିବାକୁ ତାକୁ କି କାରଣ ଦେଇଛି ସେ ତାଙ୍କୁ? କିଛି ତ କାରଣ ନାହିଁ! ସେ ବା

ତାକୁ ଦୁଃଶ୍ଚରିତ୍ରା ବୋଲି ଭାବି ପାରିଲେ କିପରି ? ପୁଣି ବାସନ୍ତୀର ମନ ବିଦ୍ରୋହୀ ହୋଇଉଠିଲା ।

ବସନ୍ତ ପୁଣି କହିଲା, "ଆଚ୍ଛା ଦେବବାବୁ କଉଁ ହିସାବରେ ତମକୁ ଘରୁ ତଡ଼ିଦେଲେ ? ତମେ ବି କିମିତି ? ଏକା ପଦକରେ ଚାଲି ଆସିଲ ! ମୁଁ ତ ଜମାରୁ ବୁଝିପାରୁନାହିଁ ପରା । ମତେ ଲାଗୁଛି, ଆଗରୁ ନିଶ୍ଚେ ଭାବ ଭାଙ୍ଗି ଯାଇଥିଲା । ତା ନହେଲେ ସେ ବି ଇମିତି ଭୁଲ୍ ବୁଝନ୍ତେ କାହିଁକି, ଆଉ ତୁମେ ବି ଇମିତି ଏକବୁଝା ହୋଇ ତାଙ୍କ କଥାକୁ ମାନି ଚାଲି ଆସନ୍ତ କାହିଁକି ?"

ବାସନ୍ତୀ ସେତିକିବେଳେ ମର୍ମେ ମର୍ମେ ବୁଝୁଥିଲା ଯେ, ପ୍ରେମର ଅଭାବରୁ ଏ ଦୁର୍ଘଟନା ଘଟିନାହିଁ । ତାର ଏକମାତ୍ର କାରଣ, ଉଭୟ ପକ୍ଷର ଗୋଟାଏ ମିଥ୍ୟା ଅଭିମାନ, ଗୋଟାଏ ଅବୁଝା ଅହମିକା । ସେ ନିଜେ କଣ କିଛି ଦୋଷ କରିନାହିଁ ? ଦେବବ୍ରତ ପ୍ରତି ତାର କର୍ତ୍ତବ୍ୟ ସେ ସର୍ବୋତୋଭାବରେ କରିପାରିଛି କି ?

ବସନ୍ତ କହିଗଲା, "ତୁମେ ବୋଧହୁଏ ମୋ ଉପରେ ରାଗୁଛ । ରାଗ ପଛକେ, କିନ୍ତୁ ମୁଁ କଦାପି ତୁମ ଭଳି ହୋଇ ନଥାନ୍ତି । ଯେଉଁଦିନ ଟିକିଏ କେଁ ଦେଖିଥାନ୍ତି, ସେହିଦିନ ସେଇଟା ସଫା ନକରିବା ଯାଏଁ ମତେ ଭାତ ରୁଚି ନଥାନ୍ତା । ଦିହିଙ୍କ ମନ ଭାଗ ଭାଗ ହୋଇଗଲେ ଯାହା ହୁଏ, ସେଇୟା ତୁମର ହୋଇଛି । ସେଥିରେ ତୁମର ବି ଦୋଷ ଅଛି । ତୁମେ ତ ୟା ବୁଝି- ଛି, ଛି, ପିଲାଙ୍କ ଭଳି କାନ୍ଦୁଚ !"

ବସନ୍ତ ବାସନ୍ତୀର ମୁହଁଟିକୁ ଟେକି ନିଜ ଛାତି ଉପରେ ରଖି ତାକୁ ଉଚ୍ଛ୍ୱସିତ କ୍ରନ୍ଦନରୁ ବିରତ କରିବାକୁ ଚେଷ୍ଟା କଲା; କିନ୍ତୁ ଫଳ ଓଲଟା ଫଳିଲା । ବାସନ୍ତୀ ଜାଣେ, ସେ କି ନିବିଡ଼ ଭାବରେ ଦେବବ୍ରତକୁ ଭଲପାଏ । ବସନ୍ତ କଥାରେ ତାର ମନେହେଲା, ତା ନିକଟରେ ଯେପରି ଦେବବ୍ରତ ଆଗ ଅପେକ୍ଷା ଦ୍ୱିଗୁଣ ପ୍ରିୟ ହୋଇଛି । କେଜାଣି କାହିଁକି, ଦେବବ୍ରତ ପ୍ରତି ତାର ସବୁ ଅଭିମାନ, ବିରାଗ ଆଜି କୁଆଡ଼େ ଉଭେଇଗଲା । ରହିଲା କେବଳ ସେହି ଅତୀତ କାଳର ଦରଫୁଟା ପ୍ରୀତି ମୁକୁଳଟି, ଯାହାର ବିକାଶ ପାଇଁ ତାର ଅନ୍ତରରେ ଆଜି ମଳୟ ବହୁଛି, ପଲ୍ଲବ ଥରୁଛି, କୋକିଳ ଗାଉଛି । ସେହି ମୁକୁଳର ମାଦକଭରା ଗନ୍ଧ ବାସନ୍ତୀକୁ ପାଗଳ କରିପକାଇଲା- ମୁକ୍ତ ପ୍ରେମାବେଗରେ ତା ଅନ୍ତର ଉଚ୍ଛ୍ୱସିତ ହୋଇଉଠିଲା ।

## - ଛବିଶ -

ସକାଳ ସାତଟା ଆଠଟା ବେଳେ ସୁନୀତି ଖଣ୍ଡେ ସାନ ଚୌକି ପକାଇ ସାନ ବଗିଚ୍ଛଟିରେ ବସିଥିଲା। ଅଦୂରରେ ତାନପୂରାର ମୃଦୁ ଗୁଞ୍ଜନ ଶୁଣାଗଲା। ସୁନୀତି ଫାଟକ ପାଖକୁ ଆସି ଦେଖିଲା, ତାର ପୁରୁଣା ବନ୍ଧୁ ଫକୀର ସାହେବ ଆସୁଛନ୍ତି। ଫକୀର ସାହେବ ବାଗଦାଦ୍ ବାସୀ ମୁସଲମାନ୍- ଅନେକଦିନରୁ ଓଡ଼ିଶାକୁ ନିଜର ମାତୃଭୂମି କରିନେଇଛନ୍ତି। ଭିଖାରୀ ବୃଦ୍ଧ ବହୁ କାଳରୁ ଅନ୍ଧ। ଗୋଟିଏ ଛୋଟ ପିଲା ତାଙ୍କ ହାତ ଧରି ତାଙ୍କୁ ଏଣେ ତେଣେ ଘେନିଯାଏ।

ଫାଟକ ସାମ୍ନାରେ ଠିଆ ହୋଇ ଫକୀର ତାନପୂରା ବଜାଇବାକୁ ଲାଗିଲେ। ସୁନୀତି ତାଙ୍କୁ ବୈଠକଖାନା ଭିତରକୁ ଡାକିନେଲା ଏବଂ ଗୋଟିଏ ଚୌକିରେ ବସାଇ କହିଲା, "ଓସ୍ତାଦ୍ ଜୀ! ଆଜି ଗୋଟିଏ ନୂଆ ଗୀତି ଗାଆନ୍ତୁ।" ଓସ୍ତାଦ୍ ଜୀ ଉତ୍ତର ଦେଲେ ନାହିଁ- କେବଳ ପରିତୋଷର ଶୁଭ୍ର ହାସ୍ୟରେ ତାଙ୍କର ଶୁଭ୍ର ଶ୍ମଶ୍ରୁ ଉଜ୍ଜ୍ୱଳ ହୋଇଉଠିଲା। ସେ ଏକମନରେ କିଛିକ୍ଷଣ ତାନପୂରା ବଜାଇ ଗୋଟିଏ ଉର୍ଦ୍ଦୁ ଗୀତ ଗାଇଲେ, "ପ୍ୟାରିରେ, ମୁଁତ କବି ନୁହେଁ, ଗାୟକ ମଧ୍ୟ ନୁହେଁ। କିପରି ତୋର ରୂପ ଗୁଣ ବର୍ଣ୍ଣନା କରିବି ?... ମୁଁ ଆଜି ଦୀନ ଭିଖାରୀ, କିନ୍ତୁ ମୁଁ ଯଦି ସମରଖନ୍ଦ୍ ଓ ବୁଖାରାର୍ ମଧ୍ୟ ସମ୍ରାଟ ହୋଇଥାନ୍ତି, ତେବେ ତୋ ଲାଗି ମୁଁ ସେ ସବୁ ରାଜ୍ୟ ତ୍ୟାଗ କରନ୍ତି। ତୋତେ ସଙ୍ଗରେ ଘେନି ମୁଁ ଗଭୀର ବନକୁ ଚାଲିଯାଆନ୍ତି।- ସେଠାରେ ତୋର ସ୍ପର୍ଶରେ କଣ୍ଟାଗଛରେ ଗୋଲାପ ଫୁଟନ୍ତା, ଖଜୁରୀ ଗଛରୁ ସିରାଜୀ ଝରନ୍ତା। ଫିରଦୌସ୍ କିପରି ସ୍ଥାନ ମୁଁ ଜାଣେନାହିଁ, କିନ୍ତୁ ତୁ ମୋ ସାଙ୍ଗରେ ଥିଲେ ମୁଁ ଯେଉଁଠାକୁ ଯାଆନ୍ତି, ସେଠାରେ ଫିରଦୌସ୍ ରଚନା କରନ୍ତି। ତୁ କ'ଣ ଆଉ ଦେଖାଦେବୁନାହିଁ ? ମୋର ଏ ପ୍ରତୀକ୍ଷା କଣ ଆଉ ଶେଷ ହେବନାହିଁ ?" ଅଶୀତିପର ବୃଦ୍ଧ ଫକୀର ଏ ସଙ୍ଗୀତ ଗାଉ ଗାଉ ବେଳେ ବେଳେ ବିହ୍ୱଳ ହୋଇଯାଉଥାନ୍ତି- ଦୁଇ ଧାରରେ ତାଙ୍କ ଆଖିରୁ ଲୁହ ଗଡ଼ି

ପଡୁଥାଏ। କେତେବେଳେ ବା ଆନନ୍ଦରେ ଆତ୍ମବିସ୍ମୃତ ହୋଇ ସେ ସସ୍ମିତ ବଦନରେ ଦୂରକୁ ଚାହିଁ ରହୁଥାନ୍ତି। ବୃଦ୍ଧ ଫକୀରଙ୍କ କଣ୍ଠରେ ସୁନୀତି ଏଭଳି ପ୍ରେମର ସଙ୍ଗୀତ ଶୁଣୁ ଶୁଣୁ ମୁଗ୍ଧ ହୋଇଯାଉଥାଏ। ଯାହାର ଚିରନ୍ତନ ପ୍ରତୀକ୍ଷାର ବେଦନା ଏ ସଙ୍ଗୀତରେ ମୂର୍ତ୍ତ ହୋଇଛି, ସେ ନିଜର ମନେ ମନେ ସେହି ପ୍ରେମିକର ଚିତ୍ର ଆଙ୍କୁଥାଏ।

ସଙ୍ଗୀତ ଚର୍ଚ୍ଚା କିଛିକ୍ଷଣ ଚାଲିଲା। ସୁନୀତି କହିଲା, "ଓସ୍ତାଦ୍ ଜୀ, ଆଜି ଖରା ମାଡ଼ିଆସିଲାଣି। ଆଉ କୁଆଡ଼େ ଯାଆନ୍ତୁ ନାହିଁ। ଆମରି ଏଠି ଖାଆନ୍ତୁ।" ଫକୀର ଉତ୍ତର ଦେଲେନାହିଁ। ନୀରବରେ ବସିବାକୁ ଲାଗିଲେ। ତାଙ୍କର ଦୃଷ୍ଟିହୀନ ଚକ୍ଷୁ ଦିଓଟି ଉଜ୍ଜ୍ୱଳ ହୋଇଉଠିଲା। ତାଙ୍କର ପଥପ୍ରଦର୍ଶକ ଟୋକାଟି ବାହାରକୁ ଅନାଇଥିଲା, ହଠାତ୍ କହିଲା, "ତଶରିଫ୍ ଲିଜିୟେ, ବାବୁଜୀ।" ସୁନୀତି ବାହାରକୁ ଆସି ଦେଖିଲା, ରମେଶ ନୀରବରେ ବାରନ୍ଦାରେ ଛିଡ଼ା ହୋଇଛି। ଅପ୍ରତ୍ୟାଶିତ ଭାବରେ ରମେଶକୁ ଦେଖି ନିଜର ଅଜ୍ଞାତରେ ତାର ମୁଖ ଉଜ୍ଜ୍ୱଳ ହୋଇଉଠିଲା। ସେ କିଛି ନ କହି କିଛିକ୍ଷଣ ରମେଶ ମୁହଁକୁ ଚାହିଁ ହସିବାକୁ ଲାଗିଲା। ରମେଶ କହିଲା, "ବାଃ, ବେଶ୍ ଲୋକ ତ ! ଭଦ୍ରଲୋକ ଏଠି ଛିଡ଼ା ହୋଇଛି, ଆଉ ଏ କେବଳ ହସୁଛନ୍ତି !"

ସୁନୀତି ଦୁଷ୍ଟ ହସ ହସି କହିଲା, "ଓଃ, ଭାରୀ ତ ଭଦ୍ରଲୋକ ! ଭଦ୍ରଲୋକଙ୍କୁ ଏଠି ଛିଡ଼ା ହେବାକୁ କିଏ କହିଥିଲା ?"

"ହଠାତ୍ ଘର ଭିତରକୁ ଯାଇ ତୁମର ସଙ୍ଗୀତାଳାପରେ ବାଧା ଦେବାଟା ସୁରୁଚିର ପରିଚୟ ହୁଅନ୍ତା ପରା !" - ରମେଶ ଆସ୍ତେ ଆସ୍ତେ ଘର ଭିତରକୁ ଗଲା, ସୁନୀତି ତା ପଛେ ପଛେ ଘର ମଧ୍ୟରେ ପ୍ରବେଶ କଲା।

"ବଉଳ ଘରକୁ କେବେ ଯିବ ଠିକ୍ କଲ ?"

"ଏବେ ତ ଆଉ ତାହା ବଉଳ ଘର ନୁହେଁ, ସୁନୀତି, ଦେବବ୍ରତ ବାବୁଙ୍କ ଘର !" - ଦୁହେଁଯାକ ଖବର ନେଇ ଜାଣିଥିଲେ, ସତକୁ ସତ, ଖଣ୍ଡେ କ'ଣ ଚିଠି ପଢ଼ି ଦେବବ୍ରତ ବାସନ୍ତୀକୁ ଅବିଶ୍ୱାସିନୀ ବୋଲି ଘରୁ ବାହାର କରିଦେଇଛି। ଘଟଣାଟା ରମେଶକୁ ବଡ଼ ବାଧିଥିଲା। ରମେଶ କଥାର ଅର୍ଥ ହୃଦୟଙ୍ଗମ କରି ସୁନୀତି କିଛିକ୍ଷଣ ଚୁପ୍ ହେଲା, ପୁଣି ପଚାରିଲା-

"ସତେ କେବେ ଯିବ ?"

"ଆଜି ଦିନ ଗାଡ଼ିରେ।"

"ମତେ ସଙ୍ଗରେ ନେଇ ଚାଲ।"

"ପାଗଳ ହେଲ- ତୁମକୁ ସଙ୍ଗରେ ନେଇ ଗଲେ ଲୋକେ କ'ଣ କହିବେ ?"

ସୁନୀତି ଓଠ ଫୁଲାଇ ଅଭିମାନକ୍ଷୁବ୍ଧ କଣ୍ଠରେ କହିଲା, "ତୁମେ ଯେ ଲୋକଙ୍କ

କଥାକୁ କାହିଁକି  ଏତେ ଭୟ କର, ମୁଁ ବୁଝିପାରୁନାହିଁ। ଲୋକେ ଖାଲି ନିନ୍ଦା କଲାବେଳକୁ ଶତଜିହ୍ୱ ହୁଅନ୍ତି, ଏହା କ'ଣ ତୁମେ ଜାଣନା ?"

"ଥାଉ ଥାଉ ସେସବୁ ଚଲାଖି ଥାଉ। ଗାଡ଼ି ବେଳ ଢେର୍ ଡେରି ଅଛି। ତୁମେ ବସିବଟି।" - ସୁନୀତି ସକଳ ବଳପୂର୍ବକ ରମେଶକୁ ଗୋଟାଏ ଚେୟାରରେ ବସାଇଦେଲା। ଦୁହେଁଯାକ ବସିଲାରୁ ଫକୀର ସାହେବ ପୁଣି ଗାଇବାକୁ ଲାଗିଲେ।

ଡାକବାଲା ଫାଟକ ପାଖରେ ଡାକିଲା- "ଚିଠି ନିଅ।" ସୁନୀତି ଦୌଡ଼ିଯାଇ ଡାକବାଲା ଠାରୁ ଦୁଇଖଣ୍ଡ ଚିଠି ଆଣିଲା। ଦେଖିଲା, ଖଣ୍ଡେ ତାହାର, ଉପରେ ବାସନ୍ତୀ ହାତଲେଖା ଠିକଣା; ଆଉ ଅନ୍ୟ ଖଣ୍ଡେ ରମେଶର, ଦେବବ୍ରତ ହସ୍ତାକ୍ଷରରେ ଠିକଣା ଲେଖା ହୋଇଛି। ଦେବବ୍ରତ ରମେଶକୁ ସୁନୀତିର 'କେଆର'ରେ ଚିଠି ଲେଖି ଲଫାଫାର ଗୋଟିଏ କଣରେ ଲେଖି ଦେଇଛି- "ରମେଶ ବାବୁ କଟକରେ ନଥିଲେ ସେ ଯେଉଁଠାରେ ଥିବେ, ସେଠାକୁ ଏହା ପଠେଇ ଦେବେ।" ଉଭୟ ପରମ ଆଗ୍ରହରେ ନିଜ ନିଜର ଚିଠି ପଢିଲେ। ବାସନ୍ତୀ ସୁନୀତିକୁ ଲେଖିଛି ଅତି ସାନ ଚିଠିଟିଏ।

"ପ୍ରାଣର ବଉଳ ମୋର,

ଭୁଲି ଯା, ଭୁଲିଯା... ଏ ଅଭାଗିନୀକୁ ଭୁଲିଯା। ମୁଁ କୁଆଡ଼େ ଅବିଶ୍ୱାସିନୀ। ମୋ ନାଁ ଶୁଣିଲେ ସତୀ କାନରେ ହାତ ଦେବେ ! ବୁଝିଲୁ ?  ମୁଁ ଆଜି ରାଜପଥରେ। ନାରୀକୁ ରାଜପଥ ଯେତେରକମ ହାତଠାରେ, ମୁଁ ସେସବୁ ହାତଠରା ଦେଖୁଛି। ବଉଳ ! ସ୍ଥିର ହୋଇ ଭାବୁଛି; କି ଅଦ୍ଭୁତ ମୁଁ, କି ଅଦ୍ଭୁତ ଏ ଦୁନିଆ ! ମୁଁ କେଉଁଠି ଅଛି, ତାହା ଜାଣିବା ତୋର ଦରକାର ନାହିଁ, କାହାରି ଦରକାର ନାହିଁ ବୋଧହୁଏ। ଯଦି ତୋତେ କଳଙ୍କ ନଲାଗେ, ରମେଶ ବାବୁ ଯଦି ଏ କଳଙ୍କିନୀ ସହିତ ତୋର ସମ୍ପର୍କ ଅନୁଚିତ ମନେ ନକରନ୍ତି, ତେବେ ଚିଠି--ନା, ନା, ଚିଠି ଦେବାର କିଛି ଦରକାର ନାହିଁ। ମୋତେ ତୋର ସ୍ମୃତି ପଟରୁ ପୋଛି ପକାଇବୁ।

ସ୍ନେହର

**ବାସନ୍ତୀ।"**

ସୁନୀତି ଦୀର୍ଘଶ୍ୱାସ ତ୍ୟାଗ କଲା। ହାୟରେ, ଚିଠିଟାରେ ଠିକଣା ମଧ୍ୟ ନାହିଁ, ଲଫାଫା ଉପରେ ମୋହର ବି,ଆର୍,ଏମ୍,ଏସ୍. !

ରମେଶ ମଧ୍ୟ ଦେବବ୍ରତର ଚିଠି ପଢ଼ିଲା।-

"ରମେଶ ଭାଇଟି ମୋର,

ତୁମେ ବୋଧହୁଏ ସବୁ ଶୁଣିଛ। ମୁଁ କେଡ଼େ ଅପରାଧୀ, ତାହା ନିଜର ଅନ୍ତରେ ଅନ୍ତରେ ଅନୁଭବ କରୁଛି। କ୍ଷମାର ଅଯୋଗ୍ୟ ମୁଁ।

ଭାବିଥିଲି, ସେ ମୋ ଜୀବନର କଣ୍ଟକ। ତାକୁ ଘରୁ ତଡ଼ିଦେଲେ ମୋର ଜୀବନ-ପଥ କଣ୍ଟକଶୂନ୍ୟ ହେବ; କିନ୍ତୁ ତାହା ତ ହେଲା ନାହିଁ। ତାକୁ ଘରୁ ତଡ଼ିଦେଲି ସତ; କିନ୍ତୁ ଅନ୍ତରରୁ ତଡ଼ିଦେଇପାରିଲି ନାହିଁ ତ ! ସେ ଯେ ମୋ ଜୀବନ ସହିତ ଏଭଳି ନିବିଷ୍ଟ ଭାବରେ ଗୁନ୍ଥା ହୋଇ ରହିଛି, ମୂଢ଼ ମୁଁ, ତାକୁ ତଡ଼ିଦେଲାବେଳେ ତାହା ବୁଝିପାରିନଥିଲି। ସେ ଗଲାପରେ ତାର ଅଶ୍ରୁସିକ୍ତ ଆଖି ଦିଓଟି ସବୁବେଳେ ମୋ ଆଖି ଆଗରେ ଖେଳି ଯାଉଥାଏ। ସ୍ୱପ୍ନରେ, ଜାଗରଣରେ ମୁଁ ଖାଲି ଦେଖିବାକୁ ଲାଗିଲି, ସେ କରୁଣ ଦୃଷ୍ଟିରେ ମୋ ଆଡ଼କୁ ଋହିଁ ରହିଛି, ବେଳେ ବେଳେ କାତର ଭାବରେ ପଋରୁଛି, "ମୁଁ ଅବିଶ୍ୱାସିନୀ ପ୍ରିୟତମ ?" ମୁଁ ସେ ଋହାଣୀ ସହ୍ୟ କରି ନପାରି ନାନା କାର୍ଯ୍ୟରେ ବୁଡ଼ିରହିବାକୁ ଚେଷ୍ଟା କଲି, ନିଜର ଅନ୍ତରବେଦନାକୁ ବାହାର କାର୍ଯ୍ୟର ଗୋଟାଏ ମିଥ୍ୟା ଆବରଣରେ ଘୋଡ଼ାଇବାକୁ ଚେଷ୍ଟା କଲି, ହେଲା ନାହିଁ, ହେଲା ନାହିଁ ! ଋରିଆଡ଼େ ବାସନ୍ତୀର ମୂର୍ତ୍ତି ସହସ୍ର ରୂପ ଧରି ମୋ ସମ୍ମୁଖରେ ବୁଲିବାକୁ ଲାଗିଲା, "ମୁଁ ଅବିଶ୍ୱାସିନୀ ବୋଲି ସତେ ତୁମେ ବିଶ୍ୱାସ କର ?" ମୁଁ ଏ ପ୍ରଶ୍ନର ଉତ୍ତର ଖୋଜି ପାଇଲି ନାହିଁ।

ସେ ଥିଲାବେଳେ ଯେଉଁମାନେ ସହସ୍ର ରକମରେ ତାହାର ନିନ୍ଦା କରୁଥିଲେ, ସେ ଗଲାପରେ ସେହିମାନେ ଉଚ୍ଛ୍ୱସିତ ଭାବରେ ତାହାର ପ୍ରଶଂସା କରିବାକୁ ଲାଗିଲେ, "ଏମିତି ସୁନାବୋହୂ କୋଟିକେ ଗୋଟିଏ ମିଳେନା ରେ, ବାପା ! ତୁ ଏଡ଼େ ଭଲ ପିଲା- ତୁ ଯା କରିବୁ ବୋଲି ଆମେମାନେ ସ୍ୱପ୍ନରେ ସୁଦ୍ଧା ଭାବିନଥିଲୁ।" ଏହି ଲୋକଗୁଡ଼ାଙ୍କ ଭାଣ୍ଡପଣିଆରେ ମୋ ଦେହ ଜଳିଯାଉଥାଏ ସତ, କିନ୍ତୁ ମୋର ଆତ୍ମଗ୍ଲାନି ବଢ଼ିଯାଉଥାଏ, ଭାଇ।

ସବୁଠୁଁ ବିଷମ ହେଲେ ବୋଉ। ସେ ରାଗରେ କିଛିଦିନ ଜଳିଉଠିଲେ; କିନ୍ତୁ ଏବେ କେତଦିନ ହେଲା ଶଯ୍ୟା ଆଶ୍ରୟ କଲେଣି। ମଝିରେ ମଝିରେ ତାଙ୍କୁ ଜ୍ୱର ହେଉଛି। ରୋଗର ପ୍ରଭାବରେ ସେ ବେଳେ ବେଳେ ପ୍ରଳାପ କରନ୍ତି- "ମୋ ନୟନ ମଣି ବାସ, ମୋ ବୋହୂ, ଆ, ମା, ଆ। ମୋ କୋଳକୁ ଆ। ସେ ଦୁଷ୍ଟ ପାଖକୁ ଆଉ ଯାଆ ନା- ମୋ କୋଳରେ ବସ୍, ଆ।" ମୁଁ ଏସବୁ ଦେଖି ହତବୁଦ୍ଧି ହୋଇଗଲିଣି। ମୋର ମନେ ହେଉଛି, ତାର ଅଭାବ ମୋଠୁଁ ଏମାନେ ବେଶୀ ଅନୁଭବ କରୁଛନ୍ତି। ଯେଉଁ ସନିଆମା ତାର ଶ୍ରୀ ଦେଖିପାରୁ ନ ଥିଲା, ସେ ତା' ପାଇଁ ଦିନ ରାତି କାନ୍ଦୁଛି। ଭାଇ ରମେଶ, ମୁଁ ଏ କେତେଦିନ ହୃଦୟରେ ବୃଶ୍ଚିକ ଦଂଶନ ଅନୁଭବ କରୁଛି, ତାହା ବର୍ଣ୍ଣନା କରିବାର ଶକ୍ତି ମୋର ନାହିଁ। ମାତ୍ର ଭଗବାନ ମୋର ଅନୁଶୋଚନାକୁ ଯଥେଷ୍ଟ ମନେ କରୁନାହାନ୍ତି। ବାସନ୍ତୀ ବିନା ଏ ଘର ମତେ ଶ୍ମଶାନ ଭଳି ମନେ ହେଉଛି। ଏ

ଶ୍ମଶାନ-ପୁରୀରେ ଭୂତାବିଷ୍ଟ ଭଳି ଘରିଆଡ଼େ ବୁଲୁ ବୁଲୁ ଦିନେ ବାରନ୍ଦାକଣରେ ଦୁଇ ତିନି ଖଣ୍ଡ ଛିଣ୍ଡା କାଗଜ ଦେଖିଲି । ପଢ଼ି ବୁଝିଲି, ମୁଁ ଯେଉଁ ଚିଠିର ଗୋଟିଏ ଅଂଶକୁ ପଢ଼ି ବାସନ୍ତୀକୁ ଅବିଶ୍ୱାସିନୀ ମନେ କରିଥିଲି, ଏ କାଗଜଗୁଡ଼ିକ ତାର ଅନ୍ୟାନ୍ୟ ଅଂଶ । ମୁଁ ଯେଉଁ ଚିଠିକୁ ବାସନ୍ତୀର ପ୍ରଣୟ ପତ୍ର ଭାବିଥିଲି, ଏ ଅଂଶ ଗୁଡ଼ିକ ପଢ଼ିବୁଝିଲି, ସେ ଚିଠି ତାହାର କେଉଁ 'ସ୍ନେହର ଭାଇଟି' ପାଖକୁ ଲେଖା । ପ୍ରଥମେ ଦୁଃଖିନୀ ଭଉଣୀଟିକୁ ଏତେ ଶୀଘ୍ର ଭୁଲିଗଲ' ଇତ୍ୟାଦି ରୂପେ ଅଭିମାନ ପ୍ରକାଶ କରି ବାସନ୍ତୀ ଲେଖିଛି, 'ଭାଇ, ତୁମ ଛଡ଼ା ଦୁନିଆରେ ମୋର ଆଶ୍ରୟ ସ୍ଥଳ ଆଉ କେହି ନାହିଁ । ଯାହାଙ୍କ ହୃଦୟରେ ସ୍ଥାନ ଲାଭ କରି ନିଜକୁ ଧନ୍ୟ ମନେକରିଥିଲି, ସେ ତ ପ୍ରତ୍ୟେକ ମୁହୂର୍ତ୍ତରେ ମୋତେ ଅନାଦର କରୁଅଛନ୍ତି, ମୋର ମନୁଷ୍ୟତ୍ୱକୁ ଅପମାନ କରୁଅଛନ୍ତି । ତୁମେ ମୋତେ ଉଦ୍ଧାର ନ କଲେ କିଏ ମୋର ଆଶ୍ରା ହେବ ?' ଏହା ତଳେ ଲେଖା ଅଛି, 'ତୁମର ସାନ ଭଉଣୀ ବାସନ୍ତୀ ।' ଏହା ଜାଣିଲାପରେ ମୋର ଅନୁତାପ କେତେ ପରିମାଣରେ ବୃଦ୍ଧିପାଇଛି, ତୁମେ ତାହା ବେଶ୍ ଅନୁମାନ କରିପାରୁଥିବ । ମୁଁ କେତେ ଭାବୁଛି, କିଛି ସ୍ଥିର କରିପାରୁନାହିଁ । ବାସନ୍ତୀର ଯେ ସତକୁ ସତ କୌଣସି 'ଭାଇ' ଥିଲା, ତାହା ତ ମୁଁ କେବେ ଜାଣିନଥିଲି । ତୁମେ କ'ଣ ତାର କୌଣସି ଭ୍ରାତୃସ୍ଥାନୀୟ ଆତ୍ମୀୟ ଥିବାର ଜାଣ ?

ମୁଁ ବାସନ୍ତୀ ଭଳି ନିରପରାଧୀକୁ କି ପାଶବିକ ଦଣ୍ଡ ଦେଇଛି, ତାହା ଭାବିଲାବେଳକୁ ମୋର ସାରା ଦେହ ଶୀତେଇ ଉଠୁଛି । ସେ କେଉଁଠି ଅଛି, ଜାଣେ ନାହିଁ, ଜାଣିପାରିବାର ଉପାୟ ମଧ୍ୟ କିଛି ଦେଖୁନାହିଁ । ଭାଇ, ମୋର ତଥାପି ମନେ ହେଉଛି, ସେ ମୋ ଉପରେ ରାଗି ନାହିଁ । ମୁଁ ଅନୁଭବ କରୁଛି, ସେ ଯେପରି ମୋର ମଙ୍ଗଳ ପାଇଁ ସବୁବେଳେ ଭଗବାନଙ୍କ ପାଖରେ ପ୍ରାର୍ଥନା କରୁଛି । ତାର ଅନବସ୍ଥାନରେ ତାର ମହତ୍ତ୍ୱ ମୋ ଦୃଷ୍ଟିରେ ଶତଗୁଣରେ ବୃଦ୍ଧି ପାଇ ମୋ ବିବେକକୁ ବାରମ୍ବାର ଆଘାତ କରୁଛି, ମୋତେ ବିକଳ କରିପକାଉଛି ।

ସୁନୀତି ଦେବୀ ଏସବୁ ଶୁଣି ମୋତେ ଘୃଣା କରିବେ ନିଶ୍ଚୟ । ହଁ, ମୁଁ ଘୃଣାର ପାତ୍ର । ମୁଁ ଜାଣେ, ତାଙ୍କର ସଙ୍ଗିନୀ ପ୍ରତି ମୁଁ ଯେଉଁ କୁବ୍ୟବହାର କରିଛି, ତାହା ଅମାର୍ଜନୀୟ । ତାଙ୍କୁ କେବଳ ଏତିକି କହିବ, ସାରା ଜୀବନବ୍ୟାପୀ ଅନୁଶୋଚନାର ଅଗ୍ନିପରୀକ୍ଷା ଦ୍ୱାରା ପ୍ରାୟଶ୍ଚିତ କଲେ ସେ କ'ଣ ମୋତେ କ୍ଷମା କରିବେ ନାହିଁ ? ତୁମେ ଦୁହେଁ ମୋ ପାଇଁ ଭଗବାନଙ୍କ ପାଖରେ କୃପା ଭିକ୍ଷା କରିବ, ରମେଶ । ମୋର କଳୁଷିତ ହୃଦୟ-କାତର ପ୍ରାର୍ଥନା ସେ ଯଦି ନ ଶୁଣନ୍ତି, ଭରସା ଅଛି, ତୁମ ଦୁହିଙ୍କ ପବିତ୍ର ହୃଦୟର ଗୁହାରି ସେ ଶୁଣିବେ ।

ବିଦାୟ ଭାଇ ରମେଶ, ବିଦାୟ। ମୋ ସହିତ ତୁମର ବୋଧହୁଏ ଆଉ ଦେଖାହେବନାହିଁ। ଯଦି ନହୁଏ, କ୍ଷତି କ'ଣ? ମୋ ଭଳି ବନ୍ଧୁର ଜୀବନ ତୁମର ପବିତ୍ର ଓ କର୍ମମୟ ଜୀବନର ସ୍ମୃତିପଟରେ କେବଳ ଗୋଟାଏ ଦୁଃଖସ୍ୱପ୍ନ ପରି ଲେଖା ରହିବ ସିନା!

ତୁମର ଅଧମ ବନ୍ଧୁ--

**ଦେବବ୍ରତ।"**

ରମେଶ ଚିଠି ଖଣ୍ଡିକ ପଢ଼ି ସ୍ତବ୍ଧ ହୋଇଗଲା। ସୁନୀତି ରମେଶଠାରୁ ଦେବବ୍ରତର ଚିଠି ଖଣ୍ଡିକ ନେଇ ପଢ଼ିଲା ଓ ରମେଶକୁ ବାସନ୍ତୀର ଚିଠି ପଢିବାକୁ ଦେଲା। ଉଭୟ କିଛି କାଳ ନିର୍ବାକ୍ ହୋଇଗଲେ। କଲ୍ୟାଣୀ ସବୁ ଶୁଣି ସାମାନ୍ୟ ହସିଲେ ଓ ଅବିଚଳିତ କଣ୍ଠରେ କହିଲେ, "ତୁମେ ସବୁ ଏତେ ବିଚଳିତ ହୁଅନା। ସତେ ଯଦି ବାସନ୍ତୀ ଘରୁ ବାହାରିଯାଇଥାଏ, ତଥାପି ବିଚଳିତ ହେବାର କିଛି ନାହିଁ। ସେମାନେ ପୁଣି ମିଳିତ ହେବେ। ସେମାନଙ୍କ ଜୀବନରେ କଲ୍ୟାଣ ଅକଲ୍ୟାଣ ରୂପ ଧରି ଆସିଛି। ଭୟ ନାହିଁ!"

ଦେବବ୍ରତର ଚିଠିର ଅଂଶଟି ଉପରେ ପୁନର୍ବାର ଦୃଷ୍ଟି ପଡିବାରୁ ରମେଶ ନିଜର ଅଜ୍ଞାତରେ ଚମକିପଡ଼ିଲା। "ମୋ ସହିତ ତୁମର ବୋଧହୁଏ ଆଉ ଦେଖା ହେବନାହିଁ"- ଏ କଥାର ଅର୍ଥ କ'ଣ? ଦେବବ୍ରତ କ'ଣ ଆତ୍ମହତ୍ୟା କରିବ? ନା, ନା, ସେ କ'ଣ ଏଡ଼େ ଦୁର୍ବଳ? ରମେଶ କିଛି କ୍ଷଣ ପରେ ଭାବିଲା, କେଜାଣି କିଏ କହିପାରେ? ଭ୍ରାନ୍ତ ହୃଦୟାବେଗର ବଶବର୍ତ୍ତୀ ହୋଇ ଯେଉଁ ଦେବବ୍ରତ ବାସନ୍ତୀ ଭଳି ସ୍ତ୍ରୀକୁ ପରିତ୍ୟାଗ କରିପାରେ, ତା' ପକ୍ଷରେ ତ କିଛି ଅସମ୍ଭବ ନୁହେଁ!

କଲ୍ୟାଣୀଙ୍କ ପାଦଧୂଳି ଘେନି ରମେଶ ତର ତର ହୋଇ ବାହାରିଗଲା। ତାହାର ସାଇକେଲରେ ଜଳଖିଆ ପାତ୍ରଟି ବାନ୍ଧି ଦେଉଁ ଦେଉଁ ସୁନୀତି କହିଲା, "ମୋ ରାଣ, ତାଙ୍କ ଘରେ ପହଞ୍ଚିଲା ମାତ୍ରକେ ମୋତେ ଚିଠି ଲେଖିବ। ମୁଁ ଚାତକ ଭଳି ଚାହିଁ ରହିଲି।" ସେଦିନ ରାତିରେ ବଉଳ କଥା ଭାବି ଭାବି କେତେଥର ସୁନୀତି ଅଶ୍ରୁ ଜଳରେ ତାର ବକ୍ଷ ସିକ୍ତ କଲା, କେତେଥର ହାରମୋନିୟମ୍ ବଜାଇ କରୁଣ ସ୍ୱରରେ ଗୀତ ଗାଇଲା।

## - ସତେଇଶ -

ଦେବବ୍ରତ ବାଲେଶ୍ୱରରୁ ବଡ଼ ବଡ଼ ଡାକ୍ତର ଓ ସିଭିଲ୍ ସର୍ଜନଙ୍କୁ ନେଇ ବୋଉଙ୍କ ଚିକିତ୍ସା ବିଷୟରେ ପରାମର୍ଶ କରିଥିଲା। ସେମାନେ ସବୁ ହାଲ୍ ଶୁଣି ମତ ଦେଲେ ଯେ, ରୋଗ ତାଙ୍କର ବେଶୀ ଭାଗ ମାନସିକ ଉତ୍ତେଜନା ଓ ଉଦ୍‌ବେଗ ଯୋଗୁଁ। ତାଙ୍କର ମନ ପ୍ରଫୁଲ୍ଲ ରଖିବାର ବ୍ୟବସ୍ଥା କରିବାକୁ ହେବ- ଆଉ କୌଣସି ସ୍ୱାସ୍ଥ୍ୟକର ସ୍ଥାନକୁ କିଛିଦିନ ପାଇଁ ଚାଲିଗଲେ ସଦ୍ୟ ଫଳଲାଭର ସମ୍ଭାବନା।

ବାସନ୍ତୀ ଗଲାର କିଛିଦିନ ପରେ ଦେବବୋଉଙ୍କୁ ଜ୍ୱର ଧରିଲା- ଘନଘନ ଜ୍ୱର ହୋଇ ଶେଷକୁ ମୂର୍ଚ୍ଛା ରୋଗ ଓ ତାର ସମସ୍ତ ଆନୁସଙ୍ଗିକ ଉପସର୍ଗମାନଙ୍କ କବଳରେ ସେ ବର୍ତ୍ତମାନ ଶଯ୍ୟାଶାୟୀ। ଏଡ଼େ ବଡ଼ ସୁସ୍ଥ ସବଳ ମୂର୍ତ୍ତିଟି ସତେଯେମିତି ବିଛଣାରେ ଲାଗିଗଲା ଭଳି ହୋଇଚନ୍ତି। ଆଗର ଦୀପ୍ତି ଆଉ ନାହିଁ । ଦେଖିଲା ବେଳକୁ ବିକଳ ଲାଗୁଛି।

ଆଜି ସକାଳ। ଦେବ ବୋଉଙ୍କୁ ନିୟମ ମୁତାବକ ଔଷଧ ଖୁଆଇ ତାଙ୍କ ବିଛଣା ଝାଡ଼ି ଝୁଡ଼ି ଦେଇ ପାଖରେ ବସି କପାଳରେ ହାତ ବୁଲାଉ ବୁଲାଉ କହିଲା, "ବୋଉ, ମୋ ସାଙ୍ଗରେ କେତେଥର ପୁରୀ, ଭୁବନେଶ୍ୱର ବୁଲିଯିବୁ ବୋଲି ଜିଗର କରିଥିଲୁ। ଚାଲ, ଭୁବନେଶ୍ୱର ଆଡ଼େ ମାସେ ଖଣ୍ଡେ ନେଇ ତତେ ବୁଲେଇ ଆଣିବି। ତୋ ଦିହ ବି ସେଠିକି ଗଲେ ଖୁବ୍ ଭଲ ବୋଧ ହେବ। ଏଠି ଏ ଗମ୍ଭୀରି ଘରଟା ଭିତରେ ପଡ଼ିରହି ବେଶୀ ମନ ଖରାପ ହଉଛି ତୋର।"

ମୁହଁଟି ମଉଳେଇ ଦେଇ ସୁଭଦ୍ରା ଦେଈ କହିଲେ, "ମୋର ତୀର୍ଥ ବ୍ରତ କରିବାର ସଉକ ଆଉ କ'ଣ ଅଛି ? ନା, ମତେ ତୋ ଭୁବନେଶ୍ୱର ସର୍ଗ ନେବ ? ମରଣ କ'ଣ ମୋ ଭଳି ପାପୀକୁ ଲୋଡ଼ି ଆସୁଛି ଯେ, ତୋ ମନରେ ଏଡ଼େ ଦକ ? ତାହାହେଲେତ ମୋର ସବୁ ଭୋଗ ପୂର୍ଣ୍ଣ ହୋଇଯା'ନ୍ତା- ଉଦ୍ଧାର ହୋଇଯା'ନ୍ତି ତମ ମାନଙ୍କଠୁଁ। ମୋ

ଦିନ ତ ଅସରନ୍ତି ! ମରିଲେ ଏଇଠି ପଡ଼ି ମରିବି।" ଏତିକିରେ ଦେବବ୍ରତ ଚୁପ୍। ଆଉ ଜଳବାୟୁ ପରିବର୍ତ୍ତନ କଥା ତୁଣ୍ଡରେ ଧରିବାକୁ ତାହାର ସାହସ ହେଲା ନାହିଁ। ନିଜର ସମସ୍ତ ଶକ୍ତି ଦେଇ କିପରି ବୋଉର ସେବା କରିବ, ଏଇ ହେଲା ତାର ପ୍ରଧାନ ଚିନ୍ତା। ଯାହା ଯୋଗୁଁ ତାର ଏତେ ଦଶା, ତା ଅଭାବଟା ଯେପରି ବୋଉ ନଜାଣୁ, ଏଥିପାଇଁ ସେ ଦିନରାତି ଜଗି ଚଲୁଥାଏ। କିନ୍ତୁ ମନର ଖଟ୍‌କା କ'ଣ ମୁଣ୍ଡ ଆଉଁସାରେ ଯାଏ ? କାନ୍ଥରେ, ବାଡ଼ରେ, ଦୁଆର ପଞ୍ଜାରରେ ବାସର ସଜଳ ଆଖି ଦିଓଟି, ବୋଉଙ୍କର ରୋଷ ଶୋକ ଭରା ଆଖି ଯୋଡ଼ିକ ଦେବବ୍ରତକୁ ଅନାଇ ବୁଲୁଥାନ୍ତି। ସତେ ଅବା ସେ ରୋଗଗ୍ରସ୍ତ ! ମନ କଥା ମନରେ ରଖି ସେ କେବଳ ଲାଗିଥାଏ ବୋଉଙ୍କ ସେବାରେ- ତାଙ୍କୁ ପ୍ରବୋଧ ଦେବାରେ

ଦେବବ୍ରତ ଜୀବନ ଉପରେ ମାସ କେତୁଟା ଗୋଟାଏ ଯୁଗ ଭଳି ବିତି ଯାଇଛି- ତା' ଜୀବନର ଗତି ଯେମିତି ବେତାଳିଆ ହୋଇପଡ଼ିଛି। ତାର ଉତ୍ସାହବ୍ୟଞ୍ଜକ କଥାବାର୍ତ୍ତା, ସରସ ହାସ୍ୟ ପରିହାସ- ତାର ରୂପକାନ୍ତିଯୁକ୍ତ ବଳିଷ୍ଠ ଦେହ, ସବୁକୁ ଯେମିତି ଗୋଟାଏ କାଳ ପ୍ରପଞ୍ଚ ଢାଙ୍କି ପକାଇଛି। ଦେହ ମୁଣ୍ଡର ପ୍ରସାଧନ କଥା ଦୂରେ ଥାଉ, ମୁଣ୍ଡ ବାଳ ଗୁଡ଼ାକ ବଢ଼ି ଯାଇଛି- କେଉଁ କାଳରୁ କ୍ଷୌରକର୍ମର ସମ୍ପର୍କ ନାହିଁ। ଚକ୍ଷୁତାରକାର ଦୀପ୍ତି ନିଭିଯାଇ କାହିଁ କୋଟରଗତ। ସେ କେବଳ ଗୋଟାଏ ହତଭାଗ୍ୟ ପୁରୁଷର ଚିହ୍ନ ପରି ଦିଶୁଛି। ଆଗ ଦେବବ୍ରତ ସାଥୀରେ ଏବର ଦେବବ୍ରତର ପାର୍ଥକ୍ୟ ବଡ଼ ବେଶୀ। କୋଉଠିକି ଯିବା ଆସିବାତ ଦୂରର କଥା, ବିଶେଷ ଦାୟରେ ନପଡ଼ିଲେ କଥା କହିବାକୁ ସୁଦ୍ଧା ସେ ଉତ୍ସାହବୋଧ କରେନାହିଁ। ନିଜର ଦୁଃଖ ହେତୁ କ'ଣ ସେ ଯେ ହୃଦୟଙ୍ଗମ କରିପାରୁନଥିଲା, ଏକଥା ନୁହେଁ; କିନ୍ତୁ ସେ ତାର ତୀବ୍ର ଆବେଗର ବଶବର୍ତ୍ତୀ ହୋଇ ଯେଉଁ କାର୍ଯ୍ୟଟି କରିପକାଇଥିଲା, ସେହି ଯୋଗୁରୁ ତା ପଛେ ପଛେ ଅପରିସୀମ ମନସ୍ତାପ ତାକୁ ଏପରି ଅଭିଭୂତ କରିପକାଇଥିଲା ଯେ, ସେ ତାର ମାନସିକ ଅବସ୍ଥାରେ ସମୟୋପଯୋଗୀ କୌଣସି ସୁବ୍ୟବସ୍ଥା କରିପାରୁନଥିଲା। କ'ଣ କଲେ କି ଉପାୟ ଅବଲମ୍ବନ କଲେ, ଯେ ତାର ଜୀବନ ସୁଖମୟ ହୋଇପାରିବ- ମନର ଶାନ୍ତି ଆସିବ, ସେ କଥା ସେ ଆଜିଯାଏ ସ୍ଥିରକରିପାରିନଥିଲା। ବୋଉଙ୍କ ଅସୁସ୍ଥତା ଦିନକୁଦିନ ବଢ଼ିବାର ଦେଖି ତାର ନିଜକୁ ନିଜେ ବୁଝି ପାରିବା ଭଳି ଜ୍ଞାନ ଲୋପ ପାଇଥିଲା। ସବୁଠୁଁ ତାକୁ ଏଇ ପ୍ରଶ୍ନଟି ବେଶୀ ପୀଡ଼ିତ କରୁଥିଲା- ବୋଉ ପ୍ରତି ମୁଁ କଣ ମୋର କର୍ତ୍ତବ୍ୟ କରିପାରିଛି ? ମୋ ଯୋଗୁରୁ ଗୋଟାଏ ଦିନ ତ ସେ ସୁଖରେ କଟାଇପାରିନାହିଁ ! କିନ୍ତୁ ମୋ କର୍ତ୍ତବ୍ୟର ପ୍ରତ୍ୟାଶା ନ ରଖି ତାର ପ୍ରତିଟି ଦିନ ସେ ମୋରି ସେବାରେ, ମୋରି

ସ୍ୱାଛନ୍ଦ୍ୟ ପାଇଁ ତ ଖରଚ କରିଦେଇ ଆସିଛି ! ନା ସୁପୁତ୍ର, ନା ସୁଯୋଗ୍ୟ ସ୍ୱାମୀ ମୁଁ! କେବଳ ଅପଦାର୍ଥଟିଏ !

ନିଜର ଅସାରତା ସେ ଯେତିକି ଯେତିକି ବୁଝୁଥିଲା, ନିଜ ପ୍ରତି ତାର ଅଶ୍ରଦ୍ଧା - ନିଜର ପୌରୁଷ ପ୍ରତି ଅନାସ୍ଥା, ଘୃଣା ତାର ସେତିକି ସେତିକି ବଢ଼ିଯାଉଥିଲା। କିନ୍ତୁ ଏହା ସତ୍ତ୍ୱେ ସେ ଏତିକିରେ କେବଳ ଆଶ୍ୱାସ ପାଉଥିଲା ଯେ, ସେ ତାର ସମଗ୍ର ପ୍ରାଣର ଯତ୍ନ ଓ ଶୁଭ ଇଚ୍ଛା ନେଇ ବୋଉର ସେବାରେ ପ୍ରତି ମୁହୂର୍ତ୍ତକୁ ବ୍ୟୟ କରିବାର ସୌଭାଗ୍ୟ ପାଇଥିଲା- ଦୁଃଖର ଘନ ଅନ୍ଧକାରରେ ଏତିକି ଥିଲା ତାର ଆଲୋକରେଖା !

ସମୟ କାହାପାଇଁ ବସିରହେନାହିଁ- ପୁଣି ଦୁଇମାସ ଗଡ଼ି ଗଲାଣି। ବୋଉଙ୍କର ବେମାର ଯେତେ କଲେ ଭଲ ହେବାକୁ ନାହିଁ। ଅବସ୍ଥା ଅନୁମାନ କରି ଦେବବ୍ରତ ବେଶ୍ ବୁଝିଲା ଯେ, ବୋଉ ଆଉ ବେଶୀଦିନ ବଞ୍ଚିବାର ଆଶା ରଖିବା ବୃଥା। ଏଥି ମଧ୍ୟରେ କେତେ ଲୋକଙ୍କୁ ପଚାରି, କେତେ ଚେଷ୍ଟା କରି ଆଜିଯାଏ ବାସନ୍ତୀର କିନାରା କରିପାରିଲା ନାହିଁ, କିନ୍ତୁ ଏକଥା ବୋଉ ବା ବିଶ୍ୱାସ କରିବ କାହିଁକି ? ବୋଉର ଅବଶ୍ୟମ୍ଭାବୀ ମୃତ୍ୟୁ କଥା ଭାବିଲାକ୍ଷଣି ତା ଛାତିଟାଯାକ ଥରିଯାଏ। ଭୟସଙ୍କୁଚିତ ହୋଇ ଦେବବ୍ରତ ଆଉ ତେଣିକି ଭାବିବାକୁ ସାହସ ନକରି ମନକୁ ପ୍ରବୋଧନା ଦେବାର ଉପାୟ ଖୋଜି ଫେରିଆସେ। କିନ୍ତୁ ନିଜକୁ ଭୁଲାଇ ପାରୁଛି କୁଆଡ଼େ ? ମନକୁ ଆଖିଠାରି ତାର ଯେ ତ୍ରାହି ନାହିଁ !

ସେ ବେଳେ ବେଳେ ଭାବିବସେ, ତାର ପ୍ରାଣପାତ କରି ନିଜେ ଯାଇ ବାସନ୍ତୀକୁ ଆବିଷ୍କାର କରି ଆଣିବ- କିନ୍ତୁ ସଙ୍ଗେ ସଙ୍ଗେ ତାର ଉତ୍ସାହ ଝାଉଁଳି ଯାଏ, ଯେତେବେଳେ ଏକୁଟିଆ ପଡ଼ିଥିବା ବୋଉର ମୃତ୍ୟୁ କରାଳ ଛାୟାଛନ୍ନ ଦେହଟି ମୁହଁଟି ସେ ମାନସ ଚକ୍ଷୁରେ ଦେଖେ। ଆଉ ବା କେତେଟା ଦିନ ବଞ୍ଚିବ ବୋଉ ? ପନ୍ଦର କୋଡ଼ିଏ ଦିନରୁ ଅଧିକ ଯେ ବଞ୍ଚିବ, ବିଶ୍ୱାସ ହୁଏନାହିଁ। ବୋଉକୁ ସେ ଛାଡ଼ି ଦେଇ ବାସନ୍ତୀ ଅନ୍ୱେଷଣରେ ଗଲେ ଜୀଇ ଥାଉଁ ଥାଉଁ ବୋଉକୁ ସମାଧି ଦେଇଯିବା ଭଳି ହେବ। ଏତେ ସେବା, ଶ୍ରମ, ସବୁ ତାର ପଣ୍ଡ ହୋଇଯିବ। ପୁଣି ବାସନ୍ତୀକୁ ଯଦି ନପାଏ- ସେ ଚେଷ୍ଟା ବ୍ୟର୍ଥ ହୁଏ, ତେବେ ଦୁଇକୂଳ ନଷ୍ଟ।

ଆଉ ଆସିବା ପର୍ଯ୍ୟନ୍ତ ବୋଉ ଯଦି ନଥାଏ- ସେଇ ଚିନ୍ତାଟିକୁ ମନରେ ଆଲୋଚନା କରି ସେ ତା' ଘରେ ପଦଚାରଣା କରୁଥିଲା। ଧନିଆ ଖଣ୍ଡେ ଟେଲିଗ୍ରାମ୍ ଆଣି ହାତରେ ଦେବାରୁ ତାର ଚିନ୍ତାର ସୂତ୍ର ହଜିଗଲା। ଆଗ୍ରହରେ ପଢ଼ି ଦେଖିଲା- ରମେଶ ଆସୁଛି ବୋଲି ତାର କରିଛି। ଧନିଆ ଆଜିକାଲି ବାବୁଙ୍କ ଦକ୍ଷିଣ ହସ୍ତ ସ୍ୱରୂପ। ମୁନିବ ଚାକରଙ୍କ ମଧ୍ୟରେ ଯେଉଁ ସ୍ୱାଭାବିକ ଭେଦରେଖା, ପରସ୍ପରଙ୍କ ଅଜଣାରେ

ତାହା କୋଉଁ ଦିନୁ ନିଭି ଗଲାଣି । ଦେବବ୍ରତ ବୋଉର ଶୁଶ୍ରୂଷାରେ ବରାବର ନିୟୋଜିତ ଥାଏ । ଗଲା, ଅଇଲା, ଘର-ବାହାର କାମ ତଦାରଖ କରିବା, ସମସ୍ତଙ୍କ ତତ୍ତ୍ୱ ନେବା ଭାର ଧନିଆ ଇଚ୍ଛା ପୂର୍ବକ ନିଜ ଉପରେ ନେଇଛି । ଧନିଆର ବୋହୂ ସାଆନ୍ତାଣୀଙ୍କ ପାଇଁ କିଛି କମି ମନ ଗୋଳେଇ ହଉନଥିଲା । ଦେବବାବୁ କଟକରେ ଥିବାବେଳେ ସେ କେତେ ଥର ବୋହୂସାଆନ୍ତାଣୀଙ୍କ ପାଖକୁ ବହିପତ୍ର, ଚିଠି ନେଇ ଆସେ- ବକ୍‌ସିସ୍ ନେଇଯାଏ । ସାଆନ୍ତାଣୀ ଗାଳି ମନ୍ଦ କଲେ, ଦେବବାବୁ ରାଗ ହେଲେ ସେ କେତେ ବୁଝାଉଥିଲେ- ପଇସା ପତ୍ରଠାରୁ ଜାମା-ଲୁଗାଯାଏ କେତେ କ'ଣ ଲୁଚେଇ କରି ଦେଉଥିଲେ । ବେଳେ ବେଳେ ବୁଢ଼ୀ ସାଆନ୍ତାଣୀ ଜାଣିଲେ କହନ୍ତି- ଧନିଆ ଟୋକା ମୁହଁ ଦଶହାତ ବଢ଼ିଗଲାଣି ବୋହୂ ଯୋଗୁରୁ ! ଧନିଆ ତାର ବାସ ଅପା ସହିତ ଆସିଲା ଦିନରୁ ଦେବବ୍ରତ ପାଖରେ ରହି ତାର ଗୋଟିଏ ସ୍ୱାଭାବିକ ମମତା ଜନ୍ମି ଯାଇଥିଲା । ବାସ ଅପାଙ୍କ ଶ୍ୱଶୁର ଘରେ ରହି, ଚାକରଟା ହୋଇ ଅପା ବୋଲି ତାଙ୍କୁ ଡାକିବାଟା ଧନିଆ ମତରେ ସମୀଚୀନ ହେବନାହିଁ ବୋଲି ଧନିଆ ବାସନ୍ତୀକୁ ବହୂ ସାଆନ୍ତାଣୀ ଡାକିଲା ସିନା- ନୋହିଲେ ସମ୍ପର୍କ ଓ ମମତାଟା ପୂର୍ବପରି ରହିଗଲା । ବିପଦବେଳେ ମନୁଷ୍ୟ ଯଥାର୍ଥ ଦରଦୀ ବନ୍ଧୁର ପରିଚୟ ପାଇଥାଏ । ଦୁଃଖ ବିପଦର କଷଟି ପଥରରେ ଧନିଆ କଷି ହୋଇ ଯାଇଛି । ଦେବବ୍ରତର ଘରେ ଏଇକ୍ଷଣି ସେ ଏକାଧାରରେ ଭୃତ୍ୟ, ପୁଣି ସମଦୁଃଖୀ ବନ୍ଧୁ । ଦେବବ୍ରତର ଆଖିରୁ ଲୁହ ପୋଛିଦେବାକୁ ସେଇ- ତା ଆନନ୍ଦରେ ଆନନ୍ଦ ପ୍ରକାଶ କରିବାକୁ ସେଇ । ଗାଁ ଭିତରେ କର୍ତ୍ତବ୍ୟାନୁରୋଧରେ ମୌଖିକ ସମବେଦନା ପ୍ରକାଶ କରିବାକୁ ଯେଉଁମାନେ ଆସୁଥିଲେ, ଧନିଆ ଚାକରର ପରାସ ସେମାନଙ୍କଠୁଁ କୋଟିଗୁଣେ ଦେବବ୍ରତର ବିକ୍ଷତ ହୃଦୟକୁ ଆଶ୍ୱାସନା ଓ ଭରସା ଦେଉଥାଏ ।

ବାବୁ କାଳେ ମନରେ କ'ଣ ପାଞ୍ଚିବେ ବୋଲି ବଡ଼ ସଂକୋଚରେ ଧନିଆ ବାବୁଙ୍କୁ ପଚାରିଲା, "ବାବୁ, ତାର କିଏ କରିଛି ?"

ଦେବବ୍ରତ କହିଲା, "ରମେଶ ଆସିବ ବୋଲି ତାର କରିଛି ।"

ଆଶାରେ ଉତ୍‌ଫୁଲ୍ଲ ହୋଇ ଧନିଆ କହିଲା, "ନିଶ୍ଚେ ବୋହୂ ସାଆନ୍ତାଣୀଙ୍କ କଥା ବୁଝି ଆସୁଛନ୍ତି- ନହେଲେ ଜରୁରୀ ତାର କାହିଁକି କରିଥାନ୍ତେ ?"

ଦେବବ୍ରତ ସନ୍ଦିଗ୍ଧ ଭାବରେ କହିଲା "କେଜାଣି !"

ଖାମିନ୍ଦ ଚାକର ଦୁହିଙ୍କ ମଧ୍ୟରେ ଆଶା ନିରାଶାର ଦ୍ୱନ୍ଦ୍ୱ ଖେଳିଗଲା ।

ଧନିଆଠୁଁ ରମେଶର ତାର ଖବର ଶୁଣି ଦେବବୋଉ ନିଶ୍ଚିତ ରୂପେ ଭାବିନେଇଥିଲେ ଯେ, ରମେଶ ବାସନ୍ତୀର କିଛି ଖବର ନେଇ ଆସୁଛି । ଏତେ ଦିନର

ମନର ଭାବ ଯେମିତି ଏଇ କଥାଟିରେ ବାରଅଣା ହାଲୁକା ହୋଇଗଲା। କେତେ କାଳ ସେ ଘର ସମ୍ପର୍କରୁ ନିଜକୁ ଅଲଗା କରିଥିଲେ। ଆଜି ଲୋକବାକଙ୍କୁ ଡକାଇ ଘରର ହାଲ୍‌ଚାଲ୍ ବୁଝିଲେ- ସେମାନଙ୍କ ସଞ୍ଚିତ ଅଭିଯୋଗ ଶୁଣିଲେ। ତାଙ୍କ ମୁହଁରେ ଏକ ଅପୂର୍ବ ଚଞ୍ଚଳ ଭାବ ଦେଖି ଦେବବ୍ରତ ବଡ଼ ଅଧୀର ହୋଇପଡ଼ିଥିଲା। ତାର ମନେହେଉଥିଲା, ହୁଏତ ରମେଶଠାରୁ ବିଫଳ ମନୋରଥ ହୋଇ ବୋଉଙ୍କ ହୃଦୟ ବେଶୀ ଦୁର୍ବଳ ହୋଇପଡ଼ିପାରେ। ସେ ଝଟ୍‌କା ସହି ନପାରି ତାଙ୍କର 'ହାର୍ଟଫେଲ୍' ହୋଇପାରେ। ଆଉ ଭାବିବାକୁ ତାର ମାତୃବତ୍ସଳ ମନ ସାହସ ପାଉନଥିଲା।

ଯାହା ଆଶଙ୍କା କରି ସେ ଆଗରୁ ଏଡ଼େ ବିବ୍ରତ ହୋଇପଡ଼ିଥିଲା, ତାହା ସତକୁ ସତ ଆସିପହଞ୍ଚିଲା। ରମେଶ ଆସି ପହଞ୍ଚିବା ସଙ୍ଗେ ସଙ୍ଗେ ତା'ଠାରୁ ସବୁ ଶୁଣି ଦେବବୋଉ ମନ ଭାଙ୍ଗିପଡ଼ିଲା; କିନ୍ତୁ ଦେବ ଏ ସମ୍ବନ୍ଧରେ ଆଗରୁ ସତର୍କ ଥିଲା ବୋଲି ସେ ବଡ଼ ବେଶୀ ବିଚଳିତ ହେଲାନାହିଁ। ରମେଶ କହିଲା, ସେ ଅନେକ ଚେଷ୍ଟା କରି ବାସନ୍ତୀର ସୁରାକ୍ କିଛି ମାତ୍ର ପାଇନାହିଁ। ତେବେ ଚଞ୍ଚଳ ପାଇବାର ଅଶା ଅଛି। କଥାଟା ଦେବବ୍ରତର ପରାମର୍ଶ ଅନୁସାରେ ବିଲ୍‌କୁଲ୍ ମନଗଢ଼ା।

ଦେବବୋଉଙ୍କ ଆଖିରୁ ଲୁହ ଝରି ଶୁଖିଯାଇଥିଲା, କାନ୍ଦିବେ କ'ଣ? ମନୁଷ୍ୟ ଅନ୍ତରର ଆର୍ତ୍ତି ଯେତେବେଳେ ତାର ସହିଷ୍ଣୁତା ବନ୍ଧ ଡେଇଁଯାଏ, ସେତେବେଳେ ତାର କାନ୍ଦିବାର ଅବସର କାହିଁ? ଗଭୀରତମ ସୂକ୍ଷ୍ମ ଅନୁଭୂତିର ପ୍ରକାଶଯୋଗ୍ୟ ଭାଷା ଯେମିତି ଯାଇଁ ତାଠୁଁ କେତେ ତଳେ ପଡ଼ିଥାଏ, ସେମିତି ମନୁଷ୍ୟ ମନର ଅସୀମ ବ୍ୟଥା- ଅବୁଝା ଅନ୍ତର୍ଦାହଠାରୁ ତାର ଦୁଃଖ ଲାଘବକର ଅଶ୍ରୁ ଯାଇଁ କେତେ ଉପରେ ରହିଥାଏ, ତାକୁ କଳିବ କିଏ?

ମନର ଏ ଅବସ୍ଥାରେ କିଛି ପ୍ରବୋଧ ଦେବାର ଚେଷ୍ଟା କରିବାଟା ନୈରାଶ୍ୟପୀଡ଼ିତ ମନ ପ୍ରତି ଉପହାସ କରିବା ଭଳି ହେବ ବୋଲି ଦେବବ୍ରତ ମୌନ ରହିଲା। କିନ୍ତୁ ରମେଶ କହିଲା, ମାଉସୀ! ନୂଆବୋହୂତ ଦୁନିଆ ଛାଡ଼ି ଯାଇନାହାନ୍ତି- କୌଣସି ଆତ୍ମୀୟ ଲୋକଙ୍କ ପାଖରେ ଥିବେ ବୋଲି ଆମେ ଭାବୁଛୁ। ଦେବଠୁଁତ ଜାଣିଥିବ, ତାଙ୍କର କିଏ ଗୋଟିଏ ଭାଇ ଅଛନ୍ତି- ତାଙ୍କ ପାଖକୁ ଯିବାକୁ ତାଙ୍କ ମନରେ ସଂକଳ୍ପ ଥିଲା। ବ୍ୟସ୍ତ ହୁଅନାହିଁ-- ସବୁ ଏଇ ମାସକ ଭିତରେ ଜଣା ପଡଯିବ ଯେ।"

ବାସନ୍ତୀ ଚାଲିଗଲା ପରେ ସୁଭଦ୍ରା ଦେଈ ଦେବବ୍ରତ ଉପରେ ଯେ ଖୁବ୍ ବିରକ୍ତ ହୋଇ ପଡ଼ିଥିଲେ, ଏକଥା ପାଠକମାନେ ଜାଣନ୍ତି। ବୋଉଙ୍କ ତୋଡ଼ରେ ଡରିକରି ବାସନ୍ତୀର ପରେ ମିଳିଥିବା ଚିଠି ଅଧକ କଥା ସେ ଗୋପନ ରଖିଥିଲା, କାରଣ ସେ ପ୍ରଥମେ ବୋଉଙ୍କୁ ଜଣାଇଦେଇଥିଲା ଯେ, ବାସନ୍ତୀ ତାର କୋଉଁ

ପ୍ରଣୟୀକୁ ସାହାଯ୍ୟ ଭିକ୍ଷା କରି ଚିଠି ଲେଖିଛି।  ପରେ ପତ୍ରାଂଶରୁ ଯେତେବେଳେ ସେ 'ଭାଇ' ବୋଲି  ଆବିଷ୍କାର କଲା, ସେକଥା ଭୟରେ ଆଉ ବୋଉଙ୍କ କାନରେ ପକାଇବାକୁ ସାହସ କଲାନାହିଁ। ରମେଶ ତ ଏସବୁ କଥା ଜାଣିନଥିଲା। କଥା ପ୍ରସଙ୍ଗରେ ଏ ତତ୍ତ୍ୱଟି ତା ମୁହଁରୁ ବାହାରି ଗଲାକ୍ଷଣି ଦେବବ୍ରତ ସନ୍ତ୍ରସ୍ତ ଭାବରେ ଅନ୍ୟଆଡ଼େ ଦୃଷ୍ଟି ଫେରାଇନେଲା। ଦେବବୋଉଙ୍କ ମନରେ ଯେ ଗୋଟିଏ କ୍ଷୁଦ୍ର ଆନନ୍ଦର ଢେଉ ଉଠିଲା, ତାହା ଏଥିପାଇଁ ଯେ, ବାସନ୍ତୀର ଚରିତ୍ର ସମ୍ବନ୍ଧରେ ତାଙ୍କର ତିଳେ ହେଲେ ସନ୍ଦେହ ନ ଥିଲେ ସୁଦ୍ଧା ତାଙ୍କର ଅସାବଧାନତାରେ କେବେ କେବେ ଏହି ଗୂଢ଼ ସନ୍ଦେହଟି ମୁଣ୍ଡ ଟେକି ଉଠୁଥିଲା। ଏବେ ତାଙ୍କର ସନ୍ଦେହ ନିର୍ମୂଳ ହୋଇଗଲା ଓ ସେ ବାସନ୍ତୀ ସମ୍ବନ୍ଧରେ ନିଜର ଧାରଣାକୁ ଛୋଟ କରି ଦେଇ ନାହାନ୍ତି, ଏହି ଯୋଡ଼ିକ କାରଣ ତାଙ୍କ ମନରେ ଶାନ୍ତିର ପ୍ରଲେପ ଦେଲା।

ଦେବବ୍ରତ ଅପରାଧୀ ଭଳି ଶୂନ୍ୟ ଦୃଷ୍ଟିରେ ଚାହିଁଥିଲା; ତାର ଆଉ ବହପ ପାଉନଥାଏ ବୋଉଙ୍କୁ ସିଧା ଭାବରେ ଚାହିଁ ବସିବାକୁ। ପୁଅ ଆଡ଼କୁ ଥରେ ଚାହିଁ ସୁଭଦ୍ରା ଦେଈ କହିଲେ, "ବାପା ରମୁ! ମତେ ଆଉ ଏ ମିଛ ମାୟାରେ ଭୁଲେଇ କେତେଦିନ ବଞ୍ଚେଇ ରଖିବ? ମୁଁ ଭଲ ବୁଝୁଛି, ମୁଁ ଆଉ ଅଳ୍ପଦିନ। ମୋ ଆଶା ପୂରି ଯାଇଥାନ୍ତା, ଖାଲି ଏ ବାଇଆଟାକୁ ମୋ ନୟନପିତୁଳୀ ହାତରେ ଯଦି ସମର୍ପି ଦେଇ ଯାଇଥାନ୍ତି। ସେ ଖିଆଲବାଜିଆ ଢଙ୍ଗ ତାର ଆଉ ଏ ଦିନେ  ଯେ ଛାଡ଼ିପାରିବ, ସେ ଭରସା ମୋର ନାହିଁ। ଆଉ ତା' ଖିଆଲବାଜିଆ ହୁରୁମାପଣକୁ ରୋକିବାକୁ ସଂସାରରେ କେବଳ ବାସ ଛଡ଼ା ଆଉ କାହାରି ସାଧ ନାହିଁ।  ମୁଁ ଆଜି ଆଖି ବୁଜିଲେ କାଲି ତା ମରଜି ଜଗିବ କିଏ?" ତାଙ୍କ ଅବରୁଦ୍ଧ କଣ୍ଠର କଥାଗୁଡ଼ିକରୁ ବାତ୍ସଲ୍ୟ ମମତା ଯେମିତି କୋଉଁ ଅକ୍ଷୟ ଭଣ୍ଡାରରୁ ଉଛୁଳି ପଡ଼ିଲା।

ଦୁହେଁଯାକ ସୁଭଦ୍ରା ଦେଈଙ୍କୁ ଆଉଁସୁଥିଲେ। ଦେବକୁ ବୋଉ କହିଲେ, "କିରେ, ତୋର ସାଙ୍ଗ ଆସିଛି, ତାକୁ ନେଇ ଚର୍ଚ୍ଚା କରିବୁ କ'ଣ, ନା ଆଣି ଏଠି ଦଣ୍ଡ ଦେଉଛୁ?" ରମେଶ ବ୍ୟସ୍ତଭାବରେ କହିଲା, " ଏ କଣ କହୁଛ ମାଉସୀ, ଦେବ ଘର କଣ ମୋର ନୁହେଁ , ନା, ମୁଁ ତା' ଭଳି ତମ ପୁଅ ହେବାର ଯୋଗ୍ୟ ନୁହେଁ? ତୁମକୁ କେତେ କାଳ ନଦେଖି ଏଠିକି ଆସିବା ପାଇଁ କେତେଥର ମତଲବ୍ କରିଛି।"

ବୋଉଙ୍କ ଜିଗର ଦେଖି ଦୁଇବନ୍ଧୁ ବୁଲିବାକୁ ଚାଲିଗଲେ। ଦେବବ୍ରତ କହିଲା, "ଚାଲ, ଏଇ ଗଛତଳେ ବସିବା।" ରମେଶ କ୍ଳାନ୍ତିବୋଧ କରୁଥିଲା। ଦୁହେଁ ଗୋଟିଏ ବରଗଛ ତଳେ ବସିଗଲେ।

ଦେବବ୍ରତର ଶୁଷ୍କ ମୂର୍ତ୍ତି, ମଳିନ ଚକ୍ଷୁ ଓ ଅଯତ୍ନବିନ୍ୟସ୍ତ ରକ୍ଷ କେଶ ପ୍ରତି

ରମେଶ ଭଲ କରି ନଜର ଦେବାର ସମୟ ପାଇନଥିଲା, ଏଠି ନିରୋଳାରେ ଦେବବ୍ରତକୁ ଦେଖିବାର ଅବସର ପାଇଲା। ତାର ଏତେ ବଡ଼ ଟାଣୁଆ ମନଟା କ'ଣ ହୋଇଗଲା। ଆକ୍ଷେପ କରି ରମେଶ କହିଲା, "ଭାଇ, ତୋର ଅବସ୍ଥା ଦେଖି ତୋତେ ଆଉ ଦୋଷ ଦେବାର ଆଗ୍ରହ ଲେଶମାତ୍ର ନାହିଁ। ଏଠିକି ଆସି ତୋତେ ଗୁଡ଼ାଏ ଟାଣ ଟାଣ କଥା ଶୁଣାଇଦେବି ବୋଲି ମନେ ମନେ ମୋର ବରାଦ ଥିଲା।"

ଦେବବ୍ରତର ଆଖି ଯୋଡ଼ିକ ସଜଳ ହୋଇଉଠିଲା। ରମେଶର ଗୂଢ଼ଭାବପୂର୍ଣ୍ଣ କଥାରେ ତୀବ୍ର ଲଜ୍ଜାବୋଧ ତାର ପ୍ରଚଣ୍ଡ ଦାମ୍ଭିକତାକୁ ସମୂଳରେ ବିଧ୍ୱସ୍ତ କରିପକାଇଲା। ନିଜକୁ ସମ୍ଭାଳି ନେଇ ସେ କହିଲା, "ମୁଁ ତ ତତେ ମୋ ମନ କଥାଯାକ ଚିଠିରେ ଜଣାଇଛି, ଆଉ ଅଧିକ କ'ଣ କହିବି, କହ! ମୋର ପୋଡ଼ା ମନ କେବଳ ଏଇ ଟିକକେ ଶାନ୍ତି ପାଉଛି ଯେ, ତାର ଅନୁପସ୍ଥିତିରେ ବୋଉର ସେବା ଯତ୍ନ କରିବାର ସାମର୍ଥ୍ୟ ଟିକକ ମୋର ଅଛି। କିନ୍ତୁ ଭାଇ, ଯେତେ ହେଲେ ତା ଅଭାବ ତ ମେଣ୍ଟାଇବା ମୋର ସାଧ୍ୟାତୀତ!

ଏଇ ଅଭାବଟା ନେଇ ଯଦି ବୋଉ ଚାଲିଯାଏ, ତେବେ ବୋଉ ଜୀବନ ସାରା ତାର ଏଇ ବୁଭୁକ୍ଷା ମୋ ମନକୁ ସନ୍ତେଇବ। ସେ ଯେ ଏପରି ଦେହରେ ମନରେ ଏତେ କାଳ ବଞ୍ଚି ରହିଛି, ସେତିକି କେବଳ ମୋର ପ୍ରତିଦିନର ବ୍ୟର୍ଥତା ଭିତରେ ଗୋଟାଏ ମସ୍ତବଡ଼ ଲାଭ।"

ରମେଶ ସନ୍ତପ୍ତ ବନ୍ଧୁର ହୃଦୟ କଥା ବୁଝି କଥାଟାକୁ ବାଆଁରେଇବା ପାଇଁ କହିଲା, "ଥାଉ, ସେକଥା ଭାବିଲେ କଣ ହେବ। କିଛି ଖବର ପାଇଲୁଣି ଭଲା? ପୁରୀ ହେରିକା ଖୋଜିଛୁ?"

ଦେବବ୍ରତ କହିଲା, "ଓଡ଼ିଶାଟା କଣ ଏତେଦିନ ଯାଏ ବାକି ରଖିଛି ମନେକରିଛୁ?"

ଦୁଃଖିତ ହୋଇ ଦେବବ୍ରତ ପୁଣି କହିଲା, "ବାକି ରହିଲୁ ଭାଇ, ତୁ। ବୋଉକୁ ଟିକିଏ ଦମ୍ଭ ଦେଇଯା'। ଖୋଜି ଖୋଜି ମୋର ସବୁ ସାମର୍ଥ୍ୟ ଲୋପ ହେବା ଉପରେ ରହିଲାଣି। ଯାହା ତୁମେମାନେ କରିବ!"

ରମେଶ କହିଲା, "ତୁ ଏତେ ବ୍ୟସ୍ତ କାହିଁକି ହେଉଛୁ? ଗୋଟାଏ ଭ୍ରମର ଭଉଁରୀରେ ହୁଡ଼ି ଯାହା କରିପକାଇଥିଲୁ, ତାର ସୁଧ ଅସଲ ସହିତ ପ୍ରାୟଶ୍ଚିତ କରିସାରିଲୁଣି। ମୁଁ ତ ମାଉସୀକି ଭରସା ଦେଇଛି। ତୁ ହତାଶ ହୋଇ ପଡ଼ନା; କାରଣ ତୋର ମନର ଭାବ ଯଦି ଟିକିଏ ସେ ଜାଣନ୍ତି, ତେବେ ମୋ ଉପରେ ଭରସା କରି ତାଙ୍କ ମନରେ ଯେ ବିଶ୍ୱାସ ଜନ୍ମିଛି, ସେ ମୂଳପୋଛ ହୋଇଯିବ।"

ଦୂରରୁ ଧନିଆକୁ ଚଞ୍ଚଳ ଆସିବାର ଦେଖି ଦେବବ୍ରତର ମୁହଁଟା ଆଶଙ୍କାରେ ଫିକା ପଡ଼ିଗଲା। ଧନିଆ କହିଲା, "ବୁଢ଼ୀ ସାଆନ୍ତାଣୀ ବଡ଼ ବ୍ୟସ୍ତ ହୋଇ ଆପଣଙ୍କୁ ଖୋଜୁଛନ୍ତି। ମୋତେ ନିଶାବୋଉ ସାଆନ୍ତାଣୀ ପଠାଇଦେଲେ ଡାକିବାକୁ।"

ଉର୍ଦ୍ଧ୍ୱଶ୍ୱାସରେ ଦୁଇବନ୍ଧୁ ଘରକୁ ଫେରିଆସିଲେ। ରମେଶ କହିଲା- " ଆମେ ଗଲାବେଳେ ବେଶ୍ ସୁସ୍ଥ ଥିଲେ, ବସାଇ ଦେଲେନାହିଁ;ଏତେ ଚଞ୍ଚଳ କ'ଣ ହେଲା।" ଯନ୍ତ୍ର ଦେଇ ରମେଶ ସୁଭଦ୍ରା ଦେଈଙ୍କ ହୃତ୍‌ପିଣ୍ଡ ପରୀକ୍ଷା କରିବାପରେ ଦେବବ୍ରତର ଜିଜ୍ଞାସୁ ଭାବ ବୁଝି କହିଲା, "ହୃଦୟର ଆକ୍ଷେପ ବଡ଼ ଜୋର୍ ଦେଖୁଛି।" ଏତକିରେ ଦେବବ୍ରତର ମୁହଁ ଉପରେ ଯେମିତି କିଏ କଳାପାଣି ଢାଳିଦେଲା। ଉଠିପଡ଼ି ସେ କହିଲା, "ମୁଁ ଯାଉଛି, ଡାକ୍ତର ଆଣିବାକୁ ପଠାଇଦିଏଁ।"

ଡାକ୍ତର ଅନେକକ୍ଷଣ ବରଫ ଇତ୍ୟାଦି ପ୍ରୟୋଗ କରିବା ପରେ ରୋଗୀ ଟିକିଏ ସୁସ୍ଥ ହେଲାପରି ବୋଧ ହେଲା। ସେହିଦିନଠାରୁ ଦୁଇଦିନ ସୁଭଦ୍ରା ଦେଈ ଅଳ୍ପ ସୁସ୍ଥ ରହିଲେ। ଦୁଇଦିନ ଅଧିକ ବେମାର ପଡ଼ନ୍ତି- ଗଲା ଗଲା ଡାକ ପଡ଼ିଯାଏ। ଦେବବ୍ରତ ଓ ରମେଶ କାତର ହୋଇ ପ୍ରାଣପଣ ସେବା ଚିକିତ୍ସାରେ ଲାଗିପଡ଼ିଥା'ନ୍ତି। ଏହିପରି ଦିନରାତି ଯାଉଥାଏ। ଘରେ ବାହାରେ ସବୁଆଡ଼େ ଉଦ୍‌ବେଗ। ଅନୁକ୍ଷଣ ପରିଶ୍ରମ, ଚିନ୍ତା ଓ ଉତ୍କଣ୍ଠାରେ ଦେବବ୍ରତର ମନ ସଙ୍ଗେ ସଙ୍ଗେ ସୁସ୍ଥ ସବଳ ଦେହ ମଧ୍ୟ ଅଳ୍ପ ଅଳ୍ପ ଭାଙ୍ଗିପଡ଼ିବାର ଲକ୍ଷଣ ସ୍ପଷ୍ଟ ପ୍ରକାଶ ପାଇଲା। ଡାକ୍ତର ଯେଉଁଦିନ ପରାମର୍ଶ ଦେଇଗଲେ ଯେ ଦେବବ୍ରତ ଆଉ ଦିନରାତି ଜଗି ବୋଉଙ୍କ ପାଖରେ ରହିପାରିବନାହିଁ, ସେହିଦିନଠାରୁ ଦେବବ୍ରତର ମନରେ ବିଷାଦ କାଳିମା ଗାଢ଼ରୁ ଗାଢ଼ତର ହେବାକୁ ଲାଗିଲା। ସେ ତ ରହିବ ନାହିଁ, ରମେଶ ତ ଦିନ ଅଧକରେ ଚାଲିଯିବ, କିଏ ସେବା ଶୁଶ୍ରୂଷା କରିବ- କାହାକୁ ଚାହିଁ ବୋଉ ଟିକିଏ ସାନ୍ତ୍ୱନା ପାଇବ ଏ ଶେଷ ଅବସ୍ଥାରେ? ବାସନ୍ତୀ ଥିଲେ ସିନା ହୁଅନ୍ତା! ତାର ତ କୂଳ କିନାରା କିଛି ମିଳିଲା ନାହିଁ ଆଜିଯାଏ। ଖୋଜା ଲୋଡ଼ା, ଲେଖାଲେଖିରେ ଫଳ କିଛି ଫଳିଲା ନାହିଁ। ଦେବବ୍ରତ ଅପେକ୍ଷା ରମେଶର ଏଥିପାଇଁ ଚିନ୍ତା ଦିନକୁଦିନ ବେଶୀ ହେଉଥାଏ। ମାଉସୀ ସବୁଦିନ ଡାକ ଆସିବା ବେଳ ହେଲେ ପଚାରନ୍ତି, "ରମୁ, କିଛି ଫଳ ମିଳିଲା? ମୁଁ କଣ ମୋ ଲକ୍ଷ୍ମୀଟିକୁ ଟିକେ ଦେଖିପାରିବି ନାହିଁକିରେ ! ତମେ ସବୁ କିଛିକରୁଛ, ନା ମୋତେ ଖାଲି ଭଣ୍ଡାଉଛ ମ?" ରମେଶ ନିର୍ବାକ୍ ରହେ। ପରେ ଏଆଡୁ ସେଆଡୁ ସତ ମିଛ କହି ତାଙ୍କୁ ଭରସା ଦେଉଥାଏ। ଏହିପରି ପ୍ରାୟ ଦୁଇ ତିନି ସପ୍ତାହ ବିତିଗଲା। ଧନିଆଠାରୁ ଚିଠି ଆସିଲା, କଲିକତାରେ ଆଜିଯାଏ ବୋହୂ ସାଆନ୍ତାଣୀଙ୍କର କିଛି ତଥ୍ୟ ମିଳିନାହିଁ। ଏଯେ ବୋଝ ଉପରେ ନଳିତାବିଡ଼ା।

ସୁଭଦ୍ରା ଦେଈ ଟିକିଏ ଭଲ ହେଲେ । ପରେ ରମେଶ ମାଉସୀଙ୍କ କ୍ଷୀଣ କଣ୍ଠରୁ ସ୍ନେହଭରା ଆଶୀଷ ନେଇ ବିଦାୟ ଘେନିଲାବେଳେ ସୁଭଦ୍ରା ଦେଈ କହିଲେ, "ରମୁ ଯାଉଛୁ ? ବାସ କଥା ମୋର ବୁଝି ଚଞ୍ଚଳ ଲେଖିବୁ, ମୁଁ ଅନାଇ ରହିଛି । ମା ହାତ ଟିକିଏ ବାଜିଲେ ଅବା ମୋ ଦେହ ବଦଳି ଯିବ । ଟଙ୍କା ପଇସାକୁ ଖାତିର କରିବୁନାହିଁ । ମୋର କଡ଼ାଏ କଉଡ଼ି ଥିବା ଯାଏ ବୋହୂକୁ ଖୋଜି ଆଣିବାପାଇଁ ମୁଁ ଦେବି । ମୋ ଦିହ ଆଜି ଭଲ ହୋଇଗଲେ, କାଲି ସକାଳୁ ଭିକ ମୁଣି ଧରି ମୋ କୁଳଲକ୍ଷ୍ମୀକୁ ମୁଁ ପରା ଖୋଜି ବାହାରନ୍ତି ! ହଁ, ଦଇବ ସାହା- ହଉ, ଯା ବାପା, ବେଳ ଉଛୁର ହୋଇଯାଉଛି । ମନେ ରହିଲାଟି, ବାପା, ଯା କହିଲି ମନେ ନିଶ୍ଚେ...."

ଛଳଛଳ ଆଖିରେ ରମେଶ ବାହାରିଗଲା ।

ବାଲେଶ୍ୱର ଷ୍ଟେସନରେ ଦୁଇବନ୍ଧୁଙ୍କର ବିଦାୟ ଆବେଗଭରା ଦୀର୍ଘନିଶ୍ୱାସ ଦିଓଟି ଯେତେବେଳେ ରେଳଗାଡ଼ିର ଧୂଆଁରେ ମିଳାଇଗଲା, ରମେଶ ଝରକା ବାଟେ ମୁହଁ ବଢ଼ାଇ କହିଲା,"ଆଜି ସେଇଟା ଲେଖି ପଠାଇଦେବୁ" । ଘରକୁ ଫେରିବା ସଙ୍ଗେସଙ୍ଗେ ଦେବବ୍ରତ ଚରିଟା ବଡ଼ ବଡ଼ ପୁଳିନ୍ଦା ଡାକଘରେ ପକାଇଦେବା ପାଇଁ ବୁଢ଼ା ଗୁମାସ୍ତାଙ୍କୁ ଦେଇଦେଲା । ତାର ଦୁଇଦିନ ପରେ ଦେଖାଗଲା, କଲିକତା, ବୋମ୍ବାଇ, ମାନ୍ଦ୍ରାଜ ଓ ଲାହୋରର ଚରିଟା ଦୈନିକ କାଗଜରେ ଟିକିଏ ଅପେକ୍ଷାକୃତ ବଡ଼ବଡ଼ ଅକ୍ଷରରେ ଗୋଟିଏ ଲେଖାଁ ନୋଟିସ୍ ବାହାରିଛି-

**"ବାସ, ଫେରିଆସ । ବୋଉ ମୃତ୍ୟୁ ଶଯ୍ୟାରେ । ମୁଁ ଅର୍ଦ୍ଧମୃତ ।**

**ଦେବ" ।**

## - ଅଠେଇଶି -

ସେଦିନ ଥିଲା ଶରତର ଶୁଭ୍ର ସୁବିମଳ ପ୍ରଭାତ, ଆଜି ବସନ୍ତର ମୁଗ୍ଧ ରକ୍ତିମ ସନ୍ଧ୍ୟା। ଶରତ ଉଷାର ସେ ସଦ୍ୟ ସରୋଜ ହାସଟିକ କିନ୍ତୁ ବାସନ୍ତୀ ମୁଖରେ ମଉଳି ଯାଇଛି। ତାର କ୍ଷତ ହୃଦୟର ରିକ୍ତବେଦନା ଆଜି ଯେପରି ଆକାଶରେ, ଭୁବନରେ ବ୍ୟାପ୍ତ ହୋଇଯାଇଅଛି। ତାର ଏହି ଘଟଣା ବହୁଳ ଜୀବନର ଏକ ଏକ ପୃଷ୍ଠା ଖୋଲି ରକ୍ତ ଛଳଛଳ ଏହି ବ୍ୟଥିତ ଗୋଧୂଳି ସଙ୍ଗରେ ନିଜ ଅନ୍ତରର ବିଦୀର୍ଣ୍ଣ ବାସନା ମିଶାଇଦେଇ ସେ ଆଜି ମୃଦୁ ମୃଦୁ କରୁଣ ସ୍ୱରରେ ଗାଉଛି-

ହେ ପ୍ରିୟ, ହେ ମୋର,<br>
ଜନମେ ଜନମେ ପ୍ରିୟ,<br>
ବେଦନାର ଥାଳେ ଆଉ ଲୁହ ଢାଳିଦିଅ,<br>
ନିଖିଳ ଭୁବନ କଲେ ହତାଦର<br>
ବିଜନ ପଥରେ ହେ ମୋର ଦୋସର,<br>
ବ୍ୟଥାର ଆରତି ରକ୍ତ ଗଗନେ ତୋଳୁଛି ହେ ସଖା ନିଅ।<br>
ହେ ପ୍ରିୟ, ହେ ମୋର ଜନମେ ଜନମେ ପ୍ରିୟ।

ଗୁଣୁଗୁଣୁ ଗାଇ ବାସନ୍ତୀ ସେଦିନର କଥା ଭାବୁଥିଲା। ଉଷାରୁଣ କିରଣ ତାଙ୍କର ସେହି ପ୍ରକୋଷ୍ଠଟିରେ ଝରକାବାଟେ ଆସି ଘରେ ପଡ଼ିଥିଲା। ମାତା ରୋଗଶଯ୍ୟାରେ, ଦେବବ୍ରତର ସାଇକେଲ ଘଣ୍ଟି ଦ୍ୱାରରେ ଟଂ ଟଂ ବାଜି ଉଠିଲା ଏବଂ ଗୋଟାଏ ସୁଗନ୍ଧ ପବନ ଘେନି ସାଙ୍ଗରେ ଆସିଲା ପରି ଦେବ ଆସି ଗୃହମଧ୍ୟରେ ପ୍ରବେଶ କରିଥିଲା। ସେତେବେଳେ ତାର ବୟସ ଅଳ୍ପ। ଶରତ୍ କାଶଫୁଲ ପରି ସେ ଧରାରେ ଗୋଟାଏ ଅବ୍ୟକ୍ତ ଆନନ୍ଦର ଉଦ୍‌ଗମ ସମ ଫୁଟିଥିଲା। ଅତୀତ ବା ଭବିଷ୍ୟତ ପାଇଁ ତାର ଭାବନା

ଶୋଚନା ଥିଲାନାହିଁ। କେବଳ ସମୀରଣ ସ୍ପର୍ଶରେ ହସିହସି ଏକ ପାର୍ଶ୍ୱକୁ ଲୋଟିପଡ଼ିବା ବ୍ୟତୀତ ତାର ଆଉ କିଛି କାର୍ଯ୍ୟ ନଥିଲା।

ତାପରେ ପୁଣି ଆଉ ଦିନେ- ଏହିପରି ରକ୍ତିମ ସନ୍ଧ୍ୟା, ଏହିପରି ବୃକ୍ଷ ଗହଳରେ ସୁନାଢଳା ପୁଷ୍କରିଣୀର ଜଳ ଚକମକ କରୁଥିଲା। ମୃଦୁ ବାତ ବିକ୍ଷୋଭିତ କ୍ଷୁଦ୍ରକ୍ଷୁଦ୍ର ଜଳବୀଚି ଏହିପରି ସେଦିନ ନାଚି ନାଚି ତଟଦେଶରେ ଗେଲ ଖେଳୁଥିଲା। ତା' ଆଖି ଦୁଇଟା ଫୁଟନ୍ତ କମଳ ପରି ଏହି ସୁଷମାରେ ମୁଗ୍ଧ ହୋଇ ଭାସୁଥିଲା। ହଁ, ସେହିଦିନ- ଠିକ୍ ଏହି ସମୟରେ- କିଏ ଆସି ପଛରୁ ତା ଆଖି ଦିଓଟି ଚାପି ଧଇଲା। ସମସ୍ତ ଦେହଟା ତାର ଲଜ୍ଜାରେ ସଢ଼ିପଡ଼ିଲା। ସେ ମୁଖରେ କିଛି କହିପାରିଲାନାହିଁ। କେବଳ ଉଃ ଉଃ କରି ଆପଣାର କମ୍ପିତ ହସ୍ତ ଦିଓଟି ଦେବବ୍ରତର ହାତ ଉପରେ ରଖି ଚକ୍ଷୁରୁ ମୁକ୍ତ କରିବାକୁ ଚେଷ୍ଟା କଲା। କିନ୍ତୁ ଧୀରେ ଅତି ଧୀରେ! ଇଚ୍ଛା ହେଉନଥାଏ, ସେ ହାତ କାଢ଼ିନେବାକୁ- ସେହିପରି ଆଜୀବନ ଅନ୍ଧୁଣୀ ରହି ତାର ପୃଷ୍ଠବର୍ତ୍ତୀ ଯୁବକର କୋଳକୁ ଢଳିପଡ଼ିବାକୁ ମନ ତାର ଉତ୍ସୁକ ହେଉଥାଏ। ସେଦିନର ସେହି ସୁଖ ସ୍ମୃତି ଆଜି ବିପୁଳ ବେଦନା ବହି ତା' ଅନ୍ତରରେ ଏକ କରୁଣ ଛବି ଆଙ୍କି ରଖିଛି। ଗର୍ଭଭାରାକ୍ରାନ୍ତ ତାର ଅବଶ ଅଙ୍ଗଟାକୁ ସେହିଦିନ ପରି ଆଜି ତାର ଏ ଜନ୍ମର ପ୍ରିୟତମ ଅଙ୍କରେ ଆଉଜାଇ ଦେଇ ବିସ୍ମୃତିର ସୁଷୁପ୍ତିରେ ମଜ୍ଜିରହିବାକୁ ତା ପ୍ରାଣ ଆଜି ଲୋଡୁଛି।

ଦୀର୍ଘ ଆଠମାସ ଅତୀତ ହେଲାଣି, ବାସନ୍ତୀ ଆସି ବିନୋଦବିହାରୀଙ୍କ ଗୃହରେ ଆଶ୍ରୟ ନେଇଅଛି। ଏ କେତେକ ମାସ ନାନା ଭାବନାରେ ତାର ଅତୀତ ହୋଇଯାଇଛି। ପ୍ରତିଦିନର ପ୍ରତ୍ୟେକ ମୁହୂର୍ତ୍ତଟି ଗଣି ତେବେ ତାକୁ ଛାଡ଼ିବାକୁ ହୋଇଛି। ହଁ, ଦେବବ୍ରତ ତାକୁ ଅବିଶ୍ୱାସ କରି ବିତାଡ଼ିତ କଲା; କିନ୍ତୁ ଏଥିପାଇଁ ଦାୟୀ କିଏ? ଅଂଶତଃ ସେ ନିଜେ ନୁହେଁ କି? ସେ କଣ ଏତେଦିନ ଦେବବ୍ରତକୁ ଚିହ୍ନି ନାହିଁ! ତାର ନିଷ୍କପଟ ଅନ୍ତର, ତାର ସରଳ ମଧୁର ବ୍ୟବହାର, ତାର ପ୍ରଗାଢ଼ ପ୍ରେମ ସମ୍ବନ୍ଧରେ ବାସନ୍ତୀର ଆଉ କିଛି ସନ୍ଦେହ ଥିଲା କି? ନୁହେଁ। ତେବେ କାହିଁକି, କାହିଁକି ସେ ଦେବବ୍ରତର ମୁହଁର କଥାକୁ ସାର ବୋଲି ମଣିଲା? କାହିଁକି ତାର ଅଭିମାନୀ ପୁରୁଣା 'ଦେବ' ଭାଇଟିକି ଏତେ ସହଜରେ ପାଖଛଡ଼ା କରିଦେଲା। ହେଲା ବା ନବୁଝି ନସୁଝି ଦେବବ୍ରତ ତା' ପ୍ରତି ଏତେଦୂର ଅନ୍ୟାୟ କରି ପକାଇଛି, ତା ବୋଲି ତାର ପ୍ରାଣପ୍ରତିମ ପ୍ରଣୟୀଙ୍କୁ ସେ କ'ଣ ସେଥିପାଇଁ କ୍ଷମା କରିପାରନ୍ତାନାହିଁ? ସେ ମଧ୍ୟ ଅଭିମାନ କରି ଚାଲି ଆସିଲା କାହିଁକି? ଦେବବ୍ରତ ତାର ଆଦର୍ଶକୁ କ୍ଷୁଣ୍ଣ କରି ଦେଖିଛି, ତାର ନାରୀତ୍ୱର ଅମର୍ଯ୍ୟାଦା କରିଛି; କିନ୍ତୁ ସେଥିପାଇଁ କଣ ସେ ନିଜେ ଦାୟୀ ନୁହେଁ? ଦେବବ୍ରତର ଚିତ୍ତରେ ସଂଶୟର ସ୍ଥାନଟିଏ ଯେ ଫାଙ୍କ ପଡ଼ିଗଲା, ବାସନ୍ତୀ ନିଜ ତ୍ରୁଟିରୁ ନିଜେ ତାହା

ପୂରଣ କରିପାରିନାହିଁ। ସେ ଆଜି ତାର ପ୍ରେମର ପାତ୍ର ଓ ତାର କର୍ମକ୍ଷେତ୍ରରୁ ଦୂରରେ ରହି ନିଜ ପ୍ରକୃତ ସ୍ୱରୂପ ବୁଝିପାରିଛି। ସେ ଆଜି ସ୍ପଷ୍ଟ ଦେଖିପାରିଛି, ସେତେବେଳର ଘରର ବାସନ୍ତୀ ସହିତ ବାହାରର ବାସନ୍ତୀ ର କେତେଦୂର ତାରତମ୍ୟ! ପଦାରେ ସେ ଯେତେଦୂର ବିସ୍ମୃତି ଲାଭ କରିପାରିଥିଲା, ଘରେ ସେପରି ନୁହେଁ। ତା ନହେଲେ ଦେବବ୍ରତର ବାସନ୍ତୀ- ପରିପୂର୍ଣ୍ଣ ଚିତ୍ତରେ ସନ୍ଦେହ କରିବାର ସ୍ଥାନ କେଉଁଠି ଥା'ନ୍ତା?

ଆଉ ତାର ଶାଶୁ ବୁଢ଼ୀ, ହିନ୍ଦୁ ଗୃହର ଅପୂର୍ବ ଶକ୍ତିମତୀ ସେହି ନାରୀ! ପଦେକଥା ମୁହଁରୁ ବାହାରୁ ନବାହାରୁ ଭୃତ୍ୟ ଅମଲାମାନେ ତ୍ରସ୍ତ କମ୍ପିତ ହୋଇଉଠନ୍ତି। ପୁତ୍ର ତାଙ୍କର ବିନାନୁମତିରେ ଜଣେ ଅଜ୍ଞାତ କୁଳଶୀଳାକୁ ବିବାହ କରିବାରୁ ସିନା ସେ ପ୍ରଥମେ ରାଗ କରିଥିଲେ; କିନ୍ତୁ ଯେତେବେଳେ ଲୋକ ଚିହ୍ନିବାର ତାଙ୍କର ଆଶ୍ଚର୍ଯ୍ୟ କ୍ଷମତା ଗୁଣରେ ସେ ବାସନ୍ତୀକୁ ଭଲରୂପେ ଚିହ୍ନିନେଲେ, ସେ'ଦିନୁ ତା' ପ୍ରତି ତାଙ୍କର କେତେ ଆଦର, କେତେ ଯତ୍ନ! କେତେଥର କହିଛନ୍ତି, "ମୁଁ ତ ଏହିପରି ବୋହୂଟିଏ ଖୋଜୁଥିଲି ଲୋ ମା, ଆଉ ମନରେ ଯାହାର ଟିକିଏ ଟାଣ ନାହିଁ, ସେ ସବୁବେଳେ ଖାଲି ଲାଜକୁଳୀ ଲତାପରି ଝାଉଁଳି ପଡୁଥିବ, ମୁହଁ ଟେକି ଜଣକୁ ପଦେ କଥା କହିପାରିବନାହିଁ, ସେମିତି ଝିଅଙ୍କୁ ଦେଖିଲେ ମୋ ହାଡ଼ ଜଳିଯାଏ। କିଗୋ, ମାଈକିନା ହେଲେ ବୋଲି କ'ଣ ସବୁଗଲା, ମନରେ ଟିକେ ଦମ୍ଭ ନାହିଁ କି ଟାଣ ନାହିଁ! ଚାକର ବାକରଙ୍କୁ ବି ନିଜର ମାନ୍ୟ ଲୋକ ପରି ଲାଜରେ ଆଡ଼େଇ ହେବ! ଛି, ଛି, ସେଗୁଡ଼ାକ ଆଉ ଘରର ସାଆନ୍ତାଣୀ ହେବେ କ'ଣ ମ, ସେ ତ ଚାକରାଣୀ। ସେମିତି ଚାକରାଣୀ ହାତରେ ମୋର ଏତେ ସମ୍ପତ୍ତିର ଭାର ଦେବାକୁ ମୋ ମନ ତ କେଭେ ରାଜି ହୁଅନ୍ତନାହିଁ।" ବାସନ୍ତୀ ଦେଖିଲା, ସମସ୍ତଙ୍କ ଭିତରେ ତାର ସେହି ମରହଟ୍ଟୀ ଶାଶୁ ବୁଢ଼ୀଟି କେବଳ ତାକୁ ଚିହ୍ନି ପାରିଥିଲେ ଏବଂ ତାର ଆଦର୍ଶର ମର୍ଯ୍ୟାଦା କରିଜାଣିଥିଲେ। ସେହି ଶାଶୁ ଆଜି ମୃତ୍ୟୁଶଯ୍ୟାରେ। ଆସିବା ସମୟରେ ସେ ତାଙ୍କୁ ପଦେ କହିଆସିନାହିଁ। ଏପରି ବ୍ୟବହାରରେ ତାର କୁଳଭିମାନିନୀ ଶାଶୁ କ'ଣ ଭାବୁଥିବେ! ସମସ୍ତ ଭାବନା ଆଜି ଅଧିକ ଜାଗ୍ରତ ହୋଇ ତା' ପ୍ରାଣକୁ ବିଶେଷ ଭାବରେ ଉଦ୍‌ବେଳିତ କରିପକାଇଛି।

ଖବର କାଗଜରେ ସେ ବାରମ୍ବାର ଦେବବ୍ରତର କଥାଗୁଡ଼ାକ ପଢ଼ିଲା।" ଫେରି ଆସ, ବୋଉ ମୃତ୍ୟୁ ଶଯ୍ୟାରେ! ମୁଁ ଅର୍ଦ୍ଧମୃତ" ଏହି ଦେବବ୍ରତ ପ୍ରତି ତାର ଏତେ ଅଭିମାନ! ଛି, ଛି।

କାହାରିପ୍ରତି ଆଜି ବାସନ୍ତୀର ରାଗ ନାହିଁ। କେବଳ ଯେଉଁ ଅଜ୍ଞାତ ଦେବତାର ଅଦୃଶ୍ୟ ଅଙ୍ଗୁଳି ସଙ୍କେତରେ ତା ଜୀବନ ବାତ୍ୟାନ୍ଦୋଳିତ ନୌକାପରି ଇତଃସ୍ତତଃ

ବିକ୍ଷିପ୍ତ ହୋଇ ପଡ଼ିଛି, ତାହାରି ପ୍ରତି ଗୋଟାଏ ବିକଳ କ୍ଷୋଭରେ ବାସନ୍ତୀର ଦୁଇ ଚକ୍ଷୁ ଦେଇ ଦରଦର ଧାରରେ ଅଶ୍ରୁ ବହିବାକୁ ଲାଗିଲା ।

ଏହି ସମୟରେ ପଛରୁ ତା ଆଖି ଦିଓଟି କିଏ ମୁଦି ଧରିଲା, ଦେହମୟ ତାର ଶୀତେଇ ଉଠିଲା- "ଦେବ ଭାଇ!" ମୁହୂର୍ତ୍ତକ ପରେ ସେ ଜାଣିପାରିଲା, ଏ ଆଉ କେହି ନୁହେଁ- ତାର 'ଅ'। ବସନ୍ତକୁମାରୀର ହସ୍ତ ଆର୍ଦ୍ରବୋଧ ହେବାରୁ ସେ ବାସନ୍ତୀର ସମ୍ମୁଖକୁ ଯାଇ ଅତି କୋମଳ ସ୍ୱରରେ କହିଲା, "ହଇହେ 'ଆ', ତୁମେ କାନ୍ଦୁଚ ? କାହିଁକି ? ତୁମକୁ ମୋ ରାଣ, ଏଠି କଣ ଅସୁବିଧା ହେଉଛି କହ।" ବାସନ୍ତୀ ମୃଦୁ ହାସ୍ୟ କରି କହିଲା, "ନାହିଁ ଭଉଣୀ, ଅସୁବିଧା କଣ ? ଏଠାରୁ କଣ ଆଉ ଅଧିକ ସୁଖରେ ଆଉ କାହିଁ ରହନ୍ତି ?" ଏତିକି କହିପକାଇ ବାସନ୍ତୀର ମନେପଡ଼ିଗଲା, ସବୁ ମନୋମାଳିନ୍ୟ ଓ ଅଶାନ୍ତି ମଧ୍ୟରେ ବି ଦେବବ୍ରତ ପାଖରେ ଥିଲେ ସେ ଯେତେ ସୁଖରେ ଥା'ନ୍ତା, ବିଶ୍ୱ ସଂସାରରେ ଆଉ କୌଣସି ସ୍ଥାନ ନାହିଁ ଯେ ଆନନ୍ଦ ଦେବାକୁ। ତାର ଅଶ୍ରୁ ସମ୍ଭାଳି ହେଲା ନାହିଁ। ଅଶ୍ରୁର ସ୍ରୋତ ଅଧିକ ଦ୍ରୁତ ବେଗରେ ବହିବାକୁ ଲାଗିଲା। ଏ ଦୁଃଖ ତାର ନିଜର ଦୁରବସ୍ଥାପାଇଁ ନୁହେଁ, ତାର ପ୍ରାଣପ୍ରିୟ ସ୍ୱାମୀଙ୍କର ଅନୁତାପ ହିଁ ଏହାର ମୂଳ କାରଣ। ବାସନ୍ତୀ ଭାବି ବିସ୍ମିତ ହେଲା, ନାରୀ-ସ୍ୱାଧୀନତା ପାଇଁ ସେ ଯେଉଁ ଅଦମ୍ୟ ସାହସରେ କାର୍ଯ୍ୟ କରୁଥିଲା, ତାହା ବର୍ତ୍ତମାନ କାହିଁ ? ସେ ଆଜି ଏତେ କୋମଳ, ଏତେ ଦୁର୍ବଳ ହୋଇପଡ଼ିଲା କିପରି ?

ବସନ୍ତ କୁମାରୀ ଆଖିଏ ଲୁହ ପୂରାଇ ଯେତେବେଳେ ଶିଶୁ ସୁଲଭ ଆର୍ଦ୍ର କଣ୍ଠରେ ପଚାରିଲା "ଆ, ତୁମେ କାନ୍ଦୁଚ, ମୋ ରାଣ, ତୁମର କ'ଣ ହେଇଚି କହ," ବାସନ୍ତୀ ସସ୍ନେହରେ ତାର ଛୋଟ ମୁହଁଟିକୁ କ୍ରୋଡ଼ରେ ଜାକି ଧରିଲା। ବସନ୍ତକୁମାରୀ ତା ଜୀବନ ଇତିହାସର ପରିଚୟ ପାଇଥିଲେ ହେଁ, ଲୋକ ଏତେ ଅଧୀର ହୋଇ କାନ୍ଦିବାର କାରଣ ଯେ କ'ଣ ଅଛି, ସେ ବୁଝିପାରିନଥିଲା ଏବଂ କାନ୍ଦିଲେ ସାନ୍ତ୍ୱନା କ'ଣ ଦେବ, ସେ କଥା ଖୋଜି ପାଉନଥିଲା। ଏହି ସ୍ନେହଶୀଳା ବାଳିକାଟିର ନିବିଡ଼ ସହାନୁଭୂତିରେ ବାସନ୍ତୀର ଅନ୍ତର ଆପ୍ଳୁତ ହୋଇଉଠିଲା।

ପୂର୍ବାକାଶରୁ ଅନ୍ଧକାର ଓହ୍ଲାଇ ଆସିଲାଣି। ସମ୍ମୁଖସ୍ଥ ପୁଷ୍କରିଣୀ ଉପରେ ସନ୍ଧ୍ୟାର ଧୂସର ଛାୟା ପଡ଼ିଲାଣି। ବୃକ୍ଷାନ୍ତରାଳରେ ଗୋଟି ଗୋଟି ହୋଇ ତାରା ଫୁଟିଲେଣି। ବସନ୍ତକୁମାରୀ ଲୋତକରେ ବାସନ୍ତୀର ବସ୍ତ୍ର ଆର୍ଦ୍ର ହୋଇପଡ଼ିଛି। ବାସନ୍ତୀ ତାକୁ କ୍ରୋଡ଼ରୁ ଉଠାଇ ପ୍ରବୋଧ ବାକ୍ୟ କହି ତାର ବଡ଼ ବଡ଼ ଡୋଳା ଦି'ଟାରୁ ଲୁହ ପୋଛିଦେଲା।

ଦୁଇ ସଖୀ ଗୃହ ମଧ୍ୟକୁ ଆସି ଦେଖିଲେ, ବିନୋଦ ବିହାରୀ ବତୀ ଜାଳି ଖଣ୍ଡେ

ଡାକ୍ତରୀ ପୁସ୍ତକ ଖୋଲି ବସିଅଛନ୍ତି। ପଦ ଶବ୍ଦ ଶୁଣି ମୁଖ ଫେରାଇ ବିନୋଦ ଦୁହିଙ୍କ ମୁଖକୁ ଚାହିଁ କିଛି ଗୋଟାଏ ଘଟନା ଘଟିଛି ବୋଲି ବୁଝିପାରି ପଚାରିଲେ, "କି ହୋ, ଏ ପୁଣି କ'ଣ ହେଲା ?"

ବସନ୍ତର ଆଖି ପୁଣି ସଜଳ ହେଲା। ସେ ସ୍ୱାମୀ ନକିଟକୁ ଯାଇ ଆର୍ଦ୍ର କଣ୍ଠରେ କହିଲା,"ହେ ଦେଖିଲ, ୟା'ଙ୍କର ଏମିତି କଣ ହେଇଯାଇଛି ଯେ, ପୋଖରୀ କୂଳଟାରେ ଏକୁଟିଆ ବସି ଏତେ କାନ୍ଦିବେ!" ବିନୋଦଙ୍କର ଆଉ ବୁଝିବାକୁ ବାକୀ ରହିଲା ନାହିଁ ଯେ, ବାସନ୍ତୀର କାନ୍ଦିବା ହିଁ ତାଙ୍କର ପତ୍ନୀର ଚକ୍ଷୁଫୁଲିଥିବାର କାରଣ। ସ୍ତ୍ରୀ ସହିତ ସେ ଯାହା ଟିକିଏ କୌତୁକ କରିଥା'ନ୍ତେ, ବାସନ୍ତୀର ଦୁଃଖରେ ତାଙ୍କ ମନଟାବି ବଥେଇ ଉଠିଲା। ସେ ଧୀରେ ଧୀରେ କହିଲେ,"ଛି, ବାସନ୍ତୀ, ତୁମ ମଧ୍ୟରେ ଯେଉଁ ଅମୃତ ଶିଶୁଟିର ଆବିର୍ଭାବ ହୋଇଅଛି, ତାହା ପ୍ରତି ଏହାଦ୍ୱାରା କେତଦୂର ଅନ୍ୟାୟ କରାଯାଉଛି, ବୁଝିପାରୁନାହିଁ ?" ବାସନ୍ତୀ ନୀରବରେ ଧୀର ପଦକ୍ଷେପ କରି ଖବର କାଗଜର ସେହି ଧାଡ଼ିଟା ନେଇ ବିନୋଦ ବିହାରୀଙ୍କୁ ଦେଖାଇଲା। ବିନୋଦ ପଢ଼ିସାରି ସମସ୍ତ ବୁଝିପାରି କହିଲେ, "ବେଶ୍ ତ , ଦେବବ୍ରତଙ୍କୁ ସବୁ ସମ୍ବାଦ ଜଣାଇଦେବା। ପ୍ରସବ ପୂର୍ବରୁ ତ ତୁମର ଯିବାଟା ଉଚିତ ହେବନାହିଁ।" ବସନ୍ତ କୁମାରୀ କାବା ହୋଇ ସବୁ ଶୁଣିଲା, କିନ୍ତୁ ପରେ ସ୍ୱାମୀଙ୍କଠାରୁ ସବିଶେଷ ବୁଝିବ ବୋଲି ବାସନ୍ତୀକୁ ନେଇ ଗୃହମଧ୍ୟକୁ ଚାଲିଗଲା।

ଠିକ୍ ସେହିଦିନ ସନ୍ଧ୍ୟାବେଳେ କଟକ ଦୋକାନ ବଜାରରେ ଆଲୁଅ ନଳାଗୁଣ୍ଡ ଦଳେ ଦଳେ ସ୍କୁଲ୍ ପିଲା ଖୁସି ଗପ କରି ଚୌଧୁରୀ ବଜାର ଅଭିମୁଖରେ ତର ତର ହୋଇ ଚାଲିଅଛନ୍ତି। ଆଜି ଟାଉନହଲ୍‌ରେ ଗୋଟିଏ ସଭା ବସିବ। କେତେ ଅନାଡ଼ି ପିଲା ଚାଲିଛନ୍ତି ଚୌଧୁରୀ ବଜାରରୁ ଗୁଡ଼ାଖୁ କିଣିବେ, ଗୌଣଭାବରେ ସଭାଟାରେ ଟିକିଏ ଯୋଗଦେଇ ଆସିବେ। ସଭାପତି କିଏ,ବିଷୟ କ'ଣ, ବକ୍ତା କିଏ, ସେମାନେ କିଛି ଜାଣନ୍ତିନାହିଁ। ତେବେ ସଭାପତି ଜଣେ ସ୍ଥାନୀୟ ଗଣ୍ୟମାନ୍ୟ ଲୋକ, ବକ୍ତା ଜଣେ ବିଦେଶାଗତ ଖ୍ୟାତନାମା ଅଧ୍ୟାପକ ଏବଂ ବିଷୟଟି 'ବିବାହ' ବା ଏହିପରି ଗୋଟାଏ କିଛି କଥା ନେଇ। ସବୁ ସମାଜରେ ଏହିପରି ଦଳେ ଦଳେ ଥା'ନ୍ତି, ସେମାନେ କେବଳ ଗୋଟାଏ ସ୍ରୋତରେ ଭାସି ଚାଲନ୍ତି। ଏମାନେ ସେହି ଦଳର। ଏମାନଙ୍କର ସଭାରେ ଯୋଗ ଦେବାର କାରଣ, ଗୁଡ଼ାଖୁ, ଲୁଗା, ଗାମୁଛା ପ୍ରଭୃତି କିଣିବା, ଦ୍ୱିତୀୟ କାରଣ, ଅଧିକାଂଶ ଛାତ୍ର ଆଜି ସଭାରେ ଯୋଗଦେଇଅଛନ୍ତି। ଅଧିକ ସଂଖ୍ୟକ ଛାତ୍ର ଆସିବାର କାରଣ, ବିଷୟଟି ସେହିମାନଙ୍କ ପାଇଁ ଉଦ୍ଦିଷ୍ଟ- "ଆଧୁନିକ ଯୁଗରେ ବିବାହର ନୀତି।"

ବକ୍ତାଙ୍କ କଥାର ଭାବାର୍ଥ ହେଉଛି, ସମଗ୍ର ଭାରତର ତଥା ମାନବ ସମାଜର କଲ୍ୟାଣ ପାଇଁ ସଂକୀର୍ଣ୍ଣ ଜାତିପ୍ରଥାଗତ ବ୍ୟବଧାନ ସବୁ ଅମାନ୍ୟ କରି ରୁଚି ଅନୁସାରେ ବୈବାହିକ ପ୍ରଥା ପ୍ରଚଳନ କରିବାର ସମୟ ଆସିଅଛି ଏବଂ ଯଦ୍ୱାରା ଶୀଘ୍ର ସାଧାରଣଙ୍କ ମଧ୍ୟରେ ପ୍ରବର୍ତ୍ତନ କରାଯାଇପାରେ, ସେଥିପାଇଁ ପ୍ରତ୍ୟେକ ଶିକ୍ଷିତ ବ୍ୟକ୍ତି ସଚେଷ୍ଟ ହେବା ଉଚିତ। ବିଷୟଟିରେ ମତଦ୍ୱୈଧ ହେବାର ସମ୍ଭାବନା ଥିବାରୁ ବକ୍ତାଙ୍କ ଅଭିପ୍ରାୟ ଅନୁସାରେ ତାଙ୍କୁ କେହି ପ୍ରଶ୍ନ କରିବାକୁ କିମ୍ବା ତାଙ୍କର ଯୁକ୍ତିଯୁକ୍ତ ସମାଲୋଚନା କରିବାକୁ ସଭାପତି ଶ୍ରୋତୃମଣ୍ଡଳୀଙ୍କୁ ଅନୁରୋଧ କଲେ।

ଏ ସ୍ଥଳରେ ଉତ୍କଳର ଶିକ୍ଷିତ ସମାଜରୁ କିଏ କ'ଣ କହିଥିବେ, ପାଠକମାନେ ଅନୁମାନ କରି ସ୍ଥିର କରନ୍ତୁ। ଯେତେଲୋକ ସମାଲୋଚନା କରିବାକୁ ଠିଆ ହେଲେ, ସେଥିମଧ୍ୟରୁ ଠିକ୍ ସମାଲୋଚନା କିଏ କଲେ ବୋଲାଯାଇପାରେନାହିଁ। ଯାହା ଶୁଣାଗଲା, କେବଳ ଅକଥ୍ୟ, ଅଶ୍ରାବ୍ୟ, ଅଶ୍ଳୀଳ। ବ୍ୟକ୍ତିଗତ ଆକ୍ଷେପର ମଧ୍ୟ ବାକୀ ରହିଲାନାହିଁ। ଏବଂ ନିରୀହ ସଭାପତି ଓ ବକ୍ତା ମଧ୍ୟ ସେଥିରୁ ରକ୍ଷା ପାଇଲେ ନାହିଁ।

ଏ ସମ୍ପର୍କରେ କେବଳ ଜଣେ ନବ୍ୟ ଶିକ୍ଷିତଙ୍କ ଅଭିମତ ଜାଣି ରଖିବା ଉଚିତ। ସେ ମହୋଦୟ ଅନ୍ୟମାନଙ୍କ ପରି ବାଜେ ଯୁକ୍ତି ତର୍କ କରିବାଟାକୁ ପସନ୍ଦ କରନ୍ତିନାହିଁ। କେବଳ ତାଙ୍କର ଅଭିଜ୍ଞତାମୂଳକ କେତେଟା ଉଦାହରଣ ସେ ବ୍ୟକ୍ତ କରିବେ। କଲେଜରେ ଅଧ୍ୟୟନ କାଳରେ ତାଙ୍କର ଦୁଇଜଣ ପରମ ବନ୍ଧୁ ଏହିପରି ବାତୁଳତା କରି କି ବିଷମୟ ପରିଣତି ଭୋଗ କରୁଅଛନ୍ତି, ତାହାର ଦୃଷ୍ଟାନ୍ତ ସେ ଦେଖାଇଥିଲେ। ଜଣେ ଅଭିଭାବକଙ୍କ ବିନାନୁମତିରେ ଗୋଟିଏ ଅଜ୍ଞାତକୁଳଶୀଳା (ଏଇଟି ବକ୍ତାଙ୍କର କପୋଳକଳ୍ପିତ) ନବ୍ୟଶିକ୍ଷିତା ଯୁବତୀଙ୍କୁ ବିବାହ କଲେ, କିନ୍ତୁ ଅଳ୍ପଦିନ ପରେ ତାଙ୍କୁ ଭ୍ରଷ୍ଟାଚାରିଣୀ ଦେଖି ଗୃହରୁ ବିତାଡ଼ନ କଲେ। ଆଉ ଜଣେ ଏକ କିରସ୍ତାନ କନ୍ୟାକୁ ବିବାହ କରିବାକୁ ଯାଉଅଛନ୍ତି। ସମାଜ କିଛି ଅଭିମତ ବ୍ୟକ୍ତ କରିବା ପୂର୍ବରୁ ସ୍ୱୟଂ ଭଗବାନ୍ ତାଙ୍କ ଉଦ୍ଦେଶ୍ୟରେ ସୂଚନା ଦେଇସାରିଲେଣି। କିରସ୍ତାନ୍ କନ୍ୟାଟି ବର୍ତ୍ତମାନ କଠିନ ରୋଗରେ ପୀଡ଼ିତା ଅଛନ୍ତି। ବିବାହ କଲେ ଏ ଦମ୍ପତି କେତେଦୂର ସୁଖୀ ହେବେ, ଭଗବାନ ଯେପରି ତାର ପୂର୍ବାଭାସ ଦେଇସାରିଛନ୍ତି। ବକ୍ତା ଚିତ୍କାର କଲେ, ଦେଶର ମସ୍ତିଷ୍କ ରୂପ ଶିକ୍ଷିତ ସମାଜ ! ଦେଶର ଭବିଷ୍ୟତ ଆଶା ଭରସା ଛାତ୍ର ସମାଜ। ସାବଧାନ ! ଥରେ ବିଚାର କରି ଦେଖ; କି ଦାୟିତ୍ୱ ବହନ କରି ତୁମ୍ଭେମାନେ ଏ ସଂସାରକୁ ଆସିଅଛ। ଯେତେବଡ଼ ପଣ୍ଡିତ, ତାର୍କିକ ହୁଅନ୍ତୁ, ମୋର ଏ ଦୁଇଟା ଚକ୍ଷୁସ ପ୍ରମାଣ କିଏ ଖଣ୍ଡ କରିବେ ଦେଖାଯାଉ। ତୁମ୍ଭେମାନେ ଇତର ଜନସାଧାରଣଙ୍କ ପରି ହୋ'ମତାଣିରେ ତାଳି ମାରନାହିଁ। କବି ଯଥାର୍ଥ କହିଅଛନ୍ତି-

"ବିଜ୍ଞଜନେ ତୁମ୍ଭ ରୀତି ଦେଖି କାବା,
ଜନତା କୁହାଟେ ବାହାବା ବାହାବା।"

ଦୁଷ୍ଟ କଲେଜ ପିଲା କେତେଟା ଏହି ବିଜ୍ଞ ମହୋଦୟଙ୍କୁ "ବସି ଯାଅ","ଚୁପ୍ ହୁଅ" କହି ଉତ୍ୟକ୍ତ କରୁଥା'ନ୍ତି; କିନ୍ତୁ ବକ୍ତା ଅନର୍ଗଳ ଗପି ଚାଲିଥା'ନ୍ତି। ଆଉ କେହି ବକ୍ତାଙ୍କର ଆଦର୍ଶ ସାହସର ପରିଚୟ ପାଇ ମୁରୁକି ହସା ଦେଇ "ଗୋ ଅନ୍" ଇତ୍ୟାଦି କହିବାରେ ଲାଗିଥା'ନ୍ତି। କେତେ ଲୋକ କାନରେ ହାତ ଦେଇ ମୁହଁ ତଳକୁ କରି ବସିଥାନ୍ତି, କେତେଜଣ ' ଶାନ୍ତି', 'ଶାନ୍ତି' ଡାକି ବେଶୀ ଅଶାନ୍ତି ସୃଷ୍ଟି କରୁଥା'ନ୍ତି।

କେହିକେହି ନୀରବ ପଦକ୍ଷେପରେ ସଭାଗୃହ ପରିତ୍ୟାଗ କରିବାକୁ ଲାଗିଲେଣି। ସଭାଗୃହ ପରିତ୍ୟାଗ କରିବା ଲୋକଙ୍କ ମଧ୍ୟରୁ ସର୍ବପ୍ରଥମେ ବାରଣ୍ଡାରେ ଠିଆ ହୋଇଥିବା ଗୋଟିଏ ଲୋକ ବାହାରିପଡ଼ିଲା। ହାତରେ ଖଣ୍ଡେ ସୁଟ୍‌କେଶ୍, ଲମ୍ବ ଦାଢ଼ି, କେଶ ପ୍ରସାଧନ ବିହୀନ, ପ୍ରଶସ୍ତ ବକ୍ଷ, ଦୀର୍ଘକାୟ। ଦରଜା ଦେଇ ହଲ୍ ବାହାରେ ଯେ ଚତୁଷ୍କୋଣ ଆଲୋକ ଖଣ୍ଡ ପଡ଼ିଥିଲା, ସେଥିରେ ଲୋକଟିକୁ ଦେଖାଗଲା। ମୁଖ ଉଜ୍ଜ୍ୱଳ, ଗୌରବର୍ଣ୍ଣ, କିନ୍ତୁ ଏପରି ଗୋଟାଏ ଶୀର୍ଣ୍ଣ ମଳିନତା ଲୋକଟାର ମୁଖକୁ ଆବୃତ କରି ରଖିଛି, ଚକ୍ଷୁର ପତା ଦୁଇଟା ଯେପରି ଉତ୍ତାପରେ ସିଝି ସିଝି କଳା ହୋଇଯାଇଛି। କାହିଁକି କେଜାଣି, ହଠାତ୍ ଲୋକଟା ସେଇ ଆଲୋକ ଖଣ୍ଡରୁ ଅପସୃତ ହୋଇ ଅନ୍ଧକାର ରାସ୍ତା ମଧ୍ୟରେ ତରତର ହୋଇ ଚାଲିଛି। ଦୋକାନ ବଜାର ଗଳି ସେ ଏକା ନିଶ୍ୱାସରେ ଅତିକ୍ରମ କରିଯିବାକୁ ବ୍ୟଗ୍ର। ଯେଉଁବାଟେ ବେଶୀ ଲୋକ ଯାତାୟତ କରୁଅଛନ୍ତି, ଏ ଲୋକଟା ସେ ବାଟ ଛାଡ଼ି, ଦୋକାନ ପାର୍ଶ୍ୱ ଛାଡ଼ି, ଦୂରେ ଦୂରେ ଅନ୍ଧକାର ଖୋଜି ଗତି କରୁଅଛି, ଯେପରିକି ଏମାନଙ୍କ ମଧ୍ୟରେ ଲୋକଟାକୁ ଚିହ୍ନିବା ଭଳି ଅନେକ ଅଛନ୍ତି ଏବଂ ସେ ସେମାନଙ୍କଠାରୁ ଆତ୍ମଗୋପନ କରିବାକୁ ଚାହେଁ।

ଲୋକଟାକୁ ଏପରି ବାଟଛାଡ଼ି ଅବାଟରେ ଯାଉଥିବାର ଦେଖି ବିଟ୍ ବାଲା କନେଷ୍ଟବଲ୍ ଡାକିଲା, "କୌନ୍ ହୈ!" ଲୋକଟା କିଛି ନକହି ଥକ୍‌କା ହୋଇ ଠିଆ ହେଲା। କନଷ୍ଟେବଲ୍ ହାତରେ ଆଲୋକ ଥିଲା। ସେ ତା' ମୁଖରେ ଆଲୋକପାତ କରି କାହିଁକି କେଜାଣି କଣ ବିଚାରି ସଟାଂ କରି ତା' ଗୋଡ଼ତଳେ ପଡ଼ିଯାଇ କହିଲା- "ମାଫ୍ କରନ୍ତୁ ଆଜ୍ଞା, ଏତେବେଳଟାରେ ଏ ବେଶରେ କୁଆଡ଼େ ଚାଲିଛନ୍ତି? କାହାର କଣ ହେଇଛି କି?" ଶୃଙ୍ଖଳ ଲୋକଟା ତା କଥା କିଛି ବୁଝି ନ ପାରି ମୃଦୁ ସ୍ୱରରେ କହିଲା, "ଆଜ୍ଞା ମୁଁ ପରା ମହମ୍ମଦ।" ଲୋକଟା ଯେପରି ସବୁକିଛି ଭୁଲିଯାଇଛି, ପୁଣି ସ୍ମରଣରେ ଆଣିବାପାଇଁ ଉପରକୁ ଚାହିଁ କହିଲା, "ମହମ୍ମଦ"।

"ଆଜ୍ଞା, ହଁ, ହଜୁରଙ୍କ ହାତରେ ଯେ ଜୀବନ ପାଇଛି, ସେହି ମହମ୍ମଦ।

ହଜୁର ଯାହାର ଉପକାର କରନ୍ତି, ତାକୁ ଏତେ ଶୀଘ୍ର ଭୁଲିଯା'ନ୍ତି । ସେଦିନ ଘରପୋଡ଼ି କଥା କ'ଣ ଭୁଲିଯାଇଛନ୍ତି ? ମୋତେ ଲୋକଗୁଡ଼ାକ ବିନାଦୋଷରେ ଘରେ ନିଆଁ ଲଗାଇଛି ବୋଲି ମାରି ମାରି ସେଇ ନିଆଁରେ ପକାଇବାକୁ ଘେନି ଯାଉଥିଲେ । ମୁଁ ପ୍ରାଣ ବିକଳରେ ଡକା ପାରୁଥାଏ । ହଜୁର ପରା ମୋତେ ଉଦ୍ଧାର କଲେ ! ଡାକ୍ତରଖାନାକୁ ନେଇ ହାତରୁ ପଇସା ଖର୍ଚ୍ଚ କରି ମତେ ଭଲ କରାଇଲେ । କଟକ ସହରର କେଉଁ ବଜାର, କେଉଁ ଗଳିର ଦୁଃଖୀ ରଙ୍କୀ ଲୋକ ହଜୁରଙ୍କୁ ନଚିହ୍ନେ ! ମୁଁ ହଜୁରଙ୍କ ହାତରୁ ଜୀବନ ପାଇଛି, ଚିହ୍ନିନାହିଁ !"

ଲୋକଟା ଟିକିଏ ଇତଃସ୍ତତଃ ହେଲାପରି ଜଣାଗଲା । ତତ୍ପରେ ମଳିନ ହାସ୍ୟ ହସି କହିଲା, "ଆଚ୍ଛା ମହମ୍ମଦ, ମୁଁ ଗୋଟାଏ ବିଶେଷ କାମରେ ଯାଉଛି ।" ମହମ୍ମଦ କିନ୍ତୁ ସହଜରେ ଛାଡ଼ିବାର ପାତ୍ର ନୁହେଁ ସେ ତାର ବେତନଦାତାର ହୁକୁମ ଅମାନ୍ୟ କରି ତାର ଜୀବନଦାତାର ଅନୁଗାମୀ ହୋଇ ତାକୁ ଗନ୍ତବ୍ୟ ସ୍ଥାନରେ ପହଞ୍ଚାଇ ଦେବାକୁ ଜିଗର କଲା । ଲୋକଟା ଗମ୍ଭୀର ଭାବରେ "କିଛି ଦରକାର ନାହିଁମ ମହମ୍ମଦ" କହି ପୁଣି ପୂର୍ବ ଗତିରେ ଚାଲିଲା । ମହମ୍ମଦ ବିଚାରିଲା, "କିଏ ମରି ଶୋଇଛି,ତାକୁ ଉଠାଇବାକୁ କେହି ନାହିଁ; କେଉଁ ବୁଢ଼ୀ ରୋଗରେ ଶୋଇଛି, ତାର ଶୁଶ୍ରୂଷା କରିବା ଲୋକେ ଅନାବଶ୍ୟକ ମନେ କରନ୍ତି; କିଏ ଅସହାୟ, ଖାଦ୍ୟାଭାବରୁ ତିନିଦିନ ଉପାସ ଭୋକରେ ପଡ଼ିଛି; ଏହିସବୁ ବାଜେ ବିଷୟ ଖୋଜି ବୁଲି ଲୁଚି ଲୁଚି ସେସବୁର ପ୍ରତିକାର କରିବାହିଁ ଏ ଲୋକଟାର ବିଶେଷ କାମ ।" ସେ ପିଙ୍କା ଟାଣି ନିଜ କର୍ତ୍ତବ୍ୟରେ ମନ ଦେଲା ।

ଲୋକଟା ଦ୍ରୁତ ଗତିରେ ଯାଇ ପିଟିନ୍ ସାହି ଭିତରେ ପଶିଲା । ଖଣ୍ଡେ ଏକତାଲା କୋଠା ଦୁଆରେ ଦଣ୍ଡାୟମାନ ହୋଇ ଅନେକକ୍ଷଣ କ'ଣ ଭାବିଲା, ପରେ ଧୀରେ ଧୀରେ ଯାଇ ଦରଜାରେ ହାତ ଦେଲା । ଭିତରୁ ନାରୀ କଣ୍ଠର ଶବ୍ଦ ଶୁଣାଗଲା,"କିଏ ?" "ଦୁଆର ଖୋଲନ୍ତୁ ।" ଗୋଟିଏ ଦାସୀ ଆସି ଦୁଆର ଖୋଲିଦେଲା । ଦାସୀଟିଏ କିମ୍ଭୂତ କିମାକାର ଆଗନ୍ତୁକର ଆପାଦ ମସ୍ତକ ନିରୀକ୍ଷଣ କରି ବିରକ୍ତ ସ୍ୱରରେ ପଚାରିଲା, "କ'ଣ ଦରକାର ତୁମର ?"

ଲୋକଟି ଗମ୍ଭୀର ହୋଇ ପଚାରିଲା, "ରମେଶ ବାବୁ ଅଛନ୍ତି ?"

"ହଁ, ତାଙ୍କୁ ଫୁରୁସତ୍ ନାହିଁ ।"

"ଖବର ଦିଅ, ଦୁଇ ମିନିଟ୍ ପାଇଁ ବାହାରକୁ ଆସିବେ ।"

"ସେ ବ୍ୟସ୍ତ ଅଛନ୍ତି ।"

"ଆଗେ ଖବର ଦିଅ ।" ଦାସୀକୁ ଆଉ ବାକ୍ୟବ୍ୟୟ କରିବାକୁ ହେଲାନାହିଁ ।

ଗୃହମଧ୍ୟରୁ ଜଣେ ଯୁବକ ବାହାରି ଆସି ଲୋକଟାକୁ ନଚାହିଁ ନପଚାରି ଏକାବେଳକେ ବଳପୂର୍ବକ ଆଲିଙ୍ଗନ କରି ଉଚ୍ଛ୍ୱସିତ ସ୍ୱରରେ କହିଲା, "କି ରେ ଦେବବ୍ରତ, ଛି ଭାଇ, ଏ କଣରେ? ତୁ ଗୋଟାଏ ଏତେବଡ଼ ସିଧାସଳଖ ମଣିଷଟାଏ ହେଇ ଏକାବେଳକେ ଭାଙ୍ଗିପଡ଼ିଛୁ ଯେ- କିରେ, ଆମ ଜୀବନର ଲଢ଼ାଇ କଣ ଶେଷ ହେଲାଣି କି, ଏ ଯେ ଖାଲି ଆରମ୍ଭ।" ଏତିକି କହି ଯୁବକଟି ତାକୁ ଏକାବଳେକେ ଗୃହ ମଧ୍ୟକୁ ଟାଣି ନେଇଯିବାକୁ ବସିଲା; କିନ୍ତୁ ଆଗନ୍ତୁକଟି ତାକୁ ବାଧାଦେଇ କହିଲା "ରହ ଭାଇ, ସୁନୀତି ସହିତ ମୋର ସାକ୍ଷାତ ହେବା ଉଚିତ୍ କି ନା, ପ୍ରଥମେ ଠିକ୍ କରିବା ଆବଶ୍ୟକ।" ଯୁବକଟି ଆଗନ୍ତୁକର ହାତକୁ ହଲାଇ ହସି ହସି କହିଲା, "ସେ କ'ଣରେ, ସୁନୀତିର ଦେହ ବେମାର, ତୁ ତାକୁ ଟିକିଏ ଦେଖିଯିବୁ ନାହିଁ?"

"ହଁ, ଆଜି ସଭାରେ ସେହି ବେମାର ସମ୍ବାଦ ଶୁଣି ତ ଆସିଲି, ନହେଲେ ତ ଠିକ୍ କରିଥିଲି-"

"ଦୂର୍ ପାଗଳ, ଆ, ସେସବୁ କଥା ପରେ ହେବା।"

ଦେବବ୍ରତର ଉତ୍ତରକୁ ଅପେକ୍ଷା ନକରି ରମେଶ ତାକୁ ଏକଦମ୍ ଭିତରକୁ ଟାଣିନେଇଗଲା। ସୁନୀତିର ପ୍ରକୋଷ୍ଠରେ ପ୍ରବେଶ କରି ଦେବବ୍ରତ ଦେଖିଲା, କ୍ଷୀଣ ଆଲୋକରେ ସୁନୀତି ଏକ ପାର୍ଶ୍ୱରେ ଶୟନା। ପାଖରେ ଔଷଧ ଟେବୁଲ୍‌ଟି। ସୁନୀତିର ଦେବବ୍ରତ ସମ୍ବନ୍ଧରେ ଶୁଣିବାକୁ ଆଉ କିଛି ବାକି ନଥିଲା। ସେ ବର୍ତ୍ତମାନ କର ଲେଉଟାଇ ଦେବବ୍ରତ ଉପରେ ଦୃଷ୍ଟି ପକାଇଦେଇ ଚକିତ ହୋଇ କହିଲା, " ଏଁ- ଦେବବାବୁ- ଏ ଚେହେରା କ'ଣ ହେଇଛି? କି ଏପରି ଅପରାଧ ତୁମେ କରିଛ ଯେ, ସେଥିପାଇଁ ଏତେ ଅନୁତାପ? ସେ ଚଗଲିଟା ତୁମକୁ ସିନା ଖାଲି ଗୋଟାଏ ତୁଚ୍ଛା ଅଭିମାନରେ ଛାଡ଼ି ଚାଲିଯାଇଛି, ନହେଲେ ତାର ଅବସ୍ଥା ଏବେ ଯାହା ହେବଣି, ତାହା ତାର ଏ ସହୀକୁ ଭଲରୂପେ ଜଣା।"

ଦେବବ୍ରତ ମୁହଁ ପୋତି ସବୁ ଶୁଣିଗଲା, ପଦେ ଉତ୍ତର ଦେଇପାରିଲାନାହିଁ କିମ୍ବା ମୁହଁଟେକି ସୁନୀତିକୁ ଚାହିଁ ପାରିଲାନାହିଁ। କେବଳ ରମେଶକୁ ପଚାରିଲା, "ସୁନୀତି ଏପରି କେତେଦିନ ହେଲା ଅସୁସ୍ଥ? ଡାକ୍ତରମାନେ କ'ଣ କହୁଛନ୍ତି?" ରମେଶ ସୁନୀତିକୁ ସ୍ନେହପୂର୍ଣ୍ଣ ଦୃଷ୍ଟିରେ ଥରେ ଚାହିଁ ଦେବବ୍ରତକୁ ଉତ୍ତର କଲା, "ଗତ ଦୁଇ ସପ୍ତାହ ହେଲା ଏହିପରି ସେ ଭୋଗୁଛି, ମଝିରେ ତ ନ୍ୟୁମୋନିଆ ପର୍ଯ୍ୟନ୍ତ ଯାଇଥିଲା; କିନ୍ତୁ ବର୍ତ୍ତମାନ ବହୁପର୍ଯ୍ୟନ୍ତ ଭଲ ହୋଇ ଆସିଲାଣି। ଡାକ୍ତରମାନଙ୍କର ଆଉ ଡର ନାହିଁ।" ଦେବବ୍ରତ ସ୍ୱୀୟ ପ୍ରସଙ୍ଗ ଉତ୍‌ଥାପନ କରି ରମେଶ କହିଲା, "ଆଚ୍ଛା ଦେବ,

ବୋଉଙ୍କ ଦେହ କିପରି କହିଲୁ, ତୁ ଯେ ଏତେ ଚଞ୍ଚଳ, ବାହାରି ପଡ଼ିବୁ, ମୁଁ ଭାବିନଥିଲି !"

"ବୋଉ ବର୍ତ୍ତମାନ ଅନେକ ପରିମାଣରେ ସୁସ୍ଥ ହେଲେଣି, ସମ୍ପୂର୍ଣ୍ଣ ସୁସ୍ଥ ହେବାପର୍ଯ୍ୟନ୍ତ ମତେ ଘରେ ରଖିଦେଲେ ନାହିଁ।" ସଙ୍ଗରେ ତ ଆଉ କେହିନାହିଁ, କାବୁଲିଙ୍କ ପରି ଏମିତି ଏକା ଏକା ବାହାରିଲୁ ?"

"ନାହିଁ, ଭାଇ, ବୋଉ ଜବରଦସ୍ତି ପୂଜାହାରୀ ସାଥୀରେ ଦେଇଥିଲେ, ସେମାନଙ୍କୁ ବାଟରୁ ଫେରାଇଦେଇଛି। ମୋ ଭାଗ୍ୟ ଘେନି ମୋତେ କୁଆଡ଼େ ବୁଲିବାକୁ ହେବ ଜଣା ନାହିଁ । ସେଥିରେ ପୁଣି ଢୋଲ ପିଟି ଆଉ ଦୁଇଜଣଙ୍କୁ ସଙ୍ଗରେ ଘେନି ରୋଷଣୀ କରି ବାହାରିବି କାହିଁକି । ଖାଲି ଧନିଆଟା ସାଙ୍ଗ ଛାଡୁନାହିଁ।"

"ଆଚ୍ଛା, ବର୍ତ୍ତମାନ କିଛି ଠିକଣା ନବୁଝି ଯାତ୍ରା କରିବୁ କୁଆଡ଼େ ?"

ଦେବବ୍ରତ ଅଳ୍ପ ହସି କହିଲା, "କୁଆଡ଼େ ଆଉ ? ନିରୁଦ୍ଦେଶ ଯାତ୍ରା। ତେବେ, ଆପାତତଃ କଲିକତା ଚାଲିଲି।"

"ନିୟମିତ ପତ୍ର ଦେବୁ।"

"ସୁବିଧା ମିଳିଲେ ତ ?" ସୁନୀତିର ଅସୁସ୍ଥତା ବଶତଃ ରମେଶ ଆଜିର ସଭାକୁ ଯାଇପାରିନଥିବାରୁ ଦେବବ୍ରତକୁ ପଚାରି ସବୁ ବୁଝିଲା।

ସେହିଦିନ ଦେବବ୍ରତର ଯାତ୍ରା କରିବା କଥା, କିନ୍ତୁ ରମେଶ ଓ ସୁନୀତିର ବଳାତ୍କାରରେ ସେଦିନ ତାକୁ ସୁନୀତି ଗୃହରେ ଆତିଥ୍ୟ ଗ୍ରହଣ କରିବାକୁ ହେଲା।

ବିନୋଦ ବିହାରୀ ବାସନ୍ତୀର ସବିଶେଷ ସମ୍ବାଦ ଲେଖି ଯେତେବେଳେ ବାଲେଶ୍ୱରକୁ ପତ୍ର ଲେଖିଲେ, ସେ ପତ୍ର ପହଞ୍ଚିବା ପୂର୍ବରୁ ଦେବବ୍ରତ ଯାତ୍ରା କରିସାରିଥିଲା। ସେ ରମେଶକୁ ପତ୍ର ଦେବ ବୋଲି ଏକରକମ ଅଙ୍ଗୀକାର କରିଗଲା ସତ୍ୟ; କିନ୍ତୁ ବାସନ୍ତୀକୁ ଏପରି ଭାବରେ ନିର୍ବାସିତ କରିଦେବାଟା ଦେବବ୍ରତକୁ ସମାଜ ଓ ସଂସାର ସମକ୍ଷରେ ଏତେଦୂର ବିବ୍ରତ କରିପକାଇଥିଲାଯେ, ସେ ନା ରମେଶ, ନା ତାହାର ମାତା କାହାରିକୁ ନିଜର ସମ୍ବାଦ ଜଣାଇବାଟା ଉଚିତ କିମ୍ବା ଅନୁଚିତ ଠିକ୍ କରିପାରିଲାନାହିଁ। ବାସନ୍ତୀ ଅବଳା, ନାରୀ, ସେ ତାକୁ ଏକାକୀ ବିଦାୟ କରିଦେଇଛି, କେଉଁ ଦିଗକୁ ଯିବ କିଛି ନବୁଝି ନ ବିଚାରି ଏକାବେଳେ ଉନ୍ମାଦଗ୍ରସ୍ତ ଲୋକପରି ତ୍ୟାଗ କରିଦେଇଛି। ସେହି ଅସହାୟ ନାରୀର ନିର୍ବାସନ ସେ ନିଜେ ଏବଂ ଅନ୍ୟମାନେ ତ ସହ୍ୟ କରି ରହିଅଛନ୍ତି। ଆଉ ସେ ପୁରୁଷ ହୋଇ କଣ ଏପରି ନିରୁଦ୍ଦେଶ ହୋଇଯିବାର କଥାଯେ, ଅନ୍ୟମାନେ ଶଙ୍କିତ ହେବେ ! ନା, ସେ ବାସନ୍ତୀର ସନ୍ଧାନ ନକରିବା ଯାଏ କାହାରିକି କିଛି ଖବର ଦେବନାହିଁ।

## - ଅଣତିରିଶ -

ସୁଭଦ୍ରା ଦେଈ ବିନୋଦ ବିହାରୀଙ୍କ ପତ୍ରରୁ ବାସନ୍ତୀର ସମସ୍ତ ସମ୍ବାଦ ପାଇ ନିଶାମଣିକି ଡାକି କହିଲେ, "ଏଥର ମୋ ଦେହ ଆଉ କିଛି ଖରାପ ହେବନାହିଁ ଲୋ ନିଶା, ମୋ ହଜିଲା ନିଧିତ ମିଳିଲାଣି।" ସେ ପତ୍ର ସଙ୍ଗରେ ନିଶାମଣି ନିକଟକୁ ମଧ୍ୟ ଖଣ୍ଡେ ପତ୍ର ଆସିଥିଲା। ସେ ଖଣ୍ଡ କିନ୍ତୁ ବାସନ୍ତୀର ହାତର ଲେଖା। ବାସନ୍ତୀ ପ୍ରତିଷ୍ଠିତ ନାରୀ ଶିକ୍ଷାଗାର ସମ୍ବନ୍ଧରେ ସେ ପତ୍ରଟି ପୂର୍ଣ୍ଣ ହୋଇଛି। ବିଦ୍ୟାଳୟର ଆଦର୍ଶକୁ ଆହୁରି କିପରି ଉଚ୍ଚତର କରିବାକୁ ହେବ, ବାଳିକା, ଯୁବତୀ ଓ ପ୍ରୌଢ଼ାମାନଙ୍କୁ କିପରି ବିଭିନ୍ନ ରୀତିରେ ଶିକ୍ଷା ଦେବାକୁ ହେବ ଏବଂ ସମ୍ପୂର୍ଣ୍ଣ ଆଧୁନିକ ଧରଣରେ ସେମାନଙ୍କୁ ଦୀକ୍ଷିତା କରି କିପରି ଭାରତୀୟ ଆଦର୍ଶକୁ ବଡ଼ କରି ସେମାନଙ୍କ ସମକ୍ଷରେ ଧରିବାକୁ ହେବ, ଏହିସବୁ ନେଇ ପଛଶିଷ୍ୟା ନିଶାମଣି ନିକଟକୁ ଦୀର୍ଘ ପତ୍ର ଲେଖାଯାଇଛି। ଶେଷରେ ଶାଶୁଙ୍କୁ ପ୍ରଣାମ ଏବଂ ଅନ୍ୟସବୁ ସଙ୍ଗିନୀମାନଙ୍କ ନିକଟକୁ ସ୍ନେହ ସମ୍ଭାଷଣ ଦିଆଯାଇଛି। ନିଶାମଣିର ପତ୍ର ଶୁଣି ବୃଦ୍ଧା ଅତ୍ୟନ୍ତ ଆହ୍ଲାଦିତ ହୋଇପଡ଼ିଲେ।

ଅନୁପସ୍ଥିତି ଜନିତ ବାସନ୍ତୀର ବ୍ୟକ୍ତିତ୍ୱ ସୁଭଦ୍ରାଙ୍କୁ ଏକାବେଳକେ ମୁଗ୍ଧ କରିଦେଇଛି। ସେ ଏ ସବୁ ଶୁଣି ନିଶାମଣି ମସ୍ତକରେ ହସ୍ତ ରଖି ତାକୁ ଆଶୀର୍ବାଦ କଲେ, ଯେପରି ସେମାନଙ୍କର ଏହି ମହତ୍ କାର୍ଯ୍ୟଟି ସୁସମାହିତ ହେଉ ଏବଂ ବହୂ ଫେରିଲେ ତାର ଅଧିକାଂଶ ସମୟ ଏହି କାର୍ଯ୍ୟରେ ବ୍ୟୟ କରିବାକୁ ତାକୁ ବାଧ୍ୟ କରିବେ ବୋଲି ଅଙ୍ଗୀକାର କଲେ। ସୁଭଦ୍ରା କହିଲେ, "ଆଲୋ ନିଶା, ବହୂର ମୋର କଣଟିଏ ହେବ କହିଲୁ?"

ନିଶା ବୃଦ୍ଧାଙ୍କ ମନ ପରୀକ୍ଷା କରିବା ପାଇଁ ମୃଦୁ ହସ କହିଲା, "ପୁଅଟିଏ ହେଲେ ଭଲ ହୁଅନ୍ତା।"

"ତୋ ତୁଣ୍ଡ ସୁତୁଣ୍ଡ ହେଉଲୋ ନିଶା। ପୁଅଟିଏ ହେଲେ ଏକା ମୋ ପିଣ୍ଡ

ପାଣିର ସଂସ୍ଥାନ ରଖିଦେଇ ମୁଁ ମରନ୍ତି। ତା ବୋଲି ଝିଅ ହେଲେ କଣ ଦୁଃଖ କରିବି କିଲୋ ?"

"ନାହିଁ ବଡ଼ ମା, ଝିଅ କାହାର, ପୁଅ କାହାର !"

"ଯାହା କହିଲୁ, ମୋ ବହୂ ପରି ଯା'ର ଝିଅ ଜନ୍ମ ହେବ, ପୁଅ ନଥିଲେ ବି ତ ତାର ପିତୃପୁରୁଷଙ୍କର ସ୍ୱର୍ଗ ଦୁଆର ଖୋଲା ହେଇଛି।"

ସନିଆ ମା ଆସି କେତେବେଳେ ନିକଟରେ ଠିଆ ହୋଇ ରହିଛି, ସୁଭଦ୍ରାଙ୍କର ସେ ଦିଗକୁ ନଜର ନାହିଁ। ଏଣିକି ସେ ସାଆନ୍ତାଣିଙ୍କ ସାଙ୍ଗରେ ସରି ହୋଇ କଥା କହିପାରେନାହିଁ। ବାସନ୍ତୀଠାରୁ ସୁଭଦ୍ରାଦେଈ ଶିକ୍ଷା କରିଛନ୍ତି, ସନିଆ ମା ଯେଉଁ ଦରର ଲୋକ, ତା ସହିତ ସାଆନ୍ତାଣୀ ହୋଇ ସମାନ କରି କଥା କହିବାଟା ସୁନ୍ଦର ନୁହେଁ। ସନିଆ ମା ସେହିଦିନୁ ସାଆନ୍ତାଣୀଙ୍କୁ ଯେ ଡରି ଡରି ଚଳେ, ତାହା ନୁହେଁ; ସାଇପଡ଼ିଶାରେ ମଧ୍ୟ ବାସନ୍ତୀ ବିଷୟରେ ପଦେ କଥାକହିବାକୁ ତାର ସାହସ ହୁଏନାହିଁ। ସେହି ସନିଆ ମା'କୁ ଆଜି ନିକଟରେ ଠିଆ ହୋଇଥିବାର ଦେଖି ତା'ପ୍ରତି ତୀକ୍ଷ୍ଣ ଦୃଷ୍ଟି ନିକ୍ଷେପ କରି ସୁଭଦ୍ରା କହିଲେ, "କିଲୋ, ତୁଟା ଏଠି କାହିଁକି ଏଠି ଠିଆ ହୋଇ ରହିଛୁ, ଯା, ବାସନ ମାଜ।" ସନିଆ ମା ଭୟରେ ତତ୍‌କ୍ଷଣାତ୍ ପ୍ରସ୍ଥାନ କଲା।

ପୁଣି ସୁଭଦ୍ରା ଦେଈ କହିବସିଲେ, "ହଁ ଲୋ ନିଶା, ଦେବ ଏବେ ଏତେଦିନ ହେଲା ଗଲାଣିଯେ, କିଛି ଖବର ଅନ୍ତର ନାହିଁ। ଏ ପିଲାଗୁଡ଼ାକ କ'ଣ ବୁଢ଼ୀ ମା'ଟା ଉପରେ ସବୁରାଗ ସାଧୁଛନ୍ତି କିଲୋ ?"

"ଛି, ବଡ଼ ମା, ଏକଥା କାହିଁକି ଭାବୁଛ ମ ! ଦେବଭାଇ କଣ ପିଲା ଛୁଆ ହୋଇଛନ୍ତି ଯେ, କୁଆଡ଼େ ହଜିଯିବେ ?"

"ଆଲୋ, ସେକଥା ନୁହେଁ ଯେ, ବୁଢ଼ୀ ମା'ଟାକୁ ଟିକିଏ ଖବର ଦିଅନ୍ତା ନାହିଁ ?"

"କୁଆଡ଼େ କୁଆଡ଼େ ବୁଲୁଥିବେ, ସୁବିଧା ଅସୁବିଧା ପୁଣି ବିଚାର କରିବାକୁ ହେବ।"

"ହଁ, ତା ସତ, ତା ଉପରେ ମୋର ସନ୍ଦେହ କିଛି ନାହିଁ ଯେ, ମୋ ପାଦ ଛୁଇଁ ଯେତେବେଳେ ସେ ଯାଇଛି, ତେବେ କଥା କଣ କି, ସେ ତ ବହୂର ଠିକଣା କିଛି ଜାଣିପାରିଲାନାହିଁ, କୁଆଡ଼େ କୁଆଡ଼େ ପିଲାଟା ଅକାରଣ କେତେ ବୁଲିବ ! ମୁଁ ଅବା ବୋହୂ ପାଖକୁ ଚାଲିଯାଆନ୍ତି। ଏଣେ ଘର ଚଳିବ କିପରି ? ଏ ତ ନିଅଂଶିଆ ଚାକର ଗୁଡ଼ାକ ଶାଗୁଣା ପରି ଚାହିଁ ବସିଛନ୍ତି। ପିଠି ଆଡ଼େଇଲେ ଟିଲା ମାରିନେବେ।"

"ନାହିଁ, ତୁମେ ଆଉ କିପରି ଯିବ ବଡ଼ମା, ଦେବଭାଇଙ୍କ ଖୋଜି ଆଣିବାକୁ ଆଉ କାହାରିକି ପଠାଅ।"

"ହଁ, ସେଇକଥା କରିବା । ତୁ ଆମର ସବୁକଥା ଲେଖି ଖଣ୍ଡେ ଚିଠି ଲେଖିଦେଲୁ । ଦେବ କଥା, ବୋଉ କଥା, ତୁମ ଇସ୍କୁଲ କଥା । ହଁ ଲୋ ନିଶା, ତୋ କଥା କଣ ବହୂ ପାଖକୁ କିଛି ଲେଖିନାହୁଁ କି ?"

ନିଶାମଣି ଟିକିଏ ଲଜ୍ଜିତା ହୋଇ ପଚାରିଲା, "ମୋ କଥା ପୁଣି ଗୋଟାଏ କଣ ମ ?"

ଦେବବୋଉ ହସି ହସି କହିଲେ, "ଆଲୋ, ତୋର ସେଇ ବାହାଘର କଥା ମ ।" ନିଶାମଣି ଆରକ୍ତ ଗଣ୍ଡରେ ତଳକୁ ମୁଖ ନତ କରି କହିଲା, "ନାହିଁ; ସେକଥା ଲେଖିନାହିଁ ।"

"ଏଥର ସେଇକଥା ଲେଖି ଦେବୁଟି ; ବହୂ ମୋର ଭାରି ଖୁସିଟାଏ ହେବ । ନହେଲେ, ତାର ପରା ଝିଅଟାକୁ ମୋର କଣ ନା ପାଞ୍ଚହଜାର ଟଙ୍କା ନ ନେଲେ ବାହା ହେବନାହିଁ । ତା ବାପର ସିନା ଟଙ୍କା ଅଛି ବୋଲି ! କାହିଁକିରେ, ଝିଅ ହେଲା ବୋଲି କଣ ତାର ଆଉ କିଛି ନାହିଁ । ତୁ ଗୋଟାଏ ବେ. ଏମେ. ପଢ଼ିଛୁ; ତୋର ଏଇ ନିକୁଛା ବୁଦ୍ଧି ! ଟଙ୍କା ନେଇ ଯୋଉଁଠି ବାହା ହ, ଏଡ଼େ ଗୁଣର ଝିଅ ତୋତେ ସଂସାର ଭିତରେ ମିଳିବ ନା ! ଭଲ କରିଛୁ ଲୋ ନିଶା; ନାହିଁ କରିଦେଇଛୁ । ଏଭଳି ପୁରୁଷକୁ ବାହା ହେଇ ତୁ କଣ ସୁଖ ପାଆନ୍ତୁ ! ଯେଉଁଟା ଗୁଣ ନଚିହ୍ନି ଆଗ ଟଙ୍କା ଚିହ୍ନିଲା, ସେଇଟା କି ପୁରୁଷ ପୁଅଲୋ ।"

ଅଳ୍ପଦିନ ତଳେ ଜଣେ ଉଚ୍ଚଶିକ୍ଷିତ ଯୁବକଙ୍କ ସହିତ ନିଶାମଣିର ବିବାହ ପ୍ରସ୍ତାବ ଚାଲିଥିଲା । କିନ୍ତୁ ଯୁବକଟି ନଗଦ ଟ.୫,୦୦୦.୦୦ ଦାବୀ କରିବାରୁ ସ୍ୱୟଂ ନିଶାମଣି ପିତାଙ୍କ ପାଦତଳେ ପଡ଼ି ଏ ବିବାହରେ ଅସମ୍ମତି ଜଣାଇବାକୁ ବାଧ୍ୟ କଲା । ତାର ନାରୀତ୍ୱକୁ କ୍ଷୁଣ୍ଣ କରି ଯେଉଁ ଅର୍ଥ ପିଶାଚ ଧନଟାକୁ ସର୍ବପ୍ରଥମେ ଦାବୀ କରିବସେ, ସେ ତାକୁ ସ୍ୱାମୀ ରୂପେ ବରଣ କରିପାରିବନାହିଁ । ଏ ବିଷୟ ବାସନ୍ତୀକୁ ଲେଖିଦେବାକୁ ସୁଭଦ୍ରା ଦେଈ ନିଶାମଣିକୁ କହିଲେ । କାରଣ, ସେ ଆଉ ପୂର୍ବକାଳିଆ ନୁହନ୍ତି, ବାସନ୍ତୀ ତାଙ୍କୁ ସମ୍ପୂର୍ଣ୍ଣ ନୂତନ ଧରଣର କରିନେଇଛି ।

ଏହି ସମୟରେ ମାଆ ସାଆନ୍ତାଣୀ, ଡାକି କିଏ ଜଣେ ଜମିଦାରଙ୍କ ଉଆସ ଭିତରେ ପ୍ରବେଶ କଲା । ଦେବ ବୋଉ ଧନିଆର ସ୍ୱର ବାରି ପାରିଲେ । ଧନିଆ ଆସି ଲଥ୍ କରି ଖାମିନ୍ଦାଣିଙ୍କ ଗୋଡ଼ତଳେ ପଡ଼ିଗଲା । ଖାମିନ୍ଦାଣି ହସି ହସି ପଚାରିଲେ "କିରେ, ପୋଡ଼ାମୁହାଁ, ଖାଲି ଫୂର୍ତ୍ତି କରି ଫେରିଲୁ, ନା ମୋ ବୋହୂର କିଛି ଖବର ଆଣିଛୁ ?"

ଧନିଆ କର ଯୋଡ଼ି କାକୁତି କରି କହିଲା, "କିଛି ପାଇଲିନାହିଁ ସାଆନ୍ତାଣୀ, କଲିକତା ସହର ଗୋଟାକ ଧନ୍ଦି ଧନ୍ଦି କିଛି କିନାରା କରିହେଲାନାହିଁ ।"

"ହଁ, ଚିଠିରେ ସେଇକଥା ଲେଖିଥିଲୁ। ଆରେ ହଉ, ହଉ। ସେଥିପାଇଁ ମୋର ଭାବନା ନାହିଁ। ହେଇ ଦେଖ, ତୁ ଖଣ୍ଡିଆ ଖାଲି ଟଙ୍କାର ଶ୍ରାଦ୍ଧ କରି ଯାହା କରିନପାରିଲୁ, ମୁଁ ଘରେ ବସି ତାହା କରିଛି।" ଏହା କହି ସୁଭଦ୍ରା ଦେଈ ବିନୋଦ ବିହାରୀଙ୍କ ଚିଠିଖଣ୍ଡିକ ଧରି ଧନିଆକୁ ଦେଖାଇଲେ।

ଧନିଆ ଉତ୍ସୁକ ଦୃଷ୍ଟିରେ ପଚାରିଲା "ସେ କଣ ସାଆନ୍ତାଣୀ?" ଦେବବୋଉ ଉତ୍ଫୁଲ୍ଲ ହୋଇ କହିଲେ, ଆଉ କ'ଣରେ, ବୋହୂ ମୋର ଏ ଚିଠି ଖଣ୍ଡ ପଠାଇଛି।"

ଧନିଆ ଆନନ୍ଦ ଗଦ୍‌ଗଦ୍ ସ୍ୱରରେ କହିଲା, "କେଉଁଠି ଅଛନ୍ତି?"

"ବର୍ଦ୍ଧମାନରେ।"

"ମୁଁ ତେବେ ଆଜି ଚାଲିଲି। ସାଆନ୍ତାଣୀ, ବାବୁ ସାଆନ୍ତେ କାହାନ୍ତି?"

"ରହ ଖଣ୍ଡିଆ, କଥା କଣ ନବୁଝି ଚାଲିଲି! ଚିଠି ନ ପାଉଣୁ ବାବୁ ଏବେ କୁଆଡ଼େ ବୋହୂକୁ ଖୋଜିବାକୁ ଦଶଦିନ ହେଲା ଗଲେଣି। ତୁ ଯାଇ ଆଗେ ମୋ ବାବୁକୁ ଖୋଜି ଆଣ। ଚାକର ପୂଝାରୀ କେହି ସାଙ୍ଗରେ ନାହିଁ, କ'ଣ ଖାଉଛି ପିଉଛି କେଜାଣି?"

ଧନିଆ ବ୍ୟସ୍ତ ହୋଇ କହିଲା, "ଏ ସାଆନ୍ତାଣୀ, ଆମେ ଗଣ୍ଡା ଗଣ୍ଡା ଚାକର ଥାଉଁ ଥାଉଁ ବାବୁଙ୍କୁ କାହିଁକି ପଠାଇଦେଲେ? - ଏଇ ଯୋଉଁ ତୁରୁତୁରିଆ କଥା !"

ସାଆନ୍ତାଣୀ ଏଥର ଗମ୍ଭୀର ଭାବରେ କହିଲେ, ତୁନି ହ, ସେଥିପାଇଁ ତୋ ମୁଣ୍ଡ ବଥାଉଛି କାହିଁକି?"

ଧନିଆ ହଠାତ୍ ପ୍ରକୃତିସ୍ଥ ହୋଇ ଜାଣିପାରିଲା, ସେ ସାଆନ୍ତାଣୀଙ୍କ ଆଗରେ କଥା କହୁଛି। ସୁଭଦ୍ରା ଦେଈ କିଛିକ୍ଷଣ ପରେ ନିଶାମଣିଙ୍କୁ ଉଦ୍ଦେଶ୍ୟ କରି କହିଲେ, "ହଁ ଲୋ ନିଶା, ଧନିଆକୁ ଆଜିକାଲି କଲିକତା ପଠାଇ କି ଲାଭ। କଲିକତା ସହରରେ ସେ ଦେବକୁ ପାଇବ କୋଉଠୁ? ପୁଣି ଆଗ ପରି ଫେରି ଆସିବ ସିନା। ଦେବ ତ ପୁଣି ଏହାରି ପରି କିଛି ଖବର ନଜାଣିଲେ ଦଶ ପନ୍ଦର ଦିନରେ ଫେରି ଆସିବ। ନା, କଣ କହୁଛୁ? ଖାଲି ଭାବନା ଏତିକି, ପିଲାଟା ଖାଇବ ପିଇବ କିପରି।" ନିଶାମଣି ଏହି ସ୍ନେହଶୀଳା ଜନନୀଙ୍କ ହୃଦୟର ପରିଚୟ ପାଇ ଅଳ୍ପ ହସି କହିଲା, "ଖାଇବା ପିଇବାରେ ତୁମର ଏତେ ଭାବନା କିଆଁ ମ ବଡ଼ମାଆ ! ସେ କଣ ଏମିତି ଅନାଡ଼ି ହୋଇଛନ୍ତି ଯେ, କଲିକତା ସହରରେ ହାତରେ ଟଙ୍କା ପଇସା ଥାଉଁ ଥାଉଁ ଉପାସ ରହିବେ ।" ଶେଷରେ ଧନିଆକୁ ହଠାତ୍ ପଠାଇବା ଅନାବଶ୍ୟକ ମନେକରି ସେ ପ୍ରସ୍ତାବ କିଛିଦିନ ପାଇଁ ସ୍ଥଗିତ ରଖାଗଲା ଏବଂ ସବିଶେଷ ସମ୍ବାଦ ସହ ବାସନ୍ତୀ ନିକଟକୁ ପତ୍ର ଲେଖାଗଲା।

## - ତିରିଶି -

ପୁରୀ ଡାକଗାଡ଼ି କଲିକତାରେ ସକାଳ ଆଠଟା ମଧ୍ୟରେ ଲାଗେ। ଗାଡ଼ିରୁ ଓହ୍ଲାଇ ଦେବବ୍ରତ ପଦବ୍ରଜରେ ଚାଲି ଚାଲି ଯିବାର ସ୍ଥିର କଲା। ଟ୍ୟାକ୍‌ସି ଅବା ବାସ୍‌ରେ ଉଠି ଏହି ବିରାଟ ଜନସମାଗମକୁ ଅତିକ୍ରମ କରି ଦ୍ରୁତ ପ୍ରସ୍ଥାନ କରିବାକୁ ତାର ଇଚ୍ଛା ହେଲାନାହିଁ। ଏହି ସହସ୍ର ସହସ୍ର ଯାତ୍ରୀଙ୍କ ମଧ୍ୟରେ ଏକ ହୋଇ ଚାଲିବାକୁ ଆଜି ତାର ଆଗ୍ରହ ଜନ୍ମିଲା। ଦୁଃଖ ତାପରେ ତାର ଚିତ୍ତଟି ମ୍ରିୟମାଣ ହୋଇପଡ଼ିଥିଲା; କିନ୍ତୁ ଏହି ପ୍ରବଳ ଜନସଂଘ ମଧ୍ୟରେ ତାର ଅନ୍ତରର ପୁରୁଷଟି ଯେପରି ସଜାଗ ହୋଇଉଠିଲା। ସେ ଦେଖିଲା, ଏହି ଜନସ୍ରୋତରେ ହସ ଖୁସିରେ ଗଳ୍ପ କୌତୁକ କରି ସମସ୍ତେ ଚାଲିଅଛନ୍ତି। କାରଣ ପ୍ରତ୍ୟେକର ଧାରଣା ଜନ୍ମିଛି, ସେ ଏକାକୀ ନୁହେଁ, ତାହାରି ପରି ଅସଂଖ୍ୟ ଲୋକ ବିଭିନ୍ନ ଲକ୍ଷ୍ୟ ଧରି ଚାଲିଅଛନ୍ତି। ତାହାରି ପରି ଦୁଃଖ ଦୈନ୍ୟରେ ଏ ଜନ ସଂଘ ମଧ୍ୟରେ କେତେ ଅନ୍ତର ବ୍ୟଥିତ, ରକ୍ତାକ୍ତ। ତଥାପି ହାସ୍ୟ ଆନନ୍ଦର ବିରାମ ନାହିଁ। ପ୍ରତ୍ୟେକ ଲୋକ ଅନୁଭବ କରୁଛି ଯେ, ସେ ଦୁଃଖ କେବଳ ଏକା ତାହାରି ନୁହେଁ, ସେ ଏ ଜଗତ୍ ସଂସାରର, ଏ ବିପୁଳ ମାନବ ସମାଜର ସାଧାରଣ ଦୁଃଖ। ବିଶ୍ୱବ୍ୟାପୀ ଏହି ଦୁଃଖର ସାଗର ମଧ୍ୟରୁ ଯେ ଅସଂଖ୍ୟ ଲହରୀର ଉତ୍‌ଥାନ ପତନ ପ୍ରତି ମୁହୂର୍ତ୍ତରେ ଘଟୁଛି, ସେଥି ମଧ୍ୟରୁ ଗୋଟିଏ ମାତ୍ର ଲହରୀର ଆଘାତ ତା' ଅନ୍ତରରେ ବାଜିଛି। ଏହିପରି ଅସଂଖ୍ୟ ଲହରୀର ଆଘାତ ଅସଂଖ୍ୟ ଅନ୍ତରରେ ବାଜିଛି। ଲୋକ ଦୁଃଖ ପାଏ, ସେ ଯେତେବେଳେ ଆପଣା ମଧ୍ୟରେ ଆବଦ୍ଧ ରହି ନିଜକୁ ଏକକ କରି ଦେଖେ; କିନ୍ତୁ ଯେତେବେଳେ ସେ ଏହି ବିରାଟ ମାନବ ସମାଜର କ୍ଷୁଦ୍ରାଦପି କ୍ଷୁଦ୍ର ଅଂଶ ରୂପେ ନିଜକୁ ଦେଖିପାରେ, ସେତେବେଳେ ନିଜର ଦୁଃଖ ଭୁଲିଯାଇ ସମଗ୍ର ବିଶ୍ୱକୁ ଯେ ବିରାଟ ଦୁଃଖର ଛାୟା ଆଚ୍ଛନ୍ନ କରିରଖିଅଛି, ସେହି ଭାବନାର ସମବେଦନାରେ ତା' ଅନ୍ତର ତରଳିପଡ଼େ। ଦେବବ୍ରତର ଚକ୍ଷୁ ସମ୍ମୁଖରୁ

ସ୍ୱାର୍ଥର ଏହି ସଂକୀର୍ଣ୍ଣତା ମୁହୂର୍ତ୍ତକରେ ଅପସାରିତ ହୋଇଗଲା ଏବଂ ସେ ଆପଣାକୁ ବିଶ୍ୱ ମାନବ ସମାଜର ଗୋଟିଏ ଅଙ୍ଗ ରୂପେ ଅନୁଭବ କଲା । ଏ ପ୍ରବଳ ଜନସଂଘରୁ ପ୍ରତି ଲୋକକୁ ପୃଥକ୍ କରିଦେଲେ ପ୍ରତି ଅନ୍ତରରେ କି ମର୍ମନ୍ତୁଦ ବ୍ୟଥା ଲୁକ୍କାୟିତ ରହିଅଛି, ତାହାରି ପାଇଁ ଆଜି ଦେବବ୍ରତର ପ୍ରାଣ ବ୍ୟାକୁଳ ହୋଇଉଠିଲା । ନିଜ ଦୁଃଖରେ କାତର ହେବାକୁ ତାକୁ ଆଉ ଅବସର ମିଳିଲାନାହିଁ, କିନ୍ତୁ ପ୍ରାଣପାତ କରି ବାସନ୍ତୀକୁ ଫେରାଇନେବାର ପ୍ରତିଜ୍ଞା ସେ ଭୁଲିଲାନାହିଁ । ସେ ଗୋଟାଏ ମନୁଷ୍ୟ ପରି ମନୁଷ୍ୟ, ପୁରୁଷକାରରେ ତାର ଦୃଢ ବିଶ୍ୱାସ । ସେ କ୍ଳୀବ ନୁହେଁ ।

ଦେବବ୍ରତ ସ୍ଥିର କରିଥିଲା, ବାସନ୍ତୀର ସମ୍ବାଦ ନପାଇ ସେ କାହାରିକି ପତ୍ରଦେବନାହିଁ । ଅବଶ୍ୟ କାହାରିପ୍ରତି ଅଭିମାନ କିମ୍ବା କ୍ଷୋଭରେ ନୁହେଁ, ଏହାହିଁ ତାର ପ୍ରତିଜ୍ଞା । କିନ୍ତୁ ତିନି ମାସ ଅତୀତ ହୋଇଗଲାଣି । କଲିକତାରୁ ପାଟନା, ଗୟା, ଏଲାହାବାଦ, ବେନାରସ ଆଦି ଅନେକ ସ୍ଥାନ ବୁଲି ନିରସ୍ତ ହୋଇ ଦେବବ୍ରତ ପୁଣି କଲିକତା ଫେରି ଆସିଅଛି । ବାଟଘାଟରେ ବୁଲି ଦେବବ୍ରତ ପ୍ରତି ଗୃହକୁ ଚାହିଁଯାଏ । ପ୍ରତି ଗାଡ଼ି ମଧ୍ୟକୁ ଦୃଷ୍ଟିନିକ୍ଷେପ କରି ଭାବେ, ବାସନ୍ତୀ କେଉଁଠାରେ ଚାହିଁ ଦେଇ ତାର ମଳିନ ମୁଖଟି ଲୁଚାଇଦେବ ପରା ! ଯେତେବେଳେ ତୀର ବେଗରେ ଧାଇଁଥାଏ, ସେ ବାହାରକୁ ଚାହିଁ ଭାବେ, ବାସନ୍ତୀ ଅବା ଏହି ଶ୍ୟାମଳ ଶସ୍ୟକ୍ଷେତ୍ରରେ, ଏହି ପାହାଡ଼ ଜଙ୍ଗଲ ଭିତରେ ଏକାକିନୀ ଠିଆ ହୋଇ ଗାଡ଼ିରେ ତାହାର ପରିଚିତର ସନ୍ଧାନ କରୁଥିବ । ଆଉ ତାର ଉଦ୍‌ବେଗ ଜନ୍ମେ, ଯେବେ ସେ ତାର ଅନ୍ତରର କୋମଳତମ ପ୍ରଦେଶର ସେହି ଏକମାତ୍ର ମଧୁର ମୁଖଟି ଦେଖିପାରନ୍ତା, ତେବେ ଏକଲମ୍ଫରେ ଚଳନ୍ତା ଗାଡ଼ି ମଧ୍ୟରୁ ଭୂତଳରେ ଅବତୀର୍ଣ୍ଣ ହୁଅନ୍ତା ! କିନ୍ତୁ ପରକ୍ଷଣରେ ମୃଦୁ ହସି ଭାବେ, ମୁଁ କଣ ପାଗଳ ହୋଇଯିବି ?

ଦେବବ୍ରତ ଯେତେବଡ଼ ପୁରୁଷ ହେଉ, ବାସନ୍ତୀର ପ୍ରଭାବ ତାକୁ ମଝେ ମଝେ ଏତେଦୂର ଅଭିଭୂତ କରିଦିଏଯେ, ସ୍ତ୍ରୀ ଜନୋଚିତ ଶୋକାଶ୍ରୁ ସମ୍ବରଣ କରିବାଲାଗି ତାକୁ ଅତ୍ୟନ୍ତ କଷ୍ଟ ପାଇବାକୁ ହୁଏ । ତାର ପ୍ରତି ଦୈନନ୍ଦିନ କର୍ମକୁ ବାସନ୍ତୀ ଏତେ ଦୂର ସମାଚ୍ଛନ୍ନ କରି ରଖିଥିଲା ଯେ, ସେ ଯୋଉଁଠାରେ ନାହିଁ, ସେଠାରେ ସଂସାର, ସମାଜ ଆଦି କିଛି ନାହିଁ ବୋଲି ଦେବବ୍ରତର କେତେଥର ଦୁର୍ବଳତା ଆସେ । ଅତ୍ୟନ୍ତ ସଂଯମ ସହକାରେ ସେ ସକଳ ବହନ କରି ବାସନ୍ତୀର ଅନୁସନ୍ଧାନରେ ମନ ପ୍ରାଣ ଢାଳି ଦେଇଥାଏ ।

ନାନା ସ୍ଥାନ ବୁଲି ହତାଶ ହୋଇ ଶେଷରେ ପୁଣି କଲିକତା ଫେରିଆସି ଦେବବ୍ରତ କ'ଣ କରିବ କିଛି ସ୍ଥିର କରିପାରିଲାନାହିଁ । ତାର ଦେହ ମନ ଅବସନ୍ନ

ହୋଇପଡ଼ିଅଛି। ତାର ପ୍ରକାଣ୍ଡ ଶରୀରଟା ମ୍ୟାଲେରିଆ ରୋଗୀ ପରି କ୍ଷୀଣ ହୋଇପଡ଼ିଅଛି। ଜେଲ୍‌ରୁ ବାହାରିବା ଲୋକ ପରି ତାର ଦୀର୍ଘ କେଶଗୁଚ୍ଛ ଓ ଶ୍ମଶ୍ରୁ ମଧ୍ୟରୁ ଲୋକଟିକୁ ସହଜରେ ଚିହ୍ନିବାର ଉପାୟ ନାହିଁ । "ଉତ୍କଳ -ନିବାସ" ର ଗୋଟିଏ ସଂକୀର୍ଣ୍ଣ ପ୍ରକୋଷ୍ଠ ମଧ୍ୟରେ ବସି ସେ ବାସନ୍ତୀର ବିବାହ ପୂର୍ବର ଚିଠି କେତେଖଣ୍ଡ ଧରି ମୁଖସ୍ଥ କଲାପରି କେତେଥର ପଢ଼ିବାରେ ଲାଗିଛି। ବାହାରେ ଟଣ୍ ଟଣ୍ କରି ଟ୍ରାମ୍ ଚାଲିଛି। ଟ୍ୟାକ୍‌ସି, ବାସ୍, ଗାଡ଼ି, ଘୋଡ଼ା, ସୁଁ ସୁଁ ଶବ୍ଦରେ ଅଣନିଶ୍ୱାସୀ ହୋଇ ଇତଃସ୍ତତଃ ଛୁଟିଛି। ଦେବବ୍ରତର କୌଣସି ଦିଗକୁ ଲକ୍ଷ୍ୟ ନଥାଏ। ସେ ନିବିଷ୍ଟ ଚିତ୍ତରେ ଚିଠି କେତେଖଣ୍ଡ ବାରମ୍ବାର ପଢ଼େ। ନିକଟରେ ଖଟ ଉପରେ ଖଣ୍ଡିଏ କେବଳ ଚାଦର ପଡ଼ିଛି। ଶେଯ, ତକିଆ କିଛି ନାହିଁ।

କେତେକ ସମୟ ପରେ ପ୍ରକୋଷ୍ଠ ମଧ୍ୟରେ ଗୋଟାଏ କ'ଣ ଶବ୍ଦ ଶୁଣିପାରି ଦେବବ୍ରତ ଫେରି ଚାହିଁଲା। ଦେଖିଲା, ଗୋଟାଏ ଲୋକ କାନ୍ଥକୁ ଆଉଜି ବସିଛି ଏବଂ ଦୁଇ ଆଣ୍ଠୁ ମଧ୍ୟରେ ମୁହଁ ଗୁଞ୍ଜି କଇଁ କଇଁ ହୋଇ କାନ୍ଦୁଛି। ପାଖରେ ବୁଜୁଲାଟିଏ ରହିଛି।

ଦେବବ୍ରତ ପଚାରିଲା, "କିଏ ?"

ଲୋକଟା ମୁହଁ ଟେକି ଚାହିଲା ନାହିଁ, କି ଉତ୍ତର ଦେଲାନାହିଁ; କେବଳ ଅଧିକ ଉଦ୍‌ବେଗରେ କାନ୍ଦିବାକୁ ଲାଗିଲା। ଦେବବ୍ରତ ଉଠିଯାଇ ଲୋକଟାର ମୁହଁ ଟେକି ଧରିଲା- ଏ କ'ଣ ? ଧନିଆ ଚାକରଟା ! ଦେବବ୍ରତର ନାନା ଆଶଙ୍କା ଜନ୍ମିଲା। ସେ ଅଧୀର ହୋଇ ପଚାରିଲା, "କିରେ ଧନିଆ, ତୁ କେତେବେଳୁ ଆସି ଏଠାରେ ଏପରି କାନ୍ଦୁଛୁ କାହିଁକି ? ବୋଉ ଭଲରେ ଅଛନ୍ତିନାରେ ? ବୋହୂ ସାଆନ୍ତାଣୀଙ୍କର ଖବର କ'ଣ ମିଳିଛି କିରେ ?"

ଧନିଆଟାର କାନ୍ଦ ଉଦ୍‌ବେଗରେ ପାଟିକି ପାଟି ବାଜୁଛି। ଆଖି ଦୁଇଟାରୁ ମେଘ ବର୍ଷିଲା ପରି ପାଣି ଗଳୁଛି। ସେ କଥା କହିପାରିଲା ନାହିଁ। ଦେବବ୍ରତ ଅତି କଷ୍ଟରେ ତା'ଠାରୁ ବୁଝିଲା, ସମସ୍ତେ ଭଲରେ ଅଛନ୍ତି। ବୋହୂ ସାଆନ୍ତାଣୀଙ୍କର ଭଲ ଖବର ମିଳିଛି। ତାର ଆଉ ବୁଝିବାକୁ ବାକି ରହିଲାନାହିଁ ଯେ, ତାର ଏହି ବିଛଣା, ଏହି ଜୋତାବିହୀନ ପାଦ ଦୁଇଟା ଏହି କେଶ ଦାଢ଼ି ସମେତ ଚେହେରାଟା ହିଁ ତାର ଏକାନ୍ତ ଅନୁଗତ। ଏହି ଭୃତ୍ୟଟିର ପ୍ରାଣରେ ଆଘାତ କରିଛି। କାରଣ, ଧନିଆ ଦେଖିଛି, ଦେବବ୍ରତ କି ବିଛଣାରେ ଶୁଏ। ବିଛଣା ଚାଦର ଉପରେ କାହିଁ ଟିକିଏ ମଇଳା ହେବାର ଦେଖାଗଲେ, ଧୋବାଘରେ ଦେଇନାହିଁ ବୋଲି ସେ କେତେ ଗାଳି ଶୁଣିଛି। ଜାମା କୁର୍ତ୍ତାରୁ କାହିଁ କେଉଁଟି ଟିକିଏ ଇସ୍ତ୍ରୀ ଭାଙ୍ଗି ଗଲେ, ସଙ୍ଗେ ସଙ୍ଗେ ତାକୁ ଆଉ ଥରେ

ଇସ୍ତ୍ରୀ କରାଇ ନ ଆଣିଲେ ରକ୍ଷାନାହିଁ । କୋଡ଼ିଏ ପଚିଶ ଟଙ୍କିଆ ଜୋତା କିଣାଯାଇ ଗୋଡ଼କୁ ନହେଲେ ସେ ପୁଣି ଦିନେ ଅମଲା ଭୃତ୍ୟମାନଙ୍କୁ ଦାନ କରାଯାଉଥିଲା।

ଦେବବ୍ରତ ଧନିଆ ପିଠିରେ ହାତ ରଖି କହିଲା, "ଯା, ପୁଣି ଯା, ସେ କଳପାଣିରେ ମୁହଁ ହାତ ଧୋଇଆ।"

ଧନିଆ ଉଠିଲା ନାହିଁ। ବାବୁଙ୍କର ଏହି ସ୍ନେହାର୍ଦ୍ର ସ୍ୱରରେ ତାର ଲୋତକଧାର ଦ୍ୱିଗୁଣିତ ହୋଇ ବହିବାକୁ ଲାଗିଲା। ତାର ବେଶୀ ଉଚ୍ଛ୍ୱାସ ଉଠୁଥାଏ, ଯେତେବେଳେ ସେ ଭାବୁଥାଏ, ମାଆ ସାଆନ୍ତାଣୀ ଏ ଚେହେରା ଦେଖିଲେ କଣ କହିବେ! ଏ ବିଛଣା, ଏମୁହଁ, ଏ ପାଦ!

ବହୁଦିନ ଧରି ସ୍ନାହାରରେ ଅନିୟମ ଯେ ଏହାର ମୂଳ କାରଣ, ଏହା ବୁଝିବାକୁ ତାର ଆଉ ବାକି ରହିଲା ନାହିଁ। ନିଜର ଅନିଚ୍ଛା ସତ୍ତ୍ୱେ ବହୁବାର ତାକୁ ଦେହର ଦୈନନ୍ଦିନ ଦାବୀ ଗୁଡ଼ାକୁ ଅମାନ୍ୟ କରିବାକୁ ହୋଇଛି। କାରଣ ବାସନ୍ତୀକୁ ଲଭିବାର ଆଶା ଓ ଭାବନାହିଁ ତାର ମନ ପ୍ରାଣକୁ ଅଧିକାର କରିବସିଥିଲା। ଧନିଆଠାରୁ ପ୍ରଥମେ ବାସନ୍ତୀର ଖବର ଯେତେବେଳେ ସେ ଶୁଣି ପାରିଲା, ସେତେବେଳେ ଦୁଃଖ ଓ ଆନନ୍ଦରେ ତାର ଅନ୍ତର ଯେପରି ଆନ୍ଦୋଳିତ ହେବାକୁ ଲାଗିଲା, ତାହା କେବଳ ସେହି ଜାଣେ! ଅନିୟମ ଜନିତ ଶରୀରର ଦୁର୍ବଳତା ଉପରେ ବାସନ୍ତୀକୁ ନିକଟରେ ଲାଭ କରିବାର ଆଶା ଉତ୍ତେଜନାରେ ତାର ଶରୀର ଅସୁସ୍ଥ ହୋଇପଡ଼ିଲା।

ବାବୁଙ୍କ ଶୁଶ୍ରୂଷା ପାଇଁ ଧନିଆ ଚାକର ଯେପରି ଚାରିଟା ଲୋକ ହୋଇଗଲା- ଡାକ୍ତର ଡାକିବା, ଔଷଧ ଆଣିବା, ପଥି ରାନ୍ଧିବା ଆଦି ସକଳ କାର୍ଯ୍ୟରେ ସନିଆ! ସେହି ଜ୍ୱର ଦେହରେ ଡାକ୍ତରର ପରାମର୍ଶ ଅବହେଳା କରି ବାସନ୍ତୀକୁ ଦେଖିବା ପାଇଁ ଦେବବ୍ରତର ମନ ବ୍ୟଗ୍ର ହୋଇଉଠିଲା। ଧନିଆର ବହୁ କାକୁତି ମିନତିରେ ଏବଂ ନିଜ ଶରୀରର ଦୁର୍ବଳତା ଲକ୍ଷ୍ୟ କରି ସେ ବହୁତ ସଂଯମ ସହକାରେ ସୁସ୍ଥ ହେବାପାଇଁ "ଉତ୍କଳ-ନିବାସ" ରେ ଅପେକ୍ଷା କଲା।

ଦୁଇଦିନ ପରେ ଦେବବ୍ରତ ଆଜି ଟିକିଏ ସୁସ୍ଥ ଅଛି, ଦେହରେ ଜ୍ୱର ନାହିଁ, କିନ୍ତୁ ଦୁର୍ବଳତା ଦୁଇଗୁଣ ବଢ଼ିଯାଇଛି। ଯାହାହେଉ ଆଉ ବିଳମ୍ବ ନୁହେଁ, ଆଜି ନିଶ୍ଚୟ ବର୍ଦ୍ଧମାନ ଯାତ୍ରା କରିବାକୁ ହେବ। ତାର ଜୀବନର ପ୍ରିୟତମା ବାସନ୍ତୀକୁ ଲାଭ କରିବାପାଇଁ! ଧନିଆ ଚାକର ଗୋଟାଏ କଣ ପୁଟୁଳି ଫିଟାଉଥିବାର ଦେଖିପାରି ଦେବବ୍ରତ ଦୁର୍ବଳ କଣ୍ଠରେ ପଚାରିଲା, "ସେ କ'ଣରେ?"

ଧନିଆ ପୁଟୁଳି ଫିଟାଉ ଫିଟାଉ ଉତ୍ତର କଲା, "ମା ସାଆନ୍ତାଣୀ ନାଉ କଖାରୁ ବଡ଼ି, ଆଉ ଆଚାର ଦେଇଥିଲେ।" ଦେବବ୍ରତର ଦୁଇ ଚକ୍ଷୁ ସଜଳ ହୋଇଉଠିଲା।

ତାର ଏହି ସ୍ନେହମୟୀ ଜନନୀଙ୍କୁ ସେ ଗୃହରୁ ଆସିବା ଦିନରୁ ନିଜ ସମ୍ବାଦ ଜଣାଇନାହିଁ। ଦେବବ୍ରତ ଅଭିମାନ କରି ନୀରବ ରହିଛି, ଏକଥା ସେ କଦାପି ମନରେ ଆଣିବେନାହିଁ। ତଥାପି ଏତେଦିନ କୌଣସି ସମ୍ବାଦ ନପାଇ ନିଶ୍ଚୟ ଉତ୍କଣ୍ଠିତା ହୋଇପଡ଼ିଥିବେ। ସଙ୍ଗେ ସଙ୍ଗେ ସେ ଜନନୀଙ୍କ ନିକଟକୁ ନିଜର ସମ୍ବାଦ ଜଣାଇ ଖଣ୍ଡିଏ ପତ୍ର ଲେଖିଦେଲା, ରମେଶ ନିକଟକୁ ପତ୍ର ଦେବାକୁ ମଧ୍ୟ ଭୁଲିଲାନାହିଁ।

ବାବୁଙ୍କର ଦୁର୍ବଳତା ଲକ୍ଷ୍ୟ କରି ଆଉ ଦୁଇଦିନ ରହି ବର୍ଦ୍ଧମାନ ଯାତ୍ରା କରିବା ପାଇଁ ଧନିଆ ଅନୁନୟ କଲା; କିନ୍ତୁ ତାହା ମଞ୍ଜୁର କରାଗଲାନାହିଁ। ଯାତ୍ରାର ସମସ୍ତ ଆୟୋଜନ କରାଗଲା। ଦେବବ୍ରତର ହଠାତ୍ ମନେପଡ଼ିଲା, ବର୍ଦ୍ଧମାନରେ ବାସନ୍ତୀ କେଉଁ ଠିକଣାରେ ଅଛି ସେ ଜାଣେନାହିଁ। ବାସନ୍ତୀକୁ ଲଭିବାର ଆନନ୍ଦରେ ତା ମନ ଏତେଦୂର ପରିପୂର୍ଣ୍ଣ ହୋଇଉଠିଥିଲା ଯେ, ଏ ସବୁରେ ତାର ନଜର ପଡ଼ିନାହିଁ। କିନ୍ତୁ ବିନୋଦବିହାରୀଙ୍କ ପତ୍ରଖଣ୍ଡି ଯେତେବେଳେ ସେ ଖୋଜିଲା, ଆଉ ତାହା ପାଇଲାନାହିଁ। ଧନିଆ ବାବୁଙ୍କୁ ଏପରି ବ୍ୟସ୍ତ ହୋଇ କିଛି ଖୋଜୁଥିବାର ଦେଖି ପଚାରିଲା, "ଆଜ୍ଞା, କ'ଣ ଖୋଜୁଛନ୍ତି ?"

ଦେବବ୍ରତ ବ୍ୟସ୍ତ ହୋଇ କହିଲା "ଆରେ, ବୋହୂ ଆଆନ୍ତାଣୀଙ୍କ ଖବର ଥିଲା ସେ ଯେଉଁ ଚିଠି ଖଣ୍ଡରେ, ସେ କାହିଁ ?"

"ଆପଣଙ୍କୁ ତ ଦେଇଛି।" କହି ବାବୁଙ୍କୁ ଖୋଜିବାକୁ ନଦେଇ ନିଜେ ବ୍ୟାଗ, କୁର୍ତ୍ତା ପକେଟ ଆଦି ଦରାଣ୍ଡି ବସିଲା। କିନ୍ତୁ ପତ୍ରଖଣ୍ଡି ମିଳିଲା ନାହିଁ।

ଦେବବ୍ରତ ହତାଶ ହୋଇ ପଚାରିଲା, "ଆଚ୍ଛା, ଚିଠିଖଣ୍ଡି କିଏ ଲେଖିଥିଲେ ତୁ ତାଙ୍କ ନାମ ଜାଣୁ ?"

"ଆଜ୍ଞା ନା, ସେ ଜଣେ ଡାକ୍ତର,ଏତିକି ଜାଣେ।"

"କେଉଁ ବଜାର କି ଗଳିରେ ତାଙ୍କ ଘର ତୋର କିଛି ମନେ ଅଛି ?"

"ନାହିଁ ଆଜ୍ଞା !"

ଦେବବ୍ରତର ବଡ଼ ରାଗ ହେଲା। ଧନିଆ କାହିଁକି ସେ ପତ୍ର ତା' ଠାରୁ ନେଇ ସୁବିଧାରେ ନରଖିଲା। କିନ୍ତୁ ପରକ୍ଷଣରେ ତାର ଏପରି ନିର୍ବୋଧତା ଲାଗି ସେ ଲଜ୍ଜିତ ହେଲା। ଯାହାହେଉ ବର୍ଦ୍ଧମାନରେ ପହଞ୍ଚିଲେ ବାସନ୍ତୀର ସନ୍ଧାନ ନେବା ବେଶୀ କଷ୍ଟକର ହେବନାହିଁ ମନେକରି ଯିବାର ସମସ୍ତ ଆୟୋଜନ କରିବା ପାଇଁ ଦେବବ୍ରତ ଧନିଆକୁ ଆଦେଶ ଦେଲା।

ଦୁର୍ବଳ ଶରୀରରେ ଦେବବ୍ରତର ଏ ଯାତ୍ରା ସହ୍ୟ ହେଲାନାହିଁ। ବର୍ଦ୍ଧମାନରେ ଗାଡ଼ି ନପହଞ୍ଚୁଣୁ ସେ ପୁଣି ଜ୍ୱରାକ୍ରାନ୍ତ ହୋଇପଡ଼ିଲା। ଧନିଆର ବୁଦ୍ଧି ହଜିଗଲା।

ଏତେବେଳେ ସେ କଣ କରିବ! ବାବୁ ଏକାବେଳକେ ଅଚେତନ। ଷ୍ଟେସନରେ ଓହ୍ଲାଇ ଧନିଆ ଭାବିଲା, ଏ ଅବସ୍ଥାରେ ବାବୁଙ୍କୁ ନେଇ ସେ ବହୂସାନ୍ତାଣୀଙ୍କ ଠିକଣା କେଉଁଠାରେ ଖୋଜିବ? ଆଉ କିଛି ନଭାବି ଖଣ୍ଡେ ଗାଡ଼ି ଡାକି ବାବୁଙ୍କୁ ବସାଇ ଗାଡ଼ିବାଲାକୁ ବଡ଼ ଡାକ୍ତରଖାନାକୁ ନେବାପାଇଁ ହୁକୁମ ଦେଲା।

ଦେବବ୍ରତ ଯେତେବେଳେ ଚକ୍ଷୁ ଫିଟାଇ ଚାହିଁଲା, ସେତେବେଳେ ସେ କେଉଁଠାରେ ବୁଝିପାରିଲାନାହିଁ। ଧନିଆକୁ ଜିଜ୍ଞାସୁ ଦୃଷ୍ଟିରେ ଚାହିଁବାରୁ ସେ ଉତ୍ତର କଲା, "ଆଜ୍ଞା, ଏ ଡାକ୍ତରଖାନା। ହଜୁର ସୁସ୍ଥ ହେଲେ ବହୂ ସାନ୍ତାଣୀଙ୍କ ଖବର ବୁଝି ଆସିବି।" ବାସନ୍ତୀ କଥା ମନେପଡ଼ିବାରୁ ଦେବବ୍ରତ  ଦରଜା ବାହାରକୁ ଦୃଷ୍ଟି ନିକ୍ଷେପ କଲା। ଆକାଶ ମେଘାଚ୍ଛନ୍ନ, ଝୁପ୍ ଝୁପ୍ ବୃଷ୍ଟି ପଡୁଛି। ସନ୍ଧ୍ୟାବାଳାର ପଦରଞ୍ଜିତ ଅଳକ୍ତ ରାଗ, ଦିଗବଧୂର ନୀଳ ଚିକଣ କଜ୍ଜଳରେଖା ଆଜି ଯେପରି କିଏ ଏକ ଚୁମ୍ବନରେ ଶୋଷଣ କରିଦେଇ ସବୁ ଫାପ୍‌ସା କରିଦେଇଛି। ଦେବବ୍ରତ ଉଦାସ ପ୍ରାଣରେ ଭାବୁଛି- ବାସନ୍ତୀ! ହାୟ ! ବାସନ୍ତୀ।

ଏହି ସମୟରେ ଡାକ୍ତର ବାବୁ ଆସି ପହଞ୍ଚିଲେ। ଦେବବ୍ରତ ଦେଖିଲା, ଡାକ୍ତର ବାବୁ ଚେହେରାରେ ଯେପରି ସୁଶ୍ରୀ, ସେହିପରି ମଧ୍ୟ ମିଷ୍ଟାଳାପୀ; କିନ୍ତୁ ଧନିଆକୁ  ଏହି ଡାକ୍ତର ବାବୁଟି ବଡ଼ ଅଦ୍ଭୁତ ମନେ ହେଉଥା'ନ୍ତି। ପ୍ରଥମରୁ ଗାଡ଼ିରୁ ଓହ୍ଲାଇ ସେ ଯେତେବେଳେ ଏହି ଡାକ୍ତର ବାବୁଟି ସଙ୍ଗରେ ଦେଖାକଲା, ସେତେବେଳେ ଦେବବ୍ରତର ନାମ ଶୁଣି ଡାକ୍ତର ବାବୁଟି ଏପରି ଚକିତ ଓ ବ୍ୟସ୍ତ ସମସ୍ତ ହେଲାପରି କାହିଁକି ବୋଧ ହେଲେ, ଧନିଆ ତାହା ବୁଝିପାରିଲାନାହିଁ। ତାପରେ ଆଜି ଦିନରେ ମଧ୍ୟ ଦେବବ୍ରତକୁ ଦେଖିବା ପାଇଁ ପ୍ରତି ଘଣ୍ଟାରେ ଥରେ ଥରେ ସେ ଆସି ଏତେଦୂର ଯତ୍ନ ନେବାର କାରଣ ମଧ୍ୟ ସେ ଖୋଜି ପାଇଲା ନାହିଁ। ଡାକ୍ତର ବାବୁଟି ଖାଣ୍ଟି ବଙ୍ଗଳାରେ କଥାବାର୍ତ୍ତା କରୁଥାନ୍ତି। ଧନିଆ ମଧ୍ୟ ବାଲେଶ୍ୱରରେ ଥାଇ ଏବଂ ଦେବବ୍ରତ ସଙ୍ଗରେ ନାନା ସ୍ଥାନ ଭ୍ରମଣ କରି ବଙ୍ଗଳା କହିବାରେ ବେଶ୍ ଅଭ୍ୟସ୍ତ ହୋଇଗଲାଣି।

ଦେବବ୍ରତଠାରେ ନ୍ୟୁମୋନିଆର ସଞ୍ଚାର ଦେଖି ଡାକ୍ତର ବାବୁ ବିଧିମତେ ଚିକିତ୍ସାରେ ଲାଗିଥା'ନ୍ତି। ତିନିଦିନ ପରେ ଦେବବ୍ରତର ଅବସ୍ଥା ଆଉ ଟିକିଏ ଭଲ ଦିଗକୁ ଆସିଛି। ତିନିଦିନ ହେଲା ଧନିଆ ଚାକର ଆହାର ନିଦ୍ରା ଭୁଲି ବାବୁଙ୍କ ସେବାରେ ଲାଗିଛି ଏବଂ ତିନିଦିନ ପରେ ଦେବବ୍ରତର ଆଜି ଗାଢ ନିଦ୍ରା ହୋଇଛି। ବାବୁଙ୍କ ପଦରେ ହସ୍ତ ସଞ୍ଚାଳନ କରୁ କରୁ ଧନିଆ ବାହାରେ ଦୁଇଜଣଙ୍କର କଥୋପକଥନ ଶୁଣିପାରିଲା। ତା କାନରେ ଦୁଇଟା ଗୋଟାଏ ଓଡ଼ିଆ କଥା ବାଜିଲା। ବହୁଦିନ ପରେ ଏ ସୁଦୂର ସ୍ଥାନରେ ଅନ୍ୟ ମୁଖରୁ ନିଜର ମାତୃଭାଷା ଶୁଣିବାକୁ ପାଇ ସେ କୌତୁହଳ

ନିବୃତ୍ତି ଲାଗି ଧୀର ପଦକ୍ଷେପରେ ରୋଗୀର କକ୍ଷ ପରିତ୍ୟାଗ କରି କବାଟ ବାହାରକୁ ଗହିଁଲା। ଦେଖି ଅବାକ୍ ହେଲା ଯେ, ସେହି ଡାକ୍ତରବାବୁଟି ଗୋଟିଏ ଲୋକ ସାଙ୍ଗରେ ତୁନି ତୁନି କ'ଣ କଥା କହୁଛନ୍ତି। ଧନିଆ ଧଡ଼ପଡ଼ ହୋଇ ଯାଇଁ ଡାକ୍ତରବାବୁଙ୍କ ଗୋଡ଼ତଳେ ପଡ଼ି ବିହ୍ୱଳ ଭାବରେ କହିଲା, "ଆଜ୍ଞା, ଆପଣଙ୍କ ଘରେ ଆମ ବୋହୂ ସାଆନ୍ତାଣୀ ଅଛନ୍ତି, ନିଶ୍ଚେ ଅଛନ୍ତି।" ଡାକ୍ତର ବାବୁଙ୍କ ଭାବଗତିରୁ ଧନିଆ ଯାହା ସନ୍ଦେହ କରିଥିଲା, ତାଙ୍କ ମୁଖରୁ କଞ୍ଚା ଓଡ଼ିଆ କଥା ଶୁଣି ତାର ସେ ଧାରଣା ଦୃଢୀଭୂତ ହୋଇଗଲା। ଡାକ୍ତର ବାବୁ ତାକୁ ଚୁପ୍ କରାଇ ସବୁ କଥା ବୁଝାଇ କହିଲେ। ତାର ବୋହୂ ସାଆନ୍ତାଣୀ ତାଙ୍କରି ଘରେ ଅଛନ୍ତି ଏବଂ ଭଲରେ ଅଛନ୍ତି; କିନ୍ତୁ ଦେବବ୍ରତ ବାବୁଙ୍କର ବର୍ତ୍ତମାନ ଅବସ୍ଥାରେ ତାଙ୍କୁ କୌଣସିପ୍ରକାର ଉତ୍ତେଜନାମୂଳକ ସମ୍ବାଦ ଶୁଣାଇବା ନିରାପଦ ନୁହେଁ। ସେହି କାରଣରୁ ସେ ତାଙ୍କୁ ନିଜ ଗୃହକୁ ନ ନେଇ ଡାକ୍ତରଖାନାରେ ରଖାଇବାର ବନ୍ଦୋବସ୍ତ କରିଅଛନ୍ତି। ଧନିଆକୁ ମଧ୍ୟ ଏହି ନିୟମ ପାଳିବାକୁ ହେବ, ଡାକ୍ତରବାବୁଙ୍କ ବିନା ପରାମର୍ଶରେ ସେ ଏ ସମ୍ବାଦ ବାବୁଙ୍କୁ କହିବନାହିଁ। ଧନିଆ ବିନୀତ ଭାବରେ ନିଜର ସମ୍ମତି ଜଣାଇଲା, କିନ୍ତୁ ତା ଛାତି ଫୁଲି ଉଠୁଥାଏ, କଥାଟା କିମିତି ବାବୁଙ୍କୁ କହିଦିଅନ୍ତା।

ଧନିଆ ସେତିକିରେ ଶାନ୍ତ ହୋଇ ରହିବାର ପାତ୍ର ନୁହେଁ। ଡାକ୍ତରବାବୁଙ୍କ ଠାରୁ ବୋହୂ ସାଆନ୍ତାଣୀଙ୍କର ସମସ୍ତ ସମ୍ବାଦ ଗୋଟି ଗୋଟି କରି ବୁଝିଲା। ଯେତେବେଳେ ଶୁଣିଲା, ମାସ ଦୁଇ ହେଲା ତାର ଗୋଟିଏ ଛୋଟ ସାଆନ୍ତ ଜାତ ହୋଇଅଛନ୍ତି, ଧନିଆର ଗୋଡ଼ ଆଉ ତଳେ ଲାଗିଲା ନାହିଁ। ଛୋଟ ସାଆନ୍ତକୁ ଥରେ ଦେଖି ଆସିବା ପାଇଁ ସେ ଡାକ୍ତର ବାବୁଙ୍କ ଠାରେ ବହୁତ ଅଳି କଲା। ଦେବବ୍ରତର ଏ ଅବସ୍ଥାରେ ଧନିଆ ତାକୁ ଛାଡ଼ି ମୁହୂର୍ତ୍ତେ କାହିଁ ଯିବା ଅନୁଚିତ ଏବଂ ତାର ବୋହୂ ସାନ୍ତାଣୀ ଓ ଛୋଟ ସାଆନ୍ତ ଏହି ସ୍ଥାନକୁ ଆସିବେ ବୋଲି ବିନୋଦ ବିହାରୀ ଧନିଆକୁ ପ୍ରବୋଧ ଦେଲେ।

ଶରତର ସଦ୍ୟ ସ୍ନାତା ପ୍ରକୃତି ପରି ବାସନ୍ତୀର ଜନନୀ-ମୂର୍ତ୍ତି ଅତ୍ୟନ୍ତ ସ୍ନିଗ୍ଧ କମନୀୟ ହୋଇଉଠିଛି। ତାର ମୁଗ୍ଧ ଚକ୍ଷୁ ଦିଓଟି ଶିଶୁ ସନ୍ତାନଟି ଉପରେ ନିବିଷ୍ଟ ଭାବରେ ପଡ଼ିଛି। ଦୁଇମାସ ହେଲା ଶିଶୁଟି ବାସନ୍ତୀର ଗର୍ଭରୁ ପଡ଼ି ତାର କୋମଳ କ୍ରୋଡ଼ର ଆଶ୍ରୟ ନେଇଛି। ଏ ଦୁଇମାସର ଶିଶୁଟିକୁ ଗହିଁ କେତେଥର ତାର ଚକ୍ଷୁ ଦିଓଟି ଲୋତକପୂର୍ଣ୍ଣ ହୋଇ ପଡ଼ିଅଛି। ଅତୀତର ଅନ୍ୟ ସକଳ ଦୁଃଖ ପରି ସେ ଲୋତକ ସେ ନିଜ କାନିରେ ପୋଛି ଦେଇଛି। ଦେବବ୍ରତକୁ ଛାଡ଼ି ଆସିବା ଦିନୁଁ ତା ପ୍ରତି ସମସ୍ତ ସଂସାରରୁ ପ୍ରାଣଖୋଲା ହାସ୍ୟ ଆନନ୍ଦ ଯେପରି କିଏ ସମ୍ପୂର୍ଣ୍ଣରୂପେ ପୋଛି ନେଇଛି।

ବସନ୍ତକୁମାରୀର ସହସ୍ର ଅନୁରୋଧ ସତ୍ତ୍ୱେ ଦେବବ୍ରତଙ୍କୁ ନଦେଖିବା ପର୍ଯ୍ୟନ୍ତ ସେ ପୁତ୍ରର କୌଣସି ନାମ ରଖିନାହିଁ । ସେଦିନ ଶିଶୁଟିର ସର୍ବାଙ୍ଗରେ ତୈଳ ମର୍ଦ୍ଦନ କରି ବାସନ୍ତୀ ତାକୁ ସୂର୍ଯ୍ୟୋତ୍ତାପ ଦେଉଥିଲା । ବସନ୍ତକୁମାରୀ ତର ତର ହୋଇ ଆସି କହିଲା, "ଶୁଣିଲଣି ଗୋ 'ଆ', ଆମ ଦେଶରୁ ଦିଜଣ କିଏ ଓଡ଼ିଆ ଲୋକ ଡାକ୍ତରଖାନାକୁ ଆସିଛନ୍ତି ।"

ବାସନ୍ତୀ ଶିଶୁ ଅଙ୍ଗରୁ ଦୃଷ୍ଟି ଫେରାଇ ପଚାରିଲା, "କିଏ ମ ସେ ?"

ବସନ୍ତକୁମାରୀ ମୃଦୁ ହସି କହିଲା, "କେଜାଣି ମ, କିଏ ଜଣେ ଦାଢ଼ିଆ ବାବୁ, ସାଙ୍ଗରେ ଗୋଟିଏ ଚାକର ।" ବାସନ୍ତୀ ଆଉ କିଛି ପଚାରିବା ଆବଶ୍ୟକ ମନେ ନକରି "ହଁ, କିଏ ହୋଇଥିବେ" କହି ନିଜ କାର୍ଯ୍ୟରେ ମନ ଦେଲା । ବସନ୍ତକୁମାରୀ ଦଉଡ଼ିଯାଇ ବାସନ୍ତୀକୁ ଆଲିଙ୍ଗନ କରି କହି ପକାଇଲା, "ସେଇ ଗୋ ସେଇ ! ତୁମକୁ ପରା ଆମ ପାଖରୁ କାଢ଼ି ନେବାକୁ ଆସିଛନ୍ତି !"

ବାସନ୍ତୀ ଦେହରେ ବିଜୁଳି ଖେଳିଗଲା । ସେ ଅବାକ୍ ହୋଇ ପଚାରିଲା, ସେଇ କିଏ ମ ?" ବସନ୍ତ କୁମାରୀ ହସି ହସି କହିଲା, "ସେଇ ତ, ଆଉ 'କିଏ ମ', କ'ଣ ?"

ବାସନ୍ତୀର ଅସମ୍ଭବ ମନେ ହେଲା, 'ଦାଢ଼ିଆ ବାବୁ', 'ଡାକ୍ତରଖାନାରେ' ପ୍ରଭୃତି କେତେଟା କଥା ଶୁଣି ସେ ଟିକିଏ ବ୍ୟସ୍ତ ହୋଇ କହିଲା, "ଯାଃ, ତୁମେ କଣ ସବୁ କଥାରେ ଏମିତି ଥଟ୍ଟା କରିବ, 'ଅ' ?"

ବସନ୍ତ ଏଥର ଶିଶୁର ସରଳତା ସହ ଉତ୍ତର କଲା, "ମୋ ରାଣ 'ଆ', ତୁମକୁ ଏକଥାରେ ଥଟ୍ଟା କରନ୍ତି ? ହେଇ ପରା ରମା ଚାକର ତୁମ ଭାଇଙ୍କ ପାଖରୁ ସବୁ କଥା ଶୁଣି ଆସି କହୁଛି । ସେ ପରା କୁଆଡ଼େ ତିନିଦିନ ହେଲା ଆସିଛନ୍ତି ଗୋ 'ଆ', ଏ ଆମକୁ ସେ କଥା ଲୁଚାଇରଖିଛନ୍ତି । ମତେ ବି ଆଗରୁ କହିଲେ ନାହିଁ । ମୁଁ କୁଆଡ଼େ ଡବଡବୀଟାଏ, ତୁମକୁ ସେଇକ୍ଷଣି ସବୁ କହିପକାଇଥାନ୍ତି । ହଁ, ଦିହ କଣ ଖରାପ ହୋଇଥିଲା, ଏବେ ଟିକିଏ ଭଲ ଅଛନ୍ତି ।"

ବାସନ୍ତୀର ଦେହ ମନ କଣ ହୋଇଗଲା । ଦେବବ୍ରତ ଅସୁସ୍ଥ ହୋଇ ଏହି ନିକଟବର୍ତ୍ତୀ ଡାକ୍ତରଖାନାରେ ତିନିଦିନ ଆସି ରହିଲାଣି, ସେବା ଶୁଶ୍ରୂଷା କିଏ କରୁଛି କେଜାଣି ! ସେ ଏତେଦୂର ହତଭାଗିନୀ ଯେ, ଏ ସମୟରେ ମଧ୍ୟ ଏତେ ନିକଟରେ ଥାଇ ତାଙ୍କୁ ଦେଖିପାରିଲାନାହିଁ ।

ବାସନ୍ତୀର ବ୍ୟଗ୍ରତା ଦେଖି ବସନ୍ତକୁମାରୀ କହିଲା, "ଦେବ ବାବୁ ଆଜି ଅନେକ ପରିମାଣରେ ଭଲ ହୋଇ ଏବେ ଶୋଇଛନ୍ତି । ଦେଖିବାକୁ ଯିବ, 'ଆ'" ବାସନ୍ତୀ

ଶିଶୁକୁ ଭୁଲିଯାଇ ଧଡ଼ପଡ଼ ଉଠି ବସନ୍ତର ଛୋଟ ଭଉଣୀଟି ପରି ଉତ୍ତର କଲା, "ହଁ, ଚାଲ।" ବସନ୍ତ ଅବାକ୍ ହୋଇ କହିଲା, "ଏ କଣ ମ, ପିଲାଟାକୁ ଏମିତି ଖରାରେ ପକାଇ ଦେଇଯିବ ?" ବାସନ୍ତୀ କିଛି ଶୁଣି ପାରିଲା ନାହିଁ, କିଛି ଦେଖିପାରିଲା ନାହିଁ । ଅଳ୍ପବୟସ୍କା ବାଳିକାଟେ ପରି କେବଳ ମୁହଁକୁ ତଳକୁ ପୋତି ପୁନରାବୃତ୍ତି କରି କହିଲା, "ହଁ ଚାଲ।"

ବସନ୍ତ କୁମାରୀ ଠୋ ଠୋ ହୋଇ ହସିଉଠି କହିଲା, "ଏ କୁଆଡ଼ ଅଭିଆଣ କଥାମ, ଦି'ମାସର ଛୁଆଟାକୁ ଖରାରେ ଖରାରେ ପକାଇଦେଇଯିବ! ତୁମକୁ କିଏ ଭେଳିକି ଲଗାଇ ଦେଲାଣି କି ଗୋ,'ଆ'। ଲୁଗାପଟା ନ ପିନ୍ଧି ଏମିତି ବାହାରକୁ ଯିବ ?"

ବାସନ୍ତୀ ସେମିତି ବାହାରକୁ ଗଲା। କେବଳ ଶିଶୁଟିକୁ ପଣ୍ଡିମା ଧାଈ ହାତରେ ଦେଇ ସ୍ନାନ କରାଇଦେବାକୁ କହିଗଲା। ବସନ୍ତକୁମାରୀକୁ ମଧ୍ୟ ଅଗତ୍ୟା ସେହି ବେଶରେ ବାହାରିବାକୁ ହେଲା। ଦେବବ୍ରତର ସେପର୍ଯ୍ୟନ୍ତ ନିଦ୍ରା ଭାଙ୍ଗିନାହିଁ। ଧନିଆ ବସି ପାଦ ଆଉଁସୁଛି। ବିନୋଦ ବାବୁ ନିଜ ଗାଡ଼ିକୁ ଡାକ୍ତରଖାନା ଅଭିମୁଖରେ ଆସୁଥିବାର ଦେଖି ଗାଡ଼ିକୁ ବାଟରେ ଭେଟିଲେ ଏବଂ ପ୍ରଥମେ ଦେବବ୍ରତ ଶୋଇଛି କି ନା ଦେଖିବାକୁ ଗଲେ; କାରଣ, ଶୋଇବା ସମୟ ବ୍ୟତୀତ ଅନ୍ୟ ସମୟରେ ବାସନ୍ତୀର ଉପସ୍ଥିତି ରୋଗୀ ପକ୍ଷରେ ଯେ ନିରାପଦ ନୁହେଁ, ତାହା ସେ ଭଲରୂପେ ଜାଣିଥିଲେ।

ବିନୋଦ ବିହାରୀ ରୋଗୀ କକ୍ଷରୁ ବାହାରି ଯେତେବେଳେ ହାତଠାରି ଡାକିଲେ, ତେତେବେଳେ ପ୍ରଥମେ ବସନ୍ତ ଓ ପରେ ବାସନ୍ତୀ ଗାଡ଼ି ମଧ୍ୟରୁ ବାହାରି ଆସିଲେ। ଧୀର ପଦକ୍ଷେପରେ ଦୁଇ ସଖୀ କକ୍ଷ ମଧ୍ୟରେ ପ୍ରବେଶ କଲେ। ବସନ୍ତ ଶାନ୍ତ ଭାବରେ ଶାୟିତ ଏହି ପ୍ରକାଣ୍ଡକାୟ ପୁରୁଷଟିକୁ ପ୍ରଥମେ ଦେଖିପାରିଲା। ଧନିଆ ଧଡ଼ପଡ଼ ହୋଇ ବୋହୂ ସାଆନ୍ତାଣୀଙ୍କ ପାଦତଳେ ପଡ଼ିବାକୁ ଉଦ୍ୟମ କରୁଥିଲା, ଡାକ୍ତର ବାବୁଙ୍କ ମନାରେ ସ୍ଥିର ହୋଇ ବସିଲା। ମାତ୍ର ବାସନ୍ତୀ ଯେତେବେଳେ ବେବ୍ରତର ଶୀର୍ଣ୍ଣ କ୍ଷୀଣ ମୁଖ ଉପରୁ ଦୃଷ୍ଟି ଫେରାଇ ଧନିଆକୁ ଚାହିଁଲା,ଏବଂ ତାକୁ ଡୋଳାଏ ଲୁହ ପୂରାଇ ମୁହଁଟାକୁ ଚଉଷଠି ମହଣ ଭାରୀ କରି ବସିଥିବାର ଦେଖିଲା, ସେତେବେଳେ ଆଉ ସ୍ଥିର ହୋଇ ରହିପାରିଲାନାହିଁ। ପୁଲାଏ କାନିରେ ଆଖି ଦୁଇଟା ଚାପି ଧରି ଏକ୍‌ଦମ୍ ଆସି ବସିଲା ଗାଡ଼ି ଭିତରେ। କିଛିକ୍ଷଣ ପରେ ବସନ୍ତ କୁମାରୀ ଯେତେବେଳେ ଗାଡ଼ି ଭିତରକୁ ଫେରି ଆସିଲା, ସେ ଦେଖିଲା, ବାସନ୍ତୀର ପରିହିତ ବସ୍ତ୍ରର ଅର୍ଦ୍ଧେକ ଲୋତକରେ ଆର୍ଦ୍ର ହୋଇଯାଇଛି।

ଦେବବ୍ରତ ଶରୀର ଯେତିକି ସୁସ୍ଥ ହୋଇଉଠୁଥାଏ, ବାସନ୍ତୀ ପାଇଁ ଭାବନା

ତାର ସେତିକି ପ୍ରବଳ ହୋଇ ତା ଚିତ୍ତରେ ଜାଗ୍ରତ ହେଉଥାଏ । ସେ ଧନିଆକୁ ପଚାରିଲେ ଧନିଆ କହେ, ଡାକ୍ତର ବାବୁ ଜାଣନ୍ତି । ଡାକ୍ତର ବାବୁ କହନ୍ତି, "ହଁ, ଜଣେ ଓଡ଼ିଆ ଡାକ୍ତର ଅପେକ୍ଷାକୃତ ଟିକିଏ ଦୂରବର୍ତ୍ତୀ ସ୍ଥାନରେ ଥିବାର ସେ ଶୁଣିଛନ୍ତି, ମାତ୍ର ତାଙ୍କ ସହିତ ବିଶେଷ ଘନିଷ୍ଠତା ନାହିଁ ।" ଦେବବ୍ରତ ତାଙ୍କଠାରୁ କେତେଥର ପତ୍ର ଲେଖି ସେହି ସ୍ଥାନକୁ ପଠାଇଦେବାକୁ ଡାକ୍ତରବାବୁଙ୍କୁ ଅନୁରୋଧ କରେ, କିନ୍ତୁ କୌଣସି ଖଣ୍ଡିଏ ଉତ୍ତର ପାଏନାହିଁ ।

ଅବଶେଷରେ ଦିନେ ଡାକ୍ତର ବାବୁ ଆସି ଦେବବ୍ରତର ଖବର ଦେଇଗଲେ ଯେ, ସେ ଖୋଜୁଥିବା ଭଦ୍ରଲୋକଟି ଛୁଟିନେଇ ସ୍ଥାନାନ୍ତରକୁ ଚାଲିଯାଇଥିଲେ, ବର୍ତ୍ତମାନ ଫେରିଆସିଛନ୍ତି ଏବଂ ଡାକ୍ତରବାବୁଙ୍କ ଦ୍ୱାରା ତାଙ୍କ ଗୃହକୁ ନିମନ୍ତ୍ରିତ ହୋଇଛନ୍ତି । ଦେବବ୍ରତ ଯଦି ଦୟା କରି ତାଙ୍କର ନିମନ୍ତ୍ରଣ ଗ୍ରହଣ କରନ୍ତି, ତେବେ ତାଙ୍କ ଘରେ ଉଭୟଙ୍କର ଆଳାପ ହୋଇଯିବ । ଦେବବ୍ରତ ଏ ସୁଯୋଗ ଛାଡ଼ିଲା ନାହିଁ । ଆନନ୍ଦର ସହିତ ନିମନ୍ତ୍ରଣ ଗ୍ରହଣ କଲା । ସେତେବେଳକୁ ସେ ସାମାନ୍ୟ ସୁସ୍ଥ ହୋଇ ଆସିଲାଣି । ଆଉ ଭୟ କରିବାର କାରଣ କିଛି ନାହିଁ ।

ଯଥା ସମୟରେ ଦେବବ୍ରତକୁ ଡାକ୍ତର ବାବୁଙ୍କ ଗାଡ଼ି ଆସି ଘେନିଗଲା । ଡାକ୍ତର ବାବୁଙ୍କ ଗୃହଟି ଆଧୁନିକ ରୁଚି ଅନୁଯାୟୀ ସୁସଜ୍ଜିତ, କିନ୍ତୁ ନିମନ୍ତ୍ରିତ ଭଦ୍ରବ୍ୟକ୍ତି ଆଉ କାହାରିକି ନଦେଖି ଦେବବ୍ରତ ବିସ୍ମିତ ହେଲା । ଡାକ୍ତର ବାବୁଟି ଦେବବ୍ରତକୁ ବୈଠକ ଖାନା ପାର କରାଇ ଏକାବେଳକେ ଗୃହମଧ୍ୟକୁ ଡାକି ନେବାଦ୍ୱାରା ଏତେଦୂର ସୌହାର୍ଦ୍ଦ୍ୟ ଦେଖାଇବାର କାରଣ ସେ ବୁଝିପାରୁନଥାଏ । ଡାକ୍ତର ବାବୁଙ୍କ ଶୟନ କକ୍ଷରେ ବସି ଦୁହିଁଙ୍କ ମଧ୍ୟରେ କେତେ ପ୍ରକାର କଥାବାର୍ତ୍ତା ଚାଲିଥାଏ । ସବୁ କଥା ବଙ୍ଗଳାରେ । ମଧ୍ୟେ ମଧ୍ୟେ ନାରୀ କଣ୍ଠର ରୁଦ୍ଧ ହାସ୍ୟଧ୍ୱନି ଶୁଣାଯାଉଥାଏ । ଦେବବ୍ରତ ଭଦ୍ରତା ଖାତିରରେ କିଛି ପଚାରି ପାରୁନଥାଏ, ଅଥଚ ଏସବୁର ଅର୍ଥ ବୁଝିବା ତା ପକ୍ଷରେ କଷ୍ଟକର ।

ଦେବବ୍ରତର ଶରୀର ସୁସ୍ଥ ହୋଇଆସିଲାଣି । କାଲିଠାରୁ ତାକୁ ଆଉ ଡାକ୍ତରଖାନାରେ ରହିବାକୁ ପଡ଼ିବନାହିଁ ଇତ୍ୟାଦି ବିଷୟ ଉତ୍ଥାପନ ପରେ ଡାକ୍ତର ବାବୁ ପଚାରିଲେ, "ହଁ ମହାଶୟ, ସେ ଓଡ଼ିଆ ଡାକ୍ତର ବାବୁଟି ସହିତ ଆପଣଙ୍କର କଣ କାର୍ଯ୍ୟ ଅଛି ?" ଦେବବ୍ରତ ସ୍ଥିର ଭାବରେ ଉତ୍ତର କଲା, "ଗୋଟିଏ ଘରୁଆ କାର୍ଯ୍ୟ ଅଛି ।"

ଡାକ୍ତର ବାବୁଟି ମୁରୁକି ହସି ପଚାରିଲେ, " ସେ ଆପଣଙ୍କର କିଛି ସମ୍ପର୍କୀୟ ?"

"ନା ।"

"ତେବେ ପରିଚିତ ବନ୍ଧୁ ବୋଧହୁଏ ?"

"ନା।"

"ବେଶ୍ ତ, ତାହାହେଲେ ବୋଧହୁଏ କୌଣସି ବ୍ୟବସାୟ ସଂକ୍ରାନ୍ତରେ ଆସିଛନ୍ତି ?"

-ଦେବବ୍ରତ ଧୀର ଭାବରେ ଉତ୍ତର କଲା, "ମାଫ୍ କରିବେ, ମହାଶୟ, ଏସମ୍ପର୍କରେ ମୁଁ କୌଣସି କଥା ଉତ୍‌ଥାପନ କରିବାକୁ ପ୍ରସ୍ତୁତ ନୁହେଁ।"

ଅନ୍ୟ ପ୍ରସଙ୍ଗ ପକାଇବାକୁ ଯାଇ ଡାକ୍ତର ବାବୁ କହିଲେ, "ଆଚ୍ଛା ମହାଶୟ, ଆପଣମାନଙ୍କ ଦେଶ ମିଶ୍ରଣ କଥା କ'ଣ ହେଲା ? ଓଡ଼ିଶା ଏଥର ପୁଣି କାହା ସହ ମିଶୁଛି ?"

"ଭାରତ ସରକାରଙ୍କ ନିଷ୍ପତ୍ତି କିଛି ତ ଶୁଣାଯାଇନାହିଁ !" ଡାକ୍ତର ବାବୁ ଟିକିଏ ବ୍ୟଙ୍ଗ ସ୍ୱରରେ କହିଲେ, "ବେଙ୍ଗଲ ପାର୍ଟିସନ୍ ପରି ଗୋଟାଏ ବଡ଼ କିଛି ଗଣ୍ଡଗୋଳ ହେବ ପରା !"

"ନା, ବେଙ୍ଗଲ ପାର୍ଟିସନ୍ ପରି ଗଣ୍ଡଗୋଳ ହେବା ସମ୍ଭବ ନୁହେଁ। କାରଣ ଜାତୀୟ ଜାଗରଣ ଯୁଗରେ ବଙ୍ଗଳାକୁ ସରକାର ବିଭକ୍ତ କରିଦେବା ଦ୍ୱାରା ବଙ୍ଗଳାରେ ଗଣ୍ଡଗୋଳ ଆରମ୍ଭ ହେଲା। ବର୍ତ୍ତମାନ ତ ଓଡ଼ିଶା ବିଭକ୍ତ କରାଯାଉନାହିଁ; ବହୁ ବର୍ଷ ହେଲା ବିଚ୍ଛିନ୍ନ ଓଡ଼ିଶାକୁ ଏକ କରିବାହିଁ ବର୍ତ୍ତମାନର ସମସ୍ୟା।"

ବ୍ୟଙ୍ଗ ହସି ଡାକ୍ତର ବାବୁ କହିଲେ, "ଆଚ୍ଛା ମହାଶୟ, ବଙ୍ଗଳା ସହିତ ଓଡ଼ିଶା ରହିଲେ ତା ପକ୍ଷରେ କେତେଦୂର ଭଲ ହୁଅନ୍ତା ! ଏତେବଡ଼ ଗୋଟାଏ ଉନ୍ନତ ଜାତି ଆଉ ମଧ୍ୟ ଓଡ଼ିଆମାନେ ବଙ୍ଗୀୟମାନଙ୍କୁ ଅନୁକରଣ କରିବାକୁ ଯେପରି ପରମ ସୌଭାଗ୍ୟ ମନେକରନ୍ତି-"

ଏଇ ବଙ୍ଗୀୟ ଭଦ୍ରଲୋକଟି ଏପରି ସଂକୀର୍ଣ୍ଣ ପ୍ରାଦେଶିକତା ବିଷୟ ଉତ୍‌ଥାପନ କରିବାର କାରଣ ବୁଝିପାରୁନଥାଏ। ଦେବବ୍ରତ ଟିକିଏ ଉତ୍ତେଜିତ ହେଲାପରି ଆଉ କ'ଣ କହିବାକୁ ଯାଉଥିଲା, ଏହି ସମୟରେ ଧନିଆ ଧଇଁ ସଇଁ ହୋଇ ଆସି ଦୁଇଟା ଟେଲିଗ୍ରାମ ଦେବବ୍ରତ ହାତକୁ ବଢ଼ାଇଦେଲା। ଦେବବ୍ରତ ଖୋଲି ଦେଖିଲା। ଗୋଟାକରେ ଖବର ଆସିଛି- ଆଉ ସାତଦିନ ରହିଲା ରମେଶର ସୁନୀତି ସହିତ ବିବାହ ହେବ, ସେଥିରେ ଦେବବ୍ରତ ସ୍ତ୍ରୀକୁ ଯୋଗଦେବାକୁ ହେବ। ଆଉ ଖଣ୍ଡକରୁ ପଢ଼ିଲା- ସେ ଅସୁସ୍ଥ ଥିବାର ସମ୍ବାଦ ପାଇ ବୋଉ କାଲି ସକାଳେ ଆସି ବର୍ଦ୍ଧମାନରେ ଓହ୍ଲାଉଛନ୍ତି ! ଦେବବ୍ରତ ଧନିଆକୁ ଚାହିଁ ପଚାରିଲା, "ମୁଁ ଅସୁସ୍ଥ ହେବାର ଖବର ବୋଉ ନିକଟକୁ କିଏ ଲେଖିଲା ?" "କେଜାଣି ଆଜ୍ଞା, ମୁଁ ତ କିଛି ଜାଣେ ନାହିଁ।"

ଦେବବ୍ରତ ବ୍ୟସ୍ତ ହୋଇ ଡାକ୍ତର ବାବୁଙ୍କ ଠାରୁ ବିଦାୟ ନେବାକୁ ଉଠି ଠିଆ ହେଲା। ଏହି ସମୟରେ ଦ୍ୱାର ଦେଶରେ ଗୋଟିଏ ଅପରିଚିତା ରମଣୀ ମୂର୍ତ୍ତି ଶିଶୁଟିଏ କୋଳରେ ଧରି ଠିଆ ହୋଇଥିବାର ସେ ଦେଖିପାରିଲା। ଏହି ଅପରିଚିତାର କୋଳରେ ନିଜ ସନ୍ତାନକୁ ଦେଖି, ରାମଚନ୍ଦ୍ର ଯେତେବେଳେ ପ୍ରଥମେ ଲବକୁଶଙ୍କୁ ଦେଖିଥିଲେ, ସେମାନଙ୍କ ମନ ମଧ୍ୟରେ ଯେ ଭାବର ଉଦ୍ରେକ ହୋଇଥିଲା, ଦେବବ୍ରତର ତାହା ହେଲା କି ନାହିଁ, ତାକୁ ଜଣା; କିନ୍ତୁ ଏହି ଶିଶୁଟି ଏହି ଲମ୍ବା ଦାଢିବାଲା କିମାକାର ପୁରୁଷଟିକୁ ଚାହିଁ ଚିତ୍କାର କରିଉଠିଲା। ରମଣୀଟି ହସି ହସି ଡାକିଲା, " ମୁଁ ଏ ପିଲାକୁ ତୁମର ଧରିପାରେ ନା ମ 'ଅ', ତୁମେ ଆସି ନିଅ।"

ଦେବବ୍ରତ ଏହି ରମଣୀ ମୁଖରୁ ନିଜ ମାତୃଭାଷା ଉଚ୍ଚାରିତ ହେଉଥିବାର ଶୁଣି ଡାକ୍ତର ବାବୁଙ୍କ ପ୍ରତି ଚକିତ ହୋଇ ଚାହିଁଲା; କିନ୍ତୁ ଡାକ୍ତର ବାବୁ, ଧନିଆ, ଉଭୟେ ଇତ୍ୟବସରରେ ପ୍ରସ୍ଥାନ କରିସାରିଛନ୍ତି। ଦେବବ୍ରତ ଅବାକ୍ ହୋଇ ଯେତେବେଳେ ପୃଷ୍ଠ ଦେଶକୁ ଦୃଷ୍ଟି ଫେରାଇଲା, ସେ ଦେଖିଲା, ଆଉ ଜଣେ ରମଣୀ କ୍ରନ୍ଦିତ ମୁଖରେ ଶିଶୁଟିକୁ କୋଳକୁ ନେଉଛି। କିଏ ଏ? ଦେବବ୍ରତ ବିସ୍ମୟାଭିଭୂତ ଚିତ୍ତରେ ଚାହିଁ ରହିଲା। ଶିଶୁଟି ଜନନୀ କ୍ରୋଡ଼ରେ ବସି ନିର୍ଭୀକ ଭାବରେ ସେହି କିମ୍ଭୂତକିମାକାର ପୁରୁଷକୁ ଚାହିଁ ରହିଲା।

ଦେବବ୍ରତର ଦୃଷ୍ଟି ବାସନ୍ତୀ ମୁଖ ଉପରେ ପଡ଼ିଲା, ସେ ପୁତ୍ରକୁ ଚାହିଁଲା ନାହିଁ କିମ୍ବା ତାକୁ କୋଳକୁ ନେବାକୁ ଗଲାନାହିଁ। ଶିଶୁଟି ସେହି ଲୋକଟାକୁ ତା' ଆଡ଼କୁ ଧୀରେ ଧୀରେ ଅଗ୍ରସର ହେବାର ଦେଖିପାରି ଭୟରେ ଜନନୀ ବକ୍ଷରେ ମୁହଁ ଗୁଞ୍ଜିଲା। ଶିଶୁଟିର ସ୍ମରଣ ଶକ୍ତି ସଜାଗ ଥିଲେ ଆଜି ତାର ମନେପଡ଼ନ୍ତା ଯେ, ସେ ଯେତେବେଳେ ଜନନୀ ବକ୍ଷରୁ ମୁଖ କାଢିଲା, ସେତେବେଳେ ଦେଖିଲା ସେହି ଭୀଷଣ ଦାଢିବାଲା ଲୋକଟି ତା ଜନନୀକୁ ଦୁଇ ହସ୍ତରେ ଆଲିଙ୍ଗନ କରିଛି ଏବଂ ତାର ମାତା ଏକ ହସ୍ତରେ ତାକୁ ଧରି ଅନ୍ୟ ହସ୍ତରେ ସେହି ଲୋକଟାର ପୃଷ୍ଠଦେଶ ବେଷ୍ଟନ କରିଛି ଓ ତାର ସ୍କନ୍ଧ ମଧ୍ୟରେ ମୁଖ ରଖି ଆର୍ଦ୍ର ସ୍ୱରରେ କହୁଛି "ଦେବ ଭାଇ !"

ଆଉ ସେହି ଲୋକଟି ଜନନୀ ସ୍କନ୍ଧରେ ତାର ଦାଢିପୂର୍ଣ୍ଣ ମୁହଁଟା ଗୁଞ୍ଜି କାନ ପାଖରେ ଗଦ୍‌ଗଦ ସ୍ୱରରେ କହୁଛି, "ବାସ !"

**-ସମାପ୍ତ-**

## ପରିଶିଷ୍ଟ

# ନାରୀ ସ୍ୱାଧୀନତାର ନୀରବ ସାଧିକା- 'ବାସନ୍ତୀ'ର ସର୍ଜନ, ମନନ ଓ ବିଶ୍ଳେଷଣ

### ଡକ୍ଟର ଶରତ ଚନ୍ଦ୍ର ମହାନ୍ତି

**ଆ**ଧୁନିକ ଓଡ଼ିଆ ସାହିତ୍ୟର, ସବୁଜ ଚେତନାରେ ଅଭିମନ୍ତ୍ରିତ ନବୀନ ଯୁବମାନସର ବିଚିତ୍ର ଚିନ୍ତାଚେତନା ତଥା ନବ ସର୍ଜନକର୍ମର ସୁଦୁଦ୍ୟମରେ ୧୯୩୧ ମସିହାରେ ପୁସ୍ତକାକାରରେ ପ୍ରକାଶିତ "ବାସନ୍ତୀ" ଉପନ୍ୟାସ- ନାନା ଦୃଷ୍ଟିକୋଣରୁ ବାସ୍ତବରେ ଏକ ବିସ୍ମୟବିହ୍ୱଳ ସାରସ୍ୱତ ସର୍ଜନ କର୍ମ। ୧୯୨୬-୨୭ ମସିହାରୁ 'ଉତ୍କଳ ସାହିତ୍ୟ' ପତ୍ରିକାରେ ଧାରାବାହିକ ଭାବରେ ଏହାର କେତେକ ଅଂଶ ପ୍ରକାଶିତ। ତେବେ,୧୯୩୧ ମସିହା ବେଳକୁ ସବୁଜ ଯୁଗର ଅନ୍ୟତମ ଅବଦାନ- 'ସବୁଜ କବିତା' ଓ 'ବାସନ୍ତୀ' ଉଭୟ ଓଡ଼ିଆ କବିତା ଓ ଉପନ୍ୟାସ ରାଜ୍ୟରେ ବେଶ୍ ଆଲୋଡ଼ନ ସୃଷ୍ଟିକରେ। 'ବାସନ୍ତୀ' ଉପନ୍ୟାସ ତାର ଗାଠନିକ ମନନ, ଚିନ୍ତନ ଏବଂ ସବୁଜ ଚେତନାର ଆଦର୍ଶଗତ ସର୍ଜନ ଆଭିମୁଖ୍ୟ ପ୍ରକଟନ ବୈଶିଷ୍ଟ୍ୟ ସକାଶେ ଓଡ଼ିଆ ସାହିତ୍ୟରେ ଅନନ୍ୟ ସ୍ଥାନ ଦଖଲ କରିଅଛି।

୧୯୧୯ ମସିହାରେ, ରେଭେନ୍‌ସା କଲେଜରେ ଅଧ୍ୟୟନରତ ଯ୍ୟରିଜଣ ଛାତ୍ର- ଅନ୍ନଦାଶଙ୍କର ରାୟ, ବୈକୁଣ୍ଠନାଥ ପଟ୍ଟନାୟକ, କାଳିନ୍ଦୀ ଚରଣ ପାଣିଗ୍ରାହୀ ଏବଂ ଶରତ ଚନ୍ଦ୍ର ମୁଖାର୍ଜୀଙ୍କ ପ୍ରାଥମିକ ଉଦ୍ୟମରେ ପ୍ରତିଷ୍ଠିତ 'ନନ୍‌ସେନ୍‌ସ କ୍ଲବ୍',

ଆନୁକୂଲ୍ୟରେ ନିଜ ନାମର ଆଦ୍ୟ ଅକ୍ଷର ସଂଯୋଗରେ 'ଅ ବ କା ଶ'-ପତ୍ରିକା ପ୍ରକାଶ କରିବା, ପରବର୍ତ୍ତୀ ପର୍ଯ୍ୟାୟରେ ହରିହର ମିଶ୍ର ଯୋଗଦେବା ପରେ 'ସବୁଜ ସାହିତ୍ୟ ସମିତି'କୁ ଏହା ରୂପାନ୍ତରିତ ହୋଇ, 'ଯୁଗବୀଣା' ଓ 'ଶକ୍ତି ସାଧନା' ଇତ୍ୟାଦି ପତ୍ରିକା ପ୍ରକାଶିତ ହେବା ଏବଂ ସର୍ବୋପରି ପ୍ରାଦେଶିକ ଏବଂ ଜାତୀୟ ମୁକ୍ତି ଆନ୍ଦୋଳନ ଅବ୍ୟାହତ ଥିବାବେଳେ, ଆଲୋଚ୍ୟ ସ୍ରଷ୍ଟାମାନେ ରୋମାଣ୍ଟିକ୍ ପ୍ରେମ, ସ୍ୱପ୍ନ ଓ ସୁଦୂରର ମୋହ ବିଜଡ଼ିତ ମାନସିକତାରେ ଗତାନୁଗତିକତା ବିମୁଖ ମନୋଭାବ ଘେନି ସାହିତ୍ୟ ସର୍ଜନାର ନବ ପ୍ରବାହ ସୃଷ୍ଟି କରିବା- ଥିଲା ଏକ କ୍ରାନ୍ତିକାରୀ ପଦକ୍ଷେପ। ଗୋଟେପଟରେ ଇଂରାଜୀ ସାହିତ୍ୟ ଓ କବିତା, ଓଡ଼ିଶାର ଗତାନୁଗତିକ ସମାଜ ବ୍ୟବସ୍ଥା, ଅନ୍ୟପଟରେ ବଙ୍ଗଳା ସାହିତ୍ୟର ବିଶ୍ୱ-ବିସ୍ତାରୀ ଆକର୍ଷଣ; ମଝିରେ ତରୁଣର ଉଦ୍‌ବେଳିତ ଯୌବନ ଓ ଜୀବନ ଚିନ୍ତା। ସବୁକିଛିକୁ ନୂଆ ଭାବରେ ଗଢ଼ିବା ପୁଣି ସ୍ୱତନ୍ତ୍ର ଆବେଦନ ଓ ପରିଚୟରେ ତାକୁ ପ୍ରାଣବନ୍ତ କରି ରଖିବାର ପ୍ରଚେଷ୍ଟାଟି ଏମାନଙ୍କର ଥିଲା- ଅନନ୍ୟ, ସ୍ୱତନ୍ତ୍ର।

ସବୁଜ ସାହିତ୍ୟ ସମିତିର ଦ୍ୱିତୀୟ ଗ୍ରନ୍ଥ ରୂପରେ ସବୁଜ ଚେତନାର ନଅଜଣ କୃତୀ ଲେଖକଙ୍କ ରଚିତ ଆଲୋଚ୍ୟ 'ବାସନ୍ତୀ' ଉପନ୍ୟାସଟି ଶରତ ଚନ୍ଦ୍ର ମୁଖାର୍ଜୀଙ୍କ ସମ୍ପାଦନାରେ କଟକର 'ନିଉ ଷ୍ଟୁଡେଣ୍ଟସ୍ ଷ୍ଟୋର୍'ଙ୍କ ଦ୍ୱାରା ୧୯୩୧ ମସିହାରେ ପ୍ରକାଶ ପାଏ ଓ ପରେ ୧୯୬୮ ମସିହାରେ ଏହାର ପରିବର୍ଦ୍ଧିତ ସଂସ୍କରଣ ଏବଂ ୧୯୮୩ ମସିହାରେ ଏହାର ପୁନର୍ମୁଦ୍ରଣ କରାଯାଇ ତିରିଶ ପରିଚ୍ଛେଦ ବିଶିଷ୍ଟ ଉକ୍ତ ଗ୍ରନ୍ଥଟି ୨୦୭ ପୃଷ୍ଠାରେ ପହଞ୍ଚେ।

ଏହି ଦ୍ୱିତୀୟ ଓ ତୃତୀୟ ସଂସ୍କରଣରେ ମୂଳ ପୁସ୍ତକ ସନ୍ନିବିଷ୍ଟ ପାଠାଂଶର ପରିବର୍ତ୍ତନ ଲକ୍ଷ୍ୟକରି ତାକୁ ଅବିକୃତ ଭାବରେ ତାର ସମ୍ପାଦକ ଭିକାରି ଚରଣ ଦାଶ ପ୍ରକାଶନ କରିଥିବାରୁ ତାହାର ମୌଳିକତା ଏଥିରେ ବଜାୟ ରହିବା ସମ୍ଭବ ହୋଇଅଛି। ପୁସ୍ତକଟି ସମକାଳର ଅଗ୍ରପୂଜ୍ୟ ସାରସ୍ୱତ ସାଧକ, ସଂଗଠକ ଏବଂ ଦୂରଦ୍ରଷ୍ଟା ସମ୍ପାଦକ-ବାଗ୍ମୀ ବିଶ୍ୱନାଥ କରଙ୍କୁ ସମର୍ପିତ। ତଥାକଥିତ ତରୁଣ ବର୍ଗଙ୍କ ଅଭିନବ କଳ୍ପନା, ଉନ୍ମାଦନା ଏବଂ ଜୀବନାବେଗକୁ ଲକ୍ଷ୍ୟ କରି ପ୍ରୋତ୍ସାହନ ଯୋଗାଇଥିବା ଏହି ବିଶ୍ୱନାଥ କର ଏମାନଙ୍କ ଭିତରେ ଥିବା ନବୀନ ସର୍ଜନ ଦୀପ୍ତିକୁ ପ୍ରକଟିତ କରାଇବାରେ ପକ୍ଷପାତୀ ସାଜିଛନ୍ତି।

'ବାସନ୍ତୀ'ର ବୈଶିଷ୍ଟ୍ୟ ହେଉଛି- ୯ଜଣ ଲେଖକ ଲେଖିକା ଗୋଟିଏ ଉପନ୍ୟାସକୁ, ଏହାର ସ୍ୱର, ଶକ୍ତି ଭାବ ବର୍ଣ୍ଣନାବିଳାସକୁ ଆମୂଳଚୂଳ ଅତୁଟ ଓ ଅକ୍ଷୁଣ୍ଣ ରଖି ସମ୍ପୂର୍ଣ୍ଣ କରିବା। ଏତେ ବୁଝାମଣା, ଏତେ ସାମର୍ଥ୍ୟ ଓ ପାରଦର୍ଶିତା ଏଥିରେ ସମ୍ଭବ ହୋଇଥିବାରୁ ଏହା ଏକ ପ୍ରଥାବିମୁକ୍ତ ନବୀନ ସୃଷ୍ଟି ନିଶ୍ଚୟ।

ଯେଉଁ ଲେଖକ ଲେଖିକାମାନେ ଏହାର ବିଭିନ୍ନ ପରିଚ୍ଛେଦ ରଚନା କରିଛନ୍ତି- ସେମାନେ ହେଲେ- ୧. କାଳିନ୍ଦୀ ଚରଣ( ୧, ୨, ୨୮, ୨୯ ଓ ୩୦ ପରିଚ୍ଛେଦ) ୨. ଶରତ ଚନ୍ଦ୍ର ମୁଖାର୍ଜ୍ଜୀ (୩, ୪, ୨୩ ଓ ୨୬), ୩. ହରିହର ମହାପାତ୍ର (୫ ଓ ୬), ୪. ଅନ୍ନଦା ଶଙ୍କର ରାୟ (୭, ୧୫ ଓ ୧୬), ୫, ଶ୍ରୀମତୀ ସରଳା ଦେବୀ(୮,୯,୧୭,୧୮, ୧୯, ୨୦, ୨୧, ୨୨, ଓ ୨୭) ୬. ଶ୍ରୀମତୀ ସୁପ୍ରଭା ଦେବୀ (୧୦ ଓ ୧୧), ୭. ଶ୍ରୀ ମୂରଲୀଧର ମହାନ୍ତି ( ୧୨ ଓ ୧୪) ୮. ଶ୍ରୀମତୀ ପ୍ରତିଭା ଦେବୀ( ୧୩) ଓ ୯. ଶ୍ରୀ ବୈଷ୍ଣବ ଚରଣ ଦାସ( ୨୪ ଓ ୨୫) ପ୍ରଭୃତି। ଏମାନେ ଅପରିମିତ ଆଗ୍ରହ ସହକାରେ ଉପନ୍ୟାସର ସମଗ୍ର ବିଷୟ, ଚରିତ୍ର, ଚାରିତ୍ରିକ ମନଃସ୍ଥିତି, ନୀତି, ଆଦର୍ଶ, ମୂଲ୍ୟବୋଧ- ପ୍ରଭୃତି ସହ ଓତଃପ୍ରୋତ ଭାବରେ ଜଡ଼ିତ ହୋଇ, ଏକ ମହତ କାର୍ଯ୍ୟର ସଂହତ ଓ ଶୋଭନୀୟ ସମାପନ ହିଁ କରିଛନ୍ତି। ସାହିତ୍ୟଯେ କେବଳ ବ୍ୟକ୍ତିଗତ ଭାବନା, ଉଦ୍ୟମ ଓ ପ୍ରଚେଷ୍ଟାର ଫଳଶ୍ରୁତି- ଏହା ମିଛ ବୋଲି ପ୍ରମାଣ କରିବାରେ ଆଲୋଚ୍ୟ 'ବାସନ୍ତୀ' ଉପନ୍ୟାସ ହେଉଛି ଜ୍ୱଳନ୍ତ ପ୍ରମାଣ।

ବଙ୍ଗ ଭାଷାର ବାରଜଣ ବନ୍ଧୁ 'ବାରୋୟାରୀ' ଉପନ୍ୟାସ ରଚନା କରି ଚର୍ଚ୍ଚିତ ହୋଇଥିବା ପ୍ରସଙ୍ଗଙ୍କୁ କାଳିନ୍ଦୀ ଚରଣ ପ୍ରକାଶକ ବାଗ୍ମୀ ବିଶ୍ୱନାଥଙ୍କୁ କହି ଓଡ଼ିଆରେ ଏପରି ଏକ ଉପନ୍ୟାସ ମିଳିତ ପ୍ରଚେଷ୍ଟାରେ ଲେଖିବା ସକାଶେ ପ୍ରସ୍ତାବ ଦେବା, ତାଙ୍କଠାରୁ ସମ୍ମତିପ୍ରାପ୍ତ ହୋଇ ସେହି 'ଉତ୍କଳ ସାହିତ୍ୟ'ରେ ଲେଖକ ସଂଗ୍ରହ ପାଇଁ ସ୍ୱୀକୃତି ଆଶା କରିବା, ତଦୀୟ 'ଉତ୍କଳ ସାହିତ୍ୟ'ରେ ବାସନ୍ତୀର ଗଳ୍ପାଂଶ(Plot) ର ମଧ୍ୟ ସୂଚନା ପ୍ରଦାନ କରନ୍ତି ବିଶିଷ୍ଟ ସାହିତ୍ୟିକ ଅନ୍ନଦାଶଙ୍କର ରାୟ। ଏଣୁ, ପୁରୀ ସମୁଦ୍ରକୂଳରୁ କଳ୍ପ-ଲୋକରେ ଆଦ୍ୟପ୍ରାଣଘେନି କ୍ରମ ବିକଶିତ ହୋଇଥିବା ବାସନ୍ତୀର ଜନ୍ମ, ଅଧିଷ୍ଠାନ ଏବଂ ଲୋକପ୍ରିୟତା- ସବୁକିଛି ନାନା ବିଚିତ୍ରତା ଓ ବିବିଧତାରେ ଭାସ୍ୱର।

'ବାସନ୍ତୀ' ଉପନ୍ୟାସ ରଚନା ଜରିଆରେ ଅନେକ ସାହିତ୍ୟିକ, ସାମାଜିକ, ସାଂସ୍କୃତିକ ଆଭିମୁଖ୍ୟ ଫଳପ୍ରଦ ହୋଇଥିବାର ଲକ୍ଷ୍ୟ କରାଯାଏ। ପ୍ରଥମତଃ, କେବଳ ଲେଖକ ନୁହେଁ, କିଛି ଲେଖିକାଙ୍କୁ ମଧ୍ୟ ଏହାର ରଚନା କ୍ଷେତ୍ରରେ ପ୍ରାଧାନ୍ୟ ଦିଆଯାଇ ଉତ୍ସାହିତ କରିବାର ପ୍ରଚେଷ୍ଟା ଏଥିରେ କରାଯାଇଅଛି। ଦ୍ୱିତୀୟତଃ, 'ବାସନ୍ତୀ' ଉପନ୍ୟାସର କଥାବସ୍ତୁରେ କଲେଜ ପଢୁଆ ଯୁବକ- 'ଦେବବ୍ରତ'କୁ ସେଇ ରେଭେନ୍ସା କଲେଜର ପ୍ରତିଷ୍ଠିତ ହଷ୍ଟେଲ୍‌ରୁ 'ବାସନ୍ତୀ' ଘରକୁ ନେଇ ତାର ଦେଖାଶୁଣା ଦାୟିତ୍ୱ ଅର୍ପଣ କରିବା ନାରୀ ଶିକ୍ଷା ପ୍ରତି ଆଗ୍ରହ, ବିଧବା ବିବାହ ପ୍ରତି ଅନୁକୂଳ ମନ୍ତବ୍ୟ, ବାଲ୍ୟ ବିବାହକୁ ତିରସ୍କାର, ଏବଂ 'ବାସନ୍ତୀ' ଦାମ୍ପତ୍ୟର ତ୍ରୁଟି ବିଚ୍ୟୁତିକୁ

ସାମ୍ନା କରିବା- ସବୁକିଛି ପ୍ରଥମରୁ ହିଁ ନିର୍ଦ୍ଦିଷ୍ଟ କରାଯାଇଅଛି। ବାସନ୍ତୀର ବୟସ ବଢ଼ିବା ସାଙ୍ଗକୁ ତା' ପ୍ରତି ଦେବବ୍ରତର ପ୍ରେମ, ଭଲପାଇବା ପ୍ରକଟିତ ହେବା, ବାସନ୍ତୀ ମାତୃହୀନା ହେବାପରେ ତା'ପ୍ରତି ସମ୍ବେଦନା ପ୍ରକଟ କରି ଶବଦାହଠାରୁ ଶୁଦ୍ଧିକ୍ରିୟା ପର୍ଯ୍ୟନ୍ତ ସବୁକିଛି ନିଜସ୍ୱ ଚେଷ୍ଟା ଏବଂ ଅର୍ଥବ୍ୟୟରେ କରିବା, ତାକୁ ନିରାପଦ ସ୍ଥାନରେ ରଖି ତାର ସୁଶିକ୍ଷାର ବନ୍ଦୋବସ୍ତ କରିବା ଏବଂ ପରବର୍ତ୍ତୀ କାଳରେ ସେଇ ପ୍ରେମରେ ନାନା ଅଶାନ୍ତି ଅସନ୍ତୋଷ ଦେଖାଦେବା- କଥାବସ୍ତୁରେ ଦ୍ୱନ୍ଦ୍ୱ ଓ ସଂକଟର ଅବତାରଣା କରାଯାଇଅଛି। କହିବା ବାହୁଲ୍ୟ ଯେ, ଆଲୋଚ୍ୟ ଉପନ୍ୟାସର ନାୟିକା 'ବାସନ୍ତୀ'ର ନାମାନୁସାରେ ଏହାର ନାମ କରଣ କରାଯାଇଅଛି – "ବାସନ୍ତୀ"। ଏହାର ପ୍ରାରମ୍ଭ ଓ ପରିଣତି ଲେଖିଛନ୍ତି କବି ଓ କଥାକାର କାଳିନ୍ଦୀ ଚରଣ ଓ ସର୍ବାଧିକ ନଅଗୋଟି ପରିଚ୍ଛେଦ ଲେଖିଛନ୍ତି- ଶ୍ରୀମତୀ ସରଳା ଦେବୀ ଓ ଏଥିରେ ନାରୀ ଜୀବନର ବିଭିନ୍ନ ଅଭାବ ଅସୁବିଧାର ପୁଙ୍ଖାନୁପୁଙ୍ଖ ଉପସ୍ଥାପନା କରିବାରେ ସେ ବିଶେଷ ଶ୍ରଦ୍ଧା ରଖିଛନ୍ତି।

ଏହି ବାସନ୍ତୀ ହେଉଛି କଟକରେ ଡିପୋଟୀ ଭାବରେ କାର୍ଯ୍ୟକରୁଥିବା ଓ ପେଟିନ୍ ସାହିରେ ବାସକରୁଥିବା ବଳରାମ ବାବୁ ଓ ତାଙ୍କ ସ୍ତ୍ରୀ ନିର୍ମଳା ଦେବୀଙ୍କର ଏକମାତ୍ର କନ୍ୟା। ବଳରାମ ବାବୁଙ୍କର ଅକାଳ ବିୟୋଗ ପରେ ନିର୍ମଳା ଦେବୀ ମଧ୍ୟ ନାନା ଦୁଃଶ୍ଚିନ୍ତାରେ ରୋଗିଣା ହୋଇପଡ଼ନ୍ତି ଏବଂ ତାଙ୍କରି ସେବା କରିବାରେ ବାସନ୍ତୀ ମନ ଧ୍ୟାନ ଦିଏ। ସେ ସେତେବେଳକୁ ଚଉଦ ବର୍ଷ ବୟସରେ ଉପନୀତା କିଶୋରୀଟିଏ। ଏହି ବାସନ୍ତୀର ବନ୍ଧୁ ହେଉଛି ସୁନୀତି ଓରଫ ସୁନା। ସେ ଖ୍ରୀଷ୍ଟାନ୍। ସୁନୀତିର ସାହଚର୍ଯ୍ୟ ସହିତ ବାସନ୍ତୀ ମାତାଙ୍କ ଚିକିତ୍ସା ଉପଦେଶ ଲାଭ ସକାଶେ ଅନ୍ୟଜଣେ ସମ୍ପର୍କୀୟ ଦେବଭାଇକୁ ଉପଯୁକ୍ତ ଭାବରେ ବାଛେ। ଦେବବ୍ରତଙ୍କ ଘର ବାଲେଶ୍ୱରର ଶିମିଳିପୁର। ଜଣେ ଜମିଦାରଙ୍କ ପୁଅ। କଟକର ରେଭେନ୍‌ସା କଲେଜରେ ସିଏ ତୃତୀୟ ବର୍ଷରେ ପାଠ ପଢ଼େ। ରହେ- ଅନ୍ୟ ସାଙ୍ଗମାନଙ୍କ ସହ ମିଶି ହଷ୍ଟେଲ୍‌ରେ। ବାଲେଶ୍ୱରରେ ରହନ୍ତି ତାଙ୍କର ବୁଢ଼ୀ ମାଆ ଓ ଜମିଦାରୀ ଦେଖାଶୁଣା କରୁଥିବା ଜଣେ ଖୁଡ଼ୁତା। ଦେବବ୍ରତ ଜଣେ ନେତୃସ୍ଥାନୀୟ ଯୁବକ। ନୂଆ ଭାବଚେତନାର ମଣିଷ। ସାମାଜିକ କୁସଂସ୍କାର ହଟେଇ ନୂତନ ମାନବିକ ମୂଲ୍ୟବୋଧ ପ୍ରତିଷ୍ଠା କରିବା ଥିଲା- ଦେବବ୍ରତର ଆଦର୍ଶ ଓ ନୀତି। ଏହି ଦେବବ୍ରତକୁ ନିଜର ଜାମାତା କରିବାର ବିଶେଷ ଆଗ୍ରହ ଥିଲା ବଳରାମ ବାବୁଙ୍କର। ମାତ୍ର, ସେ ଏକଥା କେବେବି କାହା ଆଗରେ ପ୍ରକାଶ କରିନଥିଲେ। ବାସନ୍ତୀର ମାଆ ଦେବବ୍ରତ ଓ ବାସନ୍ତୀକୁ ମିଳିତ କରାଇ ଆଖି ବୁଜନ୍ତି। ବାସନ୍ତୀ ଘରର ଚାକର ଟୋକାଥାଏ- ମରୁଡ଼ିପ୍ରପୀଡ଼ିତ ମଣିଷଙ୍କ ଭିତରୁ ଉଦ୍ଧୃତ ହୋଇ ଆସିଥିବା ଛୋଟ ପିଲା- ଧନିଆ। ବର୍ତ୍ତମାନ ତାକୁ ହେଲାଣି ବାରବର୍ଷ। ଏଇ ମାତୃହରା

ବାସନ୍ତୀକୁ ଆହା ପଦରେ କିଣିନେବା ପାଇଁ ଦରଦୀ ହୃଦୟ ନେଇ ଆବିର୍ଭୂତା ହୁଅନ୍ତି- ସାଙ୍ଗ ସୁନୀତିର ମାଆ କଲ୍ୟାଣୀ। ଏହି କଲ୍ୟାଣୀ ଓ ନିର୍ମଳା ଦେବୀ ଉଭୟେ ପ୍ରାଣପ୍ରିୟ ସଖୀ ଓ ଆବାଲ୍ୟ ବାନ୍ଧବୀ। କଲ୍ୟାଣୀଙ୍କ ସ୍ୱାମୀ ସରୋଜ ବାବୁ ବହୁତ ମେଳାପୀ ଏବଂ କଲ୍ୟାଣୀଙ୍କ ଘର ପାଖରେ ହିଁ ଥିଲା ବଳରାମ ବାବୁଙ୍କ ଘର। ଖୀରସ୍ତାନ୍ ବୋଲି ସେମାନଙ୍କ ମିଳାମିଶାରେ ନଥିଲା କୌଣସି ବାଧା, ବାଧକତା।

ବାସନ୍ତୀର ମାଆଙ୍କ ମୃତ୍ୟୁପରେ ବାସନ୍ତୀ ଏକାନ୍ତ ଭାବରେ ଏକୁଟିଆ ହୋଇଯିବାରୁ ତାର ସୁରକ୍ଷା ଚିନ୍ତାରେ ଦେବବ୍ରତ ବିଚଳିତ ଓ ଚିନ୍ତିତ ହୋଇପଡ଼େ। କଲେଜ ହଷ୍ଟେଲ୍‌ଠାରୁ ଆରମ୍ଭ କରି ବାହାର ଦୁନିଆର ଟାହି ଟାପରାରୁ ବର୍ତ୍ତିବା ସକାଶେ ଦେବବ୍ରତ ନିଜର ଉତ୍ତର ଦାୟିତ୍ୱ ସମ୍ପାଦନ କରିବାକୁ ଯାଇ ବାସନ୍ତୀକୁ ବିବାହ କରିବାଟା ଏକାନ୍ତ ଆବଶ୍ୟକ ବୋଲି ବୁଝେ। ବାସନ୍ତୀର ମାଆ ମଲାପରେ କଟକର ପେଟିନ୍ ସାହିରୁ ଶବ ଉଠାଇ ସତ୍କାର କରିବା, ଶୁଦ୍ଧିକ୍ରିୟା ସଠିକ୍ ଭାବରେ ତୁଲାଇବା- ଇତ୍ୟାଦି ସବୁ କାମରେ ଦେବବ୍ରତ ଆଦୌ ଅବହେଳା କରିନାହିଁ। ନାନା ବିରୋଧକୁ ସାମ୍ନା କରି କେତେଜଣ କରଣଙ୍କୁ ମନାଇ ନିଜର ସାଙ୍ଗ ରମେଶ ପ୍ରଭୃତିଙ୍କୁ ଏକଜୁଟ କରି ବାସନ୍ତୀର ମାଆଙ୍କ ସମସ୍ତ କାର୍ଯ୍ୟ ସେ କରିଛି। ଘଟଣାକ୍ରମେ, ଦେବବ୍ରତଙ୍କ ମାଆ- ସୁଭଦ୍ରା ଦେଇଙ୍କ ପାଖରେ କଟକରେ ଦେବବ୍ରତ କରୁଥିବା ଏହି ସମସ୍ତ କାଣ୍ଡ କାରଖାନାର ଖବର ପହଞ୍ଚେ। ଦେବବ୍ରତର ସମାଜସେବା ଏବଂ ଶିକ୍ଷାକ୍ଷେତ୍ରରେ କ୍ରମ ଅମନଯୋଗିତା ତାଙ୍କୁ, ଦେବବ୍ରତକୁ ବିବାହ କରିଦେବା ଶ୍ରେୟସ୍କର ବୋଲି - ପଦକ୍ଷେପ ନେବାକୁ ବାଧ୍ୟକରେ। ଦେବବ୍ରତର ବାପା- ନିମାଇଁବାବୁ ଏହିଭଳି ଦିନେ ଖରସ୍ରୋତା- ବୁଢ଼ାବଳଙ୍ଗ ନଦୀର ପ୍ରଖର ସ୍ରୋତରେ ଭାସିଯାଉଥିବା ଚଣ୍ଡାଳୁଣୀ ବାଳିକାଟିଏର ଜୀବନ ବଞ୍ଚାଇବାକୁ ଯାଇ ନଦୀ ଗର୍ଭକୁ ଲମ୍ଫ ପ୍ରଦାନ ପୂର୍ବକ ନିଜ ଜୀବନ ହରାଇଥିଲେ। ଦେବବ୍ରତର ସମସ୍ତ କାର୍ଯ୍ୟକୁ ସପ୍ରଶଂସ ସ୍ୱାଗତ କରୁଥିଲେ ତାର ଅତି ନିକଟତମ ସାଙ୍ଗ- ରମେଶ ଚନ୍ଦ୍ର ମହାପାତ୍ର। ଦେବବ୍ରତର ଅନ୍ୟ ବହୁତ ଭଲ ଗୁଣ ଭିତରୁ ଗୋଟେ ବଡ଼ ଗୁଣ ହେଉଛି- ସେ ସାହିତ୍ୟପ୍ରାଣ। କବିତା ପଠନରେ ରୁଚି ରଖେ। ପାଶ୍ଚାତ୍ୟର ରୋମାଣ୍ଟିକ୍ କବିମାନଙ୍କ କାବ୍ୟକୃତି ପଢ଼ି ଆବେଗପ୍ରାବଲ୍ୟ ପ୍ରେମ ଭାବନାର ବଶବର୍ତ୍ତୀ ହୁଏ ଏବଂ ଉଦ୍ଭିନ୍ନଯୌବନା ବାସନ୍ତୀ ପ୍ରତି ଯୁବପ୍ରାଣର ସ୍ୱାଭାବିକ ଆକର୍ଷଣ ତାର ବଢ଼ିବାକୁ ଲାଗେ। ଓଡ଼ିଆ ଭାଷାରେ, 'ଉତ୍କଳ ଦୀପିକା'ହିଁ ଥିଲା ସେକାଳର ସମ୍ମାନଜନକ ପ୍ରତିଷ୍ଠିତ ସାହିତ୍ୟ ପତ୍ରିକା। ସେଥିରେ ପ୍ରକାଶିତ ହୁଏ ଦେବବ୍ରତ ଲିଖିତ ଉନ୍ନତମାନର ପ୍ରବନ୍ଧ- 'ପ୍ରେମ ଓ ସାହିତ୍ୟ' ; ଯାହା 'ଉତ୍କଳ ସାହିତ୍ୟ ସମାଜ'ର ପୁରସ୍କାର ମଧ୍ୟ ପାଏ। ଯୁବ ସୁଲଭ ସ୍ୱପ୍ନ ପ୍ରାଣତା, କଳ୍ପନାପ୍ରବଣତାକୁ

ପାଥେୟ କରି ସେ ସାରସ୍ୱତ ସାଧନା ମଧ୍ୟ କରେ; ଯାହା ସବୁଜ ଚେତନାର ବଶବର୍ତ୍ତୀ ସମସ୍ତ ଯୁବକବିମାନଙ୍କର ଆଦର୍ଶ ଓ କର୍ମରେ ସେତେବେଳକୁ ରୂପାନ୍ତରିତ ହୋଇସାରିଥାଏ। ସେ କାଳରେ, ସାହିତ୍ୟ ସାଧନା ସକାଶେ ପୁରସ୍କାର ରାଶି ପ୍ରଦାନ ଦ୍ୱାରା ପ୍ରତିଭା ପ୍ରୋତ୍ସାହନ ଥିଲା ଏକ ପରମ୍ପରା। ଦେବବ୍ରତ ସେଥିସକାଶେ ପାଇଥିବା ମୋଟ ଟ.୬୦ + ଟ.୫୦ = ୧୧୦/- ଟଙ୍କାକୁ ବିଡ଼ାନାସୀ ପଠାରେ ଘରପୋଡ଼ିଯାଇ ଉଚ୍ଛନ୍ନ ହୋଇଯାଇଥିବା ଦୁର୍ଗତମାନଙ୍କ ସେବାକାର୍ଯ୍ୟ ସକାଶେ ଦାନ ଦେଇ ଆପଣାର ବିବେକପଣିଆ ତଥା ମନୁଷ୍ୟତା ପ୍ରଦର୍ଶନ କରେ। ସେହି ମାନବିକତା ପ୍ରକଟନରେ ଅନ୍ୟତମ ସ୍ମାରକୀ ହେଉଛି- 'ବାସନ୍ତୀ' ପିତୃମାତୃହରା ହୋଇଯିବା ପରେ, ଦେବବ୍ରତ ତାକୁ କେଉଁଠି ଓ କିପରି ନିର୍ଭୟରେ ରଖାଇବାର ବ୍ୟବସ୍ଥା କରିବା। ବହୁଦିନରୁ ବାସନ୍ତୀ ଘରେ ନିର୍ମଳାଙ୍କ ସ୍ନେହ ଆଦରରେ ବଶୀଭୂତ ହୋଇ ଠାକରାଣୀ ଭାବରେ ରହି ଆସିଥିବା ଚମ୍ପା, ସବ୍‌ଜଜ୍ ମନ୍ମଥ ବାବୁଙ୍କ ଘରେ କାମ କରୁଥିଲା। ବର୍ତ୍ତମାନ ସେ ବିଧବା। ଜାତିରେ ଗଉଡୁଣୀ। ନିଜ ପେଟ ପାଇଁ ପରଘରେ ଖଟେ। ଧନିଆ ଠାକର ପରି ସେ ମଧ୍ୟ ବାସନ୍ତୀର ରକ୍ଷଣା ବେକ୍ଷଣ ଦାୟିତ୍ୱ ନେବା ପାଇଁ ରାଜି ହୁଏ। ସମସ୍ତେ ପରଲୋକ ହୋଇ ବି ସେକାଳରେ ମାନବିକ ଭାବାପନ୍ନ ଥିଲେ ଓ ନିଃସ୍ୱାର୍ଥପର ଭାବରେ ଅନ୍ୟର ସେବା ଯତ୍ନ କରିବାକୁ ବିଶେଷ ଭାବରେ ଆଗଭର ହେଉଥିଲେ। ବଳରାମ ବାବୁ ଡେପୁଟୀ ଥିଲାବେଳେ ତାଙ୍କ ପାଖରେ ପେସ୍କାର କାମ କରୁଥିଲେ ନବଘନ ବାବୁ ଓରଫ ନବଘନ ଦାସ। ତାଙ୍କରି ପରାମର୍ଶକ୍ରମେ ସେ ଦୁଇଦିନ ଛୁଟି ନେଇ ବାସନ୍ତୀ ମଆଙ୍କ ଶୁଦ୍ଧିକର୍ମର ସମସ୍ତ ଆୟୋଜନରେ ଦେବବ୍ରତକୁ ସହାୟତା କରନ୍ତି। ଶୁଦ୍ଧିକ୍ରିୟା ସରିବାପରେ ଦେବବ୍ରତର ପରାମର୍ଶରେ ବାସନ୍ତୀ ସ୍କୁଲ୍‌କୁ ଯିବା କଥା ମଧ୍ୟ ସ୍ଥିର ହୁଏ ଓ ସମଗ୍ର ନାରୀଜାତିକୁ ଆହ୍ୱାନଦେଇ ବୁଝାଇ ଦିଏ ଯେ- ଯେ କୌଣସି ପରିସ୍ଥିତିରେ ବି ନାରୀ ନିଜ ସାଧନା ଓ ଲକ୍ଷ୍ୟରୁ ବିଚ୍ୟୁତ ହେବନାହିଁ। ସେ ସମାଜର ସଂଗଠିକା, ସଂସ୍କାରିକା, ସହନଶୀଳା। ଆଗ ସମାଜ ଓ ତାପରେ ସଂସାର ଚିନ୍ତା। ଦେବବ୍ରତର ସାଥୀ ରମେଶ ମଧ୍ୟ ଏହି ସମାଜସେବାରେ ଉତ୍ସର୍ଗପ୍ରାଣ। ସେ ବି.ଏ. ପ୍ରଥମ ଶ୍ରେଣୀରେ ପଢ଼େ। ଦେବବ୍ରତ ପରି ତାର ମଧ୍ୟ ମନରେ କ୍ଳାନ୍ତି ନଥାଏ। ସେ ଆତ୍ମଶକ୍ତିରେ ଶକ୍ତିମାନ୍। ଡାକ୍ତରଖାନାରେ ରୋଗୀ ସେବା, ପାଣ ସାହିରେ ଲାଗିଥିବା କଲେରା ନିରାକରଣରେ ଅଂଶ ଗ୍ରହଣ, ହାଡ଼ି ସାହିରେ ବସନ୍ତର ମୁକାବିଲା- ଏସବୁ ସମାଜସେବା ମୂଳକ କାମ ସେତେବେଳର ଉଚ୍ଚଶିକ୍ଷିତ କଲେଜପଢୁଆ ପିଲାହିଁ କରୁଥିଲେ। ରମେଶ ଓ ଦେବବ୍ରତଙ୍କର ବନ୍ଧୁତା ହିଁ ଆରମ୍ଭ ହୋଇଥିଲା ଏହି ସେବାମୂଳକ କାର୍ଯ୍ୟଜନ୍ମିତ ଭାବ ବନ୍ଧନରୁ। ଦେବବ୍ରତ ସାହିତ୍ୟସେବାଠାରୁ ପଶୁସେବା ପର୍ଯ୍ୟନ୍ତ

ସବୁ କାର୍ଯ୍ୟ କରିବାରେ କୁଣ୍ଠା ବୋଧ କରେନାହିଁ। ରମେଶ ମଧ୍ୟ ବ୍ରାହ୍ମଣ ଘରେ ଜନ୍ମ ହୋଇ ଜାତିପ୍ରଥାକୁ ମାନେ ନାହିଁ।  ସେତେବେଳେ ସେ ଯାଜପୁରରେ ବୈତରଣୀରେ ସ୍ନାନ ସକାଶେ ଯାତ୍ରୀ ଭିଡ଼ ନିୟନ୍ତ୍ରଣ କାର୍ଯ୍ୟରେ ନିଯୁକ୍ତ ଥାଏ। ଦେବବ୍ରତ ନାନା କାର୍ଯ୍ୟରେ ବ୍ୟସ୍ତ ଥାଇବି ବାସନ୍ତୀ ଚିନ୍ତାରେ ବିଶେଷ ଚିନ୍ତିତ ରହେ। ସେ ତେଣୁ କଲ୍ୟାଣୀ ଦେବୀଙ୍କ ପାଖକୁ ବାସନ୍ତୀର ବର୍ତ୍ତମାନ ଓ ଭବିଷ୍ୟତ ବିଷୟରେ ଚିନ୍ତା ପ୍ରକଟ କରି  ଚିଠିଟେ ଲେଖେ ଓ ତାକୁ ବାସନ୍ତୀର ଅଭିବାବକ ଭାବରେ ସମ୍ମାନ ଦିଏ। ଦେବବ୍ରତ ଋହିଁବା ମୁତାବକ କଲ୍ୟାଣୀଙ୍କ ଅନୁମତିକ୍ରମେ ବାସନ୍ତୀ ପାଠ ପଢ଼ିବାକୁ ସ୍କୁଲ୍ ଯାଏ ଓ ହଷ୍ଟେଲରେ ହିଁ ରହେ। ବାସନ୍ତୀ ମନରେ ଏଣୁ ଦେବବ୍ରତ ପାଇଁ ଧୀରେ ଧୀରେ ଠୁଳ ହେବାକୁ ଲାଗେ ଅସୀମ ପ୍ରେମ ଓ ଅକପଟ ମମତାର କୁହୁଡ଼ି।

ଦେବବ୍ରତ ଜୀବନର ଅନ୍ୟଗୋଟିଏ ପର୍ଯ୍ୟାୟ ଆରମ୍ଭ ହୁଏ। ତାଙ୍କ ମାଆ ତାଙ୍କୁ ଚିଠି ଲେଖନ୍ତି- ଆସନ୍ତା ବୈଶାଖରେ ଧରଧରାପୁରର ଋୈଧୁରୀଙ୍କ ଘରେ ଦେବର ବିବାହ ହେବ। ନଚେତ୍ ସେ ଦେବର ମୁହଁ ଆଉ ଋହିଁବେନାହିଁ।  ଉପନ୍ୟାସର କଥାବସ୍ତୁରେ ଯେଉଁ ସ୍ୱାଭାବିକତା ବର୍ଣ୍ଣିତ ହୋଇଆସିଥିଲା,ଏହିଠାରୁ ତାହା ସଂକଟ ଓ ଦ୍ୱନ୍ଦ୍ୱ ସ୍ତରକୁ କ୍ରମଶଃ ଉତ୍ତୀର୍ଣ୍ଣ ହୋଇଅଛି। ଏପଟେ ମୃତ୍ୟୁ ଶଯ୍ୟାରେ ନିର୍ମଳା ଦେବୀଙ୍କୁ ବାସନ୍ତୀର ଦାୟିତ୍ୱ ବହନ କରିବା ସକାଶେ ଦେବବ୍ରତ ଦେଇଥିବା କଥା ରକ୍ଷା କରିବା, ତାକୁ ନପାଇଲେ ଦୁଇଟି ପ୍ରାଣ ଦୁଃଖରେ ଆଜୀବନ ଘାରିହେବାର ଭୟ, ସେପଟେ ମାଆ ପୁଅଙ୍କ ଭିତରେ 'ବାସନ୍ତୀ'କୁ ବିବାହ କରିବାର ପ୍ରାଚୀର- କେମିତି କେଉଁ ଭାବରେ ଅତିକ୍ରମ କରିବ, ଦେବବ୍ରତ- ସେଇ ଚିନ୍ତାରେ ଘାରି ହୋଇ ସଂସାର ତା' ପାଇଁ ବିଷମୟ ମନେହୁଏ। ଉଦ୍ଦୀପ୍ତ ଯୌବନର ତରଳ ବାସନାଧାରୀ ଜଣେ ଯୁବକ ପକ୍ଷରେ ଗତାନୁଗତିକତାରେ ନୂତନତାର ସଂଯୋଗ ନିମନ୍ତେ ପଦକ୍ଷେପ ନେବା କିଭଳି କାଠିକର ପାଠ ଓ ଭବିଷ୍ୟତ ଜୀବନରେ ତାହା କେମିତି ବିଷମୟ ସମ୍ପର୍କ  ସୃଷ୍ଟିର କାରଣ ପାଲଟିଛି, ତାହା 'ବାସନ୍ତୀ' ଉପନ୍ୟାସରେ ସିବିଶେଷ ବର୍ଣ୍ଣିତ।

ଉପନ୍ୟାସଟିର କଥାବସ୍ତୁ ସଂଘଟନାରେ ଦେବବ୍ରତ ବାସନ୍ତୀକୁ ନିଜ ମାଆଙ୍କ ଅନିଚ୍ଛାରେ ବିବାହ କରି ଘରକୁ ନେବା ପ୍ରସଙ୍ଗ ଗତାନୁଗତିକତା ତଥା ପ୍ରଥାବଦ୍ଧ ସାମାଜିକ ଚଳଣି ବିପକ୍ଷରେ ଏକ ବୈପ୍ଳବିକ ଅଭିଯାନ ଭାବରେ ବିଋର୍ଯ୍ୟ ଏବଂ ଦେବବ୍ରତ ଆପଣାର ଆଦର୍ଶ ଏବଂ ବିଋରକୁ ମଣିଷପଣିଆର ମାନଦଣ୍ଡରେ ମାପି ତାର ଟେକ ରଖିବାର ପ୍ରୟାସ କରିଥିବା ବେଳେ, ସାମାଜିକ ବ୍ୟବସ୍ଥା ଆଗରେ ତାକୁ ହାର୍‌ମାନିବାକୁ ପଡ଼ିଛି। ବିବାହ ପୂର୍ବର ସୁଖ ସ୍ୱପ୍ନର ବିଚ୍ୟୁତି  ଓ ବିଡ଼ମ୍ବନା ଉଭୟଙ୍କୁ ନାନା ଅବୁଝାମଣାର ସମ୍ମୁଖୀନ କରାଇଛି। ବାସନ୍ତୀ ମନ ଓ ହୃଦୟରେ  ଦେବବ୍ରତଙ୍କ

ପ୍ରେମର ସୌରଭ, ସ୍ୱପ୍ନ ରାଇଜରୁ ଦେବବ୍ରତଙ୍କ ପ୍ରତିଛବି ବାସନ୍ତୀକୁ କିଛିକାଳ ଆଚ୍ଛନ୍ନ କରି ରଖେ। ଏଣୁ, ବାସନ୍ତୀର ଦେବବ୍ରତ ସହ ବିବାହ ସକାଶେ ପୂର୍ଣ୍ଣ ସ୍ୱାଧୀନତା ଦିଆଯାଏ- ବାସନ୍ତୀକୁ। ବାସନ୍ତୀ ବୁଝେ- ବିବାହ ନାରୀ ଜୀବନର ଏକ ମହା ପରିବର୍ତ୍ତନ। ସେ ପରିବର୍ତ୍ତନର ପୃଷ୍ଠପୀଠି ରଚନା କରନ୍ତି- ମାତ୍ର ତିନିଜଣ। କନ୍ୟା ପକ୍ଷରୁ ସୁନୀତିର ମାଆ ନିର୍ମଳା ଦେବୀ, ଦେବବ୍ରତର ଲେଖାଯୋଖା ଖୁଡୁତା- ସର୍ବେଶ୍ୱର ବାବୁ ଏବଂ ବାହ୍ମଣ- ରମେଶ ଚନ୍ଦ୍ର ମହାପାତ୍ର ଓରଫ ଦେବବ୍ରତର ସହପାଠୀ- ବନ୍ଧୁ ରମେଶ। ଏମାନେ ସମସ୍ତେ ମିଳିମିଶି ଦୁଇଟି ହୃଦୟରେ ପ୍ରଚ୍ଛନ୍ନ ଭାବରେ ବିକଶିତ ପ୍ରେମର ପରିପୂର୍ଣ୍ଣତା ସକାଶେ ଉଦ୍ୟମ କରୁଥିବା ବେଳେ ସଂକୀର୍ଣ୍ଣତାରେ ଆଚ୍ଛାଦିତ ତଥାକଥିତ ଦୁନିଆଁ ତାର ବ୍ୟାହତ ସକାଶେ ଚେଷ୍ଟାକରେ। ଗୋଟେ ପଟରେ ଶିକ୍ଷିତ ଏବଂ ଶିକ୍ଷାର ବିକଶିତ ମାନସିକତା, ଅନ୍ୟପଟରେ ଅଶିକ୍ଷା, ଅନ୍ଧବିଶ୍ୱାସ ଏବଂ ନାନା ଅସଂକୀର୍ଣ୍ଣତାରେ ଆଚ୍ଛାଦିତ ସମାଜ ମଣିଷଙ୍କ ମଧରେ ଯେଉଁ ଅଦୃଶ୍ୟ ଲଢେଇ- ତା'ରି ଭିତରେ ବିବାହ ଭଳି ବଡ଼କାର୍ଯ୍ୟଟିଏ ସଂଘଟିତ ହୁଏ। ସବାରି ମେହେନା ଛାଡ଼ି ଗାଡ଼ି ମଟରରେ ବାହା ହେବାକୁ ଯିବା ପ୍ରସଙ୍ଗଟିକୁ ଏଥିରେ ପ୍ରାଚୀନତାବିମୁକ୍ତ ନୂତନ ପରମ୍ପରା ଭାବରେ ବିଚାର କରାଯାଇଅଛି। ବିବାହପରେ ବୋହୂ ବାସନ୍ତୀକୁ ନେଇ ଦେବବ୍ରତ ବାଲେଶ୍ୱର ଯିବ ବୋଲି ମାଆଙ୍କୁ ଟେଲିଗ୍ରାମ୍ କରେ। ନିର୍ଦ୍ଦିଷ୍ଟ ଦିନ ସେମାନେ ବାଲେଶ୍ୱର ଷ୍ଟେସନରେ ପହଞ୍ଚିଲା ବେଳକୁ ଗାଁ'ରୁ ସେମାନଙ୍କୁ ପାଛୋଟି ନେବା ପାଇଁ ଆସନ୍ତି ବେବର୍ତ୍ତା, ଚାକରାଣୀ, ସନିଆ ମା, ଗାଡ଼ିବାଲା ଓ ସୁଆରୀ ବେହେରାମାନେ। ବାଲେଶ୍ୱର ଷ୍ଟେସନରୁ ଦେବବ୍ରତର ଗାଁ ଶିମିଳିପୁର- ଅଢେଇମାଇଲ ବାଟ। ଧନିଆ ଓ ବେବର୍ତ୍ତା ଜିନିଷପତ୍ର ଧରି ଗାଡିରେ ଲଦି ବାସନ୍ତୀକୁ ସୁଆରୀରେ ବସାଇ ପଠାଇଦେବା ପରେ, ଦେବବ୍ରତ ନିଜେ ସାଇକେଲ ଚଢ଼ି ଗାଁ'କୁ ଯାଏ।

ପରକଥାରେ ଯେ ଘର ଭାଙ୍ଗେ ଏବଂ ସାଇ ପଡ଼ିଶା ଚାକର ବାକରଙ୍କ ଫୁଟୁରୁ ଫାଟର କଥାରେ ସଜ ମାଛରେ ପୋକ ପଡ଼େ- ଏହା ଏ ଉପନ୍ୟାସରେ ପ୍ରମାଣ କରାଯାଇଅଛି। ବୋହୂର ରୂପ ଗୁଣ ଠାରୁ ଆରମ୍ଭ କାରି ତାର ଚାଲି ଚଳଣି, ଦେବା ନେବା, ଗହଣା ଗାଣ୍ଠି- ସବୁ ବିଷୟରେ ଚର୍ଚ୍ଚା କରିବାକୁ ଲୋକଙ୍କର ଅଭାବ ନଥାଏ। ଦେବବ୍ରତର ମାଆ ସୁଭଦ୍ରା ଦେବୀ ପୁଅର ଏପରି ବିବାହରେ ଖୁସି ନ ହେବାଟା ସ୍ୱାଭାବିକ। ତେବେ ପରିସ୍ଥିତିକୁ ସମ୍ଭାଳି ନିଜେ ତୁନି ରହିବାକୁ ବାଧ ହୋଇଛନ୍ତି ସେ। ଦେବବ୍ରତର ସଠିକ୍ ମାର୍ଜିତ କର୍ତ୍ତବ୍ୟବୋଧ ଅନେକଙ୍କୁ ଦୁଃଖୀ କରିଥିଲା ସତ, ମାତ୍ର, ତାର ବିବେକକୁ ଅନେକ ପ୍ରଶଂସା ବି କରୁଥିଲେ। ସର୍ବେଶ୍ୱର ବାବୁଙ୍କ ସ୍ତ୍ରୀ ହାରାମଣୀ ଓ ଝିଅ ନିଶାମଣୀ- ପ୍ରଭୃତି ବାସନ୍ତୀକୁ ସବୁପ୍ରକାରେ ସାହାଯ୍ୟ କରୁଥିଲେ। ବାସନ୍ତୀ

ପ୍ରାଣପଣେ ଚେଷ୍ଟା କରୁଥିଲା- ଦେବବ୍ରତଙ୍କ ଘରର ସବୁ ଲୋକଙ୍କ ମନ ନେଇ ଖୁସି ଓ ଆନନ୍ଦରେ ଏକ ନୂତନ ଜୀବନ ଗଢ଼ିବା ସକାଶେ । ଶାଶୁଙ୍କର ଗୋଡ଼ ଘଷିଦେବାଠାରୁ ଆରମ୍ଭ କରି  ଘରର କାମଦାମ, ଚାକର ପୂଝାରୀଙ୍କ ଭଲମନ୍ଦ ବୁଝିବା ପାଇଁ ବୋହୂପଣିଆର ସମସ୍ତ ଦାୟିତ୍ୱ ବାସନ୍ତୀ କରିବାକୁ ଶିଖେ । ତା' ସହିତ ପାଠପଢ଼ା, ଲେଖାଲେଖି ଏବଂ ହସ୍ତଶିଳ୍ପର ବୁଣାବୁଣି ମଧ୍ୟ । ଏସବୁ କର୍ମକୁ ସନିଆମା  ଚାକରାଣୀ, ମଦନାମା, ହେମବୋଉ ପ୍ରମୁଖ  ବିଷାକ୍ତ ଚରିତ୍ରମାନଙ୍କ ଦୃଷ୍ଟିକଟୁ ହୋଇଉଠେ । ବିବାହର ଚାରିମାସ ପରେ ବି ସ୍ୱପ୍ନ ଓ ଜୀବନସତ୍ୟ ମଧ୍ୟରେ ଲାଗିରହେ ତୁମୂଳ ସଂଘର୍ଷ । ବାସନ୍ତୀ କାହାର ନିନ୍ଦା ଅପବାଦକୁ ଖାତିର କରେନା । ସ୍ୱାଧୀନଚେତା ମଣିଷ ଭାବରେ ନାରୀ ସ୍ୱାଧୀନତାର ସମସ୍ତ କାର୍ଯ୍ୟକ୍ରମ ଚାଲୁରଖିବାକୁ ଶ୍ରେୟ ମନେକରେ । ସୁଭଦ୍ରା ଦେବୀ ଧୀରେ ଧୀରେ ବାସନ୍ତୀର ସେବା ଯତ୍ନରେ ବିହ୍ୱଳ ହୋଇଯା'ନ୍ତି । ମାତ୍ର, ଦେବବ୍ରତ ବାସନ୍ତୀ ମଧ୍ୟରେ, ସ୍ନେହ ସୋହାଗ ଅଭାବରୁ ଦୂରତା ସୃଷ୍ଟି ହୁଏ । ଏପରିକି, ବହୁଦିନ, ବହୁ ରାତି ମାନସିକ ଯନ୍ତ୍ରଣା ପାଇ ବାସନ୍ତୀ ଘର ଛାଡ଼ି ଦେବବ୍ରତଙ୍କ ଜୀବନରୁ ଅଲଗା ହୋଇଯିବାକୁ ଉଚିତ ମନେକରେ । ରମେଶ ପରି ଦେବବ୍ରତଙ୍କ ସହ ବାସନ୍ତୀର କଥାବାର୍ତ୍ତାକୁ ବି ସମକାଳୀନ ସମାଜ ସହ୍ୟ କରେନା । ଯେଉଁ ସ୍ନେହ ମମତା ସମ୍ବେଗ, ସାହଚର୍ଯ୍ୟ ଓ ସହଯୋଗିତାର ଅକଳ୍ପନୀୟ ବୈକୁଣ୍ଠ ଭୁବନର ଚିତ୍ରଟେ ମନ ଭିତରେ ସାଇତିରଖି ଝିଅଟିଏ ବୋହୂ ହୋଇ ଗୋଟେ ନୂଆ ଜାଗାକୁ ନୂଆ ମଣିଷଙ୍କ ଗହଣକୁ ଆମ ତଥାକଥିତ ବିବାହ ନାମକ ବନ୍ଧନ ସୂତ୍ରରେ ବାନ୍ଧି ହୋଇ ଯାଇଥାଏ, ସେସବୁରେ ଅଭାବ ହେଲେ, ତା' ମନ ତ ଛାର, ସମଗ୍ର ସଂସାର ଓ ଜୀବନଟା ତୁଚ୍ଛ ଓ ଅସାର ବୋଧହୁଏ । ତେବେ, ସର୍ବେଶ୍ୱର ବାବୁଙ୍କ ପରି ପିତୃତୂଲ୍ୟ ମଣିଷଙ୍କ ନିଷ୍କପଟ ସ୍ନେହ, ନିଶାମଣି ପରି ସାଙ୍ଗଙ୍କ ମେଳରେ କିଛି ଦୁଃଖ ଭୁଲିଲେ ବି  ବାସନ୍ତୀ ଉପରେ ବଡ଼ ଦୁଃଖ ସବାର ହୁଏ- ଶାଶୁ  ସୁଭଦ୍ରା ଦେବୀ ଏତେ ପରେ ବି ବାସନ୍ତୀକୁ ଆପେଣେଇ ନପାରିବା ।  ଶେଷକୁ ଦେବବ୍ରତ ବି ନାନା ବାହାର କାମରେ ବ୍ୟସ୍ତ ରହି ବାସନ୍ତୀ ପ୍ରତି ତାର କର୍ତ୍ତବ୍ୟ ଓ ଦାୟିତ୍ୱ ସାମାନ୍ୟ ପାଳନ କରେନା ।  ବାସନ୍ତୀ ଚରିତ୍ରର ଯେଉଁ ମୌଳିକ ଆଭିମୁଖ୍ୟଟି ସମାଜ ସଂସ୍କାର ଓ ପ୍ରଗତି ଉଦ୍ଦେଶ୍ୟରେ ମନ ଭିତରେ ଗଜୁରି ଉଠିଥିଲା, ତାହା ଶାଶୁଘରେ ବି ଧୀରେ ଧୀରେ ବଢ଼ିବାକୁ ଲାଗେ । ସେ ସ୍କୁଲଟିଏ କରି ସେ ଅଞ୍ଚଳର ପନ୍ଦର ଷୋଳବର୍ଷର ବାଳିକାମାନଙ୍କୁ  ପାଠଶାଠ ପଢ଼ାଇ ସମାଜ ବିକାଶର ତଥା ନାରୀ ପ୍ରଗତିର ବାର୍ତ୍ତା ବାଣ୍ଟିବାରେ ନିପୁଣା ପାଲଟେ । ମାତ୍ର, ଦେବବ୍ରତ ଅନ୍ତରରେ ତାହା ଚାହୁଁନଥିଲା । କାରଣ, ଗୋଟେ ମର୍ଯ୍ୟାଦାସମ୍ପନ୍ନ ଘରର ସେ ଥିଲା କୁଳବୋହୂ । ପୁଣି, ମାଆଙ୍କ ଇଚ୍ଛା ବିରୋଧରେ ସେ ଏସବୁ କରୁଥିବାରୁ ଘରେ ଅଶାନ୍ତି ବଢୁଥିଲା ।

ନାରୀମାନଙ୍କ ପାଇଁ ବିଦ୍ୟାଳୟ ସ୍ଥାପନ, ପାଠାଗାର ପ୍ରତିଷ୍ଠା, ପତ୍ରିକା ପ୍ରକାଶନ- ସେକାଳରେ ଥିଲା ଏକାନ୍ତ ନୂଆ କଥା। ଯାହା ବାସନ୍ତୀ ଜଣେ ଶିକ୍ଷିତା ତରୁଣୀ ଭାବରେ କରିବାକୁ ଚାହୁଁଥିଲା। ଦେବବ୍ରତ ଏବଂ ବାସନ୍ତୀ ପରସ୍ପରକୁ ଏତେ ବୁଝିବା ପରେ ବି ଏବଂ ଭଲପାଇବାରେ ଆର୍ଦ୍ର ଉଷ୍ମ ହୋଇଉଠିଥିବା ଦୁଇ ସଂସାରମନସ୍କ ମଣିଷଙ୍କ ଭିତରେ ଫାଟ ସୃଷ୍ଟିହୁଏ। ପାଖରେ ଥାଇବି ଯୋଜନ ଯୋଜନ ଦୂରତ୍ୱରେ ନିଜନିଜ ମନ ପ୍ରାଣକୁ କଷ୍ଟ ଦେବାକୁ ସେମାନେ ଆରମ୍ଭ କରନ୍ତି। 'ନବବାଣୀ' ପତ୍ରିକାରେ ବାସନ୍ତୀ ନାରୀ ସ୍ୱତନ୍ତ୍ରତା ଉପରେ ଲିଖିତ ପ୍ରବନ୍ଧ- 'ବିଶ୍ୱରେ ନାରୀର ସ୍ଥାନ' ପ୍ରକାଶ ପାଇବା ପରେ, ଦେବବ୍ରତ ଓ ବାସନ୍ତୀ ମଧ୍ୟରେ ନାରୀ ସ୍ୱାଧୀନତାକୁ ନେଇ କେତେଗୋଟି ପ୍ରସଙ୍ଗ ଉପରେ ଚର୍ଚ୍ଚା ଉଭୟଙ୍କ ଚିନ୍ତାଗତ ବିଭିନ୍ନତାର ପ୍ରମାଣ ଦିଏ। ଯୌତୁକପ୍ରଥାରେ ବଳିପଡୁଥିବା ନିରୀହ ନାରୀମାନଙ୍କ ଜୀବନ ଉତ୍ସର୍ଗଠାରୁ ଆରମ୍ଭ କରି ପୈତୃକ ସମ୍ପତ୍ତି ଉପରେ ନାରୀମାନଙ୍କର ଅଧିକାର ନ ରହିବା ପ୍ରଭୃତି ବିଷୟରେ ପୁରୁଷଠାରୁ ମୁକ୍ତିକୁ ଦେବବ୍ରତ ବରଦାସ୍ତ କରିପାରିନାହିଁ। ଦେବବ୍ରତ ଓ ବାସନ୍ତୀ- ନିଜନିଜର ଅବସୋସ ପ୍ରସଙ୍ଗ ବାସନ୍ତୀର ଡାଏରୀରେ ଲେଖିବା, ଚିଠି ମାଧ୍ୟମରେ ଅନ୍ୟମାନଙ୍କ ସହ ଆଳାପ ଆଲୋଚନା କରିବା ଏବଂ ଶେଷକୁ ପରପୁରୁଷ ସହ ସମ୍ପର୍କ ପ୍ରତିଷ୍ଠା କରିଥିବା ସନ୍ଦେହରେ ବାସନ୍ତୀକୁ ଦେବବ୍ରତ କ୍ରମଶଃ ଭୁଲ୍ ବୁଝିବା- ବାସନ୍ତୀ ପକ୍ଷରେ ଅସହ୍ୟ ହୋଇଉଠେ। ବିଶେଷକରି ଦେବବ୍ରତ ବାସନ୍ତୀର ଦୂର ସମ୍ପର୍କୀୟ ଦିଅର ବ୍ରଜ ସହ ମିଳାମିଶାକୁ ନାପସନ୍ଦ କରେ ଦେବବ୍ରତ। । ସେ ଶାଶୁଙ୍କ ଉପସ୍ଥିତିରେ ସନିଆମା ପରି ପର ମଣିଷଙ୍କ କଥାର ଆକ୍ଷେପକୁ ପ୍ରତିବାଦ କରିବାକୁ ଆରମ୍ଭ କରେ- ଗୋଟେ ଘରର ବୋହୂର ମାନ ସମ୍ମାନକୁ ରକ୍ଷା କରିବା ସକାଶେ। ଦେବବ୍ରତ ଓ ବାସନ୍ତୀଙ୍କ ମଧ୍ୟରେ ଚେତନାଗତ ତିକ୍ତତା ବଢ଼ିବାରୁ ସେ ଘର ଛାଡ଼ି ପଳାତକ ପାଲଟେ। ସମ୍ପର୍କ-ଶୂନ୍ୟତାରେ ଆଉଟୁପାଉଟୁ ହୁଏ। ଦେବବ୍ରତ ଅବିଚାରିତ ଭାବରେ ବାସନ୍ତୀକୁ ଗୋଟେ ଘୋଡ଼ାଗାଡ଼ି ଡାକି ସେଥିରେ ବସେଇ ବାହାରକୁ ପଠେଇଦିଏ। ଦେବବ୍ରତ ସେ ପର୍ଯ୍ୟନ୍ତ ଜାଣିନଥାଏ ଯେ- ବାସନ୍ତୀ ଥିଲା ଅନ୍ତଃସତ୍ତ୍ୱା। ମାଆଙ୍କଠାରୁ ଦେବବ୍ରତ ଏ ଖବର ଶୁଣିବା ପରେ ପ୍ରଚଣ୍ଡ ପାପବୋଧରେ ନିଜର ଶାସ୍ତିବିଧାନ କରିବାକୁ ଶ୍ରେୟ ମନେକରେ। ଦେବ ବୋଉ ଦେବକୁ ଶପଥ କରାଇ ବୋହୂକୁ ଖୋଜି ଆଣିବାକୁ ପଠାନ୍ତି।

ବାସନ୍ତୀର ମନ ଭିତରେ ବିଶୁଦ୍ଧ ପ୍ରେମ ଓ ଭଲପାଇବାରେ ବଞ୍ଚିଥିବା ବିନୋଦ ଭାଇଙ୍କ ପାଖକୁ ସେ ମଝିରେ ମଝିରେ ଚିଠି ଲେଖେ। ବିନୋଦର ସ୍ତ୍ରୀ ବସନ୍ତକୁମାରୀ ବାସନ୍ତୀର ପରିଚିତା ଏବଂ ନିଜକୁ 'ଅ' ଓ 'ଆ' ବୋଲି ଅର୍ଥାତ୍ ବସନ୍ତ ଓ ବାସନ୍ତୀ

ନାମ ହୋଇଥିବାରୁ ପ୍ରତୀକାତ୍ମକ ଭାବରେ ଡକାଡକି ହୁଅନ୍ତି। ବାସନ୍ତୀ ଜାଣେ- ସେମାନେ ଏବେ କୁଆଡ଼େ ଅଛନ୍ତି କଲିକତାର- ବର୍ଦ୍ଧମାନରେ। ବଡ଼ ଡାକ୍ତରଖାନାର ଡାକ୍ତର ହୋଇଛନ୍ତି ବିନୋଦ ଭାଇ। ଦେବବ୍ରତ ଓ ବାସନ୍ତୀର ବିଚ୍ଛେଦ ଏବଂ ପରବର୍ତ୍ତୀ ପର୍ଯ୍ୟାୟରେ ଦେବବୋଉଙ୍କର ରୋଗଗ୍ରସ୍ତା ହେବା, ଦେବବ୍ରତ ବୋଉଙ୍କ କଥା ରକ୍ଷା କରି ବାସନ୍ତୀକୁ ଖୋଜିବାକୁ ଯିବା, ଏବଂ ଶେଷରେ ଦେବବ୍ରତ ଦୈନିକ ଖବର କାଗଜରେ "ବାସ ଫେରିଆସ। ବୋଉ ମୃତ୍ୟୁ ଶଯ୍ୟାରେ। ମୁଁ ଅର୍ଦ୍ଧମୃତ"-('ବାସନ୍ତୀ'- ପୃ-୧୮୨) ) ବୋଲି ବିଜ୍ଞାପନ ଦେବା- ସାତ ଆଠମାସ ଧରି ବାସନ୍ତୀ ବିନୋଦଙ୍କ ଘରେ ଆଶ୍ରୟ ନେବା, ଦେବବ୍ରତ ମାଆଙ୍କ କଥାରେ ବାସନ୍ତୀକୁ ଖୋଜିବାକୁ ଯାଇ ରମେଶ ଓ ସୁନୀତି ଘରେ ଆଶ୍ରୟ ଗ୍ରହଣ କରିବା,ବିନୋଦ ବିହାରୀ ବାସନ୍ତୀ ବର୍ଦ୍ଧମାନରେ ତାଙ୍କ ପାଖରେ ଅଛି ବୋଲି ଚିଠି ଲେଖି ବାଲେଶ୍ୱର ସୁଭଦ୍ରା ଦେବୀଙ୍କ ନିକଟକୁ ପଠାଇବା, ସେ ଚିଠି ପହଞ୍ଚିବା ପୂର୍ବରୁ ଦେବବ୍ରତ ବାସନ୍ତୀକୁ ଖୋଜିବା ସକାଶେ ଘର ଛାଡ଼ିସାରିଥିବା, ସୁଭଦ୍ରା ଦେବୀ ଦେବବ୍ରତର ଚିଠି ପାଇବା ପରେ ଦେହ ଭଲ ହୋଇଯିବା, ଦେବବ୍ରତ ବାସନ୍ତୀକୁ ଖୋଜି ଖୋଜି କଲିକତାର ନାନା ସ୍ଥାନ ବୁଲିବା ଏବଂ ଶେଷକୁ କଲିକତାର 'ଉତ୍କଳ ନିବାସ'ରେ ଗୋଟିଏ ସଂକୀର୍ଣ୍ଣ ପ୍ରକୋଷ୍ଠରେ ବସି ବାସନ୍ତୀର ବିବାହ ପୂର୍ବର ଚିଠି କେତେଖଣ୍ଡ ପଢ଼ି ବାସନ୍ତୀକୁ ତା'ରି ଭିତରେ ଅନୁଭବ କରିବା - ସେଠି ଆଗରୁ ବାସନ୍ତୀକୁ ଖୋଜିବାକୁ ଘରୁ ବାହାରି ଯାଇଥିବା ଚାକର ଧନିଆ ସହ ଭେଟ ହେବା, ଏବଂ ବାସନ୍ତୀର ଠିକଣା ଲେଖାଥିବା ଚିଠି ଧନିଆ ପକେଟରୁ ହଜିଯିବା, ଦେବବ୍ରତ ସେଠାରେ ନିମୋନିଆ ରୋଗରେ ପୀଡ଼ିତ ହେବା, ଧନିଆ ଡାକ୍ତର ଡାକି, ପଥ୍ୟ ରାନ୍ଧି ଦେବବାବୁଙ୍କୁ ସୁସ୍ଥ କରାଇବା ଏବଂ ସେଇ ଡାକ୍ତର ଯେ ବିନୋଦ ବାବୁ- ଏବଂ ଦୁଇମାସ ତଳେ ବାସନ୍ତୀର ପୁଅଟେ ହୋଇଥିବା ଖବର ତାଙ୍କଠାରୁ ପାଇ ଧନିଆ ଆନନ୍ଦରେ ବିହ୍ୱଳ ହୋଇପଡ଼ିବା ତଥା ବସନ୍ତକୁମାରୀ ଓ ଡାକ୍ତର ବିନୋଦଙ୍କ ଆୟୋଜନରେ ନିଜଘରେ ଦେବବ୍ରତ ଓ ବାସନ୍ତୀର ପୁନର୍ମିଳନ ଅନୁଷ୍ଠିତ ହେବା, ନିଜର ନବଜାତ ସନ୍ତାନକୁ ଦେଖି ପିତୃତ୍ୱର ଆନନ୍ଦରେ ଦେବବ୍ରତ ଆତ୍ମହରା ହେବା - 'ବାସନ୍ତୀ' ପରି ସୁଦୀର୍ଘ ଉପନ୍ୟାସର ସରଳ, ସାବଲୀଳ ଏବଂ ମାନବିକ ଭାବସମ୍ବେଗରେ ଉର୍ଜ୍ଜସ୍ୱଳ କଥାବସ୍ତୁ। ୨୦୭ ପୃଷ୍ଠାର ଉପନ୍ୟାସ ଭିତରେ ସମକାଳୀନ ସାମାଜିକ ରୀତି ନୀତି ଯେଉଁଭଳି ଭାବରେ ସ୍ଥାନିତ, ମାନବିକ ଭାବ ସମ୍ବେଗ, ପ୍ରେମ, ଭଲପାଇବା, ସନ୍ଦେହ, ସଂଶୟ ମଧ୍ୟ ତଦନୁପାତରେ ରୂପାୟିତ। ଗୋଟେପଟରେ ନାରୀ ପୁରୁଷର ସହଭାଗିତାରେ, ଉନ୍ନତ ବୁଝାମଣାରେ ସଂସାର ସୁସଂଗଠିତ, ଜୀବନ ମଧୁମୟ ହୋଇଉଠେ। ମାତ୍ର, ଉପଯୁକ୍ତ ଶିକ୍ଷା ଏବଂ ସଂସ୍କାର

ଅଭାବରୁ ସମଭାବାପନ୍ନ ବିକଶିତ ମାନସିକତାର ମଣିଷଙ୍କ ଦୁର୍ଲ୍ଲଭତା ହେତୁ ସମାଜ, ଜୀବନ ଓ ସମ୍ପର୍କ ମଧ୍ୟ ଦୁର୍ବିସହ ହୋଇଉଠେ। ଘଟଣାର ଘନଘଟା ମଧ୍ୟରେ ବାସନ୍ତୀ ନାରୀଟିଏ ହୋଇ ବି ନାନା ପ୍ରତିକୂଳ ପରିସ୍ଥିତିକୁ ସାମ୍ନା କରି ତା' ନୀତି ଆଦର୍ଶ ଓ ବ୍ୟକ୍ତିତ୍ୱର ପରାକାଷ୍ଠା ପ୍ରଦର୍ଶନ କରିବା ଉଦ୍ୟମରୁ କ୍ଷାନ୍ତ ହୋଇନାହିଁ। ବରଂ ପାରୁପର୍ଯ୍ୟନ୍ତ ନିଜର ପାରିପାର୍ଶ୍ୱିକ ସମାଜ ମଣିଷଙ୍କ ସଂକୀର୍ଣ୍ଣତାକୁ ଦୂରେଇ ଏକ ବୃହତ୍ତର ମାନବିକ ଭାବାଦର୍ଶ ପ୍ରତିଷ୍ଠାରେ ପକ୍ଷପାତୀ ହୋଇଛି ଏବଂ ନିଜେ ଯେ ନାରୀ ସ୍ୱାଧୀନତାର ନୀରବ ସାଧିକା- ତାହା ପ୍ରମାଣିତ କରିପାରିଛି।

**ବାସନ୍ତୀ ଉପନ୍ୟାସର ଚରିତ୍ରଚର୍ଯ୍ୟା:**

'ବାସନ୍ତୀ' ଉପନ୍ୟାସର କଥାବସ୍ତୁ କଟକ ସହରର ପିଟିନ୍ ସାହି, ରେଭେନ୍ସା କଲେଜ ହଷ୍ଟେଲଠାରୁ ଆରମ୍ଭ କରି ବାଲେଶ୍ୱରର ଶିମିଳିପୁର, କଲିକତା, ବର୍ଦ୍ଧମାନ- ପ୍ରଭୃତି ସ୍ଥାନ ପର୍ଯ୍ୟନ୍ତ ପ୍ରଲମ୍ବିତ ହୋଇଥିବାରୁ ଏବଂ କାହାଣୀ ଭାଗରେ ଅନେକ ରଜୁ ଗତି ଅନୁସୃତ ହୋଇଥିବାରୁ ଏଥିରେ ଅନେକ ଚରିତ୍ର, ଘଟଣାର ବ୍ୟବସ୍ଥିତ ରୂପାୟନ ସକାଶେ ଆବଶ୍ୟକ ପଡ଼ିଛନ୍ତି। ମୂଳତଃ ବାସନ୍ତୀ ଏହାର ମୁଖ୍ୟ ଚରିତ୍ର ଓ ନାୟିକା ହୋଇଥିବା ସ୍ଥଳେ, ଦେବବ୍ରତ ସାମନ୍ତରାୟ ହୋଇଛି ମୁଖ୍ୟ ପୁରୁଷ ଚରିତ୍ର ତଥା ନାୟକ। ବାସନ୍ତୀର ବାପା ତଥା କଟକର ପେଟିନ୍ ସାହିରେ ରହୁଥିବା ଡିପୋଟୀ ବଳରାମ ବାବୁ , ତାଙ୍କ ସ୍ତ୍ରୀ ନିର୍ମଳା ଦେବୀ, ଚଉଦବର୍ଷିୟା ଶିକ୍ଷିତା କନ୍ୟା- ବାସନ୍ତୀ, ବାସନ୍ତୀର ବାଲ୍ୟବନ୍ଧୁ- ଖ୍ରୀଷ୍ଟାନ୍ ଝିଅ- ସୁନୀତି, ତା' ମାଆ କଲ୍ୟାଣୀ ଦେବୀ, ବାଲେଶ୍ୱରରୁ ଅଢ଼େଇ କିଲୋମିଟର ଦୂର ଶିମିଳିପୁର ଗ୍ରାମର ଜମିଦାର ସାମନ୍ତରାୟଙ୍କ ପୁଅ ରେଭେନ୍ସା କଲେଜର ତୃତୀୟ ବର୍ଷରେ ପଢୁଥିବା ଦେବବ୍ରତ, ଦେବବ୍ରତଙ୍କ ଘରୋଇ ଶିକ୍ଷକ ହରିଗୋପାଳବାବୁ , ବାସନ୍ତୀ ଘରର ଚାକର ଟୋକା- ବାର ବର୍ଷର ଅନାଥ ଧନିଆ, ବାସନ୍ତୀର ବଉଳ- ସୁନୀତିର ବାପା ତଥା କଲ୍ୟାଣୀଙ୍କ ସ୍ୱାମୀ ଟାଙ୍ଗିର ସରୋଜ ବାବୁ, ରେଭେନ୍ସା କଲେଜର ଜନୈକ ମଧ୍ୟବୟସ୍କ ଅଧ୍ୟାପକ, ବାଲେଶ୍ୱରରେ ରହୁଥିବା ଦେବବ୍ରତଙ୍କ ମାଆ- ସୁଭଦ୍ରା ଦେବୀ, ତାଙ୍କର ସମ୍ପର୍କୀୟ ଖୁଡ଼ୁତା- ବେବର୍ତ୍ତା, ଦେବବ୍ରତର ରେଭେନ୍ସା କଲେଜରେ ପାଠପଢ଼ା ବେଳର ସାଙ୍ଗ ତଥା ନିଜ ଆଦର୍ଶ ଅଭିଯାନର ସହକର୍ମୀ ରମେଶ ମହାପାତ୍ର, ଦେବବ୍ରତର ମୃତ ପିତା ନିମାଇଁ ବାବୁ, 'ଉତ୍କଳ ସାହିତ୍ୟ ସମାଜ'ର ସଭାପତି ବିଶ୍ୱନାଥ ଦାସ, ତାଙ୍କର ଆତ୍ମୀୟ ଗୋବିନ୍ଦ, ସବଜଜ୍- ମନ୍ମଥ ବାବୁଙ୍କ ଘରର ଚାକରାଣୀ- ଚମ୍ପା ଗଉଡୁଣୀ, ବଳରାମ ବାବୁ ଡେପୁଟୀ ଥିବା ସମୟରେ ତାଙ୍କ ପାଖରେ ପେସ୍କାର ଥିବା ନବଘନ ବାବୁ, ମୟୂରଭଞ୍ଜରେ ଚାକିରି କରୁଥିବା ଦେବବ୍ରତର ଜନୈକ ଖୁଡୁତା- ସର୍ବେଶ୍ୱର ବାବୁ, ତାଙ୍କ ସ୍ତ୍ରୀ- ହାରାମଣି, ତାଙ୍କ ଝିଅ ତଥା ବାସନ୍ତୀର ସହଯୋଗୀ-

ନିଶାମଣି, ଶିମିଳିପୁରର ସନିଆମା, ଚାକରାଣୀ ହେମବୋଉ, ମଦନାମା, ବାସନ୍ତୀର ଦୂର ସମ୍ପର୍କୀୟ ଦିଅର- ଏମ୍.ଏ. କ୍ଲାସ୍‌ରୁ ତଡ଼ା ଖାଇଥିବା ବ୍ରଜ, କଟକ ଦରଘା ବଜାର ବାଳିକା ବିଦ୍ୟାଳୟର ଶିକ୍ଷୟିତ୍ରୀ ସୁନୀତି, ସୁକୁମାରୀ, ମୀରା ଓ ଗୋଲାପ, ପାଦ୍ରୀ- ସିମିଲ୍‌ଟନ୍ ସାହେବ, ଛୋଟ କୁକୁର ନୁଟୁ, ବାସନ୍ତୀର ବହୁପରିଚିତ- ବର୍ଦ୍ଧମାନର ଡାକ୍ତର- ବିନୋଦ ଏବଂ ତାଙ୍କ ସ୍ତ୍ରୀ ଓ ବାସନ୍ତୀର ସଖୀ- ବସନ୍ତକୁମାରୀ ଓରଫ - 'ଆ' ଏବଂ ଶେଷରେ ବାସନ୍ତୀର ଦୁଇମାସର ନବଜାତକ ଶିଶୁ ସନ୍ତାନ- ପର୍ଯ୍ୟନ୍ତ ଅନେକ ଚରିତ୍ର ଉପନ୍ୟାସଟିର କଥାବସ୍ତୁ ସହ ଯୋଡ଼ି ହୋଇଛନ୍ତି। ଏମାନଙ୍କ ମଧ୍ୟରୁ ମାତ୍ର ତିନି ଚାରିଜଣ ମୁଖ୍ୟ ଚରିତ୍ର- ଯଥା-ବାସନ୍ତୀ, ଦେବବ୍ରତ, ଦେବ୍ରତଙ୍କ ମାଆ, ସୁନୀତି ଓ ସୁନୀତିର ମାଆ କଲ୍ୟାଣୀ ଦେବୀ ଇତ୍ୟାଦି। ଅନ୍ୟମାନେ ମାତ୍ର ତିନି ଚାରିଜଣ ମଧ୍ୟମ ବର୍ଗର ଚରିତ୍ର। ଯେମିତି ଧନିଆ, ରମେଶ ମହାପାତ୍ର, ବିନୋଦ ଓ ବସନ୍ତକୁମାରୀ ପ୍ରଭୃତି। ତେବେ, ଏଥିରେ ଗୌଣ ଚରିତ୍ରମାନଙ୍କର ମୁଖ୍ୟ ଚରିତ୍ରଙ୍କ ଚିନ୍ତା ଚେତନା ଏବଂ କାର୍ଯ୍ୟକଳାପକୁ ବିକଶିତ ଓ ପରିବର୍ତ୍ତିତ କରିବାରେ ବିଶେଷ ଭୂମିକା ରହିଥିବାର ଲକ୍ଷ୍ୟ କରାଯାଏ। ସେମାନଙ୍କର ଖଳବୁଦ୍ଧି ଏବଂ ସଂକୀର୍ଣ୍ଣ ଚିନ୍ତା - ମୁଖ୍ୟ ଚରିତ୍ରମାନଙ୍କର ଦାମ୍ପତ୍ୟ, ପ୍ରେମ ଓ ବିଶ୍ୱାସକୁ ଭାଙ୍ଗି ଚୂରମାର କରିବାରେ ସମର୍ଥ ହୋଇଉଠେ। ପ୍ରତିଟି ଚରିତ୍ର- ନିଜସ୍ୱ ଚିନ୍ତା ଓ କାର୍ଯ୍ୟବଳୟ ଭିତରେ ବନ୍ଧା ହେଲାପରି ମନେହୁଅନ୍ତି। ବେଶ୍ ମପାଚୁପା ସେମାନଙ୍କର ଆବିର୍ଭାବ ଓ ଅଭିବ୍ୟକ୍ତି। 'ବାସନ୍ତୀ' ସମକାଳୀନ ସାମାଜିକ ଚଳଣିରେ ଶିକ୍ଷିତା। ଇଞ୍ଜେକ୍‌ସନ୍ ଦେଇ ଜାଣେ। ରନ୍ଧାରନ୍ଧିରେ ରୁଚି ରଖେ। କୁକିଂ ପ୍ରାଇଜ୍ ବି ପାଇଛି। ପରମ୍ପରାକୁ ସମ୍ମାନ ଦେଇ ଶାଶୁଙ୍କ ବିଚାର ଆଗରେ ପାଟିବୁଜି ସଂସାର ଧର୍ମ ନିଭାଇଛି। ମାତ୍ର, ସେ ନୂତନତାର ଆବାହକ। ଶାଶୁଘର ଗାଁ' ହେଉପଛେ ସମାଜକୁ ବଦଳେଇବାକୁ ଯାଇ ଦଶଜଣ ଝିଅପିଲାଙ୍କୁ ନେଇ ନିଶାର ସହଯୋଗରେ ବିଦ୍ୟାଳୟ ଖୋଲି ନାରୀ ଶିକ୍ଷା ଏବଂ ସାମାଜିକ ପ୍ରଗତି ସକାଶେ ପାଠ ପଢ଼ାଇଛି। ବିଭିନ୍ନ ପତ୍ରପତ୍ରିକାରେ ନାରୀ ସ୍ୱାଧୀନତା ଏବଂ ନାରୀର ସାମାଜିକ ଅଧିକାର ବିଷୟକ ପ୍ରବନ୍ଧ ଲେଖି ନାରୀ ଜାଗରଣ ସକାଶେ ଆହ୍ୱାନ ଦେଇଛି। ତା' ପ୍ରେମ ଭଲପାଇବାରେ ଐକାନ୍ତିକତା, ବିଶ୍ୱାସ ଏବଂ ଭରସା କେଉଁଠି ମ୍ଳାନ କି ବିପର୍ଯ୍ୟସ୍ତ ହୋଇନାହିଁ। ପରମଣିଷଙ୍କୁ ଆପଣାର କରି, ନିଜର ନମ୍ରତାପଣରେ ହୃଦୟ ଜିଣି, ସେ ସବୁ କରିଛି। ପୁରୁଷର ସନ୍ଦେହ ଦୃଷ୍ଟିରେ ଥାଇ ସାମୟିକ କଷ୍ଟ ପାଇଥିଲେ ବି ପରେ ପାଇଛି ପରମ୍ପରାର ଆଶୀର୍ବାଦ, ସମସ୍ତଙ୍କର ଅପହୃତ ବିଶ୍ୱାସ- ସ୍ୱାମୀର ଭରସା, ଆଶ୍ୱାସନା ଆଉ ଭଲପାଇବା। ପରିବର୍ତ୍ତନ ପ୍ରୟାସୀ ଜଣେ ଆଧୁନିକ ମନସ୍କା ନାରୀ ଭାବରେ ସେ ଗଭୀର ବ୍ୟଷ୍ଟିବାଦୀ ଏବଂ ବିଚାରବୁଦ୍ଧି ସମ୍ପନ୍ନା।

'ଦେବବ୍ରତ' ବି ସମାନ ବିଚାରଧାରାର ସମାଜ ସେବକ, ନାନା ସଂକୀର୍ଣ୍ଣତା ମୁକ୍ତ ବିଚାରବନ୍ତ ଯୁବକ। ମାନବିକତାରେ ଆର୍ଦ୍ର ଛଳଛଳ ମନ, ବିବେକ ଓ ହୃଦୟ ତାର। କଥା ଦେଇ କଥା ରଖିବା ସେ ଜାଣେ। ମାଆଙ୍କ ଇଚ୍ଛା ବିରୋଧରେ ବିବାହ କରିବି ସେ ନିଜ ମହାନୁଭବତାର ପରିଚୟ ଦିଏ। ସାଇ ସାଇ ବୁଲି ପାଠପଢ଼ା ବୟସରେ ରୋଗୀ ଓ ଦୁର୍ଗତଙ୍କ ସେବା ଶୁଶ୍ରୂଷା କରେ। ସେପଟେ ସମାଜ ସଂସ୍କାର ପାଇଁ କଲମ ମଧ୍ୟ ଚଳାଏ। ଅନ୍ଧବିଶ୍ୱାସ ଓ କୁସଂସ୍କାରରୁ ମୁକ୍ତି ସକାଶେ ସାଂଗଠନିକ ଏବଂ ସାହିତ୍ୟସଭାରେ ଯୋଗଦିଏ। ଭଲ ଲେଖକ ଭାବରେ ପୁରସ୍କୃତ ହୁଏ। ମାତ୍ର, ଭଲପାଇ ବାହାହୋଇଥିବା ବାସନ୍ତୀକୁ ସାଧାରଣ ପୁରୁଷ ପରି ସନ୍ଦେହ ଓ ଅବିଶ୍ୱାସ କରିବାକୁ ବି ପଛାଏନା। ଫଳରେ, ତା' ଦାମ୍ପତ୍ୟ ଜୀବନରେ ଉଠିଥିବା ପାରମ୍ପରିକ ହତାଦର ଓ ଘୃଣାକୁ ସେ ସାମ୍ନା କରିପାରେନା। ବରଂ, ଗୋଟେ ପରିସ୍ଥିତିରେ ସେ ସାଜେ ପଳାତକ-ବୀତସ୍ପୃହ। ବାସନ୍ତୀର କଅଁଳ ମନଟି ହୁଏ କ୍ଷତାକ୍ତ- ଯନ୍ତ୍ରଣା ଜର୍ଜରିତ। ସିଏ ବି ଚାହେଁ ଅନାବଶ୍ୟକ ଏବଂ ଛଳନାପୂର୍ଣ୍ଣ ଦାମ୍ପତ୍ୟ ବନ୍ଧନରୁ ମୁକ୍ତି। ସେ ଘରଛାଡ଼ି ପଳାଏ-ଦେବବ୍ରତ ଚାହିଁବା ମୁତାବକ। ପରେ, ଚେତନା ଜଗତରେ ସୃଷ୍ଟିହୁଏ ବିଶୁଦ୍ଧ ଭଲପାଇବାର ବିମଳ ପରିପ୍ରକାଶ। ସେ ବାସନ୍ତୀକୁ ଖୋଜିବାକୁ ଘରଛାଡ଼ି ଏଣେ ତେଣେ ବୁଲେ। ତା' ଚିଠି ପଢ଼ି ସ୍ମୃତିର ଅନ୍ତର୍ଦାହରେ ସେ ଜଳେ। ଉଭୟେ ଏକ ନୂତନ ସମ୍ଭାବନାରେ ମିଳିତ ବିନ୍ଦୁରେ 'ଉତ୍ତରପିଢ଼ି'ର ଆତ୍ମପ୍ରକାଶ ସହିତ ସଂଯୁକ୍ତ ହୁଅନ୍ତି। ଦେବବ୍ରତଙ୍କ ମାଆଙ୍କ ରୁଚି ଓ ବିଚାର ଏବଂ ଆଚରଣରେ ପରିବର୍ତ୍ତନ ଦେଖାଦିଏ। 'ବାସନ୍ତୀ'କୁ ସେ ନିଜର ଆକାଂକ୍ଷିତ ବୋହୂ ଭାବରେ ଗ୍ରହଣ କରନ୍ତି; ଯାହାକୁ ଚାକର ଚାକରାଣୀଙ୍କ ଭଳି ପରଲୋକଙ୍କ କଥାରେ ମନ-ଆତ୍ମାକୁ ବିଷାକ୍ତ କରି ସେ ଆକ୍ଷେପ କରୁଥିଲେ, ଅଭିମାନରେ ମୁହଁ ଫୁଲାଉଥିଲେ, ତାକୁ ହିଁ ସ୍ନେହ ଶ୍ରଦ୍ଧାରେ ଆଦରଣୀୟ ଭାବରେ ଗ୍ରହଣ କରିନେଇଛନ୍ତି। ଏସବୁ ଚରିତ୍ରଙ୍କ ମାନସିକତାରେ ପରିବର୍ତ୍ତନହିଁ ଗତାନୁଗତିକତାରେ ବିଶ୍ୱାସୀ ମଣିଷଙ୍କୁ ସମୟାନୁସାରୀ ପରିବର୍ତ୍ତିତ ହୋଇ ନୂତନତାକୁ ଗ୍ରହଣ କରିବା ସକାଶେ ଅନୁକୂଳ ବାର୍ତ୍ତା ଭାବରେ ସଞ୍ଚାରିତ।

'ବାସନ୍ତୀ'ର ମାଆଙ୍କ ମୃତ୍ୟୁପରେ ଖ୍ରୀଷ୍ଟାନ୍ ପରିବାରରେ ବିବାହ କରିଥିବା ସୁନୀତିର ମାଆ ତଥା ତାଙ୍କର ବାଲ୍ୟ ବନ୍ଧୁ କଲ୍ୟାଣୀ ଦେବୀ ଚରିତ୍ରଟି ଏକ ଆଦର୍ଶ ଶ୍ରେଣୀୟ ଚରିତ୍ର। ମାଆର ମନ ଓ ହୃଦୟରେ ସେ କେଉଁଠି ନୀରବ କି ନ୍ୟୁନ ନୁହନ୍ତି। ସେ କର୍ମଚଞ୍ଚଳ। ପରୋପକାରିଣୀ। ହୃଦୟର ବେଦନାକୁ ବୁଝିବାରେ ସମର୍ଥ। ଜାତି ତାଙ୍କର ମାନବିକତାକୁ ସୁଦୃଢ଼ ଓ ସୁପ୍ରକାଶ୍ୟ ଭାବରେ ପ୍ରକଟନ କରିବା କ୍ଷେତ୍ରରେ ଆଦୌ ବାଧକ ହୋଇନାହିଁ। ବାସନ୍ତୀ ଅନାଥା ହେବାପରେ ସେ ତାର ସବୁକିଛି

ପାଲଟିଛନ୍ତି। ପର ହୋଇ ନିଜରପଣିଆରେ ଆପଣେଇ ନେବା ମଣିଷଙ୍କ ସମ୍ମେଳନରେ ତ ଏ ଦୁନିଆ ଓ ସମାଜ ବାସ୍ତବରେ ହସି ଉଠିବ।

ଅନୁରୂପ ଚରିତ୍ର ଜଣକ ହେଉଛନ୍ତି ରମେଶବାବୁ। ଜାତିରେ ବ୍ରାହ୍ମଣ। ମାତ୍ର, ପରବର୍ତ୍ତୀ ପର୍ଯ୍ୟାୟରେ ବାସନ୍ତୀର ବଉଳ ସୁନୀତିକୁ ସେ ଖ୍ରୀଷ୍ଟାନ ଝିଅ ହୋଇବି ରମେଶବାବୁ ତାକୁ ବିବାହ କରିଛନ୍ତି ଏବଂ ପ୍ରମାଣିତ କରିଛନ୍ତି- ଜାତି, ଧର୍ମ, ବର୍ଣ୍ଣ- ସବୁକିଛି ମନୁଷ୍ୟ ଗଢ଼ା। ବିଭେଦର ଏବଂ ସାମାଜିକ ବୈଷମ୍ୟର ଏସବୁ ଗୋଟିଏ ଗୋଟିଏ ଅସ୍ତ୍ର। ଯେଉଁଥିରେ ବିଦ୍ଧ ହୋଇ ମଣିଷ ଅହରହ ଯନ୍ତ୍ରଣା ପାଏ। ତେଣୁ, ନିଜେ ପୁରୋହିତ ହୋଇ ଦେବବ୍ରତ ଆଉ ବାସନ୍ତୀଙ୍କ ବିବାହ କାର୍ଯ୍ୟ ସମ୍ପନ୍ନ କରିଥିବା ରମେଶ ଚନ୍ଦ୍ର ମହାପାତ୍ର- ଖ୍ରୀଷ୍ଟାନ୍ ପାଦ୍ରୀଙ୍କ ବାରଣ ସତ୍ତ୍ୱେ ସୁନୀତିକୁ ବିବାହ କରି ମାନବଧର୍ମ ନିର୍ବାହ କରିଛନ୍ତି। ରକ୍ତ, ମାଂସ ତ ଗୋଟିଏ। ଜାତି ନାମରେ ତାକୁ ଅଲଗା କରିବା କେମିତି ସମ୍ଭବ ବୋଲି ଓଲଟା ସମଗ୍ର ମାନବଜାତି ଆଗରେ ସେ ବଡ଼ ମୂଲ୍ୟବାନ୍ ପ୍ରଶ୍ନ ଉତ୍ଥାପନ କରିଛନ୍ତି।

ସେହିପରି ଅନ୍ୟଜଣେ ହୃଦୟବାନ୍ ଏବଂ ମମତାଛଳଛଳ ମଣିଷ ହେଉଛନ୍ତି- ସର୍ବେଶ୍ୱର ବାବୁ; ବାସନ୍ତୀର ଖୁଡୁତା। କେଡ଼େ ଆଦରରେ ମାଆ ବାସନ୍ତୀର ନିକଟତର ହୁଅନ୍ତି। ବାପ ସମାନ ସ୍ନେହ ମମତାରେ ତାକୁ ତାର ସବୁ ଦୁଃଖ ଭୁଲାଇଦିଅନ୍ତି। ସେଭଳି ଚରିତ୍ରମାନେ ସମାଜରେ ପ୍ରତ୍ୟାଶିତ। କାଳେ କାଳେ ସେମାନେ ସ୍ୱକୀୟ ମହାର୍ଘ ବିଚାରବୋଧରେ ସମ୍ମାନିତ।

ଚାକର ଧନିଆ ବିଚରା ୧୨ ବର୍ଷର ବାଳକ। ମାତ୍ର, ଗୋଟିଏ ଦୁର୍ଭିକ୍ଷରେ ସିଏ ଆସି ଆଶ୍ରୟ ନେଇଥିଲା- ବାସନ୍ତୀ ଘରେ। ଓଡ଼ିଶାର ଏମିତି ବଢ଼ି ମରୁଡ଼ି ଶହଶହ ଧନିଆଙ୍କୁ ଜନ୍ମଦିଏ। ଅନାଥ ଓ ବେସାହାରା ହୋଇ ଧନିଆମାନେ କାହା ନା କାହା ଘରେ ଜାତି ଧର୍ମ ଭୁଲି ପେଟ ଚାଖଣ୍ଡକ ପୋଷି ଅପରର ମନ କିଣି ଜୀବନ ସଂଘର୍ଷରେ ଜିତାପଟ ହୁଅନ୍ତି। ନିଜ ନିଜର ସେବାପରାୟଣତା, କର୍ମଠତା ଏବଂ ସଚ୍ଚୋଟପଣିଆରେ ସବୁରି ମନରେ ସ୍ୱତନ୍ତ୍ର ଆସନ ଦଖଲ କରିବସନ୍ତି।

ଏପରିକି, ଆଲୋଚ୍ୟ ଉପନ୍ୟାସର ସ୍ରଷ୍ଟାମାନେ ନିଜ ନିଜର ଲକ୍ଷ୍ୟ ଓ ଆଦର୍ଶକୁ ଅକ୍ଷୁଣ୍ଣ ରଖି ବହୁ ଗୌଣ ଚରିତ୍ର ସୃଷ୍ଟି କରିଛନ୍ତି। ଯେମିତି ସନିଆ ମା, ଚାକରାଣୀ ଚମ୍ପା- ଇତ୍ୟାଦି। ଏମାନେ ଘଟଣାକ୍ରମରେ ଦ୍ୱନ୍ଦ୍ୱ ଏବଂ ଉତ୍କଣ୍ଠା ସୃଷ୍ଟିର ଉତ୍ସ ପାଲଟିଛନ୍ତି। ଡାକ୍ତର ବିନୋଦ ଓ ବସନ୍ତକୁମାରୀ- ଦୁଇଜଣ ଏ ଉପନ୍ୟାସର ସ୍ୱତନ୍ତ୍ର ଚରିତ୍ର। ଉପନ୍ୟାସଟିକୁ ମିଳନାନ୍ତକ କରିବାରେ ଏମାନଙ୍କର ବିଶେଷ ଭୂମିକା ତାତ୍ପର୍ଯ୍ୟପୂର୍ଣ୍ଣ। ବାସନ୍ତୀକୁ ନିଜ ଘରେ ସ୍ନେହ ମମତାରେ ବାନ୍ଧି ରଖି ଆଶ୍ରୟ ଦେବା, ସେଠାରେ ତାର

ନବଜାତ ସନ୍ତାନ ଜନ୍ମ ନେବା ଏବଂ ପରିଶେଷରେ ବାସନ୍ତୀର ଖବର ଜଣାଇ ଦେବବ୍ରତ ପାଖକୁ ଚିଠି ଲେଖିବା - ପ୍ରଭୃତି କାର୍ଯ୍ୟ ସେମାନଙ୍କ ବନ୍ଧୁବତ୍ସଳତାର ପ୍ରମାଣ ଦିଏ। ବସନ୍ତକୁମାରୀ ଜଣେ ସରଳା, ସମ୍ବେଦନଶୀଳା ମହିଳା; ଯିଏ କୁକୁର ନୁଟୁ , ବିଲେଇଛୁଆ, ଚେମିଣିଆ ପ୍ରଭୃତି ମାନବେତର ଚରିତ୍ରମାନଙ୍କ ପ୍ରତି ପ୍ରାଣର ସ୍ନେହ ଓ ମମତା ବାଣ୍ଟି ନିଜ ମାନବଧର୍ମକୁ ଉର୍ଜସ୍ୱଳ ଓ ପ୍ରଭାବଶାଳୀ କରିପାରିଛନ୍ତି। ଏହିପରି ସମଗ୍ର ଉପନ୍ୟାସଟିରେ ଚରିତ୍ରଚର୍ଯ୍ୟା କ୍ଷେତ୍ରରେ ସମସ୍ତ ସ୍ରଷ୍ଟାଙ୍କର ମୌଳିକ ଚିନ୍ତା ଏବଂ ଲକ୍ଷ୍ୟପୂରଣରେ ନିର୍ଦ୍ଦିଷ୍ଟତାକୁ ଲକ୍ଷ୍ୟ କରିହୁଏ। ଏହା ତେଣୁ ଯିଏ ଯାହା ସ୍ଥାନରେ ଛିଡ଼ା ହୋଇଥିବା ବହୁ ଚରିତ୍ରଙ୍କ ସମାବେଶରେ ଏକ ସୁନ୍ଦର ଫଟୋଗ୍ରାଫ୍ ପରି ମନେହୁଏ।

**ଉପନ୍ୟାସର ଗଠନକଳା ଦୃଷ୍ଟିରୁ 'ବାସନ୍ତୀ'ରେ ଅନୁସୃତ ଶିଳ୍ପ କୌଶଳ:**

ପ୍ରାରମ୍ଭରୁ ପରିଣତି ପର୍ଯ୍ୟନ୍ତ ଜୀବନର ଘଟଣାକ୍ରମ ସାବଲୀଳ ଭଙ୍ଗୀରେ ଉପନ୍ୟାସରେ ବିନ୍ୟସ୍ତ ହୋଇଥାଏ। ଘଟଣାର ଆନୁକ୍ରମିକତା, ବିଶ୍ୱସନୀୟତା, ଚାରିତ୍ରିକ ସମ୍ପୃକ୍ତି ଏବଂ କଥାବସ୍ତୁର ଗତିଶୀଳତାରେ ସଂଘର୍ଷ ଏବଂ ଉତ୍କଣ୍ଠା- ଉପନ୍ୟାସର ଶିଳ୍ପକୌଶଳକୁ କରେ ଆକର୍ଷଣୀୟ। 'ବାସନ୍ତୀ' ଉପନ୍ୟାସରେ ପାରମ୍ପରିକ ବର୍ଣ୍ଣନାଧର୍ମିତା କେତେକାଂଶରେ ବଳବତ୍ତର ରହିଛି ସତ, ମାତ୍ର ଗତାନୁଗତିକ ଶିଳ୍ପକୌଶଳ ମୁକ୍ତ ଏକ ନବୀନ ଚିନ୍ତନସତ୍ତା ଏଥିରୁ ଦେଖିବାକୁ ମିଳେ। ସମଗ୍ର ଉପନ୍ୟାସରେ କଥାବସ୍ତୁର ମାନବିକ ସମ୍ବେଗଧର୍ମିତାକୁ ଗୁରୁତ୍ୱ ଦେବାର ପ୍ରୟାସ କରାଯାଇଅଛି। ମଣିଷ ମଣିଷର ଦୁଃଖ ବିପତ୍ତିରେ ସହୃଦୟତା ପ୍ରକଟିତ କରିବ, ସମ୍ବେଦନା ଜାହିର କରିବ- ଏହାହିଁ ହୋଇଛି ଏ ଉପନ୍ୟାସର ପ୍ରାଥମିକ ଆଭିମୁଖ୍ୟ। ସନ୍ଦେହର କଳାବାଦଲ ସମୟକ୍ରମେ ଅପସରିଯାଇ ପୁନଶ୍ଚ ସମ୍ପର୍କର ଆଭାଯେ ନିଶ୍ଚୟ ଦିନେ ସାରା ସମାଜରେ ପ୍ରକଟିତ ହେବ,ଏ ବିଶ୍ୱାସର ରୂପାୟନ କରାଯାଇଛି "ବାସନ୍ତୀ"ରେ।

ବାସନ୍ତୀକୁ ଏଥିପାଇଁ ଅନାଥ କରାଯାଇଛି। ଦେବବ୍ରତ ତ ଏଣୁ ତା' ପ୍ରତି ଦରଦ ଓ ଭଲପାଇବା ପ୍ରକଟନ କରି ତାକୁ ଆପଣାର କରିଛି। ଉଭୟଙ୍କୁ ପରମ୍ପରା ବିପକ୍ଷରେ ସଂଗ୍ରାମ କରିବାକୁ ପଡ଼ିଛି। ଗତାନୁଗତିକତାର ଶକ୍ତି ଆଗରେ ସେମାନେ ହାର୍ ମାନିଛନ୍ତି। ପରବର୍ତ୍ତୀ ପର୍ଯ୍ୟାୟରେ ସମୟର ଚାହିବା ମୁତାବକ - ନୂତନ ଚେତନାର ହିଁ ଜୟ ହୋଇଛି। ସମକାଳୀନ ସମାଜର ବହୁ ସମସ୍ୟା- ଯଥା- ନାରୀଶିକ୍ଷାର ଅଭାବ, ଜାତି ଅଜାତିର ଉତ୍କଟ ମନୋବେଦନା, ବନ୍ୟା, ବାତ୍ୟା, ଘରପୋଡ଼ିରେ ଦୁର୍ଗତଙ୍କୁ ସାହାଯ୍ୟ, ସମକୁଳୀନ ମଣିଷଙ୍କର ଶବଦାହ ସକାଶେ ଆବଶ୍ୟକତା, ଗୁରୁଜନଙ୍କ ଆଶୀର୍ବାଦ ବିନା ବିବାହରେ ଅସଫଳତା, ଡାକ୍ତରୀ ଚିକିତ୍ସା ପ୍ରତି ଉଦାସୀନତା, ଖ୍ରୀଷ୍ଟାନ୍

ପାଦ୍ରୀମାନଙ୍କର ଧର୍ମୀୟ ସଂକୀର୍ଣ୍ଣତା, ଘରର ବୋହୂ ସମାଜ କଲ୍ୟାଣ କଳ୍ପେ ଘରୁ ଗୋଡ଼ କାଢ଼ି ବାହାରକୁ ଯିବାଟାକୁ ନାପସନ୍ଦ କରିବା, ଚିଠିପତ୍ର ମାଧ୍ୟମରେ କେବଳ ସମ୍ପର୍କ ରକ୍ଷାର ଉଦ୍ୟମ, ଝିଅମାନଙ୍କ ମଧ୍ୟରେ ବଉଳ ବସିବାର ପରମ୍ପରା, ପୁରୁଷ ପ୍ରଧାନ ସମାଜରେ ନାରୀ ସ୍ୱତନ୍ତ୍ରତା ନିମନ୍ତେ ପଦକ୍ଷେପକୁ ବିରୋଧ, ଗତାନୁଗତିକ ଢଙ୍ଗରେ ନାରୀର ଚରିତ୍ରକୁ ନେଇ ସନ୍ଦେହ, ସମାଜ ସେବା ନାଁରେ ବାହାରକୁ ସଜାଡ଼ିବା କାର୍ଯ୍ୟରେ ରହି ନିଜ ଘରକୁ ଅସଜଡ଼ା କରିବାର ପରାଭବ- ଏହିଭଳି ନାନା ସମସ୍ୟା ଆଲୋଚ୍ୟ ଉପନ୍ୟାସର ଶିଳ୍ପ କୌଶଳରେ ସମସ୍ୟା ଭାବରେ ସଂଶ୍ଳିଷ୍ଟ। ଯେହେତୁ, ଉପନ୍ୟାସଟିର ମୂଳ କାହାଣୀ ଭାଗରେ ସମତା ରକ୍ଷାକରି ଲେଖିଛନ୍ତି ନଅ ଜଣ, ତେଣୁ ଏହାକୁ ସମସ୍ତେ ନିଜନିଜ ସାରସ୍ୱତ ସାଧନାଗତ ଦକ୍ଷତାର ପ୍ରମାଣପତ୍ର ଭାବରେ ପ୍ରସ୍ତୁତ କରିବାକୁ ଚାହିଁଛନ୍ତି। ଉତ୍କଳୀୟ ଜନମାନସରେ ଯୁବଚେତନାର ଯେଉଁ ବିବର୍ତ୍ତନବାଦୀ ସ୍ୱର, ସବୁଜ ସାଧକମାନେ ଶୁଣାଇଥିଲେ,ତାର ତତ୍ତ୍ୱ ଓ ଆଦର୍ଶର ସମସ୍ତ ବିବରଣୀ ଆଲୋଚ୍ୟ ଉପନ୍ୟାସରେ ସବିଶେଷ ସଂରକ୍ଷିତ। ବାସନ୍ତୀ ଶେଷ ପର୍ଯ୍ୟନ୍ତ ରୂପ ଗୁଣରେ, କର୍ମ ଓ ସାଧନାରେ ଆକର୍ଷଣୀୟା। ଦେବବ୍ରତ ପ୍ରତିଜ୍ଞା ଓ ପ୍ରତିଶ୍ରୁତିରେ ଭୀଷ୍ମଙ୍କ ପରି ଅଟଳ ଅଚଳ ମାନସିକତାର ମଣିଷ। ଜଣେ ରକ୍ତମାଂସଧାରୀ ଭାବରେ ମାନବିକ ପ୍ରବୃତ୍ତିର ତାଡ଼ନାରେ ସେ କ୍ଷଣକାଳପାଇଁ ଲକ୍ଷ୍ୟଚ୍ୟୁତ ହୋଇଛି ସତ, ମାତ୍ର ସେଥିସକାଶେ ତାର ଅନ୍ତରରେ ଉଦ୍‌ବିଗ୍ନତାର ଅଭାବନାହିଁ। ଅନୁଶୋଚନା ଏବଂ ଅନୁତାପର ମଧ୍ୟ ଅନ୍ତନାହିଁ।

ବାସନ୍ତୀ ଉପନ୍ୟାସର କଥାବସ୍ତୁ ତିରିଶଗୋଟି ପରିଚ୍ଛେଦରେ ବିଭକ୍ତ ଏବଂ ପ୍ରଥମ ପର୍ଯ୍ୟାୟରେ ବାସନ୍ତୀ ପରିବାର ସହ ଦେବବ୍ରତର ଘନିଷ୍ଠତା, ଦେବବ୍ରତ ବାସନ୍ତୀ ମା'ଙ୍କର ମୃତ୍ୟୁ ଶଯ୍ୟା ନିକଟରେ ଉପସ୍ଥିତ ଥାଇ ବାସନ୍ତୀକୁ ଜୀବନସାଥୀ କରିବା ସକାଶେ ତାଙ୍କ ମୃତ୍ୟୁକାଳୀନ ଇଚ୍ଛାକୁ ସମ୍ମାନ ଦେବାଠାରୁ କଥାବସ୍ତୁ ନାନା ଉତ୍‌ଥାନ ପତନ ମଝିରେ 'ବିଚ୍ଛେଦ', 'ଖେଦୋକ୍ତି' ଦେଇ ଗତିକରି ଶେଷରେ 'ପୁନର୍ମିଳନ' ସ୍ତରରେ ପହଞ୍ଚିଛି। ଉପନ୍ୟାସଟି ସାମାଜିକ। ଏଣୁ, ସମାଜ ମଣିଷଙ୍କ ସ୍ୱର ସ୍ୱାକ୍ଷରରେ ଏହା ସର୍ବତ୍ର ଉତ୍ତୀର୍ଣ୍ଣ ଏବଂ ଅନୁରଣିତ।

ଉପନ୍ୟାସଟିର ଘଟଣାପ୍ରବାହରେ ଦ୍ୱନ୍ଦ୍ୱ ସେତେବେଶୀ ଦୃଢ଼ କିମ୍ବା ପ୍ରଭାବଶାଳୀ ନୁହେଁ। ବାସନ୍ତୀର ଛିଣ୍ଡା ଚିଠିର ଗୋଟିଏ ଅଂଶ ପଢ଼ି, ତା' ଚରିତ୍ରକୁ ସନ୍ଦେହ ଦୃଷ୍ଟିରେ ଦେଖିବା ଏବଂ ପରେ ତାହା ଯେ ବିନୋଦର ଥିଲା ଜାଣିବା ପରେ ଅନୁତାପ କରିବା- ସାଧାରଣ ପୁରୁଷକୁ ଏକ ଗୁରୁତ୍ୱପୂର୍ଣ୍ଣ ଶିକ୍ଷା ଦିଏ। ସାମୟିକ ଉତ୍ତେଜନାର ବଶବର୍ତ୍ତୀ ହୋଇ ଦେବବ୍ରତର ବାସନ୍ତୀ ପ୍ରତି ଏ ପ୍ରକାର ଧାରଣା ଜାହିର କରିବା ଏକାନ୍ତ ଅସଂଗତ

ଏବଂ ଅଯୌକ୍ତିକ। ବିଶ୍ୱାସର ଦୃଢ଼ ଭିତ୍ତି ଉପରେ ଦଣ୍ଡାୟମାନ ଦାମ୍ପତ୍ୟ ଏ ପ୍ରକାର ଅମୂଳକ ଆଶଙ୍କାକୁ ପ୍ରଶ୍ରୟ ଦେବା- ଆଦୌ ସମୀଚୀନ ନୁହେଁ ବୋଲି ଏତଦ୍ଦ୍ୱାରା ପ୍ରମାଣିତ ହୋଇଛି।

ଉପନ୍ୟାସଟିରେ ସର୍ବତ୍ର ଗତାନୁଗତିକତାର ଶକ୍ତି, ସାମର୍ଥ୍ୟ ଓ ସ୍ୱରୂପକୁ ଅନାବରଣ କରାଯାଇ ଜୀବନ କ୍ଷେତ୍ରରେ ନବୀନ ସମାଜ ଗଠନ କ୍ଷେତ୍ରରେ ତାର ଅପ୍ରାସଙ୍ଗିକତାକୁ ପ୍ରଦର୍ଶନ କରାଯାଇଅଛି। ବିଶେଷକରି ନାରୀର ସ୍ୱତନ୍ତ୍ରତା, ସ୍ୱାଧୀନ ସ୍ଥିତି, ମୁକ୍ତ ଚିନ୍ତା- ପ୍ରକଟନର ମାଧୁର୍ଯ୍ୟକୁ ସ୍ୱାଗତ କରାଯାଇଅଛି। ବାସନ୍ତୀ ଏଣୁ ପରମ୍ପରାମୁକ୍ତ ନୂତନତାର ସଂସ୍ଥାପକ। ନିଜେ କଷ୍ଟ ଯନ୍ତ୍ରଣା ସହି ଅନ୍ୟପାଇଁ ସ୍ୱଚ୍ଛନ୍ଦମାର୍ଗ ଉନ୍ମୋଚନରେ ପକ୍ଷପାତୀ ଏଠି ପରମ୍ପରା ପୀଡ଼ିତା ପାଲଟିଛି ବାସନ୍ତୀ ପରି ନିରୀହା ଆଧୁନିକମନସ୍କା ନାରୀଟିଏ।

ଉପନ୍ୟାସଟିର ବିଷୟଉପସ୍ଥାନ କୌଶଳ ଅନେକତ୍ର ନାଟକୀୟ ଓ ଚିତ୍ରାତ୍ମକ। ଗଠନମୂଳକ ଭାବନାରେ ଉଦବୁଦ୍ଧ ବାସନ୍ତୀ ନଇଁ ପଡ଼ିବା ଜାଣିଛି, ମାତ୍ର ଭାଙ୍ଗି ପଡ଼ିବା ଶିଖିନାହିଁ। ସେ ତେଣୁ ସମକାଳୀନ ସମାଜ ବ୍ୟବସ୍ଥା ଓ ଚଳଣିର ଏକ ଚର୍ଚ୍ଚିତ ଚେତନାବିନ୍ଦୁ।

**'ବାସନ୍ତୀ'ରେ ସମକାଳୀନ ସମାଜ ମଣିଷଙ୍କ ନିଛକ ଜୀବନଚିତ୍ର:**

ବିଂଶ ଶତକର ପ୍ରଥମ ତୃତୀୟ ଦଶକର ସାମାଜିକ ପୃଷ୍ଠଭୂମିରେ ରଚିତ ଏବଂ ୧୯୩୧ ମସିହାରେ ସବୁଜ ଚେତନାର ନିର୍ଦ୍ଦିଷ୍ଟ ଆଭିମୁଖ୍ୟ ବହନ କରି ଆତ୍ମପ୍ରକାଶ ଲାଭ କରିଥିବା 'ବାସନ୍ତୀ' ଉପନ୍ୟାସ, ଆମ ସାହିତ୍ୟ, ସଂସ୍କୃତି, ଜୀବନଧାରା ଏବଂ ସମାଜ-ମଣିଷଙ୍କ ନିଛକ ପ୍ରତିଛବି ବହନ କରିଥିବା ଏକ ସଂସ୍କାରମୁଖୀ ଉପନ୍ୟାସ। ଊନବିଂଶ ଶତାବ୍ଦୀର ଉତ୍ତରାର୍ଦ୍ଧରୁ ଆରମ୍ଭ ହୋଇଥିବା ସମାଜ ସଂସ୍କାରର ପ୍ରଲମ୍ବିତ ଇସ୍ତାହାରର ନାନା ସନ୍ଦେଶ ଏଥିରେ ଉତ୍କୀର୍ଣ୍ଣ। ବିଶେଷକରି ଛୁଆଁ ଅଛୁଆଁ ଭେଦଭାବ ଦୂରୀକରଣ, ଧର୍ମ ନାମରେ ମୂଳ ମାନବଧର୍ମକୁ ଅସ୍ୱୀକାର ଏବଂ ପୁରୁଷ ପ୍ରଧାନ ସମାଜରେ ନାରୀଶିକ୍ଷା ଏବଂ ସ୍ୱାଧୀନତାର ଅଗ୍ରଗତି- ଏଥିରେ ବହୁଳ ଭାବରେ ବର୍ଣ୍ଣିତ। ବାସ୍ତବରେ ସବୁଜ ଯୁଗର ମାତୃଶାଳା- ରେଭେନ୍‌ସା କଲେଜର ସତୀର୍ଥ ତରୁଣଦଳଙ୍କ ଉତ୍ସାହ ଉଦ୍ଦୀପନାକୁ ଏମାନେ ଅଙ୍ଗୀକାର କରିନେଇଛନ୍ତି ସିଧା ସଳଖ ଭାବରେ ଆଲୋଚ୍ୟ ଉପନ୍ୟାସରେ। ଜଣେ ଉଦ୍ଦୀପ୍ତ ଯୌବନଚେତନାର ଯୁବକ ଭାବରେ ବକ୍ତୃତା, ଫୁଟବଲ୍, ଟେନିସ୍, ସଙ୍ଗୀତ, କ୍ରିକେଟ୍, ହକି- ସବୁଥିରେ ଦେବବ୍ରତ ନିପୁଣ। ଅଛୁଆଁଙ୍କୁ ସାଙ୍ଗରେ ବସି ଖୁଆଇବା, ରୋଗୀ ସେବା କରିବା, ଦୁର୍ଗତଙ୍କ ସେବାକାର୍ଯ୍ୟରେ ନିଜକୁ ନିୟୋଜିତ କରିବା-

ହେଉଛି ଦେବବ୍ରତଙ୍କ ଚାରିତ୍ରିକ ବୈଶିଷ୍ଟ୍ୟ କେବଳ ନୁହେଁ, ବରଂ ତାହାହିଁ ଥିଲା ଜାତୀୟ ଆବଶ୍ୟକତା ଓ ସମକାଳୀନ ଯୁବଚରିତ୍ରଙ୍କର ଉନ୍ନତ କର୍ତ୍ତବ୍ୟବୋଧ। ବାସନ୍ତୀ ପରିବାର ସହ ଦେବବ୍ରତର ମିଳାମିଶାକୁ ଅନ୍ୟ ଛାତ୍ରବନ୍ଧୁମାନେ ସହି ନପାରିବାଟା ଥିଲା ସମକାଳୀନ ଛାତ୍ରମାନଙ୍କର ସଂକୀର୍ଣ୍ଣ ମାନସିକତା। ଦେବବ୍ରତର ପରିଚିତ ଜନୈକ ଅଧ୍ୟାପକ ବାସନ୍ତୀର ମାଆ- ନିର୍ମଳାଙ୍କ ମୃତ ଶରୀର ଦାହ କରିବାକୁ ସମାଜକୁ ଡରି ଯାଇନଥିବାବେଳେ, ବିପଦରେ ପଡ଼ିଥିବା ଜଣେ ମଣିଷକୁ ସାହାଯ୍ୟ କରିବା ସକାଶେ ଅନ୍ୟଜଣେ ମଣିଷ- ଅଦାଲତରେ କାମକରୁଥିବା କରଣ ଭଦ୍ରଲୋକ ଆଗଭର ହୋଇ ଆସିଛନ୍ତି। ସେହିପରି ବାସନ୍ତୀ ନୂଆବୋହୂ ସାଜି ମୁଣ୍ଡରେ ଓଢ଼ଣା ନଦେଇ ଶାଶୁଙ୍କ ସହ ସାଫ୍ ସାଫ୍ କଥା କହିବା, ବାସନ୍ତୀ ସୁନୀତି ସହିତ ପ୍ରାତଃ ଭ୍ରମଣରେ ଯିବା, ଯୋତା ମାଡ଼ିବା- ପ୍ରଭୃତିକୁ ଗତାନୁଗତିକତା ବିପକ୍ଷ ଆଚରଣ କୁହାଯାଇପାରେ, ମାତ୍ର ଏଥିରେ ନୂତନତାର ଚିନ୍ତା ଓ ତାର ଫଳପ୍ରଦ ଭୂମିକା ଯେ ବିଦ୍ୟମାନ- ଏକଥା ସମାଜ ଗ୍ରହଣ କରିବାକୁ ନାରାଜ। 'ପରୋପକାରାୟ ସ୍ୱର୍ଗାୟ'କୁ ମାନେ ଆମ ସମାଜ। ଦେବବ୍ରତର ବାପା ନିମାଇଁ ସାମନ୍ତରାୟ ପ୍ରଖରସ୍ରୋତା ବୁଢ଼ାବଳଙ୍ଗରେ ଭାସି ଯାଉଥିବା ଗୋଟେ ଚଣ୍ଡାଲୁଣୀ ବାଳିକାକୁ ଉଦ୍ଧାର କରିବାକୁ ଯାଇ ପ୍ରାଣ ବିସର୍ଜନ କରିଥିଲେ। ଏହାହିଁ ଜୀବନର ମୃତ୍ୟୁ ନୁହେଁ, ବରଂ କାଳକାଳ ପାଇଁ ଜୀବନର ବିସ୍ତୃତି। ମରିବି ସେ ଲୋକ ମୁଖରେ ଅମର- ତାଙ୍କର ଏ ଦୁଃସାହସିକ କାର୍ଯ୍ୟ ପାଇଁ। ସେତେବେଳେ ଶିକ୍ଷିତ ତରୁଣ ମାନଙ୍କର ଭାଷା ସାହିତ୍ୟ ବିକାଶ କ୍ଷେତ୍ରକୁ ଅବଦାନ ଥିଲା ସ୍ୱତନ୍ତ୍ର। ସମସ୍ତେ ପ୍ରାୟ ଲେଖନୀ ଚାଳନା କରୁଥିଲେ- ସାହିତ୍ୟର ଏବଂ ସମାଜର ବିକାଶ ସକାଶେ। ପୁଣି ଶେଲୀ, କୀଟସ୍, ବାଇରନ୍, ଉଆଡ୍‌ସ୍ୱାର୍ଥ, କାଳିଦାସ- ସମସ୍ତଙ୍କ ଆଦର୍ଶରେ ଉଦ୍ଦୀପିତ ହୋଇ ଯୁବସମାଜ ଲେଖାମାନ ଲେଖୁଥିଲେ। ସବୁଜ କବିଙ୍କ ଆଦର୍ଶର ବାଣୀ ଥିଲା- ସୁଦୂର ପିପାସା ଓ ଯୌବନଦୀପ୍ତ ପ୍ରେମ ଭାବନା। ଏଣୁ, ସେତେବେଳର 'ଉତ୍କଳ ଦୀପିକା'ରେ ଦେବବ୍ରତ ପ୍ରବନ୍ଧ ଲେଖିଥିଲା- ପ୍ରେମ ଓ ସାହିତ୍ୟ ବିଷୟରେ। ବିଶେଷକରି ରେଭେନ୍‌ସା କଲେଜର ଛାତ୍ରମାନଙ୍କର କୃତିତ୍ୱ ଥିଲା ଅଗ୍ରଗଣ୍ୟ ଏବଂ ସମାଜକୁ ନେତୃତ୍ୱ ଦେବାରେ ପ୍ରମୁଖ ସଫଳ ସାହିତ୍ୟ ସାଧକଙ୍କୁ ପୁରସ୍କାର ରାଶି ପ୍ରଦାନ ଥିଲା 'ଉତ୍କଳ ସାହିତ୍ୟ ସମାଜ'ର ତଥା ସେକାଳର ସମାଜର ପ୍ରତିପତ୍ତିବାନ୍ ମଣିଷଙ୍କର ଅନ୍ୟତମ ଉତ୍ସର୍ଗୀକୃତ ଆଚରଣ। ଦିନେ ଯେଉଁ ମଣିଷ ଯାହା ପାଖରୁ ବି ଟିକିଏ ସାହାଯ୍ୟ ପାଇ ଉପକୃତ ହେଉଥିଲେ, ସେମାନେ ସୁଯୋଗ ପାଇଲେ ତାହା କେମିତି ନା କେମିତି ଉପାୟରେ ପରିଶୋଧ କରିବାକୁ ସତତ ଚେଷ୍ଟା କରୁଥିଲେ। ପେସ୍କାର

ନବଘନ ଦାସ ହେଉଛନ୍ତି ଏହି ଶ୍ରେଣୀୟ ଜଣେ ଆଦର୍ଶ ମଣିଷ। ପରଲୋକ ହୋଇ ବି ନିଜର କୃତଜ୍ଞତା ଜାହିର କରି ନିର୍ମଳାଙ୍କ ମୃତାହ କର୍ମରେ ନିଜର ଲୋକଙ୍କ ପରି ଶ୍ରମ ଓ ସମୟ ଦେଇ ଦେବବ୍ରତକୁ ସମ୍ପୂର୍ଣ୍ଣ ସାହାଯ୍ୟ କରିଛନ୍ତି।

ସେସମୟରେ ଅଭାବୀ ଲୋକମାନେ ସହରର ବସ୍ତି ଅଞ୍ଚଳରେ ନୁଆଁଣିଆ ଛଳଘରେ ରହୁଥିଲେ। ଏବଂ ସାମାନ୍ୟ ଅସାବଧାନତା ବଶତଃ ଛଳରୁ ଓହଳିଥିବା ଦଉଡ଼ିରେ ନିଆଁ ଲାଗି - ସମଗ୍ର ବିଡ଼ାନାସୀ ଅଞ୍ଚଳର କୁମ୍ଭାର ସାହିଟି ଧ୍ୱସ୍ତ ବିଧ୍ୱସ୍ତ ହୋଇଯାଇଥିଲା। ସଂକୀର୍ଣ୍ଣତାରୁ ମୁକ୍ତି ହେଉଛି ଶିକ୍ଷିତର ପ୍ରଥମ ପରିଚୟ। ସ୍ୱାର୍ଥତ୍ୟାଗୀ, ସେବାମନୋଭାବାପନ୍ନ ଶିକ୍ଷିତ ଯୁବଗୋଷ୍ଠୀଙ୍କ  ସହଯୋଗରେ ସମାଜରୁ ଦୁଃଖ ଦୁର୍ଗତିକୁହିଁ ହଟାଯାଇପାରିବ ବୋଲି ବିଶ୍ୱାସ ସଞ୍ଚାର କରାଯାଇଅଛି। ସେ ସମୟରେ ଟେଲିଗ୍ରାମ ସେବା ହିଁ କେବଳ ଥିଲା ଜରୁରୀ ଖବର ସଞ୍ଚାରର ମାଧ୍ୟମ। ଦେବବ୍ରତ ନିଜର ବିବାହ ପରେ ବାସନ୍ତୀକୁ ନେଇ ଘରକୁ ଯାଉଥିବାରୁ ଟେଲିଗ୍ରାମ କରିଥିଲା ତା' ମାଆଙ୍କ ପାଖକୁ। ଚିଠି ଓ ଟେଲିଗ୍ରାମ୍  ସାଙ୍ଗକୁ ଡାଏରୀ ଲେଖା ଜୀବନ ଓ ସମ୍ପର୍କ ଯୋଡ଼ିବାର, ନିଜ ଭାବନା ପ୍ରକଟ କରିବାର  ମାଧ୍ୟମ ଭାବରେ ଏ ଉପନ୍ୟାସରେ ମୂଳତଃ ରୂପାୟିତ ହୋଇଅଛି। ବାସନ୍ତୀ ବିବାହ କରି ନାରୀ ଜୀବନର ପରିବର୍ତ୍ତନକୁ ଅଙ୍ଗୀକାର ପୂର୍ବକ ଶାଶୁ ଘରେ ପହଞ୍ଚିବା ପରେ  ଶାଶୁଙ୍କ ଗୋଡ଼ ଧୂଆ ପାଣି  ପିଇବାର ପରମ୍ପରା ପ୍ରସଙ୍ଗ ମଧ୍ୟ ଏ ଉପନ୍ୟାସରେ ସ୍ଥାନିତ। ଶାଶୁ ସୁଭଦ୍ରା ଦେବୀ ପରମ୍ପରାକୁ ମାନନ୍ତି।  ମାତ୍ର, ଆଜି ନହେଲେ କାଲି  ଧୋଇଦେଲେ ବି ଚଳିବ ବୋଲି କହନ୍ତି। ଯଥା- "ସୁଭଦ୍ରା କହିଲେ- ଗୋଡ଼ଧୂଆ ଦିନ କଣ କୁଆଡ଼େ ଯାଉଚି ! ତୋ ଭାଉଜ ବୋହୂକୁ ଖୁଆ। ମୁଁ ତ ଗାଧୋଇନାହିଁ। କାଲି ଧୋଇଦବ।" (ବାସନ୍ତୀ- ପୃ-୫୭) ରାତିରେ ଶୋଇଲା ବେଳକୁ ବଡ଼ମାନଙ୍କର ଗୋଡ଼ ଘଷିଦେବାରେ ହିଁ ବୋହୂପଣିଆ ଥାଏ ବୋଲି ମଧ୍ୟ ବାସନ୍ତୀ ବୁଝିଛି। ସେ ସମୟରେ ସମାଜ ବିରୋଧରେ କୌଣସି ଅକାର୍ଯ୍ୟ କଲେ, ଲୋକେ ଏକଘରକିଆ କରି ରଖୁଥିବାର ପ୍ରସଙ୍ଗ ମଧ୍ୟ ଏଥିରେ ବର୍ଣ୍ଣିତ। ହଷ୍ଟେଲ ଜୀବନ ଥିଲା ସେସମୟରେ  ବେଶ୍ ଶୃଙ୍ଖଳିତ । ଠିକ୍ ସମୟରେ ବିଛଣା ଛାଡ଼ିବା, ସବୁ କାମ ସାରି ପାଠ ପଢ଼ିବା- ଏବଂ ଠିକ୍ ସମୟରେ  ଭୋଜନ କରିବା ଥିଲା ଏକ ସମ୍ଭ୍ରାନ୍ତ ଆଚରଣ।  ଅନ୍ୟଥା ଦଣ୍ଡବିଧାନ ସ୍ୱରୂପ ବଡ଼ଛଟ ଅଧିକ କାମ କରିବାକୁ ଦେଉଥିଲା। ଏ ପ୍ରସଙ୍ଗ ମଧ୍ୟ ବାସନ୍ତୀ ଉପନ୍ୟାସରେ ବର୍ଣ୍ଣିତ ହୋଇ ଏହାର କଥାବସ୍ତୁକୁ ବାସ୍ତବାୟିତ ଓ ବିଶ୍ୱାସଯୋଗ୍ୟ ସ୍ତରକୁ ଉନ୍ନୀତ କରାଇଛି।  ଯେତେ ସାଙ୍ଗ ସାଥୀ ହେଲେବି ଜଣେ ବିବାହିତା ସ୍ତ୍ରୀ  ଘରର ମାନ ମର୍ଯ୍ୟାଦା ମାନି ପରପୁରୁଷ ସହିତ କଥାବାର୍ତ୍ତା ହେବାଟା ଥିଲା ନିଷିଦ୍ଧ। ବାସନ୍ତୀର ବହୁପରିଚିତ ରମେଶ ସହ

ଏପରି ବାକ୍ୟାଳାପ - ଗ୍ରାମ୍ୟ ଜୀବନ ଚଳଣିରେ ଅନେକତ୍ର ଦୃଷ୍ଟିକଟୁର କାରଣ ହୋଇଥିଲା । ଦେବବ୍ରତର କର୍ମ ଥିଲା ବହୁମୁଖୀ । ନିଜ ଉଦ୍ୟମରେ ମାସିକ ପତ୍ରିକା ପ୍ରକାଶନ, ଗ୍ରାମର ଅପରପ୍ରାଇମେରୀ ସ୍କୁଲ୍‌ର ଯୁବକମାନଙ୍କ ସକାଶେ ବ୍ୟାୟାମଶାଳା ପ୍ରତିଷ୍ଠା ଓ କୁସ୍ତି ଖେଳ କସରତ- ସବୁକାମରେ ସେ ମନୋନିବେଶ କରେ । ସେତେବେଳେ ସମାଜରେ ଯୌତୁକପ୍ରଥାରେ ଦାବି ମୁତାବକ ଜିନିଷ ଦେଇଦେଇ କାଙ୍ଗାଳ ପାଲଟୁଥିଲେ ଅଭାବୀ ମଣିଷ । ନିରୀହା ନାରୀମାନେ ଯୌତୁକପ୍ରଥାରେ ବଳି ପଡୁଥିଲେ । ଆଲୋଚ୍ୟ ଉପନ୍ୟାସରେ ଫକୀରମୋହନୀୟ ଶୈଳୀରେ ପୋଖରୀ ତୁଠରେ ଗ୍ରାମ୍ୟ ଜୀବନ ଚିତ୍ର ଉପସ୍ଥାପନର ଚିତ୍ର ମଧ୍ୟ ରହିଛି । ଯଥା- "ଆଠଟା ସାଢ଼େ ଆଠଟା ବାଜି ଯିବଣି । ନିତି ପୋଖରୀ ତୁଠରେ ଏଇ ସମୟରେ ଗ୍ରାମର ମୁଖରା ସମିତିର ଦୈନିକ ଅଧିବେଶନ ବେଶ୍ ଜମି ଉଠି ସୁରୁଖୁରୁରେ ଶେଷ ହୁଏ । ବଡ଼ି ଅନ୍ଧାରରୁ ଝିଅ ବୋହୂଏ ଗାଧୋଇ ସାରି ପଳାଇ ଯାଇଥା'ନ୍ତି । ସେମାନଙ୍କ ପଛକୁ ଯେଉଁମାନେ ଗୋଟି ଗୋଟି ହୋଇ ଉଦୟ ହୁଅନ୍ତି, ସେମାନେ ଆଡ୍ଡାର ମୁଖିଆ ମେମ୍ବର ।" (ବାସନ୍ତୀ- ପୃ-୧୧୮) ପୁରୁଷପ୍ରଧାନ ସମାଜରେ ନାରୀ ଉପରେ ହୋଇ ଆସୁଥିବା ଅକଥନୀୟ ଅତ୍ୟାଚାରର ଚିତ୍ର 'ବାସନ୍ତୀ' ଉପନ୍ୟାସରେ ପରୋକ୍ଷରେ ଉପସ୍ଥାପିତ । ତେଣୁ ଏହାର ସାମାଜିକ ସ୍ୱର ହେଉଛି ନାରୀ ନିର୍ଯାତନାରୁ ମୁକ୍ତି । ପୁରୁଷ ନାରୀକୁ ସେ ଯାବତ୍ ଭାବି ଆସୁଥିଲା- ଗୋଟେ ସମ୍ପତ୍ତି । ଶାଶୁ ଶ୍ୱଶୁର ପ୍ରଭୃତିଙ୍କ ନାଁ' ନଧରିବା ହେଉଛି ଆମ ସାଂସ୍କୃତିକ ପରମ୍ପରା । ଉନ୍ନତ ପାରିବାରିକ ବିଚାରବୋଧର ପ୍ରୟୋଗଶାଳା ଥିଲା ଗୋଟେ ସୁସଂହତ ପରିବାରର ମର୍ଯ୍ୟାଦା । ତେଣୁ ଦେବବୋଉ ବି ବୁଢ଼ୀ କାଳରେ ତାଙ୍କ ଶ୍ୱଶୁର ଘନ ସାମନ୍ତରାକୁ ନାଁ ନଧରି 'ନନ'ସାଆନ୍ତରା ବୋଲି କହନ୍ତି । ସେ ସମୟରେ ମାନବେତର ପ୍ରାଣୀମାନଙ୍କ ପ୍ରତି ମଣିଷପ୍ରାଣର ସ୍ନେହ ଶ୍ରଦ୍ଧା ପ୍ରକଟିତ ହେଉଥିଲା । ଛୋଟ କୁକୁର ନୁଟୁ,ବିଲେଇ ଛୁଆ, ସାରୀ ଓ ଛୋଟ ଚେମେଣିଆ ମଧ୍ୟ ଏଠାରେ ସେହି ମାନବିକ ସମ୍ବେଦନା ପ୍ରାପ୍ତି ଉଦ୍ଦେଶ୍ୟରେ ଉପନ୍ୟାସର କଥାବସ୍ତୁରେ ସ୍ଥାନ ପାଇଛନ୍ତି । ସେସମୟର ଚାକର ପୂଝାରୀମାନେ ବେତନ ଦାତାଙ୍କୁ ଜୀବନଦାତାବୋଲି ମାନୁଥିଲେ ଓ ତାଙ୍କର ଖୁସି ପାଇଁ ନିଜ ସୁଖ ସ୍ୱାଚ୍ଛନ୍ଦ୍ୟକୁ ଜଳାଞ୍ଜଳି ଦେଇଥିଲେ । ସେସମୟରେ ସମାଜରେ ବନ୍ଧୁ ଗୃହରେ ଆତିଥ୍ୟ ସ୍ୱୀକାର କରିବାଟାକୁ ନିନ୍ଦା ନୁହେଁ, ବରଂ ଅଧିକାର ଭାବରେ ବିଚାର କରାଯାଉଥିଲା । ସମକାଳୀନ ସମାଜରେ ପୁଅ ଝିଅଙ୍କ ମଧ୍ୟରେ ଆକାଶ ପାତାଳ ତାରତମ୍ୟ ବିଚାର କରାଯାଉଥିଲା । ପୁଅମାନଙ୍କ ଅପେକ୍ଷା କନ୍ୟା ସନ୍ତାନମାନଙ୍କୁ ଜନ୍ମ ଦେବାର ମାନସିକତା ହୀନ ଭାବରେ ବିବେଚିତ ହେଉଥିଲା । ନିଶାମଣି ପାଞ୍ଚହଜାର ଟଙ୍କା ଯୌତୁକ ଚାହୁଁଥିବା ଯୁବକକୁ ବିବାହ

ନକରିବା ପାଇଁ ନିଜ ବାପାଙ୍କ ଗୋଡ଼ତଳେ ପଡ଼ି ଅତି ବିନମ୍ର ଭାବରେ ନିବେଦନ କରିଥିଲେ। ଏହିପରି ସମକାଳୀନ ସମାଜର ବହୁ ଜୀବନ୍ତ ପ୍ରଥା ପରମ୍ପରା ଏବଂ ଚଳଣି 'ବାସନ୍ତୀ' ଉପନ୍ୟାସରେ ସ୍ଥାନିତ ହୋଇ ନୂତନ ଚେତନା ବିସ୍ତୃତିର ଗୋଟାଏ ପ୍ରବଣତାପୂର୍ଣ୍ଣ କ୍ଷେତ୍ର ଭାବରେ ଏହାକୁ ସଜାଇବାରେ ସମର୍ଥ ହୋଇଅଛି।

**'ବାସନ୍ତୀ' ଉପନ୍ୟାସର ଶବ୍ଦ ସଂଯୋଜନା ଏବଂ ଓଡ଼ିଆ ଉପନ୍ୟାସ ସାହିତ୍ୟରେ ଏହାର ସ୍ଥାନ:**

'ବାସନ୍ତୀ' ଉପନ୍ୟାସରେ ସହଜ, ସରଳ, ବୋଧଗମ୍ୟ ଭାଷାର ପ୍ରୟୋଗ କରାଯାଇଅଛି। ତେବେ କେତେକ କ୍ଷେତ୍ରରେ କିଛି ପାରମ୍ପରିକ ଏବଂ ଆଞ୍ଚଳିକ ଶବ୍ଦ ବ୍ୟବହୃତ ହୋଇ ସ୍ରଷ୍ଟା ମାନଙ୍କର ସ୍ୱକୀୟ ଧୀମତ୍ତା, ରୁଚି ଓ ଆଦର୍ଶ ଉପସ୍ଥାପନର ହେତୁ ପାଲଟିଛି। ଯଥା, ନିକୁଛା, ହୋ ମତାଣିରେ, ଜିଗର, ପୁଲିନ୍ଦା, ଖିଆଲବାଜିଆ, ହୁରୁମାପଣ, ତୋଡ଼, ଖାମିନ୍ଦ, କାର୍‌ଦାନୀ, ଅଇସ କରିବା, ଦିମାକ, ହାରାମିୟାଣି, ଗାଡ଼ି ରେକାବ, ଭେକା, କଚୁଆନ୍, ଅସ୍ଥି ଗଲାଣି, ପଟକନ୍, ପା'ଚାରୀ, ପୋରିଆ, ହାଲିକି, ଦଡ଼ମଡ଼ି- ଇତ୍ୟାଦି ଅନେକ ଶବ୍ଦ ସେମାନଙ୍କର ଚେତନା ପ୍ରକାଶର ସ୍ୱତନ୍ତ୍ରତା ଭାବରେ ସ୍ଥାନିତ; ଭାବପ୍ରକଟନରେ ଯାହା ଅଧିକ ହୃଦୟକୁ ରସାଣିତ ତଥା ଭାବପ୍ଲୁତ କରେ। ଏଥିରେ ଓଡ଼ିଆ ଜୀବନ ଓ ସମାଜର ଚିତ୍ର ପ୍ରଦାନ କରାଯାଇଥିବାରୁ ଓଡ଼ିଆ ଲୋକଙ୍କ ମୁଖରେ ପ୍ରଚଳିତ ବହୁ ପ୍ରବାଦ, ପ୍ରବଚନ ଓ ଢଗ ଢମାଳି ବ୍ୟବହୃତ ହୋଇ ସ୍ଥିତି ଅନୁଭବରେ ବେଶ୍ ଆନ୍ତରିକତା ଜାହିର କରିବସେ। ଯଥା- ଢଗ- 'ତୁଛାକୁ ଏତେ, ମୁଦି ନାଇ ଗୋଡ଼ କଚେଡ଼ୁ କେତେ', (ପୃ-୧୮) 'ହାତ ଶଙ୍ଖାକୁ ଦରପଣ ଲୋଡ଼ା' (ପୃ୫୨), 'ଦୁହିତା, ଦୁଇ କୁଳକୁ ହିତା, ଦୁଇ କୁଳକୁ ପିତା'- (ପୃ-୫୫), ଗୁଣକୁ ପୂଜା, ଅବିଗୁଣ ଥିଲେ କତିକି ନଯା', 'ରୂପ ମଶାଣିକୁ, ଗୁଣସଂସାରକୁ', 'ଚୋରର ମା' ଲାଜେ ନକାନ୍ଦେ, ଯେବେ କାନ୍ଦେ, ଦୁଆର କିଳି କାନ୍ଦେ'(ପୃ-୧୧୬), 'କେତେ କେତେ କଥା ନକଲେ କାହ୍ନୁ, ଜୀବ ଯିବା ଯାଏ ନଯିବ ମନୁ'(ପୃ-୧୧୭), 'ବୁଦ୍ଧି ନଦିଶଇ ଘରକୁ, ପଦୀ ନାନୀ ମୋର ଚହଟ ଚିକ୍କଣ, କହିଦଉଥାଏ ପରକୁ'(୧୧୯) 'ଗୋଟିଏ କୋଇଲି ଡାକିଲେ ବସନ୍ତ ଜାଗିଉଠେନାହିଁ'(ପୃ-୧୩୪), 'ଛି କର, ପଚେ ବାଇଗଣ କାଞ୍ଜି କର'(ପୃ-୧୫୯), ସେହିପରି ବକ୍ତବ୍ୟକୁ ଅଧିକ ସାନ୍ଦ୍ର ତଥା ଭାବପ୍ରଖ୍ୟାପନକ୍ଷମ କରିବା ସକାଶେ ସ୍ରଷ୍ଟାମାନେ କେତେକ ସ୍ଥଳରେ ଗଦ୍ୟୋପମାର ସାହାଯ୍ୟ ନେଇଛନ୍ତି। ତନ୍ମଧ୍ୟରୁ ଦୁଇ ତିନୋଟିର ଉଦାହରଣ ଏଠାରେ ପ୍ରଦାନ କରାଯାଇ ବର୍ଣ୍ଣନା ଶୈଳୀରେ ଚମତ୍କାରିତା ଏବଂ କବିତ୍ୱର ପ୍ରେଷଣୀୟ ଦକ୍ଷତା ଆକଳନ କରାଯାଇପାରେ। ଯଥା- ଦେବବ୍ରତ ଏବଂ ବାସନ୍ତୀ ଉଭୟ

ଯୌବନାବସ୍ଥାରେ ପହଞ୍ଚି ସ୍ୱପ୍ନ, କଳ୍ପନାର ପରୀ ମହଲରେ ବିଚରଣ କରୁଥିଲେ। ତାହାକୁ ପ୍ରକାଶ କରି କୁହାଯାଇଛି- "ଉଭୟେ ଯୌବନ ନଦୀର ଉଜାଣି ସ୍ରୋତରେ ପାଲ ମେଲିଦେଇ ଚାଲିଥିଲେ"(ବାସନ୍ତୀ- ପୃ-୧୦) ଦେବବ୍ରତର ମନ ବାସନ୍ତୀର ମାଆଙ୍କ ମୃତ୍ୟୁପରେ କିପରି ନୀରସ, ଶୁଷ୍କ ଏବଂ ଚିନ୍ତିତ ହୋଇପଡ଼ିଛି, ତାର ଚିତ୍ରଟିଏ ଦେବାକୁ ଯାଇ ସ୍ରଷ୍ଟାସୁଲଭ ଅନୁଭୂତିକୁ ଉପସ୍ଥାପନ କରିଛନ୍ତି ସ୍ରଷ୍ଟାମାନେ। ଯଥା- "ଗ୍ରୀଷ୍ମ ଋତୁରେ ଖରସ୍ରୋତା କାଠଯୋଡ଼ିର କ୍ଷୀଣଧାର ସଦୃଶ ପ୍ରେମ ମନ୍ଦାକିନୀ ତାହାର ଚିନ୍ତା ରାଶିରେ ପ୍ରାୟ ଶୁଷ୍କ; କିନ୍ତୁ ତାହା ଗ୍ରୀଷ୍ମାନ୍ତେ ଘନ ପ୍ରାବୃଟର ବାରିଧାରାରେ ଅସମ୍ଭାଳ ସ୍ଫୀତ ହେବାର ଏ ଯେ ପୂର୍ବ ଲକ୍ଷଣ!" (ବାସନ୍ତୀ-ପୃ-୩୦) ମିଳନ ପିଆସୀ ଦୁଇ ଯୁବ-ଦମ୍ପତି ଦେବବ୍ରତ ଓ ବାସନ୍ତୀ ଏକ ଶରତ ସନ୍ଧ୍ୟାରେ କେମିତି କେଉଁ ମାନସିକ ସ୍ଥିତିରେ ପ୍ରକୃତି କୋଳରେ ବସିଥିଲେ, ତାର ଚିତ୍ରଟିଏ ଦେଇ ଜନୈକ ସ୍ରଷ୍ଟା କହନ୍ତି- "ଆକାଶ ନିର୍ମଳ। ଶାରଦୀୟ ଚନ୍ଦ୍ର ଶୀତଳ କୋମଳ ଅସ୍ତ୍ର ପ୍ରୟୋଗଦ୍ୱାରା ବାଦଲ ସୈନ୍ୟ ପରାଜିତ ହୋଇ ପୃଷ୍ଠଭଙ୍ଗ ଦେଇଅଛନ୍ତି। କମନୀୟ ଶୁଭ୍ର ଆଲୋକରେ ଧରାବକ୍ଷର ମଳିନତା ଘୁଞ୍ଚିଯାଇଅଛି। କିନ୍ତୁ ଏ ସମସ୍ତ ଆକର୍ଷଣୀ ଶକ୍ତି ଦିଓଟି ନବୀନ ହୃଦୟ ପକ୍ଷରେ ପ୍ରଭାବଶୂନ୍ୟ।" (ବାସନ୍ତୀ-ପୃ-୩୪) ଉପମା ପ୍ରୟୋଗ ପରି ପ୍ରତୀକାତ୍ମକ ବର୍ଣ୍ଣନା ବିଳାସରେ ବକ୍ତବ୍ୟକୁ ଶାଣିତ ଏବଂ ରସାଣିତ କରିବାର କଳା ବାସନ୍ତୀ ଉପନ୍ୟାସରେ ମଧ୍ୟ ପରିଲକ୍ଷିତ। ଯଥା-

୧. "ବନ୍‌ସୀରେ ଲାଗିଲେ ଯେଡ଼େ ମାଛ ହେଉ ପଛକେ, କେଉଟ ତାକୁ କୂଳକୁ ବଙ୍କେଇ ବଙ୍କେଇ ଆଣିବାର ଚେଷ୍ଟା କରେ। ସେ ଚେଷ୍ଟା ଅନେକ ସମୟରେ ସଫଳ ହୁଏ ମଧ୍ୟ" (ବାସନ୍ତୀ- ପୃ-୩୬) ବାସନ୍ତୀ ନିଜ ମାଆଙ୍କ ମୃତ୍ୟୁପରେ ଅସହାୟା ହୋଇପଡ଼ିଥିବା ଅବସ୍ଥାରେ ଦେବବ୍ରତ ତାକୁ ବୁଝାଇ ସୁଝାଇ କୌଶଳ କ୍ରମେ ପୁଣି ତାକୁ ପାଠ ପଢ଼ିବା ସକାଶେ ସ୍କୁଲ୍‌କୁ ଯିବାକୁ ବଶ କରିବା ପରିପ୍ରେକ୍ଷୀରେ ଏହାହିଁ କୁହାଯାଇଛି।

୨. "ସେଥିପାଇଁ ସୁଭଦ୍ରା ଦେଈଙ୍କ ଡାକରେ ବାହାରକୁ ଆସି ଯେତେବେଳେ ସେ ଏମାନଙ୍କୁ ଦେଖିଲା, ବୁଝିଲା- ଆକାଶ ମେଘାଚ୍ଛନ୍ନ। କିଛି ବର୍ଷଣ ଆଜି ହେବ ଏବଂ ପୂର୍ବରୁ ଏଇଟା ତାହାର ସୂଚନା ମାତ୍ର।" (ବାସନ୍ତୀ- ପୃ-୭୨) ଶାଶୁ ସୁଭଦ୍ରା ଦେଈଙ୍କ ଚାରିପାଖରେ ଘେରିବସିଥିବା - ସନିଆ ମା ଚାକରାଣୀ, ହେମବୋଉ, ମଦନାମା- ପ୍ରଭୃତି ସାଇର ଅତିବିଶିଷ୍ଟ ସ୍ତ୍ରୀଲୋକମାନଙ୍କୁ ଦେଖି ବାସନ୍ତୀ ଏମାନେ ତା' ବିରୋଧରେ, ତାର ଚାଲି ଚଳଣି ବିରୋଧରେ ଯେ ଅରୁଚିମୂଳକ ଖବର ବାଣ୍ଟିଥିବେ- ଏକଥା ସ୍ପଷ୍ଟ ଆଶଙ୍କା କରିନେଇଥିଲା।

୩.   "ପେଶାଦାର ପ୍ରେମିକ ପ୍ରେମିକାମାନେ ହିଁ ପ୍ରେମକଥାର ସରବ ଆତିଶଯ୍ୟରେ ଅନ୍ତରର ତିକ୍ତତା ଗୋପନ କରନ୍ତି। ଶୂନ୍ୟ କଳସର ଶବ୍ଦ ସିନା ବେଶୀ। ପୂର୍ଣ୍ଣ କଳସ ତ ନୀରବ।"

ବାସନ୍ତୀର ପ୍ରେମ, ଭଲପାଇବା- ପ୍ରଚାରଠାରୁ ଦୂରରେ। ତାର ପ୍ରୀତିଭରା ଚାହାଣିରୁ ତା' ଭଲପାଇବାକୁ ବୁଝିହୁଏ। ତା' ନୀରବ ପ୍ରେମକୁ ସନ୍ଦେହ କରୁଥିବା ଦେବବ୍ରତ ନିଜ ମନ ଓ ହୃଦୟରେ ଏହି ପ୍ରତୀକାତ୍ମକ ଅନୁଭବରୁ ହିଁ ଆଶ୍ୱାସନା ଲାଭ କରିଛି।

ଏହିପରି ବହୁ ସ୍ଥାନରେ ଚରିତ୍ରଙ୍କ ମାନସିକ ସ୍ଥିତାବସ୍ଥାର ସ୍ୱରୂପ ଏବଂ କଥାବସ୍ତୁର ଗାମ୍ଭୀର୍ଯ୍ୟ ପ୍ରକଟନରେ ଉପମା, ପ୍ରତୀକ ଇତ୍ୟାଦି ଶବ୍ଦ ପ୍ରୟୋଗରେ ଏହାକୁ ଗ୍ରାମ୍ୟ ମଣିଷର ମୁହଁର ତଥା ମନର ଅଭିବ୍ୟକ୍ତି ରୂପ ପ୍ରଦାନର ପ୍ରଚେଷ୍ଟା କରାଯାଇଅଛି। ଯଥା-  ବେସ୍ତ ହେବାର କଥା, କିଏ ନବସିନ୍ଧା, କିଏ ଟରଣି, ଖାମଖେୟାଲି, ଢକ୍କା, ଆୱାଜରେ, ମଙ୍ଗାଇନେଲା, ମୁରବିୟାନା ହାଙ୍କ,  ନାଜ ସରମ, ବେସାଦ, ଟାଙ୍କ ଛିଣ୍ଡେଇ, ଏଡ଼େବେଗି, ଆଡ଼ିଆ ଜନ୍ତୁଟି, ଚଲାଖ୍ି, ସନ୍ତେଇ ହୋଇ, ନୁଚେଇ, ଜୁଆ, ପୂଜା ଅରଚ୍ଚ, ହପ୍‌ପାରେ, ଥମ୍ଭି ଗଲାଣି, ଜୁର କରିବା, ସମୁଜି ପାରିବା, ନୁହ, କାଇଲି ମାକୁଲି, ଟଙ୍ଗଟଙ୍ଗ, ଢକ୍କା, ବେସାଦ,ସମାଳିବା, ନାଜସରମ, ଟିହାଇଦେବାକୁ, ହାଲିକି,  ଅବାସ କରିବା, ସନ୍ତେଇବ - ଇତ୍ୟାଦି ଶବ୍ଦ-ପ୍ରଯୁକ୍ତି ଚାରିତ୍ରିକ ଭାବାତ୍ମିକତା ଜାହିର କରିବା ସହିତ କିଛି ଚିରନ୍ତନ ଅବବୋଧ ସୃଷ୍ଟିରେ ସହାୟତା କରେ। ସମକାଳୀନ ଅବିକଶିତ ମୁଦ୍ରଣ ବ୍ୟବସ୍ଥାରେ ଗୋଟିଏ ଗୋଟିଏ ଶବ୍ଦ ଭିନ୍ନ ଭିନ୍ନ ବର୍ଣ୍ଣବ୍ୟଞ୍ଜନାରେ ପ୍ରଯୁକ୍ତ ହୋଇ ସେସବୁର ସଠିକ୍ ବର୍ଣ୍ଣଶୁଦ୍ଧି କ୍ଷେତ୍ରରେ ପ୍ରଶ୍ନବାଚୀ ସୃଷ୍ଟି କରିଅଛି। ଯଥା- ସାଆନ୍ତାଣୀ, ସାନ୍ତାଣୀ, ସାନ୍ତାଣି (ପୃ- ୧୧୬) ଚେମିଣିଆ, ଚେମଣିଆ (ପୃ-୧୬୬) ପଣନ୍ତରେ( ପୃ-୧୧୨)  ଖେଉଡ଼ି, ଖେଚୁଡ଼ି, ଖେଚେଡ଼ି(ପୃ-୯/୫୦), ପାଶୋରି, ପାସୋରି,  ସାରୀ(ପୃ-୧୬୫)ଡାଏରୀ, ଡାଇରୀ( ପୃ- ୧୦୬ ଏବଂ ୧୦୧) ସନିଆମା, ଶନିଆମା- ଇତ୍ୟାଦିକୁ ଏ ଦିଗରୁ ବିଚାର କରାଯାଇପାରେ। ବହୁ ଶବ୍ଦର ସଠିକ୍ ବର୍ଣ୍ଣଶୁଦ୍ଧି ବ୍ୟାକରଣଗତ ଶୁଦ୍ଧି ମଧ୍ୟ ହୋଇନାହିଁ । ଯଥା- ଭାରୀ, ବାକୀ, ସମ୍ମୂଳରେ, ସସ୍ନେହରେ- ପ୍ରଭୃତି । ଅଧିକାଂଶ କ୍ଷେତ୍ରରେ ପୁରୀଅଞ୍ଚଳର କଥିତ ଭାଷାକୁ ବ୍ୟବହାର କରାଯାଇଅଛି ଏବଂ କ୍ରିୟା ପଦରେ ଚନ୍ଦ୍ରବିନ୍ଦୁର ବ୍ୟବହାର କରାଯାଇଥିବାର ଦେଖିବାକୁ ମିଳେ। ଯଥା- ବୁଝିଲୁଁ, ଦେଖିଲୁଁ, ଭାବିଥିଲୁଁ ପଢ଼େଁ, କୋଉଁଦିନ ହେଲୁଁ - ଇତ୍ୟାଦି। ତେବେ ଆନ୍ତରିକତା ଓ ଆତ୍ମୀୟତା ପ୍ରକଟନ କ୍ଷେତ୍ରରେ ଟି, ଗୋ, ଲୋ ପ୍ରଭୃତି ବର୍ଣ୍ଣ ସଂଯୁକ୍ତ ଶବ୍ଦର ବ୍ୟବହାର ସୁଖପ୍ରଦ ହୋଇଅଛି। ୧୯୨୬

-୨୭ ମସିହାବେଳକୁ ସମଭାବାପନ୍ନ ସ୍ରଷ୍ଟାଙ୍କ ଏକ ଅଭିନବ ପଦକ୍ଷେପ ସ୍ୱରୂପ ରଚିତ ଉକ୍ତ ଉପନ୍ୟାସଟିର ଉପସ୍ଥାପନାଗତ ଆନୁକ୍ରମିକତା ଅବା ଗୁଣବତ୍ତା ଏତେ ସମାହିତ ଭଙ୍ଗୀରେ ସମ୍ପନ୍ନ ହୋଇଅଛି ଯେ, ଯେ କେହି ଏହାକୁ ଜଣକର ସୃଷ୍ଟି ବୋଲି ଭାବି ବସିବ। ଏହାହିଁ ଆଲୋଚ୍ୟ ସୃଷ୍ଟି ସମ୍ପଦର ଅନ୍ୟତମ ବୈଶିଷ୍ଟ୍ୟ; ଏପରି ମହତ ଭାବନାକୁ ଅତିକ୍ରମ କଲାପରି ଯୋଜନା ଓଡ଼ିଆ ସାହିତ୍ୟରେ ଅବଶ୍ୟ ଏଯାବତ୍ ଆଉ ହୋଇନାହିଁ। 'ବାସନ୍ତୀ' ଉପନ୍ୟାସ ଏଣୁ ସବୁଜ ମାନସିକତାର ପରମ୍ପରାବିମୁକ୍ତି ସଂକ୍ରାନ୍ତୀୟ ଏକ ସଫଳ ସାରସ୍ୱତ ଅଭିଯାନ। ଏକ ଅମୂଲ୍ୟ ନାନ୍ଦନିକ କୃତି ଭାବରେ ନିଶ୍ଚିତ ଏହା ଗ୍ରହଣୀୟ। ଏହା ଜାତୀୟ ସାହିତ୍ୟର ଏକ ଅଭାବନୀୟ କଳାକର୍ମ- ଏବଂ ଅବିସ୍ମରଣୀୟ ବିସ୍ମୟ ମଧ୍ୟ।

■

(୧୯୮୩ ମସିହାରେ, ଶ୍ରୀ ଭିକାରୀ ଚରଣ ଦାଶଙ୍କ ସମ୍ପାଦନାରେ ୨୦୭ ପୃଷ୍ଠା ବିଶିଷ୍ଟ ପୁନଃମୁଦ୍ରିତ 'ବାସନ୍ତୀ' ଉପନ୍ୟାସର ପୃଷ୍ଠାକ୍ରମ ଆଧାରରେ ଉକ୍ତ ନିବନ୍ଧର ସମସ୍ତ ସୂଚନା ପ୍ରଦତ୍ତ)

**ଅବସର ପ୍ରାପ୍ତ ପ୍ରାଧ୍ୟାପକ ତଥା ସମ୍ପ୍ରତି କାର୍ଯ୍ୟରତ ଅଧ୍ୟକ୍ଷ,**
**ନାଇଡୁ ବିଜ୍ଞାନ ମହାବିଦ୍ୟାଳୟ, ଖୋର୍ଦ୍ଧା**

# ଲେଖକ ପରିଚୟ

## କାଳିନ୍ଦୀ ଚରଣ ପାଣିଗ୍ରାହୀ (୨ ଜୁଲାଇ ୧୯୦୧-୨୫ ଜୁନ୍ ୧୯୯୧)

ଓଡ଼ିଆ ସବୁଜ ସାହିତ୍ୟରେ ଶ୍ରୀ କାଳିନ୍ଦୀ ଚରଣ ପାଣିଗ୍ରାହୀ ଜଣେ ବହୁମୁଖୀ ପ୍ରତିଭା। ନନ୍‌ସେନ୍ସ କ୍ଲବ୍ ସ୍ଥାପନ ଏବଂ 'ଛାତ୍ରଦର୍ପଣ', 'ଶାନ୍ତିସାଧନା' ଓ 'ଅବକାଶ' ଆଦି ପ୍ରତିକାରେ ତାଙ୍କର ଲେଖା ପ୍ରକାଶ ତାଙ୍କ ଉଜ୍ଜ୍ୱଳ ପ୍ରତିଭାର ପରିଚୟ ଦିଏ। ମଣିଷ ଜୀବନର ବହୁମୁଖୀ ଅନୁଭୂତିକୁ ନେଇ ତାଙ୍କ ସାହିତ୍ୟ ଜୀବନଧର୍ମୀ ତଥା ସମ୍ବେଦନଶୀଳତାରେ ପରିପୂର୍ଣ୍ଣ। 'ମନେନାହିଁ', 'ଛୁରୀଟିଏ ଲୋଡ଼ା', 'କ୍ଷଣିକ ଶକ୍ତି', 'ମହାଦୀପ' ଆଦି କବିତା ସଂକଳନ ତାଙ୍କ ବୈପ୍ଳବିକ ଚିନ୍ତା ଓ ସବୁଜ ଚେତନାକୁ ନେଇ ଋଦ୍ଧିମନ୍ତ। 'ମାଟିର ମଣିଷ', 'ଲୁହାର ମଣିଷ', 'ଆଜିର ମଣିଷ', 'ଅମରଚିତା' ଓ 'ମୁକ୍ତାଗଡ଼ର କ୍ଷୁଧା' ଉପନ୍ୟାସଗୁଡ଼ିକ ବାସ୍ତବବାଦ, ଆଦର୍ଶବାଦ, ମାନବିକତାବୋଧକୁ ଅଙ୍କିତ କରେ। ଜଣେ ସଫଳ ଆବେଗଧର୍ମୀ ଗଳ୍ପ ରଚନାକାର ଭାବରେ ଓଡ଼ିଆ ଗଳ୍ପ ସାହିତ୍ୟକୁ ତାଙ୍କର ପ୍ରମୁଖ ଅବଦାନ 'ସାଗରିକା', 'ଦ୍ୱାଦଶୀ', 'ରାଶିଫଳ', 'ଶେଷରଶ୍ମୀ' ଓ 'ମୋ କଥାଟି ସରିନାହିଁ' ଗଳ୍ପ ସଂକଳନ। 'ସୌମ୍ୟା' ତାଙ୍କର କାବ୍ୟନାଟିକା ହୋଇଥିବାବେଳେ 'ପଦ୍ମିନୀ' ଓ 'ପ୍ରିୟଦର୍ଶୀ' ଦୁଇଟି ସଫଳ ଐତିହାସିକ ନାଟକ। 'ଅଙ୍ଗେ ଯାହା ନିଭେଇଛି' (ଆତ୍ମଜୀବନୀ), 'ଭଞ୍ଜ ପ୍ରଦୀପ' ଓ 'ମୟୂରଭଞ୍ଜ କ୍ରନିକ୍‌ଲ' (ସଂପାଦିତ ପତ୍ରିକା) ତାଙ୍କ ସାହିତ୍ୟ ସାଧନା ତଥା ଅବିସ୍ମରଣୀୟ ସେବାଭାବକୁ ଦର୍ଶାଇଥାଏ। ୧୯୭୧ ଖ୍ରୀଷ୍ଟାବ୍ଦରେ ପଦ୍ମଭୂଷଣ ଓ କେନ୍ଦ୍ର ସାହିତ୍ୟ ଏକାଡେମୀର 'ଫେଲୋ' ଭାବେ ସମ୍ବର୍ଦ୍ଧିତ। ୧୯୭୬ ଖ୍ରୀ.ରେ ସମ୍ବଲପୁର ବିଶ୍ୱବିଦ୍ୟାଳୟ ଦ୍ୱାରା ତାଙ୍କୁ ସାହିତ୍ୟର ସର୍ବୋଚ୍ଚ ଉପାଧି 'ଡି.ଲିଟ୍' ଭୂଷିତ କରାଯାଇଥିଲା।

## ଶରତ ଚନ୍ଦ୍ର ମୁଖାର୍ଜୀ (୧୯୦୨-୧୯୮୭)

ସବୁଜ ଯୁଗର ଅନ୍ୟତମ ପ୍ରତିଭାବାନ୍ ସାହିତ୍ୟିକ ହେଉଛନ୍ତି ଶରତ ଚନ୍ଦ୍ର ମୁଖାର୍ଜୀ। ଓଡ଼ିଆ ସାହିତ୍ୟକୁ ସେ ଅଳ୍ପ କେତୋଟି ସାରସ୍ୱତ କୃତି ଉପହାର ଦେଇ ମଧ୍ୟ କାଳଜୟୀ ହୋଇପାରିଛନ୍ତି। ସବୁଜ କବିତାରେ ତାଙ୍କର ଆଠଟି କବିତା ସ୍ଥାନିତ ହେବା ସହିତ 'ବାସନ୍ତୀ' ଉପନ୍ୟାସରେ ଚାରିଟି ପରିଚ୍ଛେଦର ସେ ରଚୟିତା। 'ବାସନ୍ତୀ' ଉପନ୍ୟାସର ପ୍ରଥମ ସଂସ୍କରଣର ସେ ସଫଳ ସଂପାଦକ ଥିଲେ। ଓଡ଼ିଶାର କଳା ସ୍ଥାପତ୍ୟ ସଂପର୍କରେ ବହୁ ଉଚ୍ଚକୋଟୀର ଆଲୋଚନା ଇଂରାଜୀ ଭାଷାରେ ମଧ୍ୟ ପ୍ରକାଶିତ।

## ହରିହର ମହାପାତ୍ର (୧୯୦୪-୧୯୯୪)

ସବୁଜ ସାହିତ୍ୟର ଅନ୍ୟତମ ସାରଥି ହେଲେ ହରିହର ମହାପାତ୍ର। ସବୁଜ ଆଦର୍ଶକୁ ନେଇ ରଚିତ ହୋଇଥିବା ତାଙ୍କର ସାତଟି କବିତା 'ସବୁଜ କବିତା' ପୁସ୍ତକରେ ସ୍ଥାନିତ। ସବୁଜ ଗୋଷ୍ଠୀର ମୁଖପତ୍ର 'ଯୁଗବାଣୀ'ର ସେ ମଧ୍ୟ ସୁଯୋଗ୍ୟ ସଂପାଦକ। ମୃତ୍ୟୁର କିଛିଦିନ ପୂର୍ବରୁ ସେ ମାସିକ ସାହିତ୍ୟ ପତ୍ରିକା 'ଝଙ୍କାର'ର ସଂପାଦକ ଦାୟିତ୍ୱରେ ମଧ୍ୟ ରହିଥିଲେ। ଓଡ଼ିଆ ସାହିତ୍ୟକୁ ସୀମିତ ଅବଦାନ ଦେଇଥିବା ଏହି ସାରସ୍ୱତ ସାଧକ 'ବାସନ୍ତୀ' ଉପନ୍ୟାସର ଦୁଇଗୋଟି ପରିଚ୍ଛେଦକୁ ମଧ୍ୟ ରଚନା କରିଥିଲେ।

## ଅନ୍ନଦା ଶଙ୍କର ରାୟ (୧୯୦୪-୨୦୦୨)

ସବୁଜ ଗୋଷ୍ଠୀର ଅନ୍ୟତମ ବିପ୍ଳବୀ ପ୍ରତିଭା ଥିଲେ ଶ୍ରୀ ଅନ୍ନଦା ଶଙ୍କର ରାୟ। ସବୁଜ କବିତା ସଂକଳନରେ ସାତଟି କବିତା ପ୍ରକାଶ ପାିଥିଲା। ତାଙ୍କର ପ୍ରତ୍ୟେକଟି ରଚନା 'ଉତ୍କଳ ସାହିତ୍ୟ'ରେ ପ୍ରକାଶ ପାଉଥିଲା। ମାତ୍ର ୫-୬ ବର୍ଷ ମଧ୍ୟରେ ଲେଖନୀ ଚାଳନା କରିଥିବା ଏହି ବିସ୍ମୟ ପ୍ରତିଭାଙ୍କ ଓଡ଼ିଆ ଏବଂ ବଙ୍ଗଳା ଭାଷାରେ ବହୁ ସାରସ୍ୱତ ରଚନା ଦେଖିବାକୁ ମିଳିଥାଏ। ୧୫ଗୋଟି କବିତା, ପ୍ରାୟ ୨୨ ଗୋଟି ପ୍ରବନ୍ଧ ଓଡ଼ିଆ ସାହିତ୍ୟକୁ ତାଙ୍କର ଉପହାର। ତାଙ୍କ ରଚିତ ବଙ୍ଗଳା ଉପନ୍ୟାସ 'ରାଜଅତିଥି' ଓ 'କଥାଗୁଚ୍ଛ' ଓଡ଼ିଆରେ ମଧ୍ୟ ଅନୂଦିତ। 'ବାସନ୍ତୀ' ଉପନ୍ୟାସରେ ସ୍ଥାନିତ ତିନିଟି ପରିଚ୍ଛେଦର ସେ ରଚୟିତା।

## ସରଳା ଦେବୀ (୧୯୦୪-୧୯୮୬)

ସ୍ୱାଧୀନତା ସଂଗ୍ରାମର ରଣାଙ୍ଗନରେ ପଦାଙ୍କନ ଛାଡ଼ିଥିବା ଶ୍ରୀମତୀ ସରଳା ଦେବୀ ଜଣେ ବିଶିଷ୍ଟ ସାହିତ୍ୟିକ ଭାବରେ ମଧ୍ୟ ଜଣାଶୁଣା। 'କବି ଗୋପାଳକୃଷ୍ଣ ପ୍ରତିଭା', 'ସାରଳା ମହାଭାରତୀୟ ନାରୀ ଚରିତ୍ର' ଓ 'କୁନ୍ତଳା କୁମାରୀଙ୍କ କବି-ପ୍ରତିଭା' ଗ୍ରନ୍ଥ ତିନିଟି ତାଙ୍କୁ ଜଣେ ସୁସମାଲୋଚିକାର ପରିଚୟ ଦେଇଥାଏ। 'ରାୟ ରାମାନନ୍ଦ', 'ପଞ୍ଚପ୍ରଦୀପ' ଗଳ୍ପ ସଂକଳନ, 'ବୀର ରମଣୀ', 'ବିଶ୍ୱବିପ୍ଳବିଣୀ', 'କଥା ରାମାୟଣ', 'ନାରୀର ଦାବୀ', 'ନାରୀ ସମସ୍ୟା' ପ୍ରଭୃତି ତାଙ୍କର ଲେଖନୀର ପରିଚୟ ବହନ କରେ। 'ଭୀମାଭୂୟାଁ'ର ସେ ସୁଯୋଗ୍ୟ ସଂପାଦିକା। 'ବାସନ୍ତୀ' ଉପନ୍ୟାସର ସର୍ବାଧିକ ୯ ଗୋଟି ପରିଚ୍ଛେଦର ସେ ସ୍ରଷ୍ଟା। ସାରସ୍ୱତ ସାଧନା ପାଇଁ ୧୯୬୯ ଖ୍ରୀଷ୍ଟାବ୍ଦରେ ସେ ଓଡ଼ିଆ ସାହିତ୍ୟ ଏକାଡେମୀ ଦ୍ୱାରା ସମ୍ମାନିତ।

## ସୁପ୍ରଭା ଦେବୀ

ସବୁଜ ସାହିତ୍ୟର ଅନ୍ୟତମ ସାହିତ୍ୟିକା ହେଲେ ସୁପ୍ରଭା। 'ବାସନ୍ତୀ' ଉପନ୍ୟାସ ୧୦ ଏବଂ ୧୧ ପରିଚ୍ଛେଦ ତାଙ୍କ ଦ୍ୱାରା ରଚିତ। ତାଙ୍କ ରଚିତ ସାହିତ୍ୟ ସଂପର୍କରେ ବିଶେଷ ତଥ୍ୟ ଉପଲବ୍ଧ ହୁଏ ନାହିଁ।

## ମୁରଲୀଧର ମହାନ୍ତି

ସବୁଜ ଯୁଗର ଅନ୍ୟତମ ସାର୍ଥକ ଶିଳ୍ପୀ ହେଲେ ଶ୍ରୀ ମୁରଲୀଧର ମହାନ୍ତି। ତାଙ୍କର ସାହିତ୍ୟକୁ ସବିଶେଷ ଅବଦାନ ହେଲା 'ବାସନ୍ତୀ' ଉପନ୍ୟାସରେ ସନ୍ନିବେଶିତ ୧୨ ଏବଂ ୧୪ ପରିଚ୍ଛେଦ ଦୁଇଟି।

## ପ୍ରତିଭା ଦେବୀ

ସବୁଜ ସାହିତ୍ୟରେ 'ଶ୍ରୀମତୀ ପ୍ରତିଭା ଦେବୀ' 'ବାସନ୍ତୀ' ଉପନ୍ୟାସ ନିମନ୍ତେ ବେଶ୍ ପରିଚିତ। ନଅଜଣ ଲେଖକଙ୍କ ଦ୍ୱାରା ଲିଖିତ ଏହି ଉପନ୍ୟାସଟିରେ ଗୋଟିଏ ମାତ୍ର ୧୩ ପରିଚ୍ଛେଦଟି ଲେଖି ସ୍ମରଣୀୟ ହୋଇ ରହିଛନ୍ତି।

## ବୈଷ୍ଣବ ଚରଣ ଦାସ (୧୮୯୯-୧୯୫୮)

ବୈଷ୍ଣବଚରଣ ଦାସଙ୍କର 'ମନେ ମନେ' (୧୯୨୬) ଏକମାତ୍ର ପ୍ରକାଶିତ ଉପନ୍ୟାସ ଦୃଷ୍ଟିକୁ ଆସେ। ଏହା ଏକ ମନସ୍ତାତ୍ତ୍ୱିକ ଉପନ୍ୟାସ। କନକ, ରଙ୍ଗୀ ଓ ନୀଳୁ- ଏହି ତିନୋଟି ଚରିତ୍ରର ପ୍ରେମ, ବିରହ ଓ ଅନ୍ତର୍ଦ୍ୱନ୍ଦ୍ୱକୁ ଭିତ୍ତିକରି ଏହା ରଚିତ। ଉପନ୍ୟାସ କ୍ଷେତ୍ରରେ ଅନୁସୃତ ପୂର୍ବର ସମସ୍ତ ପରମ୍ପରା ଓ ଗତାନୁକତିକତାଠାରୁ ଦୂରେଇ ଯାଇ ଔପନ୍ୟାସିକ ଯେଉଁ ନୂତନ ସରଣୀ ପ୍ରଦର୍ଶନ କରିଛନ୍ତି, ସେଥିପାଇଁ ସେ ଓଡ଼ିଆ ସାହିତ୍ୟରେ ଏକ ନିର୍ଦ୍ଦିଷ୍ଟ ସ୍ଥାନ ଦାବି କରନ୍ତି। 'ବାରୁଣୀ' ପତ୍ରିକାରେ ପ୍ରକାଶିତ ତାଙ୍କର କ୍ଷୁଦ୍ରଗଳ୍ପ 'ମାଷ୍ଟରାଣୀ' ନିଃସନ୍ଦେହରେ ଏକ ପ୍ରଥମ ଶ୍ରେଣୀୟ ଗଳ୍ପ। ବିହାର-ଓଡ଼ିଶା ସରକାରଙ୍କ ପୋଲିସ ବିଭାଗରେ କାର୍ଯ୍ୟରତ ତାଙ୍କ ପରି ଜଣେ ଉଚ୍ଚପଦର ଅଧିକାରୀ ସାହିତ୍ୟ ସାଧନାରେ ବ୍ରତୀ ହେବା ବାସ୍ତବିକ ବିସ୍ମୟଜନକ।

■

## BLACK EAGLE BOOKS

www.blackeaglebooks.org
info@blackeaglebooks.org

Black Eagle Books, an independent publisher, was founded as
a nonprofit organization in April, 2019. It is our mission to
connect and engage the Indian diaspora and the world at large
with the best of works of world literature published on a
collaborative platform, with special emphasis on
foregrounding Contemporary Classics and New Writing.